U0104078

文學理論叢刊

文藝學方法通論

修訂版

趙憲章　著

我關心過程甚於關心結論，關心真理的探索甚於關心真理本身。我的目標是在理論背後發現方法，在方法背後發現人的智慧！

——趙憲章

目次

第五篇　文藝心理學方法

第一篇

文藝學方法導論

文藝學方法導論

斯芬克斯之謎

整個人類對於文學藝術現象的接受和反應是一個總體。這是一個眾說紛紜、充滿矛盾與對抗的大千世界。不同時代、不同種族、不同信仰的人，對於同一文藝現象完全可以作出不同的反應和評價；甚至不同性別和境況的理論家們，對於同一的文藝現象也可以作出不同甚至截然相悖的解釋和結論。以女性理論家為主體的所謂「女權主義批評」（Feminist Criticism），便企圖用女人的眼光重新審視整個文學史，改變在她們看來是被男性所曲解了的文學世界；盧卡契一生都是現代主義的反對派，而當他晚年在宦海沉浮中突然成了他人階下囚的時候，卻領悟到現代派文學的真諦……

在文藝學的歷史上，爭論最多、最集中的莫過於關於文藝的本質這一命題：神喻說、理式說、靈感說、和諧說、娛樂說、遊戲說、鏡子說、關係說、趣味說、生命意志說、苦悶的象徵說、情感說、生活說、唯美說、移情說、距離說、欲望昇華說、形式說、結構說、表現說、人的本質對象化說……

單就莎士比亞筆下的哈姆雷特這一藝術形象，古今中外的理論家、批評家們所作的解釋就已數不勝數：有人認為他是猶豫性格的典型，有人認為他是資產階級軟弱性的表現，有人認為他的行為和心理是「俄狄浦斯情結」的產物，有人認為他是作家本人的心理原型……可謂「一千個讀者便有一千個哈姆雷特」。

曹雪芹的《紅樓夢》和魯迅的《阿Q正傳》算是中國文學史上爭辯最多的兩部小說。《紅樓夢》是一部情書還是一部淫書？是一部家族興衰史還是一部政治歷史小說？「單是命意，就因讀者的眼光而有種種：經學家看見《易》，道學家看見淫，才子看見纏綿，革命家看見排滿，流言家看見宮闈秘事⋯⋯。」[1]至於魯迅的《阿Q正傳》，是辛亥革命的一面鏡子還是民族劣根性的映照？阿Q這一形象是中國落後農民的典型還是一個一般的輕微精神病患者？如此等等，不一而足。

同一的文藝對象居然生出如此不同的結論，為什麼？這實在是一個令人費解的「斯芬克斯之謎」！

面對這一現象，中國古代文人只能發出「詩無達詁」的哀歎。儘管劉勰曾從「音實難知」和「知實難逢」兩個方面思考過「知音」（文藝鑒賞）中的這一原因，但終不能得出科學的結論，只能無可奈何地嗟歎「知音其難哉！」「逢其知音，千載其一乎！」[2]在那「以階級鬥爭為綱」的年代，理論家們也只能「唯階級」劃線，以不同的階級出身和政治立場進行解釋。這顯然會漏洞百出、以偏概全，得出庸俗社會學的結論。值得一提的是，本世紀六〇年代末、七〇年代初，德國產生了一種所謂「接受美學」的理論，試圖從讀者、接受者的角度重寫整個文學史，對於我們揭開文藝學歷史上的這一「斯芬克斯之謎」，倒是富有啟發意義的。

接受美學認為，整部文學史應當是文學作品的消費史，即消費主體——讀者的歷史。在作者、作品和讀者的三角形中，讀者並不是被

1 魯迅：《魯迅全集》（北京市：人民文學出版社，1982年），卷8，頁145。引文出處除第一次注明版本外，均不再注明。

2 劉勰：〈知音〉，《文心雕龍》，見周振甫：《文心雕龍注釋》（北京市：人民文學出版社，1983年），頁517。

動的部分，並不僅僅是一種「反應」；相反，它自身就是歷史的一個能動的構成。一部文學作品如果沒有接受者的參與將是不可思議的。因而，文學史必須具有一個廣闊的歷時性和共時性交會的背景。讀者閱讀一部文學作品，必須與他以前讀過的作品相對比，以調整現實的接受，這便是讀者的「期待視野」。「期待視野」即閱讀過程中讀者的文學經驗構成的思維定勢或先在結構。作品的產生，實際上便是接受對象對於「期待視野」的客觀化，只有與「期待視野」的標準相符，作品才能被審美主體所接受。因此，歷史上便出現了不同讀者對於同一作品的不同接受與理解。這些不同的接受與理解，就是作品的存在。而每一次具體的閱讀，又都會產生新的接受與理解，於是就產生了文學史。文學史因而只能是文學的接受史，是歷史視野與現實視野的調和史。兩種視野相互滲透、相互交合，厲時性消失在共時性之中，歷時性的視野結構只有在共時性的閱讀系統中才能實現自身。

接受美學對於我們揭開文藝學歷史上這一「斯芬克斯之謎」的最富啟發性的方面是它那全新的藝術視角，即將傳統的文藝研究方法由作家、作品轉向讀者、接受者。既然讀者、接受者是作品生成過程中的主動因素，因而也應當是文藝學的思維軸心，應當從讀者、接受者出發重新審視文學史。但是，讀者、接受者究竟是如何重塑文學的呢？接受美學僅僅提出了所謂「期待視野」的概念，並未具體地闡發，也未寫出一部可供人們參照並令人信服的「接受文學史」來。因為接受美學之「接受」，僅僅是一個籠統的概念，一種抽象的文藝學原則，並未形成一個嚴整的系統。試想，文學史上大量的作品，特別是那些原始藝術、上古文學，我們到哪裡去尋找它們的第一個和全部讀者、接受者呢？籠統的概念必然導致籠統的設想，抽象的原則必然產生抽象的奢望！

但是，接受美學對讀者、接受者的厚愛畢竟啟發了我們，啟發我們從讀者、接受者的角度重新思考文藝學歷史上的「斯芬克斯之謎」。在我們看來，無論是中國古代文人的「詩無達詁」，還是現代西方接受美學的「期待視野」，都不能從根本上回答文藝學史上為什麼會產生眾說紛紜、矛盾重重的現象，他們僅是程度不同地提出了這一現象的存在事實。「期待視野」似乎觸及到這一現象存在的原因，但帶有極大的片面性和侷限性，不能概括文藝學歷史全貌。文藝學歷史上這一現象存在的根本原因是方法論問題，即文藝學方法的不同，導致了對同一文藝現象的不同理解和反應。只有從文藝學方法論的角度出發，才能最終解開這一使多少人困惑的「斯芬克斯之謎」！

當然，我們進行文藝學方法論的研究，目的絕非僅此。文藝學方法問題作為文藝學學科的重要方面，是使文藝研究走向自覺與科學的根本途徑。多少年來，在閉環式的思維慣性中，特別是在庸俗社會學的影響下，我們的文藝研究帶有極大的主觀任意性、片面性和盲目性。剛剛從極「左」路線的藩籬中掙脫出來，馬上便有人提出「我批評的就是我」這一口號，公開倡導一種直觀式、經驗式的文學評論。這是文藝研究中的非理性主義，是從一個極端走向另一個極端的文藝主張。這一事實說明，我們的文藝研究遠非自覺的研究，建設一種在自覺意識支配下的科學的文藝學學科，尚須持久的努力。而這，正是文藝學方法研究的根本目的之所在。

只要回想一下歷史便可知道，在以往我們的理論研究或作家作品評論中，指鹿為馬、朝三暮四的現象屢見不鮮。這便是主觀任意性，是非科學、非客觀的批評。近年來，人們為了掙脫這一批評模式的束縛，對於文藝學科學化問題展開了熱烈的討論。一種意見認為，借鑒自然科學的成果和方法是使文藝學走向科學的必由之路，甚至提出要對文學進行「定量」分析的主張。按照這一主張，只有實現了文藝學和數學的結合，即「詩與數」的統一，我們的理論批評才無愧於一門

「科學」。遺憾的是，這一主張過於天真。從本質上說，詩與數是對立的，永遠不可能取得絕對的統一。詩之所以是詩，藝術之所以是藝術，就在於它是一個「言有盡而意無窮」的朦朧的世界。用語言、數學公式能夠精確表述和定量分析的世界恰恰不是文學藝術所要表現的世界。根據現代符號學的觀點，藝術所表現的是人類的情感，而情感是不可能被人類語言準確無誤地表現出來的；儘管人類創造了諸如悲哀、歡喜、憤怒、苦惱之類的概念，也只能表達人類情感的某些主要方面或主要特徵。因此，藝術的語言是一種非邏輯的、非定量分析的語言。那種企圖借用數學公式研究文藝，從而使文藝學成為一門「精密科學」的主張顯然是不切實際、違背審美規律的幻想。文藝研究成為一門科學的根本條件是建立一門新的學科——文藝學學，即對文藝研究本身展開研究的科學。文藝學方法論，正是從思維方法的角度對文藝研究的自我反思。它是關於文藝理論的理論、關於文藝批評的批評，是啟發文藝研究自覺意識的覺醒，進而促成文藝學走向科學的最現實的途徑。

自從有了人類，便有了審美意識的產生，於是創造了文學和藝術。自從有了文學藝術，便有了關於文學藝術的思考，於是出現了文藝理論和文藝批評。這就是審美文化。燦爛輝煌的審美文化是人類智慧的結晶，但這並不意味著它時時處處都是一種自覺的創造。人類的智慧構築了審美文化的大廈，但是也並非人人都能意識到自己智慧的存在，文藝作品的創造是一種智慧，對文藝的理解和評論也是一種智慧。文藝學方法的研究正是為了總結和發掘整個人類認識和把握文藝現象與文藝規律的智慧，使整個文藝理論與批評走向自覺、走向科學。

文藝學成為一門科學之根本在於減少盲目性。也就是說，當我們試圖對某一作家、作品或其他文藝現象發表意見的時候，能不能自覺地去應用某種或某幾種方法呢？當我們對某一文藝現象發表了某種意見，能不能自覺意識到自己所使用的是哪一種或哪幾種方法呢？當我們的理論研究和作家作品評論走向困惑或陷入困境的時候，我們能不能自覺地、有意識地轉換文藝學方法，超越傳統範式或研究定勢，從而走出低谷呢？無疑，這是每個文藝研究者所關心的問題，當然也是本書的基本宗旨。

本書試圖遵循歷史與邏輯相統一的原則，將古今中外的文藝理論與批評，即將整個人類對於文學藝術的把握與反應作為一個整體，從中遴取最典型、最富代表性的著作及理論家或理論思潮，從方法論的角度探討其文藝研究的基本思路，尋找其理論學說的起點、終點和參照系，描述他們的思維模型，進而概括出整個文藝學的諸種範式及其各自的特點。這是一次對全部文藝理論與文藝批評歷史的方法論意義上的反思，也是對整個審美文化的智慧的開發。由此，我們將發現文藝研究的一般規律，從而呼喚文藝研究的智慧和自覺意識的覺醒，最終邁向理論與批評的自由王國。

歷史的回顧

文藝學，作為人類對文學藝術的整體把握和理性思考古已有之；但作為一門獨立的科學學科，卻是在十八世紀之後生成的。據說，「文藝學」一詞，最先是在十九世紀四〇年代初黑格爾學派的著作裡出現的，見之於一八四三年麥登的《現代文學史》一書的緒論中[3]。

縱覽整個文藝學說史可以發現，每一次重大理論觀點的生成總伴隨著方法的更新，每一種具有體系性著作的問世總伴隨著方法的呼喚；或者更確切地說，每一次重大理論觀點的生成首先是文藝學方法的問世。這便是所謂「工欲善其事，必先利其器。」

3　見浜田正秀：《文藝學概論》（北京市：中國戲劇出版社，1985年），頁3。

但是，十八世紀之前的文藝學方法，例如亞里斯多德在其《詩學》的開篇關於「方法」的討論、劉勰在其《文心雕龍》〈序志〉中關於「方法」的說明等，仍帶有濃厚的邏輯學、文章學色彩，尚屬於一種「前方法」、「準方法」。只是十八世紀之後，文藝學方法才實現了這一超越，一種嚴格意義上的、純粹的文藝學方法才開始生成，並逐漸在整個文藝學中佔據重要地位。特別是進入二十世紀之後，方法論問題已成為文藝研究的首要問題。誰企圖在文藝學領域立一席之地，誰就必須首先研究方法。方法的理論化、系統化，往往意味著觀點、學說的科學化、體系化；方法的選擇與創新，往往在一定程度上意味著理論學說的成敗和價值高低。

科學美學對於哲學美學的反動首先便是由方法的革新開始的。美學方法論問題始終是科學美學的首要課題。被譽為科學美學最權威的發言人湯瑪斯．門羅的名著《走向科學的美學》簡直可以看作是一部專門討論方法的著作。他反對將美學變成一門精確的科學，反對對美與藝術進行一系列所謂必然性的推理，認為應該把注意力放在對美的經驗進行現象描述上，根本沒有必要像哲學美學那樣全力以赴地去探討諸如美的本質之類的抽象定理。在他看來，美學應當是一種實用的、技術性和工具性的學科，而不能成為一種純思辨的玄學。

二十世紀的本體批評也是選擇方法作為自己的突破口的。從「俄國形式主義」到「英美新批評」，再到結構主義和符號學，每一次更新首先也是研究方法的更新，並且對文藝學方法本身的研究也已成為重要課題。其中，韋勒克和沃倫合著的《文學理論》（1948）顯然做出了令人矚目的貢獻。

《文學理論》首先區分了最為盛行的四種方法類型：一、認為文學主要是創作者個人的產品，於是便斷定文學研究主要地必須從考察作者的生平和心理著手；二、從人類組織的生活中——即從經濟的、社會的和政治的條件中——探索文學創作的決定性因素；三、主要從人類精神的集體創作活動如思想史、神學史和其他的藝術中，探索文學的起因；四、以時代精神（zeitgeist），即一個時代的精神實質、知識界氣氛或輿論環境以及從其他藝術的特質中抽出來的一元性力量，來解釋文學。接著，作者以「文學和傳記」，「文學和心理學」、「文學和社會」、「文學和思想」、「文學和其他藝術」為題，分章討論了文學的傳記研究方法、心理學方法、社會學方法、哲學（思想史）方法，以及文學和藝術之比較研究方法。韋勒克和沃倫稱上述方法為「文學的外部研究方法」，雖有一定的合理性，但並不科學。因此，他們主張對文學展開「內部研究」，即從解釋和分析作品本身出發，將作品視為「一個為某種特別的審美目的服務的完整的符號體系或者符號結構」[4]，借用現代語言學的理論和方法去研究作品的語音、語義、節奏、格律、文體、種類以及隱喻、象徵手法等。於是，文學的「內部研究」，即所謂文藝學的本體方法，也就成了作者最崇尚並付諸實踐的方法。

這樣，韋勒克和沃倫事實上便從六個方面概括了文藝學作為一門學科的方法論範式，即文藝研究的六大方法。這是文藝學方法論歷史上最重要的突破。

但是，韋勒克和沃倫的分類又是極其混亂的。例如，文藝學方法的「四種類型」和「六種範式」之間是什麼關係，「傳記研究方法」能否成為一種獨立的模式，「文學和藝術之比較研究」和「內部研究」是否同屬於「本體方法」，等等，都是值得存疑的問題。

繼韋勒克和沃倫的《文學理論》之後，美國另一位文藝理論家阿布拉姆斯在其《鏡與燈》中對文藝學方法也進行了有益的探索，並產

4　韋勒克、沃倫：《文學理論》（北京市：三聯書店，1984年），頁147。

生了較大影響。他為了給理論史的研究找到一個簡單而又靈便的參照框架，以便將眾多的理論學說納入同一論述的平面，精心設計了一幅藝術要素結構圖。阿布拉姆斯稱這幅結構圖為「藝術批評座標系」，實際上是從思維方法的角度對文藝學方法的概括。

阿布拉姆斯認為，文學藝術可分解為四個要素：作品、藝術家、世界、讀者。它們之間的關係如下圖所示：

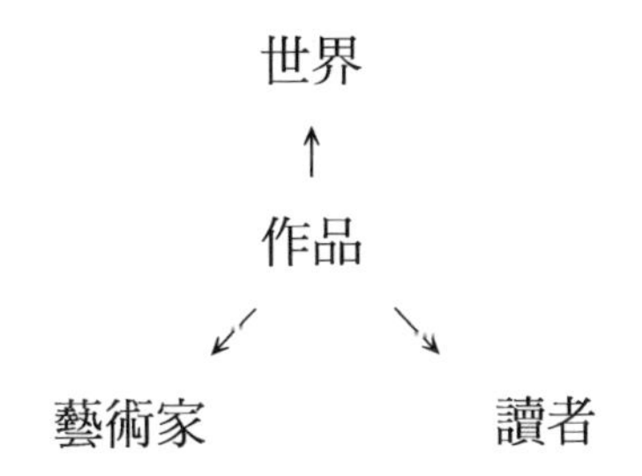

阿布拉姆斯發現，歷史上的任何一種理論批評，都明顯地只側重於其中的一個要素，即偏向於根據其中的某一要素來分析或評價作品。例如，把藝術品解釋為本質上是對世界的外表的摹仿，這就是理論批評史上的「摹仿理論」；判斷一部作品的價值主要是看其在讀者中實現目的的程度，這就是理論批評史上的「實用理論」；如果將詩的主要源泉和題材看作是詩人自己的精神特徵和活動，將藝術家作為判斷作品的標準的主要因素，這就是理論批評史上的「表現理論」；如果在「考察藝術作品的時候原則上把它同這一切外部參考點（指『藝術家』、『觀眾』、『世界』）隔絕開來，把它分析為一個由內部關係中的各個部分組成的自足的統一體，並僅僅以它本身存在樣式的內在標準去評價它」[5]，便是理論批評史上的「客觀理論」。如果說韋勒

5 阿布拉姆斯：《鏡與燈》（*The Mirror and the Lamp*）（牛津大學出版社），第26節。

克和沃倫的方法論主要是側重從文學與其他學科的關聯上劃分文藝學方法的諸範式，那麼，阿布拉姆斯的主要特點則是從文藝研究的思維模式——起點、終點和參照系的不同去規定不同的方法類型。例如，從「世界」出發，參照「世界」與藝術的關係研究藝術，必然是摹仿理論；從「讀者」出發，參照藝術在讀者中的反應和作用評價藝術，必然是實用理論……如此等等。並且，阿布拉姆斯還發現，從歷史上看，古希臘時代主要是摹仿理論，此後是實用理論，再後是浪漫主義時代的表現理論，而二十世紀以來的形式主義當然屬於客觀理論。

顯然，阿布拉姆斯所精心勾畫的這個座標系純粹是為他的理論批評史服務的，因而必然帶有很大的侷限和經驗性質。試問，文藝學方法的研究僅僅是為了歸納文藝學歷史上的諸種學說嗎？何況，阿布拉姆斯所歸納的這四種學說也不能覆蓋整個文藝理論與批評的歷史。因此，儘管他的「藝術批評座標系」產生了很大影響，仍不能作為我們文藝學方法研究的圭臬。

更重要的是，無論是韋勒克、沃倫還是阿布拉姆斯，其文藝學方法論的概念根本無視以中國古代文論為代表的東方審美文化的存在。在這種「歐洲中心主義」支配下的文藝學方法論也就很難避免以偏概全，缺乏科學性和說服力，當然也就不能為我們所接受、所認同。究其原因，當然主要是由於他們對文藝學方法論的概念尚未形成一個系統的、科學的認識，或者說對這一概念還只是一種膚淺的理解。

在我國，文藝學方法問題作為一個獨立的範疇被學界提出來進行研究始於「五四」文學革命之後。「五四」之後，我國先後興起了兩次關於文藝學方法討論的熱潮。一次是二〇年代末至三〇年代初，一次是一九八四至一九八六年。

本世紀二〇年代末至三〇年代初，我國翻譯了大量的國外有關文藝學方法論的著作，如英國哈得孫的《文學研究法》(1930)、美國卡爾佛登的《文學之社會學的批評》（1930）、法國伊科微支的《唯物史觀的文學論》（1930）、蘇聯蓋爾多耶拉的《文學史方法論》（1933）和日本平林初之輔的《文學之社會學研究》（1929）、本間久雄的《文學研究法》（1931）等，不下十餘種。與此同時，也有不少國人撰寫的文藝學方法論著作問世，如戴叔傅的《文學方法總論》（1931）、姚永樸的《文學研究法》（1933）、陳彝孫的《文藝方法總論》（1931）以及論文集《怎樣研究文學》（1935）等。

這次文藝學方法論研究的熱潮發生在「五四」文學革命之後十年。十年來，中國現代文學從題材、主題到形式、手法都發生了很大的變化，出現了「革命文學」。因此，人們的文學觀念也發生了很大的變化，人們對文學的認識方法也需相應地調整。二〇年代末至三〇年代初這次文藝學方法論的研究熱潮便是在這一背景下產生的，它是從「文學革命」到「革命文學」歷史發展的產物，是中國現代文化人對十年文藝實踐，特別是對「五四」文學革命以來的文藝研究實踐的理論反思。

一九八四至一九八六年間的文藝學方法論討論是繼二〇年代末、三〇年代初之後在中國理論史上興起的又一次熱潮。這次討論可以以一九八五年下半年為界，分為兩大時段：一九八五年下半年之前討論的重心是以「三論」科學的移植為標誌的文藝學的科學化問題；一九八五年下半年之後討論的重心是以「文學主體性」為標誌的文藝學的價值取向問題。文藝學的科學化問題就是怎樣使文藝學成為一門科學的問題；文藝學的價值取向問題就是文藝研究的思維起點和參照系問題。在此期間，從大學講堂到各類學術會議，從新聞報導到各類學術刊物，無不熱烈地討論著方法論問題。人們隨時都可以看到運用「新方法」進行理論批評的文字。「方法論」，在當時似乎成了整個文藝學界最感興趣的話題，成了當時最時髦的學問。單就文藝學方法論問題所召開的全國性學術會議，僅一九八五年就達三次之多，以致人們戲稱一九八五年為「方法論年」。

如果說前一次熱潮是從「文學革命」到「革命文學」的產物，那麼，這次討論熱潮的興起則是從「反思文學」到「文學反思」的產物。自一九七六年粉碎四人幫以來，中國新時期文學的發展也經歷了將近十年的歷程。十年來，文藝創作大大地向前推進了。在題材和內容上，衝破了許多長期存在的禁區，越來越向現實社會、向豐富多彩的人生逼近；在藝術形式、表現技巧上，出現了全方位的追求，出現了許多「不像小說的小說」、「不像戲劇的戲劇」。這時，人們已經不滿足於文學的「反思」價值，越來越注意表現和發掘人的全靈魂和深層心理世界。這些嶄新的文藝現象開始將人們引向對文學自身的思考：文學究竟是什麼？文學的表現方法究竟應當怎樣？因此，關於文學的理論批評便再也不能固守舊有的模式了，特別是在各種西方文藝思潮一齊湧來的時候，相當一部分理論批評家普遍感到需要來一次自我反省，以期尋找文藝研究的新方位、新視角。

一九八四至一九八六年間的文藝學方法論大討論便是在這樣的背景下產生的。作為一場自發的學術爭鳴，文藝學方法的大討論，對於社會主義文藝理論的建設提供了一定的經驗和教訓。這場大討論，不僅僅是對傳統模式的反思，而且以其積極的參與意識展開了「新方法」的批評嘗試；它不僅僅在文藝理論界產生了強烈的震動，而且波及文藝研究的各個領域，甚至引起了整個學術界的關注。當然，作為一場自發的學術爭鳴，其間的失誤和偏向的發生，也就顯得不奇怪了。

遺憾的是，無論是西方學界關於文藝學方法的研究，還是我國關於文藝學方法的討論，迄今為止，對於「文藝學方法」這一概念的確切含義，仍未形成明確而又統一的界定。因此，在我們對這一課題展開專門研究之前，就不能不給這一概念以比較充分的解說。這當是使本書的論題及其邏輯框架得以成立的基本前提。

文藝學方法的基本概念

什麼是方法？方法就是工具，就是「運用它的人所操縱的工具」[6]，就像工匠的斧頭、農人的鐮刀、渡河的橋樑、登山的雲梯。一般意義上的「方法」，就是人類認識客體、走向彼岸的途徑。它有一定的起點、終點和過程，有一定的結構、模型和參照系。它是理論學說的支撐點、思辨智慧的結晶體。就人類對整個客體世界的科學認識來說，「方法」的概念當有三大層次：

一、一般方法：一般方法是人類認識客體世界的最普遍、最高層次的方法，主要是指哲學方法，例如「形而上學」、「辯證法」、「唯心主義」、「唯物主義」等等。它既是世界觀，又是方法論；或者換句話說，它是與世界觀最接近、聯繫最緊密的一種方法，具有最高的概括力和最廣的普適性。

二、特殊方法：特殊方法是指人類認識客體世界過程中所形成的具體科學學科的方法。例如自然科學中的數學、物理學、化學、生物學等，社會科學中的政治學、經濟學、法學、史學、倫理學、美學等，都有自己獨特的把握世界的角度和方法。同一個對象，從不同的角度出發，運用不同學科的方法進行研究，完全可以得出不同的結論。例如托爾斯泰筆下的安娜・卡列尼娜這一形象，從政治學的角度看，她是俄國上層社會的貴婦人；從倫理學的角度看，她是一個對丈夫不忠的妻子；而從美學的角度看，她是一個被塑造得非常成功的藝術典型……。

三、個別方法：個別方法是指形式邏輯意義上的「推理」、「判

---

6 比爾・尼柯斯：《電影與方法》，轉引自中國社會科學院哲學研究所美學研究室編：《美學譯文》(1)（北京市：中國社會科學出版社，1980年），頁46。

斷」、「歸納」、「演繹」、「分析」、「綜合」等論述個別問題的形式。這些形式不僅是科學研究中闡釋個別觀點時所運用的思維方式，也是一般口頭的或文字的語言表達所必須遵循的思維方式，否則，便是「不合邏輯」，不能為他人所接受或理解。

顯然，我們所要討論的「文藝學方法」，是屬於第二層次上的「方法」，即文藝學作為一門學科的「方法」。這一意義上的「文藝學方法」，既不同於一般哲學方法，又不是邏輯學意義上的「判斷」、「推理」等等。哲學方法由哲學去研究，「判斷」、「推理」由形式邏輯去研究。它們都和文藝學方法有關係，但又都不是文藝學方法。在我國一九八四至一九八六年間的文藝學方法討論中，有些人將馬克思主義的文藝學方法概括為「辯證唯物主義和歷史唯物主義」，或將某種方法說成是「唯心主義」或「形而上學」，顯然是將文藝學方法與哲學方法混淆起來了。如果按照這樣一種思路去研究文藝學方法，那就再省力不過了；但這是一種將文藝學方法的研究引向死胡同的簡單化的作法。文藝學不等於哲學，文藝學方法也不等於哲學方法；文藝學方法受哲學方法的影響或制約，但將它們高度一體化的作法必然導致文藝學方法獨立性的消解。與這種理解相反，另一些人則將中國古代文論中的「推源溯流」、「考據實證」、「知人論世」等也稱之為「文藝學方法」，甚至直接將「歸納」、「演繹」、「分析」、「綜合」等邏輯方法也稱之為文藝學方法[7]，這顯然是走向了另一端，不足為訓。試問，形式邏輯方法是文藝研究所獨有的方法嗎？如果不是，為什麼要把它稱之為「文藝學方法」呢？文藝學方法應當是文藝研究所獨具的方法，只有這一意義上的「方法」才是嚴格的文藝學方法。概言之，

7 見傅修延、夏漢寧：《文學批評方法論基礎》（南昌市：江西人民出版社，1986年）。「邏輯方法」是該書的一章。

在文藝學方法概念的理解上，上述兩種偏向都是不科學的，它無助於我們關於文藝學方法的科學探討。科學的文藝學方法的概念應當是、也只能是文藝學作為一門科學學科所獨具的方法；儘管它可能與其他科學學科有某種聯繫或交錯，但它必須有完全屬於自身特點和規律的品格。

近年來，隨著對外開放的潮流，在我國美學和文藝學領域出現了介紹國外「新方法」的熱潮。據說，新時期以來介紹的現代國外「新方法」竟達二、三十種之多。諸如「俄國形式主義」、英美「新批評」、「結構主義」、「解構主義」、「符號學」、「現象學」、「闡釋學」、「接受美學」、「精神分析學」、「格式塔美學」、「人類文化學」、「原型批評」、「比較文學」、「女權主義批評」、「存在主義理論」、「新馬克思主義」……等等。其實，這些所謂的「新方法」也不是嚴格意義上的文藝學方法，只是美學文藝學的諸流派。方法不等於流派；一種方法可能被多種流派所運用，一種流派也可能同時運用多種方法。儘管理論批評的流派是文藝學學科意義上的派別，但它畢竟是一個群體意義上的概念，它所指的主要是一些在立場、觀念、環境、風格，當然也包括方法等方面相近的文藝家「群」。而文藝學方法主要是指文藝學作為一門學科的研究方法，與流派這一概念顯然是不可等而同之的。將方法與流派相混淆，是對文藝學方法概念的第三種誤解。

最後，文藝學方法是文學藝術的研究方法，不包括文藝創作方法。當然，一位作家應當首先是位藝術鑒賞家、批評家和思想家，他同樣具有關於文藝的一般觀念和理解文藝的方法，這當然會影響他的創作。從這一意義上說，文藝學方法與文藝創作方法又有某種內在的聯繫。但是，文藝學是一門科學，與文藝創作畢竟是兩碼事。因此，文藝學方法與文藝創作方法也不能混為一談，這當是不言而喻的。

在基本廓清了文藝學方法的內涵之後，我們便可以發現，正確理解這一概念有兩個基本點：一、它是一門科學學科層面上的方法；二、它是科學研究的思維模式。這兩個基本點，我們在前述韋勒克、沃倫和阿布拉姆斯的文藝學方法論中可以得到印證。他們關於文藝學方法的論述儘管有諸多的缺憾，但是他們對這兩個基本點的把握仍然是值得借鑒的。由此，我們可以對文藝學方法的基本含義表述如下：

> 所謂文藝學方法，就是文藝學作為一門獨立的科學學科所特有的思維的原則、方式和規律。它有一定的起點（出發點）、終點（結論）和操作過程，有一定的結構、模型和參照系統。它是理論批評家以其獨特的心智感悟、理解和把握文藝現象及其本質和規律的工具和支點。文藝學方法的研究是文藝學走向自覺與科學的標誌。它是關於文藝理論的理論、文藝批評的批評，是對整個文藝研究的理性反思，屬於「文藝學學」。

文藝學方法的五大範式

按照我們關於文藝學方法的上述理解，如果將整個人類，不只是美國或德國、歐洲或亞洲，而是全世界；也不只是古希臘或中世紀、近代或現代，而是古今中外全部文藝理論與批評的歷史，看作一個整體、一個有機聯繫的系統去考察，那麼，我們就會發現，文藝學作為一門科學學科的思維方式，即文藝學方法，共有五大基本類型：

一、文藝學經驗方法；

二、文藝美學方法；

三、文藝社會學方法；

四、文藝心理學方法；

五、文藝學本體方法。

文藝學經驗方法的出發點是「經驗」，參照系就是「經驗」自身，即審美主體的審美經驗；它的結論，即理論觀點，是對文藝現象的經驗性表述，而不是思辨性的分析。

什麼是「經驗」？經驗就是人類實踐過程中知識和技能的積累。在日常生活中，我們在某個地方跌了一跤，第二次經過這地方時便會留心，不讓自己再次跌跤；我們在前一次科學實驗中失敗了，當第二次重做這一實驗時，自然會考慮怎樣避免重複失敗，以便成功……。這就是日常經驗。日常經驗好像給人的生命活動裝了一架自我調整器，在外來資訊的不斷輸入過程中，不斷實現自我調整，以保持主體與外界的平衡。日常經驗也可以通過間接的方式（讀書、學習）獲得，它是人類把握客觀世界的知識和技能的累積沉澱物，通常以潛在的形式深藏在人類意識的深層。通過經驗認識客體是人類把握世界的一種方式，這實際上就是馬克思所說的「實踐一精神」的思維方式。就像農家種地不一定首先學習植物學、工匠做工不一定首先學習力學，憑藉前人和自己的經驗積累便可以進行有效的勞動一樣，通過經驗認識世界也不一定首先訴諸科學的理性分析。

和「日常經驗」一樣，「審美經驗」是人類整個審美和藝術活動中知識和技能的積累。事實證明，人類從孩提時代起，就開始了審美經驗的積累。一朵美麗的鮮花可以逗笑正在啼哭的嬰兒，一部精彩的影片可以使一群頑童的注意力高度集中。這說明，對於美和藝術的感受力是人類的先天本能。隨著閱歷和實踐的延伸，特別是隨著審美和藝術活動的延伸，人類的這一本能得到充分的展開和深化，人對於美和藝術的感受力進一步豐富、發展起來，於是開始了藝術的價值判斷和全面反思，出現了文藝評論和理論體系。這樣的文藝評論和理論體系如果主要是參照審美主體的審美經驗，即從審美主體的經驗出發對文藝現象展開經驗性的感悟和描述，便是文藝學的經驗方法。

由於審美經驗是人類全部審美和藝術活動實踐經驗的積累，包括閱讀、接受、欣賞、創作、批評、研究等各方面知識和技能的總和，那麼，不同審美主體的不同審美和藝術實踐也就決定了審美主體的經驗結構各不相同。於是，作家便有不同的風格，讀者便有不同的審美情趣。當然，這些不同有時也有層次上的差別，就像不同的日常經驗決定了人類不同的生命活動層次一樣，不同水準的審美經驗也往往決定不同的審美主體只能參與或接受不同層次的審美和藝術活動。粗俗的藝術經驗只能參與或接受粗俗的審美和藝術活動，積累了高雅的審美經驗才能參與或接受高雅的審美和藝術活動。而高雅審美經驗的積累主要來自審美教育。審美教育是人作為社會的人、藝術的人被社會化、被美化的必由之路。

由於文藝學經驗方法是從審美主體的經驗出發，主要是參照審美主體的內在經驗結構對文藝現象的接受和理解，那麼，這也就決定了它的第一個，也是最重要的一個特點——主體性。強烈的主體意識，是文藝學經驗方法的主要特點。其次，由於文藝學經驗方法是審美主體對審美客體的直觀體驗而不是分解式、思辨式的知性分析，因而，它的思維模式和表述方式又是渾整的、意會的。渾整性和意會性是文藝學經驗方法的另外兩個特點。

文藝學經驗方法也是藝術鑒賞中最常用的一種方法。例如，我們評論一幅畫或一首詩「氣韻生動」、「情境交融」、「形神兼備」、「虛實相間」；我們評論一部作品的總體風格或「豪放」、或「婉約」、或「雄渾」、或「沖淡」、或「綺麗」；我們判斷文藝的總體價值，或側重社會意義、或側重愉悅意義、或側重語言的運用、或側重情節的奇特。這類的鑒賞評論一方面受制於審美客體固有的性質，一方面和審美主體的內在經驗結構有很大關係，不同的年齡、性別、職業、閱歷、境遇、情趣的人完全可以做出不同的結論和評價；並且，作為藝術鑒賞，又往往習慣於以生動的、形象的語言對作品展開整體描述，較少運用高度思辨和抽象概念展開純推理性的判斷。這就是文藝學經驗方法的一般性質。

與文藝學經驗方法不同，文藝美學方法的出發點是人的思辨理性，參照系是思辨哲學的理論和方法，目標是對文藝現象的哲理分析。換言之，文藝美學方法實際上便是藝術哲學的方法。它首先構想的是關於世界的一般看法，然後從一般哲學世界觀或某種觀念出發，借助哲學的理論和方法對文藝展開思辨性的推理分析。

如果說文藝學經驗方法是一種「自下而上」的思維模式，那麼，文藝美學方法則是一種「自上而下」的方法。文藝學經驗方法是對文藝現象的直接的主體反應，而文藝美學方法則遠離文藝現象和審美主體的經驗，將懸浮在空中的哲學觀念作為自己的出發點，對文學藝術展開「自上而下」的知性分析。因而，宏觀性和思辨性是文藝美學方法的重要特點。此外，由於文藝美學所借助的主要是一種哲理思辨的力量，因而，它並不像文藝學經驗方法那樣將對象作為一個渾然的整體展開意會性的表述，而是通過解剖或分解，首先認識部分然後進入整體，實現對文藝的本質和規律的確定性判斷。宏觀性、思辨性、分解性和確定性，是文藝美學方法的主要特點。

文藝美學方法是思想理論家，特別是哲學家研究文藝的最常用的方法。他們首先是思想理論家或哲學家，首先有一個對整體宇宙或世界的一般看法，因此，他們往往習慣於從這樣一種最一般的觀念出發對文藝發表自己的見解；他們的文藝理論因而也往往是其哲學理論的演繹；他們對文藝的研究當然也往往是為了證明自己的哲學理論。由於這樣一種方法和哲學有著最緊密的聯繫，因而對整個文藝理論，特別是對整個現代文論產生了極大的影響。現代文論將文藝現象分解為「內容和形式」、「浪漫主義和現實主義」、「題材和主題」、「思潮和流派」、「形象和典型」、「情節和細節」等諸元素，然後通過這些元素的個別研究實現對文藝的整體認識。事實上，這便是在哲學方法的影響下形成的一種研究思路。特別是「內容與形式」、「藝術與生活」（意識與存在）、「共性與個性」等理論範疇，實際是哲學範疇的直接移植。此外，又由於文藝美學方法所借助的主要是一種哲理思辨的力量，因而，它最感興趣的往往是探究諸如「文藝的本質」這類思辨性的命題；它做出的一些結論，諸如「藝術是生活的反映」、「藝術是生活的模仿」、「美是理念的感性顯現」、「美是人的本質力量的對象化」、「典型是共性與個性的統一」、「形象思維是形象和思維的統一」等等，往往是思辨性、概括性和抽象性極強的哲學判斷。

文藝社會學將文藝作為一種社會現象，參照社會學的理論和方法對文藝展開社會學的研究，從而得出社會性的結論。「文學藝術現象首先是一種社會現象」，這是文藝社會學最基本的文藝觀念，也是它的出發點。從這樣一種基本的觀念出發研究文藝，文藝社會學就必然借助社會學的理論和方法，對文藝的社會本質和規律展開研究。因此，文藝社會學的理論學說多是關於文學藝術的社會性判斷，側重從文藝和社會的關係探討文學藝術的性質。文藝社會學作為一門學科，是文藝學與社會學的匯流；作為一種方法，是從社會學的角度對文學藝術的社會本質和社會規律的思考。

事實上，文藝社會學是我們非常熟悉並且最常用的一種方法。分析一部作品、一個作家，或者一種流派、一種思潮，我們往往首先分析他們所賴以產生的那個社會，通過他們所賴以產生的那個社會的政治、經濟等社會背景的分析把握文藝的性質和特點；而這些性質和特點，又顯然是和社會緊密相連的性質和特點，是對文藝現象的社會學的規定。「文藝與政治的關係」、「文藝與經濟的關係」、「文藝的社會價值和社會作用」、「文藝和社會的互動」、「文藝的社會生產和傳播」、「文藝家的社會地位」、「文藝事業的社會管理」等等，都是文藝社會學的重要研究課題。總之，文藝社會學主要研究的是文藝和社會環境、社會條件的互動關係。這裡所說的「社會環境」和「社會條件」，作為社會學意義上的概念，當然也應當包括「自然環境」和「自然條件」。「自然環境」和「自然條件」作為人類所賴以生存和發展的環境和條件，是社會學的重要內容，也是文藝社會學必須關注的對象。因為人首先是自然的一部分，人和人的自然關係也是一種社會關係，而這種自然關係又必然深刻地影響著文學藝術。

這裡需要特別指出的是，在我們的文藝研究中，文藝社會學方法多少被曲解了。往往自以為運用的是文藝社會學的方法，其實是極其片面的。這是因為，我們的文藝社會學既不注重研究諸如「文藝的社會管理」這類應用性課題，也不去研究文藝和社會的自然關係，甚至將這種自然關係的研究全部貶之為「自然主義」、「歷史唯心主義」，只是專注於文藝和政治、文藝和經濟等方面的研究，將文藝和政治、文藝和經濟的關係視為文藝社會學的全部內容。這顯然是對文藝社會學的狹隘理解，是導致文藝上的庸俗社會學氾濫成災的重要原因之一。

與文藝社會學不同，文藝心理學將文學藝術作為心靈事實進行研究。這是文藝心理學的文藝觀念，也是其文藝研究的基本出發點。文學藝術既然是心靈事實，那麼，文藝心理學的主要對象便是審美主體（包括作家和讀者）的內在心理結構以及作品的心理學本質和規律。這樣，心理學的理論和方法便成了文藝心理學的主要參照，它的研究結論當然也就成了對文藝的心理學規定。文藝心理學作為一門學科，是文藝學與心理學的匯流；作為一種方法，是從心理學的角度對文學藝術現象的心理學本質和心理學規律的思考。

我們知道，根據唯物主義反映論，文學藝術現象本身首先是一種精神現象、意識現象，人的審美活動首先是一種心理活動，是主體內宇宙的精神活動。這就是文藝心理學的哲學基礎。文藝心理學方法正是以這種哲學理論為前提，對文藝展開心理研究的。這種研究包括對創作主體和接受主體在創作和接受過程中的心理規律的研究，也包括對藝術作品、藝術形象中所顯現的心理規律的研究，通過這些研究實現對文藝的本質和規律的總體把握。文藝理論史上的「言志」、「緣情」說，「滋味」、「韻味」說，「自得」說，「比興」說，「靈感」說，「天才」說，「距離」說，「移情」說，「欲望昇華」說等，便是在不同程度上對文藝和審美現象的心理本質和規律的發現。

如果說在文藝創作的歷史上，現實主義和浪漫主義是兩種最基本的創作方法，那麼，我們同樣可以說，在文藝研究的歷史上，文藝社會學和文藝心理學是兩種最基本的研究方法。文藝社會學側重文藝和外部社會聯繫的研究，文藝心理學則側重文藝主體的內部世界的探微；文藝社會學側重文藝的「再現」性質和「反映」功能，文藝心理學則側重文藝的「表現」性質和審美主體的創造功能。但是，在以往的文藝研究中，我們往往重視文藝的社會學研究而忽略文藝心理學研究，甚至在某個時期，文藝心理學和唯心主義被劃上了等號。這種思維重心的偏斜導致我國文藝心理學的研究多年停止不前。

文藝學本體方法實際上是文藝研究中的語言學方法。它把文學藝術現象首先理解成一種語言現象。因為「語言」（廣義的藝術語言）是一切文學藝術的載體：沒有語言文字，便沒有小說；沒有土、石等物質形態，便沒有建築和雕塑；沒有色彩、光線，便沒有繪畫；沒有韻律、節奏，便沒有音樂；沒有身段、動作，便沒有舞蹈……藝術語言是藝術之所以存在的本體。這一意義上的「本體」，便是文藝學本體方法的出發點。因此，研究文藝作品的音韻、節奏、語義、句式、結構、手法、形式等，便成了文藝學本體方法的主要對象。在文藝學本體方法看來，只有通過文藝本體存在方式的研究，才能給文藝以科學的研究，才能給文藝以科學的界說，才能實現對文藝的本質和規律的科學認識。這樣，語言學（包括語言哲學），便成了文藝學本體方法的基本參照。作為一門學科，對文藝的本體研究是文藝學與語言學（包括語言哲學）的匯流；作為一種方法，文藝學本體方法是借助語言學（特別是語言哲學）的理論和方法對文學藝術的再認識。它所要回答的，主要是文藝現象作為本體存在的語言學性質和規律。

文藝學本體方法是一般文藝研究中非常慣用的方法。我們讀一首詩、一篇小說，總要思考它的謀篇佈局、遣詞造句或寫作手法等。詩詞的格律、小說的結構、繪畫的色彩、雕塑的形態和動作等，都有其自身的審美意味，不同的格律、結構、色彩、形態、動作等必定會產生不同的意味。四言詩、五言詩、七言詩各有怎樣的美學意義？「春風又綠江南岸」之「綠」字為什麼不用「到」、「過」等而唯獨選用「綠」？「紅杏枝頭春意鬧」，植入一「鬧」字為什麼「境界全出」？魯迅的《孔乙己》為什麼用第一人稱而《阿Q正傳》則用第三人稱敘述？直敘、倒敘和插敘各有什麼作用？如此等等，都是對文藝學的本體研究。文藝學本體方法，並不是我們所陌生的方法，其實質在於通過本體的研究發現藝術語言的審美意味和價值。當然，如果站在更高的層面，將文藝學的「本體」作為人類所創造的「符號」，借助現代語言哲學的理論和方法進行研究，那將對文藝的本質和規律作出更加宏觀、更加深刻的判斷。

——這就是文藝學作為一門科學學科的五種研究方法，也是整個人類把握文藝現象的五大思維模式。

在我們看來，任何時代、任何民族的理論批評家，對任何文藝現象的任何理論探討或鑒賞評論，都逃不脫這五種方法和範式的概括。儘管一個理論批評家或一部著作、一篇論文，可能以其中的某一種或某幾種為主，也可能兼用其中的某幾種而很難嚴格區分，但是，從總體上說，不過是這五種方法和範式的雜交或變種。對整個文藝理論批評史和整個人類關於文學藝術的認識來說，這應當是文藝學方法最科學的分類和概括。我們之所以自信它是科學的，主要在於這一分類和概括是基於這樣的出發點：文藝學方法，從本質上說，是文藝學作為一門科學學科的思維範式。因而，我們最關注的，是文藝學和其他科學學科的關係；這種關係，當然主要是指學術研究中的思維方式方法的關係。迄今為止，整個文藝理論批評的發展，事實上便是文藝學從經驗型態脫穎而出，逐步走向與其他相關學科融會、交織的歷史。文藝學作為一門科學學科，是在不斷借鑒、移植其他學科的思維方法的同時豐富發展了自身。文藝學的發展及其歷史型態，決定了文藝學方法的沿革及其歷史型態。

文藝學方法的歷史型態

如前所述，文藝學有一長期的過去，但僅有短暫的歷史。文藝學作為一門獨立的科學學科，出現在十八世紀末至十九世紀初。在此之前，人類對於文藝現象的認知與理解帶有極大的經驗性質。這不僅僅是由於當時的理論批評大多出自作家之手，大多是作家的「經驗之談」，而且即使在那些系統的整體著作如亞里斯多德的《詩學》、劉勰的《文心雕龍》中，對於文藝現象的研究與考察也帶有濃厚的經驗性質。因此，從總體上說，在文藝學作為一門獨立的學科出現之前，人類對於文藝現象的認知與把握，基本上是經驗型的。而中國古代文論是文藝學經驗方法最典型、最完美的歷史型態。

中國古代文藝理論與批評作為文藝學經驗方法的典型範式，不僅僅由於它在形式上多採用評點式、批注式、序跋式、選本式，或以詩評詩等方式（這確是中國古代文論的重要特點之一）發表對於藝術的見解，而且主要還在於它的基本概念大多是一種體驗式、感悟式、直觀式的概念。例如，所謂「文氣」說、「緣情」說、「滋味」說、「韻味」說、「神韻」說、「格調」說、「性靈」說、「肌理」說、「意境」說等，雖被各家所反覆運用或闡釋，但它們的確切含義是什麼？很難用現代中文準確無誤地表達出它們的全部內涵，更難在現代文藝理論中找到與其完全對應的概念。即使其中一些直接來源於哲學的概念，例如「氣」，也沒有一個統一的科學界定。至於中國古代文論關於藝術風格的把握，諸如「綺靡」、「風骨」、「雄渾」、「沖淡」、「自然」、「含蓄」、「綺麗」、「疏野」等等，更是憑經驗對藝術的直接領悟或體會。因此，對於這些概念的理解，也只能憑藉藝術經驗，與文藝現象緊密地聯繫在一起的藝術經驗。因為這些概念尚未上升到純思辨的層面，本身便是從審美經驗出發對藝術的本質和規律的經驗性表述。

中國古代文論之所以成為十八世紀之前文藝學經驗方法的典型範式，一方面取決於整個文藝學發展的歷史條件，一方面也是由中國古代特殊的社會文化環境所決定的。以自然科學為例，特別是中醫學，對於人體的把握便是一種典型的經驗性把握。中醫學認識人體、判別病症，不依賴對於人體各部分、各系統或各器官的解剖分析，而是將人體作為一個「黑箱」進行整體性的經驗感知。所謂「醫者，意也」便是這個意思。再看哲學。中國古代的宇宙觀是建立在「五行」說基礎上的宇宙觀，因而，在這一宇宙觀支配下的哲學範疇便往往是超時空的、神秘的、經驗的。中國文藝學深受佛學，特別是禪宗的影響，而佛禪哲學最重要的特點之一便是強調「直觀」、「妙悟」的認知方法，這一方法毫無疑問對中國古代文藝理論產生了深刻的影響。相反，對中國古代文論極少產生影響的倒是數學、天文學等有著確定、嚴格的概念的自然科學。所有這些，蓋出於中國古代文論和西方古代文論所處的截然有別的文化環境。西方自然科學有著明確的時空觀，哲學有著明確的定義和範疇，文藝學較少受宗教的影響（西方宗教也不同於中國的宗教），而受自然科學的影響則源遠流長，畢達哥拉斯學派的「黃金分割」定律便是直接運用數學手段總結出來的。

應當這樣說，文藝學經驗方法，是整個人類把握文藝現象的初始型態。直到十八世紀下半葉，美學作為一門學科從哲學中獨立出來以後，文藝學方法的歷史型態才產生了質的飛躍——從直觀經驗型向理論思辨型的飛躍。以康德和黑格爾為代表的德國古典美學的出現是這一飛躍的主要標誌，標誌著一種新的文藝學方法——文藝美學方法的出世。

與以中國古代文論為代表的文藝學經驗方法不同，以康德、黑格爾為代表的文藝美學方法從思辨理性出發，從哲理觀念出發，即首先臆想出一個關於整個宇宙和社會的一般看法，然後再由這樣一個一般看法出發去規定文藝的本質和規律。它所參照的當然也不可能是理論家的審美經驗，而是哲學世界觀和方法論，即將文藝納入哲學世界觀的視野，借用哲學方法論概括文藝和審美的規律。康德關於審美形式的論述、黑格爾關於藝術發展輪廓的描繪，等等，都是這樣一種文藝學範式。因而，他們關於藝術和審美規律的判斷，都是宏觀的、高屋建瓴式的；他們所運用的一些概念，諸如「主體」、「客體」、「形象」、「典型」、「內容」、「形式」、「崇高」、「滑稽」、「悲」、「喜」、「想像」、「天才」、「靈感」、「風格」、「個性」、「性格」、「情節」、「衝突」、「平衡」、「和諧」、「象徵」、「比喻」、「抒情」、「敘事」等，都非常明晰，內涵也非常確定。這純粹是借助思辨的力量對文藝現象的理性分析。

文藝美學直接導源於哲學，因而，與其他文藝學方法相比，文藝美學方法最接近哲學世界觀和方法論。實質上，它是哲學世界觀和方法論在文藝和審美領域的延伸和具體化。這樣，我們就不難理解為什

爾扎克和庫爾貝為代表的批判現實主義文藝運動的崛起。如果說法國社會是法國文藝社會學產生的基礎、法國思想理論界是法國文藝社會學產生的文化溫床，那麼，法國批判現實主義文藝運動則是法國文藝社會學產生的直接動因。文藝創作關注社會、反映社會、批判社會，文藝研究當然也不能背對現實，津津樂道於思辨的快感，理所當然地要面對人生，通過文藝透視社會的真諦、把握現實生活中的真理。

文藝社會學的基本課題是文藝與社會的互動關係，即側重從文藝與社會的相互關係的角度研究文藝現象；因此，文藝社會學往往被人指責為對文藝的外部規律的研究。十九世紀末，這一研究範式受到另一種新的研究範式的嚴峻挑戰，這一新的研究範式便是文藝心理學。費希納最先把心理實驗的方法運用於美學，開「自下而上」方法之先河，當是文藝心理學的奠基人。自費希納之後，費肖爾父子提出了「移情」說（後被李普斯等人所發揮）、布洛提出了「心理距離」說、佛洛伊德提出了「欲望昇華」說，還出現了柏格森和克羅齊的「直覺」說、杜威的「經驗」說、桑塔耶納的「快感」說、阿恩海姆的「完形」（格式塔）說以及「意識流」（又稱心理現實主義）理論等等。——這就是十九世紀末至二十世紀初的心理批評，也是文藝心理學方法的典型歷史型態。

與以丹納為代表的十九世紀法國文論不同，十九世紀末至二十世紀初的心理批評側重於審美主體（作家、讀者）內宇宙的體驗。「文藝現象首先是一種心靈事實」，這一判斷是心理批評的基本文藝觀，也是文藝心理學方法的思維起點。因此，心理批評主要是借用了心理學的理論和方法研究文藝，對文藝的創作和欣賞作出心理學規定。事實上，心理批評中的許多理論家，如費希納、李普斯、布洛、佛洛伊德、阿恩海姆等，首先是一位心理學家，這就決定了他們必然地從心理學的角度探討審美過程中的心理本質和規律。文藝心理學作為一門學科和文藝學方法範式的生成，是心理學與文藝學、心理學方法和文藝學方法的撞擊和匯流。

心理批評作為文藝心理學的典型範式出現在十九世紀末至二十世紀初也不是偶然的。從社會環境來看，隨著資本主義生產關係的發展，人和人、人和自然的關係發生了畸變，人的前途、命運和價值越來越成為思想理論家們所困惑不解的難題。於是，多年來被人們所崇尚的思辨理性受到普遍懷疑，多年來被思辨理性所壓抑的直觀感性重新復活；於是，從對外部世界的興趣，轉向對人的內心世界的探討便成了必然。哲學直覺主義和心理學的產生，便是適應了人類自我認識、自我發現的需要。反映在文學藝術上，便是現代派文學的崛起。如果說十九世紀末至二十世紀初的社會現實是文藝心理學產生的基礎、直覺主義和非理性主義思潮是文藝心理學產生的文化氛圍，那麼，唯美主義、頹廢主義、象徵主義、印象主義、達達主義、超現實主義、未來主義、表現主義、心理現實主義等形形色色的現代派文學藝術，則是文藝心理學產生的直接動因。

歷史進入二十世紀以後，人類對於文學藝術的認知方式再次發生重大變化。對於文藝本體的崇拜，是這一變化的最顯著的標誌。最先打起這面旗幟的是「俄國形式主義」，之後是英美「新批評」，五〇年代中期又出現了結構主義文論和符號學美學等。這些理論批評的共同點是將文藝現象首先看作語言現象進行研究。在他們看來，文學藝術的存在首先是語言的存在，語言是作品的載體，是文學之為文學、藝術之為藝術的「本體」存在。因此，對於文學藝術的研究首先應當從作品的存在現實——語言開始，只有通過作品語言的研究，才能真正把握文學藝術所特有的本質和規律。於是，文學的語音、語義、結構，藝術的手法、形式、技巧等，便成了他們所關注的主要對象。——這就是二十世紀初以來文藝研究領域形成的一個影響極大的新範式——「語言形式批評」。「語言形式批評」是文藝學本體方法的典型歷史型態。

語言形式批評作為文藝學本體方法的典型範式出現在二十世紀當然也有其社會文化背景。二十世紀上半葉，經過兩次世界大戰的洗禮，社會歷史進入一個相對穩定的發展時代。各種社會制度經過自我調整或臨產時的陣痛，使生產力和科學技術得到迅猛發展，從而衝擊著各種傳統觀念和陳舊的思維方式。波及到整個哲學社會科學，便產生了一種崇尚科學、借鑒科學方法、向科學靠攏的所謂「科學主義」思潮。文藝學本體批評，正是在這一思潮的影響下提出了使文藝學成為一門科學的呼喚。在本體批評看來，以往的理論批評，無論是美學思辨，還是社會實證或心理分析，都是一種推崇理性的或因果關係的線型思維模式，因而不能得出科學的結論。只有抓住了文學藝術作品的存在現實——語言本體，才能使文藝學成為一門真正的科學。特別是在以索緒爾為代表的現代語言學誕生之後，二十世紀以來的本體批評便有了更可靠、更直接的參照系。現代語言學（主要是語言哲學），成了本體批評對文藝現象進行「本體」研究的主要的、有力的依據和工具。

綜上所述，通過對古今中外文藝理論與批評歷史的整體透視，我們便在宏觀上發現了文藝學方法的五大範式所分別對應的歷史型態：

一、文藝學經驗方法——以十八世紀之前的中國古代文論為代表；

二、文藝美學方法——以十八世紀末至十九世紀初的德國古典美學為代表；

三、文藝社會學方法——以十九世紀的法國文論為代表；

四、文藝心理學方法——以十九世紀末至二十世紀初的心理批評為代表；

五、文藝學本體方法——以二十世紀初以來的語言形式批評為代表。

——這就是我們所要考察的文藝學方法的發展史，也可以說是一部涵蓋古今中外的文藝理論史，一部人類感知和把握文藝現象的沿革史。

這部歷史將向人們證明：文藝學的歷史實際上是文藝學方法的歷史，是整個人類不斷轉移思維的起點和參照系的歷史，是從文藝研究的經驗型態脫穎而出、與其他學科不斷融會或聯姻而走向科學的歷史。

當然，我們尋找文藝學方法的歷史型態，絕不意味著試圖證明這五大範式只是在它所賴以產生的那個時代才存在，絕不是這個意思。文藝學方法的五大範式，作為整個人類接受、感知和把握文藝現象的思維範式，在任何時代、任何民族、任何理論思潮中都存在，如前所述，甚至在同一個理論家或同一種文藝研究的論著中也可能同時並存，無非是以哪一種或哪幾種為主罷了。正如哈姆雷特和阿Q這樣的藝術典型，既可以從社會學的角度上將他們說成是某一時代、某一社會、某一階級或階層的代表，也可以從心理學的角度上分別將他們說成是猶豫性格（或曰俄狄浦斯情結）和精神勝利法（或曰輕微精神病患者）的典型，當然也可以運用其他文藝學方法或同時運用多種方法展開全方位的系統分析。但是無論怎樣分析，在我們看來，從理論上說，都逃不脫這五種方法的邏輯規定。

因此，文藝學作為一門科學學科的五大研究方法，既是對整個人類關於文藝現象的接受、研究和把握的思維範式的邏輯規定，也是對這一思維範式嬗變過程的歷史反思。任何科學研究，只有在邏輯與歷史的交接點上，才能發現真理。本書正是基於這樣的理念，即遵循歷史與邏輯相統一的原則，從方法論的層面剖析古今中外的文藝理論史，選取最典型、最具代表性的理論家、理論著作或理論思潮，探討文藝學諸範式的思維模型，進而尋找整個文藝研究的基本規律和未來導向。

第二篇
文藝學經驗方法

第一章
文藝學經驗方法導論

經驗思維：文藝學經驗方法的哲學規定

「經驗」，作為哲學認識論中的一個重要概念，歷來被人反覆運用卻賦予不同的內涵。「在『經驗』這個字眼下，無疑地可以隱藏哲學上的唯物主義路線和唯心主義路線，同樣也可以隱藏休謨主義路線和康德主義路線」。[1]

現在，我們把「經驗」作為一種思維範式，用來概括文藝學的某種方法的基本特點，儘管與作為哲學概念的「經驗」並不相同，但仍基於我們對「經驗」概念的一般理解。因之，我們在此雖無意對「經驗」展開哲學研究（這並非我們的論題），但是，如果不對「經驗」和「經驗思維」的內涵進行必要的哲學界定，就無法討論文藝學經驗方法本身，甚至可能引起種種誤解。

我們知道，人類的日常生活和生命活動紛紜複雜、難以計量，並不是在任何境況下的任何活動都是訴諸知性分析或嚴密的科學判斷的。工人的機械操作、農民的五穀管理，作為實踐過程，並不是每一工序、每一環節都要訴諸對象以力學或植物學意義上的認識；一個優秀的撞球選手可以對幾何一竅不通，學習游泳無需在理論上深考窮究；梨子的滋味只有親自去品嚐，營養師的化驗報告和理論分析對於日常

1　中共中央馬克思恩格斯列寧史達林著作編譯局編：《列寧選集》（北京市：人民出版社，1972年），卷2，頁153。

的食用者來說是多餘的……。所有這一切——人類在日常生活活動中對於客體的把握，即「日常思維」——只有一個參照系：「經驗」。我們把這種參照「經驗」去認識世界的思維範式稱之為「經驗思維」。

「經驗」是人類實踐的產物，故稱「實踐經驗」；同時，經驗又是人類知識和技能的積澱，屬於意識和精神範疇。既是實踐的，又是精神的，這就是「經驗思維」的二重組合原理，同時也是其作為人類把握世界的一種特殊方式的二重性。馬克思在〈《政治經濟學批判》導言〉中所說的「實踐—精神」方式，實際上便是對經驗思維的哲學規定。馬克思說：「整體，當它在頭腦中作為被思維的整體而出現時，是思維著的頭腦的產物，這個頭腦用它所專有的方式掌握世界，而這種方式是不同於對世界的藝術的、宗教的、實踐—精神的掌握的。」馬克思是在論述政治經濟學的方法時說這番話的。在他看來，科學的政治經濟學的方法應當是「從抽象上升到具體的方法」，是「思維用來掌握具體並把它當作一個精神上的具體再現出來的方式。」這種思維方式經歷了一個由上而下的邏輯行程，屬於純理論型態的思維。而藝術的、宗教的、實踐—精神的思維方式則是由下而上的非純理論型態的思維——經驗思維。單就「實踐—精神」的方式來說，便是一種沒有完全擺脫具體、沒有完全超越實踐過程的直覺性思維，同具體對象和實踐過程有著直接的聯繫。它主要是借助於「經驗」對客體進行分析、概括、判斷、推理。儘管其思維的手段（分析、概括、判斷、推理等）與純理論型態的思維相似或相近，但既然直接與經驗事實打交道並對其加工，就不可能像純理論思維那樣具有超越直接經驗材料的間接性和抽象性，仍然處於認識的經驗水平。

隨著現代思維科學的發展，理論家們對馬克思所區別的上述兩大思維方式有了更深入的認識和研究。日本一橋大學教授岩崎允胤和中央大學教授宮原將平在其合著的長篇巨制《科學認識論》中便有明確的界說。在他們看來，人類對於客體世界的認識有兩種水平，一種是「經驗」水平，一種是「理論」水平，實際上就類似馬克思所提出的兩大方式。他們認為，感覺、知覺不能稱之為「認識」，所謂認識的「經驗水平」當然也不是指感覺、知覺；認識是從對感覺、知覺材料的加工而形成的「經驗」上開始的。因此，以感覺、知覺為管道、從「經驗」開始理解對象的認識就是經驗水平的認識；超越經驗事實的科學認識就是理論水平的認識。他們說：經驗水平的認識「已經不是單純的感覺、知覺，而是包含著對於感覺、知覺材料的一定綜合。……換句話說，在經驗裡包含著某種綜合統一，即某種普遍性，甚而至於某種必然性——即語言表現，或概念、判斷、推理，或一定的表象、命題、公式等。這是因為沒有某些這類因素，認識就不能成立。」[2]

岩崎、宮原二位先生的觀點是否正確，我們姑且不論；但他們對人類認識客體世界的方式的界說卻能給我們以啟發。首先，我們所說的「經驗思維」，指的是人類認識客體的一種完整的範式，在哲學上屬於人類認識的一種體系型態，而不是經驗事實或經驗本身，也不是人類認識過程中的「初級階段」。事實上，馬克思的「實踐一精神」方式，也是作為人類把握世界的一種獨立型態，而不是作為認識過程的某一階段而提出來的。對於人類認識過程的考察研究，當然可以將這一過程分為感性階段和理性階段等等；感性認識階段又可分為感覺、知覺、表象等感性認識。但是，我們所說的「經驗思維」絕不是指人類認識過程中的「初級階段」——感性認識階段的感性認識。「經驗思維」作為一種完整的思維範式和認識體系，它既有感性認識

2　岩崎允胤、宮原將平撰，于書亭等譯：《科學認識論》（哈爾濱市：黑龍江人民出版社，1984年），頁125-126。

也有理性認識，是感性與理性的統一；既有感覺、知覺、表象，也有概念、判斷、推理；否則便不稱其為完整獨立的認知範式。

其次，「經驗思維」在邏輯（而不是在認識過程）的意義上又屬於人類思維型態的初始範式，有待於向「科學思維」過渡。「經驗思維」和「科學思維」，在人類思維型態（不是認識過程）的邏輯發展上，畢竟屬於不同的層面。但是，這兩種思維範式又不是絕緣的，而是你中有我，我中有你，互相滲透、互相轉化。一方面，經驗思維向科學思維過渡；另一方面，在某一歷史階段上屬於科學思維的東西，在更前進了的歷史階段上又會轉化為經驗思維。經典數學和力學上的許多命題，在今天就已被包括在經驗的認識中了。包括文藝學在內的人文科學，儘管與自然科學有別，但在經驗認識和科學認識之間也有一種互相滲透、互相轉化的邏輯循環關係。古代人對於文藝現象的某些認識，可能已成為現代文藝學的經驗認識了；而我們今天對於文藝現象的新認識，也可能成為明天文藝研究的經驗認識。

——這就是我們對於「經驗思維」的基本理解，也是文藝學經驗方法的哲學規定。文藝學經驗方法作為人類認識客體的一種思維範式，從認識論的角度上說，實際上就是文藝研究中的「經驗思維」。

審美經驗：文藝學經驗方法的出發點和參照系

與日常生活中的經驗思維一樣，人類對於文學藝術現象的把握也並不是時時、處處都訴諸科學分析和知性判斷的。當人們吟過一首詩、讀過一部小說、看過一幅畫、聽過一首曲子之後，不一定非要上升到哲理的高度進行思辨性分析，完全可以憑藉自身的審美經驗發表經驗性的意見和感受。表現在文藝研究上，這便是文藝學的經驗方法。文藝學經驗方法，作為人類認識文藝現象的一種獨立的思維方式，就是審美主體從自身的審美經驗出發，對文藝的本質和規律進行經驗性把握的一種方法。文藝學經驗方法作為一種經驗思維範式，當然與審美經驗有著密切的聯繫。審美經驗的性質，對於文藝學經驗方法往往產生了決定性的作用。

什麼是審美經驗？審美經驗是整個人類經驗體系的有機構成部分，是人類審美和藝術活動中知識和技能的積累。人類的審美和藝術活動是人類生命活動的一部分，它的特殊性首先在於通過創造一種「有意味的形式」[3]獲得美的享受。而對這種「有意味的形式」的創造和享受本身，便有一個經驗積累的過程。且不說目不識丁的人不可能創造和欣賞任何詩篇，即使是有一定文化藝術修養的人，對於藝術的新手法、新語言、新形式，也有一個逐漸接受的過程。人們不會忘記，當電影大師格利菲斯第一次在好萊塢的一家影院放映大特寫鏡頭時，觀眾由於突然看到一個「被割斷的」碩大的頭部在銀幕上朝著他們微笑時而顯出的恐慌；今天，觀眾卻早已習慣了「特寫」這一電影語言。據說，當一些畫家到非洲一些原始村落畫了他們的牛的時候，這些原始人會感到無比憂傷，認為畫上的牛將隨畫家而去，使他們無以為生；而這對於我們現代人來說，絕不會產生如此感覺，因為關於繪畫的藝術經驗告訴我們，畫框中的物像和現實中的事務是兩碼事，屬於「第二自然」，我們憑藉這一經驗可以直接進入審美世界。

這些事實說明，審美經驗首先是關於「藝術慣例」的經驗。因為藝術品實際上是一種「人工製品」，是在作者和接受者之間達成的一種「默契」。路易斯曾舉了這樣的例子來說明藝術慣例：程控電話到了三分鐘時會自動斷線，那麼，按照習慣規定，原先打電話的人就應在斷線之後再撥電話，而另一個人這時等待對方回電話。這已成為慣

3　貝爾：《藝術》（北京市：中國文藝聯合出版公司，1984年），頁4。

例。但如果習慣於接電話的人先撥電話，或規定在斷線之後由姓氏字母居先者先打電話等等，也會成為一種慣例。關鍵在於雙方的協調行動。「一旦這種行為程序建立起來以後，它就變為常識，在這種基礎上，預期的默契習慣就被建立起來。」迪基認為，正是觀眾與演員之間的「默契」，形成了人們演出和欣賞的習慣。沒有人會無意地走進劇院，他們之所以進劇院正是因為他們帶著期待，而這種期待卻產生於他們對劇院慣例的默契，慣例決定著觀眾和演員的期望、行為和注意力。慣例「由戲劇、繪畫、雕塑、文學、音樂等等各種藝術門類系統所構成，而每一個藝術門類都具備那種能授予客體以鑒賞資格的背景……為了使該門類所屬的藝術作品能夠作為藝術品來呈現的一種框架結構。」[4]因此，所有參加藝術活動的人——作家、觀眾、聽眾、讀者、批評家、藝術史家、藝術理論家等——都是被「慣例化」了的人，都被已經確立了的實踐習慣或習俗所慣例化了。這種已經確立、被人接受的藝術慣例，就是審美經驗的物質外殼——「有意味的形式」。

其次，由於審美活動是整個人類生命活動的一部分，審美經驗是整個人類經驗體系的有機構成，那麼，作為人類審美活動中知識和技能的積累的審美經驗，就必然具有某種價值取向。價值取向是審美經驗的精神內涵，於是決定了具有同樣「藝術慣例」經驗的人卻往往會選取不同的角度和出發點展開審美活動，並對藝術作出不同的價值判斷。政治家多側重於從政治的角度規範藝術，於是，藝術的政治意義便成了政治家審美經驗的主要價值取向；思想家多側重於從思想的角度規範藝術，於是，藝術的思想性（真實性）便成了思想家審美經驗

4 參見中國社會科學院哲學研究所美學研究室編：《美學譯文》（3）（北京市：中國社會科學出版社，1984年），頁236-241。

的主要價值取向；倫理學家多側重於從倫理道德的角度規範藝術，於是，藝術的倫理道德意義便成了倫理學家審美經驗的主要價值取向……如此等等，也就決定了不同審美主體具有不同的審美經驗結構。

不同審美主體的不同審美經驗結構顯然是由審美主體的現實功利關係所決定的。因為藝術作為「人工製品」畢竟是現實的人製作的，現實的人的現實生命活動總會構成各種各樣的功利關係，這些關係必然滲透到審美經驗中，並在審美經驗中積澱下來，從而形成相對穩定的審美經驗結構。歷史上社會矛盾尖銳、激烈的時代，人們總是呼喚那些針砭時弊、思想深刻的作品出現，而太平盛世，總有一些歌頌功德或形式唯美的作品受到厚愛。就審美個體來說，由於人們所處的環境和生平閱歷不同，便有著不同的功利觀和價值觀，再加上不同的民族、不同的性格、不同的情趣，甚至不同性別等方面的影響，審美經驗結構更是各不相同。人與人在審美經驗結構上的差別是現實功利關係的反映。審美經驗結構的差別決定了不同的審美主體對於同一審美客體的不同反應。因為審美經驗結構是一種主要由現實功利關係所支配的價值取向結構。這才是審美經驗的內在本質。

總之，審美經驗主要是由這樣兩大部分構成的：作為「藝術慣例」的經驗和作為「價值取向」經驗。前者是審美經驗的物質外殼，後者是審美經驗的精神內涵；前者是審美經驗的外部形式，後者是審美經驗的內在本質。沒有「藝術慣例」的經驗不可能欣賞藝術，因而便不可能對藝術展開屬於藝術的價值判斷；沒有「價值取向」的藝術研究只能是純形式的研究，而絕對的純形式的藝術研究是不存在的，任何有關藝術形式的研究總是和藝術的價值（包括藝術的審美價值）的研究聯繫在一起的。

值得重視的是，無論是審美經驗的「慣例」還是審美經驗的「價值」部分，既然是作為「經驗」的存在物，就必然具備經驗的一般特點，即以潛在的形式沉澱在審美意識的深層，都是審美活動中的一種「習慣」和「默契」。作為「習慣」和「默契」，只是對「是什麼」的默認，無須在理性思辨的層面追問「為什麼」。審美經驗作為經驗的這樣一種基本性質，也就決定了文藝學經驗方法的基本性質——文藝學經驗方法就是從這樣一種意義上的審美經驗出發對文藝進行經驗性認識的一種方法。它的出發點是審美主體的審美經驗，參照系是審美主體內在的經驗積澱，終點是實現對文藝的本質和規律的經驗性認知和表述。

文藝鑒賞：文藝學經驗方法在文藝學中的獨立自足性

和經驗思維是人類認識客體世界的一種獨立的思維範式一樣，文藝學經驗方法是人類認識藝術世界的一種獨立的思維範式。人類對於文學藝術世界的認識，如前所述，並不是、也不需要時時處處都上升到理性的高度，借助思辨的力量展開科學的分析研究，完全可以、而且也有條件憑藉審美經驗展開經驗性的描述。正如我們吟了一首詩、聽了一支曲、讀了一篇小說或看了一部電影之後，受到藝術的感染，總是情不自禁地回味它、思考它。如果將這種回味和思考系統化並用語言表達出來，或者見諸報端，就很可能是一種藝術鑒賞。鑒賞，作為審美主體對文藝現象的經驗性把握，便是一種典型的經驗思維範式。

從總體上說，人類對於文藝現象的認識大致可分為三大類型：一、鑒賞；二、評論；三、原理研究。「鑒賞」是審美主體借助於審美經驗對於審美客體的直接感應活動；「評論」是審美主體在實現對審美客體的超越之後，站在第三者（即旁觀者，既不是創造主體也不是純粹的接受主體）的角度，對審美客體的價值（包括審美價值）的判斷；「原理研究」則是在更高的層面對文藝的本質和規律的宏觀探討，是對藝術原理的整體概括。因此，鑒賞——評論——原理研究這三大類型同時也是整個人類認識與把握文藝現象的三大層面。這是一個審美經驗逐步稀釋、蒸發的過程，也是思辨理性逐步強化、升騰的過程。而文藝學經驗方法，主要是在「鑒賞」的層面確立了自身的獨立自足性及其方法論的價值；換言之，文藝學經驗方法，是文藝鑒賞中最常用的一種方法。

鑒賞，主要是指對於文藝現象——具體作品的鑒別和欣賞。文藝鑒賞的先決條件是審美經驗的積累，即對藝術慣例的默認和對藝術價值取向的經驗積累。儘管審美能力、對美的感受能力是人的一種本能，但是世界上的任何一位藝術天才，剛生下來時的第一聲吶喊都是啼哭而不是詩；同樣，世界上也沒有任何一個藝術鑒賞家，剛生下來便會鑒賞詩歌之美。人的審美意識的覺醒絕不會是先天的、與生俱來的，必然依賴於後天，依賴後天經驗的疊加，是審美經驗疊加到一定極限之後的爆發。審美經驗疊加的厚度，又往往決定藝術鑒賞的深度。「同是一部〈離騷〉，在童稚時我們不曾感得什麼，然到目前我們能稱道屈原是我國文學史上第一個有天才的作者。同是一幕舊劇，在舊式的戲迷盡可以叫好連天，而在陶醉於舶來品的人卻自始至終一點什麼也感受不得。這可見文藝的感動力也要看受者的感受性豐嗇如何，受者的教養程度如何了」。[5]

當然，審美經驗是以日常經驗為根基的。豐富的日常經驗能使鑒賞者和作者「心心相印」，能夠誘發鑒賞者深入體會。「讀者倘沒有類似的體驗」，作品「也就失去了效力」[6]。但是，日常經驗又不等於審

5　郭沫若：《文藝論集》（北京市：人民文學出版社，1979年），頁83。

6　魯迅：《花邊文學‧看書瑣記》，《魯迅全集》，卷5，頁531。

美經驗，日常經驗豐富的人絕不意味著一定具有深刻的藝術鑒賞力。藝術鑒賞力主要來自藝術教育、藝術教養及訓練，這才是藝術鑒賞的質的規定。正如馬克思所說：「如果你想得到藝術的享受，那你就必須是一個有藝術修養的人」，「對於沒有音樂感的耳朵說來，最美的音樂也毫無意義」。[7]「操千曲而後曉聲，觀千劍而後識器；故圓照之象，務先博觀」[8]便是這個意思。只有反覆的藝術實踐才能積累豐富的審美經驗，單憑日常經驗的豐富並不能領悟藝術之妙諦。

那麼，在藝術鑒賞中，審美主體和審美客體是一種什麼樣的關係呢？馬克思說：「對象如何對他說來成為他的對象，這取決於對象的性質以及與之相適應的本質力量的性質；因為正是這種關係的規定性形成一種特殊的、現實的肯定方式。眼睛對對象的感覺不同於耳朵，眼睛的對象不同於耳朵的對象。」[9]將這一觀點運用到藝術鑒賞的研究中我們便可以發現，美感效應的生成，既不完全取決與主體，也不完全取決於客體，而是取決於審美主體和審美客體之間的「關係的規定性」。正是審美主體和審美客體之間的相互作用、相互刺激、相互運動，才有美感的生發、形成。而審美經驗，顯然是美感效應的原生質。繪畫對於先天的失明者、音樂對於先天的失聰者，都是非存在的存在物，因為他們從來就沒有關於視覺或聽覺方面的審美經驗的積累。狄德羅曾認為盲人可以用手來代替眼睛、用觸覺來代替視覺對雕塑的欣賞。但是，在沒有任何視覺經驗參與的條件下，盲人的觸覺事實上只能感受到對象外形的凸凹起伏及其物質材料的自然屬性，而不

---

7 中共中央馬克思恩格斯列寧史達林著作編譯局編譯：《馬克思恩格斯全集》（北京市：人民出版社，1979年），卷42，頁155、頁126。

8 劉勰：〈知音〉《文心雕龍》，《文心雕龍注釋》（北京市：人民文學出版社，1983年），頁518。

9 中共中央馬克思恩格斯列寧史達林著作編譯局編譯：《馬克思恩格斯全集》，卷42，頁125。

能引發知覺的通感。因而，人們便很難想像雕塑的各個部分能夠引發他們的空間感受和藝術想像。因為這種藝術活動缺乏鑒賞所必具的原生質——審美經驗。自然物質材料可能使他們產生「位置」的概念，但絕不能喚起受動者的審美意識。自然物質材料不是主體和客體相互作用的「關係的規定性」，審美經驗才是這種「關係的規定性」的本質。

可見，沒有審美經驗便沒有文藝接受，也沒有真正的藝術反應，更沒有藝術鑒賞，最終也便沒有所謂美感效應的生成。當然，鑒賞不僅僅是受動者審美記憶的喚起，更主要的是審美主體在輸進美感資訊後的能動回饋。這一能動回饋表現為審美主體不加思索地、迅速地情感介入。這一瞬間的審美劇變，便是鑒賞主體審美經驗庫存的重新喚醒、勃起、裂變、組合。這時，洶湧澎湃的經驗要素急劇地湧向藝術語言的空隙，通過情感想像融化審美對象固有的內涵結構，賦予審美對象以主體的意蘊，從而「化為己有」，最終實現藝術鑒賞的昇華。在藝術鑒賞實現的這一過程中，沒有審美經驗的參與顯然是不可思議的。藝術鑒賞實際上是審美主體在原有審美經驗的基礎上對於藝術品的再創造、再發現，是讀者和作者審美經驗相互撞擊後生成的火花，是有限的經驗奔向無限空間的大漲潮。

正是由於審美經驗和藝術鑒賞的這種密不可分的關係，也就決定了文藝學經驗方法在文藝研究中的獨立自足性。藝術鑒賞，是文藝學經驗方法在整個文藝研究中的最富典型意義的應用。

中國古代文論：文藝學經驗方法的典型歷史形態

如果我們放眼世界，將古今中外的文藝理論，即整個人類把握文藝現象的歷史作為一個整體、一個大系統來考察，那麼我們便可以發現，從總體上說，十八世紀之前的中國古代文藝理論，是文藝學經驗方法最完美的體現和最典型的歷史形態。中國古代文藝理論大多採用評點式、序跋式、隨筆式，這些形式的共同特點是將文藝現象作為直接對象；中國古代文藝理論家大多是作家、思想理論家或社會活動家，他們的文藝評論與創作實踐、社會實踐等活動在根本上尚沒有完全分離，極少有專門的文藝學家。這兩種情況，是文藝學經驗方法得以生成和完善的直接條件，有益於從審美經驗出發對文藝展開經驗性的認知。

當然，中國古代文藝理論和批評也受到哲學、佛學的影響，其中有些概念或範疇甚至是直接從哲學、佛學中移植過來的，但是，中國古代的哲學和佛學，特別是佛學，本身便與經驗思維有著許多相同、相通之處，不像西方哲學和宗教那樣，特別是不像西方哲學那樣具有強烈的思辨性。我們同樣也不否認中國古代文論形成了自己獨具特色的概念和範疇，但是，正如經驗思維也有自己的概念和範疇一樣，概念和範疇的存在並非判斷文藝學經驗方法成立與否的標誌；即使它的有些概念和範疇是很抽象的，也是對直接經驗材料的抽象，即被納入經驗體系中的具象的抽象。中國古代文藝理論既然是一種「理論」，當然也少不了歸納、演繹、分析、綜合、判斷、推理等邏輯手段，但是，這些邏輯手段是任何一種思維之所以是「思維」所必然運用的形式，當然也不能以這種思維形式的存在與否判斷文藝學經驗方法的純正性。

如果我們承認了這樣一個事實，那麼就可以這樣說，我們不僅找到了文藝學經驗方法在整個文藝研究中的獨立位置——文藝鑒賞，而且也找到了文藝學經驗方法在整個文藝學發展史上的歷史型態——中國古代文論。在下文的分析中我們將看到，文藝學經驗方法的一些最基本的特點，在中國古代文論中得到最充分和最完美的體現。

我們已經知道，與經驗思維一樣，文藝學經驗方法是與實踐活動直接聯繫在一起的精神活動，是對文藝現象的「實踐—精神」認識方法。而「實踐」是主觀見之於客觀的活動，其主體是「人」，是「人們為了創造社會生存的必要條件而進行的全部活動的總和。」[10]——這就決定了文藝學經驗方法的第一個特點：審美的主體性。

所謂審美的「主體性」，就是說文藝學經驗方法特別注重審美主體在審美實踐中的意義，側重從審美主體出發接受、認識文藝現象，側重對文藝的本質和規律作出主體性的規定。而文藝現象對於審美主體的價值關係，往往是文藝學經驗方法所最感興趣的話題。

趙盛德近著《古文論的民族特色》（南寧市：廣西民族出版社，1984年）從八個方面探討了中國古代文論的民族特色，這八個方面實際上也是中國古代文論的八大理論範疇。它們分別是：一、形神論；二、風骨論；三、意境論；四、文氣論；五、意象論；六、構思論；七、風格論；八、創作論。由此可見，中國古代文論的這八大方面，無不是環繞審美主體、以審美主體為軸心的藝術思考：形神論主要研究作家怎樣對事物的形貌和意蘊進行真實的再現；風骨論主要研究文藝作品怎樣既有充沛的、感人的思想內容，又要有精純要約的言辭及其二者的關係；意境論主要研究文學作品怎樣通過形象化的情景交融的描寫，把讀者引向一個想像的藝術境界；文氣論主要研究創作主體的氣質、個性與藝術表現之間的關係；意象論主要研究客觀事物在作家頭腦中的主觀映象，即創作主體的「意中之象」問題；構思論主要研究藝術思維的基本特點和基本規律；風格論主要研究在作品內容和形式的統一中所體現出來的總體藝術特色及其基本形態；創作論主要

10 羅森塔爾、尤金編，中共中央馬恩列斯著作編譯局譯：《簡明哲學辭典》（北京市：三聯書店，1973年），頁492。

研究作家創作的契機、過程、方法等方面的規律。所有這些論題，都是和審美主體（創作主體和接受主體）密切相關的論題，都是對文藝現象的主體性思考和探索。這些論題，與西方文論中的「文藝與生活」、「內容與形式」、「題材與主題」、「情節與結構」、「形象與典型」等比較起來，便有明顯的不同。前者側重從審美主體出發，環繞文藝與審美主體的關係設定範疇，注重研究審美主體的藝術表現；後者側重從審美客體出發，環繞審美客體設定範疇，注重研究審美客體（作品、生活）的內在規律。

和經驗思維是人類認識客體世界的初始範式一樣，文藝學經驗方法也是人類認識文學藝術的初始範式。既然這樣，它就必然與一般的初始思維範式有著相同、相通之處。皮亞傑的研究證明，作為人類初始思維之一的兒童的思維「首先達到的是廣義的『直接理解』物理經驗的材料這個水平」，因而具有「自身中心主義」的特點：「嬰兒把每一件事物都與自己的身體關聯起來，好像自己的身體就是宇宙的中心一樣——但卻是一個不能意識其自身的中心。」兒童總認為外部世界是環繞著他轉的，月亮跟著他走；他只知道自己有個哥哥，卻不知道自己就是他哥哥的弟弟。這就是主體的崇拜，即思維的主體性的表現。皮亞傑認為，造成這種「自身中心主義」的原因是：在兒童的思維中，主體和客體之間還沒有實現分化，「自身中心化」是和主客體之間「缺乏分化相聯繫」的，「雖然主體的注意是指向外界的而主體的活動卻是以身體本身為中心」的。因而，在這種情況下，「事實只有被主體同化了的時候才能為主體所掌握。」[11]

「同化」，這是皮亞傑兒童心理學理論中的一個非常重要的概念。所謂「同化」，是指認識主體首先把客體納入自己的固有圖式之

11 皮亞傑：《發生認識論原理》（北京市：商務印書館，1985年），頁54、頁23。

中，然後參照這一圖式（結構）去理解對象、認識客體、把握世界。對於客體的把握，是以「同化」為前提的，或者說是在「同化」的過程中展開的。這就是兒童思維的主體性。而中國古代文論作為文藝學經驗方法的典型思維範式，就特別強調文藝客體對於審美主體的價值和功用，投入極大的熱情探討文藝和審美主體的功利關係。這就是一種典型的主體性思維。從「興、觀、群、怨」說、「為世用」說，到「明道」、「載道」說等，這些雄霸了中國文論兩千餘年的儒學詩教的一個主要特點，便是對文藝的主體性要求和主體性規範。全本《詩經》中很大一部分是民歌、情歌，即使「雅」、「頌」部分也可以從審美的意義上去認識它、評論它，但是，孔子卻從純功利主義的觀念出發，認為「《詩》三百，一言以蔽之，曰：『思無邪』」，「誦《詩》三百，授之以政」，從而將主要是審美意義上的《詩經》簡單地與倫理、政治等而視之。「言志」、「緣情」說被認為是中國古代詩論的兩個傳統，這是事實，與文藝現象基本上也是吻合的，但是，無論是「志」還是「情」，都屬於審美主體的內在構成；無論是「言志」還是「緣情」，同樣都是關於詩的主體性思考。甚至那些被稱之為研究文藝「內部規律」的「形神」理論、「意象」理論，以及「氣」、「風」、「韻」、「味」等概念，也都帶有強烈的主體體驗的性質。總之，在中國古代文藝理論中，作為認識對象的審美客體已被認識主體（理論批評家）所「同化」而納入其固有的圖式（即思維結構）之中了。

根據皮亞傑的理論，幼兒思維在經歷了「自身中心主義」以後將發生一次「哥白尼式的革命」。「所謂歌白尼式的革命，就是說，活動不再以主體的身體為中心了。主體的身體開始意識到自身是活動的來源、從而也是認識的來源，於是主體的活動也得到協調而彼此關聯起來。……使活動取得協調就是使客體發生位移……於是客體獲得了一定的時空永久性。」主客體的這一分化使兒童的視界發生了逆轉，

「這種逆轉使主體把他自己的身體看作是處於一種時空關係和因果關係的宇宙之中的所有客體中的一個，他在什麼程度上學會了怎樣有效地作用於這個宇宙，他也就在什麼程度上成為這個宇宙的一個不可分割的組成部分。」[12]兒童思維內宇宙中的這次偉大的「哥白尼式的革命」所導致的直接結果是認識主體自覺意識的萌生——它開始以整體觀念重新審視客體世界。

當然，由於這種整體觀念是建立在經驗事實基礎上的整體觀念，所以他仍須參照認為正確的觀察或表象進行，而不以純粹的假設為依據。因此，皮亞傑稱這種思維是「具體運演」，稱這種整體觀念是「表象性的整體」。無論怎樣，渾然整體性是人類初始思維（兒童思維）邏輯發展過程中出現的特點，當然也是整個初始思維的又一特點。

與現代文藝理論比較，文藝學經驗方法同樣具有人類初始思維的這一特點。它對文藝現象的把握不像現代文藝理論那樣對對象進行解剖式的個別研究，使用諸如「主題」、「題材」、「體裁」、「情節」、「結構」、「傾向性」、「真實性」、「藝術性」、「形象思維」等這類內涵十分明確的純概念，而是將對象作為一個渾然整一的有機體，從整體上進行感知和把握。對作品進行解剖式的分析雖然有著明確的科學界定，但往往顧此失彼，活生生的形象體系不見了，留下來的只是抽象的規定。文藝學經驗方法的整體性把握方式則不然，它並不捨棄關於藝術現象的直觀經驗；雖然是理論批評，但仍然保留著形象體系的具體可感性。這一特點無論是在藝術鑒賞中還是在中國古代文藝理論中，都表現得十分明顯。

「味摩詰之詩，詩中有畫；觀摩詰之畫，畫中有詩。詩曰：『藍溪白石出，玉川紅葉稀；山路元無雨，空翠濕人衣。』此摩詰之

12 皮亞傑：《發生認識論原理》，頁24。

詩。」[13]這是蘇軾在欣賞了王維（摩詰）的繪畫〈藍田煙雨圖〉之後寫下的評論。「詩中有畫，畫中有詩」一句生動形象地道出了王維詩畫的特點。至於為什麼會有這一特點，詩與畫的審美特性有哪些異同，二者融會於一的美感效應是什麼，等等，蘇軾並沒有像萊辛的《拉奧孔》等西方文論那樣展開理性分析，而是以王維的詩為參照評論王維的畫，再以王維的畫為參照評論王維的詩，即通過現象與現象的對照描繪出王維詩畫創作的總體特點。這便是文藝學經驗方法認識客體時所慣用的渾整性原則。

中國古代文藝理論也有許多關於「藝術的本質」這類抽象命題的論述，例如「樂者，樂也」（荀況〈樂論〉和公孫尼子《樂記》）、「麗者，美也」（徐上瀛《溪山琴況》）等等。但是，這與康德、黑格爾式的從純粹理性出發對美與藝術的本質所進行的解剖式的分析完全不同，中國古代文論是將「藝術的本質」作為一個渾然的整體進行經驗型的描述。「美是理念的感性顯現」（黑格爾語）這個定義就包括了美的內容（理念）和美的形式（感性顯現）這兩大方面的規定，而內容與形式的不同組合關係又決定了美的歷史類型，不同的歷史類型又有不同的藝術門類，不同的藝術門類又有不同的審美規律……如此等等，全憑思辨理性的邏輯力量展開理論體系的構造。而「樂（讀ㄩㄝˋ）者，樂（讀ㄌㄜˋ）也」和「麗者，美也」則是用可感的、形象的概念展開美的本質的界說，這顯然是一種經驗性的渾整思維方法。

因此，中國古代文論雖然也涉及到諸如「內容與形式」、「真實性」、「藝術性」這類問題的論述，但是，我們卻很難找到它與現代文論完全吻和對應的概念。「情者，文之經，辭者，理之緯；經正而後

---

13 蘇軾：〈書摩詰藍田煙雨圖〉，《蘇軾論文藝》（北京市：北京出版社，1985年），頁172。

緯成，理定而後文暢。」——《文心雕龍》〈情采〉篇中的「情」和「理」似乎屬於「內容」，「文」和「辭」似乎屬於「形式」；但是，情理又不等於內容，文辭又不等於形式。「神思」一直被解釋為「形象思維」，其實它們根本不是完全對應的概念。「形象思維」在現代文論中一直是作為與「抽象思維」相對而言的概念，而「神思」則沒有這一嚴格的界定。劉勰關於神思的概念是對包括政論文、實用文等一切文體在內的寫作思維特點的描述性概括，不僅僅指藝術思維。因此，文藝學經驗方法與現代文藝理論屬於兩種不同的思維範式，儘管它們在所討論的問題上有許多近似之處，但作為思維範式是兩種不同的型態，一切企圖用現代文論去套解中國古代文論的努力都是徒勞的，一切企圖用科學的概念去套釋中國古代文論的概念的嘗試都是注定要失敗的。因為它們分屬於兩種截然不同的語境及符碼系統。

那麼，以中國古代文論為代表的文藝學經驗方法的概念究竟有怎樣的特點呢？在我們看來，與現代文論的概念相比，經驗型概念的最基本的特點是它的直接性與具象性。換言之，經驗型概念直接與審美經驗相聯繫，與經驗材料相聯繫，尚沒有完全捨棄文藝現象中的形象材料，因而表現為體驗性的感知。這類概念在思維科學中一般被稱為「前概念」。

「前概念」並不是「非概念」，也不是「潛概念」，而是指在「概念」邏輯發展中位於初始階段的概念。「前概念」既然作為「概念」，就有一般概念所具有的抽象性與概括力。但是，它的抽象是具象的抽象，是攜帶經驗材料的抽象和概括。這樣，認識客體（文藝現象）在認識主體的抽象概括過程中往往蒸發為稀薄而朦朧的、渾然而整一的直觀表象或意向群。於是，越抽象、越具有概括力的概念反而越具有渾整性。「氣」、「風」、「神」、「韻」、「味」就是這樣。一方面，這些概念來自可感的、現實中存在的具象，另一方面，它們又不同於現實中存在的具象。「氣」和「風」絕不是指自然界中作為物理現象的「氣」和「風」，但同時又和自然界中作為物理現象的「氣」和「風」有意象上的聯繫，如此等等。公孫丑問孟子擅長什麼，孟子曰：我知言，我善養吾浩然之氣。公孫丑接著問：敢問何謂浩然之氣？孟子便回答說：難言也。其為氣也，至大至剛，以直養而無害，則塞於天地之間（見《孟子》〈公孫丑〉）。「氣」，在這裡顯然是一個高度抽象的概念，應當有確定的內涵。但又是一個「難言」，即難以確定的概念，只能憑經驗體驗到它是一種「塞於天地之間」的東西。魏晉時期，「氣」被運用到文藝理論中來，曹丕的「文以氣為主」開其先河，陸機、劉勰、鍾嶸繼之。儘管他們的論說不一，但都是基於對於「氣」的體驗性理解來把握文藝現象的，是在將文藝現象作為一個整體的前提下運用這一概念的。於是，「氣」成了充塞在藝術整體之中、並在其中運行的生命實體。「氣」的哲學抽象性使我們不能對它有一個確定性的把握，但是，它的直觀具象性又能夠使我們真切地體驗到它的存在。這就是「前概念」的基本特點。這一特點決定了今人企圖用「唯心主義」或「才氣」、「個性」、「風格」等現代概念給「氣」以確定性解釋是不可能成功的。即使翻畢典籍、絞盡腦汁，也不可能找到與其完全對應的現代概念，從而給它以明晰、確定的界說。經驗性的概念只能憑藉經驗去感悟、去體驗、去意會。

這種認識客體的方法，實際上非常類似現代系統論中的「黑箱方法」。「黑箱」認識方法就是把客體作為一個未被打開的「黑箱」（整體），不去對「黑箱」內部諸元素進行個別研究，而是依據其輸入、輸出判斷客體的整體價值和功能。「黑箱」中的某一元素的性能可能是不好的，但是，只要它不影響客體的整體功能，就可以略去不計。因為部分相加之和不等於整體，整體大於部分相加之和；只是孤立地研究個別元素，往往不能準確地判斷整體價值。而將對象作為一個整體，實際上就是將各元素放在了一個動態系統中進行整體把握，這樣反而往往能夠得出真切的結論。

「氣」、「風」、「神」、「韻」、「味」等概念就是對文藝現象進行渾整把握的產物。它不是把認識客體這一個「箱子」打開，將藝術體系分解成「內容與形式」、「共性和個性」、「形象與典型」等諸元素，然後通過諸元素的個別研究再作整體判斷，而是根據輸入（創作）的經驗材料體會文藝的整體性質。「氣」、「風」、「神」、「韻」、「味」等儘管所取的角度不同，但都是對藝術的一種渾整性把握方式，一種「黑箱」式的認識方法。看來，這當是文藝學經驗方法的第二大特點，也是最重要的特點——把握文藝現象的渾整性思維原則。

現在我們可以看到：一方面，文藝學經驗方法以「自身」為中心，另一方面，文藝學經驗方法又以渾整性的思維原則把握客體；「自身中心主義」是內宇宙沒有開化的產物，認識的渾整性又是「自身中心主義」的外化與擴張。這是文藝學經驗方法作為人類初始思維範式的內在邏輯發展的兩個階段，也是兩個互相融合的特點。「詩言志」、「興、觀、群、怨」、「以意逆志」、「知言養氣」、「知人論世」等主體性範疇同時也是認知文藝現象的渾整性方式，一種「黑箱」認識方法；同理，「氣」、「風」、「骨」、「形」、「神」、「韻」、「味」等渾整性範疇，自然也是對文藝的本質和規律的主體性體驗。當我們試圖從縱向發展描述文藝學經驗思維範式的生成歷程時，主體性與渾整性有先後之序；而當我們試圖轉換角度，從橫向邏輯聯繫上思考時，又必須確認它們同屬文藝學經驗思維範式的兩大特點。

既然這樣，我們又可以發現，文藝學經驗方法的主體性與整體性思維原則存在著內在的矛盾：一方面，「自身中心主義」要求以審美主體為思維的中心，另一方面，認識主體又要求給審美客體以全域總體性、完整系統性的把握；一方面，主體意識向認識客體發射出強烈的透視力，另一方面，渾整的「黑箱」思維範式又不允許認識主體的穿透。在這一不可克服的矛盾中，「意會性」的表述方式便成了它們的調解劑。「意會」既可以滿足認識主體的強烈欲望，又不破壞「黑箱」的渾整性，於是構成了文藝學經驗方法的第三個顯著特點——表述方式的意會性。

所謂「意會」，就是「以意相會」、「以意會意」，即用直觀、直感進行體驗、體會，憑藉想像、意念進行領悟、領會，而不是「以言相傳」，即不用明晰、確定的概念進行表述，更不是進行定量分析或數學運算。

文藝學經驗方法的意會性表述方式主要表現在兩個方面：一、概念與範疇的非確定性、意會性。這一點我們在前文已有論述。二、理論學說中的意會理論和主張，即強調接受主體對於審美客體的「妙悟」，要求審美主體用「悟」的方式領會審美客體的意義。「悟」入其境、「悟」出其味、「悟」得其義。「悟」，就是意會。在文藝學經驗方法看來，「悟」，就是認識主體和認識客體的最佳接觸方式。只有「妙悟」，才能突出主體的能動性，才能從整體上把握對象。

藉由這樣的考察我們可以發現：主體性——渾整性——意會性這三大方面，既是文藝學經驗方法的三大邏輯特點，又是文藝學經驗方法的三大歷史行程。與此相對應，中國古代文藝理論史上的先秦——魏晉——兩宋時期，又分別是這三大特點和三大歷史行程的典型時代。因此，我們在下文將選取這三個時代的三部最富代表性的理論著作，對文藝學經驗方法的主體性、渾整性和意會性展開具體的、既是邏輯的又是歷史的再探討。

第二章
從《樂記》看文藝學經驗方法的主體性

《樂記》其書

關於《樂記》的作者及成書年代，目前尚無定論。學術界的一般看法是根據郭沫若的考證，認為它的作者當是孔子的再傳（或直傳）弟子公孫尼子，成書於戰國時代（約前五—四世紀）。

這對於我們的論題無關緊要。無論如何，《樂記》當是我國最早、最系統、最深刻的美學論著之一，是中國古代儒學正統文藝思想的代表之一，集中體現了先秦時代儒家學派正統的文藝觀和審美觀，在歷史上產生了深刻的影響，一直被奉為「經典」受到後世的廣泛重視。

遺憾的是，我們今天已不能看到《樂記》的全貌。《樂記》全書當為二十三篇，它們的篇名分別是：一、樂本篇；二、樂論篇；三、樂施篇；四、樂言篇；五、樂禮篇；六、樂情篇；七、樂化篇；八、樂象篇；九、賓牟賈篇；十、師乙篇；十一、魏文侯篇；十二、奏樂篇；十三、樂器篇；十四、樂作篇；十五、意始篇；十六、樂穆篇；十七、說律篇；十八、季札篇；十九、樂道篇；二十、樂義篇；二十一、昭本篇；二十二、招頌篇；二十三、竇公篇。

這是西漢劉向《別錄》中所記下的《樂記》全目。但是劉向等人在編纂古籍時並沒有將這二十三篇全部整理出來，只是將前十一篇合為一篇，編入《禮記》卷十一，題作〈樂記第十九〉（《史記》卷二十四，題作〈樂書第二〉，內容完全一樣），這就是我們今天所能看到的《樂記》。而《樂記》的後十二篇，現已失傳。

那麼，已失傳的後十二篇的主要內容是什麼呢？據董健考證，現存的前十一篇主要講美學和藝術的一般理論，是務「虛」；已失傳的後十二篇主要講的則是藝術實踐問題，是務「實」。只是《禮記》編者們多為孔學後生，重在禮教之義，視藝術手段、藝術實踐為「末節」，才未將後十二篇編入。「《樂記》後十二篇主要講兩個方面的問題，一是古代綜合藝術『樂』的演出方面的問題，包括音樂伴奏、歌舞表演等問題；一是講古代運用藝術的儀式和制度等問題。例如〈樂作篇〉……講的是舞臺表演。……〈樂義篇〉就是講述古代用『樂』的各種儀式和制度的……」。[1]

董健的考證已為不少學者所認可。如果這是確實的話，那麼，對於我們現在所要討論的問題，失傳的十二篇倒也無關緊要。因為根據我們的定義，文藝學方法問題主要是一個思維模式的問題，它的主要對象是文藝學的一般理論而不是具體的技巧、技術或儀式、制度等方面的問題。《樂記》的「務虛」部分才是其文藝學方法的特點體現得最充分的部分。

《樂記》產生於中國古代奴隸制向封建制過渡的時代，音樂是其時最具時代特點的藝術式樣。因此，《樂記》主要是一部關於音樂藝術的美學專著。但是，《樂記》中的「樂」又並非單指我們現在所說的「音樂」；我們現在所說的音樂在《樂記》中被稱為「音」，「樂」則是指音樂、詩歌、舞蹈等融為一體的綜合藝術，甚至可以泛指一切文藝娛樂活動。從這一角度說，《樂記》的「樂」字應讀為「ㄌㄜˋ」，而不應讀「ㄩㄝˋ」，譯為英文當是「recreation」而不是「music」。這樣，《樂記》在文藝學方法方面的典型意義便有了更加寬厚的基礎。

1 董健：〈《樂記》是我國最早的美學專著〉，引自《《樂記》論辯》（北京市：人民音樂出版社，1983年），頁89-90。

《樂記》的主體性思維

《樂記》文藝學方法的最顯著的特點是其把握文藝現象的主體性，即側重從審美主體出發探討藝術對於審美主體的功利關係。

現存《樂記》前十一篇主要涉及以下五個問題：一、樂之本源；二、樂之表現；三、禮樂關係；四、樂之評價；五、樂之鑒賞。

關於樂之本源，《樂記》認為：

> 凡音之起，由人心生也。人心之動，物使之然也。感於物而動，故形於聲。聲相應，故生變，變成方，謂之音。比音而樂之，及於戚羽旄，謂之樂。
>
> 樂者，音之所由生也；其本在人心之感於物也……
>
> 凡音者，生人心者也……
>
> 人生而靜，天地之性也。感於物而動，性之欲也。

——這是《樂記》的開篇所闡釋的主要內容，即「樂」的本源問題。「樂」本源於「人心」，這是《樂記》的基本觀點，十分明確，無須贅言。

那麼，「樂」又是怎樣由「人心」引發出來的呢？《樂記》認為是通過「情」。「情」是「樂」之表現。只有「情」才能使以「靜」為天性的人心「感於物而動」。「感於物而動，性之欲也」，是情欲所致。《樂記》〈樂情篇〉作了這樣的表述：

樂也者，情之不可變者也……[2]

窮本知變，樂之情也。

《樂記》就是這樣把「人心」和「人情」緊密地聯繫在了一起：「人心」是樂之本源，「人情」是樂之表現；「心」是「樂」之本，「情」是「心」之顯。《樂記》一方面強調「凡音者，生人心者也」，一方面又接著指出「情動於中，故形於聲；聲成文，謂之音。」（〈樂本篇〉）「情動於中」也就是「情動於心」；所謂「感於物而動」也就是心感於物而動情、心感於物而生情。——這就是《樂記》關於樂之表現的理論：「情」是「心」動之表現，因而也是「樂」之特性之一。

為了說明「樂」之「情」的特性，《樂記》花了大量的篇幅討論「禮」和「樂」的區別。現存《樂記》十一篇不足七千字，其中提到「禮」和「樂」之處就達七十起，「禮」、「樂」並提之處達三十七起，並專設〈樂禮篇〉集中論述二者關係。可見這是《樂記》十分重要的主題，也可以說是其中心命題。現在就讓我們看看《樂記》是怎樣論述禮樂關係的：

樂者為同，禮者為異。同則相親，異則相敬。樂勝則流，禮勝則離，合情飾貌者，禮樂之事也。

禮義立，則貴賤等矣；樂文同，則上下和矣……

樂由中出，禮自外作。樂由中出故靜，禮自外作故文。大樂必易，大禮必簡。樂至則無怨，禮至則不爭。揖讓而治天下者，禮樂之謂也。

---

2 吉聯抗注：「情之不可變者」並非情不變，而是情變「樂」也變，「樂」不變情亦不變的意思。故可譯為：「樂」所表現的，是人的一定感情。——見吉聯抗譯注：《樂記》（北京市：人民音樂出版社，1982年），頁33。

> 禮者，殊事合敬者也。樂者，異文合愛者也。禮樂之情同，故明王一相也……
>
> 樂者，天地之和也；禮者，天地之序也。和，故百物皆化；序，故群物之別。（以上引自〈樂論篇〉）

> 天高地下，萬物散殊，而禮制行矣；流而不息，合同而化，而樂興焉。
>
> 春作夏長，仁也；秋斂冬藏，義也。仁近於樂，義近於禮。（以上引自〈樂禮篇〉）

總之一句話，「禮」辨異，「樂」和同，都是人與人的關係問題。「禮」是按貴賤、尊卑使人和睦相親近，在感情上溝通人與人之間的聯繫。「樂」之所以不同於「禮」的功能，主要是由於它能以「情」動人、以「情」感人。「情」，是外化了的情；「樂」，是社會化了的樂。因此，「樂」和「禮」又是殊途同歸，即其終極目的又是相同的——為「治天下」服務。「揖讓而治天下者，禮樂之謂也」：

> 故樂也者，動於內者也；禮也者，動於外者也。樂極和，禮極順，內和而外順，則民瞻其顏色而勿與爭也，望其容貌而民不生易慢焉。故德輝動於內而民莫不承聽；理發諸外而民莫不承順。故曰：「至禮樂之道，舉而措之天下，無難矣。」（〈樂化篇〉）

> 禮節民心，樂和民聲，政以行之，刑以防之。禮樂刑政，四達而不悖，則王道備矣。（〈樂本篇〉）

——這就是「禮」「樂」的極致：為「治天下」服務。因此，所謂《樂記》之「樂道」，實則是「治天下」的「王道」，統治者統治人民之「道」。

但是，《樂記》作者又認為，並不是所有的「樂」都能為「治天下」服務，其中也有「德音」、「溺音」之分，有「和樂」、「淫樂」之別。「德音」、「和樂」才是高尚的，才能為修身、齊家、治國、平天下服務：

> 是故，樂在宗廟之中，君臣上下同聽之，則莫不和敬；在族長鄉里之中，長幼聽之，則莫不和順；在閨門之內，父子兄弟同聽之，則莫不和親。故樂者，審一以定和，比物以飾節，節奏合以成文，所以合和父子君臣，附親萬民也：是先王立樂之方也。（〈樂化篇〉）

這樣的「樂」便是「和樂」，這樣的「音」便是「德音」。因為它能使君臣父子之間的關係「親和」，體現了三綱五常之倫理關係。反之，那些聲調悲哀而不莊重、快樂而不安定、節奏紊亂、放縱無度、包含邪惡或挑逗欲念、引發逆亂風氣的「溺音」、「淫樂」則是萬萬要不得的。

> 是故：志微噍殺之音樂，而民思憂；嘽諧慢易繁文簡節之音作，而民康樂；粗厲猛起奮末廣賁之音作，而民剛毅；廉直勁正莊誠之音作，而民肅敬；寬裕肉好順成和動之音作，而民慈愛；流辟邪散狄成滌濫之音作，而民淫亂。（〈樂言篇〉）

因此，《樂記》極力推崇先王之樂「德盛而教尊」（〈樂施篇〉），稱「武樂」「情見而義立，樂終而德尊」（〈樂象篇〉）；而對於「淫於色而害於德」的鄭衛之音則大加鞭撻。因為「樂者，所以象德也」（〈樂施篇〉），「樂者，德之華也」（〈樂象篇〉），「樂」是為了進行道德教化，「樂」是德行的花朵。「故樂行而倫清，耳目聰明，血氣和平，移風易俗，天下皆寧。」（〈樂象篇〉）

——這就是《樂記》藝術評價的圭臬：「德」。

這裡所說的「德」，歸根結柢是「治天下」之「德」，為「治天下」服務之「德」。而天子、君王是天下的統治者，因而最能瞭解「樂」之真諦，當然也是「德音」、「和樂」的制定者和最高權威：

> 樂者，通倫理者也。是故知聲而不知音者，禽獸是也。知音而不知樂者，眾庶是也。惟君子為能知樂。是故審聲以知音，審音以知樂，審樂以知政，而治道備矣。（〈樂本篇〉）

> 故曰：「樂者樂也」。君子樂得其道，小人樂得其欲。以道制欲，則樂而不亂；以欲忘道，則惑而不樂。是故君子反情以和其志，廣樂以成其教。樂行而民鄉方，可以觀德矣。（〈樂象篇〉）

到此為止，《樂記》的主體性思維得到了充分的張揚：首先規定「樂」本源於「心」；其次規定「樂」表現為「情」；再次規定「樂」和「禮」殊途同歸的政治作用；接著又提出「樂」之道德評價標準；最後推出知樂、制樂之主宰——君王、天子。這是一個主體性思維的邏輯循環和結構模式：「心」→「情」→「政」→「德」→「君」。即：「樂」本於「心」，表現「情」，為「治天下」服務，以「德」為評價標準，「君」是主宰。可見，這樣的邏輯循環是緊緊環繞審美主體的邏輯循環；這一結構模式上的每一因子都是主體性範疇的因子。

「心」是審美主體之「心」；「情」是審美主體之「情」；「治天下」是「治」作為群體的主體——社會（人與人的關係）；「德」是作為群體的主體——社會之倫理道德（也是人與人的關係）；「君」則是社會群體之最高權威。這是一個由審美個體到審美群體、然後由審美群體在另一個層面上回復到審美個體（「君」）的邏輯循環；也是一個由內而外、由低而高的結構模式。

這就是《樂記》的主體性思維：由審美主體出發，將審美主體作為思維的軸心，環繞審美主體設定概念和範疇，重在探討文藝的主體價值和規律。

《樂記》與《詩學》比較

古希臘亞里斯多德的《詩學》約寫於西元前三三五年，與中國的《樂記》產生的時代幾乎相同。但是由於它出自一位西方的哲學家、自然科學家之手，在思維方法上便與《樂記》大相逕庭。

同《樂記》中的「樂」不是狹義的「音樂」一樣，《詩學》中所研究的「詩」也不是狹義的「詩」，而是泛指詩歌、音樂、舞蹈、雕塑、戲劇等等，「詩學」實際上也是「文藝學」。

——這就是《樂記》與《詩學》的可比性之所在：都產生於人類歷史上的從奴隸制向封建制社會過渡時期，都是對文學藝術的綜合研究，並且都對後世，特別是對各自民族的美學性格產生了深遠的歷史影響。

如前所述，《樂記》通篇所探討的是「樂」的主體性價值和規律，從審美主體出發對「樂」的本質進行規定。但是，《詩學》的出發點不是審美主體，而是審美客體——作品本身。

> 關於詩的藝術本身、它的種類、各種類的特殊功能，各種類有多少成分，這些成分是什麼性質，詩要寫得好，情節應如何安排，以及這門研究所有的其他問題，我們都要討論，現在就依自然的順序，先從首要的原理開頭。[3]

這是《詩學》開篇第一句，明確指出它所要討論的主要對象是「詩的藝術本身」，而不是詩的外部關係，不是詩與審美主體的功利關係。事實上，整部《詩學》也是按照這樣的「自然順序」，從「詩的藝術本身」出發，環繞「詩的藝術本身」所進行的探討。

現存《詩學》共分五個部分。第一部分是序論，包括第一至五章，主要分析各種藝術所摹仿的對象以及摹仿所採用的媒介和方式。由於對象不同（敘述方式或表演方式），各種藝術之間就有了差別。此外還討論了詩的起源與悲劇、喜劇的發展。第二部分包括第六至二十二章，主要討論悲劇。亞里斯多德認為，「悲劇是對於一個嚴肅、完整、有一定長度的行動的摹仿」[4]，它的媒介是語言，方式是動作的表演。接著便分析了他的六個成分，包括情節、性格、言詞、思想、形象與歌曲，最後討論了悲劇的寫作和風格等。第三部分包括第二十三至二十四章，主要討論的是詩的情節、結構、分類、成分等。第四部分即第二十五章，討論藝術批評的標準、原則與方法。第五部分即第二十六章，比較史詩與悲劇的高低。

這就是《詩學》的基本思路。這一思路便是其開篇第一句中所明示的環繞「詩的藝術本身」展開討論，從而形成了與《樂記》截然有別的思維方法，即從審美客體——「詩的藝術本身」出發，探討審美客體的內在本質和規律。

3　亞理斯多德：《詩學》，《詩學．詩藝》（北京市：人民文學出版社，1962年），頁3。著重號為引者所加。

4　亞理斯多德：《詩學》，《詩學．詩藝》，頁15。

《樂記》從審美主體出發，必然導致對於藝術的主體性規定，從而得出了藝術「本於心」的結論；《詩學》從「藝術本身」，即從審美客體出發，必然導致對於藝術的客體性規定，從而得出了藝術本於「摹仿」的結論。所謂「摹仿」，就是摹仿現實，對現實活動中的人的摹仿。「本心」說在審美主體的內在本性中尋找文藝的來源，「摹仿」說從審美主體的外部世界尋找文藝的來源。這是思維傾向的不同偏斜。

不可否認，亞里斯多德並沒有否認審美主體的內在本性，但他和《樂記》中所強調的人的內在本性是兩回事。亞里斯多德說：「一般說來，詩的起源彷彿有兩個原因，都是出於人的本性。人從孩提的時候起就有摹仿的本能（人和禽獸的分別之一，就在於人最善於摹仿，他們最初的知識就是從摹仿得來的），人對於摹仿的作品總是感到快感。」[5]亞里斯多德在這裡雖然肯定了詩的起源的「兩個原因」都出於人的本性（天性、本能），但是，這「兩個原因」本身又是「摹仿」引起的：一個是對於現實的「摹仿的本能」，另一個是對於「摹仿的作品總是感到快感」的本能。可見，亞里斯多德所尋找的本能和天性實際上還是「摹仿」的本能和天性，而不是抽象的、生理學和生物學意義上的本能和天性。在亞氏看來，正是人的這種「摹仿的本性」，才是藝術的起源。

很顯然，同是關於藝術起源問題的探討，《樂記》認為本源於「心」，《詩學》則認為本源於「摹仿」；同是涉及到審美主體的問題，「本心」說向「內」轉，轉向人的內部世界，而「摹仿」說則是向「外」轉，轉向人的外部世界——客觀現實及現實中的人；同是提出人的天性、本能問題，「本心」說向審美主體內宇宙集聚，進而提出「情」的概念，而「摹仿」說則向客體世界（藝術品→現實界）擴

5 亞理斯多德：《詩學》，《詩學・詩藝》，頁11。

散。思維的兩種傾向、兩種定勢，竟是如此不同！《樂記》是內傾型、集聚型，《詩學》是外向型、擴散型。

於是，在涉及文藝的具體特性時，《樂記》便強調「樂」之表「情」作用，《詩學》便強調對於現實摹仿的真實性。強調「情」，就必然設定情感表現的規範，於是，《樂記》便花了大量的篇幅討論「禮樂」關係，制定表情的政治目的和倫理標準等；強調「真」，就必然探索求「真」的規律，於是，《詩學》便花了大量篇幅討論「詩」與「史」的關係，討論「情節」的構成和「事件」的安排規律，提出了「可然律」和「必然律」等重要概念和原則。既然設定「情」的表現規範就要設定藝術的政治目的和倫理標準，而「君」又是政治目的及倫理標準的集中體現和最高權威，於是，必然導致對於審美主體的高度權威化和集中化，「君」，成了至高無上的、一統大下的審美主體；探討「詩」的求「真」規律就要探討藝術對於現實的摹仿的規律，而現實是紛紜複雜的，摹仿的對象、方式、方法也必然複雜多樣，於是便有對藝術內在規律的多方位探討……。

《詩學》一開篇提出文藝的摹仿本質後，緊接著便從「媒介」、「對象」、「方式」三個方面區別了摹仿的差異性，並進行了具體分析。由於摹仿的媒介不同，例如有的用顏色或姿態，有的用聲音或語言，於是便產生了畫家、雕塑家、音樂家或詩人等；由於摹仿的對象不同，例如有的摹仿比一般人好的人，有的摹仿比一般人壞的人（或跟一般人一樣），於是便產生了悲劇和喜劇等；由於摹仿的方式不同，例如敘述的或表演的，就出現了史詩或戲劇；由於視點不同，例如按照事物本來的樣子去摹仿，還是按照事物為人們所想像的樣子去摹仿，或者按照事物應當有的樣子去摹仿，於是產生了三種不同的創作方法。至於悲劇與喜劇的不同、言辭與風格的不同等等，《詩學》無不涉獵，從而構築了內容豐厚的理論體系。而這些理論，又都是從

「摹仿」這一命題中延伸出來的。這是一個典型的客體性、擴散型的思維模型，與《樂記》形成鮮明的對照:《樂記》從「心」出發，經過「情」、「政」、「德」，最後到達「君」。「心」，在《樂記》的作者看來，有「動」有「靜」、有「善」有「惡」。如果說這一意義上的「心」還算多樣、複雜的話，那麼，「情」便已開始受到規範、淨化。一直到「君」，最終完成藝術本質規定的高度一體化。這是一個由主體內在世界出發向上提升的邏輯過程，越升越淨化、越單一化，好像一個金字塔式的典型的集聚型思維模型。而《詩學》則注重審美客體本身的發掘，越發掘越豐富、越多樣，觸及藝術的各細微末節。這是一個倒立的金字塔式的擴散型思維模型。

當然，我們這樣比較《樂記》與《詩學》的不同絕不是意味著將《樂記》看作「唯心主義」而將《詩學》說成是「唯物主義」。「唯心」和「唯物」是哲學認識論和方法論的概念，與文藝學的思維方法是兩回事。思維方法上的主體性不等於「唯心主義」。例如，《樂記》將「樂」之本源歸結為「心」，似乎是「唯心」的了，但它同時又指出「樂」是「心」「感於物」而生，是「心」「感於物」的產物。這是「唯心」的還是「唯物」的呢？同理，亞里斯多德的「摹仿」說強調對現實的摹仿，但他同時又指出這種摹仿出於人的天性和本能，這是「唯心」的還是「唯物」的呢？我們在這裡主要是從思維方法上對兩部著作加以比較，並非是作哲學認識論的研究。從哲學認識論的角度比較《樂記》和《詩學》，便很難用「唯心」或「唯物」進行簡單的類比。它們各有唯心主義的傾向，也有唯物主義的傾向。唯物主義的認識論可能是主體性思維，也可能不是；唯心主義認識論也是這樣。例如柏拉圖，從哲學認識論的角度分析他，顯然是唯心主義的，因為他將文藝歸結為對「理式」的摹仿。但是，這種「理式」並不是主體主觀世界裡的東西，而是獨立於主體之外的客觀「理式」。首先是現實界摹仿「理式」，其次是文藝摹仿現實界。因而，「理式」是客觀之客體，文藝是摹仿之摹仿。這樣，從思維方法上講，柏拉圖又是環繞客體展開思維路線的一種模式，這種模式顯然又不是一種主體性思維。因此，哲學認識論上的唯心主義和主體性思維是兩個不可混淆的概念，它們不能在同一層面上實現對話。這是需要特別說明的。

《樂記》主體性思維的典型性

《樂記》所呈現的這一主體性思維方法，在中國古代文論中顯然具有廣泛的代表性。這首先是因為儒家詩教一直是中國古代文論的正統。從孔子開始，儒家便將「仁學」作為詩學的理論支柱，從而要求主體的個體心理欲求必須與社會倫理規範相統一。在孔子看來，「仁」的目的是恢復「禮」，其社會表現便是倫理規範，人與人相親相愛，在對他人的肯定中肯定自我。這是什麼？這就是「美」。所謂「里仁為美」（《論語》〈里仁篇〉）就是這個意思。「里仁為美」主要體現了儒家學派的美學主張：仁的精神所在之處就是美的；人生的選擇（不單指擇居、擇鄰、擇業、擇友等，而是泛指）都必須歸結到樹立「仁」的精神上去。這樣，孔子便將「美」與「仁」緊緊地捆在了一起。於是，我們便不難理解孔子及其後學為什麼十分注重文藝對於審美主體的功利關係了。

所謂「中和之美」、「興觀群怨」、「樂而不淫、哀而不傷」、「言之無文，行而不遠」、「思無邪」、「溫柔敦厚」、「文以載道」等等，實際上都是從審美主體出發對於文學藝術所提出的主體性要求，都是對審美客體的功利性規範。這些要求和規範一方面是社會的、倫理的，一方面又是個體的、審美的。美之所以為美，在儒家學派看來，就是社會與個體的統一、倫理與審美的統一。而孟子所提出的「知人論世」、「以意逆志」的主張，實質上便是要求文藝批評從功利的角度悟出藝術之「仁」的真諦。而對於功利關係的重視，恰恰是文藝學主體性思維的最重要的特徵之一。正是在這一意義上，或者說主要是在這一意義上，《樂記》的主體性思維對於作為文藝學經驗方法的中國古代文論來說，具有典型性和代表性。

當然，文藝學的主體性思維不僅僅表現在對於審美功利關係的注重上，而且也包括從審美主體出發對於文藝的其他一些主體性規定上。例如「詩言志」、「詩緣情」等等這類學說，同樣是對文藝的主體性規定，同樣是在主體性思維定勢的作用下產生的。而在這方面的思維傾向，同樣是中國古代文論的重要特點。例如「氣」、「神」、「韻」、「味」、「悟」、「意」等概念，以及「童心」說、「性靈」說等理論，都滲透著強烈的主體意識，同樣是主體性思維定勢的產物。正是在這一意義上，學界有人主張用「表現」和「再現」區別中西文論的不同特點，看來不無道理。中國古代文論側重於探討文藝對於審美主體的「表現」，西方文論則側重於探討文藝對於現實的「再現」。前者是主體性思維的產物，後者是客體性思維的產物。

當然，《樂記》內容畢竟有限，它的主要篇幅是用來討論「樂」對於審美主體的功利關係的，而較少顧及「情」之類的屬於藝術自身特徵的內容。但是，在突出藝術的主體性方面，《樂記》當是很富有代表性的著作。而對於藝術主體性的強調，又是整個文藝學經驗方法的主要特點之一。

第三章
從《文心雕龍》看文藝學經驗方法的渾整性

「自覺」的時代與時代的「自覺」

魏晉南北朝時代是中國古代文學藝術自覺意識開始萌生的時代，是「文學的自覺時代」[1]。在其三百餘年（220-589）的歷史上，相繼出現了我國第一篇文學專論（曹丕《典論》〈論文〉）、第一篇創作專論（陸機〈文賦〉）、第一部文體研究專著（摯虞〈文章流別論〉，已佚）、第一部體系最完備的文學概論（劉勰《文心雕龍》）、第一部詩歌批評專著（鍾嶸《詩品》）。且不說藝術批評方面的阮籍、嵇康、顧愷之、宗炳和謝赫等均有不朽的傳世之作，單就上述文學研究方面的五個「第一」來說，就足以表明這一時期文學「自覺」的程度了。

所謂「自覺」，就是自我意識、自我覺悟。人類創造了輝煌的文學、燦爛的藝術，現在要反過來對它們進行反思、認識。這是人類文明的自我反省、自我檢討。魏晉南北朝人對自己和自己的祖先所創造的審美文化的反省與檢討，一方面表現了強烈的主體精神（這種精神要求對文藝現象有一個全方位的把握），另一方面又不可掙脫歷史和時代所決定了的思維傳統，這種傳統仍然將他們侷限在經驗思維的水準，其中當然隱藏著一種悲劇性的矛盾和劇痛。於是，「渾整性」，便成了這一時期文藝學方法的顯要特點。

1　魯迅：《魯迅全集》（北京市：人民文學出版社，1982年），卷3，頁504。

魏晉南北朝人把握文藝現象的強烈的主體精神，突出地表現在他們對審美主體的特別關注和研究上，這是作為文藝學經驗方法的典型範式的中國古代文論的一般特點。無論是曹丕的《典論》〈論文〉，還是陸機的〈文賦〉，它們最感興趣同時也是最重視的，大多是和審美主體相關的課題，正如後人所概括的作家論、創作論、風格論、文藝價值論等方面的問題。至於所謂「文體論」，其研究的重心也往往是通過羅列各種文體的發生和發展，以闡釋其對於審美主體的功用和價值。例如《文心雕龍》，對於每種文體的分析，便是恪守「原始以表末，釋名以章義，選文以定篇，敷理以舉統」[2]這樣的宗旨的。即首先敘說某一文體的起源和流變，其次解釋這一文體的名稱和含義，再次選擇最具代表性的作品加以評定，最後對它的規格要求或標準風格予以說明。這「四步曲」的終點是各文體對於審美主體的價值，如此而已。即使那些專門的作品評論，例如《詩品》，也是採用「九品論人，七略裁士」的方法，把詩分為上、中、下三品，每品再分三等，主旨還是「論人」。「每觀其文，想其人德」[3]——論詩的最終目的是為了論人。

這一強烈的主體精神還突出地表現在魏晉南北朝人所創新的理論範疇上。所謂「詩緣情」說的提出便是對先秦「詩言志」說的一大革命。儘管漢〈毛詩序〉對「詩言志」的含義作了引申，指出詩的特點在於「吟詠情性」，是「情動於中而形於言」，但同時又以「禮義」相規範，要求詩「發乎情，止乎禮義」，以達到「經夫婦、成孝敬、厚人倫、美教化、移風俗」之目的（《樂記》也是同樣的觀點），仍舊將「善」和實用功利作為詩之最高、最終之目的。而「陸機〈文賦〉第

2　劉勰：〈序志第五十〉，《文心雕龍》，見周振甫：《文心雕龍注釋》。

3　鍾嶸〈宋徵士陶潛〉《詩品》，引自陳延傑：《詩品注》（北京市：人民文學出版社，1980年），頁41。

一次鑄成『詩緣情而綺靡』這個新語」(朱自清語)，把「情」提高到如此重要的地位，以至成了整部〈文賦〉的重心，顯然為前人所不及，更加突出了審美的主體精神。陸機特別指出，「每自屬文，尤見其情」，「言寡情而鮮愛」，「及其六情底滯，志往神留，兀若枯木，豁若涸流。」一句話，沒有「情」，便沒有詩。這一觀點對當時及後世的文論產生了相當大的影響，成了與「詩言志」並駕齊驅的中國古代兩大詩論傳統之一。當然，無論是「言志」還是「緣情」，都是就審美主體而言的，都是環繞審美主體對於藝術的主體性規定，都表現了中國古代文藝理論對審美主體的崇尚。不同的是，「緣情」說更加強調了作家的主觀情緒，更加突出了審美主體的個體性、能動性、直覺性和任意性。「詩言志」本來沒有錯，但「文」才是直接地「言志」；「言志」說的缺憾就在於忽略了「詩」的獨特性，而「緣情」說正是在這一意義上指出了「詩」之所以為「詩」而不是「文」的獨特本質，表現了魏晉南北朝人渴望文藝走向獨立的企圖，是文藝在令人窒息的道統禁錮中開始盡力掙脫的蟬吟。其他諸如「聲無哀樂」論的提出，「氣韻」、「神思」、「風骨」、「滋味」等新範疇的產生，蓋本於審美主體的新發現，標誌著審美主體之自我意識的覺醒。這是儒學正統文藝觀念開始搖盪的象徵，是玄學、佛學等非正統思想活躍而引起的思想騷動。

自我意識的覺醒和主體精神的張揚是魏晉南北朝人開始全面、系統認識文藝現象的內在動力。這一動力的引發必然帶來理論批評的繁榮，這是文學走向自覺的表現。那麼，具體說來，這一表現的思維型態有怎樣的特點呢？

我們知道，魏晉南北朝的時代是一個動亂的時代。頻繁的戰爭、長期的分裂、走馬燈式的王朝更替和權力再分配，必然在人們的心靈上留下累累創痕。於是，一種出世超俗、尋找精神寓所的願望油然而生，在現實界得不到的平靜，企圖到精神界去尋找，尋找心靈得以自慰的港灣；於是，飲酒吃藥的「名士派」出現了，「清談」成為社會風尚，士大夫們的個性在精神上獲得了自由；於是，思想空前活躍，文學藝術空前繁榮，各種思潮、各種流派、各種風格、各種體裁競相爭豔；於是，人們再也不能按照傳統觀念將文學僅僅作為史學或哲學的附庸去對待了，再也不能沿襲傳統的思維方式，將文學僅僅作為經學或政治學的構成部分去詮釋了。文學的世界已經蔚為大觀，令人刮目相看，關於文學的認識與研究也必然適應這個形勢；於是，一種企圖獨立地、全面地進行文學反思的理想產生了。這一理想在文藝學思維範式上的特點，便是渾整性。特別是產生於齊末梁初的《文心雕龍》，最充分地體現了這一特點。

首先，從《文心雕龍》所涉及的論題來看，涵蓋了文學理論、文學史、文學批評、文體論、文章寫作論、修辭學等眾多方面，個別地方還觸及到文字學、音韻學和語法學，幾乎涉及到今天大學漢語言文學專業課程的大部分內容。從其對每一問題的研究來看，力求全面、周詳，自覺地從整體上系統把握藝術的本質與規律，真可謂「體大而慮周」（章學誠語）。這是魏晉南北朝人充分弘揚主體精神之能動性的光輝成果，是中國古代文學走向自覺的顯著標誌。

其次，以劉勰為代表的魏晉南北朝人儘管力求從整體上全面地把握文藝現象，但其仍然不能突破直觀感受式的經驗水平。例如，他們對文體的分類並不是知性分析，多是憑藉感性經驗鋪陳事實；他們對於文藝規律，特別是對於創作規律的認識，並不是嚴格的科學界說，多是體會式的經驗性描述；他們的理論體系，特別是《文心雕龍》，儘管面面俱到，「體大而慮周」，但是既沒有建立在明晰而又十分確定的概念與範疇之上，也沒有吸收其他科學特別是自然科學（例如數學和天文學）的成果，仍然因襲《易經》的宇宙觀闡釋文學本源等問題。

這樣，魏晉南北朝人對於文學的整體性把握便不同於康德、黑格爾式的整體性把握，這完全是兩種截然不同的思維模式。康德、黑格爾關於藝術本質的界定，關於藝術史的分期，關於文體的劃分，關於典型、形象、風格等問題的論述，都建立在思辨哲學基礎之上，都是通過嚴格的邏輯推理產生的，有著科學的嚴密性和確定性。而魏晉南北朝人對文學的認識卻是經驗性的，他們的「整體性」原則也只能是一種混沌未開的「整體性」，因而，他們的文學「自覺」當然也只能是一種「渾整」的自覺。「渾整」，當是魏晉南北朝文論，當然也是作為文藝學經驗方法典型範式的整個中國古代文論的重要思維特點之一。

當然，「渾整」的自覺方式也有其特有的優越性，這就是它沒有把完整的藝術形象分解開來、支離開來。讀這類的理論批評，同時能夠真切地感受到作品本身的「全信息」；它本身既是理論批評，又不失為是一種具有直觀形象性的「美文」。從這一意義上說，「渾整」這一特色既是中國古代文論的不幸和缺憾，也是它的優勢和驕傲。

總之，魏晉南北朝人實現文學自覺的強烈的主體精神，就是以這樣的型態——「渾整」，展現在世人面前。現在，就讓我們以劉勰的《文心雕龍》為例，對文藝學經驗方法的這一思維特點展開具體分析。

「大一統」方式與「圓通」意識

魏晉以來、劉勰之先，討論文學問題的著作已經夠多的了，「詳觀近代之論文者多矣」。那麼，劉勰為什麼還要洋洋萬言以修《文心雕龍》呢？其中最重要的原因是他不滿於當時那些論文之作「各照隅隙，鮮觀衢路」，只看到文學的一點一角、某一方面或局部，很少從大處著眼、全面地看問題：「魏典密而不周，陳書辯而無當，應論華而疏略，陸賦巧而碎亂，流別精而少功，翰林淺而寡要，」[4]如此而已。劉勰在其〈序志〉篇所批評的這一現象便是他決意寫作《文心雕龍》的動機，表明他要反其道而行之，從大處著眼，從整體出發，全面地看問題，以建立起周詳而完備的理論體系。

這一體系確實被建立起來了：全書共設五十篇，前五篇作為「文之樞紐」，以釋明文之「本乎道，師乎聖，體乎經，酌乎緯，變乎騷」之宗旨；緊接著的二十篇是「論文敘筆」，按照不同的體裁討論其歷史發展及其基本特徵；之後便是「剖情析采」，具體研究作家與創作上的各種問題；至於最後一篇〈序志〉，則是全書的的總序。這樣，真正討論文學問題的是四十九篇，恰好符合《易經》「大衍之數五十，其用四十九」（《易》〈繫辭〉）之說。體系構架可謂洋洋大觀，無懈可擊，避免了前人「各照隅隙，鮮觀衢路」之弊端。

就文體研究說來，《文心雕龍》之前，曹丕的《典論》〈論文〉只將文體分為四科八類：奏（章）和議（折）為「雅」，書（信）和論為「理」，銘和誄為「實」，詩和賦為「麗」。陸機的〈文賦〉前進了一步，把文體分為十類，並做了簡要的說明：「詩緣情而綺靡。賦體物而瀏亮。碑披文以相質。誄纏綿而悽愴。銘博約而溫潤。箴頓挫而清壯。頌優遊以彬蔚。論精微而朗暢。奏平徹以閑雅。說煒曄而譎誑。」[5]到了摯虞的〈文章流別論〉，不僅對文體作了更詳盡的區分，而且作了更細緻的考察。僅從現存的殘文來看，就論及頌、賦、詩、箴、銘、誄、哀、雜等多種文體，並對每種文體溯其源流，考其正

4 劉勰：〈序志第五十〉《文心雕龍》，「魏典」、「陳書」、「應論」、「陸賦」、「流別」、「翰林」分別指曹丕《典論》〈論文〉、曹植〈與楊德祖書〉、應瑒〈文質論〉、陸機〈文賦〉、摯虞〈文章流別論〉、李充〈翰林論〉。見周振甫：《文心雕龍注釋》。

5 引自郭紹虞主編：《中國歷代文論選》（上海市：上海古籍出版社，1979年），卷1，頁171。

變，辨明古今異同，品評各家得失，比前人大大地深入了一步。而《文心雕龍》顯然又是在〈文章流別論〉的基礎上加以擴展的。在其文體部分的篇名中（不包括〈辨騷〉篇），就涉及到三十四種之多。它們分別是：詩、樂府、賦、頌、贊、祝、盟、銘、箴、誄、碑、哀、弔、雜、諧、隱、史、傳、諸子、論、說、詔、策、檄、移、封禪、章、表、奏、啟、議、對、書、記，每種文體都附有詳細的論述。這還是比較大的類別，實際上每一類別的論述中又往往涉及眾多的細類，例如在〈書記〉篇中就列舉了譜、籍、簿、錄、方、術、占、式、律、令、法、制、符、契、券、疏、關、刺、解、牒、狀、列、辭、諺等二十四種應用文，幾乎無所不包，應有盡有。

如前所述，魏晉南北朝人已經產生了文學的自覺意識，文學已開始從歷史學、經學、政治學中獨立出來了。文學獨立意識的覺醒早在魏晉時代便已初露端倪，特別是在《昭明文選》中表現得十分充分。南朝梁昭明太子蕭統（501-531）編選的這部《文選》便只選了先秦至梁的詩文辭賦，沒有選經子，史書也只略選「綜輯辭采」、「錯比文華」的論贊。這說明編選者已經明確地意識到「文學」與「文章」的區別，至少是注意到從審美的角度選文。這樣說來，《文心雕龍》將那麼多的文體都收納在自己的範疇之內，不是一種觀念上的倒退嗎？

乍一看去，確實如此。但是，只要細細分析，也不難理解劉勰的良苦用心。其中最重要的有三點必須引起我們的注義：一、《文心雕龍》不是一部詩文集成，而是一部詩文理論著作；儘管其中列舉了大量的並非嚴格意義上的「文學」文體，但主旨仍是「論」而不是「列」，論述各文體的源流及特點。二、對於各種文體的辨析與論述，劉勰始終沒有放棄審美標準，始終是以藝術的美學標準來評論它們的價值。即使被他列為「藝文之末品」的「書記」，也是從其言辭的舒展明快、思想的豐富多彩、風格的綺麗華茂、感情的充沛自然、氣魄的雄偉和文思的敏捷等方面提出要求的。「或事本相通，而文意各異，或全任質素，或雜用文綺，隨事立體，貴乎精要；意少一字則義闕，句長一言則辭妨，並有司之實務，而浮藻之所忽也」。[6]這便是劉勰關於「書記」的審美標準。三、劉勰包攬各種文體，並非沒有文學的獨立意識，而是企圖從「審美文化」的高度去探討文學的審美本質，以便為其後半部更多的是屬於狹義的、具體的文學理論提綱挈領。所謂「上篇以上，綱領明矣……下篇以下，毛目顯矣」，正是這個意思。

一方面是用美學的標準研究各種文體，一方面是從審美文化的高度去研究文學，這就是劉勰的「大文學」觀念——文藝學經驗方法的整體觀念。但是，文學畢竟屬於整個人類文化的有機構成部分，畢竟與整個人類文化有著許多相通之處。無論是在遣詞造句、謀篇佈局方面，還是在思維方法、風格技巧等方面，都有著千絲萬縷的聯繫。這些聯繫的樞紐便是「美」，美的規律是整個人類文化所共通的規律，任何文體都應當是一種「美文」。並且，這種聯繫不僅不會隨著文學的獨立而越來越淡化、越來越鬆懈；恰恰相反，文學越發展、越獨立，與整個人類文化的聯繫反而會越緊密，越不可分割，越需要從審美的角度在其他文化形態中汲取營養。先秦兩漢時期，中國的文、史、哲是不分家的，所謂「純文學」的研究也當然不會存在；即使後來「分家」了，而且越分越細，中國古代的文學研究也沒有因此從「文化大家庭」中完全分離出來去進行所謂的「純文學」研究。文、史、哲大一統的研究方法一直是中國古代文論的優良傳統，至今仍不失其為行之有效的模式而為人們所樂用。這是因為，文學本身便包融著「史」與「哲」的內容，沒有所謂絕對的「純文學」。蕭統的《文

6 劉勰：〈書記第二十五〉《文心雕龍》，見周振甫：《文心雕龍注釋》。

選》儘管使文學取得了獨立自足的顯位，但他的文學批評方法仍是「大一統」式的。他在為其《文選》所寫的〈序〉中，仍然是從時代、政治、社會條件諸方面去考察和評論作家作品的。他之所以不選「經」，無非是因為「經」太深奧，並且多講倫理道德；他之所以不選「子」，「蓋以立意為宗，不以能文為本」罷了。

那麼，具體到《文心雕龍》說來，這種「大一統」的研究方式，究竟表露了劉勰文藝學方法中的什麼意向或意識呢？

唐人劉知幾在其《史通》〈自序〉中說：「詞人屬文，其體非一，譬甘辛殊味，丹素異彩。後來祖述，識昧圓通。家有詆訶，人相掎摭，故劉勰《文心》生焉。」這便是劉勰「大一統」研究方式的精義所在──「識昧圓通」，即對文學的「圓通」識見。

「圓通」，作為劉勰文藝學研究的自覺意向，在其《文心雕龍》的行文中有著明確的表述：關於作品的義理與文辭，他認為「義貴圓通，辭忌枝碎；必使心與理合，彌縫莫見其隙，辭共心密，敵人不知所乘」(〈論說第十八〉)；應當「辭貴圓通」(〈封蟬第二十一〉)，「必使理圓事密，聯璧其章……乃其貴耳」(〈麗辭第三十五〉)。即使短小的雜文，也要「使義明而詞淨，事圓而音澤，磊磊自轉，可稱珠耳」(〈雜文第十四〉)。關於作品的構思與謀篇，他意識到人之「慮動難圓，鮮無瑕病」(〈指瑕第四十一〉)，必須「務總綱領，驅萬塗於同歸，貞百慮於一致；使眾理雖繁，而無倒置之乖，群言雖多，而無棼絲之亂，扶陽而出條，順陰而藏跡，首尾周密，表裡一體，此附會之術也」(〈附會第四十三〉)。至於文之體勢，劉勰認為作家應當「兼通」：「圓者規體，其勢也自轉；方者矩形，其勢也自安」；凡有經驗的作家，都善於綜合各種文勢，「然淵乎文者，並總群勢，奇正雖反，必兼解以俱通；剛柔雖殊，必隨時而適用。若愛典而惡華，則兼通之理偏」(〈定勢第三十〉)。

上述說明，文藝學的「圓通」意識不僅表現在劉勰對於文體的大一統研究上，而且也是劉勰關於寫作的一般要求，即要求作家的創作必須有整體觀念、圓通意識。無論是內容還是形式，構思還是修辭，氣韻還是風格，都應具有全域觀念、整體觀念、辯證觀念。這證明，「圓通」，實際上成了劉勰的重要的審美觀，他的理論批評，正是建立在這樣一種審美觀基礎之上的。這在他的鑒賞理論中表現得更為充分。

談到文學鑒賞，劉勰第一句話就感歎「知音其難哉！音實難知，知實難逢，逢其知音，千載其一乎」！（〈知音第四十八〉，下同）那麼，「知音」難在何處呢？在劉勰看來，除作品本身存在「文情難鑒」外，更多的是由於古往今來的所謂「知音」者大多帶有濃重的個人偏見，片面的而不是全面地、部分的而不是整體地去評論作家作品。於是，劉勰從「貴古賤今」、「崇己抑人」、「信偽迷真」、「知多偏好」等幾個方面進行了說明。因此，所謂「知音其難」，主要原因並不是「音不可知」，而是批評鑒賞者本身的片面性、侷限性：「知多偏好，人莫圓該。慷慨者逆聲而擊節，醞藉者見密而高蹈，浮慧者觀綺而躍心，愛奇者聞詭而驚聽。會已則嗟諷，異我則沮棄，各執一隅之解，欲擬萬端之變。所謂『東向而望，不見西牆』也」。基於這一現象，劉勰提出，要想全面而正確地評論作家作品，必須大量閱讀，「故圓照之象，務先博觀」；必須斬除私心偏見，「無私於輕重，不偏於憎愛，然後能平理若衡，照辭如鏡矣」。於是，劉勰提出了開展批評鑒賞的六個方面，「是以將閱文精，先標六觀：一觀位體，二觀置辭，三觀通變，四觀奇正，五觀事義，六觀宮商。」

可見，「圓照」、「博觀」，是劉勰理論批評的基本思維原則與方法，也是他文學研究中的「圓通」意識。事實上，整部《文心雕龍》便是這一原則和方法的具體實踐。無論是「大一統」的方式，還是關於創作和批評的整體觀念，都是這種「圓通」意識的表露。

劉勰文學研究中的「大一統」方式與「圓通」意識的最根本的特點就是注重對象的全面性與相互關聯性。所謂「圓」，就是「圓整」；所謂「通」，就是「聯繫」。「圓通」，就是將對象作為一個相互聯繫的有機的生命整體。劉勰將所有的文體都納入自己的視野，便是由於他看到了各種文體之間的有機聯繫——審美規律。審美規律將各種文體聯繫為一個整體。於是，劉勰便從美學的角度探討各種文體的特點，對各種文體提出「美」的要求。然後，又從文學與其他文體的聯繫中，即從整體上把握文學的特殊規律。同時，在對文學的研究中，劉勰又注重文學內部各元素之間的關係，無論是風格上的「奇」與「正」，還是修辭上的「華」與「實」，等等，都企圖找到它們之間相輔相成的關係。這就是他所力主的「兼通之理」。因此，劉勰的理論批評，是一種多角度、多側面、多方位、多層次的主體結構。儘量將文學說「全」、說「圓」、說「通」，是劉勰整部《文心雕龍》思維方法的精義所在。正是在這一意義上，《文心雕龍》很能代表文藝學經驗方法，特別是中國古代文論的一般特點。

渾然一體的審美體驗

如前所述，劉勰在《文心雕龍》中所表露的這種「圓通」意向和意識，與現代文論，特別是與西方文藝美學中的「整體性」是不可同日而語的。例如劉勰的文體論，與黑格爾的文體論便大相逕庭。這不僅僅是因為劉勰的文體論涵蓋論說文、應用文等非嚴格文學意義上的文體，而黑格爾限於文學藝術範圍之內的文體，更重要的是在思維方法上，二者有著截然不同的原則。

黑格爾之所以對文藝的體裁進行分類，是因為他意識到它們之間有著「理念」顯現方面的不同。於是，他將藝術從低級到高級依次排列為建築──▶雕塑──▶繪畫──▶音樂──▶詩。由它們所代表的五大門類，也是藝術發展的五大行程，而這個分類與排列絕不是任意的、經驗式的，而是依據「美是理念的感性顯現」這樣一個思辨性的命題推演出來的。這個命題由兩個概念組成：一、「理念」，這是美的內容；二、「感性顯現」，即「形象」，這是美的形式。而這兩個概念之間的相互關係，就決定了藝術體裁的不同：以建築為代表的象徵型藝術的特點是形式大於內容；以雕塑為代表的古典型藝術的特點是形式與內容和諧；以繪畫、音樂和詩為代表的浪漫型藝術的特點是內容大於形式。由象徵型藝術到古典藝術再到浪漫型藝術，這是一個理念內容不斷掙脫物質外殼（感性形象）束縛的運動過程，是藝術不斷走向觀念以實現絕對精神復歸的過程。即使在浪漫型藝術中，從繪畫到音樂再到詩，也是這樣一個過程；與建築相比，雕塑不佔有多維空間只佔三維空間；與雕塑相比，繪畫不再佔有空間而只佔有平面；與繪畫相比，音樂既不佔有空間也不佔有平面，只佔有時間；與音樂相比，詩的形式──語言，只是一種觀念的符號，空間、平面、時間它都不佔有，是一種被徹底觀念化了的符號。我們姑且不論黑格爾關於文藝體裁分類的科學性在哪裡，僅從其思維範式來看，這是一種「自上而下」的思辨性的推理分析，是憑理智、理性的力量導演出來的一種體裁分類。

《文心雕龍》的文體分類與此大相逕庭。劉勰將文體分為三十四類，每類中又分出若干小類，憑藉什麼？分類的標準和依據是什麼？我們很難找到他的理論依據，是完全憑藉分類者的「經驗」，即憑藉分類者所見到的「經驗事實」。這是一種「自下而上」的方法──從主體的經驗出發對各文體進行概括、歸納、分門別類的方法。

當然，如果我們細細推敲，似乎也能朦朧地悟出劉勰文體分類的一些準則。例如，他將「書記」排在文體之末，是因為它是「藝文之末品」；那麼，將「詩」排在文體之首，當是因為詩是「藝術之首品」嘍？從這裡，我們似乎能夠隱約地領悟到他的分類標準——「藝術性」之表現的程度。這當然是我們的推測，劉勰並無明確的表述。但是，如果這一推測沒有錯的話，那麼，劉勰為什麼將文體分為三十四類？而不是三十三類或三十五類呢？並且每一類文體的排列次序在「藝術性」方面又有多大程度的差距呢？這恐怕便是只可意會不可言傳的了。

因此，《文心雕龍》的「圓通」意識和意向，與現代文藝理論中所倡導的「整體性」，並非具有相同的意義。以《文心雕龍》為代表的中國古代文論的「圓通」，完全是一種經驗型的、直觀的「圓通」；它不是來自思辨理性，而是來自感性經驗的；它對文藝現象的把握，不是一種明晰的哲理分析，而是一種渾然一體的審美體驗。所謂「渾整性」，當是中國古代文論思維特點的準確表述。關於這一特點，我們可以從劉勰的創作論中得到進一步佐證。

劉勰將〈神思〉放在創作論的首篇，即將創作的思維問題作為創作研究的首要問題是非常有見地的。這是因為，文學創作從本質上說首先是人類思維的產物，是生命意識的表現過程及其結果。把握文藝創作的規律首先應當把握創作思維的規律，創作思維的特點是整個創作的關鍵。

按照傳統的解釋，〈神思〉篇之「神思」就是「形象思維」的同義語。這一類比是否確切，看來很值得懷疑。「形象思維」是現代外國文藝理論中的一個常用的思辨性概念。儘管早在十九世紀初別林斯基就提出詩是「寓於形象的思維」的概念[7]，但是這一概念得以廣泛

7 別林斯基在〈伊凡・瓦年科講述的《俄羅斯童話》〉（1837）、〈《馮維辛全集》和扎果斯金的《猶里・米洛斯拉夫斯基》〉（1839）、《智慧的痛苦》（1839）等著作中均有論述。見北京師範大學中文系文藝理論教研室編：《文學理論學習參考資料》（瀋陽市：春風文藝出版社，1982年），下冊，頁346-347。

使用是二十世紀以後的事。特別是在第二次世界大戰後，蘇聯文藝界開展了一場關於文藝特徵問題的討論，「形象思維」一詞才被作為一個文藝學的範疇確定下來。因此，把外國二十世紀以後才形成的理論同中國六世紀之前產生的學說作對等類比，很難避免生拉強扯之嫌。這是其一。其二，「形象思維」作為外國文論中的概念，從別林斯基開始，便是相對「邏輯思維」提出來的，是在論述藝術思維的特徵時用來和科學思維、邏輯思維相比較而加以闡釋的。別林斯基說：「詩人用形象來思考；他不證明真理，卻顯示真理。……呈現於詩人心中的是形象，不是觀念。」這是因為「藝術和科學不是同一件東西，……它們之間的差別根本不在內容，而在處理特定內容時所用的方法。哲學家用三段論法，詩人則用形象和圖畫說話，然而他們說的都是同一件事。」[8]即使前幾年我國理論界開展的形象思維的大討論，也主要是環繞藝術思維和科學思維的區別而展開的。但《文心雕龍》〈神思〉篇中之「神思」概念的提出與論述，根本就沒有涉及到藝術思維與科學思維的區別。這是因為，作為創作研究的「神思」研究，是建立在其文體研究基礎之上的，創作論是文體論的繼續；文體論是「論文敘筆」，創作論是「剖情析采」，都是「文心」之探索。因此，所謂「神思」，絕不是單指狹義的文藝創作之思維，而是包括三十四種文體在內的廣義的作「文」之思維。當然，如前所述，由於劉勰是從「審美文化」的角度來「論文敘筆」的，因此，〈神思〉篇之「神思」更接近於作為廣義「美文」寫作之思維。可見，我們也不能將「神思」與「形象思維」兩個概念等同起來：「形象思維」是與邏輯思維相對而言的狹義的關於藝術思維的概念，而「神思」則是包括

8 轉引自北京師範大學中文系文藝理論教研室編：《文學理論學習參考資料》，下冊，頁347-349。

政論文寫作的邏輯思維在內的廣義的關於「美文」寫作思維的概念。這是《文心雕龍》「大一統」方式在創作研究中的又一體現。

弄清了這一問題，我們就可以發現，《文心雕龍》之「神思」與外國文論之「形象思維」雖然同是關於寫作（創作）思維的研究命題，而其所運用的方法又是如何之不同。「形象思維」緊緊圍繞著「形象」與「思維」、直觀與觀念、藝術與科學的相互關係展開研究。這種研究方法實際上是把人類的思維明確劃分為藝術的與科學的、形象的與邏輯的、具象的與抽象的兩大基本型態。這一劃分有助於人們對思維的科學把握，給人以明晰的認識；但是，由於它是抽象的、分解的產物，割裂了研究對象的有機性，不能給人以整體的意象。思維，作為一種活的生命過程，不再以有機整體的形象重新浮現出來，它的結論只能是一些關於思維的碎片式的規定。《文心雕龍》則不然，它對「神思」的研究並沒有將研究對象分割為碎片，而是通過形象的描繪給人以渾然一體的認識：

> 古人云：「形在江海之上，心存魏闕之下。」神思之謂也。文之思也，其神遠矣。故寂然凝慮，思接千載，悄焉動容，視通萬里；吟詠之間，吐納珠玉之聲，眉睫之前，卷舒風雲之色：其思理之致乎？……

什麼是「神思」？這就是「神思」！

沒有抽象的肢解，沒有思辨的推論，「神思」之特點就是這樣全然地呈現在人們面前。讀者完全可以憑自己的直覺去把握、去領會、去體驗。而劉勰則是完全憑藉自己的審美經驗去概括創作思維的規律的，因而他得出的結論，只能是渾然一體的藝術性的描述。

對創作思維規律的這種渾然一體的審美體驗方式，在陸機的〈文賦〉裡同樣達到如此爐火純青的境界：

> 其始也，皆收視反聽，耽思傍訊，精騖八極，心游萬仞。其致也，情曈曨而彌鮮，物昭晰而互進，傾群言之瀝液，漱六藝之芳潤，浮天淵以安流，濯下泉而潛浸。於是沈辭怫悅，若游魚銜鉤，而出重淵之深，浮藻聯翩，若翰鳥纓繳，而墜曾雲之峻。收百世之闕文，采千載之遺韻，謝朝華於已披，啟夕秀於未振，觀古今於須臾，扶四海於一瞬。

與《文心雕龍》一樣，〈文賦〉對創作思維的表述也是體驗性、描述性的，是對藝術思維的一種渾整性的認識。

當然，這並不意味著中國古代文論沒有形成自己的體系。理論體系和思維方法是兩回事。理論體系的主要標誌是其概念和觀點的相互勾聯，它們不能是孤立的知識點，應是整個理論框架中的有機構成部分。就劉勰關於「神思」的論述來看，就是在其概念與概念、觀點與觀點的有機聯繫中進行闡發的：

> 故思理為妙，神與物游，神居胸臆，而志氣統其關鍵；物沿耳目，而辭令管其樞機。樞機方通，則物無隱貌；關鍵將塞，則神有遁心。

僅上述幾句就涉及到神思與「物」、與「氣」、與「辭」的關係：「物」為神思之引發，「辭」為神思之定形，「氣」則是神思的最高統轄機關。而「物」、「辭」、「氣」等概念在整部《文心雕龍》中又是被反覆運用並具有相對穩定內涵的概念。正是這些相對穩定且又相互勾聯的概念或範疇鑄造了《文心雕龍》乃至整個中國古代文論的體系框架。

「氣」是什麼？早在曹丕《典論・論文》中就有「文以氣為主」之說。劉勰在《文心雕龍》中也曾援引此句以釋「風骨」，並專設〈養氣〉篇進行討論。正如許多學者所覺察到了的，〈神思〉篇與〈養氣〉篇有著內在的聯繫，這種聯繫就在於劉勰將文思之通塞歸之於是否「清和其心，調暢其氣」。「率志委和，則理融而情暢」，心和氣暢能使理融情暢，理融情暢便使文思開通，不至於「理在方寸，而求之域外；或義在咫尺，而思隔山河」。但「氣」作為一種哲學術語，其含義又是非常廣泛、非常概括的。天地陰陽萬物統一於「氣」，人體生命精神統一於「氣」，文之辭意、風骨也統一於「氣」。「氣」是灌注於天體、物體、人體、文體之中並在其間運行的「實體」。而這一「實體」又是只可意會而不可言傳和捕捉的。因此，學術界至今也不能找到一個非常貼切的概念來解釋它、代替它。其原因就在於「氣」是一個渾整的術語，任何現代科學概念在它面前都會顯得無能為力。但劉勰將「神思」統轄於「氣」，又是符合整部《文心雕龍》的理論框架的。從「神思」到「養氣」，是一個從較小範疇上升到較大範疇的邏輯過程。而這兩個範疇又都是渾整思維的產物，都是主體體驗的結果，都具有文藝學經驗範式的獨特屬性。

總之，渾然一體的創作體驗，作為文藝學經驗範式的一大思維特點，貫穿於整部《文心雕龍》。〈體性〉篇中的「八體」說、〈熔裁篇〉中的「三準」說等等，都像文體論中的文體分類一樣，表面看上去是一種分析，其實都是一種經驗式的渾整表述，表現了作者「圓通」的體驗方式。這種方式對於中國古代文論來說，具有典型意義。中國古代文論家要求詩有「滋味」，自己關於詩的品評同樣應有「滋味」；要求詩有「韻味」，自己關於詩的品評同樣應有「韻味」。什麼是「雄渾」？「具備萬物，橫絕太空；荒荒油雲，寥寥長風」；什麼是「沖淡」？「猶之惠風，荏苒在衣；閱音修篁，美曰載歸」。（司空

圖：《詩品》）無論是具體作品的評論，還是藝術風格之類的理論探討，中國古代文論都是以直觀形象的語言進行描述，認識客體總是以完整的、鮮活的生命呈現在人們面前。這一特點，顯然來自中國古代文論家那渾然一體的審美體驗。

第四章
從《滄浪詩話》看文藝學經驗方法的意會性

「以禪喻詩」：文藝學經驗方法之意會性的理論依託

「意會」，作為整個中國古代文論的特點之一，在不同的時期有著不同的表現。如果說以《樂記》為代表的先秦文藝理論重在以強烈的主體意識把握客體的功利價值，那麼，「意會」，僅僅被作為一般的表述方式，表現在審美主體對於審美客體的含混的、非確定性的功利性表述中；如果說以《文心雕龍》為代表的魏晉南北朝文論重在以「圓通」的渾整觀念籠罩文學大世界，那麼，「意會」，已經被滲透進具體的概念、範疇與思維方式之中了，主要表現為對文學與審美世界的渾整性體驗。但是，其時尚未能對「意會」展開方法論意義上的系統總結。經過隋唐兩宋五百餘年，歷史進入十三世紀，嚴羽（約1174-1264）——中國古代文論史上的又一個劃時代的文論家誕生了，文學的意會性研究不僅僅被作為一種實踐，而且被作為一種理論形態出現了。其具體表現，便是他的「妙悟」理論。「妙悟」說的出現標誌著作為文藝學經驗方法之意會性特點的理論化，代表著中國古代文論之意會性研究方式由潛在走向顯在、由實踐提升到理論形態。

「妙悟」本是佛家術語。嚴羽借佛學論詩學，「以禪喻詩」，於是提出對詩進行「妙悟」的主張。因此，「以禪喻詩」當是「妙悟」說的立論前提與理論依託。考察嚴羽的「妙悟」說必須首先瞭解「以禪喻詩」的含義。

嚴羽在其〈答出繼叔臨安吳景仙書〉中有著這樣的自我標榜：「僕之〈詩辨〉，乃斷千百年公案，誠警世絕俗之談，至當歸一之論。其間說江西詩病，真取心肝劊子手。以禪喻詩，莫此親切。是自家實證實悟者，是自家閉門鑿破此片田地，即非傍人籬壁、拾人涕唾得來者。」[1]

其實，「以禪喻詩」並非濫觴於滄浪。佛學自漢末傳入中原以後，就對中國思想與中國文學產生了深刻的影響。早在六朝時期，佛教便已廣泛流傳，廣建寺院、大造佛像，從而促進了新的審美觀念和審美方法的產生。劉勰、鍾嶸便是其中的典型。唐代以後，人們已開始明確地把「詩」與「佛」聯繫起來。釋皎然在評論謝靈運時就曾這樣說：「康樂公早歲能文，性穎神澈。及通內典（指自家典籍——引者注），心地更精，故所作詩，發皆造極。得非空王（佛之別名——引者注）之道助邪？」（釋皎然《詩式》〈文章宗旨〉）到了宋代，「以禪喻詩」已蔚為風尚。蘇東坡云：「每逢佳處輒參禪」；范元實云：「識文章當如禪家有悟門。夫法門百千差別，要須自一轉語悟入。如古人文章直須先悟得一處，乃可通於他處」；韓子蒼云：「學詩當如初學禪，未悟且遍參諸方。一朝悟罷正法眼，信手拈出皆文章」；陸放翁云：「學詩大略似參禪，且下功夫二十年」；葛天民云：「參禪學詩無兩法，死蛇解弄活鱍鱍」；吳可云：「凡作詩如參禪，須有悟門」，等等。正如錢鍾書所說：「宋人多好比學詩於學禪……。蓋比詩於禪，乃宋人常談。」[2]但是，這些言論畢竟是隻言片語，不成體系，僅能說明宋人對於「以禪喻詩」產生了濃厚的興趣，並萌生出自覺意識。

1　郭紹虞：《滄浪詩話校釋》（北京市：人民文學出版社，1983年），頁251。

2　錢鍾書：《談藝錄》（北京市：中華書局，1984年），頁257-258。

美國學者劉若愚認為：「……使用禪語論詩的傾向，皆於嚴羽時達到了頂點。……事實上，嚴羽所談論的主要是關於如何寫詩以及如何評詩，而不是關於詩是什麼。」[3]確實如此，嚴羽的功績就在於將「以禪喻詩」理論化、體系化，從詩學方法論的高度予以劃時代的總結。所謂「以禪喻詩」，包括以禪喻「作詩」和以禪喻「評詩」兩方面。無論是作詩還是評詩，在嚴羽看來，都要參照參禪的方法。其原因蓋出於禪道通詩道。正因為作家參照禪道寫詩，所以必須參照禪道評詩。這便是《滄浪詩話》「以禪喻詩」說的核心。

《滄浪詩話》全書由〈詩辨〉、〈詩體〉、〈詩法〉、〈詩評〉、〈考證〉五部分組成，幾乎涉及詩歌理論的各個方面。〈詩體〉是對詩歌體制及其發展的概述；〈詩法〉是對詩之技法的研究；〈詩評〉是對古今詩歌和詩人的評論；〈考證〉是關於詩歌考證的雜錄；而居全書之首的〈詩辨〉則是一個總綱，著重從方法論與本質論的角度闡釋作者的詩學理論。〈詩辨〉開篇第一句便這樣說：「夫學詩者以識為主」。所謂「學詩」，既指學習作詩，又含學習賞詩、評詩。而學作詩首先應當學賞詩，一個沒有詩歌鑒賞能力的人很難想像能成為一個優秀的詩人，賞詩當是作詩的第一步。正是在這一意義上，嚴羽提出「學詩者以識為主」是頗有見地的。所謂「識」，就是辨析、認識、鑒賞；所謂「詩辨」，就是教人鑒別、欣賞詩歌的方法。於是，〈詩辨〉便從「入門須正，立志須高」談起，然後具體辨出詩之「五法」、「九品」、「三工」、「二概」、「一極致」，緊接著提出「論詩如論禪」的問題，明確指出將禪學作為詩學的基本參照。——這就是〈詩辨〉的基本思路和邏輯順序，也是《滄浪詩話》全書的綱領和詩學方法的理論說明。

---

3 〔美〕劉若愚：〈玄學理論〉，《中國文學理論》（芝加哥市：芝加哥大學出版社，1975年）。

嚴羽並非出家人，也不精於禪道，甚至對禪學還存有一般性的誤解。例如，佛家本來只有大乘、小乘之分。大乘指菩薩乘，職在普濟眾生；小乘指辟支、聲聞，意在自度。而嚴羽卻以漢、魏晉、盛唐之詩為第一義，喻為「大乘」；「大曆以還之詩」為第二義，譬若「小乘」；而「晚唐之詩，則聲聞、辟支果也。」彷彿於小乘之外，還有比小乘更等而下之的「聲聞、辟支果」。又如，同出禪宗六祖之臨濟、曹洞禪師，俱為上乘，並無高下優劣之分，而嚴羽卻把他們看作彷彿大、小乘一樣有高下之別：「學漢、魏、晉與盛唐詩者，臨濟下也。學大曆以還之詩者，曹洞下也」[4]。由於這類常識性的錯誤，嚴羽多遭後人譏諷，說他對於禪宗「不惟未經參學」，只是「剽竊禪語，皆失其宗旨，可笑之極」[5]。言辭未免尖刻，倒也是事實。連嚴羽本人也承認自己不是「參禪精子」，只能是「參詩精子」[6]。既然這樣，嚴羽為什麼還要標新立異，力主「以禪論詩」、「以禪喻詩」呢？

其實，箇中原委十分明顯：嚴羽論禪是假，論詩是真；禪道僅僅是作為詩道的理論依託和借喻罷了。因為禪與詩、禪法與詩法、學詩與參禪，在思維方式上確有某種共通性、可比性和可喻性，二者有著異質同構的關係。例如，詩與禪都屬於意識形態，都通過情感、想像和形象直觀世界，以寄託人的某種理想得以自慰；再如，詩與禪都以有限展示無限、以具體表現一般，都是個體在超脫了物質束縛之後在廣闊的時間與空間中所獲得的精神自由。正是基於藝術與宗教這兩方面的同構關係，黑格爾在他的哲學王國中才將它們排列在一起。嚴羽也正是意會到它們之間存在著某種同構關係，才提出「以禪喻詩」、「以禪論詩」的主張。

---

4 郭紹虞：《滄浪詩話校釋》，頁11-12。

5 馮班：《嚴氏糾謬》，轉引自郭紹虞：《滄浪詩話校釋》，頁284。

6 郭紹虞：《滄浪詩話校釋》，頁253。

但是，禪並不是詩，佛學因而也並不等於詩學，它們之間顯然有著質的不同。其中有積極與消極之分、有入世與遁世之別；當然也有著對於人生與自我的肯定或否定、對象化或異化的不同。但是，嚴羽沒有、也不可能清醒地認識到這一點；即使認識到了，他也不是在這一意義上主張「以禪喻詩」的，其著力點在於詩與禪的審美關係，即主要是在審美規律的意義上將二者聯繫起來的。嚴羽一方面執著地探求詩之美感真諦，一方面又苦於找不到一種理論上或方法上的依託；一方面企圖以「警世絕俗」的氣概論辨詩之「千百年公案」，一方面又難以表達妙不可言、撲朔迷離的藝術法則。正是在這種矛盾的困境中，嚴羽從前人以禪喻詩的言論中受到啟迪，進而發現了「妙語」這一佛學方法，大加發揮，為我所用，構造了《滄浪詩話》的體系。「大抵禪道惟在妙悟，詩道亦在妙悟」[7]　這就是嚴羽的獨特發現。

就這一意義上說來，嚴羽在〈答出繼叔臨安吳景仙書〉中的自我標榜也不過如此。他的「以禪喻詩」絕非像前人那樣泛泛而談或一筆帶過，不是「傍人籬壁，拾人涕唾」之論，而是將「以禪喻詩」提升到理論的高度，並由此確立了論詩與參禪的最恰當的交叉點──「妙悟」。在嚴羽看來，「以禪喻詩」之關鍵，是在「妙悟」方法上相「喻」。「妙悟」是參禪的主要方法，也當是學詩、論詩之主要方法。這樣，作為文藝學經驗方法之典型歷史形態的中國古代文論，經過嚴羽的論證，便為它的另一重要特點──意會性，找到了理論上的依託。「妙悟」，實際上便是文藝學經驗方法之意會性的理論表述。

7　郭紹虞：《滄浪詩話校釋》，頁12。

「妙悟」：文藝學經驗方法之意會性的理論表述

「妙」、「悟」和「妙悟」均為佛家術語。《佛學大辭典》作了這樣的解釋：

> 「妙」：不可思議之義、絕待之義、無比之義也。《法華玄義》曰：「妙者，褒美不可思議之法也。」《法華遊意》曰：「妙，是精微深遠之稱」。……「悟」：覺之意，對於迷而言，即自迷夢醒覺也，與覺悟同義。
> 「妙悟」：殊妙之覺悟……[8]

根據佛學世界觀，人類的感官所接觸的世界都是虛妄的假像：「凡所有相，皆是虛妄，若見諸相非相，即見如來。」（《金剛經》）「一切諸相，皆悉空寂」。（《法華經》）「真如不離空，空不離真如；真如即是空，空即是真如。」（《大般若波羅多經》〈無佳品第九之二〉）也就是說，現象為「有」，本質為「無」。「虛空」是最高的境界、最神秘的本體。所以，人不能執著外物跡象，「於物上不起執心」（元康《肇論疏》）。

「悟」、「妙悟」，實際上就是建立在這一虛空世界觀基礎上的認識論。無論是北宗的「漸悟」，還是南宗的「頓悟」，都是把「悟」作為通向玄妙幽深的極樂世界的途徑，作為領悟佛學真諦、修習成佛的思維方法。這是一種「世尊拈花，迦葉微笑」的精神修習過程，是一種擺脫物質束縛，奔向空靈世界的心理追求，是一種撲朔迷離、若隱

8 丁福保編：《佛學大辭典》（北京市：文物出版社，1984年），頁603、頁904、頁607。

若現的思想境界，是一種不可言傳的主觀性體驗和意會。這就是「悟」之「妙」處：不可思議之義、精微深遠之謂也。

嚴羽正是在這一基本意義上運用了「妙悟」這一概念來論詩的。他說：

> 夫詩有別材，非關書也；詩有別趣，非關理也。然非多讀書，多窮理，則不能極其至。所謂不涉理路，不落言筌者，上也。詩者，吟詠情性也。盛唐諸人惟在興趣，羚羊掛角，無跡可求。故其妙處透澈玲瓏，不可湊泊，如空中之音，相中之色，水中之月，鏡中之象，言有盡而意無窮。[9]

這就是嚴羽的美學理想——「妙」。它涉及到以下兩方面的關係：

一、「材」與「書」的關係。「材」即材料、題材[10]。文學有自己特殊的對象，並非來自書本；有自己特殊的審美趣味，不是一般的敘事論理。這顯然是針對江西詩派「脫胎換骨」、「點鐵成金」、「無一字無來歷」，以及整個宋代「以文為詩」的詩學主張提出來的。但是，另一方面，強調詩之有別於「書」、「理」，並非一味排斥「書」、「理」，「非多讀書，多窮理，則不能極其至」，則不能「妙」。

二、「意」與「言」的關係。正因為詩有「別材」、「別趣」，重在「吟詠情性」，所以就表現為「不涉理路，不落言筌」，如「羚羊掛角，無跡可求」，「透澈玲瓏，不可湊泊」，「言有盡而意無窮」的審美境界。一方面，沒有「言」便無以表「意」，另一方面，「意」又不受「言」之侷限，追求「言外之意」。「言」是有限的、實在的，「意」

---

9 郭紹虞：《滄浪詩話校釋》，頁26。

10 「材」與「才」、「裁」通。有人訓為「才學」、「才能」，不妥。

是無限的、虛幻的。「意」必須超脫時空的限制，進入讀者那無窮的想像之中。這才是詩之極致、詩之「妙」處。

嚴羽正是基於這樣的審美理想去辨詩、評詩、賞詩、論詩的。「孟襄陽學力下韓退之遠甚，而其詩獨出退之上者，一味妙語而已。惟悟乃為當行，乃為本色。然悟有淺深，有分限，有透澈之悟，有但得一知半解之悟。漢魏尚矣，不假悟也。謝靈運至盛唐諸公，透澈之悟也。」[11]總之，「悟」、「妙悟」，成了《滄浪詩話》的最高審美標準。在嚴羽看來，不「悟」似乎不為詩，不得「妙悟」不為好詩。他那「高」、「古」、「深」、「遠」、「長」、「雄渾」、「飄逸」、「悲壯」、「淒婉」的九品分類，「起結」、「句法」、「字眼」的三工之別，「優遊不迫」、「沉著痛快」的兩大型態等，無不滲透著「妙悟」的審美理想。正因為如此，嚴羽才在最後把「入神」說成是「詩之極致」：「詩之極致有一，曰入神。詩而入神，至矣，盡矣，蔑以加矣！惟李杜得之。他人得之蓋寡也。」[12]

「入神」，就是妙悟的結果，就是只可意會不可言傳的藝術涅槃。這一理想的審美境界不是嚴羽可用確定的言辭所能表述的，何況根據嚴羽自己的「妙悟」說，也不能用言辭進行表達。否則，就失去了詩的距離感、無限性和灰色度。而距離感、無限性和灰色度，正是嚴羽「妙悟」方法的三大基本內涵與特性。

所謂「距離感」，是指審美主體與審美文本相互作用過程中形成的距離，這一距離是審美主體對於審美文本的超脫，是審美主體由審美文本的觸發而伸向空靈境界的心理旅程。《莊子》〈外物〉云：「筌者所以在魚，得魚而忘筌；蹄者所以在兔，得兔而忘蹄；言者所以在

11 郭紹虞：《滄浪詩話校釋》，頁12。

12 郭紹虞：《滄浪詩話校釋》，頁8。

意，得意而忘言。」[13]所謂「忘」，就是一種超脫、一種「距離」。王弼《周易略例》〈明象〉也這樣說：「言者，象之蹄也；象者，意之筌也。是故存言，非得象者也；有象者，非得意者也。象生於意而存象焉，則所存者乃非其象也。然則忘象者，乃得意者也，忘言者乃得象者也。得意忘象，得象忘言」。王弼的論述顯然更具體化了：從「言」到「象」，再從「象」到「意」，構成了「言⟶象⟶意」三大逐步遞進的層面。只有實現前一層面的否定，才得實現後一層面的肯定，後一層面是對前一層面的超越，於是就形成了審美的「距離」。而玄學家的這一思想自佛學傳入之後，便越來越受到士大夫們的注意，很快被應用於文藝規律的探索。劉勰提倡「隱秀」，陸機提倡「滋味」等，就是儒道佛三家合流的產物。這在唐釋皎然的理論中表現得更為明顯。他說：「兩重意已上，皆文外之旨。若遇高手如康樂公，覽而察之，但見情性，不睹文字，蓋詩道之極也。向使此道尊之於儒，則冠六經之首；貴之於道，則居眾妙之門；崇之於釋，則徹空王之奧……」[14]。「旨」相對於「文」，「情性」相對於「文字」，便是一種超脫，超脫審美文本向美感精靈──「空王之奧」的昇華。司空圖的所謂「象外象、景外景、味外味」，所謂「韻外之致」、「味外之旨」，所謂「不著一字，盡得風流」之說等，所表述的也是這個意思。而嚴羽不僅全盤繼承了前人的這一思想，而且具體指出了進入這一「距離」境界所需超越的障礙──「俗」。「俗」，包括俗體、俗意、俗句、俗字、俗韻，在嚴羽看來這是最忌諱的。他說：作詩「不必太著題，不必多使事」，「押韻不必有出處，用字不必拘來歷」，「語忌直，意忌淺，脈忌露，味忌短，音韻忌散緩，亦忌迫促」，「意貴透

13 北京大學哲學系美學教研室編：《中國美學史資料選編》（北京市：中華書局，1980年），上冊，頁41。

14 郭紹虞主編：《中國歷代文論選》，卷2，頁77。

澈，不可隔靴搔癢；語貴灑脫，不可拖泥帶水」[15]。「太著題」、「多使事」，考「出處」、找「來歷」，以及「直」、「淺」、「露」、「短」等便是「俗」，便是審美距離中的障礙；只有超越它、掙脫它，才得悟出美的精靈，進入審美的境界。

所謂「無限性」，就是美感效應在實踐和空間方面的無限性。審美客體，作為實體、存在、本體、形式，受一定時空條件的侷限被固定下來，是有限的；但是，審美主體，作為感受、意會、想像、虛幻，不受時空條件的侷限，是無限的，並且具有多向多維的自由度，是審美主體實現超脫之後，即與審美文本拉開「距離」之後形成的一種空靈效應場。神、韻、氣、味、意、境等概念便是從不同的角度對這一空靈效應場的經驗把握，是對這種無限性的一種經驗性的意會和妙悟。「妙悟」，作為一種方法，便是由有限到無限、通過有限的觸發奔向無限的空靈世界的天橋。

所謂「灰色度」，就是妙悟之後所得到的那種只可意會不可言傳的詩情畫意。「詩家之景，如藍田日暖，良玉生煙，可望而不可置於眉睫之前也。」[16]這是一種「測不準原理」。因為它既不是「黑色」，又不是「白色」，而是介於黑白之間、黑白難辨的「灰色」，只能憑經驗進行形象的表述。例如，什麼是「沉著」風格？「綠杉野屋，落日氣清；脫巾獨步，時聞鳥聲。鴻雁不來，之子遠行；所思不遠，若為平生。海風碧雲，夜渚月明；如有佳語，大河前橫。」（司空圖（《詩品》〈沉著〉）這就是「沉著」。無論是司空圖將詩分為二十四品還是嚴羽將詩分為九品，都是一種經驗式的劃分，沒有精確的尺度和嚴格的界定，只能在體驗中悟出它們的區別，以至於今人對它們的詮釋也只能以「意」會「意」。正如以漢高祖的〈大風歌〉釋「雄渾」，以李

15 郭紹虞：《滄浪詩話校釋》，頁114、頁116、頁122和頁119。

16 北京大學哲學系美學教研室編：《中國美學史資料選編》，上冊，頁316。

太白的〈將進酒〉釋「豪放」，以杜甫的「群山萬壑赴荊門」釋「勁健」，以陸游的「山重水復疑無路，柳岸花明又一村」釋「清奇」一樣，完全是以「意」會「意」的方法。這一方法絕不等同於科學研究中的舉例說明，而是領悟藝術之水月鏡花之妙的最佳選擇。它沒有嚴格的標準、思辨的分析、黑白分明的界定，只是朦朧的感覺、渾整的體驗、「灰色」的判斷。嚴羽所強調的「妙悟」方法正是這樣一種「灰色」系統。「妙悟」所要求的，也只是知其妙而不須知其所以妙的灰色境界。因為「其妙處透澈玲瓏，不可湊泊」，如「羚羊掛角，無跡可求」。

看來，以上三方面，距離感、無限性、灰色度，便是《滄浪詩話》之「妙悟」方法的基本內涵。不實現文本的超脫，便不會產生距離感；沒有距離感的生成，就沒有審美效應場的無限性；沒有無限性，當然也就不能得到品詩的灰色境界。灰色境界是在審美主體與審美文本拉開距離之後，在無限的審美效應場上所生成的一種朦朧的「灰色霧」。這樣，「妙悟」作為學詩、評詩的一種方法，便具有了相對穩定的質的規定和結構。從文藝學方法論的角度看，它確實揭示了文學藝術經驗研究的真諦。因此，「妙悟」，從本質上說，當是文藝學經驗方法之意會性的理論表述，是在佛學世界觀的影響下，將參禪方法移植到詩學世界，用以品詩、賞詩、評詩的一種詩學認識論和文藝研究的思維方法論。

「興趣」：「妙悟」的彼岸世界及其流變

如果說「妙悟」是文藝學經驗方法的理論表述，即具體闡釋了學詩、品詩的思維特點，那麼，「興趣」，則是通過妙悟而獲得的美感效應，即妙悟的實現——辨詩的彼岸世界。

「興趣」本是「興」和「趣」兩個詞的組合。「興」，指在審美客體的觸發下所產生的情思，「趣」即趣味。嚴羽將「興」和「趣」合為一詞，成了一個完整的美學範疇。毫無疑問，這是他「妙悟」的結晶和最終目標，是「妙悟」出來的「此片田地，即非傍人籬壁、拾人涕唾得來者」。

先說「興」。

在中國古代文論中，「興」與其他概念一樣，具有多重含義。首先，「興」有「起」的意思。孔子認為「詩可以興」，就是說詩（《詩經》）具有興起、感發人的作用。「興者，托事於物」（鄭玄語）；「興，引譬連類」（孔安國語），「感發意志」（朱熹語）；「興者，起也」，「起情者，依微以擬議」（劉勰語）。其次，「興」又有「會」的意思，亦稱「興會」、「興致」，指審美主體與外物猝然相遇而產生的那種難以言傳的冥悟式的心理表現。「事出於外，興不由己」（謝靈運〈歸途賦序〉），「文已盡而意有餘，興也」（鍾嶸《詩品》〈序〉），「興即象外之意」（釋皎然《詩式》）。最後，「興」又有「寄」的意思，即所謂「興寄」、「托事於物」的藝術手法。但就《滄浪詩話》中的「興」來說，主要是前兩層含義。

再說「趣」。

宋人雖創「理趣」之說，但作為滄浪「興趣」之「趣」，是與「理趣」無涉的。「詩有別趣，非關理也」。滄浪「興趣」之「趣」大致有兩層含義。首先，「趣」有「味」的意思。早在孔子，便有聞韶樂三月不知肉味之說，這便是「趣」的魅力。後來，鍾嶸的「滋味」說，司空圖的「味外之旨」、味在「鹹酸之外」等觀點，都有「趣」的含義。就是說，這種「味」是用「鹹」或「酸」等概念難以明確表述的「味」，「品得出來而說不出口」，難以言傳之「味」。其次，「趣」又有「意」的意思。「盛唐諸人惟在興趣……」，緊接這句話，嚴羽又說，「……言有盡而意無窮。」後來，明袁宏道在解釋「趣」的時候這樣說：「世人所難者唯趣，趣如山上之色，水中之味，花中之光，女中之態，雖善說者不能下一語，唯會心者知之。」(《袁中郎全集卷一》〈敘陳正甫會心集〉) 袁氏的解釋一方面肯定了「趣」與「味」相通，一方面又認為與「意」相關，不過是「不能下一語，唯會心者知之」之「意」。這樣，「趣」的含義似乎又與「境」十分靠近了。

這也難怪，在中國古代文論中，諸如「感興」、「意興」、「興趣」、「趣味」、「滋味」等概念或範疇，本身就是相互交叉、相互滲透的，難以做出十分明確的界定。但是，對於嚴羽的「興趣」說無論作何解釋，有這樣一點總是可以肯定的：「興趣」，作為嚴羽所獨創的詩學範疇，是指以情感為基本內容、以意會為表現形式的美感效應。「詩者，吟詠情性也。盛唐諸人惟在興趣，羚羊掛角，無跡可求。」可見，審美主體的「情性」，在這裡顯然是「興趣」內容的前提；也就是說，沒有審美主體的「情性」，「趣」便無從「興」起。其次，「羚羊掛角，無跡可求」，顯然是「興趣」的意會性表現；也就是說，「興趣」表現為審美主體對於審美客體的「意會」，以「意」相「會」，而不是以「言」相「傳」。這顯然是與「詩言志」說不同的另一種主體意識。

縱觀整個中國古代文藝理論批評史，凡是主「情」的理論，同時又必然是主「趣」的。從陸機、鍾嶸、釋皎然、司空圖到嚴羽，都是如此。「吟詠情性」是盛唐詩歌的特點，所以嚴氏才論定「盛唐諸人惟在興趣」。宋人以「文」為詩、以「才」為詩、以「論」為詩，當然也就很難說宋詩是以「興趣」取勝的了。主體的情性與意會式的美感效應，就是這樣融會在「興趣」說之中了。「興趣」，實際上是只有「妙悟」才得以到達的彼岸世界。

嚴羽之後，其「興趣」說產生了相當大的影響。後人雖從不同的角度解釋它、發揮它，但萬變不離其宗，總是離不開「情」與「意會」這兩個主要方面。宋末元初，張炎十分推崇婉約派詞人，於是提出了詩之「雅正」、「清空」、「意趣高遠」的審美標準。其後，李東陽便明確祖述嚴羽，崇唐抑宋，力主情性，重提「別材」、「別趣」之說。至於前後七子，也大多從不同的角度、不同程度地強調了情性的重要。到李贄「童心」說的提出，則是赤裸裸的主體情性之崇拜。明代戲曲家湯顯祖、詩歌理論家胡應麟、清代王士禛等亦復如此。一方面，要求個性解放的願望越來越強烈，另方面，對意、趣、味、神方面的藝術追求也越來越執著。湯顯祖大膽表現兩性關係，胡應麟對「意象」、「風神」的獨到闡釋等，都說明了這一點。特別是王士禛的「神韻」說，便是直接源於嚴羽的「興趣」說。他在〈唐賢三昧集序〉中所說的「雋永超詣」，和嚴滄浪的「羚羊掛角，無跡可求」便是一個意思，正如翁方綱所指出的那樣，「先生於唐賢獨推右丞、少伯諸家得三昧之旨，蓋專以沖和淡遠為主，不欲以雄鷙奧博為宗」。「神韻者，徹上徹下，無所不該。其謂『羚羊掛角，無跡可求』，其謂『鏡花水月，空中之象』，亦皆即此神韻之正旨也……」[17]但是，主體的執著追求與這種追求的意會性方式畢竟是一對矛盾：主體對客體的認知欲望要求表述方式的明確性、確定性，而「意會」對於對象的把握方式則是灰色的、多義的。這一矛盾，在一些明清的文藝理論中，尤其是在劉熙載的《藝概》裡，已露出明顯的裂痕，從而使作為文藝學經驗範式的中國古代文論出現了失調與危機，它那固若金湯、渾然一體的和諧系統正在孕育著一次大陣痛。

當然，劉熙載是主情論者，也強調「語少意密」、「文外之致」的

17 郭紹虞主編：《中國歷代文論選》，卷3，頁367、頁373。

「神境」，崇尚「不可言傳」、「篇終接混茫」的意趣。但是，當他試圖對文藝學的意會理論進行表述的時候，便出現了一種明晰感。他說：「文所不能言之意，詩或能言之。大抵文善醒，詩善醉，醉中語亦有醒時道不到者。蓋其天機之發，不可思議也。故餘論文旨曰：『惟此聖人，瞻言百里。』論詩旨曰：『百爾所思，不如我所之』」。[18] 劉熙載在此雖然沒有去深入探究「文」與「詩」相區別的終極原因，不得不歎其「不可思議」，但是，他畢竟比較明確地表述出了它們各自的主要特點，並且以「醒」與「醉」的精神狀態喻之。這實際上已經觸及到了思維方式意義上的區別。對於這一區別的認識，已不是像嚴羽等先人那樣僅限於單純的、形象性的描繪了，其中開始表現出知性分析的某些特點了。這從劉氏關於文體的分類中也可以見出。劉氏《藝概》之「藝」，並不是今天狹義的「藝術」的概念，而是「美」的別稱。他將「藝」分為「文」、「詩」、「賦」、「詞曲」、「書」與「經義」六大類，顯然比前人（如劉勰等）更科學、更明確、更具概括性了。

主體認識欲望與意會表述方式的矛盾和失調，在晚清王國維身上可以說已經達到白熾化的程度。王國維是在西學的影響下步入學界的，特別是康德、叔本華、尼采等人的理論與方法對他產生了很大的影響。從其早期著作《紅樓夢評論》開始，便一反傳統的評點式、意會式的小說批評模式，借用了西方學術研究的分析方法列章立論，從而在中國古代文論中開一先河。他從叔本華、尼采那裡販來悲觀主義的世界觀，將《紅樓夢》看成是一部描寫人生痛苦及其解脫之道的小說；他的「遊戲」說、他關於「優美」和「壯美」的區分等，直接得之於康德等西方文藝美學；他對「喜劇」與「悲劇」進行分析時，便

18 劉熙載：《藝概》（上海市：上海古籍出版社，1978年），頁80。

直接引用亞里斯多德的《詩學》為據，如此等等。具有兩千多年傳統的中國古代文論，到此為止，顯然被「西化」了，被西學的方法所衝破了。

《人間詞話》是王國維的主要美學著作，「境界」是其中的主要理論範疇。「詞以境界為最上。有境界則自成高格，自有名句。五代北宋之詞所以獨絕者在此。」[19]《人間詞話》的開篇便提出這一問題。值得思考的是，王氏在寫作《人間詞話》的前後與同時，為什麼又反覆運用另一個與「境界」類似的概念——「意境」呢？關於「境界」與「意境」的異同，曾引起學界的長期爭論。我們現在對這兩個概念感興趣的不是它們在內涵上的異同，而在於文藝學方法問題上說明了什麼。

早在一九〇六年，王國維在寫作〈人間詞甲稿序〉時就已經痛切地感到南宋以來詞風的雕琢之弊，並流露出崇尚五代、北宋詞的意向，把詞的特點歸之為「觀物之微，托興之深」，然而當時隻字未用「意境」和「境界」兩概念。一九〇七年十月的〈人間詞乙稿序〉竟突然大量使用「意境」一詞，可以說是一篇通篇闡述「意境」的論文，然而隻字未提「境界」。一九〇八年後陸續發表的《人間詞話》則大量使用「境界」概念，只是在個別地方使用「意境」，而又是表達幾乎與「境界」完全相同的內容：「古今詞人格調之高，無如白石。惜不於意境上用力，故覺無言外之味，弦外之響，終不能與第一流作者也。」但是，稍後寫作的《宋元戲曲史》，又只言「意境」不言「境界」了。這究竟說明了什麼？

我們知道，「意」與「境」單獨使用，在中國古代文論中早已有

19 王國維：《人間詞話》，《蕙風詞話．人間詞話》（北京市：人民文學出版社，1982年），頁191。

之;「意境」合用在王國維之前也有先例，略早於王氏一年的陳廷焯在其《白雨齋詞話》中便開始大量使用，什麼「意境最深」、「意境未厚」、「以意境勝」等等，通篇皆是。而陳廷焯在使用「意境」概念時，又總是和「品」、「味」、「韻」、「才氣」、「格調」等概念聯繫起來，與傳統的「滋味」說、「興趣」說、「神韻」說等無甚差別。而王國維，這位受西學深刻影響的、具有現代思維方法的學者，顯然不滿於具有濃厚意會性的傳統概念，而是企望尋找一個新概念來表示自己對舊文學的新理解。這個概念便是「境界」。「境界」與「意境」相比，顯然能夠更明晰地表述審美「興趣」的特點：

> 嚴滄浪詩話謂:「盛唐諸公，唯在興趣。羚羊掛角，無跡可求。故其妙處，透澈玲瓏，不可湊泊。如空中之音、相中之色、水中之影、鏡中之象，言有盡而意無窮。」余謂:北宋以前之詞，亦復如是。然滄浪所謂興趣，阮亭所謂神韻，猶不過道其面目；不若鄙人拈出「境界」二字，為探其本也。[20]
> 言氣質，言神韻，不如言境界。有境界，本也。氣質、神韻，末也。有境界而二者隨之矣。[21]

這樣，王國維便在與傳統概念的比較中，確立了自己所獨創的、具有現代文論氣息的「境界」概念的含義。於是，以「境界」理論為中心的文藝學方法也便由此為之一新：

> 有造境，有寫境，此理想與寫實二派之所由分……

---

20 王國維:《人間詞話》,《蕙風詞話 · 人間詞話》，頁194、頁227。

21 王國維:《人間詞話》,《蕙風詞話 · 人間詞話》，頁194、頁227。

> 有有我之境，有無我之境。……有我之境以我觀物，故物皆著我之色彩。
>
> 無我之境，以物觀物，故不知何者為我，何者為物……
>
> 無我之境，人惟於靜中得之。有我之境，於由動之靜時得之。故一優美，一宏壯也。[22]

「造境」與「寫境」、「理想」與「寫實」、「有我」與「無我」、「優美」與「宏壯」，其他尚有「理想家」與「寫實家」、「主觀」與「客觀」等等，一對又一對的思辨性、哲理性的範疇魚貫而出，標誌著文藝美學的範式和西學思維方法的猛烈衝擊，從而叩開了閉關了二千餘年的經驗模式與表述方法的大門。

但是，王國維畢竟沒能把「境界」與傳統的「意」、「境」區別開來。他只是自矜於「境界」為獨得其妙，將它與「興趣」、「神韻」比較，但並未與一年前自己尚在使用的「意境」進行一番比較，因而也始終沒能給「境界」以純思辨的界說，甚至在《人間詞話》確立了「境界」之後，仍繼續漫不經心地使用「意境」概念。這說明，「境界」新說在王國維的理論中並未被完全理性化，仍帶有經驗的色彩。他一方面企圖有意識地更新自己的思維方法，但又難於與傳統一刀兩斷，總是「斬不斷，理還亂」，這樣就使他在一九一三年的《宋元戲曲史》中又不由自主地使用了「意境」的概念。當然，對於「意境」的解釋，與前人相比，王國維又能將其分割為「意」和「境」兩部分分別闡釋，與前人也大不相同。

從「意境」到「境界」再到「意境」，絕不是概念的簡單反覆或更替，而是王國維舊思維方法激烈矛盾衝突的表現。一九〇八年至一

22 王國維：《人間詞話》，《蕙風詞話・人間詞話》，頁191-192。

九一一年間是王國維學術思想的激烈變更期，即從接受西學到懷疑西學，最終放棄西學而轉向傳統研究模式的嬗變。學術旨趣的這一嬗變在文藝學方法上的表現就是一方面企圖以全新的觀念去發掘國粹，一方面又苦於傳統方法的經驗性質而找不到相應的工具；一方面力圖擺脫西學的影響而沉湎於中國傳統，一方面又不能擺脫早已沉澱在自己知識結構中的理性思維模式。兩種力量交火的結果當然是西學的失敗和國學的勝利，但是，西學東漸畢竟大勢所趨、人心所向，已經延續了兩千餘年的經驗思維走向崩潰成為歷史的必然。這才是王氏從「意境」到「境界」，再折回到對於「意境」的新解釋，是這個邏輯循環的真相所在。

因此，如果站在整個中國古代文論發展的角度去看王國維，《人間詞話》確是 座異峰突起；但是，如果站在更高更廣的層面，即從整個人類認識文藝現象的宏觀世界去看，王國維已不能代表文藝學經驗方法了，因為他的理論，事實上已經失去了中國古代文論主體性、渾整性和意會性方面的許多特色。王國維的出現，標誌著文藝學經驗範式面臨著不可克服的內在矛盾和走向解體的危機。在整個人類文藝學方法的邏輯發展中，他實際上充當了文藝學經驗方法掘墓人的角色，同時又是現代文藝理論的開拓者，是使文藝學從經驗型態中脫穎而出、走向理性和科學的先驅。

第五章
文藝學經驗方法綜論

文藝學經驗方法的文化氛圍

包括精神現象在內的任何現象的形成都不是偶然的。特別是作為一個民族的群體思維慣性，沒有充分的條件及其源遠流長的歷史積澱，作為一種「模型」或「範式」而獨立於人類文化之林是不可設想的。

從人類文化的遠古時代起，華夏文化與愛琴海文化便形成許多先天的差異。以希臘半島為主的愛琴海地區是一個交往方便但土地貧瘠的區域。交往的方便帶來了種族的遷徙與雜交，土地的貧瘠不能滿足肉體的需求又使這些混合在一起的種族形成擴張型的性格。於是，「統一」的意識失去了賴以存在的基礎，「個體性自由的原則進入了希臘人心中」[1]。

與愛琴海區域不同，華夏民族東臨不可逾越的大海，西阻於人跡罕至的高山和荒原。天然的地理屏障使這裡形成一個與外界相對隔絕的環境。因此，歷史上從未發生過像西方那樣規模巨大而又頻繁的民族大遷徙。儘管這一國度佔據遼闊的疆域，居有不同的民族，但漢文化一直是這個社區遙遙領先的佔絕對優勢的力量。加上溫和的氣候和肥沃的田野，逐漸使人們習慣於安定的生活，醉心於田園牧歌式的情趣。

種族的雜交與混合本身就是一種文化上的交會。愛琴海文化便是

1　黑格爾：《哲學史講演錄》（北京市：商務印書館，1959年），卷1，頁115。

一種交會型的文化。在這樣一個區域，每個民族文化上的發展都具有眾多的參照系，整個愛琴海文化的性格便是在各民族文化相互參照、相互撞擊中形成的，於是就有古典式的民族政治以體現個性的相對自由，人和人的交往主要是通過社會意志得以規範和制約。

與此相反，純一的種族血統同時也形成了純一的文化模式。這一文化模式的根基是氏族之間的血緣關係。血緣關係成了維繫人與人之間關係的最牢固的紐帶，並且廣泛地滲透到社會的政治生活、經濟生活和精神生活的各個方面，使整個社會被不同程度地罩上了一層溫情脈脈的倫理面紗。同時，由於這一文化模式的純一性，在他的生成和發展的過程中便難以找到自己的參照，即很難像西方各民族文化那樣在平等的條件下互相借鑒，而是始終以「我」為中心居高臨下看世界，總是將非漢族的文化看作是異端末流，不屑一顧。當它在黃河流域稱雄的時候，他將黃河流域以外的民族稱為「蠻族」；當他的勢力擴充到長江流域以後，又將長江流域以外的文化鄙視為「蠻文化」。總之，凡是自我以外的世界都是荒謬的世界，凡是自我以外的民族都是不應存在的「夷族」。這是典型的「自我中心主義」──以「我」為中心劃圓，以唯我獨尊的心態進行價值判斷。於是，表現在整個民族的思維性格上便是：在「外」與「內」之間選擇「內」，在「異」與「同」之間選擇「同」，在「多」與「一」之間選擇「一」。面對紛紜複雜的外部世界，總是側向「內」──以自我為思維的中心；總是企求「同一」──大一統的運轉機制。

──這就是自我的崇拜、主體的崇拜。

中國古代社會之所以能夠長期延續，因為它是一個能夠進行自我調節（不需外力）的自組織的「超穩定系統」。在這個「大一統」的「宗法一體化結構」的社會中，政治結構與意識形態、統治階級與被統治階級、個人與社會、家族與國家、君權與民權等本質上相矛盾的東西居然能夠天衣無縫地包裹在一起，一旦出現裂痕，又能通過自我調節（不需外力）得到迅速的彌合，重新發揮自己的運轉機能。這種巨大的抗干擾能力是古代西方文明所不可比擬的，充分表現了華夏民族主體意識的同化作用和群體的黏合力、融會力，當然也是民族思維性格「內傾」集聚力和「同一」意識的反映。

表現在文藝理論和批評上，中國古代的文藝理論批評家們便特別注重文學藝術和審美主體的功利關係。他們研究文藝的出發點是文學藝術對於主體的作用，即其對於整個民族生存和社會穩定的利害關係。他們研究文藝的參照系是主體的經驗，無論是政治生活的經驗、社會生活的經驗、氏族生活的經驗還是精神生活的經驗、倫理生活的經驗或審美生活的經驗等，都是一種經驗，參照這些經驗對文藝的本質和規律進行判斷。因此，即使是那些並非研究文藝和審美主體功利關係的理論學說，甚至包括那些屬於所謂「純藝術」的概念或範疇，例如「緣情」說、「滋味」說等等，也染上了強烈的主體色彩。「主體性」，因而也就成了中國古代文藝理論的重要特色。中國古代文論的主體性，實際就是民族文化上的唯我獨尊意識和自我中心主義，以及由此所產生的民族思維性格上的「內傾」偏斜和「同一」理想在文藝研究上的折光。

縱觀整個西方美學史和文藝理論史，我們可以發現這樣一個規律：西方美學和文藝學的發展總是和自然科學的發展有著密切的聯繫，西方美學和文藝學家有的本身就是自然科學家，如亞里斯多德、歌德、佛洛伊德等；即使非自然科學家的美學家和文藝學家，也十分注重在自己的理論研究中吸取自然科學研究的成果。因而，西方美學和文藝學是和自然科學密切相關的一門科學。產生於西元前六世紀末的畢達哥拉斯學派，大多是些數學家、天文學家和物理學家。他們認為萬物的本原不是物質，而是數，「數的原則是一切事物的原則」，

「整個天體就是一種和諧和一種數」[2]；因此，數的原則也當是美的原則、藝術的原則。於是，畢達哥拉斯學派便由此提出了「美是和諧與比例」的觀點，並依據數學的原則，在五角星中發現了黃金分割的數理關係，然後以此來解釋按這種關係創造的建築、雕塑等藝術形式美的原因，進而得出一些經驗性的規範。例如，最美的平面圖形是圓形；最美的矩形為寬與長成一定比例（黃金段比例，即1：1.618）的長方形；最美的立體圖形是球形，等等。究其原因是由於這種比例關係與人的生理和心理結構形成協調關係。人的生命在於和諧，當人體的內在和諧與外在和諧相感應，出現契合現象時，便發生共鳴，使人從中獲得快感或美的享受。畢達哥拉斯學派的這些觀點對後世的美學研究產生了很大的影響。亞里斯多德在其《詩學》中就指出詩的各部分的安排只有見出大小比例和秩序，形成融貫的整體時，才能見出和諧。這是在借鑒了生物學有機整體觀念後對畢達哥拉斯學派和諧說的新發現。文藝復興時期的一些藝術家也普遍運用數學的成就尋找藝術形式中最美的比例關係，注意到黃金分割在藝術中的意義。直到德國近代實驗美學家費希納，根據黃金分割的原理進行心理學實驗，發現在用於實驗的幾何圖形中，最易被人接受的比例關係是與黃金分割律最接近的比例關係，從而進一步確證了人的心理結構的和諧規律，奠定了實驗美學的理論基礎。至於歌德關於色彩學的研究，丹納對於達爾文生物進化論的興趣，佛洛伊德關於精神病理學的發現，阿恩海姆對於視覺生理心理學的認識等等，都深刻地、直接地影響了他們的文藝觀和文藝學方法。總之，整個西方文論對於自然科學的每一項新成就，包括現代系統論、資訊理論和控制論，都採取了積極融會和借鑒

2　北京大学哲學系美學教研室編：《西方美學家論美和美感》（北京市：商務印書館，1980年），頁13-15。

的態度；自然科學的新觀念和新方法，無時無刻不在影響著西方文論的發展。

與西方文論的這一特點相反，中國古代文論與自然科學幾乎是絕緣的。這不僅僅是因為中國古代著名的美學家和文藝理論家幾乎沒有一個是自然科學家，大多是些政治家和思想理論家，因而不具備自然科學的知識，更要緊的是他們對自然科學毫無興趣，對自然科學的新成果毫不動心、毫不理會。例如劉勰的《文心雕龍》，在其開篇〈原道〉中首先討論「文」之本源問題，就與當時自然科學，特別是天文學的新發現毫不沾邊。「文」之本源問題是文藝理論上的重要問題，是文藝學家關於文藝觀念的最重要的問題，因而也是統攝自己整個理論學說的「綱領」，但劉勰居然毫不費力地借用陳舊的玄學宇宙觀對這一重要問題進行解釋。他說：「文之為德也大矣，與天地並生者何哉？夫玄黃色雜，方圓體分：日月疊璧，以垂麗天之象；山川煥綺，以鋪理地之形。此蓋道之文也。仰觀吐曜，俯察含章，高卑定位，故兩儀既生矣。惟人參之，性靈所鍾，是謂三才，為五行之秀，實天地之心。心生而言立，言立而文明，自然之道也。……人文之元，肇自太極，幽贊神明，易象惟先。庖犧畫其始，仲尼翼其終。而乾坤兩位，獨制文言。言之文也，天地之心哉！若乃河圖孕乎八卦，洛書韞乎九疇，玉版金鏤之實，丹文綠牒之華，誰其尸之，亦神理而已……」這就是劉勰的宇宙觀和由此派生的文之本源論！

早在劉勰之前，我國古代有關天體的科學就已經非常發達。從商代開始就採用干支記日法，並運用圭表儀器確定季節，用二十八宿來劃分周天；春秋戰國時期有關天象的觀察記錄已非常豐富，並產生了樸素的「地動」、「地圓」思想；特別是到了漢代，人們已經認識到月光是日光的反射，產生了樸素的地球公轉的學說，並能用黃道座標系精確地測定天體。據馬王堆三號漢墓出土的西元前一百七十年左右的帛書記載，當時已測定出金星的會合週期為584.4日（今測為583.92日），並已注意到金星的五個會合期為八年（與今測值只差兩天十小時），證明對行星運動的觀察已有相當高的水平。漢代產生的「太初曆」、二十四節氣，特別是張衡發明的水運渾天儀等，都標誌著我國古代的天文學在當時世界上的領先地位。水運渾天儀是現代天象儀的前身，它以水作動力，通過複雜的齒輪轉動可以準確地自動演示天體運行的情況，也是世界上最早的機械性計時器。而當時學界產生的「蓋天」說、「渾天」說和「宣夜」說之爭，則標誌著天文學術研究的繁榮。東漢郗萌的「宣夜」說，認為天無形質，高遠無極，日月星辰都飄浮在空中的理論，則是樸素的宇宙無限的概念。一系列事實說明，劉勰之前，中國古代人民關於天體和宇宙的科學研究已經達到了相當高的水平。

但是，劉勰的宇宙構成論並沒有汲取自然科學研究方面的這些成果，仍舊因襲《易傳》「太極生兩儀」之類的陳舊觀念，所謂「人文之元，肇之太極」，顯然是從讖緯學中演繹出來的。在《文心雕龍》的體例安排上，所謂「位理定名，彰乎大易之數，其為文用，四十九篇而已」(〈序志第五十〉)，顯然又是《易傳》「大衍之數五十，其一不用」之類說法的生拼硬湊。因為「其一」即「太極」，是派生包括「文」在內的天地萬物的極地，故不能用之。劉勰正是借用這種荒誕的宇宙構成論，由「太極生兩儀」(兩儀「即天和地）出發，論述人與天地並生、為天地之「心」的道理，進而得出由心產生語言、語言產生文章的結論。這顯然是和當時天文科學的宇宙觀相悖的、無緣的，同時也是包括魏晉南北朝人在內的中國古代文人及其美學和文藝學理論拒絕接受自然科學的成果，以致不能使自己的思想方式納入科學規矩之內，只能借助於經驗認識文藝現象的悲劇所在。西方美學和文藝學研究積極主動地向科學靠攏、與科學聯姻，於是它的概念是明晰的、確定的；中國古代的文藝學研究拒絕接受科學研究的成果，與自然科學絕緣、斷交，因而它的概念是含混的、渾整的、多義的、非確定的、經驗式的。

既然中國古代文論拒絕接授自然科學研究的成果，極少受到自然科學方法的影響，那麼，它最樂於接受的是什麼呢？主要受到的影響來自哪些方面呢？回答這一問題，我們首先還需要從魏晉南北朝談起。因為魏晉的時代是中國文學走向自覺的時代，是中國的文藝理論走向繁榮的時代。那麼，促成這一自覺和繁榮的最重要的因素是什麼呢？換言之，中國文學的機體中注入了什麼活力使其走向自覺和繁榮的呢？社會生活的變化，儒學、道學的滲透等等當然應是其中的原因。但是，整個中國古代社會作為一種宗法封建社會，是一個「超穩定系統」，因而所謂社會生活的變化與這個「超穩定系統」比較起來也只能是一種漸變、微變、量變，是「超穩定系統」中的變化；儒學和道學原是中國古代社會所固有的意識形態，是中國的傳統，因而，他們對魏晉南北朝文藝理論的影響也是有限的。唯有佛學是舶來品，是一種不同於傳統的新意識形態。它的輸入和普及，在中國古代文人面前展現了一個全新的世界。佛學，特別是禪宗，是注入魏晉南北朝文學藝術機體中的全新的活力，誠為當時文學走向自覺、文藝理論走向繁榮的最直接、最主要、最根本的動因。從魏晉之後整個中國古代文論的發展來看，佛學，特別是禪宗，也是其最直接、最重要、最根本的影響力量。因此，如果說西方文論主要受到自然科學的影響，那麼，可以說，相對而言，中國古代文論主要是受到佛學禪宗的影響。

佛學是西方的舶來品，於西漢末年（西元前2年）才由印度經過西域傳入中原。但是，一經傳入，它就在這塊土地上迅速蔓延開來。大量的佛學經典很快得到翻譯介紹，佛事活動立即受到官方的保護扶植，寺院林立，遍及全國，至隋唐時期已經形成具有中國特色的體系，產生了天臺宗、律宗、淨土宗、法相宗、華嚴宗、禪宗、密宗以及三階教等眾多的佛學學派，並開始向朝鮮、日本和越南等地傳播、擴展開去。其中特別是禪宗，自菩提達摩於南朝宋末創始以來，下傳慧可、僧璨、道信，至五祖弘忍而又分為北宗神秀和南宗慧能（時稱「南能北秀」），很快受到皇室的恩寵和信徒們的歡迎，並形成龐大的體系，一躍而為中國佛教的主流。箇中真委，均在於佛禪思想與傳統的中國文化有著密切的相通性，華夏精神對於佛禪精神有著巨大的融會能力。一方面，佛禪思想對於華夏文化品格的形成產生了巨大的影響，另方面，佛禪精神本身就是華夏精神的重要構成部分。

「禪」，梵文 Dhyāna，意譯「靜慮」、「思維修」、「棄惡」、「功德叢林」等，謂心注一境、正審思慮。如《瑜伽師地論》卷三三云：「言靜慮者，於一所緣，繫念寂靜，正審思慮，故名靜慮。」認為禪能使心緒寧靜專注，便於深入思慮義理，故又稱之為「善性攝一境性」。禪宗便是因主張用「禪」概括佛教全部修習活動而得名的佛學宗派，故又自稱「傳佛心印」、「佛心宗」。禪宗提倡心性本淨，佛性本有，覺悟不假外求，不讀經、不禮佛、不立文字，強調「以無念為宗」、「即心是佛」和「見性成佛」。這實際上便是一種超時空、主自我的思維方法：「天不能蓋，地不能載，日月不能照，於無佛處稱尊。」（《佛果圜悟禪師碧岩錄》卷一）

因此，杜松柏博士從「名相之中國化」、「哲理之形象化」、「生活之世俗化」三個方面來概括禪學之特性是非常恰當的[3]。所謂「名相之中國化」，就是說它主張「自力成佛」、「外力成佛」；所謂「哲理之形象化」，就是說它寓禪理於生動形象之中，使禪學活潑有趣、耐人尋味，反對以思辨推理的方式解其因緣；所謂「生活之世俗化」，就

3　杜松柏：《禪學與唐宋詩學》（臺北市：黎明文化事業公司，1965年），頁93-97。

是說它的修習活動接近眾生、不離世俗，提倡「一日不作，一日不食」，反對單純的蒲團靜相、不知人間因果事的方式。這三個方面與華夏民族的自我中心主義和「同一」理想當然十分契合，因而必然對中國古代文人學士們的生活方式和精神風貌產生很大的影響。在他們的生活道路上，總是自覺不自覺地和佛禪發生某種關係，或交友、或習經、或入詩。張悅、王維、柳宗元、劉禹錫等就曾為其樹碑立傳，韓愈、歐陽修、蘇東坡就與禪家多有往來，至於有些理論批評家，例如釋皎然，本身就已遁入佛門，那就更不必說了。蘇東坡就曾這樣描繪過當時詩家與佛家的密切關係：「近世學者各宗其師，務從簡便，得一句一偈，自謂了證，至使婦人孺子抵掌嬉笑，爭論禪說，高者為名，下者為利，餘波未流，無所不至，而佛法微矣。」(〈楞伽阿跋多羅寶經序〉) 魯迅先生在〈魏晉風度及文章與藥及酒之關係〉中所講到的那種「清談」的社會風習，恐怕也是和佛禪對於文人士大夫們的精神生活的影響有著密切地關係。

這種影響波及到文學藝術，於是出現了意境深遠的詩畫；波及到文藝理論與批評，於是出現了「滋味」、「神韻」、「妙悟」等理論學說，特別是嚴羽的「妙悟」，便是在學詩、評詩的方法上直接借用了佛家學禪、論禪的傳統，是佛禪「妙悟」傳統在詩學領域中的直接移植，從而高度概括了中國古代文人學士們在對文藝的接受、理解和研究上的思維特點，是禪學與詩學的撞擊與融合。這種融合的必然性主要表現在：

一、詩與禪同具有直觀性。禪宗證悟渡人，注重行解心證、不思不慮、心領神會、不落言筌、教外別傳，「蓋天蓋地，自胸臆中流出」，非理性思辨所能實現；詩亦直抒胸臆，注重直觀感受、不觸不背、不黏不脫，「言有盡而意無窮」、「不著一字，盡得風流」。

二、詩與禪同把虛幻縹緲的境界（理想）作為追求的極致，同具有「若有意，若無意；若可能，若不可能」的虛幻神秘性質。「千古詩中若無禪，雅頌無顏國風死」，「禪而無禪便是詩，詩而無詩禪儼然」。有禪之意境而無禪理禪語者便是詩；有詩之意境而無詩之形式格律者便是禪。二者都把意境——虛幻縹緲的境界（理想）作為最終的目標。

三、詩與禪均強調主體的「悟性」和「靈感」。沒有主體的「悟性」（無論是「頓悟」還是「漸悟」），便不能入佛、入禪；沒有主體的「靈感」，便不能吟詩、賞詩。「悟性」和「靈感」都是思維活動中的一種衝動，一種突發性的精神現象，一種茅塞頓開、豁然開朗式的認識飛躍，都是得之於頃刻、積之於平日的結果。

這樣，以禪喻詩、以禪學喻詩學、禪學與詩學的融會也就成為歷史的必然。其結果表現在文藝學方法上，便是對文學藝術規律的意會性把握和表述。

當然，作為中國古代文論主要特點的主體性、渾整性和意會性三大方面的形成，不僅僅是由民族思維性格上的「內傾」和「同一」、對自然科學的排斥以及對佛禪思想的崇尚這三大方面所決定的，而是有著更廣闊、更深刻的文化背景，以及更複雜、更深厚的文化氛圍。我們在此儘管不可能對這些文化背景和文化氛圍展開更詳盡、更細緻的分析，但是，我們已明確認識到，中國古代文論成為文藝學經驗方法之最典型的歷史形態絕不是偶然的。不僅僅在上述三個方面，而且是在更多的方面，在整個華夏文化中，都存在著文藝學經驗方法產生和發展的豐厚的土壤和適宜的氣候條件。即使在人們看來必須訴諸理性和思辨的哲學和自然科學領域，也能在思維方法上見出經驗的影子。經驗，作為一種穩定的基因，已經牢牢地沉澱在整個民族的文化傳統中。

例如，與西方哲學不同，中國古典哲學沒有嚴格的時空觀，而是建立在「五行」說的基石之上的理論體系。所謂「五行」（木、火、土、金、水），是人類日常生活中所習見的五種物質。用這五種物質來說明世界萬物的特點及其多樣性的統一，便是中國古代哲學的特點。例如，由「五行」生發出「五色」、「五氣」、「五音」、「五時」、「五方」、「五味」等等系統，甚至將其應用到人體及心態的認識上，乃有五臟、五體、五竅、五榮、五志之說，形成了中國古代生理學和醫學的分類。這些系統以五行物質的基準互相對應並被賦予了相關的意義。例如五行之木為青、為酸、為肝、為筋、為爪，均因青、酸、肝、筋、爪具有木性之故。此外尚有「五行相生相勝」的理論。「相生」意味著相互促進，如「木生火、火生土、土生金、金生水、水生木」等；「相勝」即「相剋」，意味著互相排斥，如「水勝火、火勝金、金勝木、木勝土、土勝水」等。到了宋代，周敦頤又描述了二氣生五行的「太極圖」，從而構築了一個相互影響的動態模型。在周氏看來，「無極而太極」，「太極」一動一靜產生陰陽二氣，「二氣」生「五行」、生萬物。這很能代表中國古代哲人的宇宙觀。這種宇宙觀顯然是以經驗為基礎對宇宙的發生和變化的形象描繪，向人們提供了一個宇宙現象的構成及其變化秩序的經驗模型。由此我們同樣可以見出，中國古代哲學自始至終都十分注重知與行的密切關聯，即重視知識之具體的落實和應用，很少有脫離行與用的純觀念體系。這就是中國哲學的顯著特點，正如成中英所言：「五行所比應之經驗現象多為主觀意識體驗（非觀測）之現象，其意義亦客體主觀的判斷與解釋。……但中國五行之說所顯示的世界也並非純主觀世界，故不可以唯心主義解釋之。釋言之，陰陽五行說所顯示的世界觀乃由主客相應、交融、互釋、互動而產生的世界觀。因之其所顯示的世界觀乃是一有機論模型，亦即一主客相攝、互應的有機論模型。此項模型就哲學範疇內在的性質而言，乃是相當圓融自足的。此蓋由於其本身範疇有極大的伸縮性，並由於其投射在經驗上也容許廣幅度的解釋。但我們卻不可視其為客觀經驗世界之模型。客觀經驗世界必須透過科學方法的觀測與理論建立才能發現與掌握。而客觀世界之發現與掌握也是科學發展的理由。陰陽五行論有其科學的內涵，但由於古代思想家並未就純知識的建立著眼，並未能從事客觀世界實際之探索與觀測，故未能借重五行陰陽理論所含的原理開拓出科學的知識體系」。[4]

成中英對「五行」理論的分析是很有見地的，並且從中可以見出整個中國古代哲學的特性，中國古代哲人正是以這樣的思維方式設定範疇、構造體系，以渾整的、意會的概念描述主體經驗所感受到的動態的世界。因而，中國古代的哲學範疇往往是超時空的、神秘的、經驗的。它好像一圈套一圈的「意義圓環，一方面表現了中國語言的豐富多義的彈性，一方面也反映了不同學派具備共同文化背景的人生經驗。」[5]

與中國古代哲學相似，中國古代的自然科學也不像西方自然科學那樣是建立在特定時間與空間觀念上的認識體系，而是以超時空的「氣」為基礎的。這在中國古代醫學中表現得最為明顯。西方醫學由特定的時空觀出發，將人體作為由各部分、各系統組成的有機體進行研究，因而其解剖學特別發達，只有通過解剖才能認識人體的各部分、各系統，以便查明病因、對症下藥，即所謂「頭痛醫頭，腳痛醫腳」。而中醫學則由超時空的「氣」出發，將人體作為像天地萬物一樣的有機統一體。因而，他在診治過程中並不把對象（病者）作為由若干部分組合成的板塊結構，通過確定病因在人體的哪一部位來決定治療方案，「頭痛醫頭，腳痛醫腳」是中醫所不齒的，中醫是將病人

4 〔美〕成中英：《中國哲學範疇問題初探》，見《中國哲學範疇集》（北京市：人民出版社，1985年），頁55。

5 〔美〕成中英：《中國哲學範疇問題初探》，見《中國哲學範疇集》，頁42。

的病態與其體質、氣質、性格、身世、氣候、環境等因素聯繫起來，藉由「望、聞、問、切」等進行綜合的、整體的判斷。中醫即使在病因不明的情況下也可以「對症下藥」，並能取得良好的療效。這就是所謂的「辯證論治」。「西醫醫病，中醫辯證」就是這個意思。

與建立在解剖學基礎上的西醫學不同，中醫學的「辯證論治」是建立在臨床實踐與直接經驗基礎之上的科學。中醫學雖然在論治、處方等方面建立了一系列規範，但反對「以方套病」，主張在「知常」的基礎上根據具體病情變通治療方針，絕不會像西醫那樣用一片阿斯匹靈包治各種類型的感冒。同一種病，中醫「百醫百方」，充分體現了主體（醫生）認識的能動性和經驗的重要性。因此，中國醫學史上才出現了派別林立、各有千秋的景象。

中醫古典名著《黃帝內經》認為，對人體病情的觀察，最重要的是通過切脈捕捉和掌握反映人體內部的「氣」的出入、升降狀況。人體是認識的「黑箱」，脈搏是體內傳出的訊息。切脈所掌握的不是脈管本身，而是脈搏——血在脈管中流動時的跳動——所負載的訊息。人們在長期、大量、反覆的臨床實踐中發現了它和特定病症的聯繫，故該書認為，「夫脈之大小滑澀浮沉，可以指別；五藏之象可以類推；五藏之音，可以意識；五色微診可以目察。能合脈色，可以萬全。」（《黃帝內經》〈五藏生成論〉）中醫學就是這樣把病體作為一個黑箱，借助醫生（主體）的體驗和領會，通過輸入、輸出訊息的有機把握來認識對象的。所謂「醫者，意也」（唐名醫許胤宗語）便是這個道理。

因此，中醫學的許多概念與範疇都是不確定的。所謂「氣血」、「經絡」、「虛實」、「寒熱」等等就是如此，只能憑經驗去領悟、去理解。但是，在陰陽五行世界觀的統攝下，它又是一個完整的、自成一體的科學系統，不僅過去和現在，而且在遙遠的未來，仍將發揮它那獨特的優勢和作用。

列維－布留爾通過對原始思維的研究發現，原始思維總是認為同一實體在同一時間內可以存在於兩個或幾個地方，因為萬物有靈論是原始人的普遍信仰。因此，原始人的世界是給一切現象都充分加上人格化的神靈世界，以幻想滿足情感的理想需要。這是出於主體對客體的神秘崇拜，因而他們對於客體的分析不感興趣。「分析」實際上意味著客體神秘感的破壞，不加分析的渾整感受才能構成「多式綜合」的經驗直覺。中國古代文論同整個中國文化的關係，恐怕主要是在這一點上實現了二者的膠合，從而使中國古代文論成為文藝學經驗方法之最典型的歷史形態。

文藝學經驗方法的優勢和侷限

文藝學經驗方法從主體的經驗出發，以渾整的方式對文藝現象進行意會性的感知。作為一種思維方式，它的優勢是明顯的：

一、它基於對文藝現象的有機性認識，完整地保留了審美對象的美感信息。在這一思維範式中，作品（文藝現象）不是一具僅僅供人解剖的屍骸，而是一個活的生命體。它的血液仍在循環，它的心臟仍在跳動。文藝學經驗方法是對審美對象的全息再現，總是鮮活地傳送著審美的意念和表象。

二、像文藝創作那樣，文藝學經驗方法同樣注重審美的直覺，即注重對藝術的直接性感悟和經驗性體驗。正是這種直接性感悟和經驗性體驗攜帶了審美的全訊息，從而使其自身也成了一種藝術品、一種藝術創作。因此，在整個文藝研究領域，關於文藝的經驗性研究首先是一種美文，一種同樣具有藝術魅力和審美價值的美文。這樣，文藝學的經驗範式也就成了溝通作家、作品、讀者三者聯繫的最平易、最親切的朋友。

三、經驗範式一方面是整個人類認識文藝現象的初始形態，一方面也是人類認識文藝現象的所有方法論形態的基礎。沒有經驗的介入，不以經驗性思維為母體，對文藝現象的一切分析都會令人產生隔靴搔癢之感，成為脫離文藝現象本身的、天馬行空式的抽象的玄學。正如那些僅為證明某種觀念的理論批評一樣，強烈的目的性和功利觀使它們成為肢解藝術有機體的劊子手，而這樣的批評並不是真正屬於文藝自身的批評。只有從作品出發，從文藝現象和經驗事實出發，以審美經驗為母體，才能發掘出藝術的審美規律，給文藝以屬於文藝自身規律和特點的界說。

上述三個方面不僅是中國古代文論的優勢，也是包括文藝鑒賞在內的整個文藝學經驗方法的優勢。這些方面作為文藝學經驗方法之最明顯的優勢，不會由於時過境遷而喪失它的效力，而是將作為這一方法之最基本的品質使其獨立於文藝學方法之林。

但是，由於文藝學經驗方法沒有上升到純抽象的理論水平，即很少介入思辨的理性分析，因而沒能最終實現對文藝現象的科學把握，從文藝學作為一門獨立的科學學科的意義上說，文藝學經驗方法和範式大致還只能算是一門「前科學」。這是因為，文藝學經驗方法和範式的基本出發點是審美經驗，參照系是經驗，終點仍是經驗，因而它沒有擺脫具體經驗現象的纏繞和束縛，沒有真正完成從具體到抽象、再從抽象到「思維的具體」（馬克思語）這樣一個辯證行程。在個體性的鑒賞中，這一方法當然是無可非議的，並能充分展示自己的優勢和潛能；但是，在嚴格意義上的科學研究中，這一方法往往會顯得力不從心、無能為力，不能給氣象萬千的文學藝術現象以明晰的、確定的界說和判斷。

因此，從整個文藝學方法發展的歷史走向來說，文藝學的經驗範式必將被它的科學範式所代替。十八世紀之後漸次生成的文藝美學、文藝社會學、文藝心理學和文藝學本體論等，便是文藝學方法從經驗形態中脫穎而出奔向科學形態的實踐。它們分別借助於哲學、社會學、心理學和語言學的科學方法對文藝所進行的理性分析，與以中國古代文論為代表的經驗方法形成了截然不同的範式。值得回味的是，十八世紀之後，特別是二十世紀以來，文藝學並未摒棄審美經驗；恰恰相反，審美經驗反而越來越受到理論批評家們的青睞，這是什麼原因呢？[6]

如前所述，文藝學自從經驗形態中掙脫出來，走向科學之後，在相當的一個時期內導向了另一個極端——太注重理性分析而忽略了感性經驗，太注重哲理的思辨而忽略了直接的感悟，德國古典美學便是這方面的典型。於是，自從十九世紀以來，以德國古典美學為代表的思辨範式便受到普遍的攻擊，一種企圖以「自下而上」的方式進行實證研究的傾向生成。這樣，經驗便被重新提起，並被作為文藝學的一個範疇進行專門的研究，杜威關於「藝術即經驗」的著名論斷就是最好的例證。

但是，十九世紀中葉以後經驗的復興又不是文藝學經驗方法的簡單回歸。文藝學經驗方法借助於經驗研究文藝並沒有意識到自身的經驗性質，而現代文藝學對經驗的崇尚則是一種自覺的意識，是對經驗的科學分析，是在科學理性支配下的經驗研究。因而，這當是更高層面上的對於經驗的自覺。它一方面表現出對審美經驗的濃厚興趣，一方面又在追求文藝研究的科學性。正如科學美學那樣，一方面極力宣導文藝學的經驗研究，一方面又極力標榜這種研究的科學性。經驗和科學，就是這樣互相交織、相映成趣，從而成為二十世紀文藝學的重要導向。這是走向科學的現代文藝學從文藝學經驗範式中汲取智慧和力量所必然導致的發展趨勢。

6 關於這一問題，我們將在本書〈文藝心理學方法〉一篇中展開分析。

第三篇
文藝美學方法

第一章
文藝美學方法導論

哲學·美學·文藝美學

文藝美學方法是一種從哲學角度對文學藝術展開思辨研究的方法。文藝美學是哲學層面上的文藝學、文藝學中的哲理與思辨。

美學（Aesthetics），作為一門獨立學科形態的形成，被公認為是從十八世紀德國哲學家鮑姆嘉通開始的。一七三五年，鮑姆嘉通在其拉丁語學位論文《關於詩歌的哲學思考》中第一次使用Aesthetics來稱呼一門新學問；一七五〇年，他又用這個術語來命名自己的一部著作。由此，西方便開始用Aesthetics來稱呼這門新學科，鮑姆嘉通也因此而被譽為「美學之父」。

可見，美學作為一門學科，從它誕生之日起便隸屬於哲學，是哲學的一個部門、一個分支。無論是鮑姆嘉通、德國古典美學，還是俄國革命民主主義美學、馬克思主義美學等，都是如此，都是從哲學的角度去研究美與審美。可以這樣說，在美學發展的歷史上，最重要、最有建樹和學術地位的美學著作大多出自哲學家之手筆。特別是在二十世紀之前更是如此。因此，美學又往往被人稱為「美的哲學」、「藝術哲學」，等等。二十世紀以來，美學研究的觀察點和思維方式發生了很大的變化，所謂「科學美學」和「分析美學」一躍而成為當代美學主潮，宣稱其研究方式要從「自上而下」轉為「自下而上」，但仍然不能逃脫哲學的糾纏和統攝：「科學美學」和「分析美學」就是隨著「科學哲學」和「分析哲學」的興起而興起的。

這樣，考察美學作為一門學科及其一般方法論的特點就不能不涉及到哲學及其一般方法論的特點。事實上，美學及其方法就是哲學及其方法在美與審美研究領域裡的貫徹和延伸；釐清了哲學作為一門學科的方法論特點，實際上也就釐清了美學作為一門學科的方法論特點。

哲學（Philosophy），按其希臘文Philosophia的原意，含有「智慧」的意思。根據一般的說法，所謂哲學就是關於世界觀的學說，即人對整個世界（自然、社會、思維）的根本觀點的理論體系，哲學作為人類文明史上最古老的學科之一，積累了人類關於自然、社會和思維的豐富知識，是人類對自身及其環境的最一般的規律性的認識。

人，是有意識、有自覺能力的存在物。從他開始存在的那一天起，實際上就開始了對自身存在的反思。不僅思考其賴以存在的自然，也思考社會及其思維本身。於是，探求整個宇宙的一般規律並將其理論化、體系化，便產生了哲學。哲學作為這樣一個無所不包的學科，有學者用下面的表格來表示它那無比寬泛的內涵：

哲學		
真	善	美
知識	意志	情感
工藝技術、自然科學、社會科學	行為、制度、道德、人文科學	各類藝術
認識論	心理學	美學

「真、善、美」,「知、意、情」……這些古老的概念雖然不能給我們帶來什麼新意而值得玩味，卻向我們展現了這一古老學科把握客體、認識世界的一般特點：把人與自然、思維與存在、理智與情感作為一個整體，用最抽象、最概括、最具思辨性的概念和範疇探索整個世界最一般的規律，從最宏觀的角度出發對人類之最本質的東西作出

最一般的判斷與反省。而「美」，作為人之本質的一個方面，當然也是哲學的一個方面，並由此產生了「美學」分支。所以，美學在方法上當屬哲學方法的演繹和具體化。美學和哲學的不同僅僅在於，哲學著眼於整個宇宙的一般的時空存在，而美學只是著眼於整個宇宙中美的時空存在，或者說僅僅是從美與審美的角度去把握整個宇宙。

著眼於整個宇宙中的美的時空存在，或者說從美與審美的角度來看整個宇宙，你就會發現自己的周圍是一個萬紫千紅、五彩繽紛的美與藝術的世界：浩月、流星、藍天、白雲、高山、平原、海濤、溪流……；忠貞的愛情、高尚的情操、克己復禮的精神、為國為民獻身的行為……；《詩經》、《楚辭》、《紅樓夢》；古希臘神話、史詩、戲劇；莎士比亞、托爾斯泰、魯迅，等等，在你的心目中都是「美」，美充滿了整個自然、社會和人的精神世界，充滿了人的外宇宙和內宇宙，它是那樣千姿百態、各不相同。而「美學」，就是要在這個千姿百態、各不相同的美的世界中概括出最一般的規律，就是運用哲理思辨的方法研究它的生成、發展、結構和價值，從而發現人類情感世界的深層奧秘。

當然，文藝美學，作為美學的主要部分，較之一般美學研究的對象又有所區別。它把美的審視點由整個宇宙的時空存在集中到文學藝術上面，將文學藝術的美學規律作為自己的基本課題。這樣，文藝美學便十分接近文藝學（或稱文藝理論）的性質：都把文藝現象作為自己研究的主要對象。儘管如此，作為哲學和美學分支的文藝美學又不同於一般文藝學，這表現在：

一般文藝學的重心是研究文學藝術（主要是文學）的基本原理，因此必然較多地涉及具體文藝現象，特別是對作品文本給予特別關注；而文藝美學對於文藝現象則保持一種居高臨下的視角。更重要的是，文學藝術作為社會意識現象或人的自我表現，是複雜多樣的社會生活和豐富多彩的人生經驗的鮮活映射，具有真、善、美等多方面的屬性和價值，文藝學需要對其展開全方位的探討，而文藝美學主要則是文藝「審美」規律的思辨分析，或者說主要是從審美的角度看文藝，研究文學藝術的美學意義。這種研究即使涉及到「真」和「善」，也往往立足於美與審美，從美與審美的規律探討文藝的真與善的問題。另外，由於文學藝術的樣式、體裁、種類繁複多樣，語言、結構、形式各不相同，方法、思潮、流派林立，風格、傾向、主題各異，都需要文藝理論的細緻分析，窮究不捨；而文藝美學則鞭長莫及，對這些問題或淺嚐輒止，或者無暇顧及。因此，儘管藝術美被認為是美學研究的主要對象，但是，無論是研究視角還是研究範圍，美學中的文藝美學和專職文藝研究的文藝學（或稱文藝理論）還是有區別的。

總之，一般文藝學涉及到文學藝術的各個領域，文藝美學則重在研究文學藝術的審美規律；一般文藝學側重發掘文學藝術的微觀世界，文藝美學則側重運用一般世界觀和方法論對文藝現象進行宏觀考察和哲理分析。這兩大區別反映在思維方式上則表現為：一般文藝學注重文藝的現象研究，文藝美學注重文藝的抽象概括；一般文藝學從文藝現象出發，文藝美學從某種思辨範式出發。

這樣，我們對文藝美學便可以有一個比較明確的看法，它既不同於一般美學（不研究自然美、社會美），又不同於一般文藝學或文藝理論，而是在哲學、美學與文藝學的交叉點上確定自己的位置。從總體上說，文藝美學方法的基本特點便是借助哲學和美學的思辨範式研究文學藝術，借助思辨智慧對文藝的審美原理展開自上而下的知解分析。因此，文藝美學的範疇和概念往往是哲學概念的美學化、文藝學化。

文藝美學的基本問題

文藝美學既然是哲學的派生學科，也就決定了它必然借助哲學的力量確定自己的研究對象。因此，從某種意義上說，哲學的基本問題同時也是文藝美學的基本問題，或者說文藝美學的基本問題是哲學基本問題在文藝研究領域裡的延伸。

羅森塔爾和尤金編著的《簡明哲學辭典》「美學」條目這樣寫道：「……在美學中，也像在哲學中一樣，唯物主義觀點和唯心主義觀點進行著鬥爭。可以說，美學史就是在和唯心主義的藝術觀作殘酷鬥爭中創立科學的唯物主義藝術觀的過程」。[1]換言之，整個美學史就是唯心主義和唯物主義鬥爭的歷史。這在奧夫相尼柯夫和拉祖姆內依主編的《簡明美學辭典》裡說得更明確：「全部美學史，就是美學的兩個基本派別即唯物主義派和唯心主義派形成、發展和鬥爭的歷史……與唯心主義針鋒相對，唯物主義派對美學的基本問題——關於審美意識同存在的關係問題作了正確的回答，承認物質世界是第一性的，而審美意識是第二性的」。[2]這也就是說，由於哲學的基本問題是思維與存在的關係問題，並由此衍生出美學史上的兩大基本系列。事實上，以往我們的哲學史和美學史、哲學理論和美學理論，都是沿著這一思路展開的，它很典型地勾畫出文藝美學的思維方式：將哲學精神貫徹到美學領域，並由此派生出美學的基本課題，進而設置文藝美學的概念和範疇。

1 羅森塔爾、尤金撰，中共中央馬克思恩格斯列寧斯大林著作編譯局譯：《簡明哲學辭典》（北京市：三聯書店，1973年），頁355。

2 奧夫相尼柯夫、拉祖姆內依編：《簡明美學辭典》（北京市：知識出版社，1981年），頁186。

眾所周知，五○年代中期，我國美學界出現了空前的活躍和繁榮，圍繞美的本質問題展開了一場熱烈的大討論。在這次討論中形成了四種代表性觀點，即以呂熒、高爾泰為代表的「主觀」說、以蔡儀為代表的「客觀」說、以朱光潛為代表的「主客觀統一」說，和以李澤厚為代表的「客觀性與社會性統一」說。無論哪種說法，無論是從主觀方面、客觀方面、主客觀統一或客觀性與社會性統一等方面去界定美的本質，只是觀點上的不同，而其思維方式——由哲學的基本問題派生出美學的基本問題的思路——卻是一樣的。

例如，「主觀」說的代表人物之一呂熒認為「美是人的觀念，不是物的屬性」[3]。因為同一個東西，有的人會認為美，有的人卻認為不美，所以美是物在人的主觀中的反映，是一種觀念。「主觀」說的另一代表人物高爾泰說得更明確：「客觀的美並不存在」，「美，只要人感到它，它就存在，不被人感受到，它就不存在」。「大自然給予蛤蟆的，比之給予黃鶯和蝴蝶的，並不缺少什麼，但是蛤蟆沒有黃鶯和蝴蝶所具有的那種所謂『美』。原因只有一個：人覺得它是不美的。在這個例證中，美的主觀性就充分顯現出來了。」[4]

又如，以蔡儀為代表的「客觀」說認為：「物的形象是不依賴於鑒賞者的人而存在的，物的形象的美也是不依賴於鑒賞者的人而存在的。」[5]客觀事物的美的形象決定於客觀事物本身的實質，而絕非決定於觀賞者的看法。在他看來，所謂美的東西就是典型的東西，美即典型；而典型又是個性與共性的統一。很顯然，蔡儀的「客觀」說與呂熒、高爾泰的「主觀」說是針鋒相對的。

3　呂熒：《美學書懷》（北京市：作家出版社，1959年），頁117。

4　文藝報編輯部編：《美學問題討論集》（北京市：作家出版社，1957年），卷2，頁134、頁137。

5　蔡儀：《唯心主義美學批判集》（北京市：人民文學出版社，1958年），頁56。

再如，以朱光潛為代表的「主客觀統一」說則認為，美既是主觀的，又是客觀的，恰如蘇東坡的〈琴詩〉所言：「若言琴上有琴聲，放在匣中何不鳴？若言聲在指頭上，何不於君指上聽？」可見，「說琴聲就在指頭上的就是主觀唯心主義……說琴聲就在琴上的就是機械唯物主義……說要有琴聲，就既要有琴（客觀條件），又要有彈琴的手指（主觀條件），總而言之，要主觀與客觀的統一」。[6]所謂客觀，是說美必須以客觀的自然事物作為條件；所謂主觀，是說單純的客觀事物還不能成為美，要等客觀事物加上主觀意識形態的作用，然後使「物」成為「物的形象」時才有美和美的生成。朱光潛的觀點，似乎是「主觀」說和「客觀」說的調和。

最後一派是以李澤厚為代表的「客觀性與社會性的統一」說。李澤厚一方面認為美是客觀的，另一方面又認為美離不開社會，美是客觀的社會生活的屬性。所謂客觀性，不是指物的自然性或典型性，而是指社會性；而所謂社會性，又不是朱光潛所說的主觀的社會意識，而是客觀存在於社會生活之中的屬性。由於社會生活本身是客觀的，所以作為社會生活屬性的美便既是社會的，又是客觀的。客觀性與社會性，是美的二而為一、一而為二的兩個不可分割的方面。[7]

我們在此不想就這次討論的是非作出評論，這對於我們本身論題無關緊要；我們只是就這次在中國現代美學史上曾轟動一時的美學大討論說明：美學和哲學在思維方式上如出一轍。無論是這次討論的基本論題（美的本質），還是其時所使用的概念（主觀、客觀；共性、個性）和範疇（意識與存在的關係），都是哲學的延伸。

6　文藝報編輯部編：《美學問題討論集》（北京市：作家出版社，1959年），卷4，頁178。

7　參見蔣孔陽：〈建國以來我國關於美學問題的討論〉，載《美學》（上海市：上海文藝出版社，1980年），冊2。

如前所述，既然哲學的基本問題同時也是美學的基本問題，那麼，文藝與現實的審美關係當然也就成了文藝美學的基本問題。正如洪毅然所說：「它（美學）的基本問題是藝術與現實的關係問題，它的目的就是解決藝術與現實這一特殊矛盾」。[8]因此，文藝與現實、文藝與生活的關係也就成了文藝美學研究的重要課題。這一問題首先從費爾巴哈和車爾尼雪夫斯基發難，一直到現代文藝美學研究，總是處於中心地位。包括文藝史和文藝批評，凡涉及到文學藝術的美學思考，總是首先考慮它和現實、和社會、和生活的種種關係。可以這樣說，從「文藝是現實生活的反映」這一命題出發研究文藝現象，幾乎成了文藝美學思維的統一模式，同時也成了審美判斷的一條最重要的標準。無論是當前通用的大學教材，還是關於作家作品的評論或文藝史研究，都把這一論題放在顯要的位置；無論是現實題材的作品還是神話和寓言，無論是文藝的內容還是形式，無論是創作方法還是藝術技巧，在一些人的心目中似乎都可以通過這一範疇得以解說，都可以從「藝術與現實生活的關係」出發塑造統一的立論的模式。這是文藝美學方法受哲學思維統攝和糾纏的典型例證之一。

文藝美學的基本方法

與把思維與存在的關係引進文藝美學領域一樣，作為一般哲學方法論的辯證法同樣受到文藝美學的厚愛。文藝美學往往借用辯證法分析文學藝術現象。「畫中有詩，詩中有畫」，「詩是無形的畫，畫是有形的詩」，以及「真、善、美的辯證統一」等說法便道出了藝術要素之間普遍聯繫的辯證規律；用「個性與共性」的相互關係去解釋藝術

8 文藝報編輯部編：《美學問題討論集》（北京市：作家出版社，1964年），卷6，頁22-23。

形象之「以一當十」的典型特徵已為人們所熟知；其他諸如「形神兼備」、「聲情並茂」、「欲擒故縱」、「悲喜交襯」、「以小見大」、「剛柔相濟」、「情理結合」、「情景交融」、「虛實相生」、「抑揚相襯」、「奇正相生」、「大巧若拙」等藝術創作方面的至理名言，實際上也都是運用對立統一規律對創作實踐的總結。不僅如此，辯證法的一些主要範疇，例如內容和形式、現象和本質、偶然和必然、理想和現實、動機和效果等，可以說都是直接從哲學中移植過來的，是將哲學上的一些範疇用來直接解釋文學藝術現象。

不可否認，文藝美學對於哲學辯證法的這些移植是卓有成效的，有效地幫助人們以明晰的概念認識和總結藝術的規律。但是，如果移植的主要目的不在於認識對象，即認識和把握文學藝術本身，僅僅是為了證明辯證法的正確，那當然就是本末倒置了。這樣做實際上是研究藝術中的哲學，而不是借助哲學的思辨力量去研究文學藝術。更重要的是，文藝美學借助哲學辯證法的意義並不在於個別理論觀點的啟示，而在於強化整個文藝研究的歷史感、層次感和動態感，把文學藝術的發生、發展及其美感效應作為一個活的有機體，作為一個充滿生命活力的動態過程，充分揭示文藝作為人類文化構成所展示的人的生命力。只有這樣，才能使辯證法對於文藝學的潛能得以充分釋放。

如前所論，哲學作為人類認識客觀世界之最一般的世界觀和方法論，是一個無所不包、無所不及的宏觀體系。利用哲學的思維方式，借用哲學的思辨方法認識文學藝術，是一種居高臨下的俯瞰、一種由外向內的透視。所以，既給人以入乎其內的精闢分析，又給人以超乎其外的全圖，應當是文藝美學方法的特點和優勢。但是，如果無視文學藝術的特點，無視審美經驗事實，單純為了證明某一原理而硬套某一哲學方法，勢必使這種研究陷入困境。關於世界觀與創作方法的討論大致如此。

世界觀是一個非常寬泛的概念，哲學就是關於世界觀的學問；而創作方法又是一個非常狹窄的概念，是文藝創作論中的一個非常具體的概念。它們分屬於兩個完全不同的層面，很難找到其中的可比性之所在。因此，以往硬把二者扯在一起，純粹是出於某種政治目的的需要，以致造成概念的混亂。多少年來我們關於這一問題的討論證明，所謂「世界觀與創作方法的關係」這一命題中的「世界觀」和「創作方法」兩概念已經失去了它們固有的含義：寬泛的「世界觀」概念縮小成為「政治觀」的代名詞；具有特定意義的「創作方法」概念擴展成了整個文藝創作的代名詞。因此，關於這一問題的討論也就不能取得應有的效果。至於蘇聯的「拉普派」提出什麼「辯證唯物主義的創作方法」，更是某種哲學方法的生搬硬套，實際上是打著辯證唯物主義的幌子要求作家在作品中寫哲學講義，用文藝作品來證明哲學上的諸範疇、諸框框。很顯然，對哲學的這種移植和套用不僅不能促進創作，反而導致扼殺創作，有百害而無一利。

無論是成功的例子還是失敗的教訓，文藝美學作為一門獨立的學科和方法，從德國古典美學算起，已經有了二百年的歷史。那麼，和文藝社會學、文藝心理學、文藝學本體方法相比，特別是和文藝學經驗方法相比，它有哪些最顯著的特點呢？

首先，在文藝學方法的多種範式中，文藝美學方法選取一般世界觀和方法論的視角觀察文學藝術現象，把文藝現象放在整個宇宙生成與發展的背景下展開描述，是一種最典型的自上而下、自大而小、自外而內的高屋建瓴式的抽象概括方式。文藝社會學側重從人類社會歷史的環境看文藝；文藝心理學把審美的視點移向人的內宇宙；文藝學本體方法著眼於對象的存在方式；唯有文藝美學方法把藝術與整個宇宙——自然、社會、思維——聯繫成一個整體，以最廣的視角、最高的視點洞察文藝的規律。在文藝美學方法看來，宇宙的規律也就是文藝的規律。這樣，文藝就被描述成整個宇宙系統中的子系統，具有強烈的整體觀念和歷史感。這一特點在特別善於構築體系的德國古典美學中特別明顯。可以這樣說，美學史上一切有建樹的理論家，無不是從這一角度出發去規定文藝的本質的。

其次，和文藝學經驗方法相比，文藝美學對於文藝規律的把握是分解式的，即首先將文藝現象分解為各個部分，通過部分認識整體。它雖然在觀念上把文藝現象看作為一個系統，一個整體，但同時為了認識這個系統、這個整體所採取的具體方式方法又是分析解剖式的，是對文藝系統的肢解性研究。關於藝術典型問題，中國古代文論有「文小而其指極大」[9]、「以少總多」、「觸類而長」[10]之說，這是就具體作品和藝術形象本身進行體驗式的感悟；而文藝美學則上升到共性與個性、一般與特殊、無限與有限等哲理思辨的高度進行分析性研究。關於文藝的繼承、革新與發展，中國古代文論歷來有「盡信書，則不如無書」[11]、「稽合於古，不類前人」[12]、「參伍以相變，因革以為功」[13]之說，以生動可感的經驗事實說明古與今、變與不變的關係；而文藝美學則上升到否定之否定的規律，把文藝遺產分解成「蜜糖和毒藥」[14]，從批判與繼承、摒棄與吸收的角度進行分析。兩種範式，兩種方法，雖然研究的對象（文藝）和課題相同，但思維方式卻形成鮮明的對照，前者對對象的把握沒有捨棄經驗材料，以「黑箱」方法對客體進行整體性的感受；後者則捨棄經驗材料進行高度的抽

9 司馬遷：〈屈原賈生列傳〉，《史記》（北京市：中華書局，1959年），頁2482。

10 范文瀾：《文心雕龍注》（北京市：人民文學出版社，1958年），頁693。

11 焦循：《孟子正義》（北京市：中華書局，1957年），頁565。

12 北京大學歷史系《論衡》注釋小組：《論衡注釋》（北京市：中華書局，1979年），頁1696。

13 范文瀾：《文心雕龍注》，頁694。

14 高爾基撰，孟昌譯：《高爾基政論集》（上海市：時代出版社，1951年），頁514。

象，將「黑箱」打開，對客體的構成部分進行分解式的個別研究。

由於文藝美學方法上述兩個方面的特點，也就決定了它習慣於對文藝規律進行確定性的價值判斷，特別是對於探究文藝的本質問題有著濃厚的興趣。儘管多少年來關於文藝本質的探索收效甚微，但由於文藝美學總是企圖將自己的哲學觀貫徹到文藝學中去，就必然首先涉及藝術觀，即文藝的本質的問題。因而，文藝的本質論，總是文藝美學首先研究並且窮追不捨的課題。其他諸如藝術美的基本形態、心理構成、思維方式、內容和形式、價值和功能等，文藝美學總要設定一系列明晰確定的範疇和概念，進行明晰確定的價值判斷。而這種範疇、概念和價值判斷的明晰性和確定性，在文藝學經驗範式中卻是極少見的。看來，這是由上述兩大特點所延伸出來的文藝美學方法的第三個特點。

文藝美學的歷史形態及其發展

縱觀整個美學和文藝學的歷史，毫無疑問，十八世紀下半葉至十九世紀上半葉的德國古典美學是文藝美學方法最典型的歷史形態。特別是康德和黑格爾的美學方法和體系，為文藝美學的發展奠定了堅實的基石。

康德的美學名著《判斷力批判》簡直可以看作是一部方法論著作，全書的重心並非在於闡釋個別的、具體的美學觀點，而在於表述一般的、普遍的審美方法。這是因為，康德的全部哲學體系事實上就是一種研究主體先驗心理功能的體系，研究這種先驗心理功能展開理論認識、實踐活動和審美鑒賞的方式方法。康德認為，一切知識都是來自感性經驗和先驗形式所建構的先天綜合判斷。人的審美判斷力作為一種心理功能，便是想像力和悟性（理解力，又譯「知性」）構成的一種綜合判斷力，是從既定的特殊事實出發去尋求普遍規律的「反思的判斷力」。康德認為，人的審美判斷力只涉及對象的形式，這些形式與人的主體心理功能（想像力和悟性）相結合，使人產生某種合目的性的愉快情緒。因而，審美，從本質上說是一種「形式的合目的性」或「主觀的合目的性」；由審美而生的愉快，就是「美」。這樣，康德便把審美鑒賞完全當作了一種主體的心理功能；美與美感的生成，便是這種先天的心理功能的產物。康德正是運用這一主體性思維模式，展開了他的全部美論。他關於美之超功利性的觀點，關於天才、通感、崇高等方面的論述，都是這一思維方法的擴展和應用。

黑格爾《美學》的「全書序論」就是其整部著作的方法論。「序論」開篇首先界定了美學的範圍——藝術美。在黑格爾看來，自然美儘管也是一種美，但由於它不是由心靈產生和再生的美，因而不是真正的美，不能成為美學的對象。接著，黑格爾在「美和藝術的科學研究方式」一節中又劃分了藝術作品兩大方面——內容和形式。內容指灌注於作品之中的內在的生氣、情感、靈魂、風骨和精神，即「意蘊」；形式指直接呈現出來的外在形狀和表現方式，例如線條、平面、齒紋、質感、顏色、音調、文字等藝術媒介或載體。美，應當是上述兩個方面的和諧統一。這樣，黑格爾便為自己的美學觀念和全部美論奠定了立論的基礎。從這樣的基礎出發，黑格爾在「序論」的第三節，就對歷史上的種種藝術觀念開始了批判性的分析。在黑格爾看來，藝術不僅是情感的，也是理性的；不僅是感性的，也是觀念的；不僅是主觀的，也是客觀的；不僅是個別的，也是普遍的……總之，是對立的統一。具體說來，「美就是理念的感性顯現」。[15]至此，黑格爾終於推導出了他關於美和藝術的總觀念。他的整個美學體系實際上

---

15 黑格爾：《美學》（北京市：商務印書館，1979年，第1版），卷1，頁142。

便是他這一美學觀念的演繹：「理念」是美的內容，「感性顯現」（形象）是美的形式；內容和形式的不同組合方式構成了藝術的不同類型：象徵型藝術形式大於內容；古典型藝術形式與內容統一，浪漫型藝術形式小於內容；藝術的這三大型態同時也是藝術發展的三大階段；這三大歷史階段是理念內容不斷擺脫物質外殼的束縛回復到自身的歷史過程；換言之，藝術的歷史實際上是不斷觀念化的歷史，觀念化又必然導致藝術的解體和終結。這樣，黑格爾便在文藝研究領域證明了自己的哲學世界觀；他的美學方法事實上是他的哲學方法在文藝研究中的具體運用和發揮。「序論」正是在這一意義上決定了黑格爾美學的總體框架及其全部文藝學說的方法論。

如果說康德美學的主要貢獻是對審美主體內在心理結構的發現，那麼，黑格爾美學的偉大成就則是對藝術歷史發展過程的宏觀描述。兩者的共同點都從意識、精神出發去規定美的本質。康德認為人的主觀意識是美的本源，黑格爾認為客觀精神（理念）是美的本源。前者是主觀唯心主義，後者是客觀唯心主義。從哲學世界觀和方法論來說都屬於唯心主義；從文藝研究的方法和思維模式來說，都是一種「自上而下」的研究定勢，即首先生出一種觀念，然後由這一觀念出發對文藝和審美現象展開高屋建瓴式的剖析。這一方法主要是借助於哲學思辨的力量，哲學世界觀和方法論是其文藝研究的主要參照。

儘管康德和黑格爾的美學有著堅實的哲學基礎和森嚴的理論體系，但是，唯心主義的世界觀決定了它們不可能對美和藝術的本質作出科學的結論。於是，費爾巴哈，這個早年曾是黑格爾的崇拜者的青年，毅然充當了唯心主義的叛逆，最先舉起唯物主義的大旗，提出了文學藝術等精神現象的現實性原則，顛倒了被康德和黑格爾所顛倒了的意識與存在的關係。與此同時，俄國革命民主主義者車爾尼雪夫斯基與費爾巴哈遙相呼應，卓越地將費爾巴哈的原則貫徹到文藝研究中，對藝術與現實的審美關係進行了唯物主義的解釋，響亮地提出了美源於生活、「美即生活」的唯物主義命題，在整個美學和文藝學界產生了極大影響。這是文藝美學發展史上的大事變。但是，由於它們的美學原則建築在抽象的人道主義之上，具有不可避免的直觀性和機械性，因而必然被歷史所淘汰。

只有馬克思和恩格斯共同創立的辯證唯物主義和歷史唯物主義才最終發現了文藝美學的科學方法。辯證唯物主義和歷史唯物主義的文藝美學吸收了康德和黑格爾的辯證法，借鑒了費爾巴哈和車爾尼雪夫斯基的唯物主義，創建了一個嶄新的體系。自它產生以來，在文藝美學領域產生了深遠的影響。這是文藝美學發展歷史上的一次最偉大的革命。可見，由唯心主義到唯物主義，再到歷史唯物主義，是人的美學意識由主體思維到客觀思維，再到主客體的完全融會之後以完整的方式向自身的回歸和昇華。可以這樣說，自十九世紀之後，文藝美學無論怎樣變幻無窮，總可以從這三種理論之中看到自己的影子。所謂「新康德主義」、「新黑格爾主義」和「新馬克思主義」哲學和美學流派的產生，充分證明了他們對二十世紀所產生的巨大影響。正是在這一意義上，我們認定康德和黑格爾、費爾巴哈和車爾尼雪夫斯基、馬克思和恩格斯及其他們所分別代表的文藝美學具有特殊的歷史地位。因此，我們在下文將緣此展開深入具體的討論。

第二章
康德和黑格爾

文藝美學的辯證思維

運用辯證的觀念和方法研究美與藝術，將哲學辯證法圓熟地移植到美學領域，從而使辯證思維作為方法論確立了自身在美學研究中的主導地位，這一歷史功績首推德國古典美學。康德和黑格爾是其代表人物。

德國古典美學是繼古希臘以來人類美學史上出現的第二大高峰；康德和黑格爾，是繼柏拉圖和亞里斯多德以來美學思辨王國中出現的第二代巨人。他們以高度的抽象和雄辯的邏輯概括了美與審美的一般規律，提出了一系列重大美學命題；他們在微秒莫測、氣象萬千的情感世界捕捉稍縱即逝、撲朔迷離的審美意象，給它以哲學的規定和明晰的判斷。

繼康德和黑格爾之後，美學的辯證法似乎只是質的革命而無量的增殖；近兩個世紀的美學理論似乎都可以從他們那裡發現源頭。因此，他們的追隨者也大多以「新康德主義」、「新黑格爾主義」相標榜；除馬克思主義美學之外，他們的反對者也只能在個別細節上提出質疑而無整體性的突破。

但是，康德和黑格爾的美學思維方法又不盡相同：康德美學的出發點是審美主體，重在探討審美主體的內在矛盾，建造審美主體的內在動力結構；黑格爾美學的出發點是審美客體，重在尋找審美客體的歷史聯繫，描述審美客體的邏輯行程。同是美學辯證法的大師，一個是主體性思維，一個是客體性思維；前者是審美內宇宙裡一個不安分的靈魂，後者是審美外宇宙中一個四處遊蕩的幽靈。為此，我們必須分別對其進行考察。

康德：審美判斷的主體動力結構

首先讓我們尋找一下康德美論的出發點。

與一般文藝美學一樣，康德的美論是其哲學理論的一個部分，康德的美學方法是其哲學方法的演繹。

康德整個哲學研究的對象不是客觀存在，而是人的主觀意識。因此，按照約定俗成的分類，康德認為人的主觀意識，即人的心靈由三個部分構成：一、認識（知）；二、快與不快的感情（情）；三、願望（意）。這三個部分同時也是人的三種認識能力：知解力、判斷力和理性，從而構成了康德「批判哲學」的三部曲：《純粹理性批判》研究「知」的能力，實際上是他的認識論；《實踐理性批判》研究「意」的能力，實際上是他的倫理學；《判斷力批判》研究「情」的能力，實際上就是他的美學。總之，「知」、「情」、「意」作為一種純粹的主觀的能力在康德哲學中佔據著各自的席位。

從康德為《判斷力批判》第一版所寫的「序言」中可知，他的美學像他的整個哲學一樣，並不是要研究客觀存在的美，而是要研究人對於美的主觀認識能力，即審美主體的「審美判斷力」。對於美學對象的這一奇特的界定說明康德的美論是由審美主體出發去研究審美問題的；審美主體既是康德美學的起點，又是它的終點。從這一意義上說，康德的美學同時又是關於審美的方法論。

我們知道，康德所處的時代是啟蒙運動的時代，是人類高揚理性旗幟的時代，正如恩格斯所說，當時的「一切都必須在理性的法庭面前為自己的存在作辯護或者放棄存在的權利。思維著的悟性成了衡量一切的唯一尺度。」[1]但是，在休謨的影響下，康德不願盲目地相信理性，他要把理性本身拿到理性法庭面前去檢查、去衡量，考察理性本身究竟有多大的能力。這就是康德「批判哲學」之「批判」的含義，也是其美學著作《判斷力批判》之「批判」的含義。《判斷力批判》就是要把人的主觀審美「判斷力」拿到理性法庭面前重新檢查。

「批判」的結果，康德發現我們的世界由兩大部分組成，一是「現象界」，一是「物自體」。「現象界」就是存在於我們周圍的自然界，受必然規律的支配，是人的認識能力可以達到的世界；「物自體」則是超越於自然界的那部分世界，它不受必然律的支配，是人的認識能力所不能達到的、不可知的彼岸世界，只能在實踐上信仰。這兩個世界，前者是感覺界，後者是超感覺界；前者是自然，後者是道德；前者是純粹理性，後者是實踐理性；前者是知，後者是意；前者是認識，後者是信仰……。各有各的界限，彼此獨立，壁壘森嚴，其中間「固定存在著一個不可逾越的鴻溝」。[2]

但是，人是一個整體，畢竟不能分成兩半。自由必須通過必然才得以實現，道德必須符合自然，信仰必須對認識施加影響……。因此，康德認為，必須架設一座溝通「現象界」和「物自體」的橋樑，「必須有一個作為自然界基礎的超感世界和實踐方面包含於自由概念中的那些東西的統一體的根基。」[3]這個作為橋樑的「統一體」就是「判斷力」。

所謂「判斷力」，就是能夠把個別納入一般進行思考的認識能

---

1 中共中央馬克思恩格斯列寧史達林著作編譯局編譯：《馬克思恩格斯選集》（北京市：人民出版社，1972年），卷3，頁404。

2 康德：《判斷力批判》（北京市：商務印書館，1964年），上卷，頁13。

3 康德：《判斷力批判》，上卷，頁13。

力。它介於知解力與理性之間，既帶有知解力面對一般的性質，又帶有理性要求個別符合一般的性質。「判斷力」又分為「規定的判斷」和「反省的判斷」。「規定的判斷」是從一般找出個別的判斷，例如「球是圓的」是「規定判斷」，「球」是個別，「圓」是一般，它屬於科學判斷。「反省的判斷」則是從個別找出一般的判斷，例如，一朵鮮花引起我們主觀上的愉快，於是我們就在主觀上覺得這朵花是美的，它是與情感結合在一起的對於個別事物表示主觀態度的一種判斷，即「審美的判斷」。所謂「審美判斷力」，當然也就是關於情感的一種主觀認識能力。

那麼，關於審美判斷力的批判主要應當討論什麼問題呢？康德又發明了「合目的性」這一概念。康德認為，實踐理性的道德世界是有目的的，例如偶像崇拜，便是「客觀的合目的性」，屬於自由理性的範圍。而純粹理性的自然界由於受必然律的支配，就具有雙重性質：就自然界的個別現象來看，一株花的存在是沒有目的的；但是就自然界整體來看，又是有目的的（花可以供人觀賞）。並且，這一目的完全是自然的形式作用於人的主觀認識的產物（人們對花的觀賞只是形式的觀賞，至於花的內容，那是植物學的事），因而它是一種「主觀的合目的性」。這樣我們就會發現，由於人們先天地具有主觀認識能力，於是就有了審美活動。因此，探討主觀的合目的性的問題，就成為審美判斷力批判所要討論的核心問題。換言之，所謂「主觀的合目的性」的探討，也就是關於對自然界個別事物表示主觀態度的情感認識能力的探討——即關於審美判斷力的批判。審美判斷力一方面面對自然界，受知解力和必然律的支配，另一方面又是想像力自由活動的場所，於是便溝通了必然與自由、現象界與物自體的聯繫。這是康德寫作《判斷力批判》的出發點，也是康德美論的出發點。

可見，康德美學純屬研究審美主體的理論。他的注意力不在客觀事物的美，而在美的主觀反應；他不去著力探討美的現實規律，而是把全部的心思放在研究審美主體的內部結構上面；他不是從審美對象出發，而是從審美主體出發，以審美主體為軸心界定美學研究的圓圈，規範美的特性。這是一種典型的主體性思維傾向，是在審美主體內宇宙所發動的一場騷動。至於客觀事物美與不美，在康德看來，完全是由審美主體所決定的。這正如他在《審美判斷力的分析》這部分的開篇所說的那樣：「為了判別某一對象是美或不美，我們不是把〔它的〕表象憑藉知性連繫於客體以求得知識，而是憑藉想像力（或者想像和知性相結合）連繫於主體和它的快感和不快感。……至於審美的規定根據，我們認為它只能是主觀的，不可能是別的。」[4]這也就是說，關於美的問題，完全是一個主觀鑒賞的問題，主觀的態度和條件是決定性的因素。

那麼，究竟在什麼樣的主觀條件下，一事物方才是美的呢？康德根據他在《純粹理性批判》中對於知解力所規定的「質」、「量」、「關係」、「情狀」等四範疇，從四個方面對美進行了分析。首先，從「質」的方面看，美是無利害的、超功利的。因為「利害」和「功利」都聯繫於客體，由客體的性質來決定，屬於客體的價值判斷；而美感不受客體性的限制，僅是一種主觀上的滿足。例如罌粟花，人們不管它客觀上會不會產生出毒害人的鴉片來，只要主觀上能夠滿足人的欣賞就是美了。因而，它完全是主體感覺上的「自由的愉快」。

其次，從量的方面來看，康德認為：「美是不依賴概念而作為一個普遍愉快的對象被表現出來的。」[5]一方面，任何美的實物都是單個的具體事物；另一方面，任何美又要求得到普遍的承認。那麼，如何實現具體性與普遍性的統一呢？康德認為不能由抽象出來的概念來

4 康德：《判斷力批判》，上卷，頁39。
5 康德：《判斷力批判》，上卷，頁48。

解決，抽象的概念只能解決客體的普遍性問題；而美是主觀的，審美判斷的普遍性只能來自具有共同心意狀態的審美主體的「普遍贊同」，與概念無關，「只是建築在判定對象時的主觀條件的普遍性上面。」[6]

再次，從「關係」來看，康德認為，在審美對象和它的目的之間，一方面沒有目的的關係，另一方面卻又符合目的。因為所謂「合目的性」，有客觀和主觀之分。從客觀上說，由於審美判斷不涉及利害與功利關係，不涉及概念，所以是沒有目的的；從主觀上說，審美判斷只涉及形式，不涉及內容，所以又是有目的的。「他的判定只以一單純形式的合目的性，即一無目的的合目的性為根據的；那就是說，是完全不繫於善的概念，因為後者是以一客觀的合目的性，即一對象對於一目的關係為前提。」[7]由此，康德認為，「美是一對象的合目的性的形式」，[8]實際上是沒有（客觀）目的的（主觀）合目的性。這一判斷又是從審美主體出發得出的結論。

最後，從「情狀」上看，美的形象和審美快感之間存在著必然的連繫。但是這種必然性並非來自概念的推論，而是來自由「共通感」所引起的主觀的贊同。所謂「共通感」就是人類所共同、共通的感情，審美主體借助於它而賦予審美客體以「範式」的性質，要求他人認同我的審美判斷。——這就是美的第四個特點：「美是不依賴概念而被當作一種必然的愉快底對象。」[9]

康德就是這樣以他所特有的主體性思維從四個方面考察了美的四重屬性。顯然，這四重屬性純粹是美的主體性規定。無論是「無利害

---

6 康德：《判斷力批判》，上卷，頁55。

7 康德：《判斷力批判》，上卷，頁64。

8 康德：《判斷力批判》，上卷，頁74。

9 康德：《判斷力批判》，上卷，頁79。

感」、「非概念的普遍性」，還是「形式的合目的性」和「愉快的必然性」，都是把美作為純主觀的東西對審美判斷的主體性規定。這些規定顯然是一種主觀唯心主義的、形式主義的的規定，具有極大的片面性。但是，他充分考慮到審美主體在審美過程中的主導作用，充分考慮到審美主體的主觀能動性，因而對於文藝美學又具有極大的參考價值。在康德看來，沒有審美主體就沒有美與審美，審美主體的屬性決定了美與審美的屬性。因而，研究審美主體的內在動力結構，並且通過審美主體內在結構的研究實現美的研究，也就成了康德美學方法的主要特色。

那麼，康德為審美主體所設計的內在動力結構是什麼呢？這就是美學意義上的「二律背反」。

「二律背反」是康德哲學方法論的基本概念。它的基本含義是說明兩個相互排斥而又被認為同樣都是正確的命題之間的矛盾。康德企圖利用「二律背反」證明，理性在認識世界時是有侷限性的。這一侷限性就表現在理性在認識世界過程中必然陷入無法解決的矛盾。這種矛盾是人類理性所特有的機能，屬於理性自身的矛盾。這是康德揭示認識主體內在矛盾的總綱。將其貫徹到審美判斷力的批判中，康德曾以審美（鑒賞）中的「概念」為例進行了簡要的分析：

> 所以關涉到鑒賞的原理顯示下面的二律背反：
> 「（一）正命題　鑒賞不植基於諸概念，因否則即可容人對它辯論（通過論證來決定）。」
> 「（二）反命題　鑒賞判斷植基於諸概念；因否則，儘管它們中間有相違異點，也就不能有爭吵（即要求別人對此判斷必然同意）。」[10]

10 康德：《判斷力批判》，上卷，頁185。

康德認為，這兩個命題表面上看來是相互矛盾的，而在事實上並不矛盾，能夠相並存立。因為正命題的「概念」是指相對知性而言的規定的概念。而審美判斷卻是一個介於知性與理性之間的「判斷」，它兼有兩個方面的屬性，是知性與理性的調合。因而，這兩個命題並不矛盾：一方面，審美鑒賞不能有概念參與，有概念參與的認識就不能是具體的、自由的；另一方面，審美鑒賞又不能沒有概念參與，沒有概念參與的認識就不能是普遍的、必然的。因而，審美鑒賞是兩方面的調合，是沒有概念的普遍性和沒有概念的必然性。

這是康德對人類認識過程內在矛盾的深刻揭示，也是對人類審美過程內在矛盾的深刻揭示。審美，正是在這種深刻的矛盾中行進，因而它具有超功利的功利性、非目的的目的性。正是審美主體內部的這種動力結構生成了人類的審美活動。它就是人類審美活動的原動力。

康德的整個美學理論便是運用這一方法論述了美學中的一系列問題：個別性與普遍性，自由與必然，形式與內容，快感與完善，自然美與藝術美，創造與欣賞，天才與審美趣味，等等。在康德的美論中，這些都是相互對立的範疇，都體現了美與審美中的「二律背反」。正如朱光潛所說：「康德在《審美判斷力的批判》（《判斷力批判》中的一部分——引者注）裡揭露出審美與藝術創造中的許多矛盾現象，這就指出了美學中的一些複雜問題。在西方美學經典著作中沒有哪一部比《判斷力批判》顯示出更多的矛盾，也沒有哪一部比它更富有啟發性。不理解康德，就不可能理解近代西方美學的發展。他的毛病在於處處看到對立，企圖達到統一，卻沒有達到真正的統一，只做到了調和與嵌合。……他經常把本來統一的東西拆開，抽象地去考察它的對立面，把對立加以絕對化，然後又在弄得無法調和的基礎上設法調和。」[11]但是，矛盾是客觀存在，畢竟被康德揭示出來了。善

11 朱光潛：《西方美學史》（北京市：人民文學出版社，1979年），下卷，頁406。

於揭示事物的內在矛盾，於統一之處見到對立，這就是康德的偉大歷史功績。康德就是這樣一個不安分的靈魂，在他的筆下，審美判斷就是這樣一個矛盾體：它不涉及欲念和利害，不是實踐活動，卻產生類似實踐活動所產生的的快感；它不涉及概念，不是認識活動，卻又需要想像力和知解力兩種認識功能的自由活動，要涉及「不確定的概念」或「不能明確說出的普遍規律」；它沒有明確的目的，卻又符合目的性；它雖是主觀的、個別的，卻又是普遍的、必然的……這一系列的「二律背反」現象便是康德對人類審美活動之複雜性的揭示，揭示了審美主體內宇宙的複雜矛盾。正是這些矛盾，推動了事物的發展，確立了審美判斷力自身的價值和獨立自主的地位。

馬克思在〈關於費爾巴哈的提綱〉中曾說過這樣一段話：「從前的一切唯物主義——包括費爾巴哈的唯物主義——的主要缺點是：對事物、現實、感性，只是從客體的或者直觀的形式去理解，而不是把它們當作人的感性活動，當作實踐去理解，不是從主觀方面去理解。所以，結果竟是這樣，和唯物主義相反，唯心主義卻發展了能動的方面，但只是抽象地發展了，因為唯心主義當然是不知道真正現實的、感性的活動本身的。」[12]可以這樣說，康德美學的優點和缺陷都可以用馬克思這句話來說明：他的最大功績就在於「從主觀方面」去理解審美，從而「發展了能動的方面」；同時，這一發展又是「抽象地發展」、純主觀地發展。

關於德國古典美學，盧卡契認為：「從哲學上提出這個『能動的方面』，也是德國古典哲學在美學領域最偉大的成就之一。因此，康德的主要美學著作（《判斷力的批判》）意味著美學史上的一個轉折。他把對審美主體能動性的哲學分析，無論就其創造性的審美態度，還

12 中共中央馬克思恩格斯列寧史達林著作編譯局編譯：《馬克思恩格斯選集》，卷1，頁16。

是就其領受式的審美態度，都放到了方法和體系的中心。」[13]這就是康德美學方法論的革命性意義，也是他煞費苦心地構造以「二律背反」為核心的審美主體動力結構的最大貢獻。

當然，主體的無限制的崇拜必然導致客體的失落。康德傾心於主體內宇宙的建構所導致的直接後果便是對客體世界的忽視，正如馬克思所說，只是因為他並不知道真正現實的感性的活動本身是什麼。因此，由主體世界向客體世界的轉向，便成了美學辯證法自我完善的重要任務。

黑格爾：理念的顯現過程

與康德相比，黑格爾的藝術經驗要豐富得多。但是就體系來說，黑格爾遠沒有康德那樣複雜而難以把握。「美是理念的感性顯現」[14]，這就是黑格爾關於美的最著名的定義，同時也是他整個美學的核心，或者說是理解黑格爾美學的一把鑰匙。從這裡出發，就可以理解黑格爾的整個美學構架。

「理念」是黑格爾哲學的核心概念。

在黑格爾看來，在人類社會和自然界之上、之外、之先，存在著一種客觀精神，它是萬物之源、宇宙之本、世界之母，是一種充滿著矛盾和運動、不斷變化發展的精神實體。這就是「絕對理念」。

在黑格爾的哲學體系中，「絕對理念」經歷了三大歷史形態：

邏輯形態　理念的邏輯形態是理念發展的自在階段，即在自然界和人類社會出現之先就存在著的那種理念。這時的理念沒受任何外界

---

13 中國社會科學院外國文學研究所外國文學研究資料叢刊編輯委員會編：《盧卡契文學論文集》（北京市：中國社會科學出版社，1980年），頁406。

14 黑格爾：《美學》，卷1，頁142。

的干擾，因此是純潔無暇的。

理念的邏輯形態自身也經歷了三個發展階段。首先是「存在」，即理念的潛在階段。理念在這一階段經過自身的矛盾過渡到「本質」。本質階段的理念具有了一定的質。理念在這一階段又經過自身的矛盾過渡到「概念」。概念是理念在邏輯階段的最高層次。在概念階段裡，理念實現了存在與本質的統一。這時，作為理念本身已不能經過自身的矛盾繼續發展，於是就不得不異化為它的對立物——自然。

自然形態　理念的自然形態是理念發展的第二階段。這是從思維產生存在、從精神派生出自然的階段。在這一階段，理念由「自在」變為「他在」。這是理念的退化和墮落，即由本來潔白無暇、不為現實所沾染的「純概念」，異化成了外在的物質形式。

理念的自然形態也經歷了三個發展階段。首先是機械性階段。在這一階段，自然界還只是一些零碎的、分散的物質，整個宇宙還處於朦朧混沌的狀態。其次是物理性階段。在這一階段，混沌的自然物質開始具體化，出現了單個的物體，如聲、光、電、磁、熱等一些自然現象和風、雨、山、河等一些無機性的自然物。最後是有機性階段。在這一階段，自然界出現了有機物和生命。先是植物，再是動物，最後出現了人。人的出現使理念擺脫了自然的束縛，揚棄了自身的異化，重新開始回復自身。於是，理念開始過渡到精神階段。

精神形態　理念的精神形態是理念經歷自然形態的異化之後向自身的復歸，是理念發展的最高階段。

理念的精神形態自身也經歷了三個發展階段。首先是主觀精神。主觀精神從個體方面來看心靈，即個人意識的成長階段。例如從最低的感覺發展到理論精神和實踐精神的結合，最後達到自由精神。其次是客觀精神。客觀精神是精神將自身投向外界。每個個人都要求自由，於是便出現了體現人類共同意志的法律、道德、倫理、國家等社會意識和政治制度。這便是客觀精神，其中國家是客觀精神的最高體現。但是，由於國家保留著軍隊等外在形式，因此，對於理念來說，它還不是最終的復歸。而絕對精神，即理念精神形態的最後階段，才是理念最終、最徹底的復歸和自覺。

理念精神形態的絕對精神階段又分三種形式：藝術、宗教、哲學。這三者在內容和本質上是完全相同的，都是絕對理念的顯現，只是顯現的形式不同：藝術是以直觀和形象的形式顯現絕對理念，或者說是以圖畫式的思維顯現絕對理念；而哲學則是以純自由思維的形式體現絕對理念，或者說是以純概念的形式顯現絕對理念。在哲學這種形式中，絕對理念得以最完善、最徹底的顯現，因此它是認識絕對理念的最高、最理想的形式。

這就是黑格爾整個哲學體系的構架。現以圖表示如下：

<table>
<tr><td rowspan="3">理念</td><td colspan="3">邏輯形態</td><td colspan="3">自然形態</td><td colspan="5">精神形態</td></tr>
<tr><td rowspan="2">存在</td><td rowspan="2">本質</td><td rowspan="2">概念</td><td rowspan="2">機械性</td><td rowspan="2">物理性</td><td rowspan="2">有機性</td><td rowspan="2">主觀精神</td><td rowspan="2">客觀精神</td><td colspan="3">絕對精神</td></tr>
<tr><td>藝術</td><td>宗教</td><td>哲學</td></tr>
<tr><td colspan="12">⇨異化　⇨復歸</td></tr>
</table>

由此可見，黑格爾最偉大的功績是發現了貫穿整個宇宙的辯證法的線索。正如恩格斯所說：「黑格爾第一次——這是他的巨大功績——把整個自然的、歷史的和精神的世界描寫為一個過程，即把它描寫為處在不斷的運動、變化、轉變和發展中，並企圖揭示這種運動和發展的內在聯繫。」[15]而他最大的侷限是將這樣一個過程看作是理

15 中共中央馬克思恩格斯列寧史達林著作編譯局編譯：《馬克思恩格斯選集》，卷3，頁63。

念發展的過程，是理念異化為自然、並最終揚棄自然回歸自身的過程。因此，黑格爾的辯證法事實上是理念自我運動的辯證法。

在黑格爾的哲學體系中，如果我們將注意力投向「藝術」便可以發現，藝術和宗教、哲學都屬於理念精神形態自身發展的最後一個階段。如前所說，藝術、宗教和哲學的內容是一樣的，都是「理念」，只是形式不同，藝術是以直觀感性的形式顯現理念。正是在這一意義上，黑格爾才將美定義為「理念的感性顯現」。也正是在這一基本觀念的指導下，黑格爾構造了自己龐大的美學體系。可以這樣說，黑格爾美學是其哲學在藝術領域裡的具體運用，也可以說是其在藝術領域裡對自己哲學體系和方法的回顧。於是，黑格爾便根據內容（理念）和形式（具有直觀感性的形象）的不同組合方式，勾勒了藝術發展的歷史輪廓。

在黑格爾看來，原始時代的人由於處在蒙昧狀態，精神尚未覺醒，所以他們和自然一樣僅僅是一種「自在」。由於這一時代的人類精神還沒有實現自覺，他們對於客觀存在的理性內容只能是一種朦朧的認識。因而，當時的人類還找不到一種適合於理念的感性形式來表達它，只能採用符號來象徵朦朧認識到的精神內容。因此，與這一精神狀態相適應的便是「象徵型藝術」。「象徵型藝術」是藝術發展史上的第一種類型和藝術發展的第一個階段。

象徵型藝術的理念內容是朦朧的、抽象的，它的感性形式則是理念的離奇的圖解——自然物體；因此，它的內容和形式的關係是形式大於內容的象徵關係。例如，人們為了表達「堅硬」這一理念，常常用石頭來象徵，說某物「堅硬得像石頭」。但是，「石頭」除可以用來象徵「堅硬」外還可以用來象徵「平滑」、「圓滑」等。因此，所謂「堅硬得象石頭」中的「堅硬」和「石頭」的關係並不是完全對等的關係，而是一種偶然的象徵關係。在這種情況下，被象徵的理念是埋藏在象徵物的感性形式之中的。表現在美學上，便是形式大於內容、心靈承受巨大物質外殼壓迫的「崇高風格」。

象徵型藝術的代表是印度、埃及、波斯等古代東方的建築。例如神廟建築，它不僅象徵神的精神，而且有遮風避雨的功能。金字塔不僅象徵埃及法老的精神，而且包含天文、數學等方面知識。中國明代建築天安門也是這樣，它象徵大明江山的穩固，但同時具有一般建築的功用。在這裡，象徵與被象徵之間只是一種偶然的關係。也就是說，建築物本身與其所象徵的「理念」內容的關係是形式大於內容、壓倒內容，理念在建築藝術中被強大的物質外殼所束縛、所包裹，從而使理念顯得朦朧、抽象。

由於理念內容在象徵型藝術中的朦朧性、抽象性，沒能找到一種合適的感性形象表達自身，因此，黑格爾認為，象徵型藝術並不符合藝術的理想——關於美的定義。這樣，理念為找到適合自己的感性形象就必然在自身的運動過程中拋棄象徵型藝術，過渡到較高類型的古典藝術。於是，黑格爾便把古典型藝術作為藝術發展的第二大類型和藝術發展的第二個階段。

在古典型藝術裡，理念內容和感性形式達到了完滿的和諧與一致，內容中沒有未被表現出來的東西，形式中也沒有不是表現內容的形式。其原因就在於這時期的人類已實現了完全的自覺，對客觀世界已有了明確清晰的認識。另一方面，古典型藝術的形式也不再是象徵型藝術所用的純粹的自然物體，而是靈魂的直接寓所——人的形象。「人體形狀用在古典型藝術裡，並不只是作為感性的存在，而是完全作為心靈的外在存在和自然型態，因此它沒有純然感性的事物的一切欠缺以及現象的偶然性與有限性。」[16]因此，黑格爾認為，「這種形象

---

16 黑格爾：《美學》，卷1，頁98。

在本質上就是人的形象，因為只有人的形象才能以感性方式把精神的東西表現出來。人在面孔、眼睛、姿勢和儀表等方面的表現固然還是物質的而不是精神之所以為精神的東西，但是在這種形體本身之內，人的外在方面不像動物那樣只是生命的和自然的，而是肉體在本身上反映出精神。通過眼睛，我們可以看到一個人的靈魂深處，而通過人的全體構造，他的精神性格一般也表現出來了。所以肉體如果作為精神的實際存在而屬於精神，精神也就是肉體的內在方面，而不是對外在形象不相干的內在方面，所以這裡的物質（肉體）並不包含或暗示出另外一種意義。人的形象固然與一般動物有許多共同處，但是人的軀體與動物的軀體的全部差異就只在於按照人體的全部構造，它顯得是精神的住所，而且是精神的唯一可能的自然存在。」[17]

基於這種觀點，黑格爾認為古希臘的雕刻是古典型藝術的代表。因為在古希臘的雕刻裡，神總是作為人而被表現出來。每一件古希臘的雕刻都完整地表達了它所要表達的一切精神，這些精神也只有某一特定的雕刻才能表達。例如，宙斯的雕像表達的便是宙斯作為眾神之父的一切特徵：威力、權勢，等等；雅典娜的雕像所表達的便是雅典娜作為智慧女神的一切特徵，她是聰慧與力量相結合的產物。因此，宙斯的雕像不能替代雅典娜的精神，雅典娜的雕像也不能替代宙斯的精神。同義反覆，人們不能把雅典娜的精神強加於宙斯的雕像，也不能把宙斯的精神強加於雅典娜的雕像。它們各自的雕像表達各自的理性，各自的理性也只能在各自的雕像裡得以表達。這就是古典型藝術所實現的內容與形式的和諧統一。

但是，根據黑格爾的辯證法，精神總是無限的、自由的，而古典藝術用以表達精神的雕刻卻是靜止的、有限的、不自由的；因而，精

17 黑格爾：《美學》，卷2，頁165-166。

神要發展，就必然衝破這一物質外殼的束縛，於是便導致了古典型藝術的解體和浪漫型藝術的產生。浪漫型藝術是藝術發展的第三大類型和藝術史的第三階段。黑格爾所說的浪漫型藝術不是指十八、十九世紀之交的浪漫主義，而是指古希臘羅馬之後，從中世紀開始的、基督教統治以來的文學藝術。

在浪漫型藝術裡，有限的物質不能完滿地表現無限的心靈，於是使其達到了一個與象徵藝術相反的極端：象徵型藝術是物質壓倒精神，而浪漫型藝術則是精神溢出物質，當然是浪漫型藝術是在較高的水準上回到象徵型藝術的內容與形式的失調。所以，就無限的精神的伸展來說，浪漫型藝術是藝術發展的最高階段，是對象徵型藝術的否定之否定；就藝術之內容和形式的關係來說，古典型藝術是內容和形式的和諧統一，而浪漫型藝術則是內容大於形式（與象徵型藝術的形式大於內容相反），因而並不是完美的藝術，而是預示著藝術的最終解體。

黑格爾認為，由於浪漫型藝術的精神溢出物質而回到它的自身，即有意識的人回到他的「自我」，所以，浪漫型藝術的顯著特點之一就是把「自我」抬到很高的地位，特別突出藝術的主體性、主觀性。這種「主觀性」由於沉沒到自己的內心世界，所以就和外在客觀世界對立了起來，對外在世界採取藐視的態度，完全憑創作主體個人的意志和願望擺弄客觀的感性形象，於是便造成了浪漫型藝術的自我中心主義和個人主義。因此，浪漫型藝術中的人物就不再像古典藝術中的人物那樣體現倫理、宗教和政治的普遍理想，而只體現主體個人的情感、意志和願望。古典型藝術經常避免的罪惡、痛苦、醜陋之類的消極現象在浪漫型藝術裡佔據了相當的地位；古典型藝術的那種靜穆和悅的氣象也被動作和激情所代替。而這種動作和激情所構成的衝突主要是人物性格自身的內在衝突。

浪漫型藝術的主要種類是繪畫、音樂和詩歌，它們所使用的物質外殼分別是顏色、聲音和符號。這些物質外殼只對感覺和觀念產生暗示作用，屬於觀念性的東西，因而較之雕刻的物質外殼便更具觀念化、非物質化。繪畫中的每一種顏色都能引起特定的感受；音樂中的每一個音符都有一定的聲調和長度；至於詩歌中的語言符號不僅僅有固定的含義，而且同一符號可以表達多種含義，因而符號本身更具觀念化、非物質化了，而其所蘊含的思想和情感卻氣象萬千、紛紜複雜。

——這就是黑格爾整個美學體系的框架，現以圖表概括如下：

藝術類型	象徵型藝術	古典型藝術	浪漫型藝術
理念內容	朦朧　抽象	明確　具體	內在　自由
感性形式	理念的離奇的圖解——自然物體	理念的具體形態——人	作用於人內在感覺和觀念的物質——顏色、聲音、語言
內容和形式的關係	形式＞內容	形式＝內容	內容＞形式
代表性藝術門類	（古代東方）建築	（古希臘）雕刻	（中世紀之後）繪畫　音樂　詩

總觀黑格爾的美學體系可知：在黑格爾看來，藝術越向前發展，精神因素的比重越上升，物質因素的比重越下降。這也就是說，整個美學發展的歷史其實就是理念發展的歷史，是理念擺脫物質外殼的束縛逐步走向復歸的歷史。象徵型藝術是物質大於精神，古典型藝術達到二者的均衡，浪漫型藝術則是精神大於物質。就浪漫型藝術本身來說，其三種主要藝術種類——繪畫、音樂、詩歌，也有一個精神逐漸克服物質的過程：繪畫和雕刻相比，不再佔有空間，只佔有平面，已較少受物質的束縛；音樂和繪畫相比，不僅不佔有空間，也不再佔有平面，只佔有時間，因而更具有精神性、非物質性；而詩則更前進了一步，它所具有的物質外殼——語言，空間、平面和時間都不再佔

有，只是作為喚起感覺的符號而產生作用，它的物質性已減弱到最低限度。這種將藝術發展的歷史作為理念回歸自身、精神逐漸超越物質的歷史的美學觀顯然是唯心主義的。

但是，與此同時，黑格爾的美學構架又具有強烈的歷史感。他居然能把自古至今的各類藝術融合為一體，並發現它們之間的內在聯繫，將它們的聯繫描述為一個過程，實在令人歎為觀止。在黑格爾看來，這個過程上承「客觀精神」，下啟宗教、哲學等「絕對精神」，並在整個宇宙的生成和發展中成為一環不可或缺的鏈條。這種強大的思辨力量來自哪裡？它就是藝術辯證法，是黑格爾將哲學辯證思維圓熟地移植到文藝研究中的最成功的範例。辯證思維不僅是黑格爾哲學大廈的支柱，也是其構築文藝美學大廈的最有力的工具。

當然，黑格爾文藝美學的辯證思維不僅體現在他對自己的美學體系的構造上面，而且體現在他關於自然美和藝術美、藝術創作和藝術典型、作家的天才和靈感、藝術想像和藝術風格、藝術語言和藝術手法、藝術思潮和藝術題材等具體藝術理論的研究上面。例如他的關於悲劇的定義，認為悲劇的衝突是精神的衝突，衝突的雙方各有片面性和合理性，衝突的和解是「永恆正義」的勝利等觀點，都是其否定之否定辯證思維的具體運用，在文藝學的歷史上產生了深遠的影響。

第三章
費爾巴哈和車爾尼雪夫斯基

天上人間

思辨的天國畢竟不是現實的人間，純粹的思辨理性畢竟難以經受嚴峻現實的考驗。德國古典思辨美學絞盡腦汁、苦心構築的思辨大廈終於在德國階級鬥爭的風雨中搖搖欲傾。而在它的母胎中孕育成熟的黑格爾左派一朝分娩，便以康德、黑格爾為代表的思辨美學反目相識、分道揚鑣，高高舉起了唯物主義的大旗。費爾巴哈便是這一隊伍中的首先發難者和最偉大的旗手。正如他自己所宣稱的那樣：「未來哲學應有的任務，就是將哲學從『僵死的精神』境界重新引導到有血有肉的，活生生的精神境界，使它從美滿的、神聖的、虛幻的精神樂園下降到多災多難的現實人間」[1]。

與思辨美學從抽象的理性、理念出發相反，費爾巴哈從自然出發、從現實出發、從生活出發、從活生生的人出發去研究美與審美、把自然、現實、生活和人作為美學研究最實在、最可靠的參照系，將意識與存在、美的意識與美的存在作為美學研究的中心課題，從而將美學研究從思辨的天國一下子拉回到現實的人間。

恩格斯曾這樣形容費爾巴哈在當時德國文壇所引起的震動：「這時，費爾巴哈的《基督教的本質》出版了。它一下子就消除了這個矛盾，它直接了當地使唯物主義重新登上王座。……這部書的解放作

1　費爾巴哈：《費爾巴哈哲學著作選集》（北京市：三聯書店，1962年），上卷，頁120。

用，只有親身體驗過的人才能想像得到。那時大家都很興奮：我們一時都成為費爾巴哈派了。」[2]

車爾尼雪夫斯基是費氏學說在俄國的傑出代表。他緊步費爾巴哈的後塵，將唯物主義原則更加徹底地貫徹到美學領域，以藝術與現實的審美關係為中心探討了一系列重大美學課題。閱讀費爾巴哈和車爾尼雪夫斯基的著作，使我們猶如親臨舊戰場，能夠體驗到強烈的現實感，嗅到濃烈的火藥味。可以毫不誇張地說，美學研究中的唯心主義通過費爾巴哈和車爾尼雪夫斯基的討伐已是體無完膚並曝屍於光天化日之下了。這在整個美學文藝學發展的歷史上都是罕見的、史無前例的。但是與此同時，康德、黑格爾思辨美學所蘊含的辯證方法，也被他們所忽略、所摒棄，甚至毀壞殆盡，從而在他們為人類美學所建樹的豐碑上留下了歷史的遺憾。究其原因，就是他們所運用的方法仍然是陳舊的機械唯物論，仍然迂迴在早已被時代所遺棄了的法國唯物主義的水準上，從而使他們的美學在濃厚的直觀色彩的包裹下喪失了應有的光芒和蓬勃的生機。

由思辨的天國回到現實的人間，將「天國」（精神）與「人間」（存在）的關係作為美學研究的中心命題，可以說是費爾巴哈和車爾尼雪夫斯基美學的基本主題。在這一基本主題的闡釋過程中，費爾巴哈充分注意到了人的美學意義，全神貫注於人的美學發現；車爾尼雪夫斯基則充分注意到了現實生活的美學意義，將現實生活作為美學判斷的最高參照。這是他們的同中之異，是從兩個側面導向了美學直觀唯物主義方法的終結。

2　恩格斯：《路德維希・費爾巴哈和德國古典哲學的終結》（北京市：人民出版社，1993年），頁13。

費爾巴哈對人的美學肯定

費爾巴哈聲稱他的著作嚴格說來「只有一個目的、一個意志和思想、一個主題。這個主題正是宗教和神學，以及與之有關的一切東西。」[3]圍繞著這一主題，費爾巴哈實現了與康德、黑格爾哲學，主要是與黑格爾哲學的徹底決裂，「直接了當地使唯物主義重新登上王座」。[4]當然，正如普列漢諾夫所說：「費爾巴哈本人很少談到而且只是順便地談到藝術。但是他的哲學對於文學和美學卻有很大影響。」[5]其中影響最大的是其環繞宗教批判對人的美學肯定。

根據宗教神學的世界觀，現世是虛幻的、彼世是真實的；現世是偶然的，彼世必然的，現世是有限的，彼世是無限的……總之，宗教總是通過製造「現世」與「彼世」的對立而達到對現世的否定、對彼世的肯定。這是宗教神學的理論前提，並由此認為，「人只是自為地在不死問題中體現了求知欲、美學上和道德上的意向」，而在現世生活中「似乎只有有教養的先生們、道學家們和美學家們和藝術家們，才有著對於屬天的彼世的要求」[6]，一般的群眾是沒有審美意向的。

對於這一荒唐的理論，費爾巴哈大聲疾呼地予以反駁：「難道裁縫這個手藝只是以地上生活中的窮困為基礎的嗎？只是為了麵包，才去幹這一行的嗎？當然不。許多許多的人，都是出於興趣所致，才幹這一行的。許多許多的人，都把他們的手藝當作藝術。難道裁縫不是具有真正的審美感嗎？難道衣服不是同樣也要在藝術的論壇前受裁判

3　費爾巴哈：《費爾巴哈哲學著作選集》，下卷，頁507。

4　恩格斯：《路德維希・費爾巴哈和德國古典哲學的終結》，頁13。

5　普列漢諾夫：《普列漢諾夫哲學著作選集》（北京市：三聯書店，1962年），卷3，頁780。

6　費爾巴哈：《費爾巴哈哲學著作選集》，上卷，頁318。

嗎？一套完全不美的服裝，難道不是能夠完全消除一件藝術品的效果嗎？一般說來，藝術與手藝之間，有什麼鴻溝呢？難道不是只有當手工業者、陶器匠、泥水匠成了藝術家時，真正的藝術才得以表現出來嗎？藝術不是與最平常的生活需要有著聯繫的嗎？除了使平常的、必需的東西高貴化以外，藝術還有什麼可幹的呢？不需要房子，就不會建造起漂亮的房子；不再喝酒、不珍視酒，就不會用漂亮的高腳杯來盛放它，以示敬重；不哀悼死人，就不會建造紀念碑和靈廟來榮耀他們；不再有流血之事，就不會再唱《伊利亞特》。……如果你從藝術那裡奪去了它的金子的基地——手藝——，那麼，你還給藝術留下些什麼呢？如果藝術沒有了對象，那麼，審美感的素材、支柱何在呢？審美感應當怎樣來表現呢？可見，如果說藝術家具有對屬天的彼世的要求，那麼，手工業者便也具有，那麼，一般地，人從頭到腳都具有這種要求；因為，藝術的至高的對象，便是人，也就是說，整個人，從頭頂到腳跟……。」[7]

——這簡直是一篇討伐宗教神學美學觀的戰鬥檄文。它至少向人們揭示了這樣兩個重要問題：

人，所有的人，即人類，生來就有追求美與藝術的天性；人生活在世並不僅僅是為了飽餐療饑、饔飧終日，美與藝術是生活的一部分。

這一追求的實現不在彼世天國，而在現世人間，在非常具體的日常生活之中，人的現實生活就是藝術與審美的對象、「至高的對象」。

首先，為什麼說人是與藝術和美聯繫在一起的呢？關於這一問題，馬克思在《1844年經濟學哲學手稿》中有詳盡而深刻的論述。在馬克思看來，人與動物的根本區別就在於人是有意識的，是「自覺」和「自由」的存在物。人的意識決定了他必然有精神上、心理上的追

7 費爾巴哈：《費爾巴哈哲學著作選集》，上卷，頁319-329。

求，於是在實踐活動中便進行「自由」的創造，於是便產生了審美的要求，於是便有藝術。馬克思的這一思想實際上在費爾巴哈哲學中已初露端倪。在費爾巴哈看來，動物雖然也有感覺和悟性，但畢竟與人不同，「動物的感覺是動物的，人的感覺是人的。」[8]動物只感受維持生命所必需的，人卻能超越生命的直接需要而感受到美。「只有人，對星星的無目的仰望能夠給他以天上的喜悅；只有人，當看到寶石的光輝、如鏡的水面、花朵和蝴蝶的色彩時，沉醉於單純視覺的歡樂；只有人的耳朵聽到鳥兒的鳴囀聲、金屬的鏗鏘聲、溪流的潺潺聲、風的颯颯聲時，感到狂喜；只有人把『多餘的』嗅覺當作神的本質來焚香獻禮；只有人才能夠從『曼妙地伴隨著那甜蜜情話』的手的一觸之中，汲取無限的享樂。因此，人之所以為人，就因為他的感情作用不像動物那樣有侷限，而是絕對的，是由於他的感官的對象不限於這一種或那一種可感覺的東西，而是包括一切現象、整個世界、無限的空間；而且他們所以常常追求這些，又僅僅是為了這些現象本身，為了美的享受。」[9]儘管費爾巴哈沒能從實踐的觀點論述這一問題，沒能像馬克思那樣強調人的「自由」創造，但是與馬克思得出了相似的結論：人與美、人與藝術是一個不可分割的整體，沒有人就沒有美和藝術；反之一樣，沒有美和藝術的追求，人就不稱其為人。因而，從某種意義上講，人就是美，美就是人；生活就是藝術，藝術就是生活。

其次，費爾巴哈為什麼強調美與藝術的追求和實現在現世而不在彼世呢？這一問題實際上涉及到費爾巴哈美學的核心——通過對宗教神學的哲學否定實現對人的美學肯定。

現世是假、惡、醜，真、善、美不在現世而在彼世，這是一切宗

8　費爾巴哈：《費爾巴哈哲學著作選集》，上卷，頁212。
9　費爾巴哈：《費爾巴哈哲學著作選集》，上卷，頁212-213。

教神學家的思想。從普羅提諾所宣揚的「新柏拉圖主義」，到黑格爾的「絕對理念」，事實上不過是這一觀念的哲學翻版。在他們看來，上帝（黑格爾的「絕對理念」無非是「上帝」的哲學術語）是「一切美的來源和最崇高的美」（奧古斯丁語）[10]，只有上帝才是「至善至美的實體」（笛卡爾語），「上帝具有一切本質和完美」（馬勒伯朗士語）[11]，雅格·波黑稱讚自然美，欣賞寶石的光輝、金屬的聲音、植物的色香、動物的可愛……，但同時又把這一切歸之於「上帝之啟示於光明世界」，歸之於「於神性中奇妙而美麗地形成了色式豐富的天」。[12]費爾巴哈針鋒相對地指出：你想要知道「天國」，就要首先觀察「人間」。所謂天國與人間無非是想像與直觀的別名，天國的美不過是塵世的美的虛幻的映象；彼世無非是美化了的現世，而這種美化又是以現世為基礎的。「無神論是積極的、肯定的，它將有神論所奪去的那種重要性和尊貴性交還給自然界和人類，它使得自然界和人類蘇生過來……它誠心地欣悅於自然界的美和人的德行。」[13]因為自然與人是客觀的，自然與人的目的就是它們自身，而不是虛幻與想像出來的彼世和上帝。因此，費爾巴哈毫不含糊地認為，不是上帝創造了美，而是人創造了美；是人將自己創造出來的美賦予了上帝，才使人覺得上帝美；上帝無非是人的本質力量的外化與異化，宗教學說中的天國美與彼世美無非是人間美與現世美的幻象；黑格爾的絕對理念及其由此所派生出來的美的概念，無非是宗教中的上帝及其由此所派生出來的美的概念的哲學變種。

---

10 轉引自陸梅林等譯：《馬克思列寧主義美學原理》（北京市：三聯書店，1961年），上冊，頁38。

11 轉引自費爾巴哈：《費爾巴哈哲學著作選集》（北京市：三聯書店，1959年），上卷，頁490、頁498。

12 轉引自費爾巴哈：《費爾巴哈哲學著作選集》，下卷，頁125。

13 費爾巴哈：《費爾巴哈哲學著作選集》，下卷，頁784、頁826。

基於上述兩個方面的認識，費爾巴哈熱情地呼喚自然與人：「觀察自然，觀察人吧！在這裡你們可以看到哲學的秘密」；[14]「自然是一切生活善美之總和」；[15]「『在人看來，人是最美的』。而這絕不是意味著侷限性」；[16]「藝術上最高的東西是人的形象……哲學上最高的東西是人的本質。」[17]這個本質就是理性、意志和心，並由此產生思維力、意志力和心力。「思維力是認識之光，意志力是品性之能量，心力是愛……這就是完善性，這就是最高的力，這就是作為人的人的絕對本質，就是人生存的目的。人之所以生存，就是為了認識，為了愛，為了願望。」[18]「愛」是人與人聯繫的情感紐帶。「愛使人成為上帝，使上帝成為人……只有愛，才把夜鶯比作女歌唱家；只有愛，才用『花冠』來形容植物的生殖器」，[19]它是美與藝術的精靈。

——費爾巴哈就是這樣憑藉自己的直觀，以警句式的語言高唱著人的讚歌，給人生現世以充分的美學肯定，徹底摧毀了神學與思辨哲學的靈光圈，對唯心主義的神學和哲學是一個沉重的打擊。儘管黑格爾的思辨哲學不能和神學同日而語，儘管其哲學中也有對人的美學肯定（人的出現導致美的生成），但是，黑格爾的「人」是在理念包裹中的人，是理念派生出來的被動的人。因此，在唯心主義方法論方面，黑格爾與宗教神學沒有任何差別。費爾巴哈正是基於這一原因，在批判宗教神學的同時也給黑格爾以沉重的打擊。

不可否認，費爾巴哈對宗教神學和哲學唯心主義的批判是很不徹底的，他所肯定的「人」及其「人學」還是抽象的、非歷史的。只有

---

14 費爾巴哈：《費爾巴哈哲學著作選集》，上卷，頁115。
15 費爾巴哈：《費爾巴哈哲學著作選集》，下卷，頁826。
16 費爾巴哈：《費爾巴哈哲學著作選集》，下卷，頁32。
17 費爾巴哈：《費爾巴哈哲學著作選集》，上卷，頁83。
18 費爾巴哈：《費爾巴哈哲學著作選集》，下卷，頁28。
19 費爾巴哈：《費爾巴哈哲學著作選集》，下卷，頁76。

馬克思主義才能把人從宗教神學和唯心主義世界觀中徹底解放出來。但是，費爾巴哈的歷史功績畢竟是主要的。沒有對人和生活的赤誠與愛，沒有革命家的勇氣和膽識，實現這一歷史性的超越是不可想像的。問題在於，我們在充分肯定其歷史功績及其侷限性的同時，如何看待它的現實意義，費爾巴哈的人本主義的價值是否僅僅屬於歷史而不屬於今天。長期以來，國內學術界每涉及這一問題，總是迴避它的現實性，總是把它作為遙遠年代之前的「文物」去欣賞它、評論它，只承認它的歷史地位，不承認它的現實意義，認為人本主義僅在當時具有進步意義，今天似乎已經過時了。按照這一思路，在我們社會主義國家，在今天，似乎已不存在封建主義、專制主義的思想和行為了，人已完全實現了自身的價值，人已得到充分的尊重，人性也已不再受到壓抑、受到控制，已經得到自由的發展了。這當然是天方夜譚。在我們的現實生活中，宗教神學的影響仍然存在，封建主義的思想仍然存在，人的價值並沒有得到充分的尊重，人性並沒有得到充分自由的發展。因此，費爾巴哈的人本主義美學至今仍不失其戰鬥的光輝，歌頌人的價值與自由、反對神學崇拜與封建主義仍是文學藝術的重要任務。

車爾尼雪夫斯基對生活的美學崇拜

儘管某些蘇聯學者恥於將車爾尼雪夫斯基與費爾巴哈相提並論，彷彿這樣有辱車氏的偉大，總是費盡心機去尋找車爾尼雪夫斯基高明於費爾巴哈的東西。但是，事實畢竟是事實。無論在哲學上還是在美學上，車爾尼雪夫斯基作為費爾巴哈之最忠實的弟子已經早有公論。從普列漢諾夫、列寧到盧那察爾斯基等都有這類評論。當然，更有說服力的還是車爾尼雪夫斯基本人。他曾在一封家書中這樣回憶道：

「你們若是願意對什麼是（照我的意見的）人類的天性有一個概念時，那你們可以從本世紀唯一的思想家那裡知道這一點，因為他有一些對事物完全正確（據我的看法）的概念。這位思想家就是路德維希・費爾巴哈。可是我已有十五年沒有重讀他的著作了。在十五年之前即已無暇去多讀他的著作，而我所讀過的現在也幾乎全部忘記了。但我在青年時代是能對他的著作整頁整頁地背誦的。根據我對他的已逐漸衰退的記憶，可以斷定我是他的忠實信徒。」[20]

特別值得一提的是，車爾尼雪夫斯基在他逝世的前一年（1888），以第三者的口氣為自己的美學名著《藝術與現實的美學關係》（又譯《生活與美學》）所寫的序言裡，更加明確地表明了自己與費爾巴哈的師承關係：

> 「讀他（指黑格爾——引者注）的著作是令人厭煩的，因為要形成一種科學的思想方法，讀他的著作顯然是徒勞的。正在那時，費爾巴哈的主要著作之一偶然落到了這個渴望形成這樣一種思想方法的青年的手裡。他成了這位思想家的追隨者；他勤勉地再三閱讀費爾巴哈的著作，一直到生活上的需要使他不能潛心於科學研究工作的時候。」
>
> 「約莫在開始認識費爾巴哈之後六年，作者由於生活上的需要寫了一篇學術論文。他感到，他可以應用費爾巴哈的基本思想來解決知識領域內某些未經他的宗師探討的問題。」
>
> 「作者需要寫的這篇論文的主題是關涉文學的。他想用他覺得是從費爾巴哈的思想中得出的結論來解釋那些關於藝術、特別是詩歌的概念，以滿足這個要求。這樣，我正在給它寫序的這

---

20 李謙等譯：《車爾尼雪夫斯基選集》（北京市：三聯書店，1959年），下卷，頁473。著重號為引者所加。

> 本小書，就是一個應用費爾巴哈的思想來解決美學的基本問題的嘗試。」
>
> 「作者絕不自以為說出了什麼屬於他個人的新意見。他只希望做一個應用在美學上的費爾巴哈思想的解說者。」[21]

──難道還有比車爾尼雪夫斯基本人所反覆認可的事實更具有說服力的嗎？

《藝術與現實的美學關係》彙集了車爾尼雪夫斯基最系統的美學思考，集中代表了他的美學和文藝學的最經典的學說。他關於其他美學和文藝學問題的研究，從方法論的意義上說，無非是這篇論文的展開。十三年後，作者居然將這篇最能代表自己思想和學術水平的論文歸功於長期的文藝研究實踐之後的肺腑之言。沒有費爾巴哈，很難想像他能取得當時俄國文藝批評界的領袖地位。從方法論的角度看，費爾巴哈是他當之無愧的「宗師」。如果說費爾巴哈主要是在哲學領域揭示了被宗教神學淹沒了的人的美學價值，那麼，車爾尼雪夫斯基無非是借用了費爾巴哈的哲學武器，將人本主義進一步擴展到文藝美學的各個領域，探討了「某些未經他的宗師探討的問題」，從而給人的美學價值以更深入、更詳細、更具體的分析。

《藝術與現實的美學關係》（1853）所探討的中心論題就是它的題目本身。車爾尼雪夫斯基之所以選擇這一論題，顯然是為了和當時佔統治地位的黑格爾學派論戰，同時也是為費爾巴哈所確立的直觀文藝美學確定一個中心論題（這在費爾巴哈那裡並沒有完成）。費爾巴哈以人為中心探討文學藝術的本質，認為人就是美、美就是人，美的

---

21 車爾尼雪夫斯基著，周揚譯：《生活與美學》（北京市：人民文學出版社，1957年），頁4。著重號為引者所加。文中所說的「這篇論文」，即《藝術與現實的美學關係》；文中所說的「作者」，即車爾尼雪夫斯基本人。

本質就是人的本質，人的本質就是美的本質。如果說這一思想作為嚴格的對美的本質界定在費爾巴哈那裡尚未形成一個完整的系統，那麼，「美是生活」便是車爾尼雪夫斯基對費爾巴哈思想的具體化、明確化和系統化。

車爾尼雪夫斯基在談論藝術與現實的美學關係之前首先聲明他這篇論文「只限於述說根據事實推斷出來的一般結論，這些結論又僅僅依靠事實的一般的引證來加以證實。」他還說：「一切精神活動領域都受從直接上升到間接這條規律的支配。由於這條規律，那只有經過思維才能完全理解的觀念，起初是以直接的形式或一種印象的形式出現於心中」。因此，車爾尼雪夫斯基認為，「假如美學還有談論的價值的話，」就應當建立這樣的美學信念：「尊重現實生活，不信先驗的假設，不論那些假設如何為想像所喜歡」。[22]可以說，車爾尼雪夫斯基的全部美學理論，他關於藝術與現實關係的研究及其「美是生活」的中心論題等等，都遵循著這樣一種與思辨美學截然相反的認識路線而展開的——「尊重現實生活，不信先驗的假設」；由事實出發，依靠事實本身；「從直接上升到間接」，自下而上。費爾巴哈曾指責黑格爾從概念或抽象的存在開始，他詰問說：「為什麼我就不能從存在本身，亦即從現實的存在開始呢？」他說，「感性的、個別的存在的實在性，對於我們來說，是一個用我們的鮮血來打圖章擔保的真理」。[23]車爾尼雪夫斯基不也是抱著同樣的信念，「用鮮血來打圖章擔保」，去談論文藝與美學的問題的嗎？這是時代的驕傲。他們不愧為在文藝美學領域進行「翻天覆地」鬥爭的勇士。

為了對車爾尼雪夫斯基的這一方法有個感性的認識，現在就讓我們具體剖析一下他是怎樣論證「美是生活」這一定義的。

---

22 車爾尼雪夫斯基著，周埸譯：《生活與美學》，頁1-2。

23 費爾巴哈：《費爾巴哈哲學著作選集》，上卷，頁51。

車爾尼雪夫斯基關於「美是生活」這一定義主要包括三個命題：

一、「美是生活」。這是一個總綱，是其美的定義的中心。為了說明這一中心，車爾尼雪夫斯基附加了下面兩個分命題，即：

二、任何一個事物，我們在那裡面看得見依照我們的理解應當如此的生活，那就是美的；

三、任何東西，凡是顯示出生活或使我們想起生活的，那就是美的。[24]

其中，第二個命題指的是社會美；第三個命題指的是自然美。

這也就是說，在車爾尼雪夫斯基看來，並不是所有的生活都是社會美，它必須具備兩個條件：

一、「看得見」的生活，即直觀感受到的、活生生的現實生活，不能是想像中的、理念中的生活，更不能是虛無縹緲的來世或天國；

二、「應當如此」的理想的生活，不是異化了的、人性受到壓抑和扭曲的生活。

至於「自然美」，也不是所有的自然現象都是美的，只有能夠顯示第二個命題中所規定的生活或者能夠使人聯想起那種生活的自然物才是美的。換言之，自然之所以美，能夠激起人的美感，就在於它能使人聯想到美的生活。看到鮮花會使人聯想到青春、少女、和平與幸福，所以花是美的；看到蛆蟲會使人聯想到齷齪、骯髒、醜惡和罪惡，所以它是不美的。自然美本身無所謂美與不美，只有當它與生活聯繫起來時才有所謂美或不美。

總之，三個命題，三個關於美的判斷，環繞著一個中心——生活，人的生活，真正屬於人的生活，真正稱得上人的生活的生活。在車爾尼雪夫斯基看來，只有這種意義上的生活才是美的。可見，如果

---

24 車爾尼雪夫斯基著，周揚譯：《生活與美學》，頁6-7。

說費爾巴哈主要是通過宗教的批判實現了對人的美學肯定，那麼，我們可以這樣說，車爾尼雪夫斯基更進了一步，他是通過對人的生活的崇拜發掘出美的唯物主義本質。

很顯然，車爾尼雪夫斯基的三個命題與黑格爾「美是理念的感性顯現」的定義是針鋒相對的：黑格爾從玄想的理念出發，車爾尼雪夫斯基從現實生活出發；黑格爾認為美的內容是理念，車爾尼雪夫斯基認為美的內容是現實生活本身；黑格爾認為由於自然美只是理念的自在階段，因而不是真正的美，車爾尼雪夫斯基則認為由於自然是現實存在，能夠「顯示生活」或使人們「想起生活」，因而同樣是美的存在現實。——兩種不同的思維方法就是這樣導引出了兩種如此迥然相悖的結論！

毫無疑問，僅就這一問題而言，車爾尼雪夫斯基是一個真正的唯物主義者。和費爾巴哈一樣，他懷抱著對人、對人類現實生活的摯愛，憑藉感性直觀，直截了當地肯定了現實與人生，把被黑格爾顛倒了的現實與美的關係重新顛倒了過來，從而給美以唯物主義的本質規定。車爾尼雪夫斯基用這樣的美學信條去觀察藝術、分析評論藝術，於是形成了一整套關於文學藝術的理論，其中最著名的，也是最能體現其文藝美學方法的，當然是他關於藝術與生活相互關係的理論。

藝術與生活的關係就是美與生活的關係。車爾尼雪夫斯基關於藝術與生活相互關係的理論實際上就是其「美是生活」的定義在文藝研究中的具體化。將美的本質規定為「生活」，也就是將美的本源歸之於「生活」。「生活」，事實上也就是車爾尼雪夫斯基文藝美學的唯一的參照系。單就車爾尼雪夫斯基這一觀念本身來說，也無可厚非。值得指出的是，由於車爾尼雪夫斯基過分強調了生活本身的美學價值，實際上是將美和藝術等同於生活本身了，於是導致這一觀點的極端性、片面性，以致得出了藝術低於生活、遜色於生活的錯誤結論。在車爾尼雪夫斯基看來，藝術美無非是現實美的粗糙的摹仿，藝術品無非是現實生活的可憐的再現。因為任何藝術都不可能像生活本身那樣豐富、真實而又富於美的魅力。雕像不及人本身那樣富有生機，繪畫不能將人體的膚色絕對自然地描繪出來，「詩是企圖但又絕不能達到我們在現實生活中的典型人物身上常常見到的東西的，因此，詩的形象和現實中的相應的形象比較起來，顯然是無力的，不完全、不正確的。」[25]他通過他的分析證明，「藝術作品僅只在二三細微末節上可能勝過現實，而在主要之點上，它是遠遠地低於現實的。」[26]現實美好比是真金，藝術美不過是鈔票；鈔票的價值來自黃金，藝術美的價值來自現實美。因此，再美的藝術也不如現實生活本身，再美的晚霞畫也比不上真正的晚霞。而人們之所以需要藝術、偏袒藝術，只是由於它作為生活的「代用品」迎合了人們體驗或觀察生活的嗜好，並能借助於它去說明生活、給生活下判斷。藝術美的價值僅僅在於它保存和再現了現實美，使沒有機會看到大海的人看到大海，使沒有機會看到某種生活的人體驗到這種生活……

自然、人生、現實、存在、生活，就是這樣塞滿了車爾尼雪夫斯基美學世界的空間；精神、意志、理想、虛幻、想像，就是這樣被車爾尼雪夫斯基排擠得無針插之地。一切都是實在、客觀、事實，閉口不談主體、思維、創造。——這就是車爾尼雪夫斯基將美定義為生活、唯「生活」崇拜所必然導致的惡果！從這樣一個極端的角度談論美與生活的關係，使本來具有反對唯心主義的進步意義的唯物主義居然得出如此唯「物」是尊的結論，未免給人留下沉重的精神負擔和淡淡的悲哀。

其實，車爾尼雪夫斯基關於藝術與生活相互關係的理論和他關於

25 車爾尼雪夫斯基著，周揚譯：《生活與美學》，頁76。

26 車爾尼雪夫斯基著，周揚譯：《生活與美學》，頁82。

生活是美的本質的定義本身就是矛盾的。一方面，車爾尼雪夫斯基論定他所指的「生活」是理想的生活，即「應當如此的生活」；另一方面，他又反對藝術表現理想、否認藝術高於生活。這不是「二律背反」嗎？藝術所再現的生活不就應當是理想的生活嗎？純粹照相式的、沒有表現理想的藝術能激發人們的情感、具有極大的誘惑力嗎？既然是這樣，藝術怎麼會低於生活、僅僅是生活的「代用品」呢？沒有看過大海的人可以通過繪畫看到大海，看過大海的人難道就不欣賞關於大海的繪畫了嗎？僅以車爾尼雪夫斯基本人的藝術創作實踐來看，他在《怎麼辦》中所塑造的薇拉・巴夫洛芙娜、羅普霍夫、吉爾沙諾夫、拉赫美托夫等藝術形象不就是典型的理想人物嗎？因為當時俄國社會的平民知識份子革命家這一代新人剛剛出現，他們的性格特徵還不十分明確，他們所從事的事業及其所走的道路也沒有最後確定，車爾尼雪夫斯基在現實生活中是不可能找到這樣理想化的人物的。他筆下的這批「新人」，只是有某些現實的影子，而作為活生生的藝術形象的創造，當然只能借助於作者的理想。車爾尼雪夫斯基在《怎麼辦》中所展示的這幅生活圖景只能是作者主觀上認為的「應當如此的生活」，一個標準的「烏托邦」，並非當時俄國社會生活純客觀的摹寫。它之所以獲得了空前的成功，對當時俄國的青年一代產生了巨大影響，絕不是因為它「低於生活」，恰恰相反，是由於它提出了新的生活理想，教育人們應當怎樣去生活。應當追求什麼。這才是藝術之作為生活教科書的巨大力量。車爾尼雪夫斯基之所以在理論上得出了與其創作實踐完全相悖的錯誤結論，純屬其宗師費爾巴哈的直觀唯物主義在他的思想方法上作祟，並非由創作實踐出發、由事實出發而得出的結論。

正是在這一意義上，普列漢諾夫認為辯證法按其本性來說就是唯物主義的，「在他的影響下，甚至持有唯心主義觀點的研究者在自己的論斷中有時也成為不容置疑的唯物主義者。黑格爾本人就可以作為一個最好的例子，他在自己的歷史哲學中就常常離開唯心主義的基地，而成為一個像現今濫用馬克思術語的人所說的經濟唯物主義者」。[27]而車爾尼雪夫斯基，則常常離開自己所鼓吹的唯物主義而走向他極力批判和否定的唯心主義。

——這就是車爾尼雪夫斯基文藝美學方法的悲劇：從自我標榜尊重事實、不信虛幻開始，以不尊重事實、憑主觀臆造理論而告終；從批判唯心主義開始，以陷入唯心主義而告終。歷史就是這樣給車爾尼雪夫斯基開了個小小的玩笑——從圓點出發繞了一圈，最後又回到了自己當初所鄙棄的原點。

貧困的直觀美學與美學直觀方法的貧困

費爾巴哈和車爾尼雪夫斯基的理論為什麼陷入「二律背反」的困境？為什麼會以反對唯心主義開始而最後以陷入唯心主義告終？這是一個很值得思考的問題。

馬克思在《關於費爾巴哈的提綱》中批評費爾巴哈，認為他的「主要缺點是：對事物、現實、感性，只是從客體的或者直觀的形式去理解，而不是把它們當作人的感性活動，當作實踐去理解，不是從主觀方面去理解。」[28]這確實指出了費爾巴哈的要害。以費爾巴哈、車爾尼雪夫斯基為代表的直觀唯物主義美學注重事物、現實和感性本身並沒有錯，問題在於他們僅僅從客體本身去解釋客體，也就是說，

27 普列漢諾夫：《尼・加・車爾尼雪夫斯基》（上海市：上海譯文出版社，1981年），頁107-108。

28 中共中央馬克思恩格斯列寧史達林著作編譯局編譯：《馬克思恩格斯選集》，卷1，頁16。

僅僅通過感性直觀去把握對象，把客體看作是靜止的、孤立的、被動的東西，而不是把它看作是動態的、有聯繫的、主動的人類實踐，從而忽略了事物的有機聯繫性，忽略了作為認識主體和審美主體的人的能動作用，這樣就勢必陷入機械主義。費爾巴哈和車爾尼雪夫斯基的美學正是建立在這樣一種哲學基礎上的直觀主義美學。

費爾巴哈自稱是一個「精神上的自然科學家」，[29]將一切物質的和精神的現象都歸之於自然，歸之於客觀。美是客觀的，美是人對客觀存在的美的一種認識活動。在他看來，不僅上帝、精神、靈魂是虛空的抽象，而且連物性也是虛空的抽象。他說：「你只看到和感覺到這是水，這是火……這是人——永遠只是完全確定的、感性的、個別的事物與實體——，但是，你從來也沒有看到過作為物體的物體……作為物性的物性。」[30]這也就是說，費爾巴哈只承認人的感覺和知覺所能及的客觀存在的實體，不承認除此之外的一切抽象和科學概括。他說：「我把我的思想建築在只有借感官活動才能經常不斷地獲得的材料上面。」[31]這也就等於否認了感官活動之外也有世界的存在，感官所及的世界就是他的全部世界；否則，便是虛無、虛幻，不能相信。「我的唯一的努力，在於要正確地看」[32]——這就是他的哲學信仰和口號。這種研究世界的「直接觀察」法，即所謂「直觀主義」方法論，費爾巴哈自詡為是「完全客觀的方法——分析化學的方法。」[33]因此，他堅決反對提出諸如「自然或世界從何而來」這類問題。自然就是自然，就是你的直觀感覺和知覺中的世界。無須問它從何而來，因為它

29 費爾巴哈：《費爾巴哈哲學著作選集》，下卷，頁13。
30 費爾巴哈：《費爾巴哈哲學著作選集》，下卷，頁435。
31 費爾巴哈：《費爾巴哈哲學著作選集》，下卷，頁12。
32 費爾巴哈：《費爾巴哈哲學著作選集》，下卷，頁14。
33 費爾巴哈：《費爾巴哈哲學著作選集》，下卷，頁4。

的來處沒有被你的直觀所感覺到或知覺到。「誰把自然看作是美的存在物，誰也就把自然看作是自然本身之目的，也就認為自然於其自身之中具有其實在之根據，這種人絕不會問為什麼自然存在。……當人在美學上或理論上——因為理論直觀原先本是美學直觀，美學是第一哲學（prima philosphia）——跟世界發生關係時，……人就是這樣想的。只有在這種直觀成為基本原則的場合下，上述思想才能夠被理解和表達成為跟阿那克薩哥拉一樣的思想：人是為了直觀世界而生的。」[34]

「直觀」就是這樣在費爾巴哈哲學中成了「認識」的別名，成了他反對科學抽象、否認一切主觀能動性的口實。這樣做無異於把人等同於機器，等同於只有第一信號系統的動物。他之所以鄙視、摒棄一切主觀的想像，是由於在他看來，「主觀的、僅僅在心情與幻想之中生活著的人，……他的眼睛好像那個不幸的棄兒的眼睛一樣，即使在觀看最美的花朵時也只是注意到了迴旋在花四周的『黑色的小甲蟲』，並且，由於有了這樣的知覺，就厭惡觀賞花了。」[35]

勿庸贅述，車爾尼雪夫斯基關於「美是生活」、「藝術美低於社會美」、「藝術是生活的『代用品』」的觀點顯然是費爾巴哈這種思想的變種。車爾尼雪夫斯基所「直觀」到的就是生活，因而在他看來唯有生活才美，唯有生活最美，其他均應等而下之；而那些高於生活的幻想，當然也就成了不真實，成了虛無。美與藝術本是人類用來補償現實生活之不足的理想的產物，居然被直觀美學貶損到如此低賤的程度！換個角度說，直觀美學的這些理論，只能說明它在文藝學方法上的貧困和枯竭，只能說明它在解釋人類藝術與美的世界問題上是如何的束手無策、黔驢技窮，如何的軟弱、無力、無能。

---

34 費爾巴哈：《費爾巴哈哲學著作選集》，下卷，頁144。

35 費爾巴哈：《費爾巴哈哲學著作選集》，下卷，頁170。

文學藝術本來就屬於人類的理想世界，屬於人類的幻想和想像的領地，是人類全部智慧的昇華。研究它的本質和規律如果無視這樣一個起碼的事實，不從創造主體的主觀結構著眼，忽視人類實踐的動態發展及其各種意志力的交互作用，那只能是對牛彈琴、隔靴搔癢，縱然下筆千言，也離題萬里。但是在車爾尼雪夫斯基看來，美就是生活本身，就是存在本身，與觀念毫不相干[36]，這顯然是荒謬的。多少年來，我國的文藝研究同樣是忽視了這樣一個起碼的、基本的事實，動輒即以是否符合生活的真實為標準進行美學判斷，「主體」、「主觀」、「意識」、「意志」，似乎都是些唯心主義的字眼；而所謂「唯物主義」，似乎就是「唯物是尊」，似乎只有從現實生活出發，以現實生活為唯一的參照才是「唯物主義」，「現實生活」成了評價文藝現象的唯一的、直接的尺度，似乎在文藝與生活之間不存在任何「中介」，只要拿「生活樣板」直接去和文藝進行對照就行了……。千篇一律的文學評論模式就是這樣充斥著我們的出版物，枯燥無味的品頭論足就是這樣禁錮著我們作家的頭腦。許多評論文章，看過開頭便知道結尾，「生活難道是這樣的嗎？」成了評論家向作家發難的最得意的質問。直觀主義的文藝學方法確已到了窮途末路的境地。

車爾尼雪夫斯基的《藝術與現實的審美關係》是我國最早的外國文藝理論方面的譯著之一，它在我國美學界和文藝理論界產生了廣泛而深刻的影響，塑造了整整一代文藝評論家的性格。因此，它那偏激的、狹隘的、形而上學的美學直觀方法，同樣也潛移默化的滲透在人們思維模式的深層。當然，我國美學與文藝學研究中的直觀主義和教條主義不應該由車爾尼雪夫斯基負責，但是，我們今天企圖匡正這種直觀式的思維方法和模式又不能不涉及到車爾尼雪夫斯基。車爾尼雪

36 參見車爾尼雪夫斯著，辛未艾譯：《車爾尼雪夫斯基論文學》（上海市：上海譯文出版社，1979年），中卷，頁34。

夫斯基曾經總結過他所理解的文學批評，他說：「所謂批評，並非單單評判民眾生活的某一部分現象——藝術、文學、或者科學，而是一般地評判生活現象」[37]，真正的美學批評「應當以精確研究事實作為基礎」。[38]如果將他的這些話重說一遍就是：美學和文藝批評就等於生活判斷，它沒有自身獨立存在的價值，只能是關於生活、事實和存在判斷的一個部分、一個方面。這無疑等於取消美學和文藝學本身。更滑稽的是，車爾尼雪夫斯基居然把他這種偏激當作辯證法的主要特徵！正如普列漢諾夫對他所批評的那樣，「他把迫使思想家全面地觀察對象的那種對現實的關注態度看作辯證方法的主要特徵，是不正確的。」[39]辯證法與車爾尼雪夫斯基的直觀方法完全是兩碼事，恰恰相反，黑格爾將整個思維與存在看作一個有聯繫的過程，才是辯證法的生動體現。因為黑格爾是將「觀念的東西轉化為實在的東西，這個思想是深刻的」，正如列寧所說，他「那裡有許多真理。反對庸俗唯物主義。」[40]車爾尼雪夫斯基的「生活」崇拜、「事實」崇拜，正是黑格爾所反對的「庸俗唯物主義」。

總之，無論是費爾巴哈還是車爾尼雪夫斯基，他們的人本主義、直觀主義只能是關於唯物主義的一種不確切的膚淺的表述。他們的歷史作用僅僅在於將人從神學的壓抑下解放出來，還原人以自然的屬性和價值，給人以客觀「存在物」的地位。至於人作為社會歷史發展中的主體、作為美與藝術世界裡的創造主體的地位，只有在歷史唯物主義方法的指導下才能得以真正的恢復。毫無疑問，這一任務已經落在馬克思主義創始人的肩上。

37 車爾尼雪夫斯著，辛未艾譯：《車爾尼雪夫斯基論文學》，上卷，頁26。

38 車爾尼雪夫斯著，辛未艾譯：《車爾尼雪夫斯基論文學》，中卷，頁179。

39 普列漢諾夫：《尼．加．車爾尼雪夫斯基》，頁107。

40 列寧著，中共中央馬克思恩格斯列寧史達林著作編譯局編譯：《列寧全集》（北京市：人民文學出版社，1959年），卷38，頁117。

第四章
馬克思和恩格斯

哲學世界觀和文藝美學方法

在本篇導論中我們曾經指出：文藝美學方法是從哲學的角度對文學藝術展開研究的思辨方法，是哲學中的文藝學、文藝學中的哲理與思辨。因此，文藝美學總不能擺脫哲學的統攝和糾纏。

但是，這並不等於說文藝美學就是哲學、文藝美學方法就是哲學方法。文藝美學既然是哲學在文學藝術研究中的貫徹和運用，那麼，哲學方法就必然接受這一特殊對象之語境，在審美和文學藝術的世界中溶解、化合、變形、昇華，生成一種新質——文藝美學的思辨範式。因此，文藝美學方法絕不是一般哲學世界觀和方法論，它有自己的起點、終點和參照系。

這樣，我們便不能苟同將馬克思恩格斯文藝學方法說成是辯證唯物主義和歷史唯物主義的觀點。辯證唯物主義是馬克思恩格斯創立的「馬克思主義政黨的世界觀」，「是無產階級社會主義理論的不可缺少的組成部分」，是「關於世界的最一般規律的學說——哲學世界觀」；辯證唯物主義對於各門科學都具有方法論的重大意義，但它「認為自己的任務不是以自己去代表其他科學，如物理學、化學、生物學和政治經濟學等」，恰恰相反，「而是以這些科學成就為依據，不斷地以這些科學的材料豐富自己……因此，辯證唯物主義對於其他科學的意義就在於它提供了正確的哲學世界觀，提供了自然界、社會和思維的最一般的發展規律的知識，而無論科學的哪個領域或是人們的實踐活動，如果沒有這一切就不行」[1]。歷史唯物主義就是馬克思恩格斯把辯證唯物主義推廣到人類社會研究的輝煌成果和偉大成就。

顯然，將馬克思恩格斯的文藝學方法概括為辯證唯物主義和歷史唯物主義，是一種最省力的研究方法，但絕不是最好的方法。我們的原則應當是尊重事實、實事求是。只有從馬克思恩格斯有關文藝和審美的全部論述出發，才能得出科學的、客觀的，而不是臆造的、想當然的結論。

只要堅持這樣一種研究方法和研究態度，我們就可以發現：一、「自然」，是馬克思恩格斯文藝學最基本的出發點和邏輯起點；二、「歷史」，是馬克思恩格斯文藝學最重要的參照系統；三、「無產階級和整個人類的解放」，是他們文藝學研究的終極目標，即最高價值標準。這三大因子，構成一個系統、一個過程，從而形成馬克思恩格斯辯證唯物主義和歷史唯物文藝學的獨特的思維模式。這一模式，便是他們的文藝美學方法。

我們這樣概括馬克思恩格斯的文藝美學方法並沒有脫離他們所創立的辯證唯物主義和歷史唯物主義的世界觀。恰恰相反，在我們看來，馬克思恩格斯研究文學藝術的這種模式和方法正是由他們的辯證唯物主義和歷史唯物主義中派生出來的，或者說是他們的哲學世界觀在文學藝術研究中的具體化，是他們的哲學方法論在美學文藝學中的運用和發揮。而那種將馬克思恩格斯文藝美學方法等同於他們的一般哲學世界觀的簡單化的做法，實際上是對他們的文藝美學方法的否定，也是對其哲學世界觀的褻瀆。

總之，馬克思恩格斯的文藝美學方法在他們的著作中並沒有現成的答案。辯證唯物主義和歷史唯物主義只是他們的一般哲學世界觀和

---

1 羅森塔爾、尤金撰，中共中央馬克思恩格斯列寧斯大林著作編譯局譯：《簡明哲學辭典》，頁740-744，「辯證唯物主義」條。

歷史觀，不是他們關於美學和文藝學這一具體學科的方法。他們的文藝學方法是一種思維範式，這一範式的相當一部分的具體內涵尚須我們去探究、去概括、去發現。

自然

我們提出「自然」是馬克思恩格斯文藝美學方法的邏輯起點，主要依據是馬克思的《1844年經濟學手稿》（以下簡稱《手稿》）及其一八五七年所寫的〈《政治經濟學批判》導言〉（以下簡稱〈導言〉）兩部重要著作。《手稿》是馬克思的早期著作，就此而言，將「自然」作為馬克思恩格斯文藝美學方法的邏輯起點也是一種歷史判斷，是在邏輯與歷史相統一意義上的學術判斷。

《手稿》一書的本意誠如後人為它所加的這個題目一樣，是討論經濟學和哲學問題；但是，馬克思一生中所涉及的許多重要美學課題，卻是在這裡首先出現的。因此，從某種意義上說，《手稿》當是馬克思文藝美學思想的源頭。這便為我們從歷史與邏輯的結合上探討馬克思恩格斯文藝美學方法的出發點提供了方便。現在我們所要提出的問題是，既然《手稿》的本意是討論經濟學和哲學問題，那麼，馬克思為什麼又把大量的美學問題引進自己所討論的領域，其間有什麼內在的、必然的聯繫嗎？

我們知道，《手稿》的經濟學研究是從對國民經濟學的批判開始的。國民經濟學的出發點和賴以建立的基礎是私有制。它把反常的現象作為正常的狀態加以論證和美化，從而掩蓋了資本主義生產關係如何使人變成非人這一事實。馬克思正是基於自己對人的新理解，以異化理論為武器，揭示了「資產階級社會中人的自我異化和這種異化在共產主義制度下的克服」[2]這一主題。

勞動，是人的生命活動，但是，異化勞動條件下的人成了僅僅為滿足肉體需要的動物；人和自然、人和人應當是和諧的，但是，異化勞動產生了二者的分裂與對立……總之，從本質上說，人是美的，而資本主義的生產卻把人變成畸形。——這就是被國民經濟學忽略了的事實，也是馬克思的《手稿》通篇所論證的事實。在馬克思看來，真正屬於人的、非異化的勞動是人的生命的自我表現，是人能夠在其中觀照自身，從而創造美、獲得美的享受的生命活動。「勞動創造了美」[3]便是馬克思論述這一問題時所提出的重要美學命題。其次，勞動作為人的生命活動，和動物的生命活動具有完全不同的性質。動物的生命活動不過是滿足它的肉體生存需要的手段，出於生物的本能，而人的生命活動是自由自覺的。「自由」和「自覺」是人類的特性，於是決定了人能夠「按美的規律來建造」[4]。所謂「美的規律」，是馬克思在《手稿》中提出的另一重要美學命題。那麼，人又是通過什麼樣的方式「按照美的規律」來創造美的呢？這就是人的「對象化」。美和美感在「人的對象化」中生成。這是馬克思在《手稿》中提出的第三個重要美學命題。

與上述三大美學命題相聯繫，《手稿》中又有很大的篇幅涉及到美學理想。《手稿》中談論的美學理想，實際上就是當時馬克思的共產主義理想：

「共產主義是私有財產即人的自我異化的積極的揚棄，因而是

2 科爾紐：《馬克思恩格斯傳》（Ⅱ）（北京市：三聯書店，1965年），頁137。

3 中共中央馬克思恩格斯列寧斯大林著作編譯局譯：《馬克思恩格斯全集》（北京市：人民出版社，1979年），卷42，頁93。

4 中共中央馬克思恩格斯列寧斯大林著作編譯局譯：《馬克思恩格斯全集》，卷42，頁97。

通過人並且為了人而對人的本質的真正佔有；因此，它是人向自身、向社會的（即人的）人的復歸，這種復歸是完全的、自覺的而且保存了以往發展的全部財富的。這種共產主義，作為完成了的自然主義，等於人道主義，而作為完成了的人道主義，等於自然主義，它是人和自然之間、人和人之間的矛盾的真正解決，是存在和本質、對象化和自我確證、自由和必然、個體和類之間的鬥爭的真正解決。它是歷史之謎的解答，而且知道自己就是這種解答」。[5]

這段著名論斷對於我們的論題至關重要，有必要逐層分析。

首先，馬克思在肯定「共產主義是私有財產即人的自我異化的積極的揚棄」的前提下，對共產主義作了三點相互聯繫的規定：

一、「共產主義是通過人並且為了人而對人的本質的真正佔有」。所謂「通過人」，就是說，不是單純通過物（私有財產）的揚棄，還要通過人的異化性質的揚棄；所謂「為了人」，就是說，不是單純為了物的佔有，還為了人本身的解放。一句話，共產主義的根本意義在於人「對人的本質的真正佔有」。

二、「對人的本質的真正佔有」就是「人向自身、向社會（即人的）的復歸」。只有向社會的人的復歸才是向自身的復歸。

三、「這種復歸是完全的、自覺的而且保存了以往發展的全部財富的」，絕不是簡單的還原，不是對人類文明歷史的抽象否定，而是辯證的發展。

馬克思在以人為本對共產主義的具體內容作了三項規定之後緊接著道出它的實質，認為這種共產主義「作為完成了的自然主義，等於

5 中共中央馬克思恩格斯列寧斯大林著作編譯局譯：《馬克思恩格斯全集》，卷42，頁120。

人道主義，而作為完成了的人道主義，等於自然主義」，是人和自然，人和人的統一。自然主義把自然界認作世界的唯一的真正本體，把人看作是自然界的一部分，人的本質就是自然的本質；人道主義強調人是世界的本體，具有最高的價值。馬克思則認為，過分地強調自然或過分地強調人都是片面的，二者應該統一起來。徹底的自然主義應該以人為中心，徹底的人道主義應該首先把人看作自然界的一部分。也就是說，我們應在自然唯物主義的基礎上強調人的作用和意義，同時要把人及其活動理解為自然物質的感性活動。因而，這種共產主義就是人和自然，人和人之間的矛盾的真正解決，就是存在和本質、對象化和自我確證、自由和必然、個體和類之間的鬥爭的真正解決，是歷史之謎的真正解答。

但是，在異化勞動條件下，人的存在和本質是分裂的，人並不佔有人的本質；人在勞動對象化中並不能得到自我確證，人的自由特性並沒有得到必然的表現，人和人、人和社會、人和自己的類本質是矛盾的。這當然不是人的美學理想。只有實現人的和諧，即存在和本質、自由和必然、個體和類之間的和諧，人才具有人的美學意義。而實現這種和諧的實質就是人和自然、人和人的統一。

所謂人和自然的統一，就是反對那種「把精神和物質、人類和自然、靈魂和肉體對立起來的荒謬的、反自然的觀點。」因為「我們的肉、血和頭腦都是屬於自然界，存在於自然界的；我們對自然界的整個統治，是在於我們比其他一切動物強，能夠認識和正確運用自然規律。」[6]也就是說，一方面是人屬於自然；另一方面是人統治自然。換言之，一方面是人的自然化問題，一方面是自然界的人化問題。異化勞動使人成為非人，使自然成為和人相敵對的自然，使人喪失了美

6 中共中央馬克思恩格斯列寧斯大林著作編譯局譯：《馬克思恩格斯全集》，卷20，頁519-520。

和美感。只有實現了人和自然的統一，才能恢復人的自然美，才能使人在自然界的人化過程中創造美，在人化了的自然界中得到美和美的享受。

所謂人與人的統一就是人與社會的統一。人與人的關係，即人的社會關係是多方面的、複雜的，血緣關係、財產關係、政治關係、倫理關係等等。那麼，人和人最簡單、最直接，因而也是最自然、最理想的關係應當是什麼呢？馬克思認為男女關係便最能代表人和人的和諧關係：「人和人之間的直接的、自然的、必然的關係是男女之間的關係。在這種自然的、類的關係中，人同自然界的關係直接就是人和人之間的關係，而人和人之間的關係直接就是人同自然界的關係，……表現出人的本質在何種程度上對人說來成了自然界，或者自然界在何種程度上成了人具有的人的本質。……男女之間的關係是人和人之間最自然的關係。因此，這種關係表明人的自然的行為在何種程度上成了人的行為，或者人的本質在何種程度上對人來說成了自然的本質，他的人的本性在何種程度上對他說來成了自然界。這種關係還表明，人具有的需要在何種程度上成了人的需要，也就是說，別人作為人在何種程度上對他說來成了需要，他作為個人的存在在何種程度上同時又是社會存在物。」[7]

可見，馬克思之所以把男女關係作為人和人最理想的關係，就在於這種關係是「最自然的關係」。「最自然的關係」就是人和人最理想的關係。人的本質應當是自然的，人的行為應當是自然的，「自覺自由」的活動就是人的自然表現。但是，異化勞動通過外力扭曲了人和人的關係，同時也扭曲了人的本性；人和人不是以誠相見、坦率自然，而是爾虞我詐、相互敵視，使人的本性失去了應有的自然形態。

7 中共中央馬克思恩格斯列寧斯大林著作編譯局譯：《馬克思恩格斯全集》，卷42，頁119。

作為人的美學理想，就應當揚棄異化，使人和人的最自然的關係得以復歸。這應當是一切作家、藝術家所追求的理想。

——這就是人的和諧，也是《手稿》的美學理想。在馬克思看來，只有實現了這樣的和諧，人才能作為完整的人，即作為美學意義上的人實現了自己的社會本質。作為完整的人、美學意義上的人，他的感覺是豐富的。但是異化勞動使人的感覺「變得如此愚蠢而片面，以至一個對象，只有當它為我們擁有的時候，……才是我們的」，「一切肉體的精神的感覺都被這一切感覺的單純異化即擁有的感覺所代替。」只有揚棄了異化，實現人與自然、人與人的和諧，才是人的理想的未來。「私有財產的揚棄，是人的一切感覺和特性的徹底解放」，也是美感的徹底解放。只有這樣，才能使眼睛變成人的眼睛，使耳朵變成人的耳朵，使人的一切感覺變為審美的感覺。總之，馬克思認為，只有恢復了「人的感性的豐富性，如有音樂感的耳朵，能感受形式美的眼睛」等，「那些能成為人的享受的感覺，即確證自己的人的本質力量的感覺」，人才能最終確證自己的社會本質。[8]

需要指出的是，《手稿》中的美學理想是將人與自然的和諧作為人與人的和諧的基礎和前提的。換言之，人與人的和諧最終必然表現為人與自然的和諧；「自然」，是《手稿》美學理想的基本出發點和邏輯前提；而這一美學理想，又是整部《手稿》美論的基本出發點和邏輯前提。也就是說，包括前文所說三大美學命題在內的整部《手稿》的美學理論，都是將「自然」這一美學理想作為自己立論的基石，用以批判和否定「異化」現象、闡釋經濟學和哲學問題的。這就是美學和經濟學、哲學問題的內在的、必然的聯繫，也是馬克思在討論經濟學、哲學問題時大量涉及美學問題的原因所在。

---

8 中共中央馬克思恩格斯列寧斯大林著作編譯局譯：《馬克思恩格斯全集》，卷42，頁124-126。

儘管「自然」作為文藝美學方法的邏輯起點在《手稿》中表現得如此顯豁，但是，馬克思當時並沒有明確地指出這一點。直到一八五七年，他才在〈《政治經濟學批判》導言〉中作了明確的表述。在〈導言〉中，馬克思在談到藝術問題時明確指出：「出發點當然是自然規定性」[9]。可以這樣說，無論是《手稿》，還是〈導言〉，無論是馬克思的著作，還是恩格斯的著作，無論是他們的前期著作，還是他們的後期著作，凡涉及到美學和文藝問題，馬克思恩格斯都是從「自然規定性」出發展開論述的；反之一樣，在他們的全部著作中，凡涉及到「自然」問題，馬克思恩格斯又都是從美學和審美的角度進行論證的。「自然」和美、美學問題就是如此契合為一。例如他們在《神聖家族》中論及施里加對瑪麗花（《巴黎的秘密》中的主人翁）的設計時指出：美應當是「人和自然之間的現實的聯繫」，即「自然的合乎人性的聯繫」。[10]馬克思恩格斯讚揚瑪麗花「在大自然的懷抱中，資產階級生活的鎖鏈脫去了，瑪麗花可以自由地表露自己固有的天性，因此她流露出如此蓬勃的生趣，如此豐富的感受以及對大自然的美如此合乎人性的欣喜若狂」。[11]在〈導言〉中，馬克思在談到「魯濱遜一類故事」只是「美學上的假像」時指出：「在這個自由競爭的社會裡，單個的人表現為擺脫了自然聯繫等等，而在過去的歷史時代，自然聯繫等等使他成為一定狹隘人群的附屬物」[12]；在談到「藝術對象創造出懂得藝術和具有審美能力的大眾——任何其他產品也都是這樣」

9　中共中央馬克思恩格斯列寧斯大林著作編譯局譯：《馬克思恩格斯全集》，卷46，上冊，頁48。

10　中共中央馬克思恩格斯列寧斯大林著作編譯局譯：《馬克思恩格斯全集》，卷2，頁213。

11　中共中央馬克思恩格斯列寧斯大林著作編譯局譯：《馬克思恩格斯全集》，卷2，頁217。

12　中共中央馬克思恩格斯列寧斯大林著作編譯局譯：《馬克思恩格斯全集》，卷46，上冊，頁18。

時，馬克思又指出，其前提是消費脫離「最初的自然粗陋狀態」[13]。即使他們後來在評論小說《舊人與新人》、《城市姑娘》和劇本《濟金根》時所提出的真實性原則、「莎士比亞化」的藝術方法和現實主義理論等，也無一不是從「自然規定性」出發的。只有從「自然規定性」出發，才有藝術的真實，才有「莎士比亞化」和現實主義。

那麼，馬克思恩格斯在《手稿》、《導言》、《神聖家族》以及其他著作中關於「自然」、「自然規定性」的涵義是什麼呢？也就是說，作為馬克思恩格斯文藝美學方法邏輯起點的「自然」有哪幾方面的「規定性」呢？

首先，馬克思恩格斯筆下的「自然」不僅指自然界，而且指人類社會。正如馬克思在〈導言〉中談到希臘神話是一種對自然的不自覺的藝術加工時對「自然」所作的注解：「……（這裡指一切對象，包括社會在內）……」。[14]

所謂「自然界」，就是在意識之外，不依賴於意識而存在的客觀物質世界，這是文藝和審美的物質前提。「自然」之所以是文藝和審美的物質前提，一方面是因為離開了客觀物質世界，文學藝術便無從產生，一切審美活動便無從進行；另一方面是因為從本質上說，人及其意識無非也是自然界發展的產物，是自然界的一部分。自然在時間和空間上是無限的，人的一切活動都是在自然界中的展開，不可能脫離自然。因此，「人們自然的生理特性，自然條件——地質條件、地理條件、氣候條件以及其他條件」[15]等，無疑是人類一切活動的物質前提和基礎。

---

13 中共中央馬克思恩格斯列寧斯大林著作編譯局譯：《馬克思恩格斯全集》，卷46，上冊，頁29。

14 中共中央馬克思恩格斯列寧斯大林著作編譯局譯：《馬克思恩格斯全集》，卷46，上冊，頁49。

15 中共中央馬克思恩格斯列寧斯大林著作編譯局譯：《馬克思恩格斯全集》，卷1，頁24。

既然這樣，作為客觀存在的人類社會，當然也是自然界的一部分，也是作為馬克思恩格斯文藝美學方法邏輯起點的「自然」的規定，而且應當是一個主要的規定。因為人類的文藝和審美活動一方面面對自然界，而更直接、更重要的是面對人本身；人類社會的複雜矛盾、人的內心世界更應當是文藝和審美的對象和出發點。從根本上說，人類的文藝和審美活動是為了改善社會和人心。因而，研究社會美便成為馬克思恩格斯美學活動的主體；即使對於藝術美的研究，他們往往也多是從社會出發，側重判斷藝術美的社會價值。

其次，馬克思恩格斯關於「自然」的規定不僅涵蓋自然界和人類社會，還有更深層的意義，這就是文學藝術和美的天然性和客觀性。文藝雖然是人類幻想的產物，但它所反映和表現的世界必須是客觀的、真實的，它的表現手法必須是自由的、非造作的。無論是內容還是形式，都應「自然而然」。正是在這一意義上，馬克思恩格斯激烈抨擊「真正社會主義」的詩歌裝腔作勢、矯揉造作[16]，高度推崇藝術上的「莎士比亞化」，反對「席勒式」，認為「傾向應當從場面和情節中自然而然地流露出來，而不應當特別把它指點出來；……作家不必要把他所描寫的社會衝突的歷史的未來的解決辦法硬塞給讀者」[17]，等等。

最後，表現在美學理想上，藝術應當追求人與自然、人與人的和諧與統一，即應當把人的和諧作為最高的美學理想和藝術價值判斷的準繩。這一點我們已在上文詳論，不再贅述。

概括地講，作為馬克思恩格斯文藝美學方法邏輯起點的「自

---

16 參見拙文：〈試論「真正社會主義」的美文學〉，載《廈門大學學報》1982年文學專號，頁38-47。

17 恩格斯：〈致敏娜・考茨基〉（1885年11月26日），中共中央馬克思恩格斯列寧斯大林著作編譯局譯：《馬克思恩格斯全集》，卷36，頁385。著重號為引者所加。

然」，主要包括三個方面的規定：一、從對象上看，「自然」指包括自然界和人類社會在內的一切審美對象；二、從內容和形式上看，「自然」要求藝術的真實性、客觀性、自由性和非造作性；三、從價值標準看，「自然」主張藝術應當將人的和諧作為最高的美學理想；徹底的人道主義應當是自然主義，徹底的自然主義應當是人道主義。這三個方面的整體統一，便是馬克思恩格斯文藝美學方法的出發點和邏輯起點。馬克思恩格斯有關文學藝術和審美的理論學說，都是以這一意義上的「自然」為基石，並由此出發去闡釋藝術的本質和規律、規範評論文藝和美學現象的。

歷史

如前所述，辯證唯物主義和歷史唯物主義是馬克思恩格斯的一般哲學世界觀和歷史觀，不是他們的文藝美學方法。但同時，這一世界觀和歷史觀必然對他們的文藝美學方法產生強烈的影響和滲透。這種影響和滲透的直接結果便是他們的文藝美學研究中的「歷史」取向，即在辯證唯物主義和歷史唯物主義統攝下以「歷史」作為文藝美學研究的主要參照系統的思維定勢。儘管我們不能同意西方一些馬克思主義研究學者將馬克思恩格斯文藝美學劃為歷史（社會）學派的觀點，但同時我們也不能否認這樣一個事實：馬克思恩格斯的美學理論和文藝批評，主要是關於社會歷史的理論和批評，即主要是通過社會歷史的研究實現文藝和審美的批評研究，社會歷史現象是他們判斷文藝和審美現象的基本參照。

十九世紀五〇年代末，德國工人運動的活動家斐迪南．拉薩爾創作了一部歷史悲劇《弗蘭茨．馮．濟金根》，請求馬克思和恩格斯發表意見。馬克思和恩格斯看過劇本後先後於一八五九年四月十九日和五月十八日分別致信拉薩爾，對《濟金根》提出了坦誠的批評[18]。

馬克思在評論《濟金根》時，曾將拉薩爾的這一劇本和取自同一歷史題材的歌德的劇本《鐵手騎士葛茲・馮・伯里欣根》進行了反覆比較，認為歌德是正確的，而拉薩爾則另當別論。這是因為，兩個劇本的取材雖然相同，但由於不同的歷史觀，作品的主人翁在兩位作者的筆下卻成了兩種不同類型的藝術形象，主要表現為以下幾個方面：

一　對主人翁階級屬性的描寫不同

在歌德的筆下，主人翁伯里欣根和歷史上的伯里欣根一樣，是一個沒落階級的逆子貳臣，正如恩格斯所說，歌德寫《伯里欣根》完全是為了「通過戲劇的形式向一個叛逆者表示哀悼和尊敬」[19]。作為作者本人，當然不可能像恩格斯那樣運用歷史唯物主義的觀點清醒地認識伯里欣根的階級本質及其歷史地位，但是，他憑藉樸素的歷史感，真實地再現了主人翁作為一個沒落騎士即貴族舊營壘的叛逆者的歷史面貌，客觀地反映了他們在當時社會生活中的不幸及其特有的反抗方式和反抗精神。關於這一點，連黑格爾也給予了很高的評價，認為作者「選擇這種中世紀英雄時代與受法律限制的近代生活之間的交接和衝突作為他的第一部作品的主題」，描寫過了時的騎士憑藉「他們的人格，他們的勇氣和正義感」和新社會秩序較量，「以騎士的身分去打抱不平，去援救受壓迫者」造成的帶有滑稽性的毀滅，「足以見出歌德的卓越見識」[20]。

---

18 馬克思和恩格斯的這兩封信見中共中央馬克思恩格斯列寧斯大林著作編譯局譯：《馬克思恩格斯全集》，卷29，頁571-579和頁581-587。以下引文無注釋者均出自這兩封信。

19 中共中央馬克思恩格斯列寧斯大林著作編譯局譯：《馬克思恩格斯全集》，卷29，頁633。

20 黑格爾：《美學》，卷1，頁250。

而拉薩爾筆下的濟金根就不同了，完全被美化成了一個革命領袖的形象。對此，拉薩爾直言不諱，他在一八五九年五月二十七日給馬克思恩格斯的覆信中說：「我完全贊同你把葛茲看成『可憐的人物』，至於歌德之所以能以這個完全後退的傢伙作了悲劇的主人翁，我向來只是用歌德缺乏歷史的感覺來說明。……然而濟金根就完全是另一種情況了。歷史上的濟金根當然和我的悲劇中的濟金根不完全符合，……你對於歷史上的濟金根的看法即使是十分對的，可是對我的濟金根的意見仍然是不對的。難道詩人沒有權力把自己的主人翁理想化，並賦予他更完滿的意識嗎？」這也就等於說，作者可以不顧歷史的本來面目而任意把自己的主人翁理想化，為了表現某種主題，可以任意賦予他某種思想和階級屬性。事實說明，不是歌德「缺乏歷史的感覺」，「缺乏歷史的感覺」的恰恰是拉薩爾本人。

二　對主人翁參加革命的動機的描寫不同

歌德對伯里欣根反抗社會的動機的描寫是很正確的，就是為了重新獲得自己喪失了的自由和財產。《伯》劇第四幕集中描寫了他和諸侯之間的矛盾。作為騎士的伯里欣根，忠於封建道德觀念，不甘心貴族制度的日趨衰落，企圖恢復過了時的貴族民主制，從而和專橫跋扈的大諸侯間產生了深刻的矛盾。他雖然擁護皇權，但又反對當朝皇帝，「只是由於皇帝從騎士的皇帝變成諸侯的皇帝。」他所懷念的，僅僅是往日的美夢；他所痛恨的，僅僅是「現存制度的新形式」——封建等級制；他所追求的，僅僅是唐．吉訶德式的理想。很顯然，歌德所描寫的，完全符合伯里欣根的歷史面貌，符合主人翁在當時社會關係中的階級屬性，在客觀上是正確的。

但是，拉薩爾對濟金根的描寫就完全不同了。在拉薩爾的筆下，濟金根成了一個完全自覺的革命者，他奮起革命完全是為了反對封建專制，實現民族的統一和科學的復興。為了達到這一目的，濟金根拒絕法蘭西斯的賄賂而極力保駕他所理想的查理稱帝，不顧個人安危保護科學家萊希林免遭大主教的迫害，並收留了正受通緝的人文主義者胡登等等。在第二幕，拉薩爾通過主人翁之口親自表白了自己這一「十分革命」而又正確的治國之道，苦口婆心地勸說查理擺脫羅馬教皇的控制，不要迫害路德，限制諸侯以實行中央集權等等。後來，只是由於這種幻想的破滅，才不得不舉起了造反的義旗。這哪裡是歷史上的濟金根的思想，明明是拉薩爾的思想。正如作者自己所說：「我賦予他一些最革命的目的，……我甚至還賦予他丟掉騎士外殼和拋棄騎士精神的能力。」因為拉薩爾認為作者有權這樣做。他甚至毫不掩飾地認為馬克思對騎士叛亂的分析」、「僅適用於歷史上的濟金根，而不適合我的濟金根……因為我沒有賦予他反動的目的」[21]。看來，馬克思、恩格斯和拉薩爾關於歷史劇創作的觀點不是一般的分歧，而是完全對立的。因為在拉薩爾看來，歷史劇的創作並不需要任何歷史依據，而在於作者「賦予」什麼，「賦予」什麼就是什麼。這顯然是唯心主義的謬理！

三　關於主人翁和農民的關係描寫不同

在歌德的筆下，伯里欣根是農民的違心的領袖、天然的敵人。這就客觀地描寫了二者之間的深刻矛盾。伯里欣根是在農民起義高漲，自己失去自由的情況下被迫參加農民軍的，違心地應允充任一個月的起義軍領袖。從伯里欣根內心來講，對農民起義是格格不入的。他看

21 拉薩爾一八五九年五月二十七日致馬克思和恩格斯的信，參見曹葆華譯：《馬克思恩格斯論藝術》（北京市：人民出版社，1963年），卷1，頁42-74。

不慣農民運動的「殘暴」，不同意傷害貴族，反對農民奪取他們的糧食，把農民起義軍斥之為「惡漢」、「暴徒」。因此，伯里欣根作為農民起義軍的領袖僅僅是被迫的、違心的、偶然的、暫時的；而作為農民的敵人，則是主動地、本能的、必然的、持久的。當然，歌德在藝術描寫中傾訴了對伯里欣根的同情，充滿了對農民起義的醜化，這完全是由作者世界觀的侷限所決定的。但是，只要我們撩開這一層霧紗就可以感覺到歷史上的騎士和農民的真實關係究竟怎樣。歌德在這方面的政治觀點是錯誤的，可是，由於他對藝術現實主義的追求，才能在作品中客觀地、真實地反映當時的社會關係，這就是現實主義的偉大勝利。

但是，騎士和農民的這種敵對關係，在《濟》劇中被歪曲了。濟金根在拉薩爾的筆下完全成了農民的天然領袖，只是由於策略上的需要才暫時地、違心地把自己和農民隔開，以騎士鬥爭的形式發動革命，而沒有直接訴諸農民。作者借胡登之口這樣吹捧濟金根：「農民對你滿懷信任，因為你一向是弱者的庇護人」，「只要你振臂一呼，就會遍地出現武裝的農民大軍」，「紛紛向你的勝利的旗幟靠攏，他們會高唱讚歌，來歌頌你光輝武功」。農民起義軍的領袖也表示了有濟金根這樣的領袖，他們的事業就有了保證，云云。這顯然是對歷史的歪曲。當時，作為沒落貴族的騎士，主要靠剝削農民獲得收入以支撐龐大的軍費開支。他們和農民之間有著不可調和的矛盾。在反對諸侯和皇帝這一點上，雖然可能取得暫時的某種聯合（事實上這種聯合根本就沒有發生），但是出發點不同，目的不同，根本利害關係不同；即使有某種聯合，也是偶然的、短暫的，而他們的對立則是必然的、持久的。這又說明，拉薩爾雖然是工人運動的活動家，自稱是馬克思的「小學生」，但是，在認識上，在對現實關係的理解上，卻遠遠落後於藝術現實主義的大師歌德。

四　關於主人翁悲劇因素的描寫不同

《伯》劇主人翁失敗的原因，也就是所謂悲劇因素，是社會邪惡勢力的強大。伯里欣根是在皇帝和諸侯組成的「帝國征伐軍」的鎮壓下，寡不敵眾而歸於失敗的。伯里欣根失敗後又加入了農民起義軍，又由於農民起義軍不能和自己志同道合而最終被俘，死在帝國的牢獄。歌德通過描寫伯里欣根所處的種種逆境，反襯出一個英勇不屈、耿直正派的軍事領袖的形象，以此表示他對社會的抗議和對民主戰士的哀悼。正如作者借伯里欣根妻子之口，在伯里欣根死後所呼喊的那樣：「這個擯棄你的世紀是該詛咒的！那個誤解你的後世（皇帝）是該詛咒的！只有在那上面（天國）你才有自由，世界是一座監獄！」

《濟》劇的悲劇因素就完全不同了。作者不是像歌德那樣從特定的歷史人物所處的特定現實矛盾中去尋求濟金根失敗的根源，而是到所謂「精神領域」，到主人翁的「內心世界」去尋求，把濟金根失敗的原因歸結為什麼「智力的過錯」。因為根據拉薩爾的悲劇觀念，所謂悲劇衝突的本質，是「普遍精神的最深刻的對抗性矛盾。」這種「對抗性矛盾」在悲劇中具體表現為「無限的思辨觀念與有限的現實理性之間的矛盾」。拉薩爾認為，作為「思辨觀念」是無限的，它一定要在「有限的現實中實現自身」，一定要借助「現實理性」實現自身，並且，不同性質的「思辨觀念」只有依靠不同性質的「現實理性」才能實現。這就是二者的統一和均衡。例如，革命的觀念，必須用革命的手段來實現，而不能用其他手段來實現。否則，打破了這種統一和均衡，就構成悲劇[22]。拉薩爾的這些悲劇觀點，正像恩格斯所

---

22 參見拉薩爾：〈關於悲劇觀念的手稿〉，載曹葆華譯：《馬克思恩格斯論藝術》，卷1，頁19-28。

批評的那樣，「是非常抽象而又不夠現實的」。但是，只要我們具體到《濟》劇本身，也不難識破這個謎。根據拉薩爾的所謂「無限的思辨觀念」和「有限的現實理性」之間的矛盾，就《濟》劇來講，就是「目的」和「手段」之間的矛盾。濟金根的「目的」是實現德國的統一和自由，解放農民，這是「革命的目的」。「革命的目的」只有通過「革命的手段」才能實現，即直接訴諸農民，發動他們一起革命。但是，濟金根所用的不是這種手段，而是「外交」的手段，即以騎士紛爭的形式發動革命，把自己的真實目的掩蓋起來，妄圖以此矇騙諸侯和皇帝、誘使作為友軍的騎士和自己一起進攻特利爾大諸侯，然後再各個擊破，最後拿下皇冠，從而實現自己的革命目的。但是，由於真正要求革命的農民不瞭解他，作為特利爾盟軍的諸侯識破了他，作為自己友軍的騎士又背叛了他，於是導致失敗，構成了悲劇。拉薩爾認為，這種悲劇衝突是「真正的、最深刻的悲劇衝突」，因為它是主人翁的「策略」和「狡詐」造成的，屬於觀念形態的東西，發生在人的內心世界。

對於拉薩爾的這種悲劇觀念，馬克思當然不能同意，他認為，濟金根的覆滅「並不是由於他的狡詐」，而是由於「他作為騎士和作為垂死階級的代表起來反對現存制度，或者說得更確切些，反對現存制度的新形式。」恩格斯對濟金根悲劇因素的分析就更加具體了。他首先肯定了拉薩爾可以賦予濟金根和胡登以革命的目的，把他們看作是企圖解放農民的。「但是這樣一來馬上就產生了這樣一個悲劇矛盾：一方面是堅決反對過解放農民的貴族，另一方面是農民，而這兩個人卻被置於這兩方面之間」。一方面，貴族（包括諸侯和騎士）反對解放農民；另一方面，農民又和濟金根存在著不可調和的矛盾，必然起來反對他的領導。恩格斯認為，「這就構成了歷史的必然要求和這個要求的實際上不可能實現之間的悲劇性衝突」。這才是濟金根最根本的悲劇因素。總之，在馬克思恩格斯看來，濟金根的失敗不在於他的「策略過錯」，而在於他處在各種現實矛盾的交叉點上。無論他採取什麼策略，即使他不犯任何策略錯誤，他的滅亡也是必然的、注定的。

從以上四個方面我們可以看出，拉薩爾在《濟》劇的創作中對歷史採取了極其輕率的態度。在他看來，作家為了實現某種目的，可以拋開歷史依據而自由地幻想。正如他自己所說，只要能夠讓創作的形象在舞臺上是逼真的，能讓觀眾「信以為真」，能使讀者「出汗」，也就達到了目的。為了達到這個目的，拉薩爾認為，必須「使藝術和現實保持一定的距離」，把歷史「放在搖籃裡去看它」，否則就會破壞「藝術的幻覺」。為了達到「藝術的幻覺」，作者有權把那個時代所有的精神光芒「如同集中在一個焦點上那樣」「集中在自己的主人翁身上」，從而賦予他「只有那個時代才能有的最高意識」。拉薩爾甚至認為，為了達到這種「藝術的幻覺」，當歷史上的主人翁和自己的主人翁在事實上發生矛盾時，在劇本中就應該迴避這些事實。例如，如果你想把路德寫成一個革命者，你就應該迴避歷史上的路德背叛革命的事實，在劇本中讓路德還未背叛前就死掉！從拉薩爾的這些主張不難看出，他哪裡是在寫什麼歷史劇，分明是在歪曲歷史、編造歷史、嘲弄歷史。正是在這一意義上，馬克思（包括恩格斯）才肯定《伯里欣根》而否定《濟金根》。

當然，馬克思和恩格斯對《伯》劇的肯定也不是全盤肯定，僅僅是從對現實關係的描寫上肯定了歌德的歷史感和真實性。從它的思想內容來看，並不是無產階級的「現代精神」。它所體現的只能是作為資產階級個性解放的「狂飆精神」，而不是作為無產階級解放運動的革命精神。在馬克思和恩格斯看來，作為無產階級藝術的歷史劇，理應表現「現代的精神」，不能為歷史而寫歷史，不能站在古人的立場上、用古人的觀點寫古人，否則，就會使它「簡單地化為《葛茲·

馮·伯里欣根》中所描寫的衝突」，把無產階級的作家降低到歌德的水平，而應當站在時代的高度，用現代無產階級的觀點居高臨下看過去。從這一意義上說，現代劇在思想內容的深度和時代感上，應當超越歌德、席勒和莎士比亞。但是這種「超越」僅僅是在立場和思想觀念上的超越，僅僅體現在站在無產階級的立場上用新的世界觀重新分析歷史、研究歷史，在此基礎上重新發掘新的主題、開掘更深刻的思想內容，而不是對歷史的任意的胡編亂造。這就是馬克思所說的「在更高得多的程度上用最樸素的形式把最現代的思想表現出來」。所謂「最樸素的形式」，就是按照歷史的真實面貌反映歷史，就是在新世界觀的指導下，按照歷史生活中真實的社會關係發掘更深刻的主題。這就是馬克思恩格斯通過這兩個劇本、兩個主人翁形象的比較向我們揭示的一個重要創作原則。

通過以上分析我們可以發現，馬克思恩格斯關於《濟》劇的著名評論完全是以歷史為依據的。歷史，是他們的美學評論中最基本、最高的參照系。正如恩格斯在致拉薩爾的信的結尾對拉薩爾所表明的那樣：「您看，我是從美學觀點和歷史觀點，以非常高的、即最高的標準來衡量您的作品的……。」

其實，早在十年前（1846年底至1847年初）恩格斯在一篇批判「真正社會主義」的文章中就已公開申明過自己「美學和歷史」的批評標準。他說：「我們絕不是從道德的、黨派的觀點來責備歌德，而只是從美學和歷史的觀點來責備他……」。[23]

恩格斯在這裡申明自己的「歷史」批評原則是針對「真正社會主義」者格律恩「從『人』的觀點」論歌德而言的。格律恩以反動的德國小市民的標準衡量歌德，把歌德歪曲成超歷史、超現實的「人」，

23 中共中央馬克思恩格斯列寧斯大林著作編譯局譯：《馬克思恩格斯全集》，卷4，頁257。

抽象的「人」，實際上便是「真正社會主義」的「人」——德國小市民。「但這個人不是男人和女人所生的、自然的、生氣蓬勃、有血有肉的人，而是在更高意義上的人，辯證的人，是提煉出聖父、聖子和聖靈的坩鍋中的caput mortuum」[24]，對此，恩格斯認為：「歌德在德國文學中的出現是由這個歷史結構安排好了的。萊辛使之『依靠自身的人』只有在歌德的筆下才能完成進一步的進化」。[25]這也就是說，評論歌德，必須把歌德放在一定的歷史發展和社會環境中去考察研究；歌德的「人」並非一個永恆的概念，而是德國歷史和德國文學史發展的必然結果。萊辛提倡民族戲劇，反對法國古典主義，呼喚民族精神上的「人」，這反映了當時軟弱的市民階級反封建的進步要求。然而在歌德時期，資本主義已經有了進一步發展，因而，他筆下的「人」，已經有了更廣泛、更具有上進心、更朝氣蓬勃的特點。歌德的「人」不是萊辛的「人」，當然也更不是「真正社會主義」者所理解的「人」。至於歌德的兩重性，同樣是由他所生活的那個特定的社會歷史環境所決定的。他一方面是一個「天才的詩人」，一方面又是法蘭克福市議員的「謹慎的兒子」、「可敬的魏瑪的樞密顧問」。每當他接觸到社會矛盾的實際時，他的藝術生命就旺盛；每當他遠離社會生活時，他的藝術生活就衰微。因此，恩格斯認為，應當「結合著他的整個時代、他的文學前輩和同代人來描寫他，……從他的發展上和結合著他的社會地位來描寫他」、「評論他」[26]。

——這便是恩格斯「從美學和歷史的觀點」，即參照「歷史」開

---

24 中共中央馬克思恩格斯列寧斯大林著作編譯局譯：《馬克思恩格斯全集》，卷4，頁254。Caput mortuum，拉丁文，意為殘渣廢物。

25 中共中央馬克思恩格斯列寧斯大林著作編譯局譯：《馬克思恩格斯全集》，卷4，頁254。

26 中共中央馬克思恩格斯列寧斯大林著作編譯局譯：《馬克思恩格斯全集》，卷4，頁257。

展美學評論、研究歌德的大概含義。

可見，馬克思恩格斯尊重歷史、運用歷史的觀點展開文藝美學評論是一貫的。再如，一八四一年，恩格斯在《大陸上的運動》中稱讚喬治·桑、歐仁·蘇和查·狄更斯等作家是一個「新流派」，因為他們關注「下層等級」的生活，描寫了「窮人和受輕視的階級」這樣一些題材和人物形象，所以「無疑地是時代的旗幟」[27]。還有，一八八八年，恩格斯在評論瑪·哈克納斯的小說《城市姑娘》時，告誡作者應向巴爾扎克學習，因為在恩格斯看來，巴爾扎克的偉大之處在於他「給我們提供了一部法國『社會』特別是巴黎『上流社會』的卓越的現實主義歷史，他用編年史的方式幾乎逐年地把上升的資產階級在一八一六年至一八四八年這一時期對貴族社會日甚一日的衝擊描寫出來，這一貴族社會在一八一五年以後又重整旗鼓，盡力重新恢復舊日法國生活方式的標準。他描寫了這個在他看來是模範社會的最後殘餘怎樣在庸俗的、滿身銅臭的暴發戶的逼攻之下逐漸滅亡，或者被這一暴發戶所腐化；他描寫了貴婦人（她們對丈夫的不忠只不過是維護自己的一種方式，這和他們在婚姻上聽人擺佈的方式是完全相適應的）怎樣讓位給專為金錢或衣著而不忠於丈夫的資產階級婦女。在這幅中心圖畫的四周，他彙集了法國社會的全部歷史。」恩格斯甚至認為，他從巴爾扎克那裡，「甚至在經濟細節方面（如革命以後動產和不動產的重新分配）所學到的東西，也要比從當時所有職業的歷史學家、經濟學家和統計學家那裡學到的全部東西還要多。」[28]總之一句話，對歷史的真實地再現是巴爾扎克最偉大的方面，即現實主義最偉大的

---

27 中共中央馬克思恩格斯列寧斯大林著作編譯局譯：《馬克思恩格斯全集》，卷1，頁594。

28 中共中央馬克思恩格斯列寧斯大林著作編譯局譯：《馬克思恩格斯全集》，卷4，頁462。

勝利。

至於有關藝術和審美的純思辨理論，馬克思和恩格斯更是直接地運用辯證唯物主義的原理進行闡釋。馬克思在〈《政治經濟學批判》導言〉中提出的「不平衡關係」就是典型的一例。

所謂藝術生產同物質生產的「不平衡關係」，就是指一定的藝術繁榮時期絕不是同作為物質基礎的一般發展成比例的。它的核心是提醒人們要歷史地考察兩種生產之間的聯繫。這是因為，在馬克思看來，所謂物質生產，絕沒有孤立的個人的物質生產。在社會中進行生產的個人，總要相互結合為一定的關係進行生產，即「生產關係」。如果捨棄社會生產在各歷史階段中所特有的生產關係，剩下的只是一切生產的基本要素，即「生產一般」。「生產一般」只是抽象的規定，它不能說明任何具體的、特定的歷史階段的任何生產。如果研究一定歷史階段的社會生產，就必須把這個「一般」和它所特有的生產關係聯繫在一起進行考察。因此，馬克思認為，和用「生產一般」不能正確解釋一定歷史階段的社會生產一樣，用它同樣不能正確解釋一定歷史時期的藝術生產。「要研究精神生產和物質生產之間的聯繫，首先必須把這種物質生產本身不是當作一般範疇來考察，而是從一定的歷史的形式來考察」。[29]也就是說，在解釋藝術等精神生產和物質生產的關係時，首先不應將物質生產作為和生產關係無關的抽象範疇，而應當把它作為一定歷史階段與一定生產關係相適應的物質生產。「生產一般」只是表象，「生產關係」才是本質。因此，用「生產一般」來表述和探討藝術生產的繁榮不是科學的方法，而應抓住生產的特殊性，即一定歷史時期的一定的生產關係。只有這樣，一定的藝術繁榮時期才能被解釋清楚。

---

29 中共中央馬克思恩格斯列寧斯大林著作編譯局譯：《馬克思恩格斯全集》，卷26，(I)，頁296。

這是馬克思運用辯證唯物主義和歷史唯物主義原理進行美學思考的著名論斷，也是他參照「歷史」展開文藝美學思辨研究的成功範例。在這裡，馬克思的「歷史」概念便不僅僅是一個「社會事實」、「客觀存在」的概念了，而是一個運動的、變化的、發展的「過程」的概念，並且不是「一般」意義上的「過程」，而是一個特定的歷史過程。「歷史」，作為馬克思恩格斯文藝美學方法的基本參照，完全是在辯證唯物主義和歷史唯物主義統攝下的「歷史」，是他們所創立的一般哲學世界觀和歷史觀意義上的「歷史」，而不是隨便一種「社會事實」或「客觀存在」等等。

無產階級和人的解放

我們知道，馬克思恩格斯並不是專門的文藝理論家和美學家，他們首先是無產階級的革命導師，是全世界無產階級及其政黨的領袖。他們畢生所獻身的事業主要是無產階級解放的理論研究和實踐活動。因而，在他們的著作中，有關文藝和美學的學說是在這樣一個大前提下的學說，是服從和附屬於這樣一個大前提下的學說。這樣，他們的文藝美學便具有鮮明的政治性、功利性和目的性——為無產階級的解放事業而鬥爭。

馬克思走向社會後的第一篇論文——〈評普魯士最近的書報檢查令〉提出了著名的創作自由和藝術風格的多樣性問題，但它的主旨是揭露和批判普魯士反動當局的文化專制主義。《1844年經濟學哲學手稿》提出了許多重大美學課題，但它的主旨是通過經濟學和哲學的研究在理論上廓清社會物質生活中的矛盾，從而尋找一條能夠使人類擺脫苦難和奴役、獲得自身解放的道路。馬克思和恩格斯在他們合寫的第一部著作《神聖家族》中，通過對歐仁·蘇的小說《巴黎的秘密》

及施里加對它的評論，提出了藝術真實性的現實主義創作原則問題，但它的主旨是對黑格爾和青年黑格爾派的思辨唯心主義進行剖析，並由此闡發諸如生產方式在社會發展中的決定作用、人民群眾是歷史的真正創造者以及無產階級肩負著改造舊世界的重任等理論問題。《德意志意識形態》中關於意識形態的階級性和複雜性的論斷，〈《政治經濟學批判》序言、導言〉中關於歷史唯物主義的表述等，都具有重大的美學價值，但同樣不是「純美學」問題。其他諸如關於歌德的評論、關於《濟金根》劇本和小說《舊人與新人》、《城市姑娘》的評論等，也都不是為評論而評論，而是有著強烈的政治傾向，都和當時的階級鬥爭和路線鬥爭有著緊密的聯繫。

我們指出這一點絕不是低估馬克思恩格斯的文藝美學，恰恰相反，而是為了說明這樣一個事實：馬克思恩格斯把畢生的精力都獻給了無產階級的解放事業，因而他們的文藝美學活動具有鮮明的目的性——為無產階級的解放而鬥爭。

但是，這並不是說馬克思恩格斯的文藝美學不具有普遍意義。無論是其前期關於藝術風格、創作自由、藝術的真實性、勞動創造美、人的對象化、美的規律的理論，還是其後期關於悲劇、典型、傾向性、現實主義的理論等，都具有文藝美學一般原理的性質，都具有廣泛的普適性。這是不可否認的事實。我們所要強調的僅僅是，馬克思恩格斯文藝美學的最終歸宿是無產階級的解放；並且，是否有利於無產階級的解放，成了他們文藝美學價值判斷的最終標準。恩格斯關於哈克奈斯的小說《城市姑娘》的評論[30]便是其中一例。

我們知道，十九世紀八〇年代是世界革命的過渡時期，即資產階

30 即恩格斯一八八八年四月致瑪．哈克奈斯的信，載中共中央馬克思恩格斯列寧斯大林著作編譯局譯：《馬克思恩格斯全集》，卷4，頁461-463。以下未注釋的引文均出自此處。

級民主派的革命性已經衰亡，而無產階級社會主義的革命性尚未成熟，因而具有相對和平的性質。階級鬥爭的這一新特點為資產階級施展牧師的職能提供了條件。他們一方面開辦慈善機關，一方面培植和收買工人貴族。在這一背景下，黨內便出現了以杜林為首的右傾機會主義路線。他們迷信資產階級的「民主」和「慈善」，宣揚「社會改良」。於是，這就向科學社會主義的理論提出了一個嚴峻的問題：無產階級的歷史使命是什麼，無產階級解放的道路是什麼。這需要全黨重新認識。

正是在這樣一種政治背景之下，恩格斯收到了瑪·哈克奈斯的小說《城市姑娘》，請求他的批評。

哈克奈斯是一個具有社會主義傾向的英國女作家，五〇年代出生於倫敦一個牧師的家庭。她同情工人階級的生活，希望改變他們的社會地位，但並不主張暴力革命，而是企圖通過和平改良的方式，乞求資產階級通過「良心發現」給予無產階級幫助。因此，她對資產階級的慈善機關很感興趣，曾多次幫助他們工作，並不斷到倫敦東頭的貧民區去瞭解工人的生活狀況。當時，馬克思的女兒愛琳娜在倫敦東頭宣傳社會主義，組織工人運動，於是二人相識。哈克奈斯不斷到愛琳娜家中去做客，於是又認識了恩格斯。

《城市姑娘》的主人翁耐麗是一個善良、愛美的縫紉女工。一次偶然的機會，耐麗結識了一個資產階級闊少爺格蘭特。在格蘭特的誘騙下，耐麗失身懷孕，後生下一子。縫紉店的老闆得知情況後開除了耐麗。耐麗生活無著，便被「救世軍」（資產階級的慈善機構）收留。後來，耐麗的兒子病死，使她精神上又受到沉重的打擊。正當她走投無路時，格蘭特先生又遇見了她。格蘭特突然良心發現，給了她一筆錢，讓她和一個工人結了婚。

可見，這是一篇典型的宣傳小資產階級空想社會主義的小說。

恩格斯在致哈克奈斯的信中首先肯定了《城市姑娘》具有「現實主義的真實性」，「表現了真正藝術家的勇氣」；但是恩格斯緊接著又指出《城市姑娘》「還不是充分的現實主義」。這是因為，其中的人物，雖然「就他們本身而言，是夠典型的」，「但是環繞著這些人物並促使他們行動的環境，也許就不是那樣典型了」。他說：「據我看來，現實主義的意思是，除細節的真實外，還要真實地再現典型環境中的典型人物。」——這就是恩格斯關於現實主義的著名定義。

在恩格斯看來，一八三〇年之前，工人階級的確像《城市姑娘》中所描寫的情況，僅僅是值得可憐的一群，他們還是在資產階級的領導和幫助下共同反抗封建主義。對於資產階級，只是消極的反抗，或者乾脆屈服於命運。但是，一八三〇年以後，資本主義制度在西歐已逐步確立，社會主要矛盾已由資產階級和封建主義的矛盾開始向無產階級和資產階級的矛盾轉變，無產階級已成為一支獨立的政治力量登上歷史舞臺。他們有了自己的組織——共產黨；有了自己的理論——科學社會主義；有了自己解放鬥爭的實踐——巴黎革命；從而找到了自己解放自己的道路——武裝奪取政權。這些都是歷史事實，為什麼不能在藝術中，即「在現實主義領域內佔有自己的地位」呢？可是，「在《城市姑娘》裡，工人階級是以消極群眾的形象出現的，他們不能自助，甚至沒有表現出（作出）任何企圖自助的努力。想使這樣的工人階級擺脫其貧困而麻木的處境的一切企圖都來自外面，來自上面。如果這是對一八〇〇年或一八一〇年，即聖西門和羅伯特· 歐文的時代的正確描寫，那麼，在一八八七年，在一個有幸參加了戰鬥無產階級的大部分鬥爭差不多五十年之久的人看來，這就不可能是正確的了。」在信的最後，恩格斯又補充說，「為了替您辯護，我必須承認，在文明世界裡，任何地方的工人群眾都不像倫敦東頭（耐麗便住在此地——引者注）的工人群眾那樣不積極地反抗，那樣消極地屈服於命運，那樣遲鈍。而且我怎麼能知道：您是否有非常充分的理由這一次先描寫工人階級生活的消極面，而在另一本書再描寫積極面呢？」

很顯然，恩格斯對《城市姑娘》的指責，以及由此而提出的關於現實主義的著名論斷，是參照「歷史」，以無產階級的解放為準繩的價值判斷。他所關心的是無產階級以及實現這一解放的正確道路；他們呼喚的是對這一解放事業的正確描寫以及能夠引導這一解放事業實現的史詩和頌歌。這完全是從當時革命事業的需要出發對文藝提出的偉大歷史任務。

值得思考的是，恩格斯關於現實主義的這一著名論斷，包括他和馬克思其他的關於文藝美學的理論，為什麼一方面將無產階級的解放作為價值標準，一方面又具有一般文藝美學的廣泛性和普適性呢？

首先，無產階級的解放和全人類的解放是一致的。無產階級只有解放了全人類，才能最終解放自身。因此，無產階級的解放說到底是「人」的解放。

其次，無產階級和「人」的解放是全方位的、多層次的。它不僅指經濟的、政治的解放，也指意識的、精神的解放。而人類的文藝和審美活動，恰恰是一種意識的、精神的、心理的、感官的解放，是實現人與人、人與自然的和諧統一，最終實現人性的全面復歸的精神解放。這正是前文所論《1844年經濟學哲學手稿》的美學價值所在。

因此，從本質上說，馬克思恩格斯的文藝美學是全人類的文藝美學，是整個人類審美文化寶庫中的一部分。他們的文藝美學不僅對於無產階級，而且對於全人類，都具有廣泛的普適性。

這樣，我們對於馬克思恩格斯文藝美學研究的方法，即思維範式便可以有一個整體的瞭解：從「自然」出發，參照「歷史」系統，最後又回到更高層次的「自然」——無產階級和人的解放。

第五章 文藝美學方法綜論

思辨的巨人 思辨的時代

縱觀整個文藝理論批評史，從古希臘的柏拉圖和亞里斯多德到二十世紀的結構主義和接受美學，從總體上說，哪個時代的文藝學能比十九世紀的文藝學更具思辨性呢？哪個時代的理論批評能比十九世紀的理論批評出現了具有如此思辨力量的大師呢？從康德、黑格爾到費爾巴哈、車爾尼雪夫斯基，再到馬克思恩格斯，都是劃時代的巨人、執學界牛耳的一代宗師，對後世產生了，並且將繼續產生持久而深遠的影響。正是有了他們，文藝美學方法得以在十九世紀發軔。十九世紀是文藝美學確立的時代，也是它的黃金時代。這是一個需要思辨而且產生了思辨巨人的時代。

首先，從文藝理論自身的發展來看，十九世紀之前的文藝理論大多是作家的「自白」即經驗之談；柏拉圖作為哲學家、思想家，他的有關文藝的理論思考大多是隨感式、警句式的；亞里斯多德的《詩學》具有一定的系統性，但與康德、黑格爾等十九世紀的大師們比較起來，在思辨性和體系性方面就顯得淺薄得多、零散得多。這一特點，在中國古代文論中尤為明顯。十九世紀之前的中國文論，是一種典型的經驗範式，在思辨性方面分屬於另一種理論模式。正是在這樣一種背景之下，德國古典哲學作為整個哲學史上的黃金時代到來了。它以高屋建瓴的氣勢、雄辯的思辨力量鳥瞰和透視了包括文藝在內的整個宇宙人生，於是就有了文藝美學的產生和繁榮，就有了依靠純粹的思辨而不是經驗事實審視文學藝術的思維範式的形成和發展。文藝美學思辨範式的生成是整個文藝理論方法論歷史上的大事變，是文藝研究從經驗向理論、從具體向抽象、從渾整向明確的昇華。

其次，從整個社會環境來看，十九世紀的西方社會是資本主義從原始積累向壟斷化、帝國主義化過渡的時代，勞資矛盾、階級矛盾、民族矛盾日益尖銳。這是一個充滿了血和淚、仇與恨的時代。每個民族，每個人都在思考自己的命運和前途，都在企圖擺脫困境走向新生。於是出現了一大批極富於責任感和思辨能力的哲學家、思想家、經濟學家和社會學家。他們不滿足對世界的直觀描述，而是熱衷於哲理的沉思。這樣做一方面可以發現客觀世界之最一般、最抽象的本質，另一方面也可以迴避現實矛盾的糾纏，像康德和黑格爾那樣，完全躲避在思辨的王國裡自得其樂。費爾巴哈和車爾尼雪夫斯基，特別是馬克思和恩格斯，正是瞄準了這些知識份子的要害奮起反擊，以強烈的現實感直面人生，將思辨的力量由「天國」引向「人間」。這是文藝美學的思辨模式得以在十九世紀生成和繁榮的社會文化氛圍。

再次，從文學藝術自身的發展來看，文藝復興以來的作品也越來越強化了主題的深刻性，越來越注重文藝對於人民群眾的啟蒙意義及其認識作用。法國的伏爾泰、盧梭，英國的荷迦斯、菲爾丁，特別是德國的萊辛、歌德和席勒，他們既是作家、文學家，又是哲學家、思想家。在他們的作品中傾注著對社會和人生的深沉思考，洋溢著對自然和心靈的呼喚。這是「啟蒙」意識的覺醒、「狂飆」精神的張揚。這樣，作為對這一特殊文藝現象展開研究和評論的文藝理論，僅限於經驗式、感悟式、直觀式的表述就遠遠不適應了，它需要的是邏輯思辨的證明和更抽象，更具普遍性的概括。文藝美學便是這一任務最理想的擔當者。這是文藝美學思辨範式應運而生的直接的文藝背景。

文藝美學的思辨範式產生和繁榮於十九世紀，但這並不等於說文藝美學在文藝理論發展史上的其他時代絕無僅有。文藝美學作為一種和經驗相對而言的思辨範式，在文藝理論系統中具有獨立自足的地位。就像人們研究、探索某一對象的客觀規律，既依靠經驗，也要依靠思辨。「思辨」就是思考、辨別、抽象、概括，它是一切科學研究的思維方式之一。不同的無非是，我們所說的文藝美學的思辨範式有其特定的含義，它是指在一定的哲學世界觀和方法論的統攝之下對於文學藝術和審美現象的哲理思辨。這種意義上的思辨範式是整個文藝理論所不可或缺的。例如關於典型是共性和個性的統一的概念，關於藝術真實是歷史必然和社會生活的反映的表述，關於內容和形式這一對範疇的解說，關於人物性格二重性和複雜性的觀點，關於典型人物和典型環境相互關係的命題，等等，無一不是借助文藝美學的思辨性所得出的結論，無一不是人類的思辨智慧之花。我們所要強調的僅僅是，這樣一種思辨範式在十九世紀之前僅僅是作為一種現象存在，並沒有形成一種方法論體系。只有到了十八世紀末和十九世紀初，作為文藝學方法論體系的文藝美學思辨範式才正式形成，異峰突起地統治了當時的文藝學界。

到了二十世紀，文藝美學的思辨範式也並沒有消亡，哲學世界觀和方法論對文藝理論繼續產生著作用和影響。哲學上的科學主義對於科學美學，直覺主義對於直覺主義美學，存在主義對於存在主義美學，結構主義對於結構主義文論，自然主義對於自然主義批評等等，文藝理論繼續接受著哲學的輻射和影響。但是，這種輻射和影響較之十九世紀來說要間接得多、曲折得多。二十世紀文藝美學的某種思辨範式往往同時接受數種哲學世界觀和方法論的影響。例如結構主義文論，既受結構主義哲學的影響，又受語言學、符號學、人類學、心理學、社會學和形式主義美學的影響，從而形成了一種新的綜合。這樣，就文藝美學的思辨範式來說，便沒有康德、黑格爾、費爾巴哈等十九世紀的文藝美學那麼典型，那麼具有代表性。此外，由於文藝理論進入二十世紀以後發生了巨大的變化，社會學範式、心理學範式、語言學範式等派別林立，再也不像十九世紀那樣單純了。二十世紀文藝美學的思辨範式已經不是文藝理論的主流。它的黃金時代已經成為歷史，它的盛景已是昔日黃花，它再也不能像康德、黑格爾那樣重領一代風騷了。

思辨的力量　思辨的缺憾

如前所述，和文藝學經驗方法相比，文藝美學方法是理論的昇華。它的最大優勢是借助了哲學世界觀和方法論的力量洞察文藝現象，即把文藝放在整個自然和社會的大系統中，從宇宙的生成規律探討文藝的規律，從宇宙的一般發展鳥瞰文藝的一般發展，從而通過哲理思辨的方式給文學藝術以確定性的解說。這是一種居高臨下的宏觀研究模式。因此，我們解讀康德黑格爾的美學著作，猶如站在高山之巔鳥瞰大千世界，萬千氣象盡收眼底。這便是人類思辨的智慧和力量。它引導人們不再拘泥於個別的、細微的枝節，而是著眼於整體的、宏大的氣象。「不識廬山真面目，只緣身在此山中」。文藝學經驗方法的那種注重個別細節、詞句的微觀描述便缺乏這種宏闊景觀以展示文藝世界的全圖。總之，在文藝理論方法的諸種形態中，文藝美學方法是一種最具思辨力量、最抽象、最概括，因而也是一種最宏觀地把握對象的思維方式。

正是文藝美學方法的這一特點，使其不得不捨棄大量具體可感的、生動形象的經驗事實，往往是從思辨到思辨、從概念到概念、從理論到理論，純粹依靠邏輯的力量闡釋藝術的真諦。康德的美學名著《判斷力批判》幾乎沒有涉及文學藝術發展史上的事實；黑格爾的名著《美學》，洋洋百萬言，所舉文學作品的例證也屈指可數，大多限於古希臘和十八世紀德國的幾位作家的作品。閱讀這樣的理論著作未免使人的思維過於勞累。本來令人輕鬆愉悅的美文學，在這裡變成了枯燥無味的旅程。難怪不少文藝理論愛好者每每走到它的面前，只能高山仰止、望而卻步。即使當年的歌德，也曾感歎康德和黑格爾的著作過於艱澀。這是文藝美學純粹依靠思辨力量駕馭對象所導致的另一個極端，是文藝理論思辨範式不可避免的缺憾。

文藝美學步入二十世紀以後，這種架空式的思辨方法有一明顯的改觀。這首先應當歸功於文藝社會學，特別是文藝心理學的崛起。文藝社會學將文藝現象作為社會現象，從人和人、人和自然的現實關係中討論文藝，使文藝的經驗事實像潮水一樣湧進文藝理論的大門。丹納的《藝術哲學》便是這方面的一個典型例子。用他的話來說，他的方法是從事實出發，而不是從觀念出發；他要用「實證」，而不是用「思辨」解釋藝術。[1]文藝心理學索性將文學藝術作為經驗事實，提倡運用實驗、直觀的方法把握藝術世界，運用體察、內省的方法感悟審美的規律。所謂「距離」說、「移情」說等便是其「體察」、「內省」、「感悟」出來的審美規律，格式塔心理學美學的「整體性原則」、「隧道效應」等便是其運用「直接觀察法」、「實驗」、「直觀」出來的。

文藝社會學和文藝心理學的理論研究及其實踐，對於二十世紀從一般哲學世界觀和方法論研究文學藝術的文藝美學產生了極大的影響，杜威關於「藝術即經驗」的著名論斷便是在它們的影響下得出的結論。這一結論雖然來自杜威的哲學體系，但它事實上已成為傳統文藝美學的叛逆，為文藝美學在二十世紀的發展找到了理論根據。杜威

1 參見丹納：《藝術哲學》（北京市：人民出版社，1961年），頁10-11。

關於藝術本質的這一哲學判斷，事實上也確實為文藝美學在思辨的同時不忘記經驗，注重從文藝的經驗事實出發研究文藝鋪平了道路。科學美學的興起，正如湯瑪斯・門羅所指出的，恰恰是由於他們注重了審美的經驗事實。這主要表現在：一、他們強調從審美經驗出發研究美與藝術；二、他們強調將審美經驗作為美與文藝研究的主要對象；三、他們強調對美與藝術規律進行經驗性的研究與描述，故意迴避諸如美與藝術的本質這類思辨性命題。可以這樣說，包括科學美學在內的整個二十世紀的文藝理論，都表現了注重、崇尚經驗的這一趨向。從這一意義上說，二十世紀的文藝美學是對傳統思辨性的文藝美學的反撥和補救，也是文藝學經驗方法在現代歷史條件下的復甦。

在邏輯思辨和經驗現象之間

以康德、黑格爾為代表的文藝美學之所以忽視文藝的經驗現象，熱衷於依靠純粹的邏輯思辨研究文藝，其箇中原委如前所述，在於他們的文藝美學是從他們的哲學中直接派生出來的，他們的文藝美學方法也是他們哲學方法的演繹，於是便必然形成一種「高高在上」、對文藝的經驗現象不屑一顧的態勢。車爾尼雪夫斯基的美學已注意克服這一缺憾，在他的美學論文中引證了大量的文藝現象，有時便乾脆就某個作家或作品、某種個別文藝現象展開評論，從而充實了文藝美學邏輯思辨的框架。這是因為，車爾尼雪夫斯基的哲學世界觀和方法論是從費爾巴哈那裡移植過來的，其中已經或多或少地加入了自己的思考和改造。在車爾尼雪夫斯基這裡，一般哲學世界觀和方法論同文藝美學的思維模式已經形成了一定的「中介」。到了馬克思和恩格斯的著作中，恰如我們在本篇第四章中所論述的，他們的一般哲學世界觀和方法論與他們的文藝美學思維模式之間，完全是一種間接的關係，一種在觀念和基本精神上的統攝和影響關係。因而，馬克思恩格斯的文藝美學是邏輯思辨和經驗現象的巧妙結合。他們的文藝美學一方面是辯證唯物主義和歷史唯物主義的具體實踐，一方面又具有強烈的現實感和針對性。特別是他們關於作家作品的評論，既有高屋建瓴的氣勢，又有豐富具體的材料；既有鞭辟入裡的力度，又有貼切務實的娓娓之言。即使像《1844年經濟學哲學手稿》那樣純思辨的論文，由於它討論的是人們所關心的現實矛盾和切身問題，因而從中同樣能夠獲得一種親近感和現實感，絕不會有像閱讀康德、黑格爾著作時所產生的那種距離感、疏遠感和空渺感。這便是他們將哲學世界觀和方法論間接引進文藝美學、通過「中介」的轉換所產生的一種效應。

那麼，在一般哲學世界觀和方法論與文藝美學的思維模式之間有什麼「中介」呢？這個「中介」便是文學藝術的內在規律及其特殊性。一般世界觀和方法論一旦進入文藝和審美的領地，就必須尊重文藝的審美規律和特殊性，並在其中溶化、變形，重建真正符合文學藝術自身特點的思維起點、終點和參照系。而不是相反，像康德、黑格爾那樣，將自己的唯心主義哲學觀和方法論直接移植到文學藝術的世界。

事實上，在馬克思主義文藝美學方法的研究中，確有一些人企圖這樣做過。蘇聯「拉普」派提出的所謂「辯證唯物主義創作方法」，便是企圖將哲學世界觀和方法論直接移植到文藝理論中的典型。

「拉普」是俄羅斯無產階級作家聯盟俄文簡稱的音譯。該聯盟成立於一九二五年，在團結無產階級作家、同各種資產階級文學傾向作鬥爭中產生過一定作用。後來階級異己份子篡奪了聯盟領導權，歪曲黨的文藝政策，否定文化遺產，排斥非黨作家，對作家採取命令主義，因而於一九三二年被蘇共中央解散。「辯證唯物主義創作方法」，便是他們在作家中強行推廣的一個創作口號。所謂「辯證唯物主義創作方法」，就是要求作家按照辯證唯物主義的原理進行創作，通過文藝創作去證明辯證唯物主義的正確、闡釋辯證唯物主義的基本內容。這實際上是要求作家憑藉創作撰寫哲學講義。按照這種方法創作出來的作品必然是公式化、概念化的東西，不可能是有血有肉的、活生生的藝術形象。「拉普」派將這種創作理論作為衡量作品優劣的標準，無疑是對藝術規律的褻瀆，其實質是忘記了哲學與文學之間的中介，將一般哲學世界觀和方法論直接搬到了文學中來，其結果必然貽害無窮，導致藝術的毀滅。

可見，一般哲學世界觀和方法論對於文藝美學只能是間接統攝，只能是觀念和基本精神意義上的影響和滲透，而不能直接地介入和移植。否則便是虛無縹緲的架空分析，或者是對藝術規律的踐踏。

由此看來，文藝美學由「天上」回到「地上」，由「形而上」的純思辨的邏輯推理回到「形而下」的注重經驗的實證研究，已是勢所必然。

第四篇

文藝社會學方法

第一章
文藝社會學方法導論

文藝與社會

憑藉思辨的力量考察文學藝術的世界固然有其磅礴的氣勢，給人以宏觀的感受，但是，文藝學畢竟不能忽略這樣一個最基本的事實：文藝現象首先是一種社會現象，是一種發源於社會、在社會上運行並影響這個社會的現象。無論是經驗的感悟或思辨的洞察，並不能終極文藝的本質，至少不能是文藝研究的唯一途徑。因此，將文學藝術作為一種社會現象，從社會學的角度、借用社會學的理論和方法研究文藝的社會本質和規律，也就顯得十分必要。相對文藝學經驗的和思辨的等其他範式來說，這便是文藝社會學的方法。

文藝社會學的存在及其合法性首先在於文學藝術與社會有著不可分割的、天然的、緊密的聯繫。人類的文藝活動，首先是一種社會行為。綜觀古今中外的文藝理論史，儘管有「唯美」說、「遊戲」說、「生命衝動」說、「自我表現」說等觀點的挑戰，但從文藝的哲學本質上來看，文學藝術與社會生活有著互動的關係已成為勿庸置疑的定論。正是在這一意義上，費爾巴哈和車爾尼雪夫斯基有著不可抹煞的歷史功績。問題很顯然，人是社會的人，人的文藝活動當然也是一種社會行為。離開社會談文藝，文藝也就成了無本之木、無源之水。即使文藝理論史上那些自謂與文藝的社會本質說無緣的觀點，難道能夠離開「人」來侈談「唯美」、「遊戲」、「生命衝動」和「自我表現」嗎？既然不能脫離「人」，也就不能否認文藝的社會性。費爾巴哈和車爾尼雪夫斯基正是在這一問題上背叛了唯物主義，走向了自然主義的歧途：一方面肯定人，一方面否認人的社會性；一方面堅持存在決定精神的唯物主義觀點，一方面又從生物學的觀點理解人、解釋人。而在歷史唯物主義看來，人的肯定首先應當是人的社會性的肯定，文學藝術的人的本質首先應當是其社會本質。

當然，這並不是說文藝活動可以脫離人的自然行為和生物本能。人的自然行為和生物本能是人類所展開的一切活動的基礎，當然也是文藝活動的基礎，這同樣是唯物主義。問題在於，動物也有自然行為和生物本能，但為什麼不能生發出美的藝術作品呢？為什麼唯有人的自然行為和生理本能能夠生出文學藝術之花呢？回答這一問題，就需要從人的社會性的角度進行思考。

當然，藝術的對象並不排斥自然現象，旭日、落霞、雲海、松濤、原野、大漠往往成為作家藝術家所喜愛的素材。就這些素材本身來說儘管取自自然，但它們必須通過創作主體的對象化之後才能成為藝術品。「只有當對象對人來說成為人的對象或者說成為對象性的人的時候，人才不致在自己的對象裡面喪失自身。」[1]自然現象只有通過作家藝術家的主觀感受或理解，使之成為社會的對象之後才能成為藝術的對象。花開無情，鳥飛無意，而「感時花濺淚，恨別鳥驚心」則表現了杜甫在社會離亂中的愁緒；「千山鳥飛絕，萬徑人蹤滅」則表現了柳宗元逐客生涯的孤涼。至於以社會現象為主要對象的文學作品的社會性，那就更是不言自明的了。

其實，關於文藝與社會相互關係的思考，是一個老而又老的課題。可以這樣說，自從有了文學藝術的理論批評，也就有了文藝與社會相互關係的思考。古代西方的「摹仿」說、「寓教於樂」說，古代

1　中共中央馬克思恩格斯列寧斯大林著作編譯局譯：《馬克思恩格斯全集》（北京市：人民出版社，1979年），卷42，頁125。

中國的「詩言志」說、「知人論世」說，等等，都從不同的角度涉及到文藝的社會性。不同的無非是，隨著時代的變化，人們關於二者關係的思考更加複雜、更加合乎情理罷了。西方啟蒙運動之後對「摹仿」說的批評、對「鏡子」說的修正，大大強化了審美主體的能動性；我國新時期以來對「文以載道」說的反撥、對「文藝為政治服務」這一口號的否定，大大開闊了文藝社會學研究的視野。特別是從總體上來看整個二十世紀的文藝研究，文學藝術與社會生活相互關係的探討顯得更加深入、細緻、系統，特別是對二者之間中間環節的探討卓有成效。這絕不是像某些人所主觀想像的那樣，由於這一課題的古老而失去了生命的活力，企圖以此冷落甚至否認文藝與社會相互關係的研究是沒有道理的。

我們之所以認為文藝與社會相互關係這一理論課題仍具有生命的活力，首先在於它包容著豐富複雜的內涵，絕不是哲學意義上的認識論所能代替得了的。例如，關於藝術的起源問題，關於藝術的生活化和生活的藝術化問題，關於文藝的民族性、階級性和時代性問題，關於文藝與自然、與環境、與社區的相互關係問題，關於文藝作品的生產、流通（傳播）和消費（接受）問題，關於作家藝術家及其組織的社會地位問題，關於電影、電視、廣播等文藝傳播媒介對人的影響問題，等等，尚有許多領域等待著人們去探索、去開拓、去發現。而這些領域的探索、開拓與發現，說到底是人的美學反省與自覺，終將推進社會的進步與完善，有著深遠的歷史意義和巨大的現實性。可以這樣說，只要文藝與社會的互動關係存在，這一課題的研究便具有生命的活力；只要文藝與社會不斷發展，這一課題的研究便會不斷充實進新的內容。而文藝社會學，便是這一任務的理想承擔者。

文藝學與社會學

文藝社會學，如前所述，既然是從社會學的角度、借用社會學的理論和方法研究文學藝術，那麼，這也就等於說，社會學是它的基本參照，「文藝社會學」實際上是文藝學與社會學的匯流。因此，瞭解文藝社會學，必須首先瞭解社會學本身。

同文藝學和文藝社會學一樣，社會學作為一種思想儘管古已有之，但作為一門獨立的學科的出現則是近代的事，是近代資本主義工業社會的產物。英國產業革命和法國大革命之後，資本主義的機器大工業代替了封建社會的小手工業，給社會的經濟、政治生活帶來了急劇的變化。這種變化一方面表現在科學技術和工業的發展迅速、人口的增加、城市的擴大上，另一方面則表現在社會問題——農民破產、工人貧困和失業、經濟危機的頻繁出現上。正是在這樣的條件下，許多知識份子開始思考：為什麼會發生這麼大的歷史巨變？怎樣解釋和解決大量的社會問題？空想社會主義者聖西門的學生、法國唯心主義實證論哲學家奧古斯特．孔德，便是面對當時的社會病，試圖以新的人生哲學和政治體系構建新的社會秩序的知識份子之一。他在其《實證哲學教程》（六卷，1830-1842）和《實證政治體系》（四卷，1851-1854）中提出了實證主義的哲學和社會學，並於一八三八年《實證哲學教程》第四卷出版時，將專門研究社會現象的學科命名為「社會學」。於是，孔德便被後學譽為現代社會學的創始人。其實，「社會學」這一概念並不是孔德最早提出來的。在他之前，比利時的統計學家夸脫列特就在一八三五年使用過這一概念。然而，後人之所以把這一功勞歸之於孔德，不僅是因他提出了「社會學」的概念，主要還在於他把社會學概括為一門研究人類社會的學科，並在特定的歷史條件下規定了社會學的地位、對象和研究方法，建立了較完整的社會學理論體系。

孔德認為，自然和社會有六大基本學科，即：數學、天文學、物理學、化學、生物學和社會學。其中，社會學位居六大學科中的最高層次。在他看來，社會學由兩大部分構成，一部分是社會靜力學，研究社會結構或社會制度中的內在關係；一部分是社會動力學，考察社會發展與進化的基本規律。前者尋找社會的和諧秩序，後者探討社會的進化發展。孔德並據此提出一些與此相關的具體研究方法。

繼孔德之後，英國社會學家赫伯特·斯賓塞將社會比作一個有機體，用生物進化論來解釋社會現象，強調社會的系統和功能，豐富了孔德的理論，使社會學從體系上進一步完善起來。十九世紀末、二十世紀初，法國學者杜爾克姆（又譯涂爾干·迪爾凱姆）第一個開設了社會學課程，對社會學的範圍和方法進行了明確的界定；德國的韋伯主張社會學要集中研究社會行為，從而開闢了社會學的經驗研究的道路。第二次世界大戰之後，社會學的發展突飛猛進，出現了以帕森斯和默頓為代表的結構功能主義、以楊格和索羅金為代表的行為主義等諸多學派，使社會學研究的範圍不斷擴大，方法不斷更新，已不是當年孔德的理論所能概括得了的了。

儘管這樣，我們仍然可能從總體上對社會學的含義或性質作一簡要的概括。可以這樣說，作為整個社會科學的一個部門，社會學就是研究人類社會規律的學說。它的主要對象是探討社會結構和社會過程的規律，其中特別重視對人的社會關係和社會行為的研究。社會學作為一門獨立的學科的確立，基於下述概念：任何人都不能離群索居、單獨生存；人類只能通過物質生產、依靠群體生活來滿足各種物質和文化需求。於是，人與人彼此之間就要發生相互關係（社會關係）和相互行為（社會行為）；正是這些社會關係和社會行為，構成了紛繁複雜的社會現象；這些紛繁複雜的社會現象相互聯繫、相互制約，並由此構成了一個變動的社會整體。在這個複雜的社會整體中包含著豐富的物質生活和精神生活，以及豐富的物質社會關係和思想社會關係；包含著各種社會群體組織、各種社會文化、各種社會規範、各種社會制度；其中，有社會和諧也有社會衝突，有社會運動和社會變遷，也有社會越軌和社會控制，等等。所謂社會學，便是分析這類社會行為和社會關係，系統地研究變動的社會整體，反映這一系列現象及其相互聯繫的概念體系，以實現認識和把握社會規律，進而改造社會、科學地管理社會和引導社會之目的。

按照這一觀念，文學藝術，顯然屬於社會精神生活的構成部分；人類的文藝活動，顯然屬於人類社會行為的構成部分。文學藝術不僅反映一定時代的社會關係與社會行為，而且影響它、反作用於它，並有可能製造新的社會關係與社會行為。社會上的各種文藝團體、文藝活動的機構或場所、文藝活動的形式和內容，與社會規範、社會制度、社會和諧或社會衝突、社會運動或社會變遷、社會越軌或社會控制等等，顯然有著密切的聯繫。因此，研究社會學不能不研究文學藝術，不能不涉及到文藝學。這就是為什麼偉大的社會學家總是十分關注文學藝術的原因。

從另一角度看，文學藝術是社會的鏡子，是社會生活的折射，研究文藝不能不研究社會，因此文藝學更需要社會學的說明，更需要向社會學靠攏。特別是十八世紀下半葉之後，隨著社會矛盾的激化，出現了一大批直面現實、揭露現實、批判現實的作家作品，文藝理論與批評之中就不能不納入深沉的社會學思考。正像馬克思和恩格斯當年對普魯士書報檢查令的抨擊，對歐仁・蘇、歌德、巴爾扎克等作家的評論一樣，沒有博大精深的社會學思想絕不可能寫出激越昂揚、一語中的的文學批評。可以這樣說，以巴爾扎克為代表的十九世紀批判現實主義文藝思潮，既成了文藝學向社會學靠攏的直接動力，也成了文藝學和社會學匯流，即文藝社會學產生的文藝背景。

當然，如果系統地考察文藝社會學產生的歷史原因，還可以找出諸多的方面。例如十九世紀自然科學的飛速發展，同樣是一個重要因素。特別是生物學和遺傳學的成就、達爾文進化論的發現等，教會了人們以新的觀點和方法重新審視世界。丹納關於種族、環境對文藝的作用的理論，顯然受其啟發和影響。文藝社會學作為一門學科，正是在這些社會的、思想的、文藝的、科學的等諸多因素（當然主要是文藝的與社會的因素）的撞擊中所生成的一種「合力」，一種融各門（當然主要是融文藝學與社會學兩門）學科的理論和方法用以研究文藝現象的新視角、新範式。

美國學者保羅．拉姆齊在談到文學批評與社會學的關係時說：「鑒於文學主要涉及社會，又鑒於作家處身於各種社會影響之下，文學研究必然地而且廣泛地同社會研究相交叉，這個公理不言自明。」在他看來，文藝學與社會學的融合是因為社會的研究者和文學的研究者至少擁有三種共同的動機：一、尋求作為真理的真理；二、尋求有關價值的真理，具有價值的真理；三、希望行善，希望改善社會和文學。但是，這並不是要求「教師將文學僅僅當作理解社會的工具（這在實踐中意味著文學貶為『社會問題』，帶有心照不宣的改換思想意識的意圖），那麼，他的過失近乎於犯罪。但是，不討論殷勤好客的美德及其對古希臘人的重要性，不討論荷馬對存在於社會之中、淩駕於社會之上，與社會相對抗的神靈的清晰意識，人們便不可能教好《奧德賽》。」[2]這就是文藝社會學之所以是文藝社會學，而不同於一

2　保羅．拉姆齊：〈文學批評與社會學〉，引自張英進、于沛編：《現當代西方文藝社會學探索》（福州市：海峽文藝出版社，1987年），頁357-360。

般文藝學，也不同於一般社會學的原因之所在。一般文藝學主要是從審美的角度研究文藝的普遍規律；一般社會學所研究的主要是社會結構與社會過程的規律；而文藝社會學則是從社會學的角度研究文藝的社會本質，它的對象是作為社會現象的文藝現象，它的方法是作為文藝學方法的社會學方法。文藝性與社會性，在文藝社會學中是有機的統一。它絕不是如某些人所說的那樣，文藝社會學應當姓「社」；也不是如另一些人所主張的那樣，文藝社會學應當姓「文」。可以這樣說，它既姓「社」又姓「文」；既不姓「社」又不姓「文」。文藝社會學既然是一門獨立的學科，就應當有自己獨立的品格。

據此，從最寬泛的意義說來，文藝社會學的基本任務就是研究文藝與社會的互動。正如著名文藝社會學的理論家阿諾德·豪澤爾所說，文藝社會學中的藝術與社會的關係可以互為主體和客體。我們必須看到社會和藝術影響的同時性和相互性。一方面，藝術是作為社會的產物；另一方面，社會又是作為藝術的產物。藝術與社會的關係不是一方「吻合」、「俯就」於另一方的關係，而是「處於一種連鎖反應般的相互依賴的關係之中……一方的任何變化都與另一方的變化相互關聯著，並向自己提出進一步變化的要求……雙方都是處於不斷增生和加強的過程中。」就像身軀與靈魂的關係一樣，文藝社會學中的社會與藝術的關係是一種「互動關係」。[3]

關於文藝社會學的這一基本性質，我們可以從眾多的關於它的定義中見出。例如，我國第一部《社會學簡明辭典》認為文藝社會學主要研究四大課題：「一、產生作品的社會文化背景；二、作者的社會經歷與作品內容的關聯；三、作品的社會效果，它所創造的藝術典型究竟給社會留下一個怎樣的烙印；四、探討讀者對作品的反應及其所

---

3 豪澤爾：《藝術社會學》（上海市：學林出版社，1987年），頁35-38。

受的影響」[4]。蘇聯《簡明百科全書》認為：「文藝社會學是社會學和文藝學的交接領域，它以文學對社會的依從關係和文學同社會的相互關係為研究對象，同時也研究文學（或文學創作）的社會功能。」美國《社會學辭典》認為：「藝術社會學是一門科學，它致力於對藝術家和藝術作品對社會作用及社會對它們的反作用下達定義、進行分類和闡釋。」德國《文學專業辭典》認為：「文學社會學或稱社會文學學，其研究對象是文學和社會之間的相互關係，從廣義上說，它有助於理解孕育文學的各種生活關系。」法國出版的《社會學辭典》認為：「文學社會學研究三個方面的問題：一是文學環境；二是讀者，讀者讀些什麼？讀多少？文學讀物的作用何在？文學社會學根據這個觀點來分析讀者的特點；三是整個社會、社會階級結構和包含著這種基層幹部的世界觀之間的關係。」[5]從這些具有代表性的論述與概括來看，儘管它們的表述不盡一致，但都是從文學藝術與社會的互動關係中去規定文藝社會學的性質和任務。看來，文藝與社會的互動關係，是人們思考文藝社會學問題、構建文藝社會學的理論和方法的共同出發點，因而也是文藝社會學的總綱領。

因此，我們也有必要由此出發探討一下文藝社會學作為一門學科的研究對象和基本課題。

文藝社會學作為一門學科的基本課題

關於文藝社會學的研究對象問題，眾說紛紜，無一定說。就目前

4 李劍華、范定九主編：《社會學簡明辭典》（蘭州市：甘肅人民出版社，1984年），頁91-92。

5 上引國外有關文藝社會學的代表性論述均轉引自張英進、于沛編：《現當代西方文藝社會學探索》，頁414-415。

我國出版的兩本文藝社會學專著來看，所涉及的課題也有很大不同。司馬雲傑的《文藝社會學論稿》主要研究了文藝的產生與發展，以及文藝的社會感受和社會控制等方面的問題。而滕守堯的《藝術社會學描述》僅用了較少的篇幅討論藝術與自然、與經濟、與文化心理結構、與宗教的關係，重點描述的卻是藝術過程，並且不是嚴格意義上的藝術社會過程。國外一些文藝社會學著作，也是有的側重研究藝術的起源（格羅塞《藝術的起源》和普列漢諾夫《沒有地址的信》等），有的側重研究文藝社會學的方法（戈德曼的一些著作和豪澤爾的《藝術史的哲學》等），有的則側重從某一個角度（西爾伯曼的《文學社會學引論》側重從讀者的角度、盧卡契的一些著作側重從美學的角度、弗理契的《藝術社會學》側重從政治的角度、埃斯卡皮的《文學社會學》側重從文學社會過程的角度等）展開研究，不一而足。此外，還出現了諸如音樂社會學、電視社會學、藝術經濟社會學等個別分支的專題研究。因此，企圖全面地、毫無遺漏地概括文藝社會學的所有課題，顯然是不現實的。現在，我們只能圍繞「文藝與社會的互動」這一總綱領，闡釋一下文藝社會學所必須涉及和討論的幾大主要課題。

一　文藝社會起源

正如英國文藝理論家約翰・霍爾在其《文學社會學》中所說：「關心文學社會學的人迄今考慮的大部分問題乃是文學的起源。」[6]這樣估計儘管有點言過其實，但文藝的起源問題毫無疑問屬於文藝社會學的基本課題之一。

6　張英進、于沛編：《現當代西方文藝社會學探索》，頁293。

從文藝理論史上看，中國古代文人對於文藝起源的思考大多從「現世」出發，將文藝的起源同祭祖宗、慶功典、歌農事聯繫在一起，例如《呂氏春秋》關於葛天氏[7]之樂的見解就很典型。而西方古代哲人關於文藝起源的思考多與「神示」或宗教活動聯繫在一起，後來又出現了「遊戲」說、「種族本性」說、「欲望昇華」說等等。這些理論學說儘管能夠從某個側面揭示文藝起源的社會本質，但很難說是嚴格意義上的文藝社會起源論。嚴格意義上的文藝社會起源研究應當是奠基於社會學理論和方法之上的文藝起源問題的思考，應當是文藝與社會互動關係意義上的文藝社會起源論。例如，馬克思在《1844年經濟學哲學手稿》中提出來的「勞動創造了美」的觀點，就是從批判資本主義社會勞動異化、人的異化的角度出發對於藝術社會起源的經典性概括。如果聯繫馬克思歷史唯物主義和辯證唯物主義的社會觀來看，將勞動作為美與藝術的起源無疑是一個科學的文藝社會學的判斷。

如果說馬克思主要是從理論上概括了藝術的社會起源，那麼，著名德國藝術史家格羅塞的主要貢獻則是第一個從藝術領域收集證據來支持和證明了馬克思的觀點。格羅塞的研究最顯著的特點是將藝術的生成與發展同人的勞動和社會經濟結構密切地結合起來，從中考察藝術與社會的互動關係。發表於一八九四年的《藝術的起源》一書是格羅塞的代表作，集中反映了他的藝術社會起源觀。在這本書裡，格羅塞通過大量的原始藝術史事實證明，在社會經濟生活和精神生活之間，尤其是在社會和藝術之間，存在著一種密切的相互關係。例如，原始裝潢藝術中常見的幾何形線條和圖案，格羅塞證明它只不過是動物形象的縮化。而狩獵民族裝潢藝術在題材和形式上的貧乏和簡陋，則是他們生產方式所決定的物質及精神的貧乏的結果和反映。對於狩

7　葛天氏是傳說中的我國遠古時代部落的名稱。

獵民族來講，動物是最具實際利益的題材，這就是為什麼文明人中用得最普遍、最豐富的植物畫題，在狩獵民族裝潢藝術中絕無僅有的根本原因。關於藝術對社會的影響，格羅塞認為，由於舞蹈可以增進兩性的交遊，所以精幹而勇健的舞蹈者可以給女性觀眾一個深刻的印象，這樣就有助於性的選擇和人種的改良。格羅塞認為，原始民族的藝術品大多都不是從純粹審美動機出發的，實用目的是其主要動機，只有音樂把審美當作單純的動機，但音樂也能鼓舞勇武的精神。總之，「無論什麼時代，無論什麼民族，藝術都是一種社會的表現……我們要把那些原始民族的藝術當作一種社會現象和社會機能」進行研究，一方面「研究藝術創造的社會環境和社會關係」，一方面研究原始藝術如何「用種種不同的方式影響著原始的生活」[8]。

此外，普列漢諾夫關於藝術社會起源的研究實際上是對馬克思和格羅塞研究成果的綜合與發揮。他的卓越貢獻實際上是注意到了藝術與社會之間的「中間環級」──社會心理。在他看來，只有通過社會心理的研究，才能科學地闡釋藝術如何反映並影響社會生活。

無論怎樣，藝術社會起源問題的研究並沒有終結，仍是文藝社會學所要解決的重要課題之一。無論是從人的勞動，還是從社會經濟或社會心理（最近又有人運用「突變論」的方法）展開探討，都不失為有效的途徑。藝術社會起源的研究的重要意義在於，這一課題直接與我們對於藝術本質的認識有關；事實上，藝術起源論就是歷史化了的藝術本質論，或者說是發生學的藝術社會本質論；藝術本質的研究有待於藝術社會起源研究的突破，藝術本質的研究沒有終結就不會有藝術社會起源研究的終結。

---

8 格羅塞：《藝術的起源》（北京市：商務印書館，1987年），頁39、239。

二　文藝社會關係

文藝社會關係最表層次的研究應當是文藝和血緣、種族關係的研究。為什麼不同的民族有著不同的藝術風格和審美趣味？為什麼性愛會成為文學藝術永恆的主題？人的生物本能和自然屬性在人類的文藝活動中究竟起了什麼作用？等等，都應是文藝社會關係的內容。丹納將這一內容的研究作為文藝社會學的主體，將種族與血統奉為文藝活動的根本動因，顯然有失偏頗。在我們看來，這只能是文藝社會關係的表層，而不是什麼「深層結構」。我們所應反思的僅僅是：以往忽略了這方面的研究，現在極需補上。

文藝社會關係的第二層次應當是文藝和地緣關係的研究。也就是說，同一時代、同一民族的文學藝術，為什麼會由於地理關係的不同而產生很大的差異：恢宏壯麗的故宮建築與小巧玲瓏的蘇州園林、氣勢豪放的京劇與纏綿婉約的越劇、反映京都下層社會生活的老舍與反映邊城生活的沈從文，等等，很難說與地理環境沒有關係。這實際上就是文藝社會學中社區文藝的研究。由於人具有社區文化的認同感和歸屬感，反映在文學藝術中便是情感上的契合與投入，即所謂審美情趣上的「葉落歸根」。社區文學藝術的研究不能脫離經濟政治等方面的因素，但是地理、自然環境的作用也不應忽視。

文藝社會關係的第三層次應當是文藝和經濟關係的研究。從總體上說，文藝的發展有賴於經濟的發展，並且影響著經濟的發展。但是，文藝與經濟並不是一種直接的關係，用馬克思的話來說，藝術生產與物質生產之間有著「不平衡的關係」。也就是說，物質生產發展了，藝術生產並不一定會同步發展，物質生產力低下的時代或國家的藝術生產不一定不繁榮。但是，經濟活動又是整個人類社會活動中最基本的活動，文學藝術與經濟之間這種複雜而又微秒的關係如何解釋，同樣應當是文藝社會學的重要內容。

文藝社會關係的第四層次應當是文藝與政治關係的研究。粉碎四人幫以來，我們摒棄了「文藝為政治服務」的口號，但不等於否定了文藝與政治關係的研究。文藝與政治有著密切的聯繫，這是有目共睹的事實。我們這裡所說的政治是人民的政治，是人和人的關係。人和人的政治關係是客觀存在。任何時代的文學家多是關心人民命運的，在他們的作品裡必然反映人民的心聲，只有這樣的作品才能與人民共存。當然，正如約翰．霍爾所說，「在某些情形中，藝術的確似乎更緊密地與權力結構相聯繫，因而可以被視為一個重要的社會力量。譬如……十七和十八世紀歐洲的大多數建築物顯然是為歐洲專制主義設計的」[9]，但它們為什麼至今仍不失其藝術的魅力？中國萬里長城的構築凝聚了勞動人民的血和淚，但現在為什麼會成為某種民族精神的象徵和審美的對象？這就需要認真研究。從社會學的角度來看，文藝對政治究竟有什麼作用？「文以明道」、「文以載道」，還是可有可無、無足輕重？

文藝社會關係的另外一個層次應當是文藝與文化心理結構、與其他意識形態之間的關係問題。文學藝術作為一種文化現象，作為一種特殊的意識形態，必然與它賴以生成和發展的整個文化氛圍有著密切的互動關係。從風俗習慣到宗教信仰，從倫理觀念到哲學思想，既是文學藝術的對象，也受文學藝術的影響。它們同文學藝術的關係，是一般文化同審美文化、一般意識形態與特殊意識形態的關係。

還有，科學技術的發展對文學藝術也會產生影響，文學藝術的思維方式也往往能夠給科學發現以啟迪。科學與藝術，作為相反相成的兩種社會現象，其中的互動關係當然也不能被文藝社會學所忽略。特

9 張英進、于沛編：《現當代西方文藝社會學探索》，頁292。

別是二十世紀科學技術的飛速發展，使藝術的載體和傳播發生了巨大變化，應當引起我們足夠的重視。

三　文藝社會過程

文藝社會過程包括文藝生產、文藝流通和文藝消費三個階段。

文藝社會生產是文藝社會過程的第一步，主要是指作家藝術家借助技巧手段、物質材料和社會環境進行藝術創造，使精神產品定形化的過程。這一過程是精神因素與物質因素、藝術因素與非藝術因素的有機組合，是個體與群體、作家與社會的默契配合。例如一部小說，必須經過作家創作、編輯加工、排印發行等環節。一部電影的面世就更複雜了，除編、導、演的藝術勞動以外，還有燈光、音響和經濟等非藝術的勞動。總之，一部作品的形成，一般都要經過創作、組織、技術、後勤四個系統的協調合作。研究每一系統的規律及其協調關係，便是藝術過程研究的重要環節之一。其中，作家藝術家的社會地位和職業特性對藝術生產可以產生重大影響，也屬於藝術過程中藝術生產研究的內容之一。

文藝社會傳播是文藝社會生產和文藝社會消費的中間環節。它大致有四種方式：一、自身傳播，即每一社會成員對文藝社會信息的個別接受、反應、解釋和分析；二、親身傳播，指人與人面對面的文藝資訊交流；三、團體傳播，指兩人以上的群體信息交流，如讀書報告、文藝沙龍等；四、大眾傳播，指通過報紙、廣播、電視、雜誌、電影、書籍等影響廣泛的媒介，向大量的接受者進行傳播。大眾傳播是現代文藝社會傳播的主要方式，一般由傳播者、傳播內容、傳播管道、傳播對象、傳播效果等五種因素構成。文藝傳播過程中各因素的協調是很不容易的，往往出現傳播者對某些傳播效果不能有一正確預測的現象。研究傳播過程中各因素的協調關係，使傳播管道暢通，減少盲目性，便是文藝社會傳播的研究內容。列夫·托爾斯泰認為文學是人與人情感交流的工具，普列漢諾夫補充說文學不僅交流情感，也交流思想。無論是情感的交流還是思想的交流，沒有文藝的社會傳播，任何交流都不可能實現。從這一意義上說，文藝社會傳播是文藝社會過程的「大動脈」和「生命線」。

文藝社會消費是文藝社會過程的終點。它一方面和文藝欣賞有著密切的聯繫，一方面又不侷限於文藝欣賞，是文藝欣賞的社會化擴展。隨著物質生活水準的提高，人們總要將經濟收入的一部分用來支出文藝消費。文藝消費是人們精神生活的重要組成部分，包括消費對象、消費方式、消費機構和消費趨向幾個方面。文藝社會消費既和社會經濟條件有關，又和社會風尚、民族性格、文化素質、審美情趣和生理心理需求有關。二十世紀中葉以來，國外學者十分注重文藝消費的社會調查和研究，具有很強的「市場」意識，這是值得我們注意的；但是同時，只有文藝消費的「市場」意識還是很不夠的，還應當研究怎樣實現文藝消費的健康導向。對文藝消費的引導，當是我們的文藝社會研究的重要課題。

以上我們僅僅從三個方面提出文藝社會過程的基本內容。事實上，文藝社會過程是一個極其複雜的過程，它既涉及到文藝的內部規律也涉及到社會的外部規律，並且是這兩種規律的立體交叉。正如薩特所說，「文學客體是一個僅在運動中才能存在的奇怪的陀螺」。[10] 沒有運動，也就沒有文學，沒有文學的創作和實現。文學藝術的社會過程就是文藝與社會交互作用的動態過程。

---

10 轉引自張英進、于沛編：《現當代西方文藝社會學探索》，頁91。

四 文藝社會功能

文藝的社會功能是一個非常古老的研究課題。孔子的「興、觀、群、怨」說已為人所熟知。近代梁啟超在〈論小說與群治之關係〉中認為小說有「熏」、「浸」、「刺」、「提」四種力，也是對文藝社會功能的思考。所謂「熏」，「如入雲煙中而為其所烘，如近墨朱處而為其所染」；所謂「浸」，即「入而與之俱化者也。人之讀一小說也，往往既終卷後數日或數旬而終不能釋然」；所謂「刺」，即「刺激之義……刺也者，能使人於一剎那傾忽起異感，而不能自制也」；所謂「提」，「若自化其身……入於書中，而為其書之某主人翁」。梁啟超認為，「此四力者，可以盧牟一世，亭毒群倫……用之於善，則可以福億兆人……用之於惡，則可以毒萬千載。而此四力所最易寄者，惟小說。」[11]西方文論中的「淨化」說、「寓教於樂」說、「生活的教科書」說，以及現代文論關於文藝「真、善、美」的概括等，都是文藝的社會功能理論的極好概括。文藝社會學對這些理論應當展開深入的研究，特別是應當聯繫一定的社會條件研究這些功能的不同表現及其相互滲透性。

另一方面，文藝社會學意義上的文藝功能研究應當特別突出文藝在個人社會化過程中的功能，而不是一般的文藝社會功能研究。所謂「個人社會化」，是指一個特定社會的個人通過社會的交互作用，適應並吸收社會的文化，而成為社會一分子的成長過程。人天生是一個生物有機體，並非一個社會動物。人誕生後得到社會的教養並通過實踐方式方能適應於社會。社會環境是使人社會化的力量；模仿與刺激

11 阿英編：《小說戲曲研究卷》，《晚清文學叢鈔》（北京市：中華書局，1960年），頁14-17。

作用是這種力量之所以能形成「社會化」個人的精神要素。文學藝術作為社會文化環境，顯然是對社會個人進行刺激並使之模仿的強大的精神力量。這只要回憶一下文藝史上所發生過的事實就足以說明問題的重要性了：歌德的《少年維特之煩惱》所引起的對維特生活方式和服飾進行模仿的「維特熱」;《國際歌》對團結、教育人民所產生的作用，正如列寧所說，「一個有覺悟的工人，不管他來到哪個國家，不管命運把他拋到哪裡，不管他怎樣感到自己是異邦人，言語不通，舉目無親，遠離祖國，——他都可以憑《國際歌》的熟悉曲調，給自己找到同志和朋友⋯⋯」[12]

更重要的是，文藝在個人社會化中的作用主要表現在潛移默化之中，即梁啟超所說的「熏」、「浸」作用，每個人總是在不知不覺中受到藝術的薰陶浸染，這往往是非自覺的、無意識的。文學是「人學」，藝術是人的藝術；人之成為社會的人，沒有文學藝術的「熏」、「浸」顯然是不可想像的。美與藝術的修養，應當是人的價值判斷的尺規之一。正如格羅塞所說：「實在告訴我們藝術的個人的和個人化的影響，估計起來並不弱於我們已經竭力贊許的社會的和社會化的影響⋯⋯倘若我們想從事於說明藝術對個人發展的意義⋯⋯我們很可以指出，就使從這方面看，藝術也不但是一種愉快的消遣品，而且是人生的最高尚和最真實的目的之完成⋯⋯一方面，社會的藝術使各個人十分堅固而密切地跟整個社會結合起來，另一方面，個人的藝術因了個性的發展卻把人們從社會的羈絆中解放出來。」[13]

總之，社會中的每個個人，都處在一定的社會位置，都是經過社會教化才自我意識到社會角色的要求。文藝在個人社會化中的作用就

---

12 中共中央馬克思恩格斯列寧史達林著作編譯局編：《列寧選集》（北京市：人民出版社，1972年），卷2，頁434。

13 格羅塞：《藝術的起源》，頁241。

在於把隱約的社會角色關係表現為可感的、生動的文藝角色關係，這種角色強烈地或潛移默化地影響著人們的社會角色行為。文藝社會學對於文藝的這些社會功能必須傾注相當的注意力。特別是隨著電視的普及，電視藝術在個人社會化中的作用更不容忽視。日本青年自詡為「電視人」，把電視比作「老師」；美國青年學生在高中畢業前用於看電視的時間累計多達兩萬四千小時，而他們在學校上課的時間卻只有一萬兩千小時。青少年的模仿能力很強，一首電視劇插曲，馬上可以傳遍大街小巷；一部武打片推出，馬上就有人模仿，甚至棄學進山、拜師學藝，並由此可能產生一系列的社會問題。文藝社會功能的研究就應當為解決或引導這類問題提供理論參照。

五　文藝社會控制

社會控制是社會學的重要概念，美國社會學界把風尚、習慣、宗教、法律、教育、文藝、行為規範等看成是社會控制的工具，以實現社會的和諧與穩定發展。文藝社會控制主要應當研究文學藝術作為子系統，如何與整個社會系統協調發展。

文藝社會控制可分為有形控制和無形控制兩類。所謂有形控制，是指利用有關部門，諸如司法、公安、學校、新聞出版、行政管理等部門對文藝的生產、傳播和消費進行監督或調節，例如禁止生產、傳播黃色作品，調整藝術部門之間的關係，改善職業人員的地位和報酬，加強藝術和美學教育，指定文藝政策等等。所謂無形控制，是指利用人們的生活中長期形成的倫理觀念、價值觀念、審美觀念和社會輿論對文藝的生產和傳播施加影響。文藝評論是無形控制的審美形態。通過文藝評論讓欣賞者辨別真善美和假惡醜，提高公民的鑒賞力。這是文藝控制的積極措施。

上述五個方面，可以視作文藝社會學作為一門學科的基本課題。這五個方面相互聯繫，構成一個有機的整體。其中既含一般文藝學的成分，又含一般社會學的成分；但它既不是嚴格意義上的文藝學，又不是嚴格意義上的社會學，而是兩者融會後生成的新質、新課題。

文藝社會學作為文藝學方法的基本範式

如前所述，文藝社會學作為一門學科，是文藝學與社會學的融會，有其自身獨特的課題。但是，這並不等於說人們不可以從文藝學或從社會學的角度去分析它、研究它。無論是文藝學或社會學，都可以將它看作是本學科的一個分支、一個領域或一種範式。

那麼，現在就讓我們從文藝學的角度，總結一下文藝社會學作為文藝學方法的基本範式。

首先，「文學藝術是一種社會現象」，這是文藝社會學的基本文學觀，也是這門學科得以確立的基本前提及其研究文藝現象的出發點。

「文學藝術是一種社會現象」這一判斷至少與以下幾個判斷相區別：一、文藝是神靈的啟示；二、文藝是靈感的閃光；三、文藝是一種純粹的精神現象；四、文藝是一種純粹的消遣品；五、文藝是個人的「自我表現」；六、文藝是潛意識的昇華；七、文藝是一種有意味的形式。……文藝社會學不是從這些判斷出發考察文藝的規律，而是將文藝作為一種社會現象進行研究，這就是它所獨有的出發點。

將文藝作為一種社會現象進行研究至少有兩方面的事實依據。首先，從文藝作品的內容來看，其中包含著大量的社會內涵，社會現象總是文學藝術所要反映和表現的主要對象。正是在這一意義上，歷史上的理論家們總是反覆強調文藝是生活的反映、是社會的鏡子，也正是在這一意義上，文學藝術才能給社會生活以有力的影響。其次，從文藝的形式來看，無論是色彩、線條、韻律、節奏，還是語言、技法、結構、造型，具有不可否認的社會約定性。藝術上的創新是在社會約定性前提下的創新，脫離了社會約定性的創新不可能為他人所理解、所接受。即使現代派藝術，也逃脫不了這一約束。例如，荷蘭著名畫家埃舍爾的名畫《瀑布》，儘管內容荒誕，但並沒有脫離形式組合的社會約定性：一道瀑布傾瀉而下，匯集到水池裡，然後沿著水渠往下流去，拐了幾道彎之後，突然又回到了瀑布口！瀑布向下被看作與畫幅平行，而水渠的流向則被認為與畫面相垂直。可見，非現實的東西是建立在現實的理解力之上的。離開了現實的理解力——形式的社會約定性——荒誕藝術就真的成了不為任何人所理解的荒誕了。道理很簡單，形式作為整個人類心理結構的積澱，與社會結構有著相互對應的關係；這種對應關係隨著時間的延續已被固定化了，被社會認可了，不能發生錯位。就像人類的語言，「狗」的概念必須用那個民族特定的關於狗的文字來表示，「貓」的概念必須用那個民族特定的關於貓的文字來表示；如果發生錯位，就會產生所指的混淆。

此外，「文藝是一種社會現象」這一命題，又意味著文藝這一系統與其他社會子系統始終處於有機的聯繫之中。無論是從文藝的起源來看，還是從文藝的社會過程、社會功能或社會控制等方面來看，文藝與整個社會之間總是處於相互影響、相互滲透、相互制約的互動關係之中。正如我們在文藝社會學的基本課題一部分中所分析的那樣，從生產（創作）到流通（傳播）再到消費（欣賞），藝術的社會過程實際上就是人的社會過程，藝術的主體就是社會的人的主體。藝術不能脫離人，人不能脫離社會，社會同樣也不能沒有藝術。一方面是社會現象進入藝術，一方面是藝術進入社會。這就是一個問題的兩個側面：藝術的社會化和社會的藝術化。正是在這一意義上，我們才認為文藝與社會的互動關係是文藝社會學的總綱。

文學藝術既然是一種社會現象，那麼，對文藝現象的研究就必然參照社會學的方法和理論；換言之，社會學是文藝社會學方法的理論參照，社會現象則是它的客觀事實依據。從上文關於文藝社會學的基本課題的分析中我們便可以見出，文藝社會學作為文藝學方法顯然借用了大量的社會學的概念；或者換句話說，文藝社會學的基本概念是文藝學的概念與社會學的概念的融合。

埃斯卡皮在論及文藝社會學的原則和方法時說：「凡文學事實都必須有作家、書籍和讀者，或者說得更普通些，總有創作者、作品和大眾這三個方面。於是，產生了一種交流圈……在這種圈子的各個關節點上都提出不同的問題」[14]，西爾伯曼也持同樣的觀點，他說，我們應當「在全部的藝術過程及文學過程中，在藝術家、藝術作品和讀者大眾的相互影響、相互依賴的關係中，來認識文學社會學的思想及其活動的各部分所涉及的範圍。」[15]這也就是說，文學藝術的社會過程應當是文藝社會學的重點。這是因為，在文藝的社會過程中，最能體現文藝與社會的互動關係；文藝社會學的許多命題，都可以從作家（藝術生產）、作品（藝術流通）、讀者（藝術消費）三者的運動過程中引發出來。文藝的社會過程，應當是文藝社會學的中心環節。

總之，「文藝是一種社會現象」，是文藝社會學的基本的文學觀，也是文藝社會學研究藝術規律的出發點。文藝社會學的一系列命題，都是由此生發開來的。其次，文藝與社會的互動關係，是文藝社會學的總綱領，貫穿文藝社會學一系列課題的始終。再次，社會學的理論和方法，是文藝社會學的基本參照系。最後，文藝的社會過程，及其這一過程中各因素的相互關係，是文藝社會學的中心課題。這幾方面

14 埃斯卡皮：《文學社會學》（合肥市：安徽文藝出版社，1987年），頁31。
15 西爾伯曼：《文學社會學引論》（合肥市：安徽文藝出版社，1988年），頁43。

共同構築了文藝社會學不同於其他文藝學方法的理論體系，形成了文藝社會學研究文學藝術問題的獨特品格與範式。

文藝社會學的生成與發展

文藝社會學作為一種思想古已有之，不必贅述。但是，無論是作為一門學科還是作為一種文藝學方法是什麼時候產生的，學界卻眾說紛紜。以筆者之見，文藝社會學萌發於十八世紀下半葉，形成於十九世紀中葉，以丹納為代表的法國文論是其典型歷史形態，十九世紀末以來得到迅速發展。

文藝社會學的萌發最早可以追溯到義大利哲學家維柯（1668-1744）。維柯在他的《新科學》中根據對古希臘社會的研究來探討荷馬史詩及其作者，認為只有這樣才能「發現真正的荷馬」，從而開創了把文學作品和作家生平、時代背景結合起來研究的批評方法。繼維柯之後，法國百科全書派領袖人物狄德羅（1713-1784）對文藝社會關係作過專門研究，特別是他所論及的文藝同社會風尚的關係問題，對後世的文藝社會學產生了一定影響。此外，與狄德羅有過密切交往的德國狂飆運動的領袖之一、文藝理論家赫爾德（1744-1803），對文藝的社會批評也作出了重要貢獻。在他看來，歷史性因素對文學藝術的影響不是表面的，文學藝術的本質涉及整個歷史過程。民族習性、風俗、政治等對詩歌都會產生深刻的影響，藝術的生產和發展依賴於各民族生活條件的總和，文學藝術的繁榮依賴於它與產生它的那個社會條件是否相適宜；文學藝術的繁榮，反過來又能影響社會。他的這些思想，不僅影響了德國狂飆運動，也影響了流亡德國的法國浪漫主義批評家斯太爾夫人（1766-1817）。斯太爾夫人的《從文學與社會制度的關係論文學》（1800）一書被公認為是文藝社會學歷史上具有開創性意義的里程碑。正如埃斯卡皮所說，文學與社會「兩者在一八〇〇年前後達到了臨界點。正是在此時，文學開始意識到自己的社會維數。這時，斯太爾夫人發表《從文學與社會制度的關係論文學》;這部著作在把文學與社會這兩個概念合併起來作系統研究方面，也許在我國尚屬首次嘗試。」[16]

斯太爾夫人在《從文學與社會制度的關係論文學》的開篇就聲稱:「我想要考察宗教、風俗和法律對文學的影響究竟如何，而文學對宗教、風俗和法律的影響又是怎樣。」在她看來,「在歷史發展的不同階段中存在著不同的文學與詩學標準」，作家不可能超越他們所處的時代、政治制度、文化水平和民族精神等一切社會條件的界限，而是這些社會條件的產物。因此，評論一個作家、一部作品，必須考慮到作家寫作期間的社會環境，從環境的性質探討決定文藝面貌的內在因素。據此，斯太爾夫人在詳細論述從古希臘羅馬到十八世紀西歐各國的文學發展時，把「古典主義」、「浪漫主義」同社會聯繫起來進行表述。她說:「我認為古典詩就是古人的詩，浪漫詩就是多少是由騎士傳統產生的詩。這一區分同時也相應於世界歷史的兩個時代:基督教興起以前的時代和基督教興起以後的時代。」[17]

且不說這種機械的類比是否科學，僅就其類比本身而言可以見出，斯太爾夫人確是有意識的把詩與社會聯繫起來了。當然，這一意識仍是朦朧的、不明確的，甚至是非科學的、荒謬的。因為這種類比是建立在自然主義的世界觀基礎之上的。她所意識到的文學與社會的關係，主要是自然地理環境的關係，她認為，由於希臘、羅馬、義大利、西班牙和法國等南方空氣清新，有著叢密的樹林、清澈的溪流和

16 埃斯卡皮:《文學社會學》，頁33。

17 古典文藝理論譯叢編輯委員會編:《古典文藝理論譯叢》(2)(北京市:人民文學出版社，1961年)，頁92-93。

充足的日光，所以「南方文學」情調歡快、富於想像、熱情典雅；由於英國、德國、丹麥和瑞典等北方國家土地磽瘠、天氣陰沉、寒冷多風，所以「北方文學」富於哲理、深沉憂鬱，表現出強烈的「意志」。這種比附顯然是受社會學中地理學派的影響。

不可否認，斯太爾夫人並沒有停留在對文學的自然主義的解說上，她同時也注意到了社會關係對於文學的影響。例如，關於莎士比亞的悲劇，她認為就與英國十二世紀以來長期的「內戰恐怖」有關係，是整個英國民族精神的天才的藝術反映。可惜的是，斯太爾夫人並沒有循著這一思路生發開去，文藝社會學在她那裡並未作為一個完整的框架展現出來。她的主要貢獻是，第一次試圖從文藝與社會的關係這一角度論文學，使文藝社會學的這一基本總綱明朗化，在理論、方法和實踐的結合上實現了文藝學與社會學的碰撞與交會。

因此，從維柯到斯太爾夫人，可以算作文藝社會學的萌發期。

繼斯太爾夫人之後，法國出現了第一個專業評論家聖・佩甫。聖・佩甫深受孔德的影響，並主張用自然科學的方法去研究文藝，認為文學評論就要像生物學家採集植物標本為植物分類一樣，寫出「人的精神自然史」。與斯太爾夫人不同的是，聖・佩甫不強調社會，而強調從作家個人的生活條件去考察文學、解釋作家作品，認為社會條件僅僅是「外部」，只有把文學現象當作個人性格、氣質和心理等因素的產物，通過搜集作家本人的材料，「抓住、概括、分析整個的人」，才能全面的發現作家心靈的秘密。正是在這一意義上，聖・佩甫以文學評論的方式為當時的法國作家描畫了一系列生動的「肖像」，《婦女肖像》、《當代人物肖像》、《文學家肖像》等就是他在這方面的傑作。相對斯太爾夫人來說，聖・佩甫顯然是對文藝社會學研究領域的新開拓。

與斯太爾夫人、聖・佩甫同時，小說家司湯達、雨果、喬治・

桑、福樓拜、巴爾扎克和達文，畫家庫爾貝、德拉克羅瓦等對文藝的社會學性質也提出了許多精闢的見解。「法國社會將要作歷史家，我只能當它的書記」。巴爾扎克的這一名言反映了以他為代表的批判現實主義文藝思潮的共同的美學追求和理想。他們明確提出，現實主義就是要遵循社會法則，描寫社會與人生，寫出社會的表象與本質，「研究產生這些社會現象的多種原因或一種原因，尋出隱藏在無數人物、情欲和事件總匯底下的意義。」[18]這是文學之社會意識的覺醒，是將文學介入社會進程的執著追求，對文藝社會學的產生起到了推波助瀾的作用。但是，由於這些作家的言論大多屬於創作感受，因而缺乏理論上的深刻性與完整性。文藝社會學的總體構架不可能在他們的筆下誕生。

一八三八年，孔德正式提出「社會學」概念，標誌著這門學科的誕生；一八四七年，比利時的藝術批評家米凱爾在研究弗朗爾派的繪畫史時正式啟用了「藝術社會學」的概念，但未作理論闡釋；六〇年代，丹納相繼完成了《英國文學史》（1864-1869）和《藝術哲學》（1865-1869）的寫作。在這兩部著作裡，丹納提出了著名的「種族、環境、時代」三動因公式，構建了較為完整的文藝社會學體系，從而標誌著文藝社會學的誕生。

從聖・佩甫到丹納，可看作文藝社會學的誕生期。

繼丹納之後，文藝社會學進入發展期，出現了格羅塞、居尤、朗松、拉法格、梅林、普列漢諾夫、弗理契、盧卡奇、本傑明、阿多諾等一大批文藝社會學理論的研究者。在馬克思主義的影響下，他們大多不滿意丹納的方法，各自從不同的角度批評了丹納的生物進化論思

18 王秋榮編，程代熙等譯：《巴爾扎克論文學》（北京市：中國社會科學出版社，1986年），頁62、63。

想。其中，最富有方法論代表性的當屬普列漢諾夫和弗理契。普列漢諾夫接受了馬克思主義，提出了「五層樓」方法論和「文藝社會心理」的概念，對後學產生了極大的影響；弗理契則在某種程度上曲解了馬克思主義，把文藝社會學簡單化、庸俗化，對文藝社會學的健康發展產生了不良影響，特別是對包括我國在內的整個國際無產階級文藝理論研究，帶來許多消極的後果和負面的影響。因此，在下面的幾章中，我們將對丹納、普列漢諾夫和弗理契進行專門分析。

第二次世界大戰之後，文藝社會學得到廣泛傳播和進一步發展。一九四九年，聯合國成立了國際社會學學會，其中，藝術社會學委員會是它的下屬組織之一。據一九七三年西德出版的文藝社會學著作索引的不完全統計，有關這方面的學術著作已達兩千五百多種。這期間的文藝社會學有兩大顯著特點：一是注重應用性研究，諸如文藝家的職業和行為、文藝與接受者的日常行為、文藝生產與物質生產、文藝資訊傳播與文藝政策、文藝問題與社會問題、文藝社會控制等成了熱門課題；二是注重邊緣性和專門性的研究，出現了諸如文學社會學、音樂社會學、美術社會學、舞蹈社會學、影視社會學、造型藝術社會學、攝影藝術社會學、建築藝術社會學、民間藝術社會學等眾多的分支。關於文藝社會學在這方面的發展，我們在下文還要論及。但就文藝學方法來看，這一時期並無突破性的成果和質的變化。

這便是文藝社會學歷史發展的大致輪廓。

第二章
丹納

「三總體」觀念

如前所述，對文藝進行社會學的考察，首先應當確立「文學藝術是一種社會現象」的觀念，而不是像文藝學經驗方法那樣將文藝作為經驗的存在物，也不是像黑格爾那樣將文藝作為「絕對理念」的感性顯現，或者像其他一些人那樣將文藝作為純粹的個人的「自我表現」或潛意識的昇華等等。著名法國藝術史家兼文藝批評家丹納（一譯泰納）在其代表作《藝術哲學》的開篇就明確提出了這一問題。他說：我首先「認定藝術品不是孤立的」，「一件藝術品，無論是一幅畫、一齣悲劇、一座雕像，顯而易見屬於一個總體」。第一，它從屬於文藝家全部作品這一個總體。也就是說，它和文藝家的其他作品在風格、手法、節奏等方面有顯著的相像之處。第二，藝術家本身，連同他所產生的全部作品，也不是孤立的，有一個包括藝術家在內的總體，比藝術家更擴大，就是他們隸屬的同時同地的藝術宗派或藝術家家族。例如莎士比亞，並不是從天上掉下來的奇蹟或隕石，在他周圍就有十來個用同樣的風格和思想寫作的作家。第三，「這個藝術家家族本身還包括在一個更廣大的總體之內，就是在他周圍而趣味和它一致的社會。」因為社會習俗與時代精神對於群眾和對於藝術家是相同的。我們隔了幾個世紀雖然只能聽到藝術家的響亮聲音，但其中必然混合著當時整個社會群眾的「低聲合唱」。「只因為有了這一片和聲，藝術家才成其為偉大。」[1]

——這就是丹納為藝術品設定的三個「總體」，也是環繞個別藝24術品的三大「包圍圈」，現以圖表示如下：

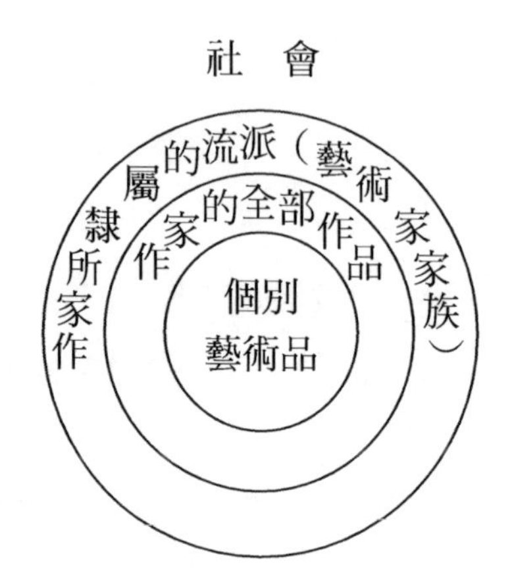

這是一個比一個更大的「圈」、一個比一個更大範圍的「總體」；其外「圈」對內「圈」依次起著決定作用，較大「總體」是較小「總體」產生的外部條件，從而構成一個考察文學藝術的「總體」參照系統。在這樣一個系統中，文學藝術被丹納看作是整個社會「總體」中的一部分，社會「總體」是最大的總體，作家與流派是藝術品與社會之間的中介。據此，丹納認為，對文學藝術品的研究就必須由周邊「總體」出發，通過社會總體的研究實現文藝自身的研究；換言之，**只有**通過社會總體的研究，**才能**實現文藝自身的研究，用丹納自己的話來說，這就是「我的方法和出發點」。[2]

丹納確實找到了文藝社會學的出發點，確實為從社會學的角度、借用社會學的方法研究文藝找到了理論根據。丹納的這一貢獻是不容否認的。這是文藝理論史上文藝學與社會學在方法論意義上的匯流，

1　丹納：《藝術哲學》（北京市：人民出版社，1983年），頁4-6。

2　丹納：《藝術哲學》，頁4。

標誌著一種新的學科——文藝社會學邁向體系化的進程，文藝學的社會意識終於由潛在走向了自覺。

丹納自覺意識到他的方法與傳統的不同。他說：「我們的美學是現代的，和舊美學不同的地方是從歷史出發而不是從主義出發……。過去的美學先下一個定義，……然後按照定義，像按照法典上的條文一樣表示態度。……我唯一的責任是羅列事實，說明這些事實如何產生。」傳統的方法，即所謂文藝美學的方法，例如康德、黑格爾，就是「從主義出發」、從哲學觀念出發的「形而上學」方法。他們的共同點是把紛紜複雜的文藝現象納入自己事先設定好的思辨體系構架中進行考察研究。丹納則不然，他是從現象出發，從事實出發，從作品、作家、流派、社會等現象出發。用他自己的話說，這「不過是把人類的事業，特別是藝術品，看作事實和產品，指出它們的特徵，探求它們的原因」。[3]從這一意義上說，這種所謂「實證的」，即「形而下」的方法，當然是對康德、黑格爾的反撥與發展。

丹納的這種所謂「實證的」方法顯然是受了十九世紀實證主義哲學的影響；具體說來，是從孔德那裡移植過來的。這種方法論上的移植，使文藝學從思辨的天國回落到現實的人間；丹納所追求的，不再是思辨的快感，而是可感的實在，開始直面嚴肅的人生。但是，丹納所理解的實在，是生物學、自然科學，甚至是社會達爾文主義意義上的實在。他往往從生物進化的角度去看現實社會。用這種觀念觀察文藝，研究文藝的本質和規律，也就難免出現偏頗，甚至導向荒謬。關於這一問題，從其所謂文藝的「三動因」公式中便可以見出。

3 本小節引文見丹納：《藝術哲學》，頁10-11。

「三動因」公式

把「種族」、「環境」、「時代」作為文學藝術生成和發展的三種基本動因，是丹納「從歷史出發」、「從事實出發」，而不是「從主義出發」、「從觀念出發」的實證方法的具體實施。這在他的《英國文學史》，特別是在其《藝術哲學》中有詳細的闡發，丹納還運用這一方法具體分析了大量文藝史現象。

所謂「種族」，是指一個民族在生理學和遺傳學意義上所固有的性格、氣質、觀念、智力等方面的文化傾向。在丹納看來，這種文化傾向是一個民族的先天本能和最穩固的原始特性，極少受環境的遷徙與時代沿革的影響而變化。「如古老的阿利安人，散佈於從恆河到赫布里底的地帶，定居於具有各種氣候的地區，生活在各個階段的文明中，經過三十個世紀的變革而起著變化，然而在他的語言、宗教、文學、哲學中，仍顯示出血統和智力的共同點」，直到今天，我們仍然能夠從其不同的支派中發現共同的種族印記——民族的「原始模型」。[4]

所謂「環境」，包括自然環境和人類環境。丹納把自然環境稱之為「物質環境」，包括種族生存的地理位置和氣候狀況等自然條件。丹納認為，自然環境對事物的本質產生著干擾或凝固的影響作用。原始阿利安人的遷徙就使他們形成了以日爾曼民族為一方和以希臘民族、拉丁民族為一方的深刻差異：「有的在寒冷潮濕的地帶，深入崎嶇卑濕的森林或瀕臨驚濤駭浪的海岸，為憂鬱或過激的感覺所纏繞，傾向於狂醉和貪食，喜歡戰鬥流血的生活；其他的卻住在可愛的風景

4 丹納：《西方文論選》（上海市：上海譯文出版社，1979年），下冊，頁237。

區，站在光明愉快的海岸上，嚮往於航海或商業，並沒有強大的胃欲，一開始就傾向於社會的事物，固定的國家組織，以及屬於感情和氣質方面的發展雄辯術、鑒賞力、科學發明、文學、藝術等」。[5]

以往，學界對於丹納「環境」的解說僅限於上述一個方面，恐怕是片面的。丹納不僅講「自然環境」，也講「人類環境」。就在上面引文的同一小節，在講完「自然環境」後他緊接著就說：「有時，國家的政策也起著作用……。」丹納以義大利為例說明，在古羅馬時期，由於政治動盪、戰爭頻仍，於是出現了反映不安情緒的文化；文藝復興時期，由於政治穩定，教權顯赫，於是出現了和諧而高尚的精神文明以及對快樂與美的崇拜。此外，在討論藝術品的產生時，丹納往往在風俗習慣、精神氣候的意義上使用「環境」概念以說明它對於文藝的影響；在討論繪畫史與雕塑史時，又往往在民族性格、人生觀、生活情趣以及社會文化等意義上使用「環境」概念。可見，丹納的所謂「環境」，除其自然條件的含義外，更重要的是指整個社會文化氛圍。這是丹納為文藝的產生與發展所尋找的第二個方面的動因。「種族」屬於內部動因，好比植物的種子；「環境」屬於外部動因，好比植物得以生長的外部條件。對日爾曼和尼德蘭繪畫的研究，可以說是丹納運用這兩個概念的傑作。

他首先考察了日爾曼人的一般生理特點：白皮膚、藍眼睛、黃頭髮、高身材，貪吃嗜酒、遲鈍笨重、安靜慎重、對快感要求不強。所以他們多重內容過於形式。但是，作為日爾曼族的不同分支，由於不同的生活環境而形成了不同的性格。德國人耽於幻想，喜歡在想入非非和形而上學中夢遊；英國人性情激烈、脾氣好鬥、陰沉而驕傲；尼德蘭人則講究實際、注重精神平衡、安分自足。這是由於「不同的生

5 丹納：《西方文論選》，下冊，頁238。

活環境把這個天賦優異的種族蓋上不同的印記。倘若同一植物的幾顆種子,播在氣候不同,土壤各別的地方,讓它們各自去抽芽,長大,結果,繁殖;它們會適應各自的地域,生出好幾個變種;氣候的差別越大,種類的變化越顯著。」[6]

丹納由此論及藝術。由於缺乏敏感是一般日爾曼民族的特點,所以整個日爾曼民族很少產生第一流的繪畫;德國人由於思辨力量太強,沒有給眼睛留下享受的餘地,所以他們的畫風神秘僵硬、黯淡憂鬱;英國人由於太頑強好鬥,無心流連於輪廓與色彩的美麗細膩的層次,所以他們的畫風多帶有教訓的性質;唯有尼德蘭人注重現實,所以產生了寫實主義的荷蘭畫派。「荷蘭畫派只表現布爾喬亞屋子裡的安靜,小店或農莊中的舒服,散步和坐酒店的樂趣,以及平靜而正規的生活中一切小小的滿足。」[7]它一方面保留著日爾曼民族的「原始模型」,同時又形成了區別於其他日爾曼人的獨特風格。這一獨特風格就是由於「環境」造成的:濱海多風,淫雨連綿的惡劣的自然環境與由此形成的注重實際、安分自足的民族性格(人類環境)。

藝術的第三個方面的動因是「時代」。

所謂「時代」,丹納沒有明確的定義。但是從其具體的論述中我們得知,這是一個抽象的時間概念。因為在丹納看來,「種族」是文藝的「內部主源」,「環境」是文藝的「外部壓力」;而「時代」呢?則是指「內部主源」在「外部壓力」下發生作用的「頃間」。在「內」、「外」相同的情況下,不同「頃間」所發生的作用會「使得整個效果也不相同」。例如達·芬奇(1452-1519)和伽多(1575-1642),儘管其「內」「外」性質、條件相同,由於「頃間」不同,於

6 丹納:《藝術哲學》,頁158。

7 丹納:《藝術哲學》,頁174。

是在義大利繪畫史上出現了現實主義的達．芬奇時代和浮靡畫風盛行的伽多時代。前者是後者的先驅，後者是前者的來者。丹納認為，他們就像某種植物的進化，在其年復一年的發展中會產生不完全相同的枝幹、花果、子殼一樣，後者總是在前者的死亡中誕生。

當然，丹納也講「時代精神」，即包括政治事件、宗教信仰、民族性格、世俗風氣在內的「時代精神」。但是，它已包含在「環境」這一概念中了。作為「時代」概念本身，僅僅是丹納在時間上劃定「環境」（主要是人類環境）發展的不同階段而已，僅僅是在抽象的意義上標明客觀事物發展的先後承繼關係。因此，它並不是一個具有實在內容的獨立範疇，只有同「環境」聯繫在一起才具有自身的意義。以往學術界把這一概念與「時代精神」、「精神氣候」混為一談，恐怕不易廓清丹納的理論構架，也不是丹納的本意。

這就是丹納整部《藝術哲學》的邏輯順序，也是他文藝社會學方法的基本內涵。正如他自己所表白的那樣：「根據我們的方法，我們先要研究這一段內部的，成為先決條件的歷史，以便說明外部的終極的歷史。我先要給你們分析種子，就是分析種族及其基本性格，不受時間影響，在一切形勢一切氣候中始終存在的特徵；然後研究植物，就是研究那個民族本身及其特性，這些特性是由歷史與環境加以擴張或限制，至少加以影響和改變的；最後再研究花朵，就是說藝術，尤其是繪畫，那是以上各種因素發展的結果。」[8]

如果我們把丹納的這一方法，即所謂文藝研究的「三動因」公式表示出來，那麼，它們之間的關係是這樣的：

8　丹納：《藝術哲學》，頁147-148。

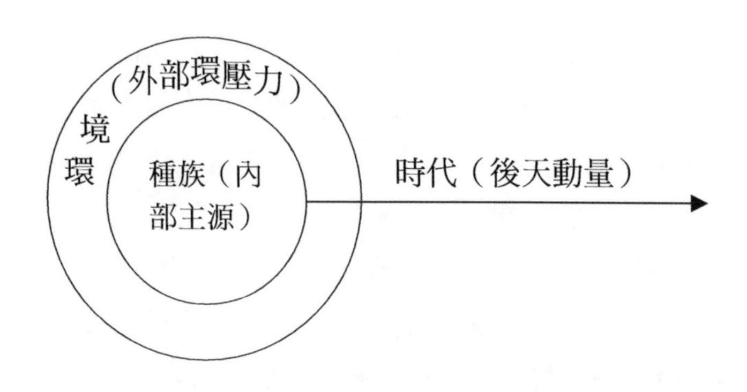

在這個公式中，作為文藝「內部主源」的「種族」，屬於生物學、遺傳學意義上的民族天賦和原始特性；作為文藝「外部壓力」的「環境」，屬於自然與社會混然一體的客觀條件；而「時代」，則屬於進化論和動力學意義上的時間延續，用丹納自己的話說，即文藝的「後天動量」。「種族」，是文藝存在的先天條件，決定文藝的內部結構，具有質的規定性，就好比植物的種子，沒有它就無從生發開花。「環境」是種子得以萌生的催化物和空間維度，決定文藝的外部形式。「時代」是植物進化的後天動量和時間維度，決定文藝發展的不同歷史時期。

丹納認為，他這個公式「徹底研究了實際原因的全部」。就丹納文藝社會學本身說來，這樣評斷也不過分。但是，就科學性說來，這一公式就帶有很大的荒誕成分。種族的生物屬性只能決定文藝的存在與否（同動物相對而言），怎麼能決定文藝的性質及其優劣呢？自然環境影響民族的性格，進而也影響到文藝，這是事實，但是，把它與社會環境混為一談，且主次不分，甚至還到自然中尋找終極原因，這不是典型的庸俗唯物主義嗎？至於「時代」，仍然停留在達爾文進化論的水平上，和當時已經被馬克思恩格斯發現的歷史唯物主義相比，顯然大大的落後了。

儘管這樣，文藝社會學作為一個方法論體系，已經顯出明晰的輪廓。固然幼稚，畢竟破土而出，與「形而上」方法相比，表現了蓬勃的生機。

藝術價值判斷「三標準」

既然文藝是由「種族」、「環境」和「時代」所決定的，換言之，「種族」、「環境」和「時代」的特徵決定文藝的特徵，因而，文藝再現這些特徵的程度及其效果，也就成了丹納藝術價值論的核心，「特徵的重要程度」、「特徵的有益程度」、「效果的集中程度」三方面就成了丹納判斷藝術價值的三條標準。

首先，「特徵」有重要、次要之分。什麼是事物的重要特徵呢？在丹納看來，最不易變化的特徵就是最重要的特徵。「由於不易變化，這些特徵具有比別的特徵更大的力量，更能抵抗一切內在因素與外來因素的襲擊，而不至於解體或變質。」[9]在人類的精神世界，精神現象的價值便是根據其在時間的侵蝕下所變化的快慢速度進行判斷。例如：浮在最表層的是持續三、四年的生活習慣與思想感情，流行的時裝與一時的社會風氣就是這樣。下面一層可持續二、三十年或半個世紀，一代人的性格、愛好與情趣等就是如此，屬於略為穩固的特徵。第三層是非常深厚的一層，它的特徵可以存在於一個完全的歷史時期。就像中世紀、文藝復興、新古典主義時代那樣，各有自己的特徵並附帶或引申出一大堆「主義」和思想感情；宗教、政治、哲學、家庭等都烙上了它的印記，從而構成一個精神狀態的典型，在人類的記憶中永存。但是，無論這種典型如何頑強堅固，總有一天會消滅，而一個民族的本質特性卻能始終不變，歷經滄桑而連綿不斷。這

9　丹納：《藝術哲學》，頁347。

就是人類精神的「原始意識」，深深地埋藏在一個民族的「原始地層」之中，除非異族的侵入或征服、種族的雜交或地理環境的變遷而不可變異，與整個民族共存亡。

丹納認為，這一最穩固的種族特徵就是最重要的特徵，因而也是最有價值的特徵。文學的價值就決定於它所反映的事物的價值。「別的方面都相等的話，一部書的精彩程度取決於它所表現的特徵的重要程度，就是說取決於那個特徵的穩固的程度與接近本質的程度。……文學作品的力量與壽命就是精神地層的力量與壽命。」[10]那些表現時尚特徵的「時行文學」是最低等級、最少價值的文學，而任何傳世之作無不表現高級的民族精神的「原始層」。魯濱遜是一個道地的英國人，他渾身的民族本能至今可以在英國的水手和墾荒者身上看見；唐・吉訶德是個不健全的、騎士式的西班牙人。在他們身上都體現了某個民族的最深刻的特徵，因而成為文學史上不朽的典型。

丹納將文學藝術品是否表現一個民族的最穩固的、最隱秘的「原始意識」作為藝術價值判斷的最重要的、最首要的標準，是非常深刻、非常有見地的，表現了作者對藝術的深刻理解與會心。這是丹納文藝社會學理論中的精華，對後來的文學批評，特別是對二十世紀以來的「神話批評」、人類學和文化學批評，產生了深刻的影響。

丹納藝術價值判斷的第二個標準是「特徵的有益程度」。所謂「有益」，丹納認為是指那些能夠說明一個人達到目的的「力」。作為社會中的個人，在丹納看來，「愛」是最有益的，是使個人生活有益於社會的「超乎於一切之上的動力」，「因為愛的目的是促成另外一個人的幸福，把自己隸屬於另外一個人，為了增進他的幸福而竭忠盡智。」「愛」又有男女之愛、父母子女之愛、朋友之愛……，「愛的對

10 丹納：《藝術哲學》，頁358。

象越廣大，我們越覺得崇高。因為愛的益處隨著應用的範圍而擴張。在歷史上，在人生中，我們最欽佩的是為大眾服務的精神」。由此，丹納認為，「別的方面都相等的話，表現有益的特徵的作品必然高於表現有害的特徵的作品。倘使兩部作品以同等的寫作手腕介紹兩種同樣規模的自然力量，表現一個英雄的一部就比表現一個懦夫的一部價值更高。」[11]這實際上是一種道德判斷標準。與上一標準相比，「特徵的有益程度」顯然是丹納對藝術價值的浮淺理解，因為他完全忽視了美學意義上的「醜」的審美力量。儘管丹納並不否認這類作品的深刻性，但把「寫英雄人物」作為藝術道德判斷的準則畢竟屬於狹隘的急功近利主義，也不符合文學史的事實。

上述二個方面僅就「特徵」本身的價值而言。而「特徵」一旦進入藝術作品中，就必須盡可能地支配一切，必然要求藝術調動各種原素通力合作以突出「特徵」。這就是藝術的效果問題。丹納認為，「效果的集中程度」是藝術價值判斷的第三條標準。

按照丹納的說法，文學由人物、情節、風格三種基本原素構成。三種原素也是三種力量。三種力量集中以後，性格才能完全暴露，「特徵」才能完全突出。「別的方面都相等的話，作品的精彩程度取決於效果的集中程度。」[12]這實際上是藝術典型化問題，是為突出「特徵」服務的形式問題，不必贅述。

丹納的影響及功過

這樣，丹納就涉及到文藝與自然、文藝與社會、文藝與意識、文藝與種族，以及自然、種族、社會、意識相互之間諸多方面的關係。

11 丹納：《藝術哲學》，頁376-378。
12 丹納：《藝術哲學》，頁399。

而這些關係,正是文藝社會學的基本論題和主要網路。勿庸置疑,文藝社會學作為一門學科的出現,在丹納的筆下已經現出明晰的輪廓。

丹納的學說,是十九世紀中葉文藝理論史上的一顆明珠。它既是法國乃至整個歐洲現實主義文藝實踐的總結,又對後來的文學,特別是以左拉為代表的自然主義產生了深刻的影響。就文藝學本身說來,一種被稱為「文化歷史學派」的研究方法也由此發生了。法國小說家兼批評家法朗士,德國文藝史家海特納爾,英國文學批評家阿諾德等便是這一研究方法的信奉者。特別是後來著名的丹麥文藝史家勃蘭兌斯,可謂丹納的真傳弟子。他在他那為世人矚目的六卷巨著《十九世紀文學主流》的扉頁上就明確寫著:「敬獻伊波利特·丹納先生」,充分表示了學生對先生的崇拜。勃蘭兌斯說:「一本書,如果單純從美學的觀點看,只看作是一件藝術品,那麼它就是一個獨立存在的完備的整體,和周圍的世界沒有任何聯繫。但是如果從歷史的觀點看,儘管一本書是一件完美、完整的藝術品,它卻只是從無邊無際的一張網上剪下來的一小塊。」這張「無邊無際的網」就是社會。因此,勃蘭兌斯認為,「文學史,就其最深刻的意義來說,是一種心理學,研究人的靈魂,是靈魂的歷史。」於是,他決心「通過對歐洲文學中某些主要作家集團和運動的探討,勾畫出十九世紀上半葉的心理輪廓。」[13]

但是,丹納的世界觀畢竟是以實證論、進化論為基礎的世界觀。他企圖到人的自然屬性中去尋求藝術的本質及其終極原因的觀點顯然是錯誤的、非科學的。擯棄這一糟粕,以歷史唯物主義的觀點與方法重建文藝社會學當然只能是馬克思主義的任務。這早在馬克思、恩格斯及其學生拉法格、梅林的著作中就已有非常精闢的論述,到了普列

13 勃蘭兌斯:《十九世紀文學主流》(北京市:人民文學出版社,1980年),第一分冊,頁1-2。

漢諾夫的《沒有地址的信》等名著問世時，已經以全新的面貌出現在文藝社會學發展的歷史上，標誌著丹納的時代已經過去。

我們批評丹納的生物學觀點與自然主義的方法絕不是說不要研究文藝和人的生理、和自然的關係，絕不是這樣。人的美學需求以生理為基礎，人與社會以自然環境為物質生存條件。從這一意義上說，人與自然是統一的。沒有自然就沒有人，沒有生理需求也就沒有審美和美感；研究自然與文藝的關係、文學與種族特性的關係等，應當是文藝社會學的重要內容。藝術的民族性、不同社區的不同藝術風格等問題的研究不能不考慮自然環境的影響與種族的差異。問題在於以什麼為出發點，文藝的終極原因是否在這裡。丹納的模式顯然是不足為訓的。當然，如果無視這一影響與差異，以唯經濟決定論、唯政治決定論代替整個文藝社會學研究，那就會導向另一個極端——庸俗文藝社會學。

第三章
普列漢諾夫

普列漢諾夫與文藝社會學

普列漢諾夫不是專門的社會學家，也不是一位專門的文藝學家。但是，在社會學和文藝學的交叉點上，他卻堪稱一位卓越的文藝社會學專家。我們之所以給他以這樣的評價，就在於他那大量的文藝論著有著以下三個方面的顯著特色：

一、在他幾乎所有關於文藝的論述中，始終把文藝作為一種社會的精神現象，給文藝以社會學的解釋和研究；

二、這種解釋和研究，一方面堅持了歷史唯物主義的基本觀點，一方面又有自己的獨特發現，建立了以「五層樓」公式為標誌的文藝社會學方法論系統；

三、在這種方法論系統中，普列漢諾夫十分注重從社會心理學的角度解釋和研究文藝對象，從而形成了自己的基本特色；或者可以說，「文藝社會心理學方法」是普列漢諾夫的獨特建樹。

上述三方面，使普列漢諾夫在文藝學方法的歷史上無愧於「專家」的稱呼而獨樹一幟，誠如魯迅所言：「他的藝術論雖然還未能儼然成一個體系，但所遺留的含有方法和成果的著作，卻不只作為後人研究的對象，也不愧稱為建立馬克思主義藝術理論社會學底美學的古典底文獻了。」[1]

1　魯迅：《魯迅全集》（北京市：人民文學出版社，1982年），卷4，頁261。

正是在普列漢諾夫的影響之下，世界文壇上出現了一大批卓有成就的文藝理論批評家，從而使他成為十九世紀末、二十世紀初馬克思主義文藝學流派中最有代表性的人物之一。可以這樣說，他是繼丹納創立文藝社會學體系之後，率先給文藝以歷史唯物主義的社會學的解釋的第一人，率先給文藝社會學以方法論的突破的第一人。正是在這一意義上，蘇聯學者把他奉為「馬克思主義文藝社會學之創始者」[2]。

「從生物學轉到社會學」

「藝術是一種社會現象。」[3]這是普列漢諾夫文藝學理論的基本命題，也是他對文藝進行社會學解釋的理論前提。在這一前提下，普列漢諾夫「對於藝術，就象對於一切社會現象一樣，是從唯物史觀的觀點來觀察的。」[4]

我們知道，普列漢諾夫特別指出自己「從唯物史觀的觀點來觀察」藝術，首先是針對當時文藝理論批評中的生物學觀點。自從十九世紀下半葉開始，由於達爾文生物進化論的勝利，一些生理心理學家、人類學家和文學藝術家，試圖將達爾文的自然選擇的生物進化論運用於包括文學藝術在內的社會生活諸領域的研究。他們認為，人的審美觀念和審美能力是與生俱來的，是人的生理本能決定的，屬於人的天性；人的文藝活動源於人的性本能和潛意識。因此，文學應當描寫人的生物本性；文學研究應當納入生物學的範疇，等等。丹納、佛洛伊德等人的方法在很大成分上就受到這種文學觀念的影響。這就向

2 耶考蕪萊夫：《文藝學方法論者普列漢諾夫》（上海市：春秋書店，1984年），頁9。

3 普列漢諾夫：《普列漢諾夫哲學著作選集》（北京市：三聯書店，1984年），卷5，頁308。

4 普列漢諾夫：《普列漢諾夫哲學著作選集》，卷5，頁309。

唯物史觀的文藝社會學提出了嚴峻的挑戰。

普列漢諾夫的文藝學名著《沒有地址的信》（1899-1900）開篇就來應付這一挑戰。在他看來，達爾文的生物進化論固然是科學發展的一個巨大的進步，但是，它和馬克思所研究的對象屬於兩個不同的領域。前者研究有機形態的演變和發展，後者研究社會的組織及其產物——人類的思想和感情的歷史發展；前者是生物學，後者是社會學；生物學的成就有助於社會學的發展，但不能代替社會學；社會學研究的領域恰恰開始於生物學研究領域終結的地方。道理極其簡單：人不是動物。例如，達爾文在其《人類原始及類擇》一書中引證了許多事實證明美感並不為人類所專有，雄鳥在雌鳥面前有意地展示自己那鮮豔的羽毛就說明動物也有美的感覺，云云。普列漢諾夫認為，達爾文所舉的例子儘管是事實，但絕不能由此得出結論說「美感的起源應當由生物學來證明」。否則，我們將如何解釋不同的種族、不同的時代和階級為什麼有著不同的美感？人的審美感覺有時候和動物是相似的，這只能證明美感的生理基礎；「人的心理本性使人能夠有審美的概念，……但是，為什麼一定社會的人正好有著這些而非其他的趣味，為什麼他正好喜歡這些而非其他的對象，這就決定於周圍的條件。」[5]因為人是有意識的動物，他的審美感覺是和許多複雜的觀念交織在一起的；並且，隨著社會的發展和文明的進步，這種「交織」將會越來越複雜。裝飾藝術、紋身等產生的原因用生物學的觀點怎麼能解釋清楚？「回答這些問題的不能是生物學家，而只能是社會學家」，因此，普列漢諾夫認為，對於美、美感和文學藝術問題的研究，必須「從生物學轉到社會學」。[6]

---

5 普列漢諾夫：《普列漢諾夫哲學著作選集》，卷5，頁308。

6 普列漢諾夫：《普列漢諾夫哲學著作選集》，卷5，頁317、頁314。

「從生物學轉到社會學」，這是普氏企圖把文藝作為一種社會現象進行研究，建立唯物史觀的文藝社會學的第一個響亮的口號，是無可非議或挑剔的論斷。但是，有些普列漢諾夫的研究者硬是抓住普氏把人的生理本性作為美感的基礎這一問題大興問罪之師，給普列漢諾夫套上「生物學的人性論」者的帽子[7]，恐怕是欠公允的。普列漢諾夫的觀點十分明確：人的生理本性決定美感的存在，而一定社會、一定民族、一定階級的人，即人的一定的社會條件，決定美感的形態和性質（參見《沒有位址的信》〈第一封信〉）。試問，失去了生理本性的殭屍能有美感嗎？這應該是一個童叟無疑的常識。我們之所以在這裡提起這一問題，就在於多少年來我們對於美感、形象、思維等問題的研究，恰恰就是在這裡人為地構築了一個禁區。這一禁區不突破，就很難設想文藝學的科學化。我們既反對把文藝學納入生物學的觀點，也反對把人類文學活動和人的生理特點絕對割裂開來的抽象的社會學。人類的文學活動不僅能夠使性情得到陶冶，而且會帶來身心健康，這是不容否認的事實。在這一問題上，普列漢諾夫絕不是折衷主義，而是唯物主義，辯證的唯物主義。

排除了生物學的干擾，普列漢諾夫開始以新的姿態闡釋文藝的社會價值和功能。例如，關於藝術在人際交往中的作用問題，托爾斯泰在他的《藝術論》中早有著名的論述，認為「藝術是人與人之間交往的手段之一」。但是，托爾斯泰所說的「人與人之間的交往」，主要是指人與人的情感交流，他把藝術在人際交往中的功能僅僅限定在情感領域，這顯然是片面的。普列漢諾夫在肯定托氏定義的前提下，又做了進一步的補充，認為「藝術既表現人們的感情，也表現人們的思

---

7 黃藥眠：〈試評普列漢諾夫的審美感的人性論——對普列漢諾夫文藝思想中的生物學的人性論底批判之一〉，載《文藝理論研究》1980年第2期（1980年2月），頁2-12。

想」，藝術不僅能把人們體驗過的感情傳達給別人，而且還能把人們在周圍現實的影響下所體驗過的思想傳達給別人。「不用說，在極大多數場合下，一個人這樣作，目的在於把他反覆感覺的東西傳達給別人。」這種傳達的特點在於，「它不是以抽象的概念，而是通過生動的形象實現人際之間的情感和思想的交流。」[8]基於這一認識，普列漢諾夫十分注重藝術的思想性。他在論述內容和形式的關係時，一方面認為二者是統一的，一方面又特別提出「內容決定形式」的觀點，甚至對於民粹派的作家們為了突出作品的思想性而忽視了藝術加工的草率態度也表示寬容，稱他們為社會學的藝術家。

又如，關於文藝和人的社會化問題，普列漢諾夫也有許多精闢的思想。他說，「人是社會性的動物。人不是單個地而是集體地為生存而鬥爭的，——隨著生產力的增長，這種鬥爭會愈來愈大。在這些集團的內部存在著各種關係，而在這些關係的基礎上就產生出各種道德規範，人的社會感覺和欲望也就在這個基礎上發展起來。顯然，……利他主義、信守共同的幸福和致力於『全人類』的目的才在實際上產生出來，——這是經歷了許多世代始終不變的共同活動的結果，是持久的和堅實的共同努力協作的結果」[9]。正因為人是社會的人，所以，普列漢諾夫認為，康德的超功利審美說僅僅對於個別的人才是正確的。「但是，當我們站到社會的觀點上來考察的時候，情形就改變了……社會的人最初是從功利的觀點來看事物和現象的，只是後來在他們對待某些事物和現象上才轉到審美的觀點。……自然，並非任何有用的事物在社會的人看來都是美的；但是毫無疑問，只有對他們有用的東西，就是說，在他們向自然界或者別的社會的人進行的生存鬥

8 普列漢諾夫：《普列漢諾夫哲學著作選集》，卷5，頁308。

9 《普列漢諾夫美學論文選》（西安市：陝西人民出版社，1983年），頁270。

爭中具有意義的東西，在他們看來才是美的。」[10]這樣，普列漢諾夫就有充足的理由揭露唯美主義者「置善惡於度外」的虛偽性。普列漢諾夫認為，這一口號並不是認為藝術是真的沒有善惡觀念，不過是將善惡「不放在一定社會制度基礎上所產生的一定善惡觀念的框子裡」而已。「藝術是生活的教科書」，普列漢諾夫非常稱讚車爾尼雪夫斯基的這一名言，認為藝術應當促進人們意識的發展和社會制度的改善，應當成為道德和政治教育的一種手段。「人們在藝術創作中再現自己的生活，借此為了自己的社會生活而教育自己，使自己適應於社會生活。」[11]普列漢諾夫的這些論述實際上就涉及到人的社會化問題：藝術是社會群體內聚力的因素之一，藝術活動是人類認識社會角色、學習社會規範的必要途徑之一，它通過活生生的藝術形象的感染促進社會的整合，為人的社會化創造文化氛圍。

由於普列漢諾夫十分注重藝術的社會價值和功能，所以，這也就決定了他始終堅持從社會學的觀點、用社會學的方法開展文藝的研究和批評。對於原始藝術的研究，對於別林斯基、車爾尼雪夫斯基和杜勃羅留波夫等美學思想的考察，對於易卜生、托爾斯泰和高爾基等這些世界文豪的評論等，普列漢諾夫便是首先從時代特點、社會經濟和階級矛盾等社會因素的分析入手的，通過特定的社會因素的分析去把握作家作品產生的社會根源及其社會價值。因為在他看來，「文學藝術是社會生活的鏡子。」「任何文學作品都是它的時代的表現」[12]，「詩永遠是社會生活的反映」[13]，因而社會學的方法是文藝研究的基本方法。以法國戲劇為例，在法國舞臺上一度佔統治地位的「趣劇」

10 普列漢諾夫：《普列漢諾夫哲學著作選集》，卷5，頁497。

11 普列漢諾夫：《普列漢諾夫哲學著作選集》，卷4，頁363。

12 普列漢諾夫：《論西歐文學》（北京市：人民文學出版社，1957年），頁15、121。

13 普列漢諾夫：《普列漢諾夫哲學著作選集》，卷4，頁409。

之所以自十七世紀初開始衰落，就在於隨著生產力的發展，當時的法國已建立了君主專政。這種戲劇在貴族眼裡「被目為只合乎僕役的口味而為趣味高尚的人們所不屑一顧的娛樂」。於是，「代替趣劇，出現了悲劇。」路易十四時代（1638-1715），法國古典主義悲劇的興盛便是當時階級較量的產物，它表現了貴族階級的政治要求和審美觀念。隨著貴族階級的衰微和第三等級的發展，古典主義悲劇又逐漸被「一種新的文學體裁——所謂comédie larmoyante，流淚喜劇」所代替。這種流淚喜劇（又稱正劇）歌頌資產階級的聰慧和美德，呼喚自由和平等，它「是十八世紀法國資產階級的肖像」。——普列漢諾夫關於法國戲劇文學的歷史發展及其動因的這些描述[14]，是他堅持文藝研究的社會學方法的典型例證：他首先注意到當時法國的經濟發展，然後又論及到政治制度、階級關係和階級心理，進而尋找文學進程的內在動因和表現形式。

普列漢諾夫便是這樣通過對生物學方法的否定奠定了文藝社會學的基石，又通過非思想性、非功利性的文藝觀念的分析批判，肯定了文藝的社會價值和功能，最終確立了對文藝進行社會學研究的基本方法。正如他在為自己的論文集《二十年間》第三版所作的序言中表白的那樣：在黑格爾學派的文藝批評家看來，「哲學底批評任務，是將借藝術家而被表現於那作品中的思想，從藝術的言語，譯成哲學的言語，從形象的言語，譯成倫理學的言語。但作為唯物論底世界觀的同人的我，卻要這樣說，『批評家的第一任務，是將所與的藝術作品的思想，從藝術的言語，譯成社會的言語，以發見可以稱為所與的文學現象的社會學底等價的東西。』」[15]

14 普列漢諾夫：《普列漢諾夫哲學著作選集》，卷4，頁468-482。

15 普列漢諾夫：《藝術論》（北京市：人民文學出版社，1958年），頁105-106。

那麼，下面就讓我們具體考察一下普列漢諾夫是怎樣把「藝術的言語譯成社會的言語」的，即他「發見文藝現象的社會學底等價的東西」的方法是什麼。這種方法，便是普氏架設文藝學和社會學兩大領域之間的文藝社會學方法體系。

方法論意義上的「五層樓」公式

藝術作為一種社會現象，當然是社會生活的反映。因此，「為了理解藝術是怎樣地反映生活的，就必須瞭解生活的機制」。[16]普列漢諾夫的文藝學方法便體現在他對「生活的機制」的理解和描繪中。他那著名的「五層樓」公式（即「五項論」公式，又稱「五項因素」公式；「五層樓」是文藝界的習慣說法，故仍沿用），便是運用歷史唯物主義的觀點對社會結構的科學理解和對「生活機制」的形象描繪。這一公式像一條紅線貫穿普氏的整個文藝學說，從而使他的文藝學方法自成一家，在文藝社會學發展的歷史上產生了深刻的影響。

「五層樓」公式是普氏在一八八九至一八九三年間寫的《唯物主義史論叢》一書中最早提出來的。此後，他在《論一元論歷史觀之發展》（1895）、《論唯物主義的歷史觀》（1897）、《論「經濟思維」》（1897-1898）、《階級鬥爭學說的最初階段》（1900）等著作中均有論及。直至一九〇七年，經過十五載的思考和探索，普氏終於在《馬克思主義的基本問題》中對這一公式作了精細而完備的表述：

> 如果我們想簡短地說明一下馬克思和恩格斯對於現在很有名的「基礎」對同樣有名的「上層建築」的關係的見解，那麼我們

16 普列漢諾夫：《普列漢諾夫哲學著作選集》，卷5，頁496。

就可以得到下面一些東西：

（一）生產力的狀況；

（二）被生產力所制約的經濟關係；

（三）在一定的經濟「基礎」上生長起來的社會政治制度；

（四）一部分由經濟直接決定的，一部分由生長在經濟上的全部社會政治制度所決定的社會中的人的心理；

（五）反映這種心理特徵的各種思想體系。[17]

很顯然，普列漢諾夫的這一「五層樓」公式是對馬克思〈《政治經濟學批判》序言〉中關於唯物史觀經典論述的具體闡釋和獨特發揮。它既是對人類社會的靜態切片，也包含對社會發展的動態考察。所謂「靜態切片」，就是說這一公式逐一列出了構成社會機體的五大因素：生產力、經濟關係（即生產關係）、政治制度、社會心理和思想體系（又譯「意識形態」）。所謂「動態考察」，就是說這一公式並不是五項因素的堆積，而是根據它們各自在社會結構中的地位和作用進行了有機的排列組合，從而構成由下而上、一層決定一層的「等級序列」。這一「等級序列」中的五項因素通過相互依存、相互制約、相互作用的內在關係形成了社會的矛盾和運動，推動著人類社會的歷史發展。「生產力」處於社會結構的最底層，是這一運動的最終動力。因此，從這一意義上說，「五層樓」公式是普氏社會學說的內核，體現了他對「生活機制」的深刻理解，於是也是他觀察分析作為社會現象之一的文藝現象的總綱和基本方法。

如果我們試圖從反映論的角度分析一下「五層樓」公式，可以明顯地看出，下三層屬於社會存在，上兩層屬於社會意識。「社會存在

17 普列漢諾夫：《普列漢諾夫哲學著作選集》，卷3，頁195。

決定社會意識」，「五層樓」公式完全符合歷史唯物主義的這一原理。那麼，被普列漢諾夫劃為「思想體系」這一最高層級的文學藝術，當然也是社會存在的反映。他說：「我們說藝術是意識形態之一，因之，我把它和其他意識形態，如宗教、哲學、法權及其他等等相提並論，這些意識形態之中的每一個也都是社會生活的精神產物。」[18] 在「文學是社會生活的精神產物」這一命題的統攝下，普列漢諾夫不僅從理論上探討了文學和生活的關係，而且還深入研究了不同時代、不同國別、處於不同社會環境中的作家、作品及其他文學現象產生的社會根源。他認為，如果企圖真正揭示藝術的規律，「就必須從各方面揭露藝術與社會生活的聯繫，必須善於用科學的、即唯物主義的觀點去解釋社會生活」。[19]這就是「五層樓」公式中所體現的文藝學方法論的第一個特點：通過生活的解釋實現文藝的解釋，通過文藝和生活相互關係的探討實現文藝規律的探討。

「五層樓」公式把生產力放在社會結構的最底層，把其他四項因素逐層排在生產力之上，認為生產力是社會諸因素中的最終決定因素，因而也是文學藝術的最終決定因素。這樣，普列漢諾夫就可以從生產力的性質探討文學藝術的性質，從生產關係的嬗變描述文學藝術的發展。這是「五層樓」公式作為文藝社會學方法論的另一顯著特點。

我們知道，丹納雖然發現了社會環境對於文藝的決定作用，認為「精神文明的產物，和動植物界的產物一樣，只能用各自的環境來解釋」，[20]但是，他並沒有找到藝術的終極原因。他一方面承認藝術是由人們的心理創造的，人們的心理是隨著他們的境況而變化的，同時又

---

18 轉引自李清崑、王秀芳：《普列漢諾夫與唯物史觀》（石家莊市：河北人民出版社，1984年），頁238。

19 普列漢諾夫：《普列漢諾夫哲學著作選集》，卷4，頁402。

20 丹納：《藝術哲學》，頁9。

認為人們的境況是由他們的心理所決定的，於是使自己陷入「二律背反」的困境。普列漢諾夫揭露了丹納的矛盾，指出這是由於他把人類的智力看作是歷史運動終極動因的唯心史觀所導致的。「當丹納說人的心理是隨著他們的境況的變化而變化的時候，他是一個唯物主義者，可是當同一個丹納說人們的境況是由他們的心理所決定的時候，他是在重述十八世紀唯心主義的觀點」；正確的說法應該是：「任何一個民族的藝術都是由他們的心理所決定的；它的心理是由他的境況所造成的，而它的境況歸根到底是受它的生產力狀況和它的生產關係制約的。」[21]以藝術的節奏為例，原始人在自己的勞動中樂意服從一定的節拍，並且在身體上掛有各種東西以便發出有節奏的響聲。人的這種節奏感是由什麼產生的呢？普列漢諾夫不同意達爾文把它僅僅歸結為人的生物本能的觀點，而是認為「這決定於一定生產過程的技術操作性質，決定於一定生產關係的技術」，因為「許多生產過程的聲音本身已經具有著音樂的效果」，原始人簡單的音樂作品便是他們「從勞動工具與其對象接觸時所發出的聲音中產生出來的」。「加強這些聲音，使它們的節奏增加某種花樣、總之使它們適合於表現人的感情」，於是就有了音樂作品；改變勞動工具，於是就產生了樂器。[22]這是藝術直接產生於生產勞動的最明顯的例子。

當然，普列漢諾夫又承認，藝術和生產勞動並非都有著直接的因果關係，其間摻進許多「中間環級」也在產生作用。例如，宗教感情對於紋身，狩獵神話對於裝飾藝術等等，都有不同程度的影響。但是，宗教和神話作為社會意識，歸根到底還是由生產力所決定的。「如果在一個場合下A直接產生C，在另一場合下A通過它先前的B而

21 普列漢諾夫：《普列漢諾夫哲學著作選集》，卷5，頁350。

22 普列漢諾夫：《普列漢諾夫哲學著作選集》，卷5，頁337-341。

產生C，那麼難道可以因此而說C不是來自A的嗎？」[23]

普列漢諾夫就是這樣牢牢地把住「生產力」這塊堅實的基石，不僅對於原始藝術，而且對於階級社會的藝術；不僅對於作家作品的評論，而且對於文學歷史發展的研究，甚至技巧方面的探尋，也都是堅定的站在這塊基石之上去構築他那文藝社會學的大廈。用他自己的話說，「在這個場合下，我應該堅持那決定我對人類歷史運動的整個看法的原則。如果生產力的發展是這一運動的最終的和最根本的原因，如果任何一個民族的生產力狀況——間接地或直接地——甚至制約著他們的藝術活動，那麼很明顯，在我談到原始民族的時候，就必須首先弄清楚他們的生產力狀況，然後再弄清楚這種狀況和藝術之間所存在的關係。」[24]

值得注意的是，普列漢諾夫畢竟覺察到生產力和藝術之間存在著「中間環級」。在他看來，絕不是意識形態的一切部分在任何條件下都是直接由生產力的狀況來決定的，二者之間在更多的場合下，大量的是發生間接的關係。特別是原始社會之後，隨著社會的發展，其間的中間環級越來越呈現出紛紜複雜的交錯現象。「這時，藝術同經濟基礎只是間接地發生關係的。因此，在討論藝術時必須考慮到中間的環級。」[25]

由於普列漢諾夫注意到了「中間環級」，所以，他在考察藝術發展時，特別是在考察原始社會以後的藝術發展時，注意到了藝術生產和物質生產發展的不平衡關係。他不同意車爾尼夫斯基的「詩的發展總是跟教育與生活發展並肩前進」的觀點，認為在人類歷史運動的過程中「一個方面的成就不僅不以這個過程的其他一切方面的按比例發

---

23 普列漢諾夫：《普列漢諾夫哲學著作選集》，卷5，頁430。

24 普列漢諾夫：《普列漢諾夫哲學著作選集》，卷5，頁947-948注376a。

25 普列漢諾夫：《普列漢諾夫哲學著作選集》，卷2，頁332。

展的成就作為前提，而且有時還直接造成其他某些方面的落後或甚至衰落」。[26]如十九世紀西歐經濟的巨大發展，卻導致了該世紀下半葉資產階級以及表現這個階級的道德觀念和社會意圖的一切藝術和科學的精神墮落。十八世紀的法國社會生活遠遠勝過十七世紀，但十七世紀的高乃依和拉辛的創作成就卻遠遠高於十八世紀的伏爾泰；十八世紀英國的生產力遠遠高於十六世紀，但十八世紀的英國戲劇卻遠遠不能和莎士比亞時代相比擬。這種「不平衡」的發展狀況便是「中間環級」在產生作用。當然，「不平衡」關係的命題早在馬克思的〈《政治經濟學批判》導言〉中已經被明確提出，普列漢諾夫由於注意到這一問題，也就避免了「唯經濟決定論」的偏頗，從而使自己的文藝學方法更加科學化。

那麼，普列漢諾夫所說的「中間環級」指的是什麼呢？從「五層樓」公式中可知，它至少包括經濟關係、政治制度、社會心理等因素。在普列漢諾夫看來，藝術一方面是由生產力作為終極動因，但是在階級社會中二者並不發生直接的關係，而是通過上述「中間環級」，特別是通過「社會心理」來反映現實生活；並且，意識形態領域中的哲學、宗教、法權等也和文藝發生相互影響。因此，普列漢諾夫認為，這些同文藝發生直接或較直接關係的「中間環級」，「往往吸引住研究者的全部注意力」。[27]當然，這些「中間環級」也吸引了普氏的注意力，他對文藝的研究大多也是從這些「中間環級」入手的，通過「中間環級」的分析實現文藝的分析和批評。可見，注重生產力和文藝之間的中間因素的研究，通過「中間環級」來研究文藝，是普氏「五層樓」公式所體現的文藝社會學方法的第三個重要特徵。

---

26 普列漢諾夫：《普列漢諾夫哲學著作選集》，卷4，頁374。
27 普列漢諾夫：《普列漢諾夫哲學著作選集》，卷5，頁47。

當然，普列漢諾夫的「五層樓」公式並不是一個完美無缺的公式。例如，它過多地強調了「下層」對「上層」的依次決定作用，而「上層」對「下層」的反作用則考慮得很少，甚至忽略；對每「層」中的不同要素之間的相互影響也研究得不夠，特別是意識形態領域中哲學、宗教、法權等對文藝的影響也涉及較少。總的說來，「五層樓」僅是一個粗略的「框架」，雖然已自成一個系統，但缺乏體系的嚴整性和豐富性，有待於後人的研究和補充。但是，「五層樓」的框架畢竟已拔地而起，輪廓已清晰可見，作為一個方法論的構想無疑已經自立於文藝研究的百家之林了。

社會心理的獨特發現

如前所述，注重「中間環級」是普列漢諾夫文藝社會學方法的特點之一；因此，「社會心理」作為「中間環級」之一，便受到普列漢諾夫的特別關注和研究。可以這樣說，通過社會心理學研究文藝，把社會心理學的方法應用於文學藝術的研究，是普氏文藝學方法中最獨特的發現。

什麼是「社會心理」？普列漢諾夫雖沒有專門為它下一個精確嚴密的定義，但在許多地方都有所論及，認為它是「一定的精神狀況與道德狀況」，「一定時間、一定國家的一定社會階級的主要情感和思想狀況」，「一切習慣、道德、感覺、觀點、意圖和理想」，「一個階級的意向和趣味」，以及「民族情感」、「風尚潮流」、「流行情趣」、「情緒」、「輿論」等等。總之，是一定的時代、一定的民族、一定的社區、一定的階級或階層自發地產生的意向、感覺、情趣、風尚和習俗等非自覺的精神狀況。這種精神狀況是一定社會心理定勢的產物，沒有理論的概括，沒有嚴整的思想體系；和社會「意識形態」相比，二者雖然都是社會意識，但屬於兩個不同的層次：社會心理是社會意識的初級形式，意識形態是社會意識的高級形式。社會心理決定意識形態，社會心理由社會經濟和社會政治制度共同決定。社會心理直接反映社會經濟和政治制度，意識形態通過社會心理的折光反映社會的經濟和政治。——這就是普列漢諾夫關於「社會心理」的基本概念。

據此，普列漢諾夫認為，「在一定時期的藝術作品中和文學趣味中都表現著社會的心理」，「任何一個民族的藝術都是由它的心理所決定的」。[28]因此，「要瞭解某一國家的科學思想史與藝術史，只知道它的經濟是不夠的。必須知道如何從經濟進而研究社會心理；對於社會心理若沒有精細的研究與瞭解，思想體系的歷史的唯物主義解釋根本就不可能。……因此社會心理學異常重要。甚至在法律和政治制度的歷史中都必須估計到它，而在文學、藝術、哲學等學科的歷史中，如果沒有它，就一步也動不得。」[29]

由於社會心理在文藝的研究中佔有如此重要的地位，所以，普列漢諾夫在自己文學研究的實踐中處處滲透著心理學的分析方法。他稱讚巴爾扎克是最深刻的現實主義者，認為他的作品是研究復辟時期和路易·菲力普時期的法國社會心理不可缺少的史料，因為他通過塑造各種人物反映了當時社會各階級的心理。法國戲劇從中世紀的鬧劇到路易十三時期的悲劇，再到十八世紀三〇年代的流淚喜劇，這一戲劇體裁的歷史演變便是不同的階級審美情趣的變化所引起的。在藝術風格上，路易十四時期，藝術作品所表現出來的追求崇高、尊嚴、豪華、裝腔作勢的風格，歸根到底反映了法國君主政體登峰造極時高官貴族的藝術趣味與審美理想。到了路易十五，藝術的理想從崇高轉向愉快，到處流行著充滿柔媚、華靡以至典雅的肉感氣息的作品，這種

28 普列漢諾夫：《普列漢諾夫哲學著作選集》，卷5，頁482、頁350。

29 普列漢諾夫：《普列漢諾夫哲學著作選集》，卷2，頁272-273。

風格的變化不過是君主政體走下坡路之後，生活日益放蕩的貴族追求細膩的感官享受的庸俗趣味的反映。法國大革命前夕，日益迫近的革命聲勢改變了藝術家的審美感受和理想，使藝術風格為之一新，以嚴峻、樸素代替了矯飾、濃豔。僅以普列漢諾夫的這些心理分析為例，就已經涉及到了文學的典型、體裁、風格和美學理想等各個方面。

社會心理的方法之所以是文藝研究的重要方法，不僅由於藝術和社會心理存在著直接關係，而且還在於心理學本身的很多規律在很大程度上都「能作為闡明一般意識形態的歷史，特別是藝術的歷史的鎖鑰」。[30]例如，野蠻人常使用虎的皮、爪和牙齒或是野牛的皮和角來裝飾自己，這就是心理學中的「暗示」：他們是在暗示自己的靈巧和有力，因為誰戰勝了靈巧和有力的東西，誰就是更靈巧有力的人。非洲一些部落的婦女在手上和腳上戴著很重很重的鐵環，雖然行動極不方便，但她們自認為很美，並且戴得越重越美。這裡所表現的就是心理學中的「聯想」規律：這些部落正經歷著「鐵的世紀」，鐵是他們的貴金屬，「貴重」可以使人想起「富」的觀念，戴的鐵環越重越說明主人「富」，所以就美。三比亞河上游地區的巴托克部落都要拔掉自己的上門牙，認為這樣才美。這種奇特的美學觀念又可以用心理學中的「模仿」來說明：巴托克人是一個遊牧部落，他們把自己的牛幾乎當作神來崇拜，拔掉上門牙是想竭力模仿反芻動物。黑人平時穿乾淨衣服，可一旦自己的親人死了就穿髒衣服以示哀悼；荒野的景色由於同我們所厭倦的城市風光相反而使我們喜歡，城市風光由於同荒野相反而使十七世紀的人們喜歡。這就是心理學中的「對立的原理」。其他諸如「節奏」、「對稱」等心理規律都可以在人類的美感世界或藝術發展中找到證據，都可以用來作為解釋文藝現象的「鎖鑰」。

30 普列漢諾夫：《普列漢諾夫哲學著作選集》，卷5，頁331。

通過社會心理研究文藝現象之所以必要，除上述兩個原因外恐怕還有另外的原因，例如，文學不是通過概念，而是通過活生生的直觀形象反映社會生活，而社會心理是未經抽象化、理論化和系統化的意向、情緒、風尚等，文學藝術和社會心理儘管屬於社會意識的兩個不同的層面，但是在表現形式上，二者恰恰有相互吻合的特徵：社會心理往往是文藝所表現的對象，文藝作品往往是藝術化了的社會心理。因此，強調文藝研究中的社會心理方法符合文藝本身的特殊規定性。普列漢諾夫論及到了文藝的特徵，也論及到了社會心理的特徵，但沒有把二者的特徵聯繫起來進一步闡釋文藝的社會心理學方法的意義，恐怕是令人遺憾的。

當然，發現社會心理學對於文藝學研究的意義並非由普列漢諾夫始，早在十八世紀，法國的啟蒙學者愛爾維修就提出美的觀念是由民族精神和民族性格造成的。後來，黑格爾又注意到民族的意識和意志對於藝術的影響。十九世紀以來，斯太爾夫人在她的《論文學》一書中又試圖通過法國貴族在君主權力面前所表現的心理狀態來說明十七世紀法國文學的性質。特別是丹納在他的《藝術哲學》中明確地指出，「人們地位中的任何變動引導到他們心理上的變動」，而「藝術作品為一般的精神狀況和流行的習俗所決定」，因此，「為著理解某一藝術作品，某一藝人，某一藝人的集團，……應該確切地知道，他們時代的智慧和道德風習的一般狀況」。[31]儘管丹納明確規定了藝術和社會心理的關係，但是，由於他沒能給社會心理以科學的、唯物主義的解釋，所以，丹納的文藝社會心理學仍然是幼稚的、不成熟的。只有構建在「五層樓」大廈上的「社會心理」，才使文藝社會心理學方法找到了堅實可靠的基石。況且，從對文藝的社會心理學方法強調的程

31 參見普列漢諾夫：《普列漢諾夫哲學著作選集》，卷2，頁725-726，頁179。

度、涉及範圍的廣度、理論闡釋的深度來說，普列漢諾夫確是既往的先人所不可比擬的。因此，把這一方法說成是普列漢諾夫的發現，一點也不過分。

第四章
弗理契

所謂「文藝社會學」

僑居在蘇聯的德國文藝理論家弗拉基米爾・馬克西姆維奇・弗理契（一譯佛理采）之所以在文藝社會學的歷史上佔有一席地位，並不完全在於他寫了一部體系縝密的《藝術社會學》（1926）著作，而且在於他是第一個試圖運用歷史唯物主義研究藝術社會學而又走偏方向的人物。他的理論和方法不僅和蘇聯「無產階級文化派」和「拉普派」有著密切的關係，而且對整個國際無產階級文藝運動和文藝學研究都產生了深刻的影響，導致了庸俗文藝社會學的氾濫。弗理契文藝社會學方法的最大特點是用階級決定論和經濟決定論考察文藝的基本性質和基本規律，用社會的進化發展描述藝術的一般發展。這種方法儘管言之成理、自成系統，但由於對歷史唯物主義的機械套用，所以也就免不了牽強附會、漏洞百出。研究弗理契的文藝社會學將有助於肅清庸俗文藝社會學的影響，並引發我們思考多少年來我國文藝社會學研究止步不前、甚至路子越走越窄的歷史原因。

首先看看弗理契是怎樣理解文藝社會學的。弗理契有關文藝社會學的理論都是和他對文藝社會學的這些理解分不開的，或者說都是他關於文藝社會學基本性質的論斷的生發和擴展。

弗理契認為，所謂藝術，就是感情和想像通過形象的媒介，作用於人的思想的手段。因而，它必然適應於某社會集團或階級的興味。這些社會集團或階級也正是通過對感情、想像、思想的加工統一，使藝術成為他們組織物質的、現實的生活手段。弗理契根據自己對藝術的這種理解，認為在藝術和社會之間存在著天然的聯繫。所謂文藝社會學，也就是「在藝術的某種典型和社會的某種形態之間，設定合法的聯繫的科學」；[1]它的任務就是要回答「怎樣的藝術會適合於人類的發達的每個時代」。[2]

弗理契不同意丹納從自然環境和「思想風習的狀態」探討藝術社會意義的方法，因為這種方法是建立在對人類社會的非科學的理解之上的。建立科學的藝術社會學，必須首先對社會本身有一個科學的認識。於是，弗理契企圖借助馬克思主義的社會觀，利用經濟基礎決定上層建築的原理說明：由於作為上層建築的意識形態必然與特定的社會經濟形態相一致，那麼，作為意識形態的文藝也受社會經濟的「鐵一般必然性的制約」。只有從這一根本點出發，才能完成文藝社會學的任務。這就是弗理契文藝社會學方法的基點。

為了解釋文藝和社會之間的聯繫，弗理契遵照邏輯和歷史相一致的原則，首先考察了藝術的發生。

早在新石器時代，隨著生產工具的製造和精緻化，人類就開始萌發了藝術的形式感，並出現了造形藝術。當原始人在生存競爭之外有了活動力和精力的剩餘，便把勞動過程中的律動感和形式感授予意識。原始人的工具、裝飾品上的圖形和線條的韻律，便是他們勞動操作律動的再現。「換言之，造型美術是從技術的、生產的、韻律的遊戲產生的」；詩和音樂等藝術也是這樣，「在其原始，在實用方面是無目的的勞動的反覆——即不外是變化為遊戲的勞動」。

弗理契關於藝術發生的探討無非是為了證明：藝術與人的物質生

1 弗・馬・弗理契：《藝術社會學》（上海市：作家書屋，1947年），頁4-5。

2 弗・馬・弗理契：《藝術社會學》，頁14。

產有著天然的聯繫。「藝術的作品的生產，是依從著和物的價值的生產同樣的法則的。所以，在社會發展底各種階段上的支配的經濟制度，也必然地制約著藝術家的生產的勞動（藝術家的社會的地位也是這樣）。」[3]封建社會的藝術生產受世襲經濟的制約，藝術家作為奴隸和侍臣為封建主服務；資本主義社會的藝術生產受商品經濟的制約，藝術家作為商品生產者為資本家階級服務，通過商品化了的藝術獲得酬金。如此等等。

藝術與人類物質活動的這種天然聯繫也就決定了不同的社會生產水平必然對藝術提出不同的社會要求，使藝術在不同的社會經濟條件下發揮不同的社會功能。在狩獵社會，原始人描畫野獸是為了引誘野獸、支配野獸，藝術實際上是使自然屈服於自己的法術；在封建社會，原始的藝術洞窟化為寺院，動物的畫像變為神像，原始的歌謠變為宗教歌，引誘野獸的「野獸舞」變為祭祀之舞……，藝術成了為人類的幸福而引動諸神的宗教儀式；在資本主義社會，藝術則完全成了教示資產者取得或鞏固自己政治權力的手段。弗理契認為，整個藝術發展史證明，這就是藝術作為「妖術」的要素：它不僅受社會的經濟和政治的制約，而且為社會的經濟和政治所利用。經濟（物質）和政治（階級），這兩個方面，是藝術和社會聯繫的兩條紐帶，是回答「怎樣的藝術會適合於人類社會發達的每個時代」的兩把鑰匙，是解釋文藝的社會意義的關鍵所在。弗理契也正是從這裡出發，構造了他的「經濟—政治」的文藝社會學體系。

---

3 弗・馬・弗理契：《藝術社會學》，頁55。

用階級和階級鬥爭的固定模式分析文學藝術的基本性質

作為反映社會政治鬥爭，並受其制約和利用的文學藝術當然是階級的文學藝術：「在社會的歷史的存在的一切的時代裡發生於社會上的階級鬥爭，不得不以最多樣的形式反映於藝術上」。[4]最典型的是十八世紀啟蒙運動的作家，如德國的萊辛、席勒，法國的伏爾泰、狄德羅，英國的費爾丁和義大利的葛爾多尼等，他們本身就不單是文學家，而且也是政治家。他們作為新興資產階級的代言人，並不把文學作為純粹的藝術和美的經驗的手段，而首先是作為「階級鬥爭和階級的教育的，對於支配的貴族階級的鬥爭和對自己的資產者階級的諸成員的教育的武器。」[5]弗理契在《政治文學發展史》中列舉了大量的例子證明這一原理。例如十九世紀七〇年代義大利發生了國民解放戰爭，對外爭取民族獨立，對內反對君主專制。這種綿亙半個世紀的義大利文學，就表現為這一解放鬥爭的武器，成為社會各階級政治理想的宣傳手段。

弗理契認為，文學藝術作為階級和階級教育的武器，主要是通過兩種管道得以實現的：

一、不同階級的藝術家按照本階級的政治需要創造出本階級的藝術。但丁出身於貴族，他的《神曲》自然宣傳貴族階級的人生觀；賽凡提斯出身於沒落貴族家庭，所以他的《唐．吉訶德》對騎士階級同時表現出嘲笑和悲憐的二重評價；彌爾頓，作為清教徒的資產階級的法定詩人，所以把亞當和夏娃塑造成他們的祖先的形象；歌德作為德

---

4 弗．馬．弗理契：《藝術社會學》，頁325。

5 弗理契：《歐洲文學發展史》（上海市：羣益出版社，1949年），頁85。

國市民階級的文學代表，就在《浮士德》中描繪出德意志資產階級近半個世紀的追求和探索。毫無疑問，弗理契這種從作家的階級出身評價文學價值的簡單化的方法顯然是十分荒謬的，所以，早在三、四〇年代，就受到蘇聯學術界的批判。

二、非統治階級的藝術家為統治階級服務，往往把自己的心理通過自己的美學原則表現在為統治階級服務的作品上。例如古代埃及的王侯的雕像，多半是農奴藝術家或其他下層出身者為貴族建造的。在這樣的藝術中，一方面在總體上體現了貴族的缺乏個性的理想主義，同時也有寫實主義的逼真性。這是因為，出身於下層社會的藝術家作為被迫的侍奉者，破壞了支配階級的美學原則——理想主義，從而通過封建的形象展現自己的美學原則——寫實主義。

弗理契基於上述兩條原則，在分析作家作品時，總是事先確定其階級歸屬，以便找到一個立足點，然後再從這一階級的一般屬性判斷文藝的基本性質。例如，雨果是小資產階級的代表，海涅是不安定的知識階級的代表，巴爾扎克是舊商業資產階級的代表。在英國浪漫主義的文學中，拜倫是貴族階級的知識份子，雪萊是革命的小資產階級知識份子。對於不能確定某一歸屬的作家，弗理契則冠以「雜階級」的稱謂等等。一旦確定了作家的階級性質，那麼，他們作品的基本傾向及其價值也就被相應地確定了。

這樣，弗理契就把作家作品的評論簡單地等同於階級成分的劃分，似乎文藝上的階級和階級鬥爭就像生活中那樣涇渭分明，那樣絕對，任何文藝現象都可以用這一模式硬套。弗理契或許意識到這種理論的片面性，所以，他在論述文藝上的階級鬥爭的同時，又從另一個角度論述了文藝上的階級同化和階級模仿。例如，古希臘對古埃及藝術的模仿、十五世紀的義大利對古希臘藝術的模仿（文藝復興）、十八世紀的法蘭西和德意志對古希臘羅馬的模仿（新古典主義）等等。

弗理契認為，文藝史上的這種階級同化和階級模仿有三個前提條件：

一、模仿者階級還沒有明瞭的階級自覺的時候，他們的藝術尚在統治階級的藝術影響之下；

二、藝術家所代表的某社會集團或階級在社會地位和心理方面同歷史上的被模仿者相似；

三、模仿者階級企圖證明自己是歷史上佔了統治地位的文化的承襲人。

不可否認，弗理契的這一分析是很有見地的，它對於我們認識文藝史上不同時代、不同國別和階級的相互影響及先後承繼關係提出了富有啟發性的思想，顯然在一定程度上糾正了他那以劃分階級成分的方法評論作家作品的偏頗。但是，文學藝術的相互影響及其先後承繼關係僅僅是由階級利益的共通性所決定的嗎？意識形態各門類之間的相互影響，以及文學藝術自身發展的內在規律有沒有作用呢？對於這一問題，佛氏沒有回答，也沒準備回答。他雖然沒有明確地提出階級和階級鬥爭是唯一決定的因素，但同時也沒有明確指出除此之外還有什麼其他因素。這樣，在客觀上，佛氏實際上把階級和階級鬥爭的理論絕對化、教條化了，成了他用來剪裁文藝事實的固定模式。

用經濟決定論探討文學藝術盛衰的基本規律

弗理契的「經濟一政治」文藝社會學不僅考察了文藝作為「階級鬥爭和階級教育之武器」的基本性質，而且還花了大量篇幅探討藝術盛衰的基本規律。他首先提出藝術在特定時期或國別盛衰的四個標誌：

一、在數量上是否有豐富的作品產生；

二、是否出現大量的卓有成就的作家；

三、是否提出超過前人的新問題；

四、是否給他國以強大的影響。

那麼，什麼是藝術盛衰的決定因素呢？佛氏不同意把它歸結為氣候和環境的影響，也不同意從政治的自由或專制中找原因，而認為經濟發展的水平是決定性的因素。例如，在人類狩獵時代，如果沒有物質的餘裕，藝術是不能形成和發展的。當時的馬德蘭的美術之興盛，是由於他們有較豐富的物質保障；後來的衰微，是由於冰原溶解，動物北移，獲食越來越困難，是經濟貧困的結果。階級社會的美術是統治階級無償佔有他人勞動的產物，因此，美術的盛衰同樣也是由經濟的盛衰所決定的。沒有生產的發展，統治階級無力供養大批的藝術侍奉者，當然也就沒有藝術的繁榮。美術的霸權，就往往是經濟上處於霸權地位的國家。文藝復興時期的義大利、十七世紀的西班牙和荷蘭等就是如此。

弗理契的這種「唯經濟決定論」顯然曲解了歷史唯物主義，用經濟水平（生產力）偷換了馬克思主義的「經濟基礎」概念，而把「生產關係」撇在一邊，用物質生產直接類比藝術等精神生產，根本不瞭解馬克思提出的「不平衡」理論。佛氏的觀點在事實上也是站不住腳的，連弗理契本人也發現了它的矛盾，特別是涉及到十九世紀前後的歐洲文學史，在經濟上發達的英國和美國，藝術上並不處於領先地位。對此，弗理契當然只能敷衍了事。但是，他的《歐洲文學史》偏偏大量地涉及這一問題。例如：

關於義大利文藝復興的原因，弗理契認為是由於當時的義大利和古希臘有著同一的「經濟基礎」，他們能夠從古典文藝中汲取反宗教、反封建的力量。

關於十八世紀的英國，之所以能在文學上處於領先地位，是由於它較早地廢除了封建「絕對主義」，較早地走上工業資本主義的發展之路，從而「最早地創造出純資產者文學的典型」，成為後繼之各國模仿的對象。

關於十九世紀下半葉的比利時，原沒有自己的文學，只是由於資本主義的輸入，才從六〇年代起有了自己的民族作家，並取得相當的成就。

關於十九世紀末的挪威，出現了像易卜生那樣的大作家而躋身於世界文學的行列，同樣也是由於資本主義的迅速發展。

…………

弗理契的這些論述，似乎涉及到生產關係，似乎是從生產關係的變化發展來考察文藝的變化和發展的。他的整部《歐洲文學發展史》也就是這樣描述文學發展的規律的。但是，他在論述資本主義的發展對文學的影響時，並沒有具體闡述資本主義的生產關係如何進入文學領域，而往往從生產技術著眼。例如，在談到歐洲二十世紀文學的特點時，弗理契認為，由於資本主義的發展，都市的繁榮和騷亂成了作家創作靈感的源泉；技術的發展，力學原理的勝利，運動節奏的加快等等，都使文藝的內容和形式發生了深刻的變化，出現了各色現代派。

當然，我們並不否認科學技術的發展給文學帶來的變化，但是，把它看作是主要的，甚至是唯一的，當然也就有失偏頗。可見，弗理契關於「封建主義」、「資本主義」的概念，無非是生產力發展的代名詞。他的社會發展論，實際上就是經濟決定論，把生產力的水準作為社會性質的決定條件，把經濟發展作為社會發展的唯一動因。因此我們認為，弗理契絕不是一個純淨的馬克思主義者。按照他所理解的歷史唯物主義，生產力就等於生產關係，經濟水平就等於經濟關係，「社會」就是「社會一般」，文藝的發展也是由「社會的一般發展」，即生產力的發展來決定的。——這就是弗理契所探討的文藝盛衰的基本規律。

用社會進化的觀念描述文藝思潮的歷史演變

由於弗理契的社會觀是用「經濟—政治」這兩個非常含混的概念拼合而成的，並且沒能找出其間的必然的關係，在分析文藝現象時只能交替使用。所以，一旦他試圖把這兩個概念捏合起來，從整體上描述文藝的歷史發展時，也只能從抽象的意義上借助「社會進化論」的原則。他關於文藝思潮演變的描述就是如此。

當然，我們並不全盤否定弗理契的文藝思潮論。特別是他在《歐洲文學發展史》中的許多觀點，至今仍有其存在的價值，給我們以方法的啟迪，必須予以足夠的肯定。例如，關於古典主義和浪漫主義思潮，他認為二者是「對立物」，後者是對前者的「否定」，因而是文藝發展的新階段。古典主義以希臘羅馬文化為楷模，否定中世紀，浪漫主義則在中世紀的文化中汲取營養；古典主義迎合城市貴族的審美趣味，側重描繪市民生活的氣氛，浪漫主義則熱愛自然，長於描寫自然原野或異國風情；古典主義熱衷於表現社會（階級）所「共通的」、一般的思想、願望和心境，隱藏自我，浪漫主義則熱衷於表現個人的生活感觸及生活態度，強調個性，表現自我；古典主義強調冷靜的理智，在理性中生活，浪漫主義則強調熱烈的幻象，在想像中生活，認為「想像就是現實」；古典主義主張世態的寫實性和性格的普遍性，浪漫主義則主張奇蹟的特異性和性格的個別性；古典主義強調形式的嚴整規範（三一律），浪漫主義則強調形式上的自由主義。

至於浪漫主義之後的寫實主義（包括自然主義），又是對浪漫主義的否定。它和浪漫主義對於古典主義的否定一樣，是否定之否定，在很多方面，例如，關於體裁的現代性、現實性、都市化以及觀察生活的精確性、真實性等方面，不僅是古典主義的復原，而且有了進一步的強化。

繼寫實主義之後，唯美主義又避開一切世態的和物質的東西，把美作為人生和藝術的最高意義，用形式主義的技巧和方法表現樂觀主義的人生。它在某種程度上又是對寫實主義的否定而回復到浪漫主義的藝術觀。

不可否認，弗理契所勾畫的這幅文藝思潮發展的歷史輪廓是清晰而又獨特的，一直被文學史家們引用至今。但是，從古典主義到浪漫主義，再到寫實主義，再到唯美主義，其間相互交替、轉換、否定和發展的內在契機是什麼呢？如果僅僅列出一張清單，不能把握其內在動因，那麼，只能說問題才解決了一半，還不能說已經形成了一個嚴整的理論學說。

當然，弗理契並沒有僅僅列出這張清單了事，對於其內在動因也進行了探討。例如，關於古典主義，弗理契認為它是政治上的「絕對主義」或獨裁君主政治的產物，是適應資本主義發展在政治上要求權力集中化的產物。它的衰微以及浪漫主義的興起，也是因為絕對主義的衰微和「第三階段」(中小資產階級)的興起。」從古典主義向著浪漫主義的移行，……是依據對立、對照、『否定』的法則而發展的。不過這種依據『否定』的發展，並不帶有一種內在過程——如因為古典主義手法及方法枯竭疲憊、使公眾發生了厭倦所引起的性質。這種文學發展的背後，顯然是有社會的進化存在的。」[6]在這裡，弗理契明確地否認了文藝思潮歷史演變的內在動因，指出是依據「否定」的法則，是「社會進化」的產物。所謂「社會進化」，按照弗理契的解釋，就是「工業資產階級社會」的「漸次生長」。而浪漫主義就是在這「社會的轉換期中」，由「貴族—資產階級」文化向「工業—資產階級」文化過渡的象徵。

6 弗理契：《歐洲文學發展史》，頁126。

由浪漫主義向寫實主義的移行，弗理契認為，也恰如由古典主義向浪漫主義移行的原因一樣，是由於「對立的法則的進化」。這種進化，同樣也不是文學的內在過程，只不過是文學領域中的「社會進化」之一定的反映罷了。這種「社會進化」，就是資產階級統治的最後確立。而唯美主義文學的發生，則是資產階級開始走下坡路的反映，它迎合寄生資產階級享樂主義的興味而應運而生。

這樣，弗理契就把不同文藝思潮的內在聯繫歸結到作為社會階級的政治的聯繫，把文藝思潮的推移和發展歸結到階級的勃興和衰微，並且認為這是唯一的聯繫和動因，否認文學的內在規律及意識形態等諸方面的交互影響及其複雜關係。且不說這種極端化的論斷絕不可取，單就他所尋找的這種聯繫和動因本身來看，是不是就無可非議了呢？從表面上看，弗理契所運用的似乎是階級和階級鬥爭的方法；但是，他同時又把階級的興衰說成是社會的一般發展——「社會進化」，說到底是以某階級為標誌的經濟的發展、生產力的發展。據此可見，弗理契的文藝思潮演變論，一方面是唯階級決定論，一方面又是唯經濟決定論。階級就是經濟，階級的興衰就是經濟水準的高低。這就是他把「經濟」和「政治」摻和在一起所形成的抽象的「社會進化論」。因此，他關於文藝思潮歷史演變的描述，只能是一般的社會進化法則的運用。

用社會形態交互更替的歷史軌跡排列題材和樣式發展的先後次序

弗理契把歷史上的社會經濟形態劃分為先後四個時代：狩獵時代—→農業時代—→封建時代—→資本主義時代。與這四個時代相應的是四種依次不同的社會「有機體」：狩獵集團—→原始共產主義的農業集團—→封建階級—→資產階級。弗理契根據他所設定的文藝社會學的法則，認為這四個社會有機體，即社會的統治集團或階級，必然將其集團或階級的意識滲入藝術的各個領域，包括藝術的各種表現形式。

以藝術題材為例，狩獵者在其繪畫或雕刻的作品中描寫的是動物。隨著時代的發展，動物的影子漸漸減少。當狩獵變為農業，人們開始與草木更多地交往的時候，藝術上的動物便由植物起而代之，多種花草圖案成了人們的裝飾品的主要內容。當原始共產主義農業集團消失，封建領主和王侯做了土地的統治者的時候，封建階級為了表現自己作為主人的尊嚴，於是，人（領主）的雕像出現了。這時期的人像往往是威嚴的，象徵著領主的特殊人格。當資產階級登上歷史舞臺的時候，雖然保留了人的形象，以顯示他們的個人主義，但是，封建階級雕像中那種獨立的、特殊的個性消失了，逐步演變為與他人相互關聯的平凡而複雜的性格。也就是說，與上述四個時代和社會集團（階級）相對應，藝術史上也先後出現了四種藝術題材：動物—→植物—→威嚴獨立的人—→平易複雜的人。

從藝術樣式上看，不同的歷史時期也有不同的樣式處於支配地位。他們的先後次序是：建築—→雕刻—→繪畫—→音樂。之所以這樣，弗理契認為，是由於不同的樣式能夠表現不同社會集團（階級）的意識。例如，建築（主要是寺院）是宗教世界觀的產物，而宗教世界觀是農業經濟的產物，所以建築在農業社會是處於支配地位的藝術樣式。雕刻最能表現專制者的獨立尊嚴，繪畫最能表現資產階級的個人主義，特別是音樂最能表現人的性格的內在的複雜性，所以分別在封建社會和資本主義社會最為發達。

弗理契就是這樣，依據不同社會形態的一般特點，借用社會發展的歷史輪廓，勾畫了藝術樣式的先後更替。即使就某一藝術樣式本身來看，例如繪畫，它也有不同畫種的歷史演變，這種演變同樣受鐵一般的社會法則制約，按照社會形態的交互更替的次序排列。例如，宗教畫向風俗畫的演變，著衣畫向裸體畫的演變，肖像畫向風俗畫的演變，等等，都是隨著封建社會向資產階級社會的演變而演變。宗教畫、著衣畫、肖像畫是封建社會的主要藝術樣式，因為它最適合表現封建階級的專制意識和心理；風俗畫、裸體畫、風景畫最適合於表現資產階級的自由意識和心理。再進一步說，即使是同一畫種，例如肖像畫，它的表現形態也被社會形態的一般特徵所規定。在以宗教世界觀為指導的封建社會中，無論是神還是封建主的肖像畫（包括雕塑的肖像），都是「近似」。藝術肖像和被描寫者之間僅僅具有象徵的意義，沒有個性的逼真。埃及神殿中的肖像只表現神一般的尊嚴；古希臘的神像和勇士像只是一種抽象的象徵。弗理契認為，肖像只是隨著資本主義的發展才逐步逼真化、個性化，因為它迎合了資產階級自我欣賞的需要。資產階級社會的大多數市民都希望得到自我形象的藝術再現。但是，自從資本主義走向沒落之後，現實主義的肖像畫又逐步被印象派、立體派、未來派和表現派所代替，從而又將人的肖像變形。這是資產階級過分強調主觀自由的結果。

看來，弗理契對於題材和藝術樣式的分析是非常細緻的。他居然能夠用不同社會形態的一般特徵分別套在藝術題材和樣式的各個方面，並且借用社會形態交互更替的歷史軌跡將其有機地排列組合，給人以強烈的歷史感。從這一意義上說，他的藝術史觀充滿了辯證法。但是，他對於藝術題材和藝術樣式的考察，並不是從藝術本身出發，並且矢口否認藝術的內在規律，企圖事無巨細地把所有的藝術現象都囊括在自己的社會框架之中，這就不可避免地陷入實際上由他自己設計的困境：藝術僅僅作為社會法則的外化才能存在，它本身並不具有自己的規律和目的；它的規律就是一般的社會規律，它的目的就是一般的社會目的。根據佛氏的定理，怎麼能從這種屬於明顯謬誤的困境中得以自拔呢？

用循環式的社會法則考察藝術方法的重複再現

弗理契既然用它的「經濟－政治」的社會學法則解釋一切文藝現象，因此，也不能放過對藝術方法的分析。他發現，在繪畫和雕刻的發展史上，存在著「對於世界的兩種根本的藝術態度」，一種是「恐怖和敬畏」的宗教態度，一種是「好奇心和知識欲」的現實態度。以這兩種不同的態度從外界獲得藝術感受，一旦進入藝術作品，便出現了兩種不同的藝術方法。前者是理想主義，後者是寫實主義。弗理契認為，這兩種方法，雖然「由一定的世界觀和一定的意識形態制約著，但這世界觀和這意識形態自身，都是在社會集團的經濟的、社會的組織中有其根底的。」[7]於是，弗理契便具體地分析了作為「根底的」經濟和社會如何通過世界觀和意識形態的折光反映出兩種不同的藝術方法。

他認為，在人類歷史的狩獵社會，藝術是寫實主義的。描在洞窟壁面和武器、用品上的繪畫，如動物等，都巧妙地把握其特徵，在獨特的姿態中，以驚人的正確性被表現出來。這是因為當時的狩獵者們面對活生生的現實，或支配野獸，把牠殺死，吃掉牠，或被牠支配，被牠吃掉。因此，狩獵者們就要細心地觀察和研究牠們的習性，於是就產生了模仿動物以征服動物的信念，於是就有藝術的寫實主義方法。隨著狩獵的衰退和農業的興起，理想主義的藝術便隆盛起來。這是因為人的智力得到發展，人們渴求物質幸福的願望也就增長。這種

7 弗・馬・弗理契：《藝術社會學》，頁159-160。

願望表現出一定的宗教傾向，於是就有了崇拜，於是就產生了藝術的理想主義。

在弗理契看來，理想主義和寫實主義的藝術方法，不僅在原始社會的不同階段先後出現，而且在人類社會的發達階段也被反覆著：封建社會是理想主義，資本主義社會就是寫實主義。在同一國家的不同時期，也往往有這樣的交替：十四、十五世紀的義大利，開始是浪漫主義，後來就轉到寫實主義。

那麼，兩種不同的藝術方法為什麼會在人類社會發展的不同歷史階段，甚至在某一國家的不同時期也反覆交替出現呢？弗理契認為，一方面是經濟發展的結果，一方面有相似的「社會經濟組織」。即，一方面受生產力水平的制約，一方面受社會形態的制約。因為在弗理契看來，「每個社會經濟的形體，在人類發達的過程中。多數是常被反覆著的。」[8]例如，埃及的封建制度，在古希臘和中世紀就有；希臘化時代的專制主義社會，在十六至十八世紀的歐洲也有；古希臘的民主社會，在文藝復興的義大利和十九世紀的歐洲就得到反覆。因此，弗理契認為，「類似的社會經濟組織，是應當產生同樣或是類似的藝術典型」[9]。所以，人類歷史雖然有地理和年代符號相區別著，但就其本質來說無非是兩種類型——農業的（專制的）和工業的（民主的）。由此可見，弗理契的歷史概念是非常混亂的，他所說的「社會經濟組織」絕不是一個準確、科學的概念，而只是由一對不同的經濟形態構造起來的閉環式的社會實體，他的「社會發展」和「歷史發展」，便是由這些大大小小的閉環式的社會圓圈串聯起來的鏈條。

至於藝術方法，弗理契也像對理想主義和現實主義的分析一樣，先把它們分為若干組相互對應的兩極的集合，然後再納入自己的社會

8　弗・馬・弗理契：《藝術社會學》，頁14。

9　弗・馬・弗理契：《藝術社會學》，頁15。

圓圈。例如，關於藝術上的「靜止」和「運動」，弗理契認為，封建社會的藝術是以靜止的姿態表現封建主義的意識的。埃及的雕像和封建社會的建築就是這樣；隨著商業的發達和都市生活的繁華，藝術才開始出現了流體線條和動態的韻律。藝術方法的「遠」和「近」也是這樣，封建經濟閉關自守，繪畫只有空間的廣和高，而沒有遠和深，給人以平面的感覺；隨著資本主義世界交往的發展，藝術家的視野逐漸開闊起來，從而獲得遠近的感覺，藝術上出現了遠近的層次，給人以立體感。至於藝術上的「光線」，也是社會發展的產物。光線是積極的、樂天的。受禁欲主義支配的封建社會只有蠟燭和洋燈，所以藝術畫面多呈暗淡的灰褐色；只有歷史進入發達的資本主義社會，出現了瓦斯、汽燈和電燈，才引起了藝術家明亮的感覺，使他們開始追求藝術的明朗的基調。繪畫的色彩同樣符合社會學的法則。在封建閉守的社會，繪畫多呈黃、紅色而沒有藍、綠色。因為黃、紅是平面物象的色彩，沒有遠近感；藍、綠是大氣的色彩，能夠顯示深遠，它只有在人類眼界開闊的商業資本主義時代才被重視。

弗理契正是這樣，一方面把社會分為兩種經濟形態的循環，一方面把藝術方法分為相互對立的兩種形態，然後是二者對應組合，把兩種不同的藝術方法分別裝進相對應的兩種社會經濟組織的匾筐中，最後把它掛在「社會進化」的車輪上旋轉。

勿庸置疑，弗理契對文藝現象的觀察研究確有其獨到的地方，特別是他那貫徹如一的歷史感，閃爍著辯證法的光輝。他把文藝與社會有機地糅合起來，勾勒出其發展變化的歷史過程，這對於認識文藝的社會意義無疑是富有啟發性的思考。他擺脫了丹納的自然環境說，從物質生產和社會政治的角度研究文藝的性能，對於建立科學的文藝社會學，也無疑是向前邁進了一步。但是，由於他並沒有真正理解馬克思主義的社會觀，所以，他的整個思維方式和論述方式中又充滿了庸俗階級論和唯經濟決定論，從而把自己構想的體系絕對化、凝固化，陷進不能自拔的困境之中。它的缺點是否認藝術規律，以社會（經濟的、政治的）規律取而代之。佛氏的文藝社會學與其說是對文學藝術的研究，不如說是擷取個別文藝現象對其社會觀念的證明。這顯然是形而上學的、主觀唯心主義的東西。

第五章
文藝學社會學方法綜論

文藝社會學的優勢和侷限

如果我們試圖將文藝社會學與其他文藝學方法進行橫向比較的話，那麼，我們便可以發現：

一、與文藝學經驗方法相比，文藝社會學表現出理論的概括性。它不侷限在審美經驗，特別是不侷限在個體審美經驗的水平上，而是上升到理論的，即上升到社會學理論的水平去研究文學藝術現象。因此，文藝社會學比較強調觀念的明晰性、概念的確定性、批評標準的客觀性和結論的科學性。

二、與文藝美學方法相比，文藝社會學從思辨的天國回到現實的人間，給文藝研究注入了較為強烈的現實功利觀。它不再把追求宏觀透視和思辨的快感作為自己最崇高的旨趣，而是潛心於文藝與社會之間的互動關係，將文藝的社會意義、生活的意義作為理論探索的主題。從某種意義上說，文學藝術的社會學研究也就是作為社會主體的人的研究。現實中的人和藝術中的人、人的藝術化和藝術化了的人，等等，都是文藝社會學的重要內容。因此，文藝社會學對於文藝的研究，與人的進步和完善有著密切的聯繫，具有鮮明的現實功利性。

三、與文藝心理學方法相比，文藝社會學注重外部環境的研究，注重通過文學藝術的外部環境（自然的、社會的、文化的等）闡釋文藝的本質和規律。外部環境是文藝社會學的基本參照，是其說明文藝動因、探尋文藝特性的最重要的依據。環境是「因」，文藝現象是

「果」；有其「因」必有其「果」，有其「果」必由其「因」——這就是文藝社會學的基本思維模式。

四、與文藝學本體方法相比，文藝社會學注重價值判斷，注重文藝社會作用的分析。因此，「文藝的社會作用」往往成為文藝社會學所最關心的課題之一。有沒有社會價值，能否促進社會的發展和完善，往往成為文藝社會學理論批評的重要標準。特別是有關文藝社會管理等方面的應用性研究，是文藝社會學價值崇拜的具體實踐。這在包括文藝學本體方法在內的任何一種文藝學方法中是絕無僅有的。

以上幾個方面，既是文藝社會學的特點，也是與其他文藝學方法相比，文藝社會學所獨具的優勢。這些優勢歸結到一點，就是對社會、對人生的關注與思考，對現實、對生活的熱情和啟迪。僅僅是由於這一點，文藝社會學才成為文藝理論評論批評史上地位顯赫的主要範式之一，成為理論批評家們最常用、一般接受者最熟悉的文藝學方法之一。按照文藝社會學的觀念，任何一位文藝批評家，首先應當是一位社會批評家，一位關心人的命運與社會進步的思想家。這是文藝社會學贏得社會和群眾信任的重要法寶，也是它自十九世紀以來得到迅速發展的主要動因。

與此同時，我們也應當看到文藝社會學有著不可克服的侷限。表現在思維方式上，就是它那「由外而內」的認識路線和「線型」因果分析法。

所謂「由外而內」，就是由環境而藝術、由社會而藝術。我們並不是說對文藝現象不能這樣分析，而是說不能僅僅這樣分析。環境和社會是決定文藝的重要因素，但不是唯一的因素，還有創作主體、欣賞主體、語言形式等多方面因素的交互作用。而文藝社會學對此卻注意甚少，特別是很少注意作品語言文本的意義和價值。即使進行創作主體的分析，也往往限於作家經歷及其生活環境的分析，目的仍是為了對作品進行社會性的說明；而對創作主體的內宇宙和個體心理、潛意識卻較少顧及。因此，審美主體（包括作家和讀者）的主觀能動性便往往被文藝社會學所忽略。

所謂「線型」因果分析法，就是把文藝與社會的關係往往看成是簡單的、直線式的決定與被決定的關係。這是一種機械決定論。而事實上，「因」與「果」的關係往往是一種複雜的、縱橫交錯的連鎖反應，二者之間存在著無數個力的平行四邊形，最後形成一個總的合力，這才是它的結果。線型決定論往往忽略了其間的中介環節，忽略了中間環節的複雜性，把一個網路系統看成了一條直線，雖然明瞭，但並非科學。

這種絕對化、簡單化的思維方法看來是文藝社會學致命的弱點，從而為庸俗社會學的侵入提供了可乘之機。本世紀之所以有一股強大的文藝庸俗社會學思潮產生，使文藝社會學的歷史進程受挫，與其本身所固有的這一侷限不無關係。

在國際無產階級文學運動中，蘇聯的無產階級文化派和「拉普」派是庸俗文藝社會學的鼻祖。他們把馬克思主義的社會學說庸俗化，用政治的、哲學的概念硬套文藝學的每個範疇，用階級的、政黨的觀念代替藝術規律的探求。一句話，他們不是把馬克思主義當作研究問題的指南，而是當作公式，按照它來剪裁各種文藝事實，這種教條主義的方法，閹割了馬克思主義的靈魂，把它變為一種片面的、畸形的、僵死的東西，這就從根本上違背了馬克思主義的世界觀和方法論。

文藝上的庸俗社會學是一種國際現象。從二〇年代末、三〇年代初開始，無產階級文化派和「拉普派」的思潮就對我國的新文學運動產生了惡劣的影響。但是，我們一直熟視無睹，以致逐漸氾濫成災。粉碎四人幫以來，特別是八〇年代以後，我們才開始意識到問題的嚴重性，進行了一定程度的批判和清理。為了建設科學的文藝社會學的體系，我們必須對此展開比較全面的回顧和反省。

文藝社會學在中國的病變[1]

關於文藝上的庸俗社會學問題，周揚曾作過簡要的闡明，他說：庸俗社會學論者「對文藝現象作機械的社會學的解釋，他們不瞭解或不承認文學藝術的特點；認為文藝作品的對象不是具體的真實的人的生活本身，而是一般的社會法則；認為文學作品只是政治概念的形象化，而不是重視人物創造和表現人物內心活動的意義；認為一切過去時代的文學都只是過去時代的經濟和政治制度的宣傳者和擁護者；認為新時代的文學必須離開舊時代的遺產而重新開始」[2]。

回顧一下文藝發展史就會發現，二十世紀五〇年代以來，我國文藝戰線上反對資產階級和修正主義的鬥爭一直很頻繁、很緊張。在這些鬥爭中，大家的眼睛一直盯在右的傾向上，而對「左」的東西，教條主義和公式主義，則放鬆了警惕，似乎文藝界只有右的要反，「左」的根本就不存在，當然也不必反，以致「左」的傾向逐步發展為「左」的思潮，直至文化大革命時形成一條極左的文藝路線，使我們的文藝工作蒙受了空前的浩劫。而庸俗社會學，便是這條極左的文藝路線的理論支柱。

——這就是文藝社會學在中國的病變。

概括地說，文藝庸俗社會學在我國主要有十種表現：

---

1 這部分是在包忠文教授與我合寫的〈試論文藝上的庸俗社會學〉，《滁州師專學報》1983年創刊號（1983年1月）一文的基礎上修改而成的，特此說明。

2 周揚：《文藝報》1954年第24期，頁17。

一　文藝從屬於政治，以政治代替文藝

「文藝從屬於政治」，曾經是我們的文藝工作長期堅持的一個口號。這個口號雖然在一定時期產生過一些好作用，但是，從理論和實踐上看，它並不是一個科學的口號。

根據歷史唯物主義的觀點，在社會的組織結構中，文藝和政治同屬於上層建築，都由經濟基礎所決定，而又都影響於這個基礎。不同的無非是，在社會結構的層次上，文藝和政治距離經濟基礎有遠近之別；因而，在歷史發展的進程中，它們自身的變化又有「或快或慢」之別。但是，這種區別絕不能證明誰屬於誰，誰為誰而存在，誰是誰的工具的問題。它們的存在，首先是有其自身相對的目的；但對於經濟基礎來說，又都不是終極的目的，而是手段。

這樣講並非否認文藝和政治的關係。事實上，它們之間有著密切的關係。這種關係，是互相影響、互相干預的關係。文藝反映政治，但不是政治的傳聲筒；文藝影響政治，也並不是直接影響政治，文藝和政治的關係並不是直接的，它通過反映人的靈魂而和政治發生關係。

如果把文藝和政治的關係人為地規定為「從屬」與「被從屬」的關係，實際上就是主張用政治代替文藝，要求文藝做政治的單純的傳聲筒。

「文藝從屬於政治」的口號之所以不科學，還由於文藝廣泛於政治。文藝不僅有教育作用，還有認識作用和美學意義等；文藝不僅反映和影響政治，還反映和影響哲學、道德、宗教、社會心理學等等。如果把文藝的政治作用和政治影響單獨抽出來，加以孤立的、過分的強調，勢必抹煞形象體系的豐富性，從而導致藝術上的簡單化和政治概念化。

「文藝從屬於政治」這一口號在實踐中還涉及到文藝家和政治家的關係問題。在我們的國家裡，文藝家和政治家都是人民的公僕，兩者的關係在根本利益和根本目標一致的前提下，應該是互相監督、互相制約和互相促進的關係。兩者都出於對人民負責而互相干預，這是正常現象。文藝家對現實生活中的問題，應當比政治家提得早一點、深一點、新一點，文藝的功罪也正在於此。政治並非政治家所能獨佔，文藝家絕不能超然於政治之外。政治家應當把文藝作為「考得失」、「除政弊」和「觀民風」、「察民情」的鏡子，文藝家應當真實地反映人民的思想願望和情緒。但是，四人幫完全弄亂了這種正常的關係，他們所企求文藝家的，不是做人民的代言人，而是做自己的喉舌，不是要文藝反映人民的情緒，而是要文藝演繹「長官意志」，做他們的輿論工具。這樣，「文藝從屬於政治」的口號，客觀上便成了他們販賣這類私貨的護身符，成了他們迫害文藝工作者的藉口和棍子。

事實說明，無論是藝術創作中的雷同化、概念化，還是我們文藝工作中的其他方面的問題，幾乎都和「文藝從屬於政治」這一口號有關。它的實質就在於否認藝術規律，否認作家的人格；以政治代替藝術、扼殺藝術。可以這樣說，「文藝從屬於政治」的口號在客觀上成了庸俗社會學的政治綱領。它是「唯政治決定」論在文藝領域的貫徹。

二　以世界觀代替創作方法

以世界觀來取代創作方法，只強調世界觀，不講創作方法，不講技巧，把文藝創作中的一切問題，都歸結為世界觀的問題，這是庸俗社會學的又一表現。根據這一思路，一個演員演不好戲，一個舞蹈家跳不出好舞，都是世界觀問題。我們並不否認這和世界觀有關係，但絕不僅僅是世界觀問題，更重要的是生活、藝術修養、藝術才能等方面的問題。列寧的世界觀無疑是馬克思主義的，但他自己說，你們就是扒下我一層皮，我也寫不出一首詩來。

關於創作方法的概念，是蘇聯的「拉普」派首先提出來的。在他們看來，創作方法就是世界觀在創作實踐中的特殊表現。他們對於創作方法中應當包括藝術技巧、生活積累和思想提煉這三個方面較少注意，甚至忽視了。他們講創作方法，實際上就是講世界觀，不重視、或者抹煞藝術特徵和藝術規律。這就是「拉普」派在創作方法問題上的庸俗社會學。他們正是從這一觀點出發，提出了「辯證唯物主義創作方法」的口號。這種創作方法，要求作家用文藝的形式寫哲學講義，要求作家從現實中任意攫取一些材料來證明哲學上的諸範疇。因此，從某種意義上講，所謂「辯證唯物主義的創作方法」，就是藝術創作中的主觀哲學，是一種從抽象的觀念出發，否認從生活出發的主觀唯心主義的創作教條。

這種「創作方法」，在我國的文藝創作中產生了極惡劣的影響。到四人幫統治文壇時期，這種「創作方法」就惡性發展為「從路線出發」、「主題先行」、「三突出」等創作原則。

長期以來，我們對於創作方法的研究，與其說是關於創作規律的研究，還不如說是關於創作中的哲學、政治學的研究。是否可以這樣說，我們在這方面主要存在著兩個方面的問題：一、脫離風格、流派、思潮抽象地談創作方法。事實上，對於創作方法的研究，是應該從作家的風格入手，進而擴展到流派和思潮，最後歸結到方法問題。那種忽視風格、流派和思潮，抽象地研究什麼創作方法，是形而上學思想路線的特徵。二、脫離文藝的特點和實踐，從哲學和政治學上來闡述創作方法。這種研究，其結果只能把文藝創作看作哲學或政治學上某種概念的演繹、形象化的圖解。由於以上兩個「脫離」，實際上便把創作方法抽象化了。

而對於作家世界觀的研究呢，又存在著簡單化的偏向。長期以來，我們談作家的世界觀，往往把它的內容僅僅歸結為政治態度和政治立場。這很不全面。事實上，世界觀不僅包括政治觀點，還包括倫理觀點、哲學觀點和美學觀點等等，不僅如此，它還包括認識論、方法論這些重要的方面。

正因為如此，古今中外有些著名作家，往往政治觀點並不進步，甚至保守，或者反動，然而，他們在倫理觀點、哲學觀點和美學觀點上，在認識論方面倒是比較的進步。巴爾扎克就是這樣「在《人間喜劇》裡給我們提供了一部法國『社會』特別是巴黎『上流社會』的卓越的現實主義歷史」，托爾斯泰就是這樣成為「俄國革命的鏡子」。黑格爾在政治上雖然擁護普魯士王朝，然而他的認識論和辯證法卻具有革命的意義。

我們講創作方法，主要是遵循形象思維的規律，強調藝術的獨創性；我們講作家的世界觀，重在生活實踐中形成的真知灼見，獨到見解，強調思想獨創性。我們講世界觀和創作方法的關係，就要講思想、生活、技巧這三者在藝術實踐基礎上的對立統一。但是，由於我們以往存在著把創作方法抽象化和把世界觀簡單化的偏向，只能導致以政治代替藝術、以世界觀代替創作方法的錯誤結論。

三　以邏輯思維代替形象思維

邏輯思維和形象思維是人類掌握世界的兩種主要的思維方式。二者不僅僅在形式上不同，邏輯思維用概念推理，形象思維用形象顯現，而且在其思維的對象和內容上也不盡相同。數學上的勾股定理，物理學上的牛頓定律，哲學上的對立與統一，政治學上的階級和階級鬥爭，是邏輯思維的產物，你怎麼能用藝術形象把它的內容全部地、準確地表現出來？畫一個圖、舉個例子，當然可以有助於我們對這些科學概念的理解，但那不是藝術，是「圖解」、「例證」，而這正是藝術所最忌諱的。反之一樣，藝術感受是很難用幾個概念明確地表述出來的。我們讀《紅樓夢》，看《阿Q正傳》，產生很複雜的情緒，認識它們好像認識生活那樣複雜，那樣困難，研究它們只能從某個側面入手。成功的藝術都是這樣。不但如此，形象思維和邏輯思維從表面上看來有時還可能是對立的。「太陽從東方升起」，作為一句美的詩行，任何人沒有懷疑過它的科學性。但是，「日心說」早已證實它是荒謬的。這是因為，形象思維通過直覺獲得具體的感性形象，而邏輯思維則通過抽象獲得科學的認識。因此，用邏輯思維的標準來衡量形象思維，必然是荒謬的，而從它們掌握世界的各自的範疇和規律來看，又都是無可非議的。

說這些話的目的無非是為了證明，邏輯思維和形象思維有各自的形式、內容和規律，有各自的目的和功能，它們之間是不能互相替代甚至互相苛求的，就像人不但要吃飯，而且要喝水一樣。回憶我們走過的路，恰恰在這個問題上犯了錯誤，不是用形象思維的規律指導文藝，而是用邏輯思維的特點苛求文藝，把文藝作為某種觀念的「圖解」和「例證」。在理論上，不去探討形象思維的特殊規律，對藝術直覺等問題更是談虎色變，進而以邏輯思維代替形象思維。

形象思維，並非一種什麼神秘的東西。簡單說來，它就是形象和思維的融合，用我們中國古代文論的術語來說，就是「意」（思想）和「象」（形象）的對立統一。作家從事創作，先是觸「景」（客體）生「情」（主體），然後融「情」入「景」，最後達到「情」「境」交融。作家創作過程始終離不開形象，是抱著形象走的。形象的獲得和提煉、思想的熔鑄和發展，兩者相輔相成，互相滲透、互相促進，這就是形象思維的特點，也是創作過程中的思維特點。在這個問題上，存在著兩種片面觀點，一種是「唯理」論，一種是「直覺」論。前者否認感性、形象、直覺在創作中的重要地位，後者否認理性、範疇、意識在創作中的意義。馬克思恩格斯批判的「席勒化」，主要是指「唯理」論的錯誤，義大利的哲學家、文藝家克羅奇講的那套表現主義、超功利主義，就屬於「直覺」論。我們反對「直覺主義」，但並不否認「直覺」。同樣，我們反對「唯理」論，也並不否認「理性」。我們所要求的，是感性和理性、情和理、象和意、感受和經驗、形象和思維在創作中得到完美融合。文藝創作是「長期積累」和「偶一得之」的統一，只有「積之平日」，才能「得之在俄頃」。

四人幫把毛澤東〈在延安文藝座談會上的講話〉中提到的六個「更」，和恩格斯在《致敏娜・考茨基》中提到的「這一個」對立起來，只講六個「更」，不講「這一個」，從而導致「類型化」、「概念化」、「公式化」，導致文藝上的「唯理」論。所謂「一個階級一個典型」，就是把「階級」這樣一個政治學的概念，硬搬到文藝學上來的產物，是用邏輯思維代替形象思維的代表性論點之一。我們並不否認藝術典型的階級性，但是，典型的「階級性」絕不等同於階級觀念的化身。典型是活生生的人，它只能在主要方面體現某一階級的屬性，而其他方面則可能是許多階級共有，或者說根本就不存在什麼階級性。邏輯思維可以把階級的界限劃得很準確，而形象思維只能把活生生的「這一個」呈現出來給人思考。

四　以傾向性代替真實性

真實是藝術的生命。藝術的真實性，指的是歷史必然的感性事實；傾向性，是作者基於歷史必然的認識對於現實的人和事進行美化或醜化、強化或弱化。真實性和傾向性是對立的統一。真實性以感性的形象顯示自身；傾向性隱蔽在其中，在情節和場面中自然而然地流露出來。傾向性包含作家的社會評價和美學評價，不能把傾向性僅僅歸結為政治傾向。

從一九五五年對胡風文藝思想的批判開始，「真實性」就成為一個政治課題。胡風的文藝思想有一定缺陷，但是，他所強調的現實主義的真實性原則，還是不無道理的。他所強調的「寫真實」，就是強調作家遵循藝術規律，敢於正視人生、參與生活，要求作家說實話，講真話，反對蒙和騙，反對以傾向性代替真實性。但是，自從批判了胡風的「寫真實」論以後，文藝界似乎再也不敢理直氣壯地堅持真實性的原則了，後來乾脆就把這一原則送給了資產階級和修正主義。這樣一來，「寫真實」似乎成了自然主義或「暴露文學」的代名詞。

什麼是自然主義？從文藝理論歷史上看，自然主義的內涵是明確的，它主要包括三個方面的內容：一、在創作思想上，鼓吹實證論，反對唯物論和辯證法；二、在人物塑造上，鼓吹用生物學、病理學、遺傳學的觀點分析人、把握人的性格，反對從社會關係上來看人；三、在藝術表現上，鼓吹照相式，否認藝術概括。回憶建國以來被「寫真實」的棍子打下去的作品，哪些屬於這種自然主義的呢？《組織部新來的年輕人》、《小巷深處》是實證論嗎？是用生物學、病理學和遺傳學的觀點分析人，沒有從社會關係上來看人嗎？是照相式的手法嗎？顯然都不是。如果僅僅是因為它們暴露了生活中一點不健康的東西就稱之為自然主義，那麼，巴爾扎克這個赫赫有名的「暴露專家」，恩格斯為什麼還稱他為「現實主義的大師」呢？

當然，我們不能同意這樣一種觀點：只有揭露生活的陰暗面才是真實，而寫出生活中克服黑暗，顯示光明的作品就不是真實。正如當年史達林對別德內依所批評的那樣，對這一手法一旦「迷醉」之後，就必須發展為對現實的「誹謗」，因為光明和黑暗的搏鬥，光明逐步克服並戰勝黑暗，這是我們時代的歷史趨勢和基本特點。我們既反對那種玩賞黑暗、看不見光明、給人以窒息和絕望的「暴露文學」，同時也反對那種迴避現實鬥爭、麻痺人民鬥志、教人生活於瞞與騙之中的「鶯歌燕舞」式的「歌德文學」。

五　以真善代替美

文藝上的真，屬於認識範疇（擴大知識面、提高認識能力）；善，屬於教化範疇（社會功利性，分析忠奸、善惡、邪正、是非、得失）；美，屬於審美判斷方面（形象的雕塑，詩意動情力以及美感因素，如悲、喜、美、醜、崇高、滑稽等）。在具體作品中，真善美是融於一體的。但是，就它們各自的內容來看，屬於不同的範疇。真和善是科學和教化的範疇，美，才屬於藝術本身。美的，一般說來是真的，善的；但是真的、善的卻不一定就是美的。真、善、美這三者，對文藝說來關鍵在於美。

這是我們必須正視的客觀規律。藝術創作的選題，首先考慮的應該是自己的對象能否激起人們的美感，文藝批評的方法應該首先尊重藝術本身的美學意義。但是，這樣做往往被人稱之為「唯美主義」。在新時期以前的藝術創作中，首先考慮的是主題的政治性，不求藝術上有功，但求政治上無過。在文藝批評上，不是從美感和藝術欣賞出發，而是從觀念出發；不是通過藝術感受來分析思想內容，而是離開作品抽象地談政治上的利害、理論上的是非，以思想分析代替藝術分析，以真善來代替美，不問是否寫出了活生生的人，是否具有詩意的動情力。

我們絕不否認藝術的認識功能和教化力量。但是，這種認識功能不是一般社會學的認識功能，而是藝術的認識功能；這種教化力量也不是一般倫理學的教化力量，而是藝術的教化力量。藝術應該是真的和善的，真和善都是在美中達到統一和綜合。美有自身的目的和功能，人們絕不是為了受教育而去花錢買小說、買電影票，首先是為了從中得到美的享受。藝術正是靠它所特有的誘惑力而吸引人自動地去接受真和善。

六　以政治方向的一致性代替藝術創作的多樣性

長期以來，在我們的文學事業中十分強調政治方向的一致性，以為文學事業是人民的總事業的一部分，要自覺地接受黨的領導，在政治上和國家保持一致，這是原則問題，不可動搖的。問題在於，政治方向的一致性能否代替藝術創作上的多樣性？講藝術多樣化是否就是鼓吹資產階級自由化？

所謂資產階級自由化，按照列寧在《黨的組織和黨的出版物》中所劃定的界限，指的是「資產階級企業主的即商人的出版業」的唯利是圖，「依賴錢袋、依賴收買和依賴豢養」的文學上的拜金主義；指的是把文學事業看作與「無產階級總的事業無關的個人事業」，與人民利益無關的個人表現，即「老爺式的無政府主義」；指的是迎合低級趣味、追求官能刺激，用「誨淫的小說和圖畫，描寫賣淫來『充實』『神聖』舞臺藝術」的頹廢主義。無可否認，對這樣的自由化，我們一定要擯棄。

但是，我們以往所反對的自由化，似乎並不是列寧所批評的這種自由化，而是藝術創作上的多樣化。特別是自從一九六三年以來尤其是文化大革命中，我們把提倡題材多樣化、人物多樣化、風格、流派和方法多樣化、體裁多樣化、基調多樣化、創作道路多樣化一概斥之為鼓吹自由化。說什麼講「題材多樣化」就是反對寫工農兵的生活和鬥爭；講「人物多樣化」就是反對塑造工農兵英雄人物；講「風格多樣化」就是個人主義擴張；講「流派多樣化」就是講宗派幫派、反對黨的領導；講「方法多樣化」就是反對「兩結合」；講「體裁多樣化」就是反對演現代戲；講「基調多樣化」就是反對走與工農兵相結合的道路等等。顯然，講「藝術多樣化」變成了反對文藝為工農兵服務、反對無產階級政治的一個罪證。而這樣批判所謂的「自由化」，無非是推行文化專制主義的一種藉口罷了。

十九世紀四〇年代初，當年輕的馬克思剛剛走向社會，寫的第一篇政論文章就是抨擊普魯士文化專制主義的戰鬥檄文。他引用布封的話說：「風格就是人」。可是實際情況怎樣呢！「法律允許我寫作，但是我不應當用自己的風格去寫，而應當用另一種風格去寫。我有權利表露自己的精神面貌，但首先應當給它一種指定的表現方式！」而這種「指定的表現方式只不過意味著『強顏歡笑』而已。」他還說：「你們讚美大自然悅人心目的千變萬化和無窮無盡的豐富寶藏，你們並不要求玫瑰花和紫羅蘭散發同樣的芳香，但你們為什麼卻要求世界上最豐富的東西——精神只能有一種存在形式呢？我是一個幽默家，可是法律卻指定我用謙遜的風格。沒有色彩就是這種自由唯一許可的色彩。每一滴露水在太陽的照耀下都閃耀著無窮無盡的色彩，但是精神的太陽，無論它照耀著多少個體，無論它照耀著什麼事物，卻只准產生一種色彩，就是官方的色彩！」[3]馬克思這一段話用於對文化專制主義的批判是最恰當的。

以文化專制主義冒充文學的政治方向一致性，以批資產階級自由化為名否認藝術創造的多樣化，是庸俗社會學的一個特點。他們這樣做的時候，往往把列寧的《黨的組織和黨的出版物》作為棍子，這是

3　中共中央馬克思恩格斯列寧斯大林著作編譯局譯：《馬克思恩格斯全集》，卷1，頁7。

對革命導師文藝思想的最大的褻瀆。列寧在這篇文章裡，反對把文學事業「作機械的平均、劃一、少數服從多數」，把文學事業「同無產階級黨的事業的其他部分刻板地等同起來」，反對在這個領域中「來一套公式主義」，主張「在這個事業中，絕對必須保證有個人創造性和個人愛好的廣闊天地，有思想和幻想、形式和內容的廣闊天地」。總之，列寧所提出的無產階級的、人民的文學是真正自由的文學、最自由的文學。它之所以是真正自由的文學、最自由的文學，就在於它不但和資產階級的偽自由劃清了界線，而且和封建的文化專制主義劃清了界線。

七　否認文學是「人學」

文學是人學，而且是寫人的心靈之學。

長期以來，我們的文藝理論不准講文學是人學，認為這是修正主義的文藝觀點。後來發展到凡帶「人」字的都不准講，什麼「人性」、「人情」、「人道」、「人之常情」，都不能講；誰講了，就會被扣上宣揚資產階級人性論的帽子。按照這種邏輯，無產階級一不講人情，二不講愛情，三不講道德，四不講風格，五不講美感，是一個不食人間煙火、無七情六欲的抽象的人。

魯迅指出，人的性格和思想感情，在階級社會裡「都帶有階級性」，但是，「都帶」而「並非只有」。階級社會中的具體的人，是階級性和人之常情的辯證統一。文學上的典型，就是生活中具體的、活生生的人的藝術再現或概括，而不是階級性的透明結晶體，不是政治學上某一階級本質的圖解。否則，按照政治學上關於階級的定義去寫人，資產階級就一定是唯利是圖，工人階級就一定是大公無私，小資產階級就一定是軟弱動搖，如此等等。如果文學上違背了這些關於階級的規定性，把工人階級中的人物寫得存在著這樣那樣的問題，就會被指責為醜化工人階級；假如把資產階級中的人物寫得有這樣那樣的優點，就會被說成美化資產階級。因此，作家不斷聽到這樣的質問：「我們的貧下中農難道是這樣的嗎？」「我們的工人階級難道是這樣的嗎？」「我們的老幹部難道是這樣的嗎？」諸如此類的責難，都是來自某種抽象的觀念，來自政治學上關於階級的概念。用這些抽象的「概念」去硬套藝術中活生生的人，必然抹煞典型性格的豐富性和複雜性。五〇年代，我們批判了《紅樓夢》研究中的「釵黛合一」論，這當然是應該的，因為它抹煞了釵黛兩人間的思想衝突以及這一衝突背後的對立。但是，能否由此引出「釵黛絕緣」的結論呢？恐怕這也未必符合實際。不符合生活的實際，也不符合小說的實際。生活中的釵黛不可能冰炭不相容，小說中的釵黛也存在著複雜的、微妙的思想聯繫。「釵黛絕緣」論否認她們的某些共同點，就不是從生活出發，從作品出發，而是從原則出發，把活生生的人和生動的藝術形象抽象化、簡單化了。

從歷史上看，人性論大體有三種講法：一是脫離人的社會性抽象地講人性，這樣的人性事實上就是人的動物本能；第二種說法，雖然也承認人的社會性，但又脫離人的階級性講人的社會性，這樣的人性就變成了各個階級相通的「普遍人性」；第三種說法是，離開歷史發展和現實關係來講階級性，這樣又把階級性抽象化了，他是人性論的「左」的表現形式。因為階級總是作為歷史的和現實的現象存在著。這種說法往往以階級論的面目出現，因此較前兩種有更大的欺騙性。而四人幫的所謂「階級論」就是這樣一種變形的人性論，它以超歷史、超現實的抽象的階級性代替活生生的、具體的人性。他們的所謂的「階級的人」，「不是男人和女人所生的、自然的、生氣蓬勃、有血有肉的人，而是在更高意義上的人，辯證的人，是提煉出聖父聖子和聖靈的坩鍋中的 caput mortuum。」[4]

十年動亂的實踐證明，四人幫全盤否定人性和人道主義的目的只有一個，就是把資產階級已經批判過的封建的、教會的「神性」、「神道」、「君權」、「教權」等違反人性、人道的東西再復活起來。從理論上否定人性，在實踐中必然否定人的價值，把人不當人，結果是神性大氾濫、獸性大發作、人性大破壞。這便是十年浩劫中否定人性和人道主義的嚴酷事實。

八　否定文學遺產

四人幫在文學遺產問題上似乎沒有確定的標準，有時全盤繼承（比如對法家）；有時全盤否定，一切都以是否能為其所用為標準。但是，從總體上看來，他們基本上還是屬於虛無主義，把封建社會的作品一概斥之為「封」，把資本主義社會的作品一概斥之為「資」，把國際無產階級文化運動中的遺產一概斥之為「修」，說什麼「從《國際歌》到樣板戲之間是一個空白」等等。

在文化遺產問題上宣揚虛無主義，似乎是一切庸俗社會學論者的共同特徵，「無產階級文化」派是這樣，「拉普」派也是這樣。他們有一首名為《我們》的詩是很能代表這種觀點的。詩中說：「我們滿懷造反的激情，讓別人叫囂：『你們扼殺了美！』為了我們的明天，我們要燒掉拉斐爾，搗毀博物館，踩死藝術之花。」[5]這和四人幫的虛無主義如出一轍，不同的只是，「無產階級文化」派只是用文學誇張

4　中共中央馬克思恩格斯列寧斯大林著作編譯局譯：《馬克思恩格斯全集》，卷4，頁254。「caput mortuum」，拉丁文，意為「殘渣廢物」。

5　戈爾布諾夫：《列寧與無產階級文化協會》（北京市：外國文學出版社，1980年），頁111。

的語言宣傳他們的虛無主義理論，而四人幫不僅僅在理論上宣傳，還付諸於實踐。在十年浩劫中他們真的燒掉了拉斐爾，搗毀了博物館，踩死了藝術之花。

從無產階級文學運動發展的歷史來看，打著「階級論」的旗號宣揚反歷史主義，是虛無主義者的共同特點。無產階級要取得政治上的解放，必須砸碎舊的國家機器，建立自己的政權，這是馬克思主義的一個基本原理。但是，虛無主義忽視了思想文化作為一種意識形態，一種特殊的上層建築，不同於國家、法律、政權等等這些階級鬥爭的工具。新文化的建設必須以前人遺留下來的全部思想內容為基礎，它的產生絕不是像砸碎國家機器那樣簡單，而是逐步得到改造和發展。與此相反，虛無主義者硬是把政治生活中的階級論機械地、刻板地搬到思想文化和文學藝術上來，「認為一切過去時代的文學都只是過去時代的經濟和政治制度的宣傳者和擁護者；認為新時代的文學必須離開舊時代的遺產而重新開始」。

反歷史主義是不能駕馭歷史的表現，虛無主義是虛弱無力的表現。它們由於沒有氣量、沒有魄力把歷史「拿來」，所以只能咒罵歷史，在歷史面前發出可憐的哀歎。對待古代遺產如此，對待西方遺產也是如此。新時期以來，一些作家在創作中開始吸收現代派的一些表現手法，便遭到一些人的非議。現在的非議似乎不是用庸俗階級論來非議了，而是換了「民族性」的一個頭銜，實際上兩者沒有什麼區別。以往，我們有一個十分簡單的觀念：資產階級批判現實主義隨著資本主義向帝國主義的過渡，已經退出了世界文壇的主導地位，起而代之的將是新興的無產階級的文學，因此二十世紀的西方文化，一言以蔽之曰：「頹廢主義」。實際上，現代資產階級的一些文藝流派，雖然在某種程度上表現了他們世界觀的唯心主義和思想情緒的沒落，但是，也並非一無可取。特別是在藝術方法上，隨著現代人生活節奏的變化，它們已經有了新的探索，現實主義的好傳統並沒有中斷，在許多方面是值得我們借鑒的。據說，盧卡契對現代派，特別是對卡夫卡十分討厭，認為他是不產生進步作用的頹廢派作家。但是，當蘇軍的坦克開進布拉格以後，當時是文化部長的盧卡契突然被押進了囚車，不知自己將被送向何方。在那身不由己，生死未卜的當下，他忽然若有所悟地說：「歸根結柢，卡夫卡還是個現實主義作家」。今天，我們的一些作家借鑒現代派的一些經驗，對藝術方面開始進行新的探索，當我們試圖對此發表一點意見的時候，千萬不要忘記，盧卡契在卡夫卡問題上的經驗和教訓。

九　以政治鬥爭代替文藝批評

一九二九年，史達林在〈答比爾—別洛采爾科夫斯基〉的信中曾談到文藝批評的問題。他說：「我認為在文藝方面（以及在戲劇方面）提出『右傾份子』的問題這一提法的本身是不正確的。『右傾』或『左傾』的概念目前在我國是黨的概念，更確切地說，是黨內的概念，『右傾份子』或『左傾份子』就是離開真正黨的路線而傾向於這一或那一方面的人。因此，把這些概念應用於像文藝、戲劇等等非黨的和無比廣闊的領域，那就奇怪了。」接著，史達林又談到不能用簡單的行政禁止的辦法代替文藝批評，而應該用「競賽」的方法除舊佈新的問題。他說，要求「禁止非無產階級的作品是很容易的。但是最容易的不能認為是最好的。」[6]這些話對於我們清理以階級鬥爭代替文藝批評的錯誤是很有啟發的。史達林的意思就是，不能用黨內鬥爭的概念來衡量文學藝術，不能用行政命令或政治宣判的方式代替文藝

6　史達林：《史達林論文學與藝術》（北京市：人民文學出版社，1959年），頁55-57。

批評。聯繫我們文藝運動的實際，恰恰就在這些方面犯了大錯誤，傷害了不少無辜的同志，這是一個極其慘痛的教訓。

文藝批評是一門科學，有其自身的規律和方法，我們必須認真研究。恩格斯在談到如何科學地評論歌德時曾說：「我們絕不是從道德的、黨派的觀點來責備歌德，而只是從美學和歷史的觀點來責備他；我們並不是用道德的、政治的、或『人的』尺度來衡量他」。[7]他在評論拉薩爾的歷史悲劇《濟金根》時又重複了類似的話，他說：「你看，我是從美學觀點和歷史觀點，以非常高的、即最高的標準來衡量您的作品的。」[8]恩格斯所說的「美學的觀點和歷史的觀點」，在黑格爾和別林斯基那裡也明確地被提出過，後來被許多著名的批評家所公認，這是一個科學的批評標準和方法。所謂「美學的觀點」，就是要遵循美的規律，用藝術本身的尺度來衡量它們，而不是用游離藝術之外的什麼標準來衡量。正像別林斯基所說：「水不能用尺量，道路的長短不能用鬥量，同樣，不能按照政治來討論藝術，也不能按照藝術來議論政治，二者都是必須按照它們各自的法則來議論的」[9]。所謂「歷史的觀點」，就是要把作家、作品放在特定的社會歷史環境中去考察，不能用現代人的觀點去苛求古人，也不能為古人辯護，而應該用歷史主義的觀點去評價、去分析。

回顧我們以往的文藝批評，往往習慣於從政治觀點出發評判作品，政治標準成了文藝批評上最高的標準、唯一的標準，正常的文藝批評變成了政治鬥爭。所謂一九四九年以來文藝戰線上的「五大戰役」，便是這種以政治鬥爭代替文藝批評的「五大戰役」。

---

7 中共中央馬克思恩格斯列寧斯大林著作編譯局譯：《馬克思恩格斯全集》，卷4，頁257。

8 中共中央馬克思恩格斯列寧斯大林著作編譯局譯：《馬克思恩格斯全集》，卷29，頁586。

9 辛未艾譯：《別林斯基選集》（上海市：譯文出版社，1979年），卷，頁61。

十　在文藝上大搞群眾運動

一九四九年以來，文藝戰線上進行了許多次鬥爭和運動，從批判電影《武訓傳》開始，一直到十年文化大革命，運動達到了高潮，一次次地把文藝事業破壞了，把文藝隊伍摧垮了，把文藝思想弄亂了，這已是人所共知的事實。

蘇聯的「無產階級文化」派雖然沒有發展到這種地步，但是，在這個問題上，他們和四人幫的思想方法又有相通之處。「無產階級文化」派從波格丹諾夫的「組織科學」出發，認為階級的意識是「集體的意識」，作為無產階級的文化只能由這個階級集體創造。因而，他們認為，無產階級的文化創造就是要絕對地擺脫個人，集體寫，寫集體。而在這樣的集體裡，應該「沒有個人面貌，有的只是整齊一律的步伐，只是毫無表情的面孔和毫無抒情表現的心靈，連他們的感情也不是通過吶喊或笑聲來表現，而是用壓力計或者計費表來衡量的。」普列特涅夫聲稱：「我們跟資產階級社會截然不同，資產階級社會承認個人，我們則否認個人，否認『我』」。為此，有些無產階級文化協會的作家，在他們的作品裡甚至就迴避單數第一人稱代詞——「我」，不管妥當不妥當，總是使用複數代詞，特別是經常使用「我們」[10]。

我國文藝戰線上的一次次的群眾運動，一次次地提倡「千人搞、萬人寫」，正是個性的大毀滅。它使多少有才華的作家失去了自己的風格，丟棄了自己的藝術特長，結果只能是「千人一面，萬人一腔」。

以上，我們從十個方面概括了文藝社會學在我國的病變，事實上也是整個國際庸俗文藝社會學的十大表現。現在談論這些表現似乎有些隔世之感，事實上它在思維方式、方法上的影響遠未徹底消除。我

---

10 戈爾布諾夫：《列寧與無產階級文化協會》，頁249-251。

們要建設科學的文藝社會學，必須記住這些歷史的教訓，也算「立此存照」！

這十個方面歸結到一點，就是否認藝術規律，對文藝現象作機械的社會學的解釋，以社會學代替文藝學，扼殺文藝學。這就是文藝社會學發生病變的癥結：在文藝學和社會學的天平上失去平衡，發生了向社會學（確切地說是向庸俗社會學）的傾斜。

——這實際上涉及到文藝社會學的一個核心問題：文藝社會學作為文藝學方法，在對文藝現象展開研究時，如何處理好社會（歷史）批評與藝術（美學）批評的關係。

社會批評與藝術批評

如前所述，早在一八四六年，恩格斯在〈詩歌和散文中的德國社會主義〉一文中就提出應當從美學和歷史的觀點來評論歌德的主張；十年之後，恩格斯在為斐迪南·拉薩爾的歷史劇《濟金根》提出了許多中肯意見之後又說：「您看，我是從美學觀點和歷史觀點，以非常高的、即最高的標準來衡量您的作品的，而且我必須這樣做才能提出一些反對意見」[11]。可見，美學的觀點和歷史的觀點，是恩格斯文藝批評的一貫原則。事實上，它也是文藝社會學方法的兩大側面。而正確處理這兩個方面的關係，對於文藝社會學的發展和完善，至關重要。

所謂「美學的觀點」，也是藝術批評的觀點。藝術批評不同於一般社會的、科學的批評的獨特之處首先在於其對象性質的不同。藝術批評的對象是文學藝術，這就應遵循藝術的規律、美的規律；就應當

---

11 中共中央馬克思恩格斯列寧斯大林著作編譯局譯：《馬克思恩格斯全集》，卷4，頁347。

從藝術出發，而不是從觀念出發；就應當潛心於藝術之所以為藝術的特殊性，而不能流於一般的科學評價。在這方面，二十世紀以來的「俄國形式主義」、「新批評」和結構主義做出了突出的貢獻。他們的突出特點是強調從藝術本體（語音、語義、結構）出發，強調對文學之所以成為文學的「文學性」的研究。而文藝社會學往往滿足於對文藝的一般的社會學描述，缺乏文藝學本體方法那種細緻入微的技巧分析。這並不是說要文藝社會學完全像本體批評那樣咬文嚼字，陷入「語言的牢房」。不是這個意思。否則，文藝社會學就失去了自己的品格。我們所要指出的是，文藝社會學應當避免那種離開藝術分析的社會學分析。文藝社會學的對象既然是文學藝術，其社會分析就應當建基在藝術分析之上，而不能是架空在藝術規律之上的樓閣。這方面，恰恰是文藝社會學的弱點，恰恰是它需向文藝學本體方法借鑒的地方。

正確處理文藝研究中藝術批評與社會批評的關係，當然還有賴於對於文藝與社會相互關係的理解。如前所述，文藝與社會有著密切的聯繫，文藝與社會的互動關係是文藝社會學的總綱，文藝社會學應當是文藝學與社會學的匯流。但是這並不等於說文藝作為社會現象僅僅是社會的附庸，是直接為社會服務的，沒有自己的品格。正如別林斯基所說，藝術為社會服務並非是直接的，而是通過其「在自身中具有它的目的和它的原因的東西，來為社會服務的。如果我們要求藝術達成社會的目的，把詩人看成包工頭，可以在一定時候指定他歌頌婚姻的神聖，在另一個時候歌頌為祖國捐軀的幸福，又在另外一個時候歌頌按時還債的義務，那麼，文壇上就看不到美文學的作品，卻只看到關於抽象的、倫理的題目的押韻論文；並不包含活生生的真理，而是包含僵死的說教的乾巴巴的諷喻；最後，或者是瑣細情欲和黨派爭執的胡言亂語。」[12]總之一句話，文藝的社會意義和價值，首先是文藝自身的意義和價值，是通過文藝自身的審美意義和價值來實現的。因此，研究文藝和社會的互動關係，研究文藝的社會性，就不能脫離文藝的審美特性，不能是一般意義上的「社會性」，而應當是藝術的、審美的「社會性」。所謂文藝社會學中的社會批評，當然也應當在文藝社會學中實現完全的統一。

正確處理文藝社會學中藝術批評與社會批評的關係，還涉及到對於「社會」的理解。社會是一個有機體，是人類賴以生存和發展的環境，其中包括自然、人、經濟、政治、意識、歷史等各種因素，絕不是像庸俗文藝社會學所理解的那樣，社會僅僅是政治和階級的代名詞。這樣，文藝社會學研究文藝和社會的互動關係事實上就涉及到諸多的方面，例如藝術與自然的關係、物質生產與藝術生產的關係、文藝與上層建築諸因素的關係、意識形態的一般性與藝術的特殊性的關係、歷史與美學的關係等等。這絕不是像庸俗文藝社會學所理解的那樣，文藝與社會的互動關係僅僅是文藝與政治、與經濟的關係。否則，只能將文藝社會學引向窮途末路，路子越走越窄。這顯然是與現代文藝社會學的發展趨勢背道而馳的。

文藝社會學的現代發展

二十世紀以來，文藝社會學在世界各國得到迅速發展。其中，理論批評學派、發生結構主義學派和經驗主義學派影響甚大。

理論批評學派即以盧卡契、本傑明、阿多諾等人為代表的「西方馬克思主義」學派。「西方馬克思主義」企圖取消各個學科、各種思

12 辛未艾譯：《別林斯基選集》，卷2，頁47。

想體系的界限，將自身變成一種綜合體。他們並不強調用具體的社會學方法研究文藝社會現象，而是注重理論批評，認為文學應該反映和批評作為社會歷史現象的社會生活；文學本身作為一種社會現象也要接受批評。

徐崇溫在《西方馬克思主義》一書中客觀地分析了「西方馬克思主義」對西方社會的吸引力。在他看來，這種「吸引力」主要在於它適應了現代西方社會的特點，根據他們對馬克思主義的理解，針對五○年代之前蘇聯模式的弊端和缺陷，而提出來作為替代辦法的一些主要論點上面。其中所謂「總體性」理論，便是他們試圖「重建馬克思主義」的核心，也是他們在現代西方社會備受歡迎的第一個「吸引力」。[13]

「西方馬克思主義」認為，資本主義進入帝國主義階段以後，它的剝削和壓迫形式也趨向「壟斷化」，即由原來的單純的經濟政治壓迫變為對整個社會生活的「總體性」統治，開始向文化、心理、思維、情感等各個領域滲透。因此，單純的經濟革命已經過時了，必須通過「總體革命」，特別是「意識革命」，建立「總體性社會主義」。

喬治·盧卡契作為「西方馬克思主義」的奠基人，當然也是「總體性」理論的最先鼓吹者，馬克思主義決定性地區別於資產階級思想之處不在於它歷史解釋中的「經濟動因」論，而在於它的「總體性」，在於它觀察問題、分析問題的「總體性」方法。他非常推崇馬克思把自然、社會和思維的發展看作是一個統一的「歷史科學」的觀點，非常推崇恩格斯在其晚年的幾封信中對歷史唯物主義所做的「合力」論解釋，認為這才是馬克思主義的精髓，「馬克思主義的歷史哲

13 徐崇溫：《西方馬克思主義》（天津市：人民出版社，1982年），頁27-30。

學是一種綜合的學說」[14]。他說，只有從這一意義上接受馬克思主義，才是真正的馬克思主義。「正統派馬克思主義並不意味著無批判地接受馬克思研究的成果，它不是對這個或那個命題的『信仰』，不是對一本『聖書』的注釋。相反地，正統性只指方法。」[15]

那麼，盧卡契為「西方馬克思主義」所首倡的「總體性」在方法論上究竟意味著什麼呢？關於這一問題，他在《存在主義還是馬克思主義》一書中有專節論述。他首先以馬克思「每一個社會中的生產關係都形成一個統一的整體」的論斷為依據，然後說：「因此，整體性（即『總體性』——引者注）這個範疇，一方面意味著，客觀實在是一個互相聯繫著的整體，即各個因素通過某種方式同一切其他因素互相聯繫著的整體這樣一種現象形式；另一方面意味著，這些聯繫在客觀存在本身中形成以非常複雜、並且總是被決定了的方式互相結合的各種各樣具體的相互關係，各種各樣的整體，各種各樣的統一」。因此，他反對把事物看成是靜止的、孤立的東西，反對對事物進行單向線型的因果分析，認為對客觀對象必須「從其一切方面並根據其一切表現形式加以把握和研究」，即列寧所說的，「要真正地認識事物，就必須把握、研究它的一切方面，一切聯繫和『中介』」的「全面性的要求」。他說，「這種全面性構成了辯證邏輯的基礎。如果缺乏這個方法，一切事物都會成為凝固的和片面的東西」。例如，「把原因與結果」「僵死而孤立」地聯接起來，已經被現代物理學證明不能用來測定運動中的離子的位置，儘管就原子進行這一計算是可能的。於是，盧卡契斷言：「正確的辯證的解決，必須經過對於現實的複雜關係進行毫無偏見的研究，然後才能作出。在進行這樣的研究過程中，應該

14 盧卡契著，中國社會科學院外國文學研究所外國文學研究資料叢刊編輯委員會編：《盧卡契文學論文集》（二）（北京市：中國社會科學出版社，1981年），頁45。

15 盧卡契：《歷史與階級意識》（英國：劍橋出版社，1971年），頁1。

使用極其富於靈活性的思維工具」，以便「決定成為對象的現象在客觀上由它構成其一部分的具體的整體中所佔的位置」[16]。

可見，盧卡契的所謂「總體性」方法是基於對現代自然科學和現代社會發展特點的認識，力圖使思維的邏輯更加適應現代科學發展的邏輯、使思想方法更加符合現代社會中現代人的思想方法而提出來的。他對於文學藝術現象的研究，便是從「總體性」出發的。例如，他主張用「世界文學」的觀念研究文藝社會學問題；主張「社會主義現實主義」與「批判現實主義」和浪漫主義聯合為一體的「大現實主義」創作方法；關於藝術細節問題，主張必須把它放在作品整體中去分析；關於形象塑造，強調人物的整體性和豐富性；關於創作和生活的關係，主張作家必須注重研究「生活的綜合體」；其他諸如反對「唯經濟決定論」、反對狹隘的階級功利主義、反對公式化和圖式化等等，無不體現了「總體性」方法。

看來，所謂「總體性」方法，是「西方馬克思主義」對於文藝社會學的主要貢獻。它對於糾正庸俗文藝社會學的影響，開闊馬克思主義文藝社會學研究的視野，更新文藝社會學研究的思維模式，都很富有啟發意義。

「西方馬克思主義」文藝社會學的另一特點是關於現代社會中人的異化的美學思考。這在盧卡契和阿多諾的著作中特別引人注目。

盧卡契對人的異化的美學思考基於這樣一個事實：在資本主義乃至整個人剝削人、人壓迫人的社會，「異化」是一種普遍現象。在「異化」條件下，人成為物的奴隸，人和人相仇視，人和人相對立，人成為非人。這是人的分化、人性的分解、人格的分裂，人已經失去他的完整性，他們在現實生活中已經不能感受到生命的樂趣。

---

16 本文引文參見盧卡契：《存在主義還是馬克思主義》（北京市：商務印書館，1962年），頁182-192。

那麼，藝術呢？席勒有一句名言：「只有當人是充分人的時候，他才遊戲；只有當人遊戲的時候，他才完全是人。」單從這一意義上去規定文學的本質固然是片面的，但也說出了幾分道理：文藝活動是人成為人的一個重要方面，是人作為一個完整的人的自由表現。於是，盧卡契敏銳地察覺到席勒審美「遊戲說」的意圖：「要瞭解席勒提出這一理論的各種值得注意並且重要的理由並不十分困難，它首先是對資本主義勞動分工及其所帶來的對人的完整性的持續而與日俱增的威脅之後果的批判。席勒的探討是基於一種深刻的人道主義。」[17]這種人道主義的深刻性就在於，把審美和藝術創造活動看作是人類揚棄異化和片面性，實現自我完整性的復歸的途徑。因此，盧卡契認為：「人道，也就是對人的人性性質的熱衷研究，屬於每一種文學、每一種藝術的本質。與此緊密相關，每一種好的藝術、每一種好的文學，如果它不僅熱衷研究人、研究人的人性性質的真正本質，而且還同時熱衷維護人的人性的完整，反對一切對這種完整性進行攻擊、污辱、歪曲的傾向，那麼它們也必定是人道主義的。……一切真正的藝術家、一切真正的作家，不管這些有創作才能的具體個人採取態度的自覺性有多大程度，他們對人道主義原則之被踐踏總是本能的敵人。」[18]

阿多諾在其《美學理論》中同樣探討了這一問題。他認為，在現代這個走向野蠻的社會中，人們是需要藝術的。如果在現代社會中廢除了藝術，那便助長了野蠻。這是因為藝術對人具有拯救絕望的功用。現代工業化社會中的人失去了生活的真實內容，因而只能把這於現實中失效的真實內容推向意識，在意識中對其嚮往和追求。而現代

17 盧卡契：〈審美特性〉，載《美學譯文》（2）（北京市：中國社會科學出版社，1982年），頁195。

18 中國社會科學院外國文學研究所外國文學研究資料叢刊編輯委員會編：《盧卡契文學論文集》（一）（北京市：中國社會科學出版社，1980年），頁282。

藝術恰好表現了現實中並不存在的希望，從而拯救了人對現實的絕望，從而給人以補償。從這一意義上說，藝術是被擠掉之幸福的展示，給人以心理上的慰藉。

阿多諾對藝術本質和社會功用的這一規定貫穿在他的整個美學理論之中。例如，關於藝術的內容，阿多諾認為實際上是一種於現實中並不存在的「異樣事物」，即現實中尚不存在的東西，精神化了的東西。這是藝術的重要特徵。因此，阿多諾認為，藝術和社會的聯繫也是精神性的，並非直接的，必然通過精神的中介。關於藝術的美學創造，阿多諾認為，它從本質上來說是否定經驗現實，即對經驗現實採取批判和否定的態度。

不難看出，盧卡契和阿多諾關於人的異化的美學思考是從馬克思《1844年經濟學哲學手稿》中引申出來的。將這一理論引進文藝社會學，增強了文藝社會學理論的力度和深刻性，因而在西方產生了很大的影響。這也是盧卡契被譽為當今世界四大批評家之一[19]、西方美學界一度興起「阿多諾」熱的重要原因。

除上述理論批評學派，即「西方馬克思主義」文藝社會學以外，在二十世紀產生重大影響的還有發生結構主義和經驗主義兩大派別。

發生結構主義（或譯結構主義）的代表人物是呂西安·戈德曼。戈德曼發生結構主義文藝社會學有五個重要的前提：一、文藝與社會的本質關係不在它們各自的內容，而在於精神結構，即由某一社會集團的經驗意識和由作家創造出的想像世界同時構成的一些範疇。二、精神結構不是個人現象，而是社會現象。因為單個人的經驗是有限的、短暫的，不能創造出這樣的一種精神結構；它只能是相當數量的群體長時間地、集體地經歷了共同主題。三、一個社會集團的意識結

19 見威萊克：《西方四大批評家》（上海市：復旦大學出版社，1983年）。

構和確定作品中整個世界的結構之間具有同源（相似）的關係。四、因此，越是文學史上的傑出作品，越顯得容易得到實證研究的理解。五、使集體意識以及被作家搬到想像世界中的範疇結構明朗化的作法，只能被結構主義的和社會學的研究方法所接受。

運用發生結構主義研究作品，戈德曼認為應分兩步走。首先是「理解」，即理解一部作品內在的意義結構；其次是「解釋」，即解釋作品和其外在的現實之間的關係，或者說是作品的意義結構和社會集團的、階級的精神結構之間的關係。在他看來，包括文藝在內的精神生活一方面受社會生活的制約，一方面又反過來改變社會生活。這樣，戈德曼就將社會集團的精神結構作為參照系置於作品和社會之間，作為文藝社會學從總體上把握文藝社會關係的理論依據。這是可貴的嘗試，富有啟發意義。當然，文藝與社會的關係能否以所謂「結構」的同源（相似）性全部概括得了，還是一個大大的問號。

經驗主義文藝社會學又稱實證主義文藝社會學。這是一個重要流派，從法國的斯太爾夫人、丹納到瑪麗．讓．居尤和夏爾．拉羅等開始就形成了自己的傳統。二十世紀以來，這一學派中又出現了阿諾德、豪塞爾、埃斯卡皮等重要人物。他們與傳統不同的地方在於，力主文藝社會學要姓「社」，即將文藝社會學作為社會學的一個分支，企圖用社會學的方法統轄他們的全部研究。因此，豪塞爾和埃斯卡皮等人十分注重文藝社會學的應用性研究。他們首先將文藝作品看成是社會產品，通過研究它的生產、流通和消費來研究文藝的社會關係。豪塞爾的《藝術社會學》（1974）和埃斯卡皮的《文學社會學》（1958）等便是這方面的代表作。他們的這些著作由於過於側重「社會學」，因而在文藝學方法論方面無甚大的突破。但是，這一學派在二十世紀卻產生了很大的影響。這是因為，向應用性、實用性方向發展，畢竟也是現代文藝社會學的一個重要趨勢。

第五篇

文藝心理學方法

第一章
文藝心理學方法導論

文藝學觀察點的「下落」與「內轉」

十九世紀末、二十世紀初的美學和文藝理論界是一個奇特的世界——叔本華、尼采、克羅奇等非理性主義者居然成為顯赫的人物；「意志」、「感覺」、「心理」等主體性理論的研究成了人們最關注的課題：自然科學、實證科學、經驗科學成了諸多文藝學流派建構方法論體系的參照……

——一切跡象表明，從十九世紀下半葉開始，包括文藝學在內的整個人文科學正在發生方向性的轉折：多年來被人們所崇尚的思辨理性受到普遍懷疑，多年來被思辨理性所壓抑的直觀感性開始重新復活。德國心理學家和美學家費希納是最早覺察到這一轉向，並進行透闢分析和具體實踐的第一人。

費希納從一八六五年起發表美學論文，一八七六年發表的《美學導論》確立了他在實驗美學發展史上奠基人的地位。費希納激烈地抨擊了自康德以來的美學忽視審美經驗的研究、將全部注意力放在思辨推理上的「自上而下」（von oben）的形而上學方法。這種方法從最一般的概念下降到具體的特例，是一種懸空式的思辨研究。於是，費希納大聲疾呼，要求用一種「自下而上」（von unten）的方法代替舊的研究模式，即用從特殊到一般的歸納方法代替從一般到特殊的推理演繹的方法。在他看來，這兩種方法儘管並不相互排斥，但是哲學的美學應該建立在實驗的民族虛無主義之後、之上。於是，費希納第一次將實驗的方法介紹、應用到美與藝術的研究，開創了文藝學研究的具有劃時代意義的革命。

例如，費希納在其《美學導論》中報告了這樣一次實驗：他用白紙板剪了十個矩形散亂地放在一個黑的表面上，讓各式各樣的人明確地作出喜歡或不喜歡的判斷。這十個矩形面積相等，但形狀各不相同，有的是正方形，有的兩邊之比為二：五，不一而足。實驗結果證明，最令人不喜歡的圖形是十分長的長方形和整整齊齊的正方形，以及一切與之相近的長方形；而最令人喜歡的圖形是兩邊之比為21：34的黃金分割（the golden section）的長方形。——費希納的實驗美學正是運用這樣一系列類似的「實驗」探討美的規律，進而總結出「加強」、「聯想」、「對比」、「順序」、「調和」等共十三個審美心理規律。

正是在這一意義上，費希納受到後學的普遍關注，認為他不僅十分貼切地區分了「自上而下」和「自下而上」兩種美學研究方法，而且為「使美學科學不致懸在空中」做出了積極的貢獻。[1]

那麼，自十九世紀下半葉以來，特別是自從費希納以來，美與文藝研究之「自下而上」方法的最基本的特點是什麼呢？

綜觀十九世紀末、二十世紀初的美學、文藝學說史，從費希納、費肖爾、波德賴爾、漢斯立克、立普斯、浮龍·李，到佛洛伊德、柏格森、谷魯斯、康定斯基，以及二十世紀初的科學美學與分析美學諸流派，一個重要的共同點就是對審美經驗的重視。這主要表現在：一、強調從審美經驗出發研究美與藝術；二、將審美經驗作為美學與文藝學研究的主要對象；三、強調對美與文藝規律進行經驗性的研究與描述，反對或故意迴避諸如美與文藝的本質等這類思辨命題。總之，相對「自上而下」的方法來說，「自下而上」的方法表現出一種

1　參見維戈茨基：《藝術心理學》（上海市：文藝出版社，1985年），頁5和鮑桑葵：《美學史》（北京市：商務印書館，1985年），頁469。

「科學的」、「實證的」和「經驗的」研究意向。美學和文藝學不再被稱為「藝術哲學」，而是被稱為關於美感經驗和藝術經驗的科學。對經驗的重視與研究是由「自上而下」向「自下而上」轉折的基本標誌；所謂「自下而上」的方法，也就是自經驗而概念、自經驗而思辨的方法。

「藝術即經驗」（Art as experience），實用主義哲學家、機能心理學派的創始人之一杜威的這句名言（也是他那部美學代表作的書名），高度概括了他的美學觀和文藝觀，同時也代表了十九世紀末、二十世紀初人們重視審美經驗與藝術經驗、由經驗出發研究文學藝術的這一總體意向。在這一意義上，可以稱杜威是這樣一個時代美學文藝學經驗性研究的理論解說人。為什麼要從經驗出發呢？因為美學文藝學的對象——文學藝術——本身就是經驗；從經驗出發就是從對象出發、從事實出發，而不是從概念出發、從觀念出發。儘管杜威並不否認理性認識，不排斥知性分析，他的文藝思想也是其哲學思想的一個有機部分，但是，與康德、黑格爾以來的思辨理論相比，他的思維運行完全是另一條路線：康德、黑格爾將美與藝術納入自己的體系，分析美與藝術是為了證明自己的思辨哲學，杜威則首先把美與藝術看作是經驗的存在物，對對象的解說是為了證明客體（經驗）的存在價值；康德、黑格爾由思辨觀念出發，杜威則是由經驗對象出發；康德、黑格爾側重對對象進行解剖式的分析，杜威則側重綜合的經驗性研究。前者「自上而下」，後者「自下而上」。更重要的是，杜威是從哲學的高度分析了經驗的意義，用思辨的、形而上學的方法規定了經驗的、形而下的方法的理論地位。就像克羅齊運用哲學思辨提出並論證「直覺」這一重大心理學命題一樣，杜威最主要的貢獻在於他通過「經驗與藝術」的論證，為十九世紀下半葉開始的自下而上的文藝學方法進行了理論上的總結和說明。

概括地說，十九世紀末，二十世紀初的文藝學對於藝術經驗的整理與研究主要通過三種途徑：一、通過實驗的方式，像費希納那樣；二、通過內省的方式，像移情說、距離說的理論家那樣；三、通過分析藝術的知覺形式的方式，像格式塔心理學那樣。無論是哪種方式的藝術經驗，注重經驗、從經驗出發研究審美對象的優勢是顯然的：它避免了思辨方法因過度抽象而造成的空泛與不可捉摸，以盡可能具體可感的經驗事實把握美與藝術的本質和規律。無論是實驗經驗、內省經驗，還是形式分析的經驗，十九世紀下半葉以來，文藝學研究中的那種懸空式的思辨分析方法逐漸趨於淡化，而向文學藝術的經驗實體靠攏。

向文學藝術的經驗實體靠攏，也就是向文藝的內部規律探索、向文藝規律的深層結構發掘。如果說康德、黑格而的思辨美學方法側重於從社會與自然相統一的宏觀世界描述文學藝術的一般發展，側重於從一般世界觀和哲學方法論出發探討文學的規律；那麼，丹納、格羅塞的社會學方法則是側重於從文藝與社會的一般關係，將文學藝術作為社會的存在物進行分析研究。如果說社會學的方法較之思辨美學的方法在文藝學觀察點上已經下落了一個階梯，已經向文學藝術的實體逼近了一步，那麼，十九世紀末、二十世紀初的「自下而上」的文藝研究則是更落一「階」、更進了一「步」。回憶一下這一時代所出現的最著名的理論學說，「移情」、「內摹仿」、「距離」、「直覺」、「潛意識與欲望昇華」、「語言與形式結構」……，它們已經將文學藝術的社會性與歷史性拋向九天雲外，文藝研究中的思辨與理性色彩已經徹底褪隱，文學藝術已被徹底作為感性的、主體的經驗事實……。如果我們姑且不忙於對這一現象做出全面的評價與批判，那麼，在客觀上，它所表現的積極因素就是對於文藝內部規律的精密體察與深入發掘。

這就是十九世紀末、二十世紀初文藝學研究的基本的總體走向——觀察點的「下落」與「內轉」：由「上」落「下」，由「外」轉「內」。

正是在這一潮流的激盪中，文藝學，與作為經驗科學的心理學匯流已成大勢所趨。一方面，作為經驗科學的心理學必須研究作為經驗事實的文學藝術現象；另一方面，作為「自下而上」方法的文藝學必須借鑒心理學、向心理學靠攏，文藝心理學作為文藝學與心理學的匯流，於是應運而生。

心理學作為經驗科學的崛起及其與文藝學的匯流

「心理學」一詞最早出現於十六世紀，源於希臘文，原意為「靈魂之學」、「靈魂研究」。

恩格斯說：「在遠古時代，人們還完全不知道自己身體的構造，並且受夢中景象的影響，於是就產生了一種觀念：他們的思維和感覺不是他們的身體的活動，而是一種獨特的、寓於這個身體之中而在人死亡時就離開身體的靈魂的活動。」[2]為了揭開這種「靈魂之迷」，從古希臘、羅馬時代起，德謨克利特、柏拉圖、亞里斯多德等理論家就開始了深入的探究。後經中世紀、文藝復興，特別是通過十七至十九世紀哲學家的努力，心理學作為「靈魂之學」已經積累了豐富的思想。但是，直到十九世紀中葉以前，心理學一直被包裹在哲學母體之內。由於用思辨方法來描述人的心理現象畢竟受到很大的侷限，所以這一「靈魂之學」作為胎兒在母體中的發育一直非常緩慢。只是到了十九世紀中葉以後，隨著自然科學的蓬勃發展以及科學實驗方法被廣

2 中共中央馬克思恩格斯列寧史達林著作編譯局譯：《馬克思恩格斯全集》（北京市：人民出版社，1979年），獨特卷，頁219。

泛的採用，在前人的基礎上，德國生理物理學家馮特，於一八七九年建立了世界上第一所心理學實驗室，心理學由此才脫穎而出，逐漸發展為一門獨立的科學，並迅速繁衍出「構造派」、「機能派」、「行為主義」、「精神分析」和「格式塔」等派系網路家族。正如著名德國心理學家埃賓浩斯所說：「心理學有一長期的過去，但僅有一短期的歷史」[3]。

「心理學」，即所謂「靈魂之學」，從其哲學本質上說，是人之自我認識、自我發現的科學。它經歷了三十多個世紀的長期醞釀，突然在十九世紀下半葉崛起而獨立於科學之林，絕不是偶然的。自然科學的迅速發展及其實驗手段的被廣泛採用只能是心理學作為一門學科得以出現的物質前提，從其作為人之「靈魂之學」的角度上來看，更重要的是，他的崛起迎合了當時人們自我認識、自我發現的迫切需要。資本主義的生產關係扭曲了人與人的關係，使人成為非人，傳統的理性在血與淚的現實面前已經無能為力。人們渴求重新認識自我而又找不到一種更有效的思辨武器；馬克思主義對人的本質及其價值進行了科學的解釋，但是資產階級知識份子出於本能的需要又不願接受。於是，一種懷疑理性、相信感性，擯棄思辨、崇尚經驗的思潮便由此興起。十九世紀下半葉以來，無論是哲學家、社會學家、文學家，還是生理學家、物理學家、病理學家，都是從經驗科學的角度對「人」和「人學」發生了興趣，都企圖通過感性實現對人及其與客體世界的關係的認識。這一傾向似乎成了時尚。

構造派心理學的創始人馮特把心理學研究的對象規定為「人的直接的經驗意識」。在他看來，室內氣溫二十度，這個物理學意義上的溫度並不就是心理學研究的對象。心理學要研究的是人對於這個溫度

3 波林：《實驗心理學史》（北京市：商務印書館，1981年），頁11。

的主觀感受與體驗，它可能是溫暖的，也可能是涼爽的；可能是燥熱的，也可能是寒冷的。把日常生活中的「物理事實」與「心理事實」區別開來，並賦予「心理事實」以獨立的研究意義，是馮特的一大功績。它為心理學作為一門學科的基本性質和方法提供了理論依據。而這一理論依據在奧地利物理學家和哲學家馬赫那裡從另一角度得到充分的闡釋。

馬赫在費希納的影響下於一八八五年出版了《感覺的分析》，竭力強調主體（意識、感覺）的第一性，認為客體世界只不過是色、聲、味等感覺「要素」的複合。這當然是哲學唯心主義。但是，他同時竭力溝通物理世界與心理世界的聯繫，認為物理學研究和心理學研究之間不應該存在巨大的鴻溝。這一觀點又有著片面的真理性。「例如，我們一俟注意到一個顏色對其光源（其他顏色、溫度、空間等等）的依存關係，這個顏色就是一個物理學的對象。可是，假如注意這個顏色對網膜（要素 KLM…）的依存關係，它就是一個心理學的對象，它就是感覺了。在物理學領域和心理學領域裡，並不是題材不同只是探求的方向不同罷了」。一座山、一條河、一片雲、一陣風、一朵花、一群鳥……，既是物理的對象，也是心理學的對象，關鍵在於人們從哪個角度、朝哪個方向去把握、去認識。因此，馬赫激烈反對將主觀的東西與客觀的東西、心理的東西與物理的東西割裂開來的二元論，企圖建立一種物我同一、心物同一的一元論的世界觀。他說：「如果我們將整個物質世界分解為一些要素，它們同時也是心理世界的要素，即一般稱為感覺的要素」。「感性世界既屬於物理學研究範圍，同時也屬於心理學研究範圍。……心理的東西和物理的東西之間的界限，完全是實用的和約定的。對於高度的科學目標來說，如果我們撤銷區分心理的東西和物理的東西的這個界限，將一切世界的聯繫都看成為等價的，那麼，我們就會成功地開闢科學研究的新道路」。[4]

──馬赫便是這樣通過唯心主義的方式提出了一個重大理論命題：科學研究不僅要依靠理性分析，而且也需要依靠感性經驗認識自我與世界。並且，馬赫通過自己對感覺的分析，事實上確也證明了通過感性經驗認識對象、把握世界不失為一條「科學研究的新道路」。正是在這一意義上，馬赫說出了十九世紀下半葉以來，人們崇尚感性經驗和心理研究的共同願望。如果說馮特竭力區別「物理事實」與「心理事實」的目的僅僅是為了給心理學爭一席之地，那麼，馬赫竭力論證「物理世界」與「心理世界」的一元性則是為了將整個世界作為心理的世界進行研究尋找理論依託。

既然物理世界與心理世界之間沒有天然的鴻溝，既然通過思辨理性可以認識的世界，藉由感性經驗也可以認識，那麼，「心理學」，即所謂「靈魂學」，作為一門科學學科的存在也就有了立足的基石。心理學是研究人的心理（靈魂）現象及其規律的科學，就是要通過感性經驗研究人的感覺、知覺、記憶、思維、情感、意志、興趣、才能、性格、氣質等心理現象及其規律，它實際上就是一門道地的感性科學、經驗科學。因此，在懷疑理性、崇尚感性的時代，在渴望實現人的自我重新認識和重新發現的時代，通過心理學完成這一任務，無疑會被人認為是最有效的途徑和方法之一。

按照杜威所代表的十九世紀末、二十世紀初的文學藝術觀念，藝術既然是作為經驗的存在物，那麼，文學藝術現象當然也就受到一切心理學家或對心理學感興趣的理論家們的普遍關注。從費希納開始，馮特、繆勒、馬赫、立普斯、布洛等心理學家、物理學家、生理學家和哲學家，都從不同的角度對文學藝術發言，並有所建樹。格式塔心

---

4 本節引文依次見馬赫：《感覺的分析》（北京市：商務印書館，1986年），頁13，頁238-239。

理學就是從對文學藝術與美感經驗的研究開始的。格式塔心理學的主要代表人物韋特墨、苛勒和考夫卡等人都有關於美與藝術的專門論述，或者在其心理學著作中大量涉及文學藝術問題以作為心理學的例證。魯道夫·阿恩海姆便是將格式塔理論直接移植到文藝學研究中並取得顯著成效的代表人物。至於佛洛伊德，他所創立的精神分析學說與文學藝術的密切關係已成為眾所周知的事實。這些，我們將在下文做專門討論。

另一方面，我們也可以看到，自十九世紀下半葉以來，在心理學關注、研究作為經驗現象的文學藝術的同時，文藝學也在積極主動地向心理學靠攏，企圖借助心理學的理論與方法更新觀念、解釋新課題。意識流小說及其理論受到心理學的啟示便是明顯的一例。

「意識流」的稱謂首先出於機能心理學派的創始人之一、美國實用主義哲學家威廉· 詹姆斯於一八八四年所寫的一篇論文〈論內省心理學所忽略的幾個問題〉，後又在其《心理學原理》（1890）第九章做了比較詳細的闡述。在他看來，意識並不是以劈成碎片的樣子出現的，也不是像「鏈條」或「系列」這樣「連接」在一起，而是像「河」或「流」一樣，是一股切不斷的流水。人類的思維活動就是一種「思想流、意識流或主觀生活之流」。這一觀點加上佛洛伊德的精神分析學說以及柏格森的直覺主義，誘發了西方現代派作家突破傳統的現實主義手法，開始重新探討人類意識的奧秘。他們認為，應當打破現實主義小說那種描繪外景、編排故事的老傳統，轉向表現人物意識瞬息萬變的、複雜曲折的、稍縱即逝的流動狀態。於是，他們大量運用內心獨白、自由聯想等方式放手讓人物的意識「自動」、「真實」、「毫不隱晦」地表現出來，以展示人的深層心理世界。所以，這類「意識流」小說又被稱為「心理現實主義」，成為西方現代派小說中影響最大的一個派別。而在整個「意識流」小說派的發生、發展過程中，從亨利・詹姆斯到伍爾芙、普魯斯特等作家和理論家對意識流小說理論的總結概括，又都是大量借用了心理學的術語、概念和思想。亨利・詹姆斯的「角度論」、伍爾芙關於生活是主觀印象和感性活動的總和的理論，普魯斯特關於實踐與情感、直覺的觀點等，都明顯地打上了心理學的烙印。

除意識流小說及其理論受到心理學的影響和啟示以外，十九世紀末以來的其他一般文藝理論也無不如此。漢斯立克關於音樂形式的理論、托爾斯泰關於藝術是人與人之間情感交流的手段的理論、塞尚關於繪畫的主觀感受性的強調、羅丹關於發掘人物內心世界的主張，以及莫內、康定斯基、馬蒂斯、貝爾、畢卡索、巴拉茲等藝術家和理論家，一個共同的特點就是強調人的內在心理的藝術研究和情感世界的表現。這一普遍而不是個別的現象的出現，顯然與當時心理學的崛起有著必然的聯繫。心理學的研究開拓了文藝學的視野，啟發了文藝家用新的眼光重新審視對象，從而改變了自己的觀念和理論。這和十九世紀下半葉之前人們注重理性思辨與文藝的社會意義有著明顯的不同。

文藝心理學就是這樣，在心理學與文藝學的撞擊中醞釀產生出來。文藝心理學作為一門新的學科也由此建構了自己的方法論體系。它是文藝學與心理學的匯流，是在文藝學與心理學的交叉點上生成的新質。

文藝心理學諸範疇的初步確立

文藝心理學作為一門新學科在十九世紀下半葉出現的突出標誌是其理論範疇的初步確立。

十九世紀下半葉之前，儘管不少理論家都已試圖從心理（靈魂）的角度探討過文學藝術問題，提出了不少有關文藝的心理命題，諸如靈感、天才、快樂、遊戲、幻想、感覺、和諧、比例、觀照、意象……等等；但是，這些命題大都散見於理論家的整體著作，或僅僅是隻言片語、斷簡殘篇。更重要的是，它們出現在心理學作為一門獨立學科誕生之前，缺乏與心理學的內在的邏輯聯繫。因而，我們很難說這些命題是嚴格的文藝心理學命題。作為一門學科，十九世紀下半葉之前的文藝心理學還是一門「潛學科」、「準學科」，僅是作為一種思想而存在；同理，十九世紀下半葉之前有關文學藝術研究的心理命題，還依附在哲學、邏輯學、倫理學、社會學，或其他一般美學與文藝學學科上面。只有在心理學作為一門獨立學科出現並與文藝學匯流之後，有關文藝研究的心理學命題才以獨立自主的形態出現，從而開始了文藝心理學作為一門學科之理論範疇的自我建構。

十九世紀末、二十世紀初出現的文藝心理學理論範疇，最著名的、對後世影響最大的是「移情」說、「距離」說和「欲望昇華」說等。這些學說的共同點是：它們都和心理學有著直接的聯繫，因而都是嚴格地將文學藝術作為一種獨特的心理現象進行研究，在心理學與文藝學的交叉點上論述文學藝術作為經驗事實的心理特徵。因而，這些學說應當被看作是真正的關於文藝心理學的命題。

由於這些學說與心理學有著直接的聯繫，因而，它們的提出者們往往無視、甚至反對或否定文學藝術的哲理性、社會性和其他一切非心理學屬性，於是使這些學說具有極端的片面性。例如，「移情」和「距離」，本來是藝術活動中的一種客觀存在的審美心理事實，是整個藝術規律中個別的、某一方面的心理現象，但是，「移情」說和「距離」說的理論家們卻把它們上升到整個文學藝術的本質的高度，將個別的、某一方面的規律說成是普遍的、唯一的本質。這種以偏概全的、極端的理論方法當然是不足取的；但是，從另一意義上講，也正因為它的「極端性」和片面性，才能使這些理論學說成為獨立自足的文藝心理學命題。因此，我們可以這樣說，「移情」、「距離」和「欲望昇華」等學說，作為一般文藝學的特殊命題，或作為文藝心理學的個別範疇，它又是無愧的、恰當的。它們在十九世紀末、二十世紀初的出現，標誌著文藝心理學作為一門獨立學科之理論範疇的初步確立。

現在就讓我們對上述三種學說的產生與內涵做一簡要的回顧與分析。

一 「移情」說

「移情」說起源於德國，主要代表人物是立普斯、谷魯斯和浮龍・李等人。

「移情」，在德文（einfühlung）裡表示「感情移入」，通常有兩種含義：一指人在觀察外界事物時設身處地，把原來沒有生命的東西錯看成有生命的東西，彷彿它也有感覺、思想、情感、意志活動，同時，人自己也受到對事物的這種錯覺的影響，和這種錯覺發生共鳴；二指人在帶著某種主觀感覺、思想、情感、意志去觀察外界事物時，主動把主體的生命活動移入或灌注到對象中，使對象也染上主觀色彩，人就和這種染上主觀色彩的對象發生共鳴。前者是被動地、盲目地受到感染，後者是主動地、有意識地情感介入。可見，所謂「移情」，實際上是指一種主客體相互作用、相互感染的心理現象。

在文學藝術的創作和鑒賞中，人們早就發現了這種心理現象。中國古代文論中的「興者托於物」、「感物興懷」、「取譬引類，啟發己心」、「妙對神通」、「遷想妙得」、「神與物遊」等說法都揭示了這一心理現象。在西方，從亞里斯多德開始就注意到了這一現象。他在《修辭學》中認為，用隱喻格描寫事物應「如在目前」，就像荷馬那樣，將石頭寫成「無恥」、將矛頭寫成「興高采烈地闖進他的胸膛」，從而把無生命的東西變成了活的生命體。

比較集中地討論文藝活動中的移情現象是在十八世紀之後。英國美學家哈奇生認為，自然中的事物都可以用來代表人的情緒和心境，於是就有比喻、象徵和寓言美。這就關涉到了移情現象。此外，休謨用同情來解釋平衡感、博克用同情來解釋崇高和美，特別是義大利哲學家維柯，將移情現象看作是藝術思維的一個基本要素，認為人心的最崇高的勞力是賦予感覺和情欲於本無感覺的事物，從而對移情現象有了進一步的認識。

在浪漫主義和泛神論思想盛行的德國，移情現象受到特別的重視。早在文克爾曼對於古代藝術的一些描繪中就經常涉及到移情現象。康德在分析崇高時說：「對於自然界裡的崇高的感覺就是對於自己本身的使命的崇敬，而經由某一種暗換賦予了一自然界的對象（把這對於主體裡的人類觀念的崇敬，變換為對於客體）……。」[5]所謂「暗換」，就是移情現象。另外，黑格爾關於象徵藝術的觀念、關於對象化和觀照的理論學說等，都涉及到移情問題，並將其提升到哲理思辨的高度去認識。但是，移情現象在當時尚未被作為文藝心理學的範疇定下來，並且在他們的著作中也未出現「移情」這一名詞。

首先實用「移情」一詞的是勞・費肖爾（R. Visher）。勞・費肖爾的父親弗・費肖爾（F. Visher）是黑格爾派的重要美學家，他把移情稱為「審美的象徵作用」，認為這種作用是「對象的人化」，美感經驗本質上就是一種「同情的象徵作用」。勞・費肖爾從弗・費肖爾「審美的象徵作用」這個基本概念出發，於一八七三年，在《視覺的形式

5　康德著，宗白華、韋卓民譯：《判斷力批判》（北京市：商務印書館，2009年），上冊，頁97。

感》一文裡第一次提出「移情作用」的概念。在勞・費肖爾看來，一切認識活動都要涉及外射作用，外射的或為感覺，或為情感。感覺分三級：第一級「前向感覺」（只注意到對象的光線和顏色）；第二級「後隨感覺」（眼睛追隨對象輪廓，注意到對象的形式）；第三級「移入感覺」（深入到對象的內部進行摹仿）。到了第三級才算進入審美欣賞。情感是比感覺更深一層的「想像的領域」，也分「前向情感」、「後隨情感」和「移入情感」三級。到了「移入情感」（即移情）時，審美活動才達到最完美的階段。這樣，通過費肖爾父子的努力，「移情」終於作為文藝心理學的命題被確定下來。此後，通過德國心理學家立普斯、谷魯斯和英國美學家浮龍・李等人的充實與論證，「移情」說逐漸作為一家之言產生了極大的影響，以至於有些學者言過其詞，將文藝心理學中的移情說比作生物學中的進化論，將立普斯比作達爾文。

立普斯與谷魯斯、浮龍・李的移情說雖然不盡相同，但是都承認所謂「移情」乃是生命的外射活動，是生命在審美對象中的灌注與自我觀照。立普斯在其《空間美學》（1897）中重點討論了古希臘建築中的道芮式石柱。道芮式石柱支撐希臘平頂建築的重量，下粗上細，柱面有凹凸形的縱直槽紋。這本是一堆無生命的物質——大理石組成。但是在我們觀看這石柱時，它卻顯得有生氣、有力量、有生命。首先，朝縱直的方向看，石柱彷彿從地面上「聳立上騰」；其次，朝橫平的方向看，石柱彷彿「凝成整體」。無論是「聳立上騰」還是「凝成整體」，都不過是一種錯覺。從移情的觀點來看，這種錯覺實際上就是對象的「人格化」。立普斯說：「這種向我們周圍的現實灌注生命的一切活動之所以發生，而且能以獨特的方式發生，都因為我們把親身經歷的東西，我們的力量感覺，我們的努力，起意志，主動或被動的感覺，移置到外在於我們的事物裡去，移置到在這種事物身上發生的或和它一起發生的事件裡去。這種向內移置的活動使事物更接近我們，更親切，因而顯得更易理解。」[6]

這實際上就是黑格爾所說的人的本質力量的對象化。例如一個小男孩把石頭拋在河裡，以驚奇的神色去看水中所出現的圓圈，覺得這是一個作品，感到愉快。這是因為他在自己生命活動的成果中看到了自己的本質力量。人類的文學藝術活動也是這樣。在這種活動中，他將自己的智慧、能力全部賦予對象，灌注到對象之中，於是在對象中看到自己生命的存在，在對象化的過程中享受到了自我觀照的喜悅。正如立普斯所說：「……在對美的對象進行審美的觀照之中，我感到精力旺盛，活潑，輕鬆自由或自豪。但是我感到這些，並不是面對著對象或和對象對立，而是自己就在對象裡面。……我感到欣賞，也不是對著我的活動，而是就在我的活動裡面。」[7]就像我對道芮式石柱的感覺，是由於我本身就有一種抗拒壓力的情感。我將這種情感外射，灌注到石柱上，我自己與石柱融成了一體，於是在石柱上看到、欣賞到自己生命的存在，發現了自我。

馬克思在《1844年經濟學哲學手稿》中反覆論述了人類審美活動中的這一規律。在他看來，人是和美同構的。沒有人就沒有美；沒有美，人也不稱其為人。人的審美活動實際上就是人的對象化和對象的人化。與立普斯等人的移情說相比，馬克思更加強調了審美活動的實踐性、階級性和歷史性。而在這一意義上，無論是黑格爾還是立普斯，都是不可企及的。

6　引自朱光潛：《西方美學史》（北京市：人民文學出版社，1984年），下冊，頁606。
7　引自朱光潛：《西方美學史》，下冊，頁609。

二　「距離」說

如果說「移情」說側重於「物我同一」，那麼，「距離」說則是側重於從「物我相異」的角度分析審美的心理規律。

「距離」說的代表人物是英國劍橋大學的文學教授、心理學家布洛。一九一二年，布洛在英國心理學雜誌第五卷第二期上發表了題為〈作為一個藝術要素與美學原理的心理距離〉的論文，集中討論了審美的「心理距離」問題，引起學界的關注，產生了極大的影響。

布洛認為，人的審美活動應在藝術和現實之間選擇適當的心理距離。一方面，審美主體在感知審美對象時應當採取一種超然於和脫離開現實生活之實用目的的態度，否則，距離太近或失去距離，就容易引起功利目的，產生實際生活態度的反應，失去美的感受。另一方面，如果距離太遠，就不易被人理解掌握，於是也不可能進行審美活動。前者為「差距」（under-distance），後者為「超距」（over-distance）。「差距」即距離不及；「超距」則距離太過，都是審美活動中的「失距」現象。只有不即不離，才能進行審美活動。在布洛看來，這既是人類活動的一個規律，也是一個重要的審美原則。

這種思想，在中國古代文論中，可以說是非常豐富的。從老子的「大音希聲、大象無形」，莊子的「至樂無樂、至譽無譽」，到魏晉學術界的「言意之辨」，特別是劉勰、司空圖關於「隱秀」和「含蓄」的理論及其所涉及的淺與深、露與隱、直與曲、言與意諸關係的論述，就已經包含著「距離」的辯證思想。至於司空圖的韻味說，即強調詩之「味外之旨」、「韻外之致」和「象外之象」（後人稱之為「三外」），更是一種明確的審美距離思想。到了王國維，則是從作家觀察和體驗人生的方法的角度提出了「入乎其內，出乎其外」的理論。他說：「詩人對於宇宙人生，須入乎其內，又須出乎其外。入乎其內，故能寫之。出乎其外，故能觀之。入乎其內，故有生氣。出乎其外，故有高致」。[8]在這裡，王國維將人生與審美聯繫起來分析「入」與「出」的辯證關係，和布洛的「心理距離」說已經大同小異了。

在西方文論中較早涉及「距離」的應推柏拉圖。他認為摹仿是文藝的本質。現實世界摹仿理念世界，而藝術又摹仿現實世界。因而，藝術是摹仿的摹仿、影子的影子，與真理隔著三層。這實際上是以曲折的方式認識到了審美主體與審美客體之間存在著「距離」。文藝復興時期的一些劇作家（例如莎士比亞），故意將戲劇情節的背景放在古代或外域，從某種意義上說，是他在藝術實踐中意識到了審美距離的作用。後來的拉辛在用同樣的手法處理題材時曾經這樣解釋說：「的確，我絕不會建議一位作者選取和他處於同一時期的現代事件作為悲劇的題材，如果這事件就發生在他打算在那兒演出他的悲劇的那個國家，我也不會建議他把大多數觀眾都已經很熟悉的角色放到劇臺上去。我們看待悲劇人物應當用和我們平時看周圍普通人物不同的另一種眼光。可以說，劇中人離我們愈遠，我們對他們也愈是尊敬：Major e longinguo reverntia（距離增強敬意）。地點的遙遠（éloignement）可以在某種程度上彌補時間的過分接近。我敢說人們對於千年以前和千里之外發生的事情，是幾乎不加任何區別的。」[9]這可以說是「距離」說的第一次明確的闡釋。

至於十九世紀末、二十世紀初出現的「幻覺」說、「直覺」說，以及佛洛伊德關於藝術是「白日夢」的學說等，都是有意識地在藝術與現實之間劃開「距離」。特別是德國學者閔斯特堡的「孤立」說，幾乎和布洛的「距離」說相差無幾了。

8　王國維：〈六○〉，《人間詞話》（北京市：人民文學出版社，1960年）。

9　轉引自劉文潭：《現代美學》（臺北市：臺灣商務印書館，1967年），頁228。

閔斯特堡是現代價值論的先驅者之一，他在一九〇五年〈藝術教育的原理・科學中之關連與藝術中之孤立〉中闡釋了這樣一種觀點：科學對於真理的認識有著自身的侷限性。例如，我要認識海水，科學可以將其中的水和鹽分離開來，甚至再分解出水中的氫和氧……。但是，這還是海水嗎？我們認識事物，難道除了科學之外就沒有其他途徑了嗎？難道一定要把所認識的事物分解成碎片、元素嗎？閔斯特堡指出，這另外一種途徑就是藝術的與審美的方式。科學分析在於尋找對象與其他事物的聯繫，而藝術把握世界在於「孤立」。當我們見到了蒸發出來的鹽分、電解出來的氣體時，海水本身不見了，再也看不見堆銀卷雪似的波浪，聽不見鼙鼓雷鳴似的的濤聲了，所認識到的只是海水與鹽、與水等其他元素的關聯。我們要想真正瞭解海水，就不必去分析它的元素，也不必去考究它的功用價值，只須讓它直接地、完整地訴說自己的個性就行了。這就是文學藝術家的任務。閔斯特堡的這種「孤立」說，也就是一種「距離」說，認為藝術只有與外界（包括現實生活）拉開距離，切斷藝術與外界的聯繫，「孤立」地認識對象，才能達到審美的境界。

閔斯特堡儘管不是心理學家，主要是一個哲學家，但是，在方法論上卻和布洛的思維模式類似。布洛在其《現代美學的概念》（1907）裡也是著重探討了藝術與科學的區別，並由此構建了他的「距離」說。布洛反對以科學抽象的方式界定美的含義，主張從經驗出發，從對於美的本質的關注轉向對於美感效應的考察。在他看來，美學研究不應追求美本身，而應是關於美的欣賞者的心靈。在布洛看來，這應是現代美學的起點。「現代之『心理學的美學』的題材，誠如我所說，乃是加諸欣賞者的意識之上的美感印象，這也就是說，現代之『心理學的美學』，乃是一種對於由觀賞（主要是藝術品觀賞）

而生之效應的研究。」[10]正是出於這一基本意向，將美學研究轉向美感效應的研究，布洛才於一九一二年發表了〈作為一個藝術因素與美學原理的心理距離〉一文，集中闡釋了他的審美心理距離說。可見，布洛的「距離」說不同於先人有關「距離」的論述的地方就在於他將這一學說嚴格地限定為關於審美經驗的與心理學的研究。他關於「距離」的概念是一個嶄新的概念，既不是一般哲學意義上的「空間」與「時間」，也不是一般藝術，例如繪畫中透視手段所造成的空間效果。他的「距離」是一種「心理的距離」。這種距離出現在欣賞者和能夠打動人心的客觀事物之間。適當距離的保持，一方面避免狹隘的功利主義，一方面又能感受到美；一方面能夠超然於外，一方面又能入乎其內。「不識廬山真面目，只緣身在此山中」，太「入」或太「出」都不能達到審美的極致。因此，所謂「距離」，完全是一種心理效應。——這是布洛的「心理距離」說有別於他人或其前人一般意義上關於「距離」論述的重大區別，也是其作為文藝心理學之理論範疇所當之無愧之處。

長期以來，我國一些學者認為布洛的心理距離說只是強調了藝術與現實的分離，只是強調了審美與功利的對立，從而否認了藝術與現實、審美與功利的關係。這實在是一種誤解。如前所述，布洛既反對「差距」，也反對「超距」。「差距」和「超距」的矛盾被布洛稱為「距離的矛盾」。審美主體不能用審美的眼光，而是用普通人（功利）的眼光審視客體，於是就造成「差距」；反之亦然，審美主體只是矯揉造作、故弄玄虛，於是就造成「超距」。在布洛看來，審美主體只有把握到了「差距」與「超距」的質變點——「距離極限」，即適中的保持距離，「不即不離」，才會獲得美的感受。可見，布洛並非

10 轉引自劉文潭：《現代美學》，頁228。

一味提倡「距離」，並非主張「距離」越大越好。這正是「心理距離」說的可取之處，也是布洛的最重要的貢獻。可以這樣說，二十世紀的科學美學、形式主義文論以及符號學理論、原型理論，特別是布萊希特的「間離效果」和俄國形式主義的「陌生化」說等，或多或少地受到布洛的啟發和影響。

三 「欲望昇華」說

「欲望昇華」說是和佛洛伊德的名字聯在一起的。佛洛伊德是奧地利精神病學家、心理學家，精神分析學派的創始人。佛洛伊德學說的突出特點是其對於心理結構的分析。在他看來，人的心理活動是由潛意識、前意識和意識三部分組成的。潛意識是心理的汪洋大海，具有強烈的心理能量的儲荷，並依照享樂原則釋放出來獲得滿足。它的釋放並不是自由的，要受到道德閘門的控制，並通過「前意識」才能達到意識。而當作為潛意識的人的本能和欲望不能直接實現滿足時，就會轉向宗教、哲學和文學藝術活動。因此，文學藝術在本質上說就是人的本能欲望的昇華。於是，佛洛伊德又將文學藝術與夢相類比，認為夢作為潛意識的外洩，儘管與文藝有許多相似之處，但是，夢是非控制的、零亂的、怪誕的，而文學藝術則是有控制的、嚴整的、正當的，是一種「昇華」。

佛洛伊德的研究開拓了文藝心理學的新領域，使二十世紀的作家和理論家們由常態心理學轉向變態心理學，由對意識的關注轉向對於潛意識的研究，產生了極大的影響。「欲望昇華」說與「移情」說、「距離」說一樣，都是以其片面與極端的形式提出了屬於文藝心理學的重大理論課題。關於佛洛伊德及其「欲望昇華」說的全面論述與評價，我們將在後面重點進行研究。

通過上述三大理論範疇產生的歷史回顧，我們可以得出這樣的結論：從十九世紀下半葉開始，隨著心理學作為一門學科的確立和成熟，介於心理學與文藝學之間的一系列重大課題受到學界的普遍注意與研究。文藝心理學的一些理論範疇便是在心理學與文藝學的撞擊中爆發的，它是從心理學的角度、運用心理學的思維模式對文學藝術現象進行經驗性分析的產物。文藝心理學諸範疇的確立，標誌著文藝心理學作為一門學科在方法論上的獨立，同時也是文藝心理學作為一門獨立學科出現並開始轉向深化的重要標誌。當然，我們還可以從十九世紀下半葉以來關於意志、遊戲、直覺、表現、意識流和各種現代主義的研究中發現屬於文藝心理學的命題，但是，在我們看來，「移情」、「距離」、「欲望昇華」三說，是當時最富代表性、也是最典型的文藝心理學理論範疇。「直覺」說儘管影響很大，但它主要是運用哲學方法，而不是運用心理學方法對於藝術特徵的概括。

文藝心理學方法的一般性質

朱光潛先生於一九二九至一九三一年間在法國斯特拉斯堡大學寫成、一九三六年由開明書店出版的《文藝心理學》一書，是我國第一部文藝心理學專著，也是整個中國文藝心理學發展史上的一部較早的整體性著作。關於這部書的名稱，作者作了如下說明：

> 這是一部研究文藝理論的書籍。我對於它的名稱，曾費一番躊躇。它可以叫做《美學》，因為它所討論的問題通常都屬於美學範圍。美學是從哲學分支出來的，以往的美學家大半心中先存有一種哲學系統，以它為依據，演繹出一些美學原理來。本書所採的是另一種方法。它從丟開一切哲學的成見，把文藝的

> 創造和欣賞當作心理的事實去研究，從事實中歸納得一些可適用於文藝批評的原理。它的對象是文藝的創造和欣賞，它的觀點大致是心理學的，所以我不用《美學》的名目，把它叫做《文藝心理學》。這兩個名稱在現代都有人用過，分別也並不很大，我們可以說，「文藝心理學」是從心理學觀點研究出來的「美學」。[11]

朱先生這段「自白」主要是從「方法」上區別了文藝心理學不同於美學和一般文藝學的特點。這對於我們總結文藝心理學方法的特點是非常有啟發的。首先，文藝心理學是把文藝的創造、欣賞等審美活動作為「心理的事實去研究」；其次，「它的對象是文藝的創造和欣賞」，廣而言之，它的對象主要是審美主體的活動，是對於審美主體內宇宙的研究；再次，它不是從「哲學系統」或「哲學的成見」出發，而是從審美的經驗事實出發，像心理學那樣注重經驗的體驗和描述。

現在，就讓我們對上述三大特點略加闡述。這三個方面，在我們看來，決定了文藝心理學方法不同於文藝美學方法、文藝社會學方法和其他一般文藝學方法的基本性質。

一　文學藝術作為心靈事實

文學藝術作為心靈事實，實際上是人所公認的道理。但是，不同的理論家從不同的角度出發，對這一道理的解釋又各有側重。哲學家側重於從意識與存在、精神與物質的相互關係出發進行解釋，社會學

---

11 朱光潛：《朱光潛美學文集》（上海市：上海文藝出版社，1982年），卷1，頁3。

家側重於從文學藝術作為社會意識與社會存在的相互關係出發進行解釋，而心理學家則是將它作為純粹的心靈事實進行研究。表現在文藝學方法上，思辨美學側重研究文學藝術的人生哲理，文藝社會學側重研究文學藝術的社會價值，文藝心理學所最感興趣的則是文藝現象作為心靈事實的心理規律。馮特與馬赫竭力溝通物理世界與心理世界的聯繫，企圖填平二者之間的鴻溝，這實際上是表現了他們將世界全部化為一元的世界——全部化為感覺與心理的世界的企圖。在這一世界觀的背後隱藏著他們這樣一種用心：為用純心理學的眼光看世界尋找理論依託。在他們看來，只有將整個世界作為心靈的世界，用心理學的眼光去把握整個世界，才能得出科學的結論。這是心理學，同時也是文藝心理學方法論體系得以獨立存在的基本前提和理論基石。

在這一問題上，我們必須提及克羅齊。在我們看來，儘管克羅齊不是典型的文藝心理學專家，他對心理學和文藝心理學也多有微詞，但是，他卻從哲學的高度闡發了文藝心理學所賴以存在的這一理論前提，並由此提出了「直覺」這一本來屬於文藝心理學的重大命題。

克羅齊的哲學之所以被稱為「心靈哲學」（又譯「精神哲學」），是因為他將黑格爾的「絕對精神」改寫成了人的「主觀心靈」，但又徹底否認了黑格爾所承認的物質界的存在，認為「精神就是整個實在」，「除了精神之外沒有其他實在」，一切經驗和認識的對象都出於精神的創造，主體的一切活動就是精神的活動，不同的事物無非是不同的精神活動的產物。於是，他認為一切事物的區分無非是精神活動形態的區分。精神活動分為理論活動（知）和實踐活動（行）兩大類。理論不依存於實踐，實踐卻必須依存於理論而且包含理論在內。理論活動又分直覺和概念兩種，實踐活動又分為經濟和道德兩種，它們也都是前者不依存於後者，後者卻必依存於前者而且包含前者，是對前者的發展。這就是克羅齊整個「心靈哲學」的構架。其中，美學研究直覺，邏輯學研究概念，經濟學研究經濟，倫理學研究道德。後者依次由前者發展而來並且包括前者。而美學所研究的直覺，在克羅齊看來是整個心靈活動的起點。

什麼是直覺呢？克羅齊認為，直覺的特點在於其對象的直接性和具體性。直覺中的一切都是原始的、純粹的、朦朧的、經濟的。而藝術和美，就是直覺及其表達形式的綜合；反之亦然，任何直覺活動都是美與藝術的創造活動。美等於直覺，直覺也等於美。這樣，他也就根本否認了美的客觀性和物理性，不承認有「美的事物」或「物理的美」，而且宣稱唯其如此，美的東西才是實在的。因為他認為實在性在於精神性，心靈就等於實在，而作為直覺的美正是精神性的、純心靈的。至於「物理事實」，則只能是精神（心靈）的虛構。他說：「美不是物理的事實，它不屬於事物，而屬於人的活動，屬於心靈的力量。」「美純是心靈的表現」。[12]

這樣，克羅齊便以徹底的主觀唯心主義論證了文學藝術作為心靈事實的哲學依據。

文學藝術既然是心靈活動的起點，既然是純粹心靈的表現，那麼，運用心理學的方法研究文學藝術當是順理成章的事了。這應是由克羅齊的「心靈哲學」本身所得出的必然結論。但是，恰恰相反，克羅齊卻不主張將心理學的方法運用於美學。這不是矛盾嗎？

只要我們細心推敲一下克羅齊的論述，就會發現並不矛盾。克羅齊之所以不主張將心理學的方法運用於美學，只是因為心理學是一門經驗科學，它不能對美與藝術進行思辨性的分析，不能對美與藝術做出嚴格的定義。因此，克羅齊認為，只能將「美的」、「醜的」、「雄偉的」、「可怕的」、「和諧的」、「愁慘的」等這類概念交給心理學進行經

12 克羅齊：《美學原理》（北京市：外國文學出版社，1983年），頁107-108、頁96。

驗性的描述，因為「上述概念，像一切其他心理學的建構一樣，不能有嚴格的定義，因此也就不能互相推演，由此及彼，也不能聯絡成為一個系統」。[13]很顯然，克羅齊反對運用心理學的方法研究美與藝術，純粹是因為他所運用的文藝學方法仍屬於文藝美學的方法；另一方面，克羅齊對於心理學方法的蔑視，又恰恰從反面確認了文藝心理學方法之經驗性與描述性的特點。克羅齊對於文藝心理學方法的貢獻恰恰在於，他以一個哲學家的眼光和理論深度認識到了心理學對於文藝學的價值，並以文學藝術作為心靈的起點這一命題確定了文藝心理學存在的理論依據，儘管這一貢獻並非出於克羅齊的本意。

按照馬克思主義的意識形態理論，文學藝術是客觀生活在作家頭腦裡的主觀反映，屬於社會意識。這一論斷實際上已經肯定了文藝作為心靈事實的基本屬性，既是唯物主義的，又是辯證的。文藝首先是作為心靈現象、精神現象、意識現象而存在的，而不是物質的東西、物理的東西。只是多年來在機械論的影響下，人們只側重於從物理世界理解馬克思主義的這一理論，將文學藝術等同於生活，將「反映」等同於「翻版」，以至於給人們造成這樣一種誤解：只談社會存在，不談人的心靈。事實上，運用馬克思主義的意識形態理論，完全可以得出比克羅齊高明千百倍的結論：文學藝術首先是作為「意識」與「心靈」而存在的，運用心理學的方法研究文藝不失為一條有效的途徑；但同時不要忘記，這種「意識」是一種社會意識，這種「心靈」是客觀世界的映射，絕不是克羅齊所說的那種「純粹的」、「絕對的」心靈，因而也不可能有完全脫離社會分析的純粹的心理分析，不可能有與文藝社會學絕緣的純粹的文藝心理學方法。

總之，只有承認文學藝術是一種心靈事實，才能承認文藝心理學

13 克羅齊：《美學原理》，頁99。

方法的科學性、可取性。文學藝術作為心靈事實是文藝心理學方法的一個最基本的命題，是其作為一種獨立的文藝學方法賴以存在的基本前提。任何文藝心理學家、任何有關文藝心理學的研究，無論是「移情」說還是「距離」說，都是由這一基本前提出發的，都是在承認這一前提的條件下對文藝展開心理學的研究的。沒有這一前提，就沒有文藝心理學方法的存在。這是文藝心理學方法最基本的性質。

二　審美主體內宇宙的開掘

將文學藝術作為心理事實進行研究，那就必然將審美主體的活動作為文藝學的主要對象。因此，注重審美主體內宇宙的開掘，成為文藝心理學的另一特性。

朱光潛先生將文藝心理學的主要任務規定為對創作與欣賞的研究是非常恰當的。創作與欣賞就是審美主體的活動，對於創作與欣賞的研究就是對於審美主體的研究。趙壁如在為蘇聯著名文藝心理學家維戈茨基所寫的漢譯本前言中認為，文藝心理學最基本的研究對象是：「藝術創作過程中心理（感覺、知覺、表象、想像、記憶、思維、意志、感情、注意、個性、活動、技能、熟練等）的產生和發展的客觀規律性；藝術欣賞過程中心理的產生和發展的客觀規律性；藝術作品中用藝術形象所表現的物質化了的心理活動的『靜的屬性』和物質化了的由心理映象（心理活動的結果，包括感性映象和理性映象）調節和控制的藝術活動的『靜的屬性』，用別林斯基的話來說，即用形象來表現的思維；藝術家的才能、個性的發展和形成的客觀規律；藝術教育的心理學問題等。」[14]儘管這段文字比朱光潛先生列出了複雜得

---

14 維戈茨基：《藝術心理學》，頁1-2。

多的清單，但仍逃脫不了這樣一種意思：文藝心理學的基本任務就是對於審美主體的心理的研究。無論是關於創作與欣賞的研究，還是對於作品與作家的研究，都是將審美主體的內宇宙作為自己所要揭示的主要對象。儘管維戈茨基本人一再聲稱要建立什麼新的「客觀分析法」，主張「不應該把作者和觀眾，而應該把作品本身當作根本來抓」，認為文藝心理學家「應該先研究物證，即藝術作品本身，並根據這些藝術作品來設想出與之相應的心理學，以便有可能研究這種心理學及其主導規律」，但是，他對藝術作品形式的分析的目的仍然是為了研究審美主體的個性、構思、情緒、反應等內部心理世界的規律。正如他自己所說：「可以用下面的公式來表達這一方法的一般傾向：從藝術作品的形式出發，通過對形式的要素和結構的功能分析，說明審美反應和確立它的一般規律」。[15]作品只是維戈茨基的出發點，作品之形式和結構的分析只是他的手段，主體的「審美反應」及其規律才是他研究的歸宿。

因此，對於審美主體內宇宙的關注，是一切文藝心理學家或文藝心理學理論所不可逃脫的共同特點。正如門羅所說：「審美心理學的側重點是研究人：研究人的心理過程、行為模式和與藝術有關的經驗」。「在審美形態學中，我們傾向於把注意力集中在藝術產品上；而在審美心理學中，我們是把注意力集中在製造和欣賞這些藝術品的人身上」[16]。李斯托威爾在其《近代美學史評述》中也注意到「對於主體的分析經常是心理學美學所專注的中心。」[17]看來，文藝心理學的這一特性，已成為包括哲學家和美學家在內的學者們所公認的事實。

---

15 維戈茨基：《藝術心理學》，頁25-27。

16 門羅著，石天曙、滕守堯譯：《走向科學的美學》（北京市：中國文聯出版公司，1985年），頁173、頁274。

17 李斯托威爾：《近代美學史評述》（上海市：譯文出版社，1980年），頁69。

即便是尼采的《悲劇的誕生》、柏格森的《笑之研究》等這類涉及文藝心理學問題的著作，也是將審美主體作為自己的主要對象。尼采用權力意志來解釋希臘悲劇的精神，柏格森用生命的「機械化」來規定「笑」的本質，都是以審美主體為參照的解釋。這是因為，文藝心理學之所以為文藝心理學就在於它始終以文藝主體之「心理」為對象。所以，無論是嚴格意義上的文藝心理學，還是在某些方面運用了心理學方法的文藝理論都必然將側重點放在藝術活動之主體上面。是否以審美主體為對象，似乎成了文藝心理學方法區別於其他文藝學方法的重要標誌之一。而那些對作品的心理學研究，大多只是為了證明某些心理學規律，因而這只能是文藝心理學的次要方面。

這裡需要強調的是，文藝心理學方法對於審美主體的研究，絕不同於美學和其他文藝學對於主體的研究。例如康德的《判斷力批判》，也是一種對審美主體的研究，但康德完全是從一般世界觀和方法論出發，運用哲理思辨對於審美主體的剖析。再如，文藝社會學也研究審美主體，但往往通過作家生平及其社會環境的考察進行作家評論。而文藝心理學對於審美主體的研究，既不側重對審美主體進行解剖式的思辨分析，也不側重考慮審美主體的社會聯繫，而是像閔斯特堡所說的那樣，側重將對象「孤立」起來進行純心理學的分析。如果說文藝美學方法側重於審美主體的哲學思考，文藝社會學方法側重於審美主體的外部聯繫，那麼，文藝心理學則是側重於審美主體內宇宙的體驗。對於內宇宙的開掘，是文藝心理學方法不同於其他方法研究審美主體的重要特點。它所感興趣的就是「深入人心」。

我國新時期文學藝術前十年的一個重要特點就是對於人的內心世界的關注，「寫心靈」成了這一時期現實主義深化的一個重要標誌。在這批作家藝術家看來，藝術是一種以己之心度人之心，以己之情動人之情，人我之間心心相印、情情相親的精神活動。於是，在一些新時期文藝評論和理論研究中，相應地出現了一批善於捕捉與分析藝術心理的評論家與理論家。文藝心理學方法在新時期文藝學界的異峰突起，便是以對審美主體內宇宙的發掘為其標誌的。

所謂對於審美主體內宇宙的發掘，就是要發掘屬於審美主體的隱秘方面，而不是僅限於普通心理學的範圍。正如蘇聯理論家科瓦廖夫在其《文藝創作心理學》一書中所說，文藝心理學不同於一般文藝學對於創作研究的地方就在於它「特別注意創作過程隱秘的方面」[18]。這是因為，如果「我們僅限於分析在意識中發生的種種過程，我們就很難找到對藝術心理學的基本問題的答案。無論在詩人還是在讀者那裡，我們都無法得知把他們和藝術聯繫在一起的那種體驗的實質是什麼；不難看出，藝術的最重要的一面也正在於，創造藝術的過程和享用藝術的過程彷彿是不可理解、無法解釋的，都是同這些過程有關的人所意識不到的。」[19]

正是在這一意義上，佛洛伊德的文藝心理學產生了巨大的影響。佛洛伊德及其文藝心理學的精神分析方法正是在這方面做出了貢獻。他關於發掘潛意識的理論與方法，他關於潛意識的研究分析，開闢了文藝心理學發展的新時代，為文藝心理學充分展示自身的價值和獨特性質提出了最關鍵的命題。

佛洛伊德的精神分析心理學又稱「深層心理學」。它最主要的特點就是將觸角伸向審美主體最隱秘的世界、最深層的世界。且不說他所發現的那個最隱秘、最深層的東西（性）是否正確，但他那種深入發掘的精神和意向使許多文藝心理學家受到啟發並開始對文藝心理學發生興趣。我國著名學者朱光潛先生如此，他的學生、北京大學教授金開誠先生也是如此。金開誠在其《文藝心理學論稿》一書中便這樣

---

18 科瓦廖夫：《文學創作心理學》（福州市：福建人民出版社，1982年），頁2。

19 維戈茨基：《藝術心理學》，頁87。

表白：「說實在的，我對心理學發生興趣，還是從潛意識開始的，第一個叫得出名字的心理學家就是佛洛伊德。」[20]儘管佛洛伊德的後學們大都改弦更張，摒棄了先師的糟粕，走出了一條屬於自己的路，但是，這種啟蒙、啟示、啟發作用是不可忽視的。這些作用說到底，並不是來自佛氏的某些具體理論觀點，而是方法，佛洛伊德最重要的貢獻就在於他在方法上為文藝心理學確立了這樣一個基本原則：文藝心理學最主要的任務是對審美主體內宇宙的深入開掘。

這是文藝心理學方法的另一基本性質。

三　經驗・體驗・描述

現在再讓我們分析一下文藝心理學方法在思維模式和表達方式方面的一般性質。

如前所述，心理學作為一門經驗科學，運用心理學的方法研究文學藝術，首先須將研究對象作為經驗的存在物。文學藝術現象正是這樣作為「經驗」進入了心理學的視野。因此，文藝心理學對於文學藝術的研究實際上是關於審美經驗的研究。對於審美經驗的重視與研究是文藝心理學方法的基本傾向。

翻開有關文藝心理學的著作或論文，這一事實是顯然的。朱光潛先生的《文藝心理學》共分十七章，前六章都是關於審美經驗的分析。文藝心理學的一些重要課題如「快感」、「痛感」、「距離感」、「移情作用」、「憐憫與恐懼」、「悲劇與崇高」、「情感與記憶」、「藝術知覺與藝術形式」、「創作衝動」、「形象思維」、「通感」、「靈感」、「聯想」、「平衡」、「情緒」，等等，還可以列出許許多多，都是關於審美

20 金開誠：《文藝心理學論稿》（北京市：北京大學出版社，1982年），頁194。

經驗的課題。真正關於審美經驗的課題才是真正關於文藝心理學的命題。鑒於此，朱光潛先生才在其《悲劇心理學》（1933）中提出這樣過激的觀點為文藝心理學辯護：「沒有親身的審美經驗作基礎的美學理論，幾乎都是騙人的理論」。[21]滕守堯在其《審美心理描述》中的第一句話就這樣說：「審美心理學研究的中心內容是審美經驗」。[22]

由於文藝心理學將文學藝術作為經驗的存在物，那麼，它對文藝的研究方法也就必然從經驗出發，從經驗出發就是從對象出發、從藝術事實出發，而不是從觀念出發、從理論出發。這是所有文藝心理學家所一致強調的方法。朱自清在為朱光潛《文藝心理學》所寫的序文中就認為：「這書雖然並不忽略重要的哲人學說，可是以『美感經驗』開宗明義，逐步解釋種種關聯的心理的，以及相伴的生理作用」，這樣「自是科學的態度」。[23]朱光潛在其《悲劇心理學》中則激烈抨擊了以黑格爾為代表的方法：先有一個「玄學大前提，再把悲劇作為具體例證去證明這個前提。但在這樣做的時候，他們恰恰是用前提去說明悲劇的本質，忘記了需要論證的正是前提本身。黑格爾為我們提供了這惡性循環論證的一個典型例子。他從一般的絕對哲學觀念出發，假定整個世界都服從於理性，世界上的一切，包括邪惡和痛苦，都可以從倫理的角度去加以說明和證明其合理性。於是他進而用悲劇作例子來證明永恆的正義的勝利，並要我們相信，安提戈涅由於對死去的兄弟盡了親人的責任而受到應得的懲罰！」因此，朱光潛堅決地主張，「討論悲劇問題必須以事實為基礎，也即是以世界上一切悲劇傑作為基礎。然而哲學家當中一個普遍的錯誤，卻是本末倒置。他們不是用歸納的方法，從仔細研究埃斯庫羅斯、索福克勒斯、莎士

21 朱光潛：《悲劇心理學》（北京市：人民文學出版社，1983年），頁13。
22 滕守堯：《審美心理描述》（北京市：中國社會科學出版社，1985年），頁1。
23 朱光潛：《朱光潛美學文集》，卷1，頁328。

比亞、拉辛和其他偉大悲劇詩人的作品中去建立自己的理論，卻是從某種預擬的哲學體系中先驗地演繹出理論。」[24]

朱光潛先生當年的這些慷慨陳詞很能代表文藝心理學在其生成發展的初期對於自己所面對的方法論上的論敵——文藝美學方法的批判精神。文藝心理學的方法與文藝美學的方法在這一點上的分歧與對立，也是費希納在半個世紀以前就已論述過的「自下而上」方法與「自上而下」方法的分歧與對立。可以這樣說，這兩種文藝學方法在這一意義上的分歧與對立將繼續延續下去。文藝心理學既然將文學藝術作為經驗的存在物，就必然主張從經驗出發、從文藝現象本身出發，高揚「自下而上」的旗幟以作為自我確證的標識。二十世紀以來的科學美學正是在這一點上受到文藝心理學的啟示，繼承了文藝心理學的傳統以與十九世紀以來的文藝美學相抗衡。例如被稱為科學美學最權威的發言人門羅，這位杜威的高足，便是這一主張的極力鼓吹者。在他看來，美學研究只有向經驗方向發展才是「科學的美學」。他的著述大都不是抽象思辨式的論述，也不構造龐大的體系，而是傾心於對審美經驗做出具體細緻的描述。因此，「科學美學」實際上就是美學中的心理學，可以稱其為「心理學的美學」。

文藝心理學注重審美經驗，將審美經驗作為自己研究的主要內容。那麼，通過什麼樣的途徑實現這一研究呢？費希納所創立的「實驗」途徑早為人們所懷疑，因為「實驗」並不可能解決審美經驗研究中的一切問題。「審美經驗，就是人們欣賞著美的自然、藝術品和其他人類產品時，所產生出的一種愉快的心理體驗。」[25]滕守堯為「審美經驗」所下的這一定義指出了文藝心理學方法研究審美經驗的根本途徑——「體驗」。文藝學的許多心理規律實際上並不是通過「實

24 朱光潛：《悲劇心理學》，頁7。

25 滕守堯：《審美心理描述》，頁1。

驗」，而是通過研究者設身處地的自我驗證與觀察總結概括出來的「體驗」。這是文藝心理學研究的一種最普遍、最有效的手段。它類似心理學中的「內省」；換言之，文藝心理學中的「體驗」是由心理學中的「內省」演變而來的。正如一些西方學者所認為的那樣：「真正對美學家有用的這一特殊的心理學方法，與其說是實驗的，不如說是內省的——分析自己的美感經驗和旁人向他所描述的相似的經驗。」[26]正是在這一意義上，科學美學才批評費希納的方法「太狹隘、太呆板了」。「無休止地重複進行某些固定的實驗，並不意味著實行了科學的方法」。科學的方法「應該是那種儘量利用從各種可能的研究途徑和方式中所得到的有關審美經驗的本質的全部線索的態度」。它「首先對具體的現象進行觀察和比較，……不斷地回到人們直接體驗到的具體事實上面」。總之，「科學方法存在於人們的思維習慣之中」，而不是存在於「實驗」、「數量統計」之類的「特殊的技能之中」[27]。

既然是對經驗的體驗性研究，那麼，這種研究的表述方式就必然是描述性的。因為經驗的體驗很難找到嚴格相應的思辨性的概念。即使找到相應的概念，也不像哲學概念那樣有著十分確切的界定，只能是意會性的、形象性的。「移情」、「距離」、「孤立」、「內摹仿」等就帶有濃厚的意會性和形象性。它們作為文藝心理學的概念並沒有像「內容」、「形式」、「主題」、「情節」等思辨性概念那樣具有純抽象的性質。因為文藝心理學的概念不可能完全脫離經驗事實，它是對審美經驗事實的一種整體性的表述。對事物的整體性把握與表述總會伴隨著表述方式上的描述性。「每當批評家力圖從整體上去清晰地觀察某件

26 李斯托威爾：《近代美學史評述》，頁60。

27 門羅著，石天曙、滕守堯譯：《走向科學的美學》，頁4-18。

藝術品（通過自己對該作品可觀察到的細微部分的反應來解釋自己對該作品的感情）時，那種對形式進行描述性研究的傾向便開始了。」[28]

以滕守堯《審美心理描述》為例，全書便是以「描述」為其特點的。特別是其中關於審美心理要素和審美經驗的過程的研究，完全是以體驗和描述的方式對於審美心理規律的把握。例如，作者將「感知」、「情感」、「想像」和「理解」四要素作為構成審美經驗的基石，將審美經驗分為「初始」、「高潮」和「效果延續」三大階段等，有什麼哲學依據？我們看不出來，作者也沒有論證，恐怕也不必論證。因為從心理學的角度看，通過體驗方式完全可以實現對於對象的把握。因此，連作者本人也不得不承認這些「描述僅僅是嘗試性的，它只能以多個人的內省經驗和某些簡單的實驗為依據，因而還遠遠算不上是科學的。」[29]事實上，文藝心理學的方法本身就不是嚴格意義上的「科學」方法，它不可能，也沒有必要使自己與「科學」方法相同。它需要的不是「精確」，而是「確實」，讓人能夠確實真切地體驗到審美的心理規律。這樣，它的使命也就算完成了。這是人類認識世界的別一種途徑，已被人們所公認。門羅就非常推崇並竭力實踐這一方法，自謂自己的方法就是「描述」，主張對藝術價值進行描述性的判斷，對藝術規律進行描述性的研究。他在〈美學的科學方法〉（1928）一文中就集中討論了這一方法。在他看來，他所主張的這種描述性的方法「具有廣泛的經驗性和實驗性」[30]，是一種最科學的方法。

可見，文藝心理學的描述性是和其對於審美經驗的重視與研究聯繫在一起的。從「經驗」到「體驗」，從「體驗」到「描述」，既是文藝心理學整個思維模式和表達方式的三個環節，也是文藝心理學整個

28 門羅著，石天曙、滕守堯譯：《走向科學的美學》，頁25。

29 滕守堯：《審美心理描述》，頁80。

30 門羅著，石天曙、滕守堯譯：《走向科學的美學》，頁180。

思維模式和表述方式的三大特點：經驗性、體驗型、描述性。相對觀念性、思辨性、概念性的文藝學方法而言，這是文藝心理學方法第三個方面的基本性質。

文藝心理學方法的一般發展

與心理學作為一門獨立科學的歷史一樣，文藝心理學儘管也「有一長期的過去，但僅有一短期的歷史」。甚至直到今天，還有人認為它「尚未成為一門系統的科學。」[31]

但有一點似乎是公認的：文藝心理學的發展與心理學的發展幾乎是同步的。這是因為，沒有心理學的理論和方法，也就沒有文藝心理學的理論和方法；另外，心理學從它產生的那一天起，就將文學藝術作為經驗事實進行研究。將文學藝術納入心理學的視野是心理學作為一門科學學科得以確立的條件及其走向成熟的標誌。因此，文藝心理學與心理學的同步性也就不奇怪了。這從本篇開始所列舉的那些事實中也可以看出，文藝心理學發展史上一些早期的理論範疇都是通過心理學家的研究才得以確立的。沒有心理學，也就沒有文藝心理學；沒有心理學的發展，也就沒有文藝心理學的發展。

但是，這並不是說心理學的發展就等於文藝心理學的發展，心理學的歷史就等於文藝心理學的歷史。文藝心理學所採用的儘管是心理學的理論和方法，是從心理學那裡移植或滲透進來的，但文藝心理學畢竟是心理學與文藝學的交會，是這兩門學科交叉撞擊而成的具有新質的學科。因此，文藝心理學自有其獨特的品格。從歷史上看，心理學流派林立、門戶繁雜，也並不是所有的流派都對文藝學產生了巨大

31 陸一帆：《文藝心理學》（南京市：江蘇文藝出版社，1985年），頁4。

影響，其中當然有大小之別、遠近之分。因此，文藝心理學應當有自己的歷史，文藝心理學家們當然也應該總結、描繪出它自身發展的軌跡。

從宏觀的角度來看，我們不妨將文藝心理學的發展劃為三個歷史時期：

一、史前期（十九世紀下半葉之前）

二、奠基期（十九世紀下半葉）

三、深化期（二十世紀以來）

十九世紀下半葉之前，文藝心理學方法僅僅作為一種思想而存在。中國古典文論中的「詩言志」說、「神韻」說、「妙悟」說，以及「氣」、「韻」、「風」、「骨」、「情」、「意」等等，可以說都是與文藝心理學有著密切關係的學說與概念。在這一點上，較之西方文論有著更豐富的寶藏。在西方古典文論中，「靈感」說、「天才」說、「淨化」說、「摹仿」說以及關於「形象思維」的言論等，也是對文學藝術的一種心理把握。但是，它們並不屬於真正的文藝心理學。理由很簡單，心理學在當時尚未作為一門獨立的學科出現。而文藝心理學有著特定的含義，作為一門獨立的學科和方法，它是心理學與文藝學的交會的產物，並非泛指某種思想或意向。因此，十九世紀下半葉之前，文藝心理學方法只是一種「潛在」。

十九世紀下半葉，心理學通過費希納、馮特等人的努力終於出現了，於是才有了文藝心理學的問世。在這一時期，對文藝學產生較大影響、對文藝心理學方法的產生做出奠基性貢獻的當推以費希納為先導，以馮特為代表的實驗心理學派。實驗心理學派對於文學藝術的實驗研究開闢了文藝學「自下而上」研究的新紀元，改變了文藝學的歷史進程和發展方向。這一轉折，是導致心理學與文藝學匯流的關鍵，是文藝心理學方法萌生的第一級催化劑。

除實驗心理學以外，十九世紀下半葉對於文藝學產生巨大影響，對文藝心理學方法的產生做出較大貢獻的還當提及以威廉·詹姆斯為旗幟的機能派心理學。機能派心理學對於文藝學的「意識流」理論影響是巨大的。關於這一點，我們已在上文作了介紹。

在心理學的影響與衝擊下，十九世紀下半葉出現了以「移情」說、「距離」說為代表的文藝心理學範疇。這些範疇的初步確立，標誌著文藝心理學作為一門學科的出現。但是我們同時也可以看到，這些範疇基本上是從普通心理學的角度對文藝現象的解釋，基本上是將文藝現象作為心理學研究的特例而提出來的。更重要的是，十九世紀下半葉的理論家們對於文藝心理學的闡發基本上停留在「意識」（相對「潛意識」而言）的層面，屬於文藝學的「意識心理學」，沒有發現並提出文藝心理學所最緊要的，鮮為作家藝術家所自覺到的心理現象和理論。十九世紀下半葉的文藝心理學，僅僅產生「奠基」的作用。

發現並提出文藝心理學所最緊要的，鮮為作家藝術家所自覺到的心理現象和理論的，當然是二十世紀的佛洛伊德。他的精神分析心理學完成了這一任務。除佛洛伊德的精神分析之外，就是格式塔的心理學派。格式塔心理學派選取藝術的「形式」及其與知覺的關係這一角度考察文學藝術，提出了「整體性」原則，在文藝心理學方法上是一個新的突破。總之，精神分析和格式塔是改變二十世紀文藝觀念，對文藝學產生巨大影響，對文藝心理學方法的深化與拓展產生推動作用的最有力的兩股勢力。這樣，文藝心理學進入二十世紀以後便開始了自己的新的歷史時期——深化期。

早在本世紀二〇年代，門羅就預感到精神分析和格式塔對於文藝學的重大意義，認為這兩個流派是審美心理學中最有希望的派別。他說：「心理分析所研究的現象，總的來說是和審美現象密切相關的。審美心理學試圖詳細觀察和解釋個人的特殊感情和意志狀態。這些狀態在藝術中表現得錯綜複雜，微妙多變。而心理分析又是研究這種狀態的唯一的心理學分支。」以往關於這一問題的研究「畢竟比不上心理分析方法效果顯著。心理分析運用科學的方法來觀察和描述這些現象，並為解釋這些現象的發生原因提出了合理的理論。……它在探討深層想像生活方面所運用的技術，以及它在運用科學的方法去研究那些表面上看來是科學無法解釋的現象時，所進行的大膽嘗試，都值得審美心理學家認真借鑒。」[32]關於格式塔心理學，門羅說：「最近崛起的，以強調人類行為的整體統一性，而不強調其孤立因素為宗旨的格式塔方法，是研究美學的一種極有希望的方法。運用『結構』和『重新組合』這類概念，我們就能更清楚地瞭解，由完整的形式引起的複雜審美反應的種種明顯性質。」[33]

當然，這並不是說精神分析方法和格式塔方法已成為文藝心理學的極致；恰恰相反，它們在很多方面有著自身不可避免的偏頗，其中最明顯的莫過於對於文藝社會意義的冷漠。事實上，文藝學的精神分析方法和格式塔方法已經割斷了文學藝術與客觀世界的聯繫，文藝現象似乎成了一個封閉的精神王國。而文藝心理學的發展，不借助於社會學的幫助是不可想像的。正是在這一點上，日本文藝理論家廚川白村做出了突出貢獻。在廚川白村的理論學說中預示出文藝心理學向文藝社會學的傾斜和二者走向匯流的文藝學方法之大趨勢。

---

32 門羅著，石天曙、滕守堯譯：《走向科學的美學》，頁82-83。

33 門羅著，石天曙、滕守堯譯：《走向科學的美學》，頁76。

第二章
佛洛伊德及其精神分析

從方法論的角度認識佛洛伊德

近年來，佛洛伊德的著作在中國讀者中的走紅是前所未有的，然而，學界的評論卻令人咋舌：一方面稱道佛氏對於二十世紀的影響不可忽視，籠而統之地肯定他對於文藝學的貢獻，另一方面，卻又對構成佛氏體系的基本學說諱莫如深，一一批駁，似乎佛洛伊德所貢獻的東西恰恰就是我們所要著力批判的東西。這種「抽象肯定」與「具體否定」相互悖離的的矛盾現象說明，戰戰兢兢地評論佛洛伊德不可能真正認識佛洛伊德，佛氏的真正價值並未被我們所認識。

我們知道，佛洛伊德並不是一個專門的文藝學家，而是一個在維也納執醫的精神病大夫。儘管他曾於一九三〇年在法蘭克福獲「歌德文學獎」，而就其終生所從事的事業來說，佛洛伊德主要是一個精神病學家。他關於文學藝術方面的言論大多散見於他關於精神病分析的論著之中，而直接面向文學藝術的專題評論則屈指可數。即使在這些所謂的「專題評論」中，佛氏分析文藝現象的目的也是為了證明他的精神病學，主旨不在藝術的評論。這顯然與他在整個二十世紀世界文學範圍內所贏得的聲譽極不相稱。「著意種花花不活，無心載柳柳成蔭」。那麼，是何緣何故使這位非文藝家的學說在文藝界激起連他本人都始料未及的強烈回響呢？是他的臨床經驗嗎？如果是，那麼，一切精神病醫生不都成了文藝家了嗎？為什麼唯獨佛氏受到文藝界的青睞，引起世界性的文學騷動呢？那麼，是他套用精神病學理論對於諸如哈姆雷特等藝術形象的分析嗎？是他那些與文藝問題直接相關的諸如「俄狄浦斯情結」一類的理論學說嗎？同樣也不是。因為將精神病學套用到文藝學上來的佛洛伊德早已被人所唾棄，從他的第一位高足榮格起就已開始了離經叛道，他那牽強附會的藝術分析事實上並未被人們所接受。在我們看來，被文藝學所接受或承認的不是別的，而是他那開一代先河的文藝心理學方法。

> 精神分析之為科學，其特點在於所用的方法，而不在於所要研究的題材。這些方法可用以研究文化史，宗教學，神話學，及神經病學而不失其主要的性質。[1]

事實證明，佛氏的自白是完全符合事實的。「精神分析」作為心理學方法，已經超越了它所賴以產生的具體學科的侷限，上升到方法論和人生觀的層面，因而具有廣泛的普適性，蘊含著對於文學藝術的穿透力。正是在這一意義上，佛洛伊德及其精神分析在心理學與文藝學的交叉點上確立了自已所獨有的審視方位。

因此，如果我們能夠從方法論的角度，而不是拘泥於個別論點去探討佛洛伊德就會發現，文藝心理學作為「方法」，在佛氏的著作裡建構出較為完整的輪廓，形成了獨特的思維模式：心理（人格）結構與潛意識的發現是它的思維起點；「夢」，是它得以展開文藝研究的基本參照；由此，形成了對文藝現象進行心理分析的「原本」思維定勢。換言之，佛洛伊德對於文藝現象的觀察與研究是由它所構想的心理（人格）結構及其潛意識理論出發的，通過心理（人格）結構，特別是通過潛意識的研究規定了文學藝術作為心理事實的理論依據；其

1　佛洛伊德：《精神分析引論》（北京市：商務印書館，1984年），頁311。

次，佛洛伊德以潛意識的外洩物——「夢」為參照，將文學藝術作為「白晝夢」展開討論，通過夢的分析實現文學藝術的分析；最終，佛洛伊德在「原本」思維定勢的作用下，發現了文學藝術作為心靈事實的原初本質——文藝是本能的昇華與原型的復現。

這就是佛洛伊德文藝心理學方法的基本構架及其思維行程，也是這位非文藝學家的佛洛伊德令文藝學家所嘆服的奧妙之所在。只有從這一角度，沿著這一軌跡把握佛洛伊德，才能擺脫佛氏研究上的含糊其詞和「二律背反」之困境。

心理（人格）結構與潛意識的發現

關於人類心理結構和人格結構的假說及其潛意識的發現是佛洛伊德最重要的貢獻，也是他所開創的精神分析方法的理論基石。

佛洛伊德將人的內在心理劃分為三個層面：意識、前意識、潛意識。所謂「意識」，就是「自覺」，即自覺到的心理活動；所謂「潛意識」，就是「非自覺」，即沒有自覺到的心理活動；「前意識」則是介於意識與潛意識之間的「通道」。

> 潛意識的系統可比作一個大前房，在這個前房內，各種精神興奮都像許多個體，互相擁擠在一起。和前房毗連的，有一較小的房間，像一個接待室，意識就停留於此。但是這兩個房間之間的門口，有一個人站著，負守門之責，對於各種精神興奮加以考察，及檢驗，對於那些他不贊同的興奮，就不許它們進入接待室。……前房內，潛意識內的興奮不是另一房子內的意識所可察知，所以它們開始是逗留在潛意識內的；那時我們便稱它們為被壓抑的。但是就是被允許入門的那些興奮也不一定成

為意識的；只是在能夠引起意識的注意時，才可成為意識。因此，這第二個房間可稱為前意識的系統(the Preconscious system)。[2]

下圖是佛洛伊德所構想的關於人類心理結構的模型：

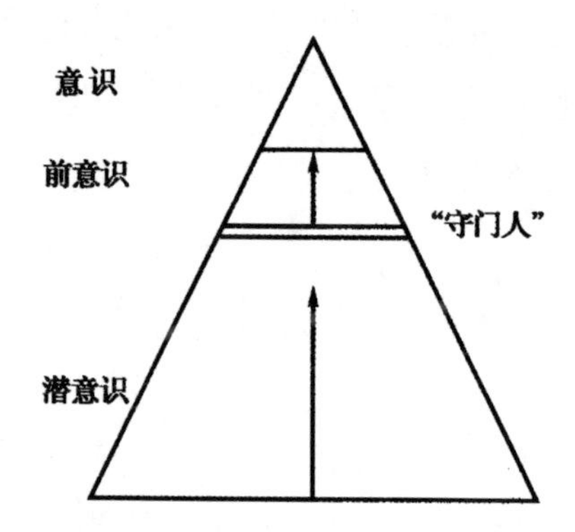

佛氏的構想至少提出了如下心理學命題：

一、「人的心靈並不是一個簡單的東西，恰好相反，它是一個等級森嚴的王國」，[3]是一個多層次、多板塊構築起來的立體結構。

二、人的心理是一個充滿矛盾的集合；由潛意識，經前意識，到意識，是一個心理運行的動態過程。

三、騷動不安的「潛意識」之所以以潛在的形式沉積在心理結構的底層，是外力壓抑的結果。潛意識是人所固有的本能衝動，總是尋找時機力求衝破「壓抑」而得以昇華。

四、在整個心理結構中，沒有被人們察覺到的意識——「潛意識」，就像浩瀚的汪洋，是一個最大的「前房」，以絕對的優勢佔據了

2 佛洛伊德：《精神分析引論》，頁233。

3 佛洛伊德著，孫愷祥譯，羅達仁校：《論創造力與無意識》(北京市：中國展望出版社，1986年)，頁6。

心理結構的大部分空間。因而，「心理過程主要是潛意識的，至於意識的心理過程則僅僅是整個心靈的分離部分和動作。」[4]

顯然，與傳統心理學相比，佛洛伊德大大拓展了心理學研究的視野。上述四個方面的命題，作為佛氏心理學的基石，恰恰是馮特實驗心理學所忽視的問題。特別是關於人類深層心理——「潛意識」的理論，是心理現象的重大發現。儘管自古以來就有不少學者關於潛意識的猜測，但真正將它作為一個理論範疇被確定下來，是佛洛伊德的功勞。「精神分析的目的及成就，僅在於發現心靈內的潛意識」。[5]正如一些西方學者所讚譽的那樣，佛氏由此被稱為「開闢精神界的哥倫布」[6]。可以這樣說，佛洛伊德的理論及其一切有關文學藝術的觀點，都是由他在心理領域所發現的這一「新大陸」出發的。

首先，佛洛伊德以日常生活中大量並反覆出現的口誤、筆誤、過失、遺忘等現象說明，心理不等於意識，意識既非心理活動的全部也非它的大部；「精神生活中有些歷程和傾向是我們所不明白的；所不曾明白的；或長久不明白的，或竟永遠不明白的。」[7]這些「不明白」、「不曾明白」、「長久不明白」或「永遠不明白」的未知世界就是潛意識王國。與顯在的「意識」不同，「潛意識」是以潛在的形式深埋在心理結構的底層而不為人們所自覺、所「明白」。這確實是人類精神活動中客觀存在的心靈事實。而文學藝術活動作為人類精神活動的重要構成——一種更高級、更複雜，且至今未被人們所全部認識、理解和自覺的審美活動——顯然與潛意識有著更加緊密的聯繫。

正是基於這一理解，佛洛伊德才得以將他的潛意識理論廣泛運用

4　佛洛伊德：《精神分析引論》，頁8。
5　佛洛伊德：《精神分析引論》，頁311-312。
6　張耀翔：《心理學文集》（上海市：人民出版社，1983年），頁190。
7　佛洛伊德：《精神分析引論》，頁111。

於文學藝術的評論。他曾經深有感觸的自白：為什麼「某些最雄偉壯觀、情采驚人的藝術品，確切地說來，仍然是我們難以理解的不解之謎。我們仰慕、敬畏的這些藝術珍品，卻總說不清它們表現了什麼」。在他看來，這並不是作家有意識地「讓人困惑不解」，而是無意識的將他的意圖或動機賦予了藝術形象。莎士比亞的戲劇《哈姆雷特》所表現的戀母主題就是作者所未曾意識到的「潛意識」；樹立在教皇陵墓上的米開朗基羅的大理石摩西雕像對於《聖經》本文的偏離，將一個被墮落的人民和圍繞金犢起舞的景象所激怒了的摩西塑造成了一個富有人情的、正在抑制內心怒火的摩西，實際上也表現了作者「秘而不宣的意圖」。[8]——藝術家以有意無意的形式和細節製造了藝術品朦朧晦澀的難解之謎，「說出了自己無意識的思想」；文藝評論的使命就是「用科學的方法去研究那些已經經過詩人處置的材料」，[9]就是要通過作品的詮釋揭示藝術家的真正意圖和潛在動機——在哈姆雷特的背後發現「俄狄浦斯情結」，在摩西雕像背後發現藝術家的情感世界，進而幫助作家比較自覺地進入創作過程，引導讀者比較準確地理解作品本文。

不可否認，佛洛伊德在發掘藝術創作的潛意識中有許多牽強附會，特別是關於《俄狄浦斯王》、《哈姆雷特》、《蒙娜麗莎》、《拉奧孔》等作品的性動機分析，實在令人髮指。但就其重視藝術創作潛意識本身來說，不能不說是一重大貢獻。羅丹在談到他的著名作品《流浪的猶太人》的創作過程時說：「有一天我整天都在工作，到傍晚正寫完一章書，猛然間發現紙上畫了這麼一個猶太人，我自己也不知道它是怎樣畫成的，或者為什麼要畫它。可是我的那件作品全體便具形

8 佛洛伊德著，孫愷祥譯，羅達仁校：《論創造力與無意識》，頁10-37。
9 佛洛伊德著，孫愷祥譯，羅達仁校：《論創造力與無意識》，頁163。

於此了。」[10]法捷耶夫在談自己的創作經驗時指出，無論是創作的哪一過程，有些東西是自己知道的，有些則是無意識的。他在創作《毀滅》和《烏兌格未裔》之前就沒想到後來居然成了兩部作品。他最初構思《毀滅》時，想到美諦克應當自殺，「可是當我開始寫這個形象的時候，我逐漸逐漸地相信，他不能也不應該自殺。」[11]這些現象都說明潛意識在創作中的舉足重輕的地位。事實上，無論中國古代文論中的「神思」、「妙悟」，還是西方文論中的「直覺」、「靈感」等學說，都在一定程度上表述了創作的非自覺性，即潛意識的心理活動。當然，由於這些理論學說並不是像佛洛伊德那樣是由其特定的心理結構模式中引伸出來的，與佛氏的「潛意識」理論並不能同日而語。作為人類藝術活動中一種客觀的心理現象，「潛意識」的存在通過佛洛伊德心理結構模式的科學界說確實已毫無疑問了。

問題還不在於僅僅承認人類文藝活動中潛意識的存在，而在於如何解釋潛意識在人類文藝活動中的地位和價值。在佛洛伊德看來，潛意識是人類一切文學藝術活動的源泉與原始動機，文藝創作實際上是那些被壓抑的潛意識的願望的昇華與滿足。心理結構作為一個動態系統，沉積在最底層的潛意識總是力圖尋找機會表現自己，從而使壓抑感得以發洩。「夢」，是潛意識利用「守門人」暫時鬆懈的時機得以外泄的重要管道；而文學藝術，則是經過喬裝打扮的潛意識向文明與文化的昇華，實際上是一種「白晝夢」。正如著名心理分析學家埃倫茨韋格所說：「精神分析告訴我們，藝術創造是在心理的、深邃的、無意識的層次上獲取營養的」，藝術家與一般人的區別僅僅在於他「更善於自由的駕馭自己受壓的內驅力，而且能在這個過程中用神奇的審

10 朱光潛：《朱光潛美學文集》，卷1，頁201。
11 宇清、信德編：《外國名作家談寫作》（北京市：北京出版社，1980年），頁373。

美次序及和諧來引導它們」，[12]即僅在於他善於按照美的規律將潛意識「喬裝打扮」。而作為「營養」和「內驅力」，無論是夢還是藝術，都是潛意識的外泄或昇華。

佛洛伊德之所以得出如此極端的結論，就是因為他把潛意識作為人類心理的主要內容。人的心靈世界如前圖所示，好像一座冰山，只有很小的部分浮現於意識領域，具有決定意義的絕大部分淹沒在意識水準之下，處於無意識、非自覺的狀態之中。因此，潛意識就成了人類一切精神活動的「大倉庫」和原動力，當然也就成了文學藝術活動的原始動機。而事實證明，人類文藝創造活動不可能沒有意識的參與或介入，作品的傾向性和善惡觀念都是在意識的作用下產生的。沒有意識的支配，就沒有創造主體的價值。當然，佛洛伊德並沒有因為強調潛意識的作用而否認意識的存在，他僅僅是在「本原」的意義上規定了潛意識的價值。就好像將藝術的本原規定為「遊戲」或「勞動」一樣，事物的「本原」不等於事物之「本體」，佛洛伊德將「潛意識」作為藝術的「本原」，也並不等於將藝術本身規定為潛意識，而是規定為潛意識的「昇華」。在這一問題上曾經引起、並且至今仍在引起一些後學的誤解，必須予以正名。儘管這樣，佛洛伊德的這一觀點也難以避免以偏概全。因為他脫離外界環境的作用，僅僅限定在創造主體的內在心理結構中尋求所謂藝術的「本原」，不可能得出科學的結論，只是在文藝心理學的意義上具有相對的科學性。

佛洛伊德之所以如此強調潛意識在文藝創作中的作用，只要稍微回顧一下歷史就可以發現，這有著深刻的思想文化背景。首先，十九世紀浪漫主義文學重情感、想像和個人心理刻畫，將文學由摹仿轉為表現，已經明顯地表露出對於潛意識的興趣。柯勒律治自稱自己的代

12 李普曼編：《當代美學》（北京市：光明日報出版社，1986年），頁420。

表作《忽必烈汗》大部分就是在睡時作成、醒時寫下的[13]，歌德也曾說過自己的《少年維特之煩惱》是因失戀痛苦，「像一個夢遊病者那樣，差不多無意識地寫成」的[14]。另一方面，自十九世紀中期以來的反理性主義哲學思潮，對於佛氏潛意識理論的產生也發生了相當的影響。叔本華的「意志」其實就是佛洛伊德「潛意識」概念的先聲，這是佛氏本人所承認的，他不止在一個地方尊稱叔本華為他的先師。後來的費希納、尼采等事實上也都已承認過潛意識的存在。至於十九世紀末、二十世紀初幾乎與精神分析同時產生的現代派文學與藝術，對於佛氏的潛意識理論可以說產生了相互感染、推波助瀾的作用。「潛意識」理論與現代派藝術的產生，警告人類再也不能把自我看作是一個絕對的、神聖的、純粹的理性整體，而是一個意識與潛意識相互轉化的運動體；人，並非像他的理想中那樣完美無缺，他不僅沒有實現對客觀世界的終極認識，而且遠遠沒有實現對於自我的認識，非自覺的世界是自我認識遠遠沒有達到的彼岸世界。因此，難怪佛洛伊德自詡他的潛意識發現是自哥白尼天體論、達爾文生物進化論之後，對於人的自尊心（自戀心理）的第三次沉重打擊[15]；從積極方面說，當然也是自文藝復興人類擺脫神權束縛之後，逐漸走向自我認識的第三次大突破。

學術界長期流行這樣一種觀點，認為馬克思主義只講「意識」、「意識形態」、不講「潛意識」和「潛意識系統」，因此，馬克思主義和佛洛伊德主義是無緣的、敵對的，承認潛意識的存在就意味著對於馬克思主義的背叛。這種非此即彼的教條主義實在是對馬克思主義的

---

13 奧茲本：《佛洛伊德和馬克思》（北京市：三聯書店，1986年），頁17-18。

14 歌德：《詩與真》（北京市：人民文學出版社，1983年，見《歌德自傳》，下冊），卷13，頁623-624。

15 佛洛伊德著，孫愷祥譯，羅達仁校：《論創造力與無意識》，頁4-9。

曲解。其實，馬克思在《1844年經濟學哲學手稿》和《關於費爾巴哈的提綱》中對於直觀、感性、感覺的真實性的肯定從某種意義上說就觸及到潛意識問題，只因他後來的理論研究著重指向社會及其意識形態，所以對於潛意識才很少涉及。這並不等於說馬克思主義的意識形態理論與佛洛伊德的潛意識系統理論是完全敵對的。恩格斯在致弗·梅林的信中就曾這樣說過：「意識形態是由所謂的思想家有意識地、但是以虛假的意識完成的過程。推動他的真正動力是他們所不知道的，否則就不是意識形態的過程了。因此，他想像出虛假的或表面的動力。」[16]思想家所「不知道的」「真正動力」恐怕就與潛意識有很大的關係。但是，我們也得承認，馬恩並沒有從理論上系統闡述潛意識問題，這當然也是事實。

一九二〇年以後，佛洛伊德對自己的理論進行了調整，早期的心理結構發展為人格結構，即所謂關於「本我」、「自我」和「超我」三重組合結構的人格層次劃分。「本我」是人格中最原始、與生俱來的、非理性的本能和欲望，屬於潛意識。它根據快樂的原則時刻希望通過「自我」得以滿足。「自我」處在「本我」與「超我」之間，屬於意識系統。它根據現實的原則，調整本我的需要與超我的可能之間的矛盾，一方面控制「本我」的非理性衝動，一方面又有選擇地實現著「本我」的某些意圖。所謂「超我」，就是道德化與理想化了的「自我」，包括「良心」、「理想」兩方面。「良心」對違反道德標準的行為進行懲罰，「理想」確定道德行為的標準。「超我」雖然經常影響一個人的行為，但其本身並不經常是自覺的、理性的、意識的，有時也表現為「潛意識」。它的主要職能是根據理想的原則指導「自我」去控制「本我」的衝動。

16 中共中央馬克思恩格斯列寧斯大林著作編譯局編：《馬克思恩格斯選集》（北京市：人民出版社，1972年），卷4，頁501。

佛洛伊德的人格結構理論顯然是他在目睹了血與火的人類戰爭之後在其心理結構理論基礎上對於人生、人格的再思考。這兩種理論的相互關係可用下圖表示：[17]

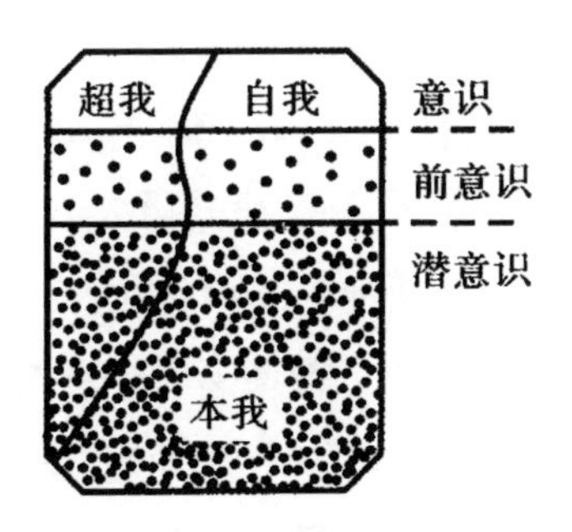

由此可見，佛洛伊德的人格結構對於心理結構的修正的最大特點是擴展了潛意識的領地：不僅人格結構中的「本我」完全被潛意識所控制，而且在人的理想與道德範疇──「超我」中也有潛意識的疆域。這樣，佛洛伊德便以更加有力的理論證明：包括文學藝術在內的一切文化、文明，不僅僅是潛意識的昇華，而且其本身的存在形式也已積澱下了潛意識的原型；「潛意識」不僅構成文藝的本原，而且也是其本身所客觀存在的內價值。那麼，發掘文學藝術品中人類潛意識的積存，當是文藝批評的重要任務。

──「潛意識」，通過人格結構對於心理結構的重建，就是這樣牢牢地確立了佛氏文藝心理學方法的出發點：文學藝術既然是潛意識的昇華，那麼，研究文學藝術就應當從潛意識的研究出發。

夢與夢的解析：作為文藝學的參照系

既然佛洛伊德如此注重潛意識，將潛意識作為文藝學的出發點，

17 引自Ann Neel：《心理學理論》（1977年紐約版），頁232。

那麼，怎樣發現潛意識呢？佛洛伊德找到了「夢」。「夢」，如前所述，作為潛意識的外洩，是佛洛伊德發現並研究潛意識最理想的王國，夢的分析成了佛氏分析潛意識的主要途徑。出版於一九〇〇年的《夢的解析》一書，便是佛氏得以名噪世界，進而確立精神分析學派地位的鴻篇巨制。文學藝術作為潛意識的昇華，與夢有著同源對等之關係，同夢有著相似的特點。文學藝術就是「白晝夢」。因此，在佛洛伊德看來，文學藝術的分析應當參照夢的分析，「夢」應當是文學藝術的參照；換言之，只有將文學藝術與夢相類比，將夢的分析方法應用到文學藝術的分析中來，才能有效地發掘人類文藝活動中的潛意識，最終實現文學藝術的科學解釋。

因此，與《夢的解析》相呼應，佛洛伊德另有〈詩人同白晝夢的關係〉一文，具體解釋了文學與夢的關係。美國學者唐斯博士將《夢的解析》譽為一本「改變歷史的書」，[18]我們也不妨將佛氏的〈詩人同白晝夢的關係〉看作是一篇改變人們文學觀念的重要論文：高雅、華美的文學藝術怎麼能與粗俗、醜陋的「夢」相提並論呢？佛洛伊德在這篇文章中明確指出：由於文學及其欣賞像夢一樣「來自我們腦子裡的緊張狀態的鬆弛」，像夢一樣是人類願望——幻想——的實現，因此，詩，其實就是「白晝夢」；詩人，其實就是「白晝夢者」。他說：本文的目的就是要向人們「指出從白晝夢的討論到研究富於想像的作品對我們的影響的途徑」，進而找到研究詩與小說等文學藝術的「途徑」。[19]

這確實是向傳統文學觀念和傳統文藝學方法的一次挑戰！

德國詩人席勒在回答一位抱怨自己缺乏靈感與創造力的詩人朋友

18 佛洛伊德著，賴其萬、符傳孝譯：《夢的解析》（臺北市：志文出版社，1986年），頁22。

19 佛洛伊德著，孫愷祥譯，羅達仁校：《論創造力與無意識》，頁50-51。

時曾談到類似的問題，佛洛伊德對此大為欣賞，將其作為分析夢與潛意識的實例，這很能代表佛氏的文學觀。席勒說：

> 就我看來，你之所以會有這種抱怨，完全歸咎於你的理智加在你的想像力之上的限制，這兒我將提出一份觀察，並舉一譬喻來說明。如果理智對那已經湧入大門的意念，仍要做太嚴格的檢查，那便扼殺了心靈創作的一面。也許就單一個意念而言，它可能毫無意義，甚至極其荒唐的，但跟隨著而來的幾個意念，卻可能是很有價值的，也許，雖然幾個意念都是一樣地荒謬，但合在一起，卻成了一個甚具意義的聯繫。理智其實並無法批判所有意念，除非它能先把所有湧現心頭的意念一一保留，然後再統籌作一比較批判，就我看來，一個充滿創作力的心靈，是能把理智由大門的警衛哨撤回來，好讓所有意念自由地，毫無限制的湧入，而後再就整體作一檢查。你的那份可貴的批判力（或者你自己要稱他作什麼），就因為無法容忍所有創造者心靈的那股短暫的紛亂，而扼殺了靈感的泉湧。這份容忍功夫的深淺，也就是一位有思想的藝術家與一般夢者的分野。因此，你之所以發現毫無靈感，實在都是因為你對自己的意念批判得太早、太嚴格。[20]

席勒的這段議論其實是說出了佛洛伊德的觀點。在佛洛伊德看來，創作，就其最根本的特徵來看，就是虛無縹緲的「意念」（潛意識）衝破「理智」（意識）的閘門的自由聯想。幻想、想像是其最根本的表現形式。因此，文學藝術與夢有著同構關係，文學藝術的研究應當以夢的研究為參照。

---

20 佛洛伊德著，賴其萬、符傳孝譯：《夢的解析》，頁37-38。

按照佛洛伊德的定義，「夢是一種（受抑制的）願望（經過改裝）的達成」。在這個定義後面，佛洛伊德又有一條附注：「就我所知，不少當代的詩人，並未聽過我的『精神分析』、『釋夢』，但卻由他們本身的經驗裡，歸納出同樣的真諦：『以偽裝的面目、身分表示出受壓抑的希望』」。[21]佛洛伊德就是這樣將夢與文學緊緊地捆在了一起：在論及文學時，以夢相喻，認為詩就是「白晝夢」；在論及夢時又以文學為例，認為文學也像夢一樣具有相同的屬性。那麼，現在就讓我們從佛氏關於夢的定義出發，具體探討一下他為何將夢與夢的解析作為文藝學的參照系。

我們可以將佛氏關於夢的定義分解為三部分內容以便分別與文學藝術相比較：

一、夢是願望的達成。這是佛氏關於夢的定義的基本。

二、這種願望是一種受到壓抑的願望。

三、這種願望是一種經過改裝了的願望。

夢與文學藝術正是在這三個方面的類似，決定了夢與夢的解析構成了佛氏文藝學的參照系。

首先，佛洛伊德認定文學藝術不是現實生活的再現：

> 文學不僅包括了全部現實生活，而且還有現實生活中找不到的東西。……講故事的人有著很多自由，其中一個便是，他可以自行選擇表現什麼樣的世界。其結果或是他們表現的與我們熟悉的現實巧合，或是他隨心所欲地在某些特定環節上脫離了現實世界。在任何情況下我們都接受他的支配。例如，在童話中，從一開始，作家便拋開了現實世界，而公開採納了泛靈論

21 佛洛伊德著，賴其萬、符傳孝譯：《夢的解析》，頁90-91。

> 的信仰系統。……講故事的人可以選擇另一種背景，這種背景雖然沒有象童話世界那麼富於想像，卻也與現實世界不同。這個選擇的世界承認超精神的實體，例如魔鬼的影響，或者死者的精靈。……但丁的〈地獄篇〉中的鬼魂，《哈姆雷特》、《馬克白》或者《裘力斯凱撒》中的幽靈……當我們對作家加給我們的想像的現實作出判斷時，我們會認為，鬼魂、精靈、鬼怪存在於他們那個世界是理所當然之事，就像我們生活在客觀世界一樣。……他（作家）誘騙我們這樣來考慮：他是在給我們講述未加渲染的真實事情。然而他所做的，說到底，是違反了現實的可能性。我們對他的創造發明的反應就象我們對真實經驗的反應一樣，待到我們看穿他的計謀的時候，已經為時過晚，作者已經達到了他的目的。[22]

總之一句話，文學藝術雖然與現實有關，但並不是現實的再現，而是關於現實的幻想，是「想像的現實」，欣賞者全憑自己的主觀經驗「信假為真」。「藝術家本來就是一個來自現實的人；他以其特殊的天賦將自己的幻想形成一種新的現實，因為他不能像一開始那樣放棄屈服於本能的滿足之要求，然後他就可以在夢幻生活中盡情發揮他的性欲和熱切的願望。但是他卻發現了一條從這個幻想世界返回現實生活中去的途徑，因此人們便對這些願望作出判斷，承認它們頗有價值地反映了現實生活。」[23]

藝術不是現實，而是幻想和幻想中的現實。正是在這一問題上，佛洛伊德認為它與夢是完全相似的，是一種「白晝夢」。夢儘管也與

22 佛洛伊德著，孫愷祥譯，羅達仁校：《論創造力與無意識》，頁158-160。

23 喀爾文・斯・霍爾：《佛洛伊德心理學與西方文學》（長沙市：湖南文藝出版社，1986年），頁197。

現實有關，「是醒時心理活動的剩餘」[24]，「是一種清醒狀態精神活動的延續」，「完完全全是有意義的精神現象」，但並不等同於醒時的心理活動及其現實意義，只是一種「願望」的達成，一種在現實世界中未得到滿足的願望的實現。佛洛伊德引用他人的材料說，「派克旅行非洲，在幾乎渴死時，常夢見家鄉的水源豐富的山谷。特倫克在馬格德波格的城堡內挨餓時，曾夢見為美食所圍繞」[25]。囚犯，常夢見越獄逃跑；遊子，常夢見還鄉見到父老。……在現實中得不到的願望，在夢中得到補償；在現實世界中所需要的，在夢幻世界中得到滿足。而「幻想」——作為藝術想像，也就是「願望的達成」；「未能滿足的願望，是幻想產生的動力；每一個幻想包含著一個願望的實現。」[26]

不可否認，文學藝術作為「願望的達成」，佛洛伊德列舉了許多例子：《俄狄浦斯王》之所以能引起現代觀眾感動，並不在於表現了命運與人類意志的衝突，而在於它觸動了深藏在我們每個人心底的原始衝動——將母親作為性衝動的第一個對象，將父親作為仇視的第一個情敵。俄狄浦斯王「殺父娶母」就是這種在現實中不可能實現的「原始衝動」之願望的達成。哈姆雷特之所以對於報殺父娶母之仇猶豫不決，既不是歌德所分析的所謂「用腦過度，體力日衰」所致，也不像另一些人認為的是所謂「神經衰弱」或優柔寡斷的性格所致，因為在許多場合，哈姆雷特並未表現出優柔寡斷，如刺死躲在氈後的竊聽者、殺死兩位企圖謀害他的朝臣。為什麼他唯有對父王所吩咐的工作猶豫不決呢？為什麼他唯有對一位殺了自己的父親、篡奪了王位、並娶了自己母親為妻的人無能為力呢？佛洛伊德認為，「那是因為這人所做出的正是他自己已經潛抑良久的童年欲望之實現。於是對仇人

24 佛洛伊德：《精神分析引論》，頁62。

25 佛洛伊德：《精神分析引論》，頁99。

26 佛洛伊德著，孫愷祥譯，羅達仁校：《論創造力與無意識》，頁44。

的恨意被良心的自譴不安所取代，因為良心告訴他，自己其實比這殺父娶母的兇手好不了多少。」[27]也就是說，「殺父娶母」，作為俄狄浦斯和哈姆雷特的潛意識，是隱藏在作者和全人類心理底層所共有的、而在現實中卻不能實現的願望，只能藉由戲劇的形式在幻想中得到滿足。因此，文學藝術作為幻想的產物，作為願望在幻想中的達成，與夢是相通的。在佛洛伊德看來，這才是希臘戲劇和莎劇之所以有永久的、普遍的藝術魅力的根本原因。

佛洛伊德的這種解釋的荒唐性顯然是不言自明的，至少這種絕對化的牽強附會實不足取。但是，他提出的關於文學藝術在幻想性方面與夢相似這一命題，又是富有啟發性的。

多少年來，我們判斷一部作品的認識價值，總是將這部作品與現實生活機械地等同起來，生活事實成了決定藝術價值真偽的唯一的、直接的參照系，忘記了幻想、想像在創作中的中介作用，嚴重束縛了作家的創造力及其藝術才華的發揮。

正是在這一意義上，我們認為，佛洛伊德將夢與夢的解析作為文藝學的參照系，為我們提供了一個富有啟發性和現實性的理論命題。

其次，按照佛洛伊德關於夢的定義，夢中的願望源於人的本能，不容於客觀現實及其道德觀念，在通常的情況下，只能被「檢查制度」壓制在潛意識領域而不得顯露。特別是那些涉及到性欲、亂倫等一類與社會道德相左的欲望更是如此。「對夢我們仍然可以這麼說：它們證實了那些被壓抑的東西仍然會繼續存在於正常或異常人的心靈中，且還具有精神功能。夢本身即是此受壓抑材料的一種表現。……在清醒時刻中，由於矛盾態度的相互中和，所以心靈中被壓抑的材料無法被表達，並且無法被內部的知覺所感受，但是在晚間，卻由於衡

27 佛洛伊德著，賴其萬、符傳孝譯：《夢的解析》，頁188-191。

力對妥協結構震撼的結果，這被壓抑的材料找到進入意識的方法與路途。」[28]

除夢之外，佛氏認為，「這被壓抑的材料」，沖入意識的「方法與途徑」便是通過文學藝術。《俄狄浦斯王》和《哈姆雷特》等都是被壓抑的「殺父娶母」的欲望沖入意識的藝術表現。在這一點上，文藝與夢又都是被壓抑了的願望的滿足。「藝術的產生並不純粹是為了藝術。它們的主要目的是在於發洩那些在今日大部分已被壓抑了的衝動」。[29]正如奧茲本所認為的那樣，從某種意義上說，「精神分析學大部分的任務便是考察這種被壓抑的東西尋求滿足時所採取的方法和途徑」[30]。他的文藝心理學理論的大部分內容同樣也是考察被壓抑的東西在藝術中求得滿足時所採取的方法和途徑——將文學藝術作為白晝夢，通過夢的分析實現文學藝術的分析——被壓抑的東西如何通過文學藝術品得以實現。

其實，佛洛伊德的這種「壓抑」說並不是什麼新觀點，早在我國古代就有「憤怒出詩人」的說法，所謂「惜誦以致愍兮，發憤以抒情」、「《詩》三百篇，大抵賢聖發憤之為作也」[31]等皆為此意，確也道出了文藝創作的幾分道理。然而，佛洛伊德的所謂被壓抑的東西大多指人的性欲，就未免太偏頗了。後來，日本著名文藝理論家廚川白村在其《苦悶的象徵》等著作中將佛氏的「壓抑」說大加揮發，進行了社會性的改造，從而增加了這一理論學說的現實性和戰鬥性。

佛洛伊德關於夢的定義的第三方面的內容是「改裝」說。在佛氏看來，夢所表現的願望是經過改裝了的願望。所謂「改裝」，是說在

---

28 佛洛伊德著，賴其萬、符傳孝譯：《夢的解析》，頁508。

29 佛洛伊德著，楊庸一譯：《圖騰與禁忌》（臺北市：志文出版社，2007年），頁116。

30 奧茲本：《佛洛伊德和馬克思》，頁16。

31 分別出自屈原《九章》〈惜誦〉和司馬遷《史記》〈太史公自象徵序〉。

檢查制度的抵制下，夢的形式與夢的主題所發生的錯位：本來是有關滿足性欲的主題，而夢的情節卻不是這方面的內容。一位夢者夢中走進一座房子，這是夢的形式；而「房子」在夢中象徵女性生殖器，他走進房子的情節實際上就是企圖與女人性交。在這裡，「企圖與女人性交」是夢的真正的（隱在的）主題，「走進房子」的情節實際上是這一主題的「改裝」（象徵）。「夢的形式（form of the dream）或者夢見的形式（form in which it is dream）是非常普遍的用來表示其隱藏的主題」。[32]這也就決定了對於夢的分析必須發現其中的象徵物。例如，皇帝皇后象徵雙親；長物象徵男性生殖器；中空的東西象徵子宮；走進套房象徵逛窯子；上下走動梯子象徵性交行為⋯⋯。佛洛伊德像開中藥鋪一樣羅列了一大串象徵物。在他看來，精神分析的任務就在於通過發現精神病患者夢中的象徵物而揭示夢者隱秘的心理進行療治。

我們且不說佛洛伊德的這種理論是否科學，也不去考慮他的臨床效果究竟如何，僅就其對夢的「改裝」這一點來看，似乎與文學藝術又有牽連。「改裝」就意味著「象徵」，甲改裝為乙，乙就是甲的「象徵」。文學藝術品中是否也有這種「象徵」呢？回答當然是肯定的。按照法國「象徵主義」的文學觀念，一切文學，從某種意義上說都是「象徵」。作為一般意義上的表現手法，「象徵」也是文學藝術最普遍的形式。正是基於這種認識，佛洛伊德發現了夢與文藝的第三項同構關係——「改裝」（象徵）。在他看來，《俄狄浦斯王》和《哈姆雷特》都是「殺父娶母」這一原始動機的改裝；「殺父娶母」是它們的真正的、也是其隱在的主題，劇情本身所表現的內容只是它顯在的主題。而文藝批評的任務就應該通過情節（形式）揭示其隱在的思想意蘊。「做白日夢的人小心地隱藏自己的幻想，不讓其他人知道，因為

32 佛洛伊德著，賴其萬、符傳孝譯：《夢的解析》，頁252。

他們有理由為此感到羞愧。……即使他打算給我們講述這些幻想，他的敘述也不可能給我們以任何愉快感覺。我們聽到這些幻想，會感到厭惡，或者至少無動於衷。但是，當一個有文學天才的人描述他的遊戲，或敘述在我們看來是他個人的白晝夢時，我們體會到來自很多方面的巨大樂趣。作家怎樣做到這一點，是他內心深處的秘密。最根本的詩藝（arspoetica），在於克服我們對白晝夢的反感所用的技巧。……我們可以推測這個技巧中的兩個方法：作家通過變化及偽裝，使白晝夢的自我中心的特點不那麼明顯、突出；與此同時，提供了純粹形式的（即美學的）樂趣，以此使我們買他的賬。」[33]

夢與文學藝術，當然還在形象性、情感性、自由性和凝縮性等諸多方面具有同構關係，佛洛伊德均有論及，但是，主要是在上述三方面，即幻想性、壓抑性和象徵性方面的基本相似，加上動機（潛意識）的同源性，共四方面的類同，決定了佛洛伊德必然將夢與文學藝術相類比，將夢的解析作為文藝學的參照系，將夢的分析方法移植到文藝分析中來。夢的理論及其分析方法，其實就是佛洛伊德關於文學藝術的理論及其評論方法。

文藝學原本思維定勢

佛洛伊德由心理（人格）結構出發，將潛意識看成是精神分析的主要對象，於是就找到了「夢」作為潛意識的替代，借助夢的研究發掘潛意識心理活動的規律。佛洛伊德發現：「每一個夢，其夢的顯意均與最近的經驗有關，而其隱意均與很早以前的經驗有關」[34]，大多

33 佛洛伊德著，孫愷祥譯，羅達仁校：《論創造力與無意識》，頁50-51。

34 佛洛伊德著，賴其萬、符傳孝譯：《夢的解析》，頁148。

源於孩提時代的經驗。「那些在醒覺狀態下所不復記憶的兒時經驗可以重現於夢中」，[35]「夢的分析工作越深入，我們就越會相信在夢的隱意裡頭，兒時的經驗的確構成甚多夢的來源」。[36]而夢的「隱意」，即隱藏在人類心靈中最深層的意識，正是精神分析所要探究的終極目標。因此，佛洛伊德就把兒童的心理作為精神分析的重要內容，因為兒童與成年人相比，兒童能夠更直接、更明顯地洩露潛意識的秘密。而隨著年齡的增加，道德觀念的發展，童年時代的「原本自我」逐漸被「續發自我」所壓抑。作為精神分析，就應當追溯人類意識的「原本」。

與兒童的「原本」意識相類似，在原始人的原始文化中同樣能夠比較容易的發現人類心靈的「原本」，原始文化作為初民的心理現象往往能更直接、更明顯地洩露出人類潛意識的秘密，因而對於精神分析來說就更典型、更具有代表性。於是，原始人的風俗、圖騰、宗教與神話等等成了佛洛伊德最感興趣的研究課題。可以這樣說，對於原始文化的研究在佛洛伊德的著作中構成了僅次於對於夢的研究的比重。因為在他看來，「神話（僅舉神話為例）是畸變了的整個民族的願望——幻想——年輕人類長久的夢的痕跡」[37]，「並且，如果再仔細考查，我們肯定會觀察到，原始神話並沒有喬裝打扮」。[38]神話以及其他原始文化，在佛洛伊德看來，就是人類潛意識庫存的第二場所，從而也就成了佛氏精神分析的第二個對象。

總之，無論是兒童心理還是原始文化，在佛洛伊德看來，都像夢一樣可以追溯到心理結構的「原本」圖形。他說：「整個來說，夢是

35 佛洛伊德著，賴其萬、符傳孝譯：《夢的解析》，頁126。
36 佛洛伊德著，賴其萬、符傳孝譯：《夢的解析》，頁125。
37 佛洛伊德著，孫愷祥譯，羅達仁校：《論創造力與無意識》，頁50。
38 佛洛伊德著，孫愷祥譯，羅達仁校：《論創造力與無意識》，頁72。

退化到夢者最早期情況的例子，是夢者童年以及當時盛行的衝動和表達方式的復活。在這童年的背後，我們可以望見種族進化的童年——一個人類進化的圖像，而個體的發展不過是生命的偶然情況的一個簡短的重複而已。我不禁覺得尼采的話是對的，他說夢中『存在著一種原始人性，而我們不再能直達那裡。』我們也能期望由夢的解析中去瞭解人類的古老傳統，關於他那天賦的精神的瞭解。也許夢和心理症保留著比我們期待的更多的古物，因此對那些關心並且想重建人類起源的最早以及最黑暗時期的種種科學來說，精神分析是最有價值的。」因為精神分析方法說到底是尋找某種精神現象起源的學說，「夢應該可以將它利用來作為由某種病態意念追溯至昔日回憶間的橋樑。」[39]

由成人心理向兒童心理追溯，由現代文化向原始文化追溯，由夢的意念向昔日的回憶追溯……這就是佛氏逆反方向的「原本」思維定勢：面向歷史、面向過去；追溯起源、追溯原初本色——似乎一切心理現象都可以發現它的原本形態，揭發潛意識的原初本色成了精神分析的終極目的。這是典型的「因果論」，它認為任何精神現象都有它所發生的史前原因。正如佛氏自己所說：「只要我們從最後階段往前追溯事物發展的過程，各階段的聯繫看來是有持續性的，我們會覺得已經得到了完全滿意，甚至完整無暇的見識。但是，如果我們用相反的方法，如果我們從分析得來的前提出發，追蹤到最後的發展結果，那麼，我們再也感覺不到事物發展的必然性了。……我們不能因為有了對前提的瞭解，就可以斷言結果的性質。……正因為如此，通過分析法確認原因總是可能的，但要靠綜合法來預示原因則不可能。」因此，精神分析，正如美國著名心理學家霍爾所說，「不可能成為一門

39 佛洛伊德著，賴其萬、符傳孝譯：《夢的解析》，頁35。

預言科學」，只能「是一門後言科學」。[40]也就是說，所謂「精神分析」之為「分析」，就是要向「後」看，向「過去」分析，由今天回憶昨天，由存在（果）追溯原本（因）。

在這種原本思維定勢的作用下，佛洛伊德認定文學藝術活動是保留人類原本意識的精神生活。因為在他看來，精神的發展不同於事物的發展，事物的發展過程是「新陳代謝」，而精神的發展是「新陳並存」，「思想發展過程的每一早期階段仍然同由它發展而來的後期階段並駕齊驅，同時存在。早期的精神狀態可能在後來多少年內不顯露出來，但是，其力量卻絲毫不會減弱，隨時都可能成為頭腦中各種勢力的表現形式，」這就是「思想的倒退（回憶）的特殊能力。原始發展階段總是可以重新確立，原始思想就其完全含義而言，是不可泯滅的」[41]。因而，要像通過夢的分析使精神病人回到早期感情生活中那樣，對於文學藝術的分析也應當努力發掘隱含在其中的心理原型；一方面利用出土文物和原始藝術、宗教、仙幻故事等等去「瞭解初民心理」[42]，另一方面通過現代文藝的研究瞭解遺存在現代人心靈深處的原本意識。

出於這種動機，佛洛伊德驚奇的發現作家與兒童、作家的創作與兒童的遊戲相似：「作家正像做遊戲的兒童一樣，他創造出一個幻想的世界，並認真對待之。……當人長大並停止遊戲時，他所做的，只不過是丟掉了遊戲同實際物體的聯繫，而開始用幻想來取代遊戲而已。他建造海市蜃樓，創造出種種稱之為白晝夢的東西」——文學藝術品[43]。由此，佛洛伊德斷言，作家「富於想像的創造，正如白晝夢

40 喀爾文・斯・霍爾：《佛洛伊德心理學與西方文學》，頁52-53。
41 佛洛伊德著，孫愷祥譯，羅達仁校：《論創造力與無意識》，頁217-218。
42 佛洛伊德著，楊庸一譯：《圖騰與禁忌》，頁13。
43 佛洛伊德著，孫愷祥譯，羅達仁校：《論創造力與無意識》，頁42-44。

一樣，是童年遊戲的繼續及替代」[44]，是人類「返老還童」的一種幻想。因為童年發生的事是人的一生中最有意義的事，必然會以潛在的形式沉留在人的記憶中，一遇到適合的形式便會自然表現出來。歌德、達·芬奇童年的經歷在他們的名作《少年維特之煩惱》、《蒙娜麗莎》中的復現已成為眾所周知的事實。因而，研究文學藝術的特徵必須追溯到人類的童年，解釋文學藝術品必須追溯到作家的童年。

另外，佛洛伊德還認為，由於神話及其他原始文化的影響，現代人的心靈深處無不裝有這方面的文化原型，而作家藝術家的創作活動，實際上是在自己的「頭腦裡進行著某種還原到神話本義的工作。在這裡，我們再次見到了神話的本義。這種本義完全打動了我們，卻曾經被神話所歪曲和削弱。詩人所做的工作，便是糾正這種歪曲並部分追溯到神話的本義。這是他能深刻影響我們的關鍵所在」，[45]是藝術魅力之奧秘所在。因此，對文學藝術的評論，就應當從遠古神話中的文化「原型」出發去發現現代文藝作品中的神話「原型」，即人類文化心理結構的「原型」。——這，就是後來被榮格等人所大加發揮的所謂「神話批評」（又稱「原型批評）。

無論是追溯人的童真，還是發現神話原型，佛洛伊德的原本思維定勢都是基於這樣一種總體認識：文學作為幻想，同時屬於三個「時代」：過去——現在——未來。他說：「幻想同時間的關係十分重要。可以這麼說，同一時刻的幻想，徘徊於三段時間，即我們觀念作用的三個階段之間。頭腦裡的幻想活動同某些現在的事件造成的印象聯繫在一起，而這種印象則足夠引起強烈的欲望。因此，願望又恢復到早期的、一般說來屬於幼年時期的記憶。那時，這一願望曾經實現。接

44 佛洛伊德著，孫愷祥譯，羅達仁校：《論創造力與無意識》，頁49。
45 佛洛伊德著，孫愷祥譯，羅達仁校：《論創造力與無意識》，頁72-73。

著，幻想又自己製造出一種將來會出現的情景，代表著願望的實現——這便是白晝夢或幻想，既帶有產生幻想的近因的蹤跡，又有著某些過去記憶的痕跡。於是，願望之綰將過去、現在、將來串結起來，貫穿這三者的始終。」文學作為幻想和白晝夢，正是「利用現在的事件，按照過去的方式來安排將來。」[46]「現在」，使作家藝術家的創作靈感和創作衝動得以觸發；但是，它卻用過去的方式來表現將來的理想。英王統一三島，莎士比亞寫了《馬克白》一劇以資慶祝。「英王統一三島」是莎翁創作欲望觸發的契機，《馬克白》的故事卻屬於歷史，而所表現的人文主義理想則代表了未來。

可以這樣說，原本思維定勢在佛洛伊德有關文學藝術的論述中活像一匹脫韁的野馬，一發而不可收。其中當然不乏精闢的見解，同時也撩起陣陣塵埃。所謂「利比多」理論（libido theory，又譯「原欲理論」），便是佛氏原本思維定勢這匹「野馬」奔向極端後所產生的惡果。在佛洛伊德看來，既然潛意識導源於人的本能，那麼，人的本能究竟是什麼呢？在原本思維定勢的作用下，佛洛伊德追根溯源，終於找到了「性」，認為「性」與「性欲」就是人的「原欲」、「本欲」，構成了潛意識運動的原本動力。與「利比多」相關，佛氏認為人（嬰兒）的第一個「利比多」對象總是他（她）的雙親：男孩總是戀母恨父，即所謂「俄狄浦斯情結」（Oedipus complex，以希臘神話中娶母殺父的俄狄浦斯取名，亦即「戀母情結」）；女孩總是戀父恨母，即所謂「伊賴克特拉情結」（Electra complex，以希臘神話中為父報仇的伊賴克特拉取名，亦即「戀父情結」）。佛氏認為，這是普遍地存在於人的深層心理的性本能。文學藝術就其最根本的實質來說，實際上是經過喬裝打扮過的「利比多」的昇華。佛氏正是運用這種理論分析了從

46 佛洛伊德著，孫愷祥譯，羅達仁校：《論創造力與無意識》，頁45-46。

古希臘悲劇到但丁、莎士比亞、達·芬奇、歌德、陀思妥耶夫斯基等作家的作品，在這些作品中細心探究它們所表現的潛主題——「利比多」。到此為止，人與藝術家在佛氏的筆下，不僅成了一個不能意識到自己、不能掌握自己命運的「精神病人」，而且最終降低到與動物為伍的「色狼」。這一理論正如他自己所說，確實激怒了全世界，不能為人們所接受。奇怪的是，它卻悄悄地、潛移默化的影響了一代文藝思潮。

單就佛氏「利比多」理論本身來看，恐怕有兩點必須申明：一、佛氏「性」的定義很廣泛，實際上近似於「性愛」的概念，絕不是單指人的兩性行為，其中包含著由性所引起的感情；二、佛氏僅僅是將「性」和「性欲」作為人之最初、最原始的「本能」和最深層、最隱秘的心理本質，並未主張在文藝作品中直接描寫性行為，他用「利比多」理論分析的作品都不是什麼「性文學」，當然也就根本沒有今人的「性解放」的含義。文藝作品作為「利比多」的昇華，關鍵在於「昇華」，而不等於「利比多」本身；人是社會的人，是道德與文化的人，「利比多」作為人的「原本」欲望也絕不等於人的欲望本身。當然，在佛氏的著作中不止一處講到文化的發展對於人之原本欲望的扼制，似乎「利比多」與文化是相矛盾的；但是，佛氏並無否定文化發展的意思。恰恰相反，在佛氏看來，文化對於人之本能的抑制有利於社會的進步。因此，將文藝作品中的「性描寫」、社會思想中的「性解放」與佛氏聯繫在一起實在牽強，純屬後人按照自己的意願所做的引申和發揮。當然，由於佛洛伊德過分強調和渲染了性的作用，也是使後人曲解並使佛氏陷入困境的重要原因，這應當歸罪於他那失控了的「原本思維定勢」。

人的本能究竟是什麼，僅僅歸結為「性」不對，否認「性」恐怕也不全面。魯迅說：佛洛伊德「恐怕是有幾文錢，吃得飽飽的罷，所以沒有感到吃飯之難，只注意性欲。……他也告訴我們，女兒多愛父親，兒子多愛母親，即因為異性的緣故。然而嬰孩出生不久，無論男女，就尖起嘴唇，將頭轉來轉去。莫非它想和異性接吻麼？不，誰都知道：是要吃東西！」[47]魯迅批評佛氏「只注意」性欲，並沒有全盤否定他注意性欲，所否定的只是他忘記了「食欲」，認為人之本能除「性」之外還有「食」。「食、色，性也」。[48]我們的祖先事實上早已揣摩到人的這兩方面的本質。恩格斯在《家庭、私有制及國家的起源》一書的序文所提出的「兩種生產理論」，闡發的也是這一原理。他說：「根據唯物主義觀點，歷史中的決定性因素，歸根結柢是直接生活的生產和再生產。但是，生產本身又有兩種。一方面是生活資料即食物、衣服、住房以及為此所必需的工具的生產；另一方面是人類自身的生產，即種的蕃衍，」並認為人類及其生活於其下的社會制度受著這「兩種生產」的制約。[49]其實，佛洛伊德自己也意識到只強調「性本能」的偏頗，在他的後期理論中便有所收斂或修正。在《精神分析引論新編》中，他便明確「將本能分兩大類，使相當於人類的兩大需要——即饑和愛」。他說，「根據這個觀點，我們乃介入自我本能和性本能於精神分析之內。前者包舉個體的生存、延續及發展，後者包括幼稚的及倒錯的性生活。」[50]在這裡，佛洛伊德的本能說與恩格斯的兩種生產理論已經趨向接近了。

如果我們從這樣一個角度，即從方法論的角度，從佛氏窮追人類心理初始型態的「原本思維定勢」這一角度去看佛氏的本能說，那

47 魯迅先生紀念委員會編：《魯迅全集》（北京市：人民文學出版社，1956年），卷4，頁469。

48 《孟子》〈告子〉。

49 中共中央馬克思恩格斯列寧斯大林著作編譯局編：《馬克思恩格斯選集》，卷4，頁2。

50 佛洛伊德：《精神分析引論》，頁VIII。

麼，他那羞紅人臉而又為某些人所津津樂道的「泛性論」便不值得大驚失色了。作為現代文藝心理學方法之巨人的佛洛伊德，泛性論對於他來說畢竟瑕不掩瑜，佛氏堪稱文藝心理學之一代宗師。他所創立的精神分析學說，對於發掘文藝作品中的人的深層意識，乃至對於整個人類的自我（原型）之認識，無疑樹起了一面大纛。

第三章
阿恩海姆及其格式塔

格式塔與阿恩海姆

格式塔心理學派，也稱完形心理學派，是二十世紀初葉發源於德國的一個心理學派別。其主要代表人物是韋特墨、苛勒和考夫卡三人。韋特墨於一九一二年發表的〈運動視覺的實驗研究〉一文，初次提出了格式塔心理學的基本觀點，標誌著這個學派的創立。

格式塔心理學方法最突出的特點是整體性原則，主要是針對元素分析心理學而提出的。元素分析心理學把一切心理現象都看成是各種感覺元素的集合，認為心理現象的解釋必須求之於感覺的分析。而格式塔學派則認為，整體是先於部分而存在的但它又不等於部分的總和。它所具有的形式與性質不是決定於其中的部分，而是決定於作為一個整體的情境。這種依存於整體的性質就是所謂格式塔性。事物的性質都是由整體決定的，所以任何事物都是一個格式塔。因此，他們反對元素主義把整體分解為孤立的部分，然後再用孤立的部分來說明整體的研究方法，而主張從有意義的整體出發來理解制約於整體的部分。

苛勒的學生、德裔美國美學家魯道夫·阿恩海姆便是這一方法的推崇者、格式塔心理學的追隨者，是將格式塔方法推廣到美學和文藝學領域並取得相當成就的代表人物。他從五〇年代起開始發表的《藝術與視知覺》（1954）、《作為藝術的電影》（1956）、《走向藝術心理學》（1966）、《視覺思維》（1969）、《建築形式的動態》（1977）等重要著作，為文藝研究移植格式塔心理學方法展示了廣闊的前景。從文藝學方法論的角度來看，格式塔方法可以說是自精神分析進入文藝學領域以來，在文藝心理學方法方面的重大拓展和進一步的深化。它融會了從經驗批判主義到現象學、結構主義和分析美學，以及現代物理學等最新知識，創造了現代人觀察與把握文藝世界的新方法、新模式，獨具慧眼，別具一格，很值得我們思考與研究。下面就讓我們從三個方面對這一方法作簡略的考察。

整體性思維原則

「格式塔」，是德文「gestalt」一詞的中文音譯。在德文中，它是「形式」或「形狀」的同義詞。英文往往將它譯成「form」（形式）或「shape」（形狀）。無論是「形式」還是「形狀」，「形」，是格式塔心理學研究的出發點和主要對象。但是，格式塔心理學的「形」，又不完全等同於一般意義上的客觀物體的表現形態。任何「形」，在格式塔心理學那裡都是經由主體知覺活動重新組織或建構過了的經驗中的「整體」。換言之，人們可以將任何一種物理（心理）現象看作一個整體；而只有將研究對象看作一個整體，才能得出科學的結論。「所謂格式塔心理學，就是一種反對元素分析而強調整體組織的心理學理論體系」。[1]因此，中文一般又把「gestalt」意譯為「完形」。

格式塔心理學派的一個重要論點就是：「部分相加不等於整體」。曲調、圖形作為一個整體，大於孤立內容的總和。每一種物理（心理）現象都是一個格式塔，都是一個「被分離的整體」。整體並不是由若干元素膠合而成的，而是先於部分存在並且制約著部分的性質和意義。所以，他們堅決反對馮特及其構造主義，反對條件反射說和聯

1 楊清：《現代西方心理學主要派別》（瀋陽市：遼寧人民出版社，1983年），頁252。

想說等一切元素分析方法，稱它們是「磚塊和灰泥的心理學」（brick-and mortar psychology）。

魯道夫．阿恩海姆正是從這一觀念出發開始了他的藝術研究。他在他的第一部重要著作《藝術與視知覺》的開篇就這樣寫道：「看起來，藝術似乎正面臨著被大肆氾濫的空頭理論扼殺的危險。近年來，真正堪稱為藝術的作品已不多見了。」它們似乎在那些空談藝術的定義、對藝術進行線型的決定論分析的洪流中被淹沒了，以至於「在我們眼前出現的是一具被大批急於求成的外科醫生和外行的化驗員們合力解剖開的小小的屍體。由於這批人總是喜歡用思考和推理的方式去談論藝術，就不可避免的給人造成一種印象：藝術是一種使人無法捉摸的東西。」在阿恩海姆看來，這都是由於人們習慣於「依賴固定的公式和處方」對藝術進行元素分析所造成的。而現代科學業以證明，「對自然界的大多數現象的描述，僅僅通過對其局部進行個別分析的方法是無法完成的。對於大多數藝術家來說，『整體不能通過各部分相加的和來達到』的思想，並不算什麼新奇的東西了。……無論在什麼情況下，假如不能把握事物的整體或統一結構，就永遠也不能創造和欣賞藝術品」。正如馮．厄稜費爾在他那篇首次提到「格式塔」這個名字的論文中指出的那樣，如果讓十二名聽眾同時傾聽一首由十二個樂音組成的曲子，每一個人規定只聽取其中的一個樂音，這十二個人的經驗相加的和就絕不會等同於僅有一個人聽了整首曲子之後所得到的經驗。這是因為，「某一整體式樣中各個不同要素表象看上去究竟是個什麼樣子，主要取決於這一要素在整體中所處的位置和起的作用。」由此，阿恩海姆聲稱，隨著對格式塔心理學的研究，增加了他對藝術的興趣，他「才試圖把現代心理學的新發現和新成就運用到藝術研究之中」，決心應用格式塔心理學的原則重新解釋藝術。因為在他看來，「用這種觀點去解釋藝術中的理論問題和實踐問題，是再恰當不過了。」[2]

那麼，阿恩海姆所反對的文藝研究中的「元素分析」方法是指什麼呢？

由阿恩海姆自己的論斷中可以看出，他所反對的元素分析方法首先是指自康德、黑格爾以來的哲學美學的方法。哲學美學將整個宇宙作為一個過程，將美與藝術放在自己所假想的宇宙生成規律中去描述，運用思辨推理的方法解剖藝術。他們所分析的美與藝術的規律實際上是他們的哲學方法的具體化。他們最感興趣的實際上就是阿恩海姆最討厭的關於「美與藝術的本質」之類的抽象、空洞的議論及其由概念到概念的思辨推理。

其次，阿恩海姆所反對的文藝學的「元素分析」方法還指自丹納以來的社會歷史主義的方法。阿恩海姆曾以他的學生安娜・蓋倫・布魯克小姐的一個試驗為例對社會歷史主義的方法展開批評。在這一試驗中，被試者先是被要求描述他們對並排放在面前的兩幅風格上極為不同的畫的印象。隨後，把其中一幅拿走，換上另外一幅，然後讓被試者注意這一新的組合會使留下的那幅看上去有什麼與先前不同的地方。試驗結果證明，留下的那幅畫的變化是如此之大，以至看上去與先前迥然不同。阿恩海姆認為，這樣一種試驗證明：「用歷史性的觀點來觀看藝術作品（以衡量現代風格的標準來看過去的畫），會造成多大的歪曲。」在阿恩海姆看來，這是因為：藝術品給人帶來的感受完全是由作品本身所決定的，藝術品本身就是一個整體，而對於藝術品的「任何『觀看』都是在一套關係中觀看，而知覺對象所處的關係網絡又絕非簡單。……出現於視域中的任何一個事物，它的樣相或外觀都是由它在總體結構中的位置和作用決定的，而且其本身會在這一

2　阿恩海姆：《藝術與視知覺》（北京市：中國社會科學出版社，1984年），頁1-8。

總體結構的影響下發生根本的變化。」將同一件藝術品放在不同的組合結構中，按照格式塔心理學的相似性原則，這件藝術品的某種因素就會與處於同一結構中的其他藝術品中的某種因素重新組合成不同的視覺整體，因而便產生不同的美感效應。阿恩海姆認為，文學藝術中的隱喻手法、色彩搭配、音調組合等都可以運用這一原理說明[3]。而運用社會歷史的觀點和方法，只能就某一方面的某一因素進行闡釋，不能實現對於文學藝術的整體性把握。對於藝術的整體性把握不僅意味著將某一作品看作一個整體，而且還意味著將作品及其「觀看」、客體結構及主體建構、作品本身及其環境，等等，都看作一個整體，一個過程，一個在各種關係網絡中交互作用著的整體。

阿恩海姆的老師苛勒聲稱：「有些批評家們認為格式塔心理學不斷地重複『整體』這個詞，忽略部分的存在，因而就拋棄了一切科學程式的那個奇異的工具：分析。從下述事實可以斷定，這實在是一種極其易於令人發生誤解的說法，我們早已發現每當我們論及一個單元或者是一個確定的整體時，必須提到分離的作用。」[4]苛勒關於格式塔心理學整體性原則的辯解是不無道理的。他們在強調整體時並非不顧及部分，主張綜合時並非沒有分析。他們所反對的只是那種將部分視為孤立的部分，將分析變成脫離綜合的「分割」的方法。所不同的是，格式塔心理學在論及部分、對部分進行分析時是從整體出發、從綜合出發的。阿恩海姆將這一認知方式（順序）稱為「自上而下」，即「一種從整體到部分的步驟」。這一步驟與今天的電腦恰恰相反。電腦的「處理方式是自下而上的，或者說，是自部分到整體的。它總是從『要素』或『成分』出發，得到這些成分所能組成的一切可能的

3　阿恩海姆著，滕守堯譯：《視覺思維》（北京市：光明日報出版社，1986年），頁107-118。

4　W．苛勒：《格式塔心理學》（紐約：利夫萊特出版公司，1929年），頁191-192。

『結合』，從來不越出這些成分特有的界限。」[5]這是電腦之所以永遠不能代替人腦的最大侷限。而人類的藝術活動則是生命形式的、隨機的，它在「分析」的同時更強調「綜合」，在觀看（接受）「部分」時一刻也不能脫離「整體」。正是在這一意義上，認定格式塔心理學更加強調「整體」和「綜合」也是不無道理的。同時，也正是在這一意義上，同是文藝心理學的格式塔方法與精神分析方法迥然相異。

佛洛伊德及其精神分析由人的心理結構理論出發，將潛意識和性本能作為審美與藝術判斷的圭臬。他對於美與藝術的分析實際上就是關於潛意識與性本能的分析，美與藝術的分析實際上成了他用以證明自己潛意識理論的工具。我們不否認美、藝術與潛意識和性有著某種關係，但僅僅從這一方面進行解剖分析，而對文學藝術的歷史意義、對文學藝術作為「社會意識」或作為語言本體的意義等諸方面忽略不計，顯然也是片面的，也是一種過於側重「分析」而忘記了「綜合」、過於側重於「部分」而忘記了「整體」的「元素主義」。阿恩海姆儘管很少提及佛洛伊德及其精神分析，也沒有明確地將自己與精神分析對立起來，但是，就其文藝心理學方法的基本特點來看，特別是就其竭力反對「元素分析」、強調美與文學藝術研究中的整體性原則和「綜合」方法來看，文藝學的格式塔方法顯然與精神分析方法大相逕庭。精神分析，顯然是阿恩海姆所反對的另一種「元素分析」方法。

概言之，無論是哲學美學的思辨推理、社會歷史方法的因果分析，還是精神分析方法的潛意識和性本能理論，都是側重由文學藝術的某一個方面（元素）出發去把握對象，都是側重通過某一方面（元素）的分析來實現對於對象的規律性把握。而這些，都是文藝學的格式塔方法所竭力避免和反對的。在阿恩海姆看來，藝術並不是作為某

---

5 阿恩海姆著，滕守堯譯：《視覺思維》，頁132。

種「元素」而存在，而是作為一個統一的、完整的、有機的整體而存在。這個「整體」，就是「形」和「完形」。它有自身的內部結構，它本身就是一個整體，並且服從於一個更大的整體。只有將文學藝術作為「形」和「完形」，才能實現對於對象的整體性把握；換言之，只有著力探討文學藝術的「完形」規律，才能認識客體的真諦。

——阿恩海姆及其格式塔心理學正是從這裡出發，將整體性原則貫徹到自己的文藝學體系中。

文學藝術作為「形」

將文學藝術作為「形」，通過「形」的研究實現文學藝術的研究，是阿恩海姆及其文藝學格式塔方法貫徹整體性原則的邏輯前提。「形」，實際上是他全部理論的出發點，也是其文藝學研究的主要對象。

我們知道，對於文學藝術之「形式」的重視，從本世紀初「俄國形式主義」就已經開始了。自此以後，無論是「新批評」還是結構主義、符號學，藝術形式一直被看作文學藝術的「本體」（實際上類似於我們通常所說的廣義的「藝術語言」的概念）。因為在他們看來，文學藝術品首先是作為形式而存在的，沒有形式就沒有現象本身，美與藝術只不過是一種「有意味的形式」，它所包容的思想、情感和意味滲透在形式之中，而不是游離其外。藝術和形象的關係不像人體與衣服的關係，而像人體與皮膚的關係：人體由皮膚得以表現，皮膚的形態就是人體的形態。文藝心理學的格式塔方法在文藝觀念上顯然與上述「本體理論」是一致的。在它的心目中，藝術是作為「形」而存在的。這個「形」，不是藝術中的「形」，而是藝術作為「形」，是積澱著內容的「形」。因而他們認為只有通過「形」的研究才能實現文學藝術的研究，對於「形」的研究本身就是對於文學藝術的研究。

其實，對於「形」的興趣，早在十九世紀的一些哲學著作中就初露端倪。馬赫在其《感覺分析》（1885）一書中，就認真討論了形（形式）和感覺的關係。他將不同樂音的排列產生不同形狀的現象稱為「時間形式的感覺」。他通過研究發現，人們可以改變方形或菱形的大小，但它們的形式不變；人們可以把曲調的各個樂音都升高或降低一階或數階，但曲調的形式不變。這一思想給後來的格式塔心理學家們以很大的啟發。格式塔心理學的直接先驅厄稜費爾便由此進一步提出「形質」（gestalqualrtüt，又譯「格式塔特質」）的概念。「格式塔」，作為一個心理學名詞也由此被確定下來。按照厄稜費爾的解釋，格式塔有兩大基本特徵：一、格式塔不等於各要素之和，而是一個全新的整體，例如一個三角形交叉線條之和；一個圓也不是相互鄰近的數個點的集合；一首曲調也不是某些樂音的連續相加。它們都是一個具有高度組織水準的全新的知覺整體。二、一個格式塔在他各構成成分的大小、方向、位置等改變的情況下仍然存在或不變，即上面所說，方形或菱形大小的變化但其形式不變、樂音高低的變化但其曲調形式不變。這就是所謂格式塔的「變調性」。後來的格式塔心理學便是在上述關於格式塔特徵的兩大定性理論基礎上豐富和發展起來的。

一九一二年，韋特墨發表了〈運動知覺的實驗研究〉一文。在這篇文章中，韋特墨報告了自己利用一種速示器對於「似動現象」的實驗研究。這種速示器是利用靜態圖片的連續投影而造成動態錯覺的機械。本來是兩條靜止不動的直線的投影，但當將它們先後放映的間隔控制在一定的時間（約十五分之一秒）時，就會看到一條直線向另一條直線移動的現象。這就是形（格式塔）的「似動現象」。「似動現象」說明格式塔所具有的性質不在於各部分之和，而在於整體。也就是說，「似動現象」作為一個格式塔，不是用孤立的兩條線所能解釋的，關鍵在於兩個刺激在時間上發生了一種動的交互作用，所以才能變靜為動。韋特墨的這一重要發現為格式塔的整體性原則找到了實驗依據，從而標誌著格式塔心理學作為一門科學學科的正式確立。

由此可見，格式塔心理學從它萌發的那一天開始，便將作為整體的「形」看成是自己研究的出發點和主要對象，「形」的內在結構和力的圖式，「形」對於一般感覺和視知覺的關係等，成了格式塔心理學最關心的問題。魯道夫．阿恩海姆，這位格式塔心理學派的追隨者，正是從這裡獲得了研究美與藝術的靈感，受到了啟示，發現了對於美與藝術審視的新角度。因為在他看來，「從這一理論的首次開始到本世紀上半葉的整個發展過程中，也大都涉及了藝術問題。」[6]格式塔心理學和藝術正是在「形」上確定了它們的同構關係。

《藝術與視知覺》是阿恩海姆早期的一部重要著作。這部著作的中心論題就是探討藝術作為形式與視知覺的關係，著重通過視覺的簡化傾向和組織本能的研究等來揭示藝術的「完形」性質。在本書的引言中，阿恩海姆針對那些空洞的藝術理論，即所謂「元素分析」方法，提出了藝術研究必須借助「語言媒介」的設想。在他看來，藝術首先是作為語言本體（形式）而存在的，欣賞主體對於藝術的感知是通過藝術語言來進行的。因而，對於藝術的分析首先應當從語言本體出發，將藝術語言作為藝術分析的基本媒介和主要對象。

格式塔心理學既然是從「形」出發，而「形」又是通過感官才能把握得到的，因此，它對於自己要研究的對象（形、形式），便特別強調由直接經驗出發的「自然觀察法」。如圖：

6 阿恩海姆：《藝術與視知覺》，頁4。

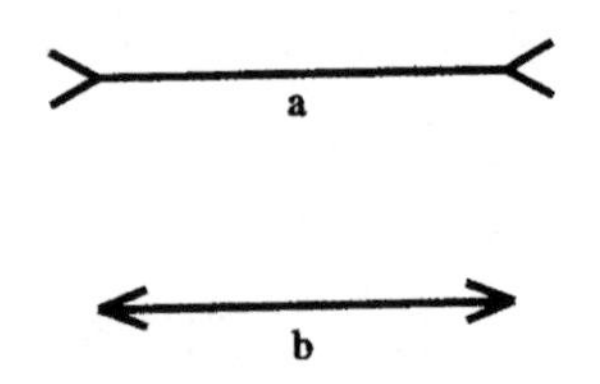

a、b 兩直線的長度本來是相等的，可是在我們的視覺中，b 線似乎比 a 線短。按照傳統心理學的解釋（如構造主義的內省分析），這種感覺就是不真實的，是一種「錯覺」。但在格式塔心理學看來，由於a、b 兩直線各附加了兩個方向不同的「燕尾」，於是，這些附加的「燕尾」實際上便成為兩直線的「環境」，兩直線事實上就和這些「燕尾」發生了一定的關係。也就是說，兩直線各自組成了一個新的格式塔。在這一條件下，將它們看作是一短一長，完全是真實的。反之，將這兩條直線從它們的整體（格式塔）中抽象出來進行分析（測量），也就使部分脫離了整體。在這種情況下再去判斷 a、b 兩直線相等，才是不真實的。因為這一感覺（判斷）不是來自對於完形的直接的經驗，不是通過「自然而然地觀察」，而是通過抽象得到的。但是藝術卻是「世界上最為具體的事物」[7]，阿恩海姆雖然不反對對藝術進行抽象分析，但它認為脫離具體的抽象只能導致藝術的肢解。

正是基於格式塔心理學的這樣一種思想，阿恩海姆痛切地感到以往「我們忽視了通過感覺到的經驗去理解事物的天賦。我們的概念脫離了知覺，我們的思維只是在抽象的世界中運動，我們的眼睛正在退化為純粹是度量和辨別的工具」。這同時也是一種審美能力的退化。「由於不能憑藉自己的視覺去理解大師們的傑作，就使許多人儘管經常進出於畫廊之間，並收集了大量有關繪畫藝術的資料，到頭來還是不能欣賞藝術。他們天生具有的通過眼睛來理解藝術的能力沉睡了，

7　阿恩海姆：《藝術與視知覺》，頁1-8。

因此很有必要設法喚醒它」。而喚醒它的最好、最得力的辦法就是借助於藝術的語言媒介——「形」，只有「形」才是「自然而然」的視覺經驗的直接對象。阿恩海姆自稱他的《藝術與視知覺》「這本書所要達到的目的之一，就是對視覺的效能進行一番分析，以有助於指導視覺並使它的技能得到恢復。」[8]

可見，阿恩海姆及其文藝學的格式塔方法對於「形」的研究總是同對於視覺的研究聯繫在一起的。因為在他看來，「藝術乃是一種視覺形式。……藝術家在展示如何組織一個視覺式樣方面都是專家，藝術家瞭解形式的多樣性變化，以及創造這些多樣性形式的技巧，他們具有培養想像力的手段。他們習慣於將複雜的東西視覺化，他們喜歡以視覺形象來構想現象和問題。」[9]視覺，作為最高層次，最有秩序的知覺，阿恩海姆認為「乃是思維的一種最基本的工具（或媒介）」，「是人類認識活動中最有效的感官」[10]，並非像傳統理論所認為的那樣僅僅屬於認識的低級階段。它本身就是認識，就包含著理解，就意味著抽象和概括。總之一句話，視覺與思維是同一的。因為視覺並非機械地複製外物，而是積極地創造和組織，具有強烈的選擇性、抽象性和「完形」能力。一個在焦急等待女友的小伙子可以很快地在人群中認出自己所期待的人；一個立方體的藝術投影並非一個立方體，而是由幾條線構成的矩形；一列被隧道斷成兩截的火車肯定會被看成是一個運動中的連續的整體……。這些本來屬於理性和理解力範疇的東西在視覺中同樣存在。因此，阿恩海姆認為，應該在視覺與思維之間架設一座橋樑。視覺活動中包含思維的成分，思維活動中包含感性成分。視覺與思維、感性與理性是互補的。阿恩海姆在其《視覺思維》

8　阿恩海姆：《藝術與視知覺》，頁1-8。

9　阿恩海姆著，滕守堯譯：《視覺思維》，頁426-427。

10　阿恩海姆著，滕守堯譯：《視覺思維》，頁62、頁39。

這部帶有總結性著作中所著重探討的這一問題，可以說是他的藝術作為「形」的觀念的哲學基礎。因為只有確立了視覺與思維的同一性，才能證明將藝術作為「形」進行把握和認識的科學性和正確性。

在主客體關係中探討形的結構

文學藝術既然是作為形而存在，那麼，這也就意味著我們將任何一首詩、一首曲子、一幅畫，甚至一種意象、一種顏色或一個動作等，都可以看作一個形（格式塔）。在格式塔心理學看來，只要是自然而然地觀察到的經驗，都必然帶有格式塔的特點，每個格式塔又都是一種組織或結構，而不同組織水平的格式塔又往往伴隨著不同的感受。有些格式塔給人的感受是愉悅的，有些則不然。而那些給人以愉悅感受的格式塔則是組織得最好、最規則和具有最大限度的簡單明瞭的格式塔。這種格式塔就是一個「好的格式塔」（prägnant）。

那麼，一個「好的格式塔」有哪些組織規律呢？這正是格式塔心理學家們所著力探討的課題。他們通過大量的實驗和研究，發現了「好的格式塔」一系列的組織原則。這些組織原則既不是純粹的客體屬性，也不是純粹的主體屬性，而是在主客體交互作用中產生的。換言之，格式塔心理學是在主客體交互作用中去探討完形的規律的。這同時也是阿恩海姆文藝學的格式塔方法的另一個重要特點。

現以「圖一底」關係的結構原則為例。

所謂「圖一底」關係，就是判定哪些形從背景中突出出來構成「圖」，哪些仍留在背景中作為「底」，即圖形與背景的關係。格式塔心理學家們發現，凡是被封閉的面都容易被看成「圖」，而封閉這個面的另一個面總是被看成底；面積較小的總是被看作「圖」，而面積較大的總是被看成「底」；圖形與背景的區別愈大，圖形越突出，從而越易為人們所感知，圖形與背景的區別愈小，圖形愈不突出，從而越難為人們所察覺。此外，材料的質地、顏色、凹凸、方向、光線、簡化程度等也是影響判定「圖一底」關係的因素。格式塔心理學在這方面進行了詳盡的分析。

在多數情況下，分辨「圖一底」關係是不困難的；但有些圖形在知覺中會出現「圖一底」頻繁交替的情況，在前一分鐘被視為圖的東西，在後一分鐘就可能會變成底，再過一分鐘又變成了圖。如下圖：

根據格式塔「圖一底」關係的有關原理，圖 a 和圖 b 都是封閉的區域，因而都容易被看作「圖」；然而，圖 a 看上去卻成了在一個平面上挖出的一個「洞口」。這是因為，根據「圖一底」關係的另一原理，凸起的部分容易被看作「圖」，凹下去的部分容易被看作「底」。然而這一視覺經驗還可以隨著觀看者的注意點的轉移而轉移。如果觀看者的注意力被吸引到圖中的鼓漲部分，當然會產生上述印象；但如果觀看者的注意力被吸引到圖中那各鼓漲部的尖尖的夾角時，視覺經驗就會改變了，圖 a 看上去便成了「圖」，圖 b 看上去便成了「洞口」(「底」)。藝術家往往利用「圖一底」關係突出主題，增強層次感；也可以像現代藝術家那樣，利用這種模稜兩可的手段玩弄捉迷藏的遊戲，使人們覺得，日常看到的現實不可絕對信任。正像布洛克的那幅油畫那樣（如下圖），

我們在觀看這個式樣時，式樣中的那兩張臉的公共輪廓線就會隨著我們把它歸屬於不同的臉而發生巨大的變化。當我們把它歸屬到左邊的臉時，它就是凸起的（豐滿的）、積極的，當我們把它歸屬到右邊的臉時，它就便成了凹進的、被動的。許多超現實主義的藝術家便是經常利用這種手法創作出「謎語」式的式樣去包括兩種互相排斥的不同事物。阿恩海姆認為，「他們設計這樣一種構圖的最終目的，就是要使觀看者對現實所具有的那種盲目信任感覺完全解體。以這種方式畫出的繪畫作品，能使我們感受到某事物的物質存在，然而在你稍一恍惚的情況下，它又變成了形狀完全不同的另一件事物，而且同樣也是一件實實在在的事物。」[11]這一解釋對於我們理解現代藝術，看來是不無啟發的。

格式塔心理學所發現的形的這類結構原則，顯然不是就視覺或視覺對象的哪一方面而言的，而是在主客體的相互關係及其交互作用中加以闡釋的，這種結構實際上也是主客體交互作用中所產生的一種新質。

首先，在阿恩海姆及其格式塔理論看來，視覺是「作為一種積極的探索工具」，「絕不是一種類似機械複製外物的照相機一樣的裝置。它不像照相機那樣僅僅是一種被動的接受活動，外部世界的形象也不

---

11 阿恩海姆：《藝術與視知覺》，頁305。

是像照相機那樣簡單地印在忠實接受一切的感受器上。相反，我們總是在想獲取某件事物時才真正地去觀看這件事物。這種類似無形的『手指』一樣的視覺，……完完全全是一種積極的活動」，具有高度的選擇性。「它不僅對那些能夠吸引它的事物進行選擇而且對看到的任何一種事物進行選擇。」[12]因此，視覺所看到的「形」，絕非外物原有的物理形式，它已被視覺主體改造過了、重建過了，已經生成了一種新質。所謂「圖—底」關係的原則，正是格式塔心理學在主客體相互關係中對於「形」的結構的新發現。

那麼，視覺作為一種積極的探索工具，它所捕捉的究竟是什麼呢？阿恩海姆認為，「觀看」，實際上是意味著尋找事物的某幾個最突出的特徵。如天空的蔚藍色、天鵝的長頸、書本的長方形、金屬的光澤、香煙的挺直，等等。僅僅由幾條簡略的線條和點組成的圖樣，就可以被人看作是一張「臉」。所以，一個敏捷的漫畫家，僅僅通過精心選擇的幾筆，便能把一個人的形象活靈活現地勾畫出來；從一件複雜的事物上面選擇幾個突出的標記或特徵，便能喚起人們對於複雜事物的回憶。總之，僅僅少數幾個突出的特徵，就能決定對於一個直覺對象的認識，並能創造出一個完整的整體。

因此，阿恩海姆認為，一個物體的形狀，從來就不是單獨由單個物體落在眼睛上的形象所能決定了的。一個球體的背面是眼睛所看不見的，然而這個隱藏在背部的球半面，即理應與看得見的前半面圓形形狀同屬於一個整體的那一部分，在實際知覺中，往往也能變成眼前知覺對象的一個組成部分；我們事實上所看到的往往不是半個球，而是一個完整的球。這是由於人們在觀看的時候，觀看者所具備的有關觀看對象的知識已經參與進去了，以至於當我們看見一個人的面部

12 阿恩海姆：《藝術與視知覺》，頁48-49。

時，連他的背後的頭髮也成了我們所接受到的整體因素的一部分。觀看一只手錶時，總是把它看成為一種內部裝有複雜機器的整體。這種以各種各樣的知識與眼前物體的可見部分相結合而造成的「完形」的能力，被格式塔心理學稱之為視覺的「完形的傾向性」。

由此，阿恩海姆認為，「形狀不僅是由那些當時刺激眼睛的東西決定的，眼睛所得到的經驗，從來都不是憑空出現的，它是從一個人畢生所獲取的無數經驗當中發展出來的最新經驗。因此，新的經驗圖式，總是與過去所曾知覺到的各種形狀的記憶痕跡相聯繫」。此外，視覺所得到的經驗還與觀看者個人的強烈需要有關。「一個焦急等待他的女朋友的小伙子，一眼便能從對面來的成百的女性中認出自己所要等待的女朋友；……一個精神分析學派的批評家從每件藝術品中所看到的，差不多都是子宮和生殖器……。」也就是說，「每個觀看者都可以自動地選取一種最適合自己心理狀態的解釋。」[13]這些都是視覺主體能動性和創造力的最好說明。

但是，這並不等於說視覺所看不到的形不受客體的任何制約，純粹是主觀的、隨意的。不是這個意思。格式塔心理學在強調主體能動作用的同時，一刻也沒有脫離對於客體結構的分析。在阿恩海姆看來，視覺對象自有視覺對象自己的完形本質，沒有視覺對象自身的完形性，視覺主體也就根本不可能產生「完形的傾向性」。如下圖所示，當人們觀看圖 a 時，大部分人會自動地把這個圖形看成一個正方形（圖 b），而不會看成圖 c，更不會看成像圖 d 所示的那類圖形。因為圖 b 比圖 c 和圖 d 都簡單。如果在圖 a 中再加四個點（如圖 e），人們就會把它看成一個圓形（圖 f），而不會把它看成是一個八邊形（圖 j）。因為方形或圓形是最簡單的圖形。

---

13 阿恩海姆：《藝術與視知覺》，頁58-61。

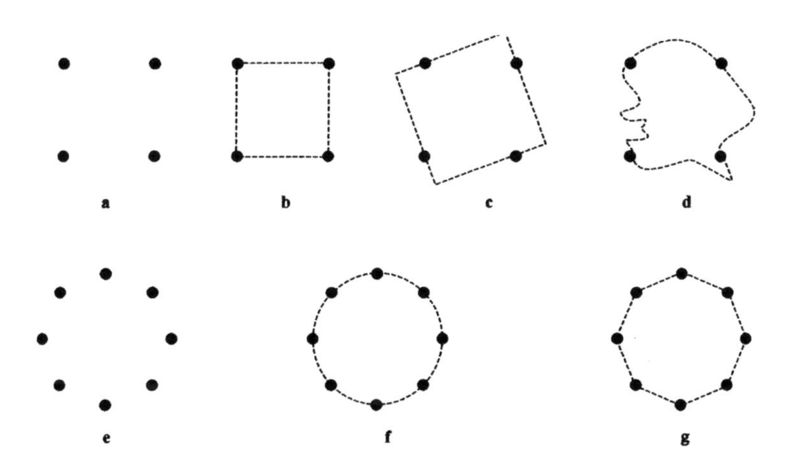

這就是人的眼睛傾向於把任何一個刺激或樣式看成是已知條件所允許的最簡化的形狀的規律。「要正確地解釋簡化，不僅要顧及到主體的經驗圖式，而且還必須顧及到那喚起這一經驗圖式的刺激物。事實上，只有把簡化看作是物理式樣本身的客觀性質而不顧及個別人的主觀經驗時，才能真正理解簡化的本質。」[14]主體的簡化傾向是受刺激物本身的結構所制約的，視覺經驗是在客體式樣本身所允許的條件下產生的。如果在圖 a 上面另加一些點，人們就有可能將它看作圖 c或圖 d；而在現有的條件下（僅四個對稱的點），按照簡化原理，就只能傾向於將圖 a 看作圖 b。

——阿恩海姆就是這樣，始終把握主體與客體兩個方面，始終在主客體相互作用中探索形的結構的奧秘。

那麼，視覺刺激物本身的結構究竟發生什麼作用呢？換言之，外物作用於視覺的究竟是什麼呢？阿恩海姆通過大量的藝術研究發現，作用於視覺的決定性因素是「力」，藝術形式的結構講到底是一種力的結構，只有力的結構（圖式）才能作用於人的感官——視覺。因而，不同的力的結構（圖式）便產生不同的刺激。

14 阿恩海姆：《藝術與視知覺》，頁66。

例如，一個頂點向下的三角形，看上去就沒有其頂點朝上的穩定；一種稍微從垂直或水平方向傾斜的線條，看上去就似乎正在從垂直或水平方向傾斜（或正向其靠攏）。所有這些感受，在格式塔心理學家們看來是因為每一個形，說到底都是某種緊張力的呈現，並且存在於某種特定的「力」場之中。也就是說，任何一種能夠導致視覺重新組織的形，首先是因為它本身存在著一種「力」，本身就是一種力的式樣，如下圖所示。每一個「好的格式塔」，都有其內在的張力，都可以被看作是一種「力的結構（圖式）」。

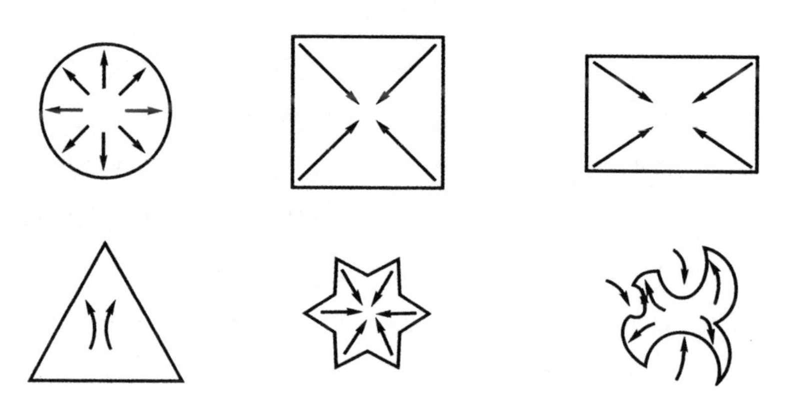

我們在繪畫和雕塑中所看到的運動，實際上便是類似這種視覺形狀（當然會更複雜）向某些方向上的聚集或傾斜。正如康定斯基所說，它們所包含的都是一種「具有傾向性的張力」。

在這一問題上，格式塔心理學極力反對主體移情說和聯想主義。「按照聯想主義的解釋，這種運動並不是在作品中直接看到的，而是觀賞者在觀看過程中把自己以往的經驗加入到作品中去的。由於我們都學會了在經驗中把運動同奔跑的人或傾瀉而下的瀑布聯繫起來，一當我們看到這樣一個與運動有著必然聯繫的形象時，即使從中並沒有直接知覺到真正的運動，也會將位移的因素強加給它。……然而，那些每天出現在我們眼前的用快鏡頭拍攝下來的照片，卻向我們證明，雖然從某些專門拍攝動態姿勢的照片中能看到足球運動員或舞蹈演員那栩栩如生的運動，但在相當一部分這樣的照片中，運動員和舞蹈演員卻是僵硬地凝凍在半空中，看上去像是得了半身不遂症似的。在一幅優秀的繪畫或一件雕塑作品中，人的身體看上去總是在以一種自由的節律運動著；而在一幅低劣的作品中，身體就顯得呆板和僵硬。」[15]可見，作品具有「動」的張力，不在於其表現的題材本身是否「動」，而在於能否讓欣賞者從中知覺到具有「傾向性的張力」。「知覺式樣的這種『運動』性，並不是過去的運動經驗向知覺對象之中的投射，而是一種獨立的知覺現象，它直接地或客觀地存在於我們所觀看到的物體中。」同時，「知覺活動又是能動的活動」，「知覺活動所涉及的是一種外部作用力對有機體的入侵，從而打亂了神經系統的平衡的總過程。我們萬萬不能把刺激想像成是把一個靜止的式樣極其溫和地列印在一種被動的媒質上面，刺激實質上就是用某種衝力在一塊頑強抗拒的媒質上面猛刺一針的活動。這實質上是一場戰鬥，由入侵力量造成的衝擊遭受到生理力反抗，它們挺身而出來極力去消滅入侵者，或者至少要把這些入侵的力轉變成為最簡單的式樣。這兩種互相對抗的力相互較量之後所產生的結果，就是最後生成的知覺對象。」[16]

很清楚，阿恩海姆對於形的結構原則的探討，自始至終是從主體與客體的相互關係著眼的。可以這樣說，在阿恩海姆的文藝學理論中，既沒有完全屬於主體的範疇，也沒有完全屬於客體的範疇；同時也可以說，它們又都是既屬於主體又屬於客體。主體與客體已經完全融為「一體」——「藝術格式塔」這一整體。

15 阿恩海姆：《藝術與視知覺》，頁569-570。

16 阿恩海姆：《藝術與視知覺》，頁573。

第四章
廚川白村的文藝心理學及其對社會的關注

「生命力」，作為人類文學活動的原動力

「文學是苦悶的象徵」。這一著名論斷出自日本文藝理論家廚川白村。單就這一論斷本身說來，顯然屬於文藝心理學方面的命題。但是，廚川白村對於這一命題的整個論證過程，又是建基在對文藝的社會學思考之上。可以這樣說，廚川白村的文藝學方法，是由社會出發對文藝的心理學探索，從而在心理學與社會學的膠結點上開闢了新的審視方位。這是廚川白村對文藝學方法的突出貢獻，也是其對我國文藝學產生巨大影響的主要原因。

首先，廚川白村把「生命力」作為人類生活的根本，同時也把它作為人類文學活動的原動力，由此出發解釋一切文藝現象。這是其洞察文學藝術問題的邏輯起點。毫無疑問，從思想淵源上說，這顯然是「據柏格森一流的哲學」[1]，但是，它和柏格森的生命哲學又有明顯不同，主要表現在以下三個方面：

一、柏格森把生命現象神秘化，認為它是自由創造「意志」的「綿延」。廚川白村的「生命」概念則竭力摒棄柏格森的唯心主義，

1　魯迅語。見魯迅先生紀念委員會編：《魯迅全集》（北京市：魯迅全集出版社，1938年），卷13，頁18。

認為所謂「生命」就是「遍在於宇宙人生的大生命」。「心理學家所成為『無意識』、『前意識』、『意識』那些東西的總量，用我的話來說，便是生命的內容」。「生命的內容用別的話來說，就是體驗的世界。這裡所謂體驗（erlebnis），是指這人所曾經深切的感到過，想過，或者見過，聽過，做過的事的一切；就是連同外底和內底，這人的曾經經驗的事的總量」，「各種各樣的生活現象」是它的具體表現。所謂「生命力」，就是人的「生的欲望」，即所謂「創造生活的欲求」。[2]這樣，廚氏憑藉自己對現實的真切的觀察和體驗，實際上就賦予了「生命」概念以唯物主義的內涵。

二、柏格森的生命哲學公開和科學決裂，以「直覺」同科學認識相對抗，認為只有直覺的「理會」才能認識實在，科學不能認識真理。與此相反，廚川白村十分注重科學對於文學的影響，十分強調文藝的「純真」和「發現」及其認識功能。他把「新思想」看作是跳躍著的生命的顯現，把文藝的「思想性」看作是生命力爆發出來的熱能和火花，認為沒有「深的思想」就沒有「大的文學和大的藝術」的產生和長育，「僅盛著一二分深的泥土的花盆是不會開出又大又美的花」的。[3]當然，作為心理學的文藝理論家，廚川白村也用「直覺」、「體驗」、「無意識」等概念來分析文藝現象，但是，他大都是在論述文藝和科學的區別時運用這些概念的，目的是為了闡釋藝術思維相對科學思維的特殊性。例如，廚氏認為，「以觀照享樂為根底的藝術生活，是要感得一切、賞味一切的生活」。這種生活無需道理和法則，只是以自己的生命本身去真切地深味自然和人生的事象；看到爛漫的

2 廚川白村：《苦悶的象徵》。見魯迅先生紀念委員會編：《魯迅全集》，卷13，頁64-65、頁22-25。

3 廚川白村：《出了象牙之塔》。見魯迅先生紀念委員會編：《魯迅全集》，卷13，頁324、頁202-203。

櫻花就想到植物的生殖器誠然是可貴的知識，但絕不可能得到美的賞味；因為文學的價值就在於「將我們純眼所看不見的自然、人生形象，活著照樣地示給我們」，其重大的生活意義就在其中了[4]。值得注意的是，廚氏在強調藝術生活的特殊性時並不排斥科學判斷和藝術的真理性。他說，所謂「白髮三千丈」不但不是失真，反而將長長的白髮活靈活現地描繪了出來。這就是藝術之真和科學之真的區別：圓規、界尺和顯微鏡下的「真」是科學之真，「白髮三千丈」是用直覺所感受和表現出來的真；「爛漫的櫻花」和「植物的生殖器」只不過是人類把握世界的不同方式而已。「人間性，好像是個圓球」，人們可以從各個角度「想著透澈人間性的真實，永久努力的是文藝。」[5]

三、唯心主義和反理性主義導致柏格森生命哲學的不可知論，使他最終不得不把「直覺」歸結為與上帝合而為一的神秘境界，把客觀世界看作是不可認識的王國，從而為自己的生命哲學罩上了鬱悒的陰影。廚川白村由於把「生命」解釋為人類的現實生活，把科學認識和理性判斷納入生命力的範疇，從而為自己的生命觀念注入了蓬勃的生機。「生命」，在廚氏的心目中成了人類存在和發展的代名詞，成了作家創作的動力和生活的希望之光。廚氏儘管把文藝說成是「苦悶的象徵」（下文做具體解釋），但並不是要把讀者引向悲觀厭世的境地。他多次猛烈地抨擊「世紀末」情緒，把文藝說成是「精神的冒險者」和「預言家」。他說：「文藝者，是生命力以絕對的自由而被表現的唯一的時候。因為要跳進更高、更大、更深的生活去的那創造的欲求，不受什麼壓抑拘束地而被表現著，所以總暗示著偉大的未來。因為自過去以至現在繼續不斷的生命之流，惟獨在文藝作品上，能施展在別處所得不到的自由的飛躍，所以能夠比人類別樣的活動——這都從周圍

4　見魯迅先生紀念委員會編：《魯迅全集》，卷13，頁241-246。

5　廚川白村：《走向十字街頭》（上海市：啟智書局，1928年），頁16-17。

受著各種的壓抑——更其突出向前，至十步，至二十步，而行所謂『精神冒險』。超越了常識的物質、法則、因襲、形式的拘束，在這裡常有新的世界被發見，被創造。在政治上、經濟上、社會上還未出現的事，文藝上的作品裡卻早經暗示著、啟示著的緣由，即全在於此。」[6]廚川白村就是這樣以積極的人生理想頌揚文藝的功德，對文藝寄託了「預示人生未來」的願望。這一觀點實際上就是魯迅先生在〈文藝與政治的歧途〉一文中所說的「早一點」，表現了廚氏文藝觀上的樂天主義和理想主義。在他看來，儘管生活中有許多苦惱，並且生活越不膚淺，越感到苦惱，但是，人們總是呼號著掙脫著奮進，這發出來的聲音便是文藝。「對於人生，有著極強的愛慕和執著，至於雖然負了重傷，流著血，苦悶著，悲哀著，然而放不下，忘不掉的時候，在這時候，人類所發出來的詛咒、憤激、讚歎、企慕、歡呼的聲音，不就是文藝麼？在這樣的意義上，文藝就是朝著真善美的理想，追趕向上的一路的生命的進行曲，也是進軍的喇叭。響亮的宏遠的那聲音，有著貫天地動百世的偉力。」[7]但是，廚川白村一方面這樣不遺餘力地鼓吹文藝的作用，一方面又反對在文藝作品中搜尋解決問題的鑰匙，認為文藝的責任僅僅是「如明鏡照影一般，鮮明地各式各樣地將這些示給我們」，並不承擔解決問題的義務；不能要求文藝「勸善懲惡和貯金獎勵」。否則，「真的文藝就絕滅了」，成了政治家和社會活動家的說教與行動綱領[8]。廚氏對「生命」概念的這一翻新，剝下了柏格森罩在上面的陰影，難怪魯迅一眼就看出了二者的不同：「柏格森以未來為不可測，作者則以詩人為先知」。[9]

6 見魯迅先生紀念委員會編：《魯迅全集》，卷13，頁95-96。
7 見魯迅先生紀念委員會編：《魯迅全集》，卷13，頁44。
8 見魯迅先生紀念委員會編：《魯迅全集》，卷13，頁304-305、頁231-232。
9 見魯迅先生紀念委員會編：《魯迅全集》，卷13，頁18。

以上三個方面構成了廚川白村「生命」觀念的基本特點，這是柏格森的生命哲學所不及的現實感、思想性和理想化。有些學者僅僅從佛洛伊德的影響探討廚氏的文藝論，當然是很有必要的，但是不顧及柏格森的生命哲學，恐怕又是一個疏忽。道理很簡單，因為廚氏的文藝心理學不僅淵於佛氏的精神分析，而且還受柏格森的影響；廚氏正是通過對柏格森學說的批判改造，才形成了自己的特色。「生命」作為廚川白村觀察、分析、研究一切文藝現象和文藝規律的基石和出發點，是廚氏的文藝心理學有別於其他心理學方法的顯著特點之一。在這一意義上，倒可以稱廚氏的文藝學方法為「生命心理學」。

廚川白村從生命出發考察文藝的本質，認為文藝的根底乃是生命力受到壓抑而產生的苦悶懊惱的象徵，是生命力和壓抑力相撞而生的火花，是內在生命衝破外界壓抑而噴放出的美麗而絢爛的「人生萬花鏡」。因而，「文藝是純然的生命的表現；是能夠全然離開了外界的壓抑和強制，站在絕對自由的心境上，表現出個性來的唯一的世界。忘卻名利，除去奴隸根性，從一切羈絆束縛解放下來，這才能成文藝上的創作。必須進到那與留心著報章上的批評，算計著稿費之類的全然兩樣的心境，這才能成真的文藝作品。因為能做到僅被自己的心裡燒著的感激和熱情所動，像天地創造曙神所做的一樣程度的自己表現的世界，是只有文藝而已。我們在政治生活、勞動生活、社會生活之類裡所到底尋不見的生命力的無條件的發現，只有在這裡，卻完全存在。換句話說，就是人類得拋棄了一切虛偽和敷衍，認真地誠實地活下去的唯一的生活。文藝的所以能佔人類文化生活的最高位，那緣故也就在此。」[10]廚川白村的這段論述，主要闡明了他對文藝的基本看法。其中雖然有偏激之辭，但是，他那從「生命的表現」去把握文藝

10 見魯迅先生紀念委員會編：《魯迅全集》，卷13，頁32。

本質的方法，從矛盾衝突中探究文藝創作動力的原則，用個性自由去規定文藝特性的觀點等，都是很有見地的。

「生命」既然是「遍在於宇宙人生的大生命」，那麼，它就應該是多層次、多側面的。自然生命、社會生命都是「大生命」的部分；在自然生命和社會生命中又有不同的層次，從而構成生命的整體。廚川白村由於能夠從這樣一個整體的「大生命」出發觀察人類的文學活動，所以他的文藝論時時顯露出強烈的整體觀念，對藝術規律的闡釋也能表露出系統的方法。例如，人的自然屬性決定了人的自然欲望和自然行為也是一種生命活動。衣、食、住、行和「七情六欲」也是一種生命活動。「性欲」僅僅屬於人的自然生命的一個部分。但是，佛洛伊德僅僅把性本能作為文藝研究的出發點，就免不了片面和侷限。對此，廚川白村尤為反感，認為佛氏把「嬰兒釘住母親的乳房」、「女孩纏住異性的父親」都說成是性欲的表現，甚至把一些世界名畫家對繪畫的迷戀也歸結到「同性戀」上，這是令人不能容忍的偏見。他說，「我所最覺得不滿意的是他那將一切都歸在『性底渴望』裡的偏見，部分地單從一面來看事物的科學家癖。……在我自己……以為將這看作在最廣的意義上的生命力的突進跳躍，是妥當的。」[11]由於廚川白村注意到佛氏「部分底地單從一面來看事物」的片面性，不修正就不能接受，「尤其是應用在文藝作品的說明解釋的時候，更顯出最甚的牽強附會的痕跡來」[12]，所以就把文藝的根底放在「最廣義的意義上的生命力」之上。這樣，廚川白村對於文藝的觀察就能夠從生命的整體和宏觀出發，不僅注意到生命的自然屬性，而且更多地注意到了生命的社會屬性。他的「苦悶」，多是指「人間苦」、「社會苦」、

11 見魯迅先生紀念委員會編：《魯迅全集》，卷13，頁42-43。

12 見魯迅先生紀念委員會編：《魯迅全集》，卷13，頁34。

「勞動苦」；他的「表現」多是指作家的社會表現。他一方面肯定左拉對下層社會的精細描寫和冷眼旁觀的涉世態度，同時又批評了自然派「貪肉感刺激」的偏頗；同時又批評了丹納忽視作家主觀創造性的觀點；他一方面著文專門研究文學和性欲的關係，同時又尖銳地指出，如果過分強調性欲對文藝的作用，就會導致借助糜爛頹廢的肉感忘卻生活的壓迫和苦悶。

廚氏從生命的整體出發，十分強調文藝形象的有機系統性。他激烈地反對對文藝作品進行「惟道德」的肢解性批評，認為一味反對描寫罪惡「是沒有徹底想過文藝和人生的關係」。因為「文藝者，乃是生命這東西的絕對自由的表現；是離開了我們在社會生活、經濟生活、勞動生活、政治生活等時候所見的善惡利害的一切估價，毫不受什麼壓抑作用的純真的生命表現。所以是道德的或是罪惡的，是美或是醜，是利益或不利益，在文藝的世界裡都有所不同。人類這東西，具有神性，一起也具有獸性和惡魔性，因此就不能否定在我們的生活上，有美的一面，而一起也有醜的一面的存在」。因此，作家就有在文藝世界裡自由表現的欲望，讀者就有在文藝世界裡自由觀賞的要求。無論作家還是讀者，這種欲望都是生命的自由表現所驅使的結果。「只要人類的生命尚存，而且要求解放的欲望還有，則對於突破了壓抑作用的那所謂罪，人類的興味是永遠不能滅的。」廚氏最後說：「這樣子，在文藝的內容中，有著人類生命的一切。不獨善和惡，美和醜而已。和歡喜一起，也看見悲哀；和愛欲一起，也看見憎惡。和心靈的叫喊一起，也可以聽到不可遏抑的欲情的叫喊。換句話說，就是因為和人類生命的飛躍相接觸，所以這裡有道德和法律所不能拘的流動無礙的新天地存在」。[13]廚川白村就是這樣牢牢地把握著生

13 見魯迅先生紀念委員會編：《魯迅全集》，卷13，頁117-119。

命的整體性觀念，把人生看作是一個複雜的「圓球」，再三強調文藝要「深味人生的一切姿態」要求作家要「凝視人生而看見了全圖」，認為文藝不像經濟、道德那樣僅僅「單從一面來看事物」，而且要「想捉住全體的人間生活的真實」。[14]

由此可見，廚川白村由於得力於他那「大生命」的整體性觀念，不僅避免了佛洛伊德之輩的片面和侷限，而且對於藝術規律的探究也深得要義，表現了一個理論家對於文藝的「獨到的見地和深切的會心。」[15]

由「自我」向「社會」的輻射

一些學者在考察廚川白村的文藝觀時注意到他對於文藝創作主體研究的重視，例如關於「自我表現」的理論等就是如此，這倒是確實的。問題在於，重視研究文藝創作的主體是不是廚氏文藝心理學方法的特點？我們知道，和文藝社會學方法相比，重視創作的主體是文藝心理學方法的一般特點。且不說佛洛伊德的「人格心理學」是這樣，就是心理學家華生強調環境作用的行為主義心理學也是如此。環境的作用在行為主義心理學中僅僅是主體心理活動的外在動因。他們研究環境的作用是為了研究主體，重視環境的作用是為了重視主體。何況廚氏的文藝觀是不是像有些人所說的那樣屬於「人格心理學」這一流派，仍是值得研究的問題。

廚川白村既然把「生命」作為研究文藝現象的出發點，把「生命力」作為人類文學活動的原動力，那麼，就必然導致他以文藝創作的

14 廚川白村：《走向十字街頭》，頁10-11。著重號為引者所加。

15 魯迅先生紀念委員會編：《魯迅全集》，卷13，頁19。

主體為中心展開文學藝術的研究。這是順理成章的事。因為在他看來，所謂人的「生命」就是主體的「自我」和「個性」，文學創作就是作家的生命，即「個性」的自我表現。他說：「我們的生命，本是在天地萬象間的普遍的生命。但如這生命的力含在或一個人中，經了其『人』而顯現的時候，這就成為個性而活躍了。在裡面燒著的生命的力成為個性而發揮出來的時候，就是人們為內底要求所催促，想要表現自己的個性的時候，其間就有真的創造的生活。所以也就可以說，自己生命的表現，也就是個性的表現，個性的表現，便是創造的生活了罷。」[16]而文藝創作，按照廚氏的說法，作為「人類文化的最高層次」，就在於它可以毫無拘束地表現個性的內的要求和欲望，使生命力得以充分的發揮和躍進。因而，從這一意義上說，文藝創作是生命的自我表現，是個性的絕對自由。

至於文藝鑒賞，廚川白村也不是從被動的接受和消極的享樂來分析的，而是同樣把它作為一種積極的創造活動。他認為鑒賞是「以作家和讀者間的體驗的共通性共感性，作為基礎而成立的。即在作家和讀者的『無意識』、『前意識』、『意識』中，兩邊都有能夠共同共感者存在。作家只要用了稱為象徵這一種媒介物的強的刺激力，將暗示給與讀者，便立刻應之而共鳴，在讀者的胸中，也炎起一樣的生命的火。只要單受了那刺激，讀者也就自行燃燒起來。」但是，讀者如果沒有和作家共通共感的生活體驗和生活內容，無論何等的大作品對於他來說鑒賞也不能成立。因此，廚川白村認為，鑒賞也是一種創作，一種讀者或看客的「二重的創作」；作家是「表現的創作」，讀者或看客是「喚起的創作」；作家在創作中得到的是「生的歡樂」，讀者或看客在鑒賞中得到的是「自己發見的歡喜。就是讀者也在自己的心的深

---

16 見魯迅先生紀念委員會編：《魯迅全集》，卷13，頁24。

處，發見了和作者借了稱為象徵這一種刺激性暗示性的媒介物所表現出來的自己的內生活相共鳴的東西了的歡喜。……在詩人和藝術家所掛的鏡中，看見了自己的魂靈的姿態。因為有這鏡，人們才能夠看見自己的生活內容的各式各樣；同時也得到了最好的機會，使自己的生活內容更深，更大，更豐。」[17]

創作論和鑒賞論是《苦悶的象徵》的主要論題，也是廚氏整個文藝論的核心。他對於具體作家、作品的評論，對於具體風格、流派、方法、思潮的研究等都是由此生發開去的。因此，「自我表現」和「自我發現」分別為創作論和鑒賞論的兩個命題，也是他整個文藝論的中心。通觀廚氏的全部論著（僅就上述我們所能看到的，也是廚氏主要的幾個中譯本而言），「自我」始終是他的文藝學說的核心。創作是「自我表現」，鑒賞是「自我發現」；悲劇的淨化作用是「自我解脫」，essay（小品文、隨筆）的介質在於「人格的自我告白」；「共鳴」是人生的「自我觀照」，「快感」是生命的「自我外射」；任何有生命的作品都是作家的「活戀人」，單為娛樂而創作的作家是「自我拍賣」……。這一系列有價值的文學命題，還有他把近代文學的歷史發展分為古典主義→浪漫主義→自然主義→新主觀主義四個不同階段的觀點[18]，都是從「創作主體」這一中心而生發出來的結論。在創作主體──「自我」的內涵上，熔鑄了理論家的全部智慧和生命，他用「自我」擁抱著整個藝術和人生。

「自我」是廚川白村文藝理論的出發點，那麼，它的歸宿又在哪裡呢？如果出發點是「自我」，歸宿也在「自我」，那倒是可以把廚氏劃在「人格心理學」之列了。事實並非如此，廚氏文藝學說的歸宿在另一個世界，一個無比廣闊的世界──「人間」、「社會」。

---

17 見魯迅先生紀念委員會編：《魯迅全集》，卷13，頁65、頁71-73。

18 廚川白村：《近代文學十講》（學術研究會叢書部，1934年），上冊，頁220。

我們知道，「生命力受了壓抑而生的苦悶懊惱乃是文藝的根柢，而其表現法乃是廣義的象徵主義」。[19]這句名言，即所謂文學是「苦悶的象徵」者，是廚氏對文藝的基本看法之一，也是他研究文藝現象的主旨和最終結論。現在就讓我們從這裡說開去，看其是怎樣從「自我」這一中心向「人間」、「社會」展開輻射的。

把文藝的「根柢」歸結為主觀情緒上的「苦悶懊惱」，乍一看來似乎是一種否定人生、消極宣洩和悲觀絕望的文學主張。其實這完全是一種誤解。正如前文所述，廚氏在《近代文學十講》中曾以很長的篇幅，從道德上的自我中心、神經學上的病態和感官上的追求刺激三個方面詳細分析批判了「世紀末」情緒。在廚氏看來，「苦悶懊惱」僅僅是文藝的「根柢」，而不是文藝本身。作為文藝本身是要「生出人生的興味來」，為的是創造「較好、較高、較自由的生活」。他反對把文學作為「不健全的風流或消閒事情」，認為文藝生活必須「有著對於人生燃燒著似的愛，和肯定生活現象一切勇猛心」。因為「藝術和生活的距離很相接近」，不能「以立在臨流的岸上的旁觀者自居，而閑眺行雲流水」。[20]

廚川白村就是這樣以文藝和生活的密切性為跳板，跨出了從「自我」奔向社會的第一步，提出了「文藝為人生」的戰鬥性口號。他終於「走出了象牙之塔」，以文藝評論為武器猛烈抨擊各種醜惡的「人間相」。特別是他對於日本民族的「微溫、中道、妥協、虛假、小氣、自大、保守等世態，一一加以辛辣的攻擊和無所假借的批評。就是從我們外國人的眼睛看，也往往覺得有『快刀斷亂麻』似的爽利，至於禁不住稱快」——難怪魯迅先生高度稱讚這種「勇往直前」的精

19 見魯迅先生紀念委員會編：《魯迅全集》，卷13，頁39。

20 見魯迅先生紀念委員會編：《魯迅全集》，卷13，頁238-239。

神「確已現了戰士身」[21]。

因此，作為一個「戰士」，廚川白村對於易卜生、蕭伯納等反映社會問題的作家大加讚譽，稱他們「跨出了純藝術的境界」，「大聲疾呼著」奔向「群眾」，「驚殺那些在今還以文學為和文酒之醼一樣的風流韻事的人們」。他在總結當時歐洲文藝發展趨勢時概括出了五大特徵，充分體現了廚氏對社會問題的興趣：一、從單純描寫個人的性格和心理轉向描寫群眾的心理；二、開始描寫群眾的騷亂事件；三、將資本勞動等悲慘的現實照樣地描寫出來；四、把戀愛和家庭的悲劇織進勞資的衝突之中；五、表現新舊思想的矛盾。廚川白村稱讚這些作家「精細地寫出勞動階級的苦況，先告訴於正義和人道」[22]。

以上的評述僅僅說明這樣一個事實：廚川白村是怎樣以文藝和生活的密切關係為契機，把「自我」引向人生，從「自我」走向社會。現在難以理解的是，廚氏既然把「生命的自我表現」作為文藝的本質，把「生命力受了壓抑而生的苦悶懊惱」作為文藝的根柢，怎麼能把文藝的社會意義納入自己的學說之中呢？一方面把文藝說成是「自我表現」，一方面又強調文藝為人生、為社會，分明是兩種對立的文藝觀，怎麼能有機地糅合在一起呢？二者在廚氏的文藝論中又有什麼內在的、必然的邏輯聯繫呢？

揭示這個謎底，首先應該瞭解何謂廚氏所說的「象徵」。

廚川白村的「象徵」直接來源於佛洛伊德關於夢的學說。佛洛伊德把夢說成是潛意識的「改裝」。「改裝就是象徵化」，廚川白村借用了佛洛伊德的這一說法認為，「在夢裡，也有和戲曲、小說一樣的表現的技巧。事件展開，人物的性格顯現。或寫境地，或描動作」，將

21 見魯迅先生紀念委員會編：《魯迅全集》，卷13，頁376。
22 見魯迅先生紀念委員會編：《魯迅全集》，卷13，頁292-296。

某一思想「賦與具象者，就稱為象徵」。實際上，這就是我們慣常所說的文藝作品的一般表現方法，即包括語言、情節、結構等要素在內的表現手法和藝術技巧等藝術形式的總和。「所謂象徵主義者，絕非單是前世紀末法蘭西詩壇的一派所曾經標榜的主義，凡有一切文藝，古往今來，是無不在這樣的意義上，用著象徵主義的表現手法的。」[23] 所以，廚氏自己一再反覆申明，他所說的「象徵」乃是一種「廣義的象徵主義」。

既然是一種「廣義的象徵主義」，那麼，作為「表現自我」的文學所實際表現的內容就不一定是「自我」本身，它只不過是通過「自我」這一主觀去感受、去認識、去表現比「自我」更廣、更大的世界，揭示比「自我」更深、更美的魂靈而已。「自我」在廚氏的文藝論中僅僅是作為文藝創作的主體而存在，人生、社會才是它充分表現的空間。

「象徵」既然作為一種「廣義的象徵」，「自我表現」也不等於「表現自我」，那麼，廚氏所說的「苦悶懊惱」，當然也不是純屬個人私生活的苦惱，同樣是一種廣義的，即飽含著社會內容的苦惱。廚川白村在解釋「苦悶」的時候，總是把它說成是源於「外的生活的壓迫和強制」。金錢、制度、道德等都是壓抑人的個性和自由的外在力量，廚氏把它們稱為「現代生活的檻」。男女性愛以感情為基礎才是真正的、自然的性愛，但是，在金錢的壓迫和誘惑下，多少有情人不能結成眷屬；勞動應是生命的自由表現，但是，人們為了謀生不得不被迫支付過度的體力和精力。人生活在這樣的「檻」中，好像動物園裡的獅子，不能不思慕放浪的曠野、眷念田園的土香，但是又無力衝到檻外而「返歸自然」，於是就產生「苦悶懊惱」。如果在苦悶中掙

23 見魯迅先生紀念委員會編：《魯迅全集》，卷13，頁50-51。

扎、吼叫、呼嚎，這發出來的聲音便是文藝。「聲音」雖由「自我」發出，但是它所表現的卻是衝出社會之「檻」的內容。

在當時西方文壇上一片沉寂、頹廢的氣氛中，廚氏以如此深邃的人生觀和火辣辣的戰鬥激情擁抱他所深愛著的文藝，實在是難能可貴的。更可貴的是，他不僅以藝術家的感受力意識到「檻」的存在，而且還能以思想家的洞察力挖掘出「檻」的製造者：「所有束縛人間的人間味人間性的那個動物園式的檻牢，結局絕不是人間以外的東西造的，是人間自己造著。……以自己造的東西，來苦惱著自己。」[24]這裡所講的實際上就是人的自我異化。「苦悶懊惱」乃是人的自我異化的產物；自我異化的產物就是社會的產物。這樣，廚氏就以「自我異化」為理論武器，自然地溝通了主體的「苦悶」和社會的壓抑之間的邏輯聯繫。在廚氏看來，主體的「苦悶」來自社會的壓抑，社會的壓抑來自主體的異化；因而，所謂自我的苦悶也就是社會的苦悶，所謂社會的壓抑同時也是自我壓抑。廚川白村把「文藝的根柢」放在這個基礎之上，所謂「自我表現」的內涵當然也就是「自我的社會表現」了。

正是由於廚川白村從「廣義的象徵主義」去解釋「自我」、用「自我異化」尋找「生命的苦悶懊惱」的社會根源，所以他也就找到了「自我」和「社會」（「小我」和「大我」）、「主體」和「客體」（「主觀」和「客觀」）相連結的紐帶。下面這段不短的引文可以說是他從「自我」向「社會」輻射的總結：

> 所謂顯現於作品上的個性者，絕不是作家的小我，也不是小主觀。也不是執筆之初，意識地想要表現的觀念或概念。倘是這

24 廚川白村：《走向十字街頭》，頁217-224。

> 樣做成的東西，那作品就成了淺薄的做作物，裡面就有牽強，有不自然，因此即不帶著真的生命力的普遍性，於是也就欠缺足以打動讀者的生命的偉力。在日常生活上，放肆和自由該有區別，在藝術上也一樣，小主觀和個性也不可不有截然的區別。惟其創作家有了竭力忠實地將客觀的事象照樣地再現出來的態度，這才從作家的無意識心理的底裡，毫不勉強地、渾然地、不失本來地表現出他那自我和個性來。換句話說，就是惟獨如此，這才發生了生的苦悶，而自然而然地象徵化了的「心」，乃成為「形」而出現。所描寫的客觀事象這東西中，就包藏著作家的真生命。到這裡，客觀主義的極致，即與主觀主義一致，理想主義的極致，也與現實主義合一，而真的生命的表現的創作於是成功。[25]

廚川白村在這段精彩的論述中，以「小我」與「大我」、「主觀」與「客觀」、「個性」與「普遍性」、「理想」與「現實」相統一的結論，完成了他從「自我」向「社會」的輻射，實現了他從主觀心理學向客觀社會學的的靠攏。這種「輻射」和「靠攏」向我們證明：廚氏積佛洛伊德、柏格森等之經驗，已經意識到單純從個體和心理學的角度解釋文藝現象是不全面的。因為離開文藝的社會內容談文藝，對文藝就不可能有真切的會心和科學的把握，二者的結合才是比較完美的方法。有的學者在論述廚氏的文藝心理學方法時，雖然覺察到他在「努力尋求一種社會學的解釋」，但是沒有從文藝學方法論的歷史發展上，即從文藝心理學和文藝社會學的結合上透視在廚氏的方法中所表現出來的這一趨勢，僅僅把廚氏作為佛洛伊德「人格心理學」之流

---

25 見魯迅先生紀念委員會編：《魯迅全集》，卷13，頁55-56。

亞，顯然是不能令人信服的。這是因為，如果我們用當代系統觀念來考察文藝學方法的發展就會發現，單純從某一個角度或某一個觀察點去把握文藝規律的時代已經過去，一種綜合性的、整體性的科學方法正在萌生。過去，我們對文藝心理學的研究甚少，補上這一課是必要的。但是，如果僅僅抓住這一種方法而津津樂道甚至把它吹上天，恐怕不是時代發展之必然。因此，我們之所以特別強調廚川白村從心理學向社會學的輻射和靠攏，就是因為在我們看來，廚川白村正是代表了這一趨勢，它實際上已經宣告了單從個體心理觀察文藝現象的古典文藝心理學的終結。這是廚氏文藝心理學的又一顯著特徵。

第五章
文藝心理學方法綜論

文藝心理學方法的意義與優勢

通過文藝心理學方法的一般分析與專題考察，我們發現，將心理學的方法與理論運用於文藝現象的研究，最突出的價值在於更新了人們的文藝觀念。

按照古老的文藝觀念，文學藝術只不過是神靈的啟示，體現神的意志（命運）是文藝的任務。自從文藝復興以來，人的本體價值受到尊重，文學作為人學、人的心靈之學的觀念於是也逐步生發開來。黑格爾關於美的發展輪廓的描述十分正確地勾勒了文學藝術的歷史嬗變，集中代表了十九世紀人們關於這一觀念的深化和理論化。在他看來，「美是理念的感性顯現」，但在不同的歷史時期又以不同的形式顯現理念的內容。原始藝術以強大的物質外殼（例如建築）象徵理念；以古希臘為代表的古典藝術（例如雕塑）實現了內容（理念）與形式（物質外殼）的統一和諧；中世紀之後的浪漫藝術（例如繪畫、音樂、詩）則是理念對於形式的突破。從象徵藝術到古典藝術再到浪漫藝術，是理念（內容）對於感性形式（物質外殼）的超越；換言之，整個藝術的發展史就是精神化、觀念化的歷史，是「理念」步步顯現以回復到自身的歷史。這一解釋儘管是唯心主義的，但卻真實地描述了文學藝術逐步深入人的心靈世界、向心靈深處進發的圖景，符合文學藝術發展的歷史事實。

文藝心理學將文藝現象作為人的心靈現象進行研究，正是在這一意義上順應了整個時代文藝觀念變革的潮流，是繼文藝社會學之後文藝研究的一個新的制高點，從而為文藝之心靈世界的深入開拓提供了方法論武器。文藝的世界就是心靈的世界，是意識與潛意識的世界，是直覺與知覺的世界。從這一觀念出發，文藝心理學才能以其獨特的方法和手段展開文藝的心理學研究。「移情」、「距離」、「欲望」、「情感」、「形式」與「知覺」……，只是由於文藝心理學的研究，人們才越來越認識到文學藝術的複雜性，越來越認識到審美世界的多維結構，越來越感到整個人的心靈原是一個遠未被人所自覺到的彼岸。較之文藝美學與文藝社會學而言，文藝心理學是對文學藝術本體的又一步逼進和靠攏。鑒此，某些西方批評家認為文藝心理學才稱得上「標準的文學批評」。[1]

在我們看來，文藝心理學對於文學藝術本體的逼進與靠攏，最根本的原因在於它對經驗的重視，將審美經驗作為自己的出發點。「自下而上」的思維模式是文藝心理學發現文藝內部規律和本體價值的基本優勢。它既避免了思辨美學因過度抽象而造成的空泛與不可捉摸，也避免了文藝社會學因過度注意外部聯繫而忽視了內在結構的褊狹，以盡可能具體可感的經驗事實把握文藝的本體規律、發現文藝的本體價值。

桑塔耶納有這樣一種觀點，認為美的事物的存在和觀賞者的經驗是同格的；美，因此只是一種經驗。換言之，美之所以是一種經驗，就在於審美客體的屬性與審美主體的經驗有著相互感應的同格性；美在審美主體面前呈現出美，必須借助審美主體的經驗，再美的藝術對於一個沒有藝術經驗和審美經驗的人說來等於對牛彈琴；美的感知、

1 〔美〕哈樂德·G·麥考迪：《文學心理學》，轉引自《批評家》（太原）1986年第3期。

接受、批評與創造等審美活動，是審美主體從經驗出發對於審美客體的再創造。正如布萊契所說，批評，無非是試圖將私有的閱讀經驗外在化、客觀化、對象化，無非是審美經驗對於審美客體的主觀重建。新批評創始人之一瑞查茲索性將批評的概念規定為區分和評價審美經驗的活動。他認為，《魯濱遜漂流記》的真實，是指它講述的事情的可靠性，並非是指這些事情與任何真實的歷險故事有某種聯繫。因此，文學作品所敘述的事情，只要能與其他經驗吻合一致，只要能激起我們的反應，那麼它就是真實的。

這些話說得雖然有點極端——藝術中的故事怎麼可能與任何真實的故事沒有聯繫呢？——但是，通過經驗論證藝術真實性問題，不失為一個極富有啟發性的理論命題！

多少年來，我們判斷一部作品是否真實，僅僅以「生活」為依據，生活事實成了決定藝術真偽的唯一的、直接的參照系。但是，有誰能確實無誤地判斷魯濱遜的故事在實際生活中是否發生過呢？誰能有那麼豐富的閱歷以至於能夠確證所有文藝作品中的故事是否都有事實依據呢？不同的讀者有不同的閱歷，如果都從個人親身閱歷出發去批判作品當然會產生各不相同的分歧，那麼，藝術真實的標準何在？我們沒有類似魯濱遜的閱歷，但魯濱遜的故事在我們的想像中是真實的；我們不可能以親身閱歷判斷所有作品中的故事在現實生活中是否確實發生過，但我們能夠憑藉自己的幻覺，想像它是否可信。一言以蔽之，判斷藝術真實的直接的，真正的參照系應是審美主體的經驗而不是生活本身。所謂藝術想像，其實就是審美主體的經驗引發。

欣賞是這樣，創作也是這樣。一個作家創作時所參照的絕不是生活事實本身，絕不應該以是否符合生活事實為最高原則。生活事實一旦進入作家的頭腦，就稀釋為幻影，溶化在靈感與想像之中，與其固有的經驗發生撞擊、融會，通過元素的重新排列組合產生新的經驗，再由這一新的經驗出發創造出新的故事與藝術形象。他寫作的目的絕不應該是僅僅為了讓讀者瞭解生活中發生過這類的事，而是為了調動讀者的經驗，與讀者的藝術經驗和審美經驗發生共振，讓讀者在幻覺中，在想像中認為是真實的，一切以是否符合讀者的經驗為寫作的最高原則。一句話，他寫作時所考慮的絕不是讀者是否經歷過這種事實，而是以讓讀者在想像中相信可能有這種事發生就夠了。他沒有必要、也不可能強迫他的讀者到生活中去找事實依據。生活中只有藝術的影子，而沒有藝術本身。

這使我們想起拉薩爾和恩格斯（包括馬克思）關於歷史劇《濟金根》的論爭。針對恩格斯的批評，拉薩爾承認他所寫的濟金根不是歷史上的濟金根，而是「他的」（藝術上的）濟金根。在他看來，戲劇的根本目的是能讓觀眾「信以為真」，能使讀者「出汗」，歷史的真實和舞臺上的真實是兩回事，藝術只要能使觀眾相信舞臺上的真實就行了。也就是說，只要符合觀眾的經驗，只要讓觀眾在幻覺中相信舞臺上的表演是真實的也就足夠了。拉薩爾關於舞臺藝術真實性的理解，一般地說，是切合文藝創作的實際的。我們知道，恩格斯（實際上也包括馬克思）與拉薩爾的分歧主要在歷史觀上，而不是在藝術觀上；馬克思和恩格斯對於劇本《濟金根》的批評主要是從歷史的角度，而不是從藝術與審美的角度。在藝術與審美上，馬、恩和拉薩爾的觀點並無根本對立的觀點。不是嗎？他們都認為《濟》劇是一部「高明的」、令人激動的「美的文學」。

抓住了藝術經驗與審美經驗，也就抓住了文藝批評的根本。因為所謂文藝批評，說到底是對人類藝術經驗和審美經驗的發掘與重建，無非是把蘊含在藝術中的經驗外在化、理論化、社會化。

文藝創作也是如此。作家藝術家首先是一個接受者和鑒賞家，審美經驗和藝術經驗是他們創作的「基因」，他們的靈感，創作衝動和藝術技法都是由這一「基因」產生並演化而來的。在這一「基因」中包含了作者的全部藝術智慧和創作張力。他們的作品實質上就是他們全部經驗的總和，是日常經驗通過藝術經驗和審美經驗的昇華與主觀重建。正如現代小說的奠基人亨利．詹姆斯所認為的那樣：創作是從印象或經驗出發的。

弄清了這一問題，文藝理論上的許多問題便可迎刃而解：為什麼「一千個讀者有一千個哈姆雷特」？是審美主體的經驗不同。每個欣賞者都是從個人的經驗出發去接受、感知對象，所以，對於藝術品便有各不相同的理解。為什麼不同作家有不同的風格？因為作家的經驗結構不同、審美因素不同。每個作家調動自已所特有的藝術與審美的經驗結構，於是形成不同的風格。因此，無論是文學接受還是文學創造，就像世界上不可能有兩片完全相同的綠葉一樣。否則，就是藝術的失敗。解開其他許多諸如靈感問題、天才問題等涉及審美主體及其心理活動的難題都可以由此受到啟發。

當然，僅僅從生活閱歷的不同似乎也可以得出上述結論，但卻是兩種性質完全不同的思維路線。將「生活」直接作為藝術真實的唯一的參照系忽略了審美主體重建（包括接受與創作）過程中的隨機性和應變能力，是一種機械的唯物論，不符合人類藝術活動的實踐。因為，任何人不可能直接經歷像藝術中那樣豐富離奇的事件。將「審美經驗」和「藝術經驗」作為藝術真實的參照並不是否認生活是藝術的最終源泉，它所否認的只是將生活直接作為藝術的源泉，生活只能通過審美主體的經驗而進入藝術殿堂。沒有審美主體的經驗作為生活與藝術的中介，人類的一切藝術活動都是不可想像的。如果有這種藝術活動，也只能是拙劣的摹仿、機械的反映、刻板的照相。

其實，對於「摹仿」說的批評早在文藝復興之後就開始了。義大利的維柯、英國的菲爾丁、法國的雨果和莫泊桑、德國的康德和黑格爾等都有微詞。他們的指責無非是圍繞著這樣一個中心，即認為「摹仿」說忽視了創作主體的能動性，創作絕不是真實地摹仿生活，不摻水分的藝術屬於文藝發展史上的「嬰兒時期」，云云

二十世紀以來，對於「摹仿」說的責難轉向深刻的理論反省。例如，阿多爾諾的「間接摹仿」和「精神中介」理論就是這樣，但更多的理論家，特別是文藝心理學家，則是以建設者的姿態投入審美主體內在精神結構的分析研究，心理分析學派等就在這方面做出了卓越的貢獻。因為「摹仿」理論說到底是把人當作機器，批判「摹仿」理論說到底是對文學藝術之主體性的高揚。我們之所以對文藝心理學重視審美主體的經驗發生興趣，其原因也在這裡。可以這樣說，文藝心理學產生以來，隨著審美主體的經驗的研究與開發，「藝術作為摹仿」這一理論便開始失寵，實際上已被送進文藝學的歷史博物館；儘管仍有個別人還是在津津有味地談論，但實屬有氣無力，很難喚醒昔日人們對它的熱情與興趣。「夕陽無限好，只是近黃昏。」

看來，將審美的主體經驗放進我們的視野，納入我們的研究範疇，深入地、多角度多層面地透視它那無所不包的豐富內涵，已經成為發展文藝學理論的關鍵所在。這一研究必將高揚主體的能動作用，發現主體的內在結構及其最隱秘的世界。

——這是十九世紀下半葉以來，特別是二十世紀以來，作為經驗科學的心理學對於文藝研究最主要、最基本的意義，也是整個文藝心理學方法最主要、最基本的優勢所在。

文藝社會學與文藝心理學

根據傳統的說法，現實主義和浪漫主義是文藝史上最基本的兩種創作方法。那麼，文藝理論史上最基本的研究方法是什麼呢？這就是

文藝社會學與文藝心理學。文藝社會學的產生與發展和文藝上的現實主義思潮有著直接的、緊密的聯繫。如果說現實主義是文藝社會學方法的文藝背景，那麼，浪漫主義則是文藝心理學方法的文藝背景。這是因為，所謂現實主義，最大的特點就是對社會現實的關注和真實的反映；所謂浪漫主義，最大的特點就是主觀世界的心理表現。在文藝思想上，現實主義與文藝社會學，浪漫主義與文藝心理學，各屬同一體系。因此，文藝理論上關於現實主義與浪漫主義不同特點的研究，有些同樣適用於我們對於文藝社會學與文藝心理學的比較研究。例如，關於現實主義重客觀、浪漫主義重主觀的說法，同樣適用於對文藝社會學和文藝心理學的區分。文藝社會學側重於文藝的客觀研究，文藝心理學側重於文藝的主觀研究。文藝社會學將文學藝術作為社會（意識）現象，總是將文藝放在社會結構和歷史發展中判斷它的價值、考察它的一般規律；而文藝心理學將文學藝術作為心靈事實，將審美主體的經驗作為主要對象。這一明顯的區別恐怕是不言自明的，恕不在此贅述。

如果繼續尋找文藝社會學和文藝心理學的差異，那麼，我們還可以發現：文藝社會學側重探討文藝的外部聯繫，文藝心理學側重分析文藝的內部關係；文藝社會學側重研究文藝對於現實的再現，文藝心理學側重考察審美主體對於現實的創造；文藝社會學側重對對象進行理性分析，文藝心理學側重對對象進行情感把握；文藝社會學側重於宏觀描述，文藝心理學側重於微觀體驗（實驗）；文藝社會學側重概括文藝作為一般意識形態的共性，文藝心理學側重把握文藝的個性特點；文藝社會學將對象作為社會意識探究，文藝心理學最感興趣的則是個體的深層心理……。正是這些差異，構成了文藝社會學和文藝心理學各自的獨特的方法論體系，成為它們各自之所以存在的價值原因。沒有這些差異，文藝社會學也就不稱其為文藝心理學。

從另一個角度來看，文藝社會學與文藝心理學的這些差異，是它們各自的優勢之處，同時也是它們各自的劣勢之處。側重於某一方面，就必然忽略另一方面。而文學藝術是一個活的整體，無論單從哪一個方面、選取哪一個角度，都不可能盡其精義。儘管從文藝社會學或文藝心理學各自的性質來看，各領千秋、各有所長，但就整個文藝學研究來說，就整個文藝研究的方法來說，又缺一不可，偏廢不得。因此，文藝社會學與文藝心理學的互補與融會，乃是文藝研究的理想境界，是文藝學方法的未來。

如前所述，將文藝社會學與文藝心理學結合起來，從文藝社會心理學的角度研究文藝這一思想，早在普列漢諾夫就有明確的表述。他說：「社會心理學異常重要。甚至在法律和政治制度的歷史中都必須估計到它，而在文學、藝術、哲學等學科的歷史中，如果沒有它，就一步也動不得。」[2]他那著名的五項因素公式就是社會心理學方法的實踐。生產力──經濟關係──政治制度──社會心理──思想體系，在社會結構的這五大層次中，「社會心理」成為由社會存在到文學藝術過渡的中介。因此，在普列漢諾夫看來，運用社會心理學的方法研究文藝是文藝學的必有之路，「異常重要」，否則就「一步也動不得」。

當然，普列漢諾夫的「社會心理學」方法並非是在區別、比較社會學和心理學各自的優勢和劣勢之後而提出來的理論。「社會心理學」和「文藝社會心理學」在他那裡還沒有嚴格的界域，只是作為一種方法論思想而存在，但我們仍認為還是非常有啟發意義的。我們所要求和希望出現的文藝社會心理學方法，並非是一種原始的形態，也

2 普列漢諾夫：《普列漢諾夫哲學著作選集》（北京市：三聯書店，1984年），卷2，頁273。

並非是磨掉各自稜角，丟棄各自特點和特長之後的「兩不像」，而是經過長期分流、完善、錘鍊之後，在更高層次、更高階段上的組合與發展。它將按照不同的對象和需要靈活運用各自的優勢。對文藝現象進行心理分析時，它將不會忘記對象的社會意義；對文藝現象進行社會分析時，它將不會失去心理學的效力。它的理論將在社會學與心理學的交叉點上孕育形成，它的優勢將在文藝社會學與文藝心理學的撞擊中錘鍊昇華。

在這一方面，日本的文藝理論家廚川白村，從日本的社會現實出發，懷著強烈的社會責任感，借鑒了生命哲學和精神分析學的理論，提出了文藝是「苦悶的象徵」的命題，在文藝社會學與文藝心理學之間發現了獨特的文藝學視角，是富有啟發意義的。對此，我們已在前章做了專門的考察。

文藝心理學在現代中國的崛起

如前所述，儘管廚川白村不是最著名的文藝心理學專家，但是，他的著作在中國讀者中的影響是巨大的。自從魯迅於一九二四年將其代表作《苦悶的象徵》譯成中文並先後在北京大學、北京女子師範大學和中山大學作為教材講授之後，在文藝界產生了巨大的影響。郭沫若、徐懋庸、胡風、臧克家、馮至、許廣平等，直到若干年後還對當時的情景記憶猶新，認為廚川白村「好似把我們心裡想說的話替我們說出來了」，[3]可見當時給他們留下了深刻的印象。這是廚川白村的貢獻，更是魯迅的貢獻。沒有魯迅的介紹和宣傳，廚川白村不可能產生

3　參見《人民文學》1981年第9期臧克家文，《新文學史料》1982年第4期郭沫若和徐懋庸文，胡風《文藝筆談》頁334，《時與文》卷2馮至文等。

如此重大的影響。可以這樣說，魯迅是中國文藝心理學建設的普羅米修士，是他最早「拿來」的「天火」，點燃了中國文藝心理學發軔之燭光。

繼魯迅之後，朱光潛於一九三六年出版了他的《文藝心理學》。這是中國第一部文藝心理學專著。但作者並不想建立自己的理論體系，主要是介紹西方各家的文藝心理學觀點。這些觀點的介紹開闊了人們的視野，使中國的文藝學界發現了除我們之外還有別一樣的世界。如果說《苦悶的象徵》代表了東方人的文藝心理學觀念，那麼，朱光潛的《文藝心理學》則代表了西方的文藝心理學思想。因而，就其影響來說，《文藝心理學》並沒有引起《苦悶的象徵》那樣的轟動。但是它畢竟出於中國學人之手筆，儘管它的主要目的是介紹。

從一九三六年到一九七八年間雖有些零星的文藝心理學方面的論文，但基本上沒有什麼進展。這四十餘年是國外文藝心理學研究突飛猛進的時代，也是中國文藝心理學研究的斷裂帶。自從一九七八年關於形象思維的討論開始，廣大文藝理論工作者積蓄已久的文藝心理學熱情被重新喚起。金開誠關於文藝心理學的講課稿自一九八一年在《大學生》叢刊的連載所引起的回響，表現了人們對於接受文藝心理學啟蒙教育的饑渴。一九八二年，金開誠將自己的講課稿整理後以《文藝心理學論稿》為題交由北京大學出版社印行。《文藝心理學論稿》儘管不是一本嚴整的、系統的文藝心理學專著，其方法、觀念也多流於一般，但在我國荒蕪了近半個世紀的文藝心理學園地裡，突然開放了這樣一朵小花，雖不嬌豔，也頗值得慶幸。

繼金開誠《文藝心理學論稿》之後，江蘇文藝出版社於一九八五年出版了陸一帆的《文藝心理學》。陸氏《文藝心理學》從「文藝欣賞心理法則」四個方面探討了文藝的心理價值和規律，較之《文藝心理學論稿》更加系統化、更加全面。但是作者的總體構思還是傳統的，且有明顯的的教科書性質。作為一本普及性讀物，還是一本很好的書。

值得一提的是魯樞元的《創作心理研究》（鄭州市：黃河文藝出版社，1985年）和滕守堯的《審美心理描述》（北京市：中國社會科學出版社，1985年）兩書。前者以對當代文學的濃厚興趣、強烈的現實感和娓娓動聽的語言吸引了不少讀者，後者以當代西方新方法的借鑒和對文藝心理的精細描述令人開闊眼界。他們為中國文藝心理學的建設付諸了創造性的勞動。

一九八五年是文藝心理學豐收的一年，除上述三本專著以外，人民音樂出版社還出版了張前的《音樂欣賞心理分析》，上海文藝出版社還翻譯出版了著名蘇聯心理學家維戈茨基的《藝術心理學》。在此之前，蘇聯另兩位學者科瓦廖夫的《文學創作心理學》和尼李伏洛娃的《文藝創作心理學》也分別於一九八二年和一九八四年先後被翻譯面世。此外，全國各地報刊自從一九七八年關於形象思維的問題討論以來，相繼發表了不少高品質的論文，對文藝心理學方面的一些重大問題展開了熱烈且富有成效的討論。這在我國文藝心理學發展史上都是空前的。它標誌著我國文藝心理學的研究正在崛起。

概括地說，新時期以來關於文藝心理學的討論主要涉及以下幾個問題：

一　關於形象思維

關於形象思維的討論是由〈毛主席給陳毅同志談詩的一封信〉的公開發表引起的。毛澤東在信中提出「詩要用形象思維」，否則便「味同嚼蠟」。這本是一個極普通的道理，但在文藝理論界萬馬齊喑的年代，對於這一命題是無人敢問津的。這封信的發表算是為「形象思維」正名，於是引起理論界的探討和爭鳴。討論的焦點是關於形象思維的概念究竟如何理解，形象思維與邏輯思維的關係如何理解等等。有些論文還運用生理學、大腦學的知識加以闡釋。這次討論是當代中國文藝心理學崛起的先聲，激發了文藝界關於文藝心理學研究的廣泛興趣。

二　關於意識流

意識流引起學界的關注最早起因於王蒙等人的小說。他的《布禮》、《夜的眼》、《風箏飄帶》、《春之聲》、《海的夢》、《蝴蝶》、《深的湖》、《雜色》和《相見時難》等作品的發表向傳統的表現形式提出了挑戰，被認為是對西方意識流小說的借鑒。與此同時，一些電影、戲劇也爭相摹仿，西方關於意識流的理論與代表作也被相繼介紹進來。於是，人們爭相探討意識流的特點，其中當然也涉及到柏格森和佛洛伊德的學說。但是，由於這一討論主要側重於「表現手法」，較少涉及文藝觀念，更沒有上升到文藝學方法論的高度來認識這一現象，加上一些評論家心理學知識的準備不足，所以並沒有深入下去，大多侷限在調個別作品和文藝現象進行經驗性的描述。

三　關於情感

新時期文學在大膽表現人們的情感方面有很大的突破，從而為學術界討論情感問題提供了豐富的材料。長期以來，人們認為文藝的基本特徵是形象性。近年來，有些學者提出異議，認為情感是文學的基本特徵：「在情感與形象之間，情感比形象更深一層，也是更加基本的特徵」。在這些學者看來，有情感而無形象可以成為藝術；而有形象無情感肯定不是藝術，起碼不是好的藝術[4]。另一些學者則探討了情感與思維的相互關係，提出「情感思維」這一新命題[5]。這些有益的探索和假說標明我國文藝心理學研究正在向縱深的方向拓展。

四　關於靈感

「靈感」（inspiration）一詞可直譯為「靈氣的吸入」，原指傳達神諭的巫師所具有的一種神賜的靈氣，帶有明顯的宗教色彩。創作中的靈感是指作家在藝術思維過程中的一種突發性或頓悟式的心理現象，是文藝心理學研究的重要課題。從一九七九年開始，全國各類報刊上相繼發表了有關這方面的論文。一九八一年錢學森在《自然雜誌》第一期上發表了長篇論文〈系統科學、思維科學與人體科學〉，將靈感研究推向高潮。他認為靈感是一種新的思維類別，是不同於形象思維和抽象思維的第三種思維形式。因此，他建議設立「靈感學」，引起學界的重視。

除上述課題外，新時期以來還開展了關於「感覺」、「想像」、「直覺」、「意識與潛意識」（「自覺與非自覺」）、「清晰性與模糊性」、「個性與才能」、「主體性與創造力」等一系列問題的探討。這些理論有的不一定屬於嚴格的文藝心理學命題，即使屬於文藝心理學的那些命題，研究者們也並非全是從心理學的角度、運用心理學的方法去研究的，而是從哲學的、社會學的，或一般文藝學的角度，運用哲學、社會學或一般文藝學的方法去解釋。因此，這就大大限制了新時期文藝心理學研究的深入。可以這樣說，當前我國文藝心理學的研究並沒有

4　參見《文學評論》1983年第5期〈情感——文學藝術的基本特徵〉。

5　參見黃治正、楊安侖：〈論情感思維——對於人類思維特別是藝術思維的一種設想〉，《求索》1981年第3期（1981年3月），頁70-76。

形成獨特的品格，更談不上有什麼流派。其重要原因是研究手段的陳舊、單一，心理學研究上的一些重要且行之有效的方法並未引起人們的注意。例如實驗方法、調查方法、統計方法等，還沒有，或者說還很少被人們所運用。人們所運用的大多是傳統的、單調的內省和體驗，以個人的主體經驗代替實證的科學研究。這是導致我國文藝心理學（實際上也包括心理學）徘徊不前的重要原因。

在我們看來，如果試圖使已經在當代中國崛起的文藝心理學研究深入下去，首先要進行必要的實證研究，例如，建設文藝心理學實驗室，或借用電腦等現代化手段進行調查、統計等。心理學中的許多規律便是通過實驗得以發現和證實的，文藝心理學中的許多規律也必然應該利用實驗發現和證實。以往的文藝心理學問題之所以爭論不休，公說公有理，婆說婆有理，其重要原因之一便是缺乏實證手段，僅僅憑藉主觀臆測判斷是非曲直。現在看來，單靠這種傳統的方法已不能適應形勢的需要。文藝心理學的研究在內省、體驗的同時必須借助實證手段。這是心理學、文藝學、文藝心理學走向科學化的必由之路！

「合力論」與文藝心理學的前景

「如果說，自古典哲學解體之後，十九世紀曾經是歷史學派（馬克思、孔德、杜克海姆等），二十世紀是心理學派（佛洛伊德、文化心理學派等）佔據人文科學的主流，那麼，二十一世紀也許應是這二者的某種形態的統一。」因此，李澤厚認為下列觀點和傾向是「值得注意的」:「我們可以說，心理分析學停留在一方面，對歷史唯物主義的理解則停留在另一方面。這好像是兩支探險隊各在山之一側，各對其所在之一側有科學的內容，而對另一側則瞭解甚少，但他們都沒能達到頂峰，以將兩側的發現融合在一個全面的描述中。我個人深信，深層心理學與深層歷史學兩者都表現了真理的主要方面，但都同時侷限在缺乏另方面所有的東西，所以，最後的問題是將二者結合統一為一整體。」[6]

首先，我們認為李澤厚在此不無根據的指出未來的文藝學方向將是歷史學方法與心理學方法的合流，是非常有見地的；但是我們不能同意他將歷史唯物主義等同於社會歷史學派的論斷。其次，我們認為李澤厚對於十九世紀和二十世紀文藝學主流的總體把握是符合歷史事實的；但是，我們不能同意他將歷史唯物主義與心理學等量齊觀。歷史唯物主義是人類有史以來最科學的世界觀和方法論，是人類認識客觀世界最有力的思想武器，是一切具體科學學科的指導思想。它既不是作為具體科學學科的社會歷史學，也不是與心理學無緣的、相對立的某一派別，而是最一般、最高層面上的人類智慧的結晶。它不僅包括心理學，而且指導心理學。如果從心理學的角度研究歷史唯物主義，我們就會發現它本身就是一部展開了的心理學學說史。

早在一八四四年，馬克思在他的《巴黎手稿》（即《1844年經濟學哲學手稿》）中就涉及到大量的心理學論題。《巴黎手稿》中的一個中心概念——「異化」，從某種意義上說也是一個心理學概念。人成為自己的對立物，其最直接的表現是人的「感覺」方面的非人化。因此，馬克思在《手稿》中花了大量的篇幅討論感覺問題。在他看來，人之為人，是以其全部感覺把握世界。人的感覺的形成及其感覺的豐富性是人從動物界提升出來的重要標誌。動物也有感覺，但那是出於生物本能；人的感覺是社會的、歷史的、自由的、自覺的，因而產生了美醜的觀念，因而決定了人按照美的規律來塑造客體與自我。這就是人的對象化：在對象中感覺到自我的存在與價值，在對象中發現自

6　分別引自《美學》第3期頁29和《美學論集》，頁203。

我的智慧與能力。因而，在馬克思看來，世界對於人來說是屬於人的世界，自然對於人來說是人化的自然。人化的自然和自然的人化就是主體與客體、理論與實踐、感性與理性的統一。馬克思的這些論述，是歷史學的，還是心理學的？

至於馬克思和恩格斯關於歷史唯物主義的表述，不僅沒有忘記「意識」的重要作用，而且經常將其放在顯要位置專題討論。馬克思主義之所以被人誤解為「社會歷史學派」，無非是它的創始人在討論意識的時候經常將意識與經濟、與社會、與歷史聯繫起來進行考察；馬克思恩格斯更多的是強調「意識」的社會性、歷史性及其經濟動因。這恰恰是馬克思主義的意識形態理論的優勢與品格，怎麼能據此將其降格，等同於一般的社會歷史學派呢？

為了澄清這一問題，我們必須提及恩格斯晚年關於歷史唯物主義幾封信中反覆提到的「合力論」問題。

十九世紀九〇年代初期，恩格斯在馬克思逝世之後，針對資產階級學者和黨內以「青年派」為代表的機會主義者將馬克思主義機械化、教條化的思潮，在寫給康· 施米特、約・布洛赫和符・博爾吉烏斯等人的信中重申了歷史唯物主義的基本原理。他說：

> 根據歷史唯物史觀，歷史過程中的決定性因素歸根到柢是現實生活的生產和再生產。無論馬克思或我都從來沒有肯定過比這更多的東西。如果有人在這裡加以歪曲，說經濟因素是唯一決定性的因素，那麼他就是把這個命題變成毫無內容的、抽象的、荒誕無稽的空話。經濟狀況是基礎，但是對歷史鬥爭的進程發生影響並且在許多情況下主要是決定著這一鬥爭的形式的，還有上層建築的各種因素：階級鬥爭的各種政治形式和這個鬥爭的成果——由勝利了的階級在獲勝以後建立的憲法等

等，各種法權形式以及所有這些實際鬥爭在參加者頭腦中的反映，政治的、法律的和哲學的理論，宗教的觀點以及它們向教義體系的進一步發展。這裡表現出這一切因素間的交互作用，而在這種交互作用中歸根到柢是經濟運動作為必然的東西通過無窮無盡的偶然事件（即這樣一些事物，它們的內部聯繫是如此疏遠或者是如此難以確定，以致我們可以忘掉這種聯繫，認為這種聯繫並不存在）向前發展。否則把理論應用於任何歷史時期，就會比解一個最簡單的一次方程式更容易了。

……我們自己創造著我們的歷史，但是第一，我們是在十分確定的前提和條件下進行創造的。其中經濟的前提和條件歸根到底是決定性的。但是政治等等的前提和條件，甚至那些存在於人們頭腦中的傳統，也起著一定的作用，雖然不是決定性的作用……。

但是第二，歷史是這樣創造的：最終的結果總是從許多單個的意志的相互衝突中產生出來的，而其中每一個意志，又是由於許多特殊的生活條件，才成為它所成為的那樣。這樣就有無數互相交錯的力量，有無數個力的平行四邊形，而由此就產生出一個總的結果，即歷史事變，這個結果又可以看作一個作為整體的、不自覺地和不自主地起著作用的力量的產物。因為任何一個人的願望都會受到任何另一個人的妨礙，而後出現的結果就是誰都沒有希望過的事物。所以以往的歷史總是像一種自然過程一樣地進行，而且實質上也是服從於同一運動規律的。但是，各個人的意志——其中的每一個都希望得到他的體質和外部的、終歸是經濟的情況（或是他個人的，或是一般社會性

> 的）使他嚮往的東西——雖然都達不到自己的願望，而是融合為一個總的平均數，一個總的合力，然而從這一事實中絕不應作出結論說，這些意志等於零。相反地，每個意志都對合力有所貢獻，因而是包括在這個合力裡面的。[7]

恩格斯這段話至少說明以下幾個問題：

一、恩格斯在肯定經濟因素是歷史過程中的決定性因素的前提下，同時批判了將經濟因素說成是「唯一」決定性因素的理論，認為這是對歷史唯物主義的曲解。在恩格斯看來，「對歷史鬥爭的進程發生影響並且在許多情況下主要是決定著這一鬥爭形式的，」還有上層建築、意識形態中的各種因素。換言之，人的意識、心理也是參與、影響、決定歷史發展的重要因素。這是對那些將歷史唯物主義等同於「經濟決定論」，對於那些認為歷史唯物主義只講經濟、歷史和社會，不講意識、心理和實踐主體的誤解，是一個有力的回擊。

二、不僅如此，恩格斯在討論歷史進程的時候，又專門將「意志」提出來進行討論。在他看來，從心理學的角度來說，各種意志力相互衝突的最終結果實際上就是歷史的最終結果。各種意志相互交錯的力量形成了無數個「力的平行四邊形」，這種「力的平行四邊形」最終融合為一個「總的平均數」，即「合力」，便是歷史進程所產生的「總的結果」。這樣，恩格斯實際上就是從心理學的角度分析了歷史的自我生成和發展。人類的歷史，從某種意義說，就是一部展開了的心理學史。人與人的經濟關係、政治關係等一切現實關係，往往通過主體的心理關係的折射而作用於歷史的進程。恩格斯在這裡所說的

---

7 恩格斯：〈致約瑟夫・布洛赫〉，1890年9月21-22日於倫敦，《馬克思恩格斯列寧史達林文藝論著選讀》（南昌市：江西人民出版社，1983年），頁292-294。

「意志」，實際上就是普列漢諾夫所說的「社會心理」，是整個社會結構中由最底層的「經濟」到最高層的「理論」之間的「中介」。這對於我們研究文藝心理學具有指導意義：文藝心理絕不是單純的、孤立的、個人的審美心理的反應，而是由人的經濟、政治、社會等現實環境所決定的。現實環境的不同決定了審美心理學與文藝社會學就像心理世界與物理世界不可能有不可逾越的鴻溝那樣，不能截然分開。

三、恩格斯認為，由無數個力的平行四邊形所產生的那個「總的結果」，「又可以看作一個作為整體的、不自覺和不自主地起著作用的力量的產物。因為任何一個人的願望都會受到任何另一個人的妨礙，而後出現的結果就是誰都沒有希望過的事物。所以以往的歷史總是像一種自然過程一樣地進行，而且實質上也是服從於同一運動規律的」。最終的結果不是任何一個人開始時的願望，但開始時的願望事實上已在整個進程中產生了作用；「每個意志都對合力有所貢獻」，但這種貢獻又是無意識的、「非自覺的」、「不自主的」。這樣，從表面上看，「歷史總是像一種自然過程一樣地進行」，但實質上是「服從於同一運動的規律」。科學的任務就是要通過「自然過程」發現「規律」，通過「非自覺」現象的研究發現事物的內在規定性。恩格斯的這一思想，對於文藝心理學的研究有著直接的、重要的指導意義。它告訴我們，文藝心理學最基本的任務就是要通過無意識、非自覺過程的研究發現文藝的內在規律性。一部作品、一個作家、一種思潮乃至一個文藝流派的產生，表面看來是一種「自然過程，」但在這一「自然過程」的下面潛伏著一個作家，乃至一個社會、一個民族的深層心理。文藝心理學應該去探索、去發現這種潛藏著的「心理原型」。佛洛伊德、榮格、弗萊就是在這方面做出卓越貢獻的文藝學的心理批評專家。恩格斯的理論和神話批評的實踐告訴我們，文藝心理學最主要、最根本的任務就是要在「自然過程」的背後發現規律，在自覺（意志，即所謂開始時的「願望」、「希望」）的背後發現非自覺。非自覺到的規律才是文藝心理學所應著力探討的規律。

以上三個方面是恩格斯「合力論」對於文藝心理學的主要意義。他不僅不否認文藝心理學的存在價值，而且為文藝心理學的未來展示了發展的前景：文藝心理學只有在歷史唯物主義基本精神的指導下，在與經濟、政治、社會等現實關係的聯繫中，通過對意識，特別是通過對非自覺意識流程（潛意識）的深入發掘，才能得出科學的結論，才能顯示文藝心理學作為一門科學學科的生命的活力。

第六篇

文藝學本體方法

第一章
文藝學本體方法導論

「俄國形式主義」：二十世紀本體批評的先聲

「倘若人們想確定本世紀文學理論發生重大轉折的日期，最好把這個日期定在一九一七年。在那一年，年輕的俄國形式學派理論家維克多．什克洛夫斯基發表了開創性的論文《作為技巧的藝術》。自那時起，特別是過去二十多年以來，各種文學理論大量湧現，令人為之瞠目。」[1]

伊格爾頓在這裡所說道「俄國形式學派」，指的是十月革命之前至一九三〇年間活躍在俄國文壇上的兩個學術研究組織。一個是成立於一九一五年，以羅曼．雅格布森為代表的「莫斯科語言學小組」；另一個成立於一九一六年，以維克多．什克洛夫斯基為代表的彼得格勒「詩歌語言研究會」。這兩個組織集合了當時俄國一批優秀的語言學家、文藝理論家。他們的共同點是試圖通過文學語言的研究發現藝術的一般規律，即應用語言學的方法和模式重建文藝學的體系，所以被托洛茨基等反對派指責為「形式主義」。「俄國形式主義」作為這兩個組織的代名詞，於是便由此延續至今。

彼得格勒「詩歌語言研究會」的一位重要成員伯里斯．艾漢鮑姆在概述俄國形式主義理論時認為：「作為美學理論的形式主義和作為

1　特里．伊格爾頓：〈作者序〉，《文學原理引論》（北京市：文化藝術出版社，1987年），頁1。

科學體系方法論的形式主義都不是我們的特徵。我們的特徵只是努力創立一種只研究文學材料的、獨立的文學科學。」在他看來，以往的文學研究只是「利用陳舊的美學、心理學、歷史學公理，因此忽略了文藝研究應有的主題，以致使其本身作為科學存在已成為一種虛幻。」[2]這也就是說，傳統的思辨方法、社會歷史學方法和心理學方法並沒有就文學自身展開研究，因為這些方法所關心的僅是文學的「外部規律」，忽略了對文學自身材料及其規律的研究，因而並不是一種「獨立」的文學科學。如果企圖使文藝研究科學化，使文藝學真正成為一門獨立的科學，就必須研究文學之所以成為文學的東西——文學不同於其他人文學科的獨特性。

那麼，這種獨特性是什麼呢？雅格布森在其《現代俄國詩歌》（1921）中做了明確的表述。他說：「文學研究的對象不是文學，而是文學性——即使一部特定作品成為文學作品的那種東西。在此之前，文學史家更注重於充當員警，因打算逮捕某個人，就利用任何時機，抓住所有碰巧走進房子和街上過路的人。文學史家們運用了一切——人類學、心理學、政治學、哲學。他們創造的不是一種文學學，而是多種簡樸學科的一個大雜燴。他們似乎忘記了他們的文章已融入相關的學科——哲學史、文化史、心理學史等等——而這些卻可以有理由地只把文學名著當作有缺陷的、從屬的文獻來使用。」[3]

——這就是俄國形式主義提出的第一個重要理論：「文學性」問題。

所謂文學的「文學性」，也就是指文學的獨特性。一部完整的、真實的文學作品應當是人的客觀現實生活和主觀內在生活的全面反映，它不僅能給人以美的享受，而且能給人以真理的啟迪、道德的教

2　艾漢鮑姆：〈「形式主義」方法論〉，載哈澤德．亞當斯編：《柏拉圖以來的批評理論》（紐約：哈考德．布雷絲．喬發諾維奇出版公司，1971年），頁828-846。

3　載哈澤德．亞當斯編：《柏拉圖以來的批評理論》，頁828-846。著重號為引者所加。

化和心靈的陶冶，必然包容著社會、歷史、倫理、心理、文化和哲學等諸種成分。而按照俄國形式主義「文學性」的理論，這些作用或成分都屬於文學作品中的「非文學」因素，因而不能成為文學研究的對象。這一觀點顯然是極端片面的，因為它的出發點不是「完整的」文學事實，而是文學中的某一方面的事實；更重要的是，俄國形式主義者忘記了這樣一個基本情況：社會、心理、哲學等這些所謂「非文學」的因素和成分一旦進入文學作品之後，一旦被作家美化和藝術化之後，難道還是原來意義上的「非文學」因素和成分嗎？這些因素和成分難道不會裂變、重新組合，從而變成文學的因素嗎？一個讀者從作品中所受到的感化難道能與他在講堂、教會和家訓中所得到的教育相提並論嗎？

當然，俄國形式主義提出「文學性」問題也有他們自已的思路，其目的無非是想通過文學研究對象（範圍）的界定將藝術學從哲學、社會學、心理學等其他科學學科中解放出來，徹底擺脫依附性而走向獨立，從而將文藝學建立在客觀的、科學的基礎之上。這一出發點顯然與二十世紀以來文藝學獨立意識的覺醒、文藝研究崇尚科學的精神相一致。從這一意義上說，俄國形式主義確是開一代先河。它率先提出「文學性」的命題，並由此生發出的一系列理論學說，影響了整整一個世紀，正如佛克瑪和布蟻思所說：「當前歐洲每一種文學理論幾乎都從俄國形式主義哪裡得到啟發。」[4]不瞭解俄國形式主義就無法真正理解當代西方文論。如果沒有俄國形式主義的影響，今日的西方文論就會改寫。這並不是言過其辭。

那麼，「使一部特定作品成為文學作品的那種東西」究竟是什麼呢？既然不是哲學、社會學、心理學、倫理學、文化學和人類學等方

---

4 佛克瑪、布蟻思：《二十世紀文學理論》（倫敦：赫斯特出版社，1977年），頁11。

面的東西，當然也就不會是作品的「內容」方面。因為任何「內容」，既可以用文學的方式，也可以用非文學的方式來表達。按照俄國形式主義的邏輯，文學與非文學的區別不能是內容，而應是形式。形式決定了文學作品的文學性。正如艾漢鮑姆引用什克洛夫斯基的觀點所概括的那樣，在俄國形式主義看來，「詩的」感覺和藝術感覺是我們關於形式的感覺。傳統的觀點把形式當作包裹皮，當作可以裝液體（內容）的容器；而俄國形式主義則認為形式本身具有自己獨立的意義。「藝術事實證實，藝術的獨特性並不包含在各組成成分之中，而是在各成分的創新使用。」「新形式的目的不是要表達新內容，而是要改變已經失去美學品質的舊形式」。因此，從本質上來說，「文學是一種特殊的現象秩序，一種特殊的材料秩序，……文學的演變其實是形式的辯證演變。」[5]

那麼，構成文學這一「特殊的現象秩序」的「特殊材料」是什麼呢？換言之，文學得以存在的方式是什麼呢？顯然是它的語言。因而，語言及其規律便成了俄國形式主義文學研究的本體。這是因為，按照現代語言學的理論，文學語言不同於一般的實用語言。實用語言以其交際功能為主要目的，而文學語言只是自指的符號，只強調自身的聲、形、排列和組合，它本身便具有美學功能。所以，文學的語言完全是獨立自足的、自成系統的，與作者、讀者、社會、歷史、政治等外在條件是沒有關係的。這就決定了文學作為語言的藝術的獨特性，決定了文學研究參照語言學的方法和模式的必然性。

縱觀整個二十世紀的美學和文學批評，俄國形式主義對文學「獨特性」的這一新發現具有廣泛的代表性。自從克羅齊於一九〇二年在其《作為表現的科學和一般語言學的美學》中提出「美＝直覺＝表現

5　載哈澤德·亞當斯編：《柏拉圖以來的批評理論》，頁828-846。

＝語言」的公式以後，多少美學家和文學批評家正是沿著這一思路展開了自己的文藝研究。從英美「新批評」到結構主義，從韋勒克到凱塞爾，從「有意味的形式」到「情感的邏輯形式」的藝術本質論，等等，無不是由此出發構造自己的理論體系的。可以這樣說，俄國形式主義關於文學之獨特性（文學性）的理論成了整個二十世紀形式主義批評的理論基石，成了文藝學本體方法的出發點：文學作品之「獨特性」、「文學性」是文藝學的主要對象，由此出發去研究文學便是從文學的存在方式——語言本體出發。

既然文學作品的「文學性」是它的語言形式，那麼，文學語言又是怎樣具體表現「文學性」的呢？這就是什克洛夫斯基提出的「陌生化」技巧。如果說雅可布森的「文學性」是俄國形式主義的一個代表性理論的話，那麼，什克洛夫斯基的「陌生化」則是俄國形式主義的另一代表性理論。

按照傳統的觀點，藝術是形象的思維，即通過熟悉的形象去認識、領會和解釋不熟悉的事物。什克洛夫斯基認為，這一觀點實際上是一種「精力節省論」，即「借助已知的東西來闡明未知的東西」，以便使理解和把握事物的含義的過程變得輕而易舉。而藝術的目的恰恰相反，它不是使不熟悉的變得熟悉，而是使熟悉的變得陌生；不是節省精力，而是投入更多的精力。「文藝之所以存在，就是為了使人恢復對生活的感覺，使人感覺到事物，使石頭顯示出石頭的質感。藝術的目的是要人感覺事物，而不僅僅是知道事物。藝術的技巧就是使對象陌生，使形式變得困難，增加知覺的難度和時間的長度，因為知覺過程本身就是審美目的。」而「形象思維，在任何情況下，都包容不了藝術的各個方面。」它只是詩的語言技巧中的一種技巧，如此而是已[6]。

---

6 什克洛夫斯基：〈作為技巧的藝術〉，載李・來蒙和瑪利昂・雷斯澤英譯本《俄國形式主義批評：理論四篇》（林肯：內布拉斯加大學出版社，1965年），頁6-12。

什克洛夫斯基就是這樣通過對形象思維論的挑戰提出了「陌生化」理論。縱觀什克洛夫斯基關於「陌生化」的全部論述，我們可以這樣描述一下他的這一思路：

一、在日常生活中，由於對周圍的事物太熟悉、太習慣了，於是使人的感知變得「自動化」了：常在海邊不知大海美，深居高山不知高山秀；天天做、天天見的東西變得習以為常、不假思索、視而不見、聽而不聞。這是人的知覺與感官的鈍化和異化。

二、藝術的目的正是使習以為常的事物變得陌生，以喚起人們的注意，恢復人的知覺與感官的豐富性。托爾斯泰在《戰爭與和平》中以一個非軍人的眼光看戰場，使戰爭顯得如此荒唐；魯迅在《祝福》中以一個書生的眼光回憶主人翁的一生，將中國婦女的命運表現得那麼悲愴；還有諸如運用兒童的眼光去看成人的世界的一些作品，將世俗偏見揭露得淋漓盡致，等等，從其選擇的事件來看，我們是那樣熟悉，但又不為我們所注意、所思考，只有通過藝術才引起我們的警覺。這不就是「陌生化」的效果嗎？正是陌生化，使讀者好像第一次知覺到事實上早已在自己周圍並已十分熟悉的事物，從而產生一種新奇感和求知欲。

三、熟悉的事物之所以變得陌生，就在於「技巧」使形式變得異常，遏止了思維的慣性和「自動化」，從而增加了對於形式感覺的難度和長度。例如詩中的誇張、比喻、用典；現代派中的荒誕劇和繪畫等，如果它們都是明白如話、一覽無餘，藝術性何在？意味何在？美是「過程」，而不是目的。如果僅僅是為了某種政治的、哲學的、思想文化的目的去看、去讀一部作品，恐怕不會得到真正的美的享受；美的享受是過程的享受。蒙娜麗莎的畫像所呈現的無非是一個女子，只有細細觀看達·芬奇的用筆、用光、用色的微妙變化，才能品味出這位藝術大師的真諦。

如果僅就上述三個方面來看，什克洛夫斯基的「陌生化」確有幾分道理。首先，這一理論是建立在對人的異化的批判的基礎之上，由此規定了藝術對於人的本質的復歸的重要作用。從這一意義上說，「陌生化」理論有一定的獨創性和深刻性。至於什克洛夫斯基最終將「陌生化」歸結到形式的「陌生化」，這是和他的整個形式主義體系分不開的。

既然陌生化是形式的陌生化，那也就不僅僅是諸如用典、比喻等詞語或句法意義上的「陌生化」，當然還包括作品結構層次的「陌生化」。為此，什克洛夫斯基又提出了「故事」和「情節」兩個概念。所謂「故事」，指作品的素材所構成的一連串的事件；而「情節」，則是「故事」的變形。「變形」的目的是為了使「故事」變得陌生、新奇。由此，什克洛夫斯基認定文學不是生活的摹仿和反映，而是它的「變形」：生活素材在藝術形式中出現時，總是展現出新奇的、與日常現實全然不同的面貌。這當然是由文學的語言特性所決定的：文學的語言不是指向外界，而是指向自身。於是，什克洛夫斯基斷言：藝術總是獨立於生活，它的顏色從來沒有反映過飄揚在城堡上頭那面旗幟的顏色。為了說明藝術語言本體的獨特性、獨立性、什克洛夫斯基居然得出如此極端的結論，顯然是錯誤的。

這絕不是什克洛夫斯基一個人的錯誤，而是俄國形式主義的錯誤，是整個二十世紀形式主義的錯誤，整個文藝學本體批評的錯誤！並且是它們由語言的崇拜所導致的一個不可避免的錯誤！

無論怎樣，以羅曼·雅格布森和維克多·什克洛夫斯基為首的俄國形式主義的功績不能一筆抹煞。他們的對於「文學性」的熱情、關於「陌生化」的獨到見解、關於文學語言特性的分析、對於文學技巧的重視，等等，於傳統的社會歷史批評、心理文化批評等確是一個有力的反撥。將藝術的觀察點由作家、社會引向文學自身，引向文學的本體，引向作品的「內在規律」，不能不說他們在這一方面開一代先河。早在十八世紀末，康德就曾提出「在一切的美術裡，本質的東西是成立於形式」的論斷。[7]隨著黑格爾美學的崛起，「形式」立即被「理念」所壓倒，崇尚作品的「內容」和思想性一直佔據十九世紀文藝學的主流。儘管漢斯立克等人曾掀起過形式崇拜的熱潮，宣稱「音樂就是音響運動的形式」，但並未扭轉十九世紀人們注重文學藝術內容分析的大趨勢。歷史進入二十世紀以後，只是首先通過俄國形式主義的努力，「形式」的崇尚才逐漸形成氣候，並躍居二十世紀的文藝學主潮。特別是英美「新批評」和結構主義，都是在俄國形式主義的直接或間接影響下，走向了形式批評的道路。這是一個不可低估、需要認真研究的文藝學現象。

形式主義批評成為二十世紀文藝學的主潮當然不僅僅是俄國形式主義的影響，而是由其深刻的文化背景和多重因素決定的。從科學技術的發展來看，二十世紀是一個突飛猛進的時代，原子能的利用、電腦的發明、航空航天技術及資訊處理技術的開發等一系列輝煌的成就使人類認識自然和改造自然的能力空前提高，並對人的觀念、思維方式及社會生活的各個方面產生了深刻的影響。二十世紀的美學和文藝學強調理論研究的「客觀性」、「科學性」，試圖借助自然科學的某些原則和方法進行美與藝術的研究，提出「整體性」、「系統性」、「功能和結構」、「符號」、「資訊」等一系列範疇，明顯是自然科學的滲透或影響。

從人的社會生活來看，二十世紀又是一個動盪的時代。一方面是資本的高度壟斷，一方面是赤貧與失業；今天的富翁，明天可能淪為乞丐；這邊是燈紅酒綠，那邊是血與火的搏鬥……，特別是兩次世界

7　康德：《判斷力批判》，上冊，頁172。

性戰爭，把多少無辜的人拖進相互殘殺的深淵。在這些嚴酷的事實面前，作為社會集團中的個人，似乎已完全喪失了主宰自己命運的能力：「我是誰」？「你是誰」？「他是誰」？勝利的狂喜和失敗的悲愴、得意的幸運與失意的悔恨、舊世界的崩潰與新世界的混亂，這一切的一切導致思想文化界的錯位與裂變：一方面不滿於現實，企圖抗爭，一方面又無能為力；一方面積極思索，尋求解釋世界的新答案，一方面又感到知識的貧困與陳舊。於是便有「新康德主義」、「新黑格爾主義」的崛起，便有唯意志論、經驗主義的重新得勢，便有精神分析和存在主義關於人的深沉反思；而以羅素和維特根斯坦為代表的邏輯實證主義，以波普和庫恩為代表的科學主義以及現象學、符號學、闡釋學等等，則是對傳統的徹底悖離，他們放棄了自我而轉向了「實在」，企圖通過形式、語言、存在去發現一個新的世界，企圖通過主體的失落換取客體的再認識。二十世紀文藝學本體批評的興起正是適應了這樣一個文化氛圍。它感興趣的不是對象的內容、意義與價值，而是形式、結構與功能。與傳統相比，文藝學本體批評確是一種嶄新的思維方式，文學藝術在這裡完全成為語言、符號與結構的存在，語言、符號與結構的分析成了文藝研究的全部內容。

無論是科學技術的驚人的發展，還是社會文化背景，只能是二十世紀本體批評產生的條件，而作為它的直接契機，則是現代語言學。從方法論的角度來說，現代語言學是本體批評的理論參照。

現代語言學：二十世紀本體批評的參照系

如上所論，所謂文藝學本體批評，實即文學語言形式的批評。如果就此為本體方法定義，那麼，我們可以這樣說，它在中國古代文藝理論中屢見不鮮、極為豐富。

「其為物也多姿，其為體也屢遷……。或仰逼於先條，或俯侵於後章。或辭害而理比，或言順而義妨……。或文繁理富，而意不指適……。或藻思綺合，清麗芊眠……。或苕發穎豎，離眾絕致……。或托言於短韻，對窮跡而孤興……。或寄詞於瘁音，言徒靡而弗華……。或遺理以存異，徒尋虛以逐微……。或奔放以諧合，務嘈囋而妖冶……。或清虛以婉約，每除煩而去濫……」。[8]

——這是陸機關於語言風格的論述。

「首尾開闔，繁簡奇正，各極其度，篇法也。抑揚頓挫，長短節奏，各極其致，句法也。點掇關鍵，金石綺彩，各極其造，字法也。篇有百尺之錦，句有千鈞之弩，字有百煉之金。文之與詩，固異象同則……。」[9]

——這是王世貞關於詩文篇法、句法、字法的論述。

「句法，宜婉曲不宜直致，宜藻豔不宜枯瘁，宜溜亮不宜艱澀，宜輕俊不宜重滯，宜新采不宜陳腐，宜擺脫不宜堆垛，宜溫雅不宜激烈，宜細膩不宜粗率，宜芳潤不宜噍殺；又總之，宜自然不宜生造。意常則造語貴新，語常則倒換須奇。他人所道，我則引避；他人用拙，我獨用巧。平仄調停，陰陽諧葉。上下引帶，減一句不得，增一句不得。我本新語，而使人聞之，若是舊句，言機熟也；我本生曲，而使人歌之，容易上口，言音調也。一調之中句句琢煉，毋令有敗筆語，毋令有欺嗓音，積以成章，無遺恨矣。」[10]

——這是王驥德關於戲曲句法的論述。

8 陸機：〈文賦〉，《陸平原集》第3-5頁。見《漢魏六朝百三名家集》。

9 王世貞：〈藝苑卮言〉，卷1，收入《歷代詩話續編》（上海市：文明書局，1916年），第16冊，頁9。

10 王驥德：〈曲律〉，《中國古典戲曲論著集成》（四）（北京市：中國戲劇出版社，1959年），頁123-124。

「王荊公絕句云：『京口瓜洲一水間，鍾山只隔數重山。春風又綠江南岸，明月何時照我還』。吳中士人家藏其草，初云『又到江南岸』，圈去『到』字，注曰不好，改為『過』，復圈去而改為『入』，旋改為『滿』，凡如是十許字，始定為『綠』。黃魯直詩：『歸燕略無三月事，高蟬正用一枝鳴。』『用』字初曰『抱』，又改為『占』、曰『在』、曰『帶』、曰『要』，至『用』字始定」。[11]

——這是洪邁關於作詩煉字的論述。

除此之外，中國古代尚有詩論中的格律理論，書畫批評中的筆法、技法理論，小說研究中的技巧理論等等，真可謂不勝枚舉。儘管它也算一種本體批評（因為它是對文學藝術語言的批評），但缺乏思辨的理論基礎，完全是憑藉審美經驗的一種經驗批評，因而還算不上典型的本體批評。典型的本體批評不僅僅是關於文藝語言本體的批評，而且有自己的理論基礎。因而它首先是一種方法論，一種把握與研究文藝現象的思維方法。二十世紀的本體批評正是建立在現代語言學的基礎之上，現代語言哲學是它的理論基礎。

現代語言學被稱為二十世紀的「顯學」之一，瑞士著名語言學家索緒爾是它的奠基人。這位「現代語言學之父」從一九〇六年開始在日內瓦大學講授普通語言學，但當時並未付梓成書。一九一三年索緒爾去世後，他的學生根據大家的課堂筆記和索緒爾的一些手稿及其他材料，編輯整理成《普通語言學教程》一書，於一九一六年首先以法文在巴黎出版，一九二二年出第二版，一九四九年出第三版。此後便被各國語言學家譯成德、西、俄、英、日、漢等文字，影響遍及全世界，涉及哲學、人類學、心理學、文化學、文藝學等各個學科。

《普通語言學教程》之所以有這樣大的影響，除其豐富的內容、

11 洪邁：〈詩詞改字〉，《容齋續筆》（上海市：上海古籍出版社，1978年），卷8，頁317。

廣闊的視野、翔實的材料和敏銳獨到的語言學見解等原因之外，還適應了當時學術思潮激劇變革的需要。在索緒爾之前，歐洲語言學研究是歷史比較方法佔主導地位，後來發展到新語法學派的實證主義。它們只是從心理方面去研究個人言語中的各種事實，給人以支離破碎之感，所以被世人批評為「原子主義」。二十世紀初，包括語言學在內的許多學科都開始注重結構、系統和功能的研究。索緒爾正是在這一思潮的影響下提出了這樣的觀點：研究語言不僅應該根據語言的各個部分，不僅應該歷時地進行研究，而且應根據語言個別部分之間的關係共時地進行研究。這就是說，要根據語言當時的適當性，把語言作為一種完整的形式（「格式塔」），作為一個統一的「領域」、一個自足的系統來研究。

「歷史性」與「共時性」的區分是索緒爾語言學中的一個基本思想。所謂「歷時性」，就是研究語言從一個狀態過渡到另一個狀態的現象，即研究語言的演化；所謂「共時性」，就是研究語言在一特定時間內的橫斷面，即研究語言的「靜態結構」。索緒爾強調語言「共時性」研究的重要性，也就是肯定了語言的系統性、結構性。詹姆森說「索緒爾的創新之處在於堅持這樣一個事實：作為一個完整系統的語言在任何時刻都是完整的，不管剛才在這系統中發生了什麼變化。」[12]這就是說，每一種語言除了它自身的歷史以外，還是一個道道地地的客觀存在、一個道道地地的客觀實體。

與「歷時性」和「共時性」相聯繫的另一對概念是「言語」和「語言」的區分。「言語」（parole）指人們實際交際活動中的說話；「語言」（language）則是一種抽象的符號系統。二者的不同猶如真實世界中人們實際所玩的一盤盤象棋與象棋那套抽象的規則之間的區別那樣，象棋的規則高於並超越每一局單獨的棋賽而存在，「規則」支

12 F．詹姆森：《語言的牢房》（紐澤西：普林斯頓大學出版社，1972年），頁5-6。

配棋賽，並在棋賽的各棋子之間的相互關係中取得具體形式。語言也是這樣，語言的本質超出並支配著具體的言語活動；言語是露出水面的冰峰，語言則是支撐它的冰山並由它暗示出來。因此，索緒爾認為，人類的天賦「不是口頭的言語活動，而是構成語言……的機能」[13]；語言，而不是言語，理應屬於語言學的對象。

既然語言是一個符號系統，那麼，這個系統中的符號具有怎樣的性質呢？索緒爾認為，任何一個語言符號都是由能指（signifiant）和縮指（signifié）兩方面構成。能指即「音象」（sound-image），它是有聲的意象或其書寫形式；所指即「概念」或意義。二者的關係是「任意的」和「差別的」。例如，「cat」（貓）這一符號，「c」、「a」、「t」這三個黑色記號的連寫就是一個能指；它在一個懂英語的人的頭腦裡喚起「貓」的概念就是所指。在這裡，能指和所指之間的關係完全是武斷的、任意的：為什麼這個符號而不是另外的符號表示「貓」的概念呢？這個符號為什麼表示「貓」而不表示「狗」的概念呢？沒有什麼內在的理由，只是文化的、歷史的約定俗成而已。否則，法文中用「chat」、中文中用「貓」，等等，為什麼可以表示同一的概念呢？其次，整個符號與它所指的事物之間的關係也是武斷的、任意的；符號的意義不在其自身，而在它與其他符號之間的差異。這也就是說，「cat」這個符號與真實的、毛茸茸的四足動物之間沒有任何聯繫；「cat」的意義在於它不是「cap」（帽）、「cad」（無賴）或「bat」（短棒）等等。在這裡，能指怎樣變化沒有關係（「cat」、「chat」或「貓」），只要它保持與其語言體系的其他能指的差別就行。從這一意義上來說，「語言中只有差別。」[14]換言之，意義並不是神秘地存在於一個符號中，而是功能性的，是與其他符號相區別的結果。

---

13 索緒爾：《普通語言學教程》（北京市：商務印書館，1982年），頁32。

14 索緒爾：《普通語言學教程》，頁167。

繼索緒爾之後，現代語言學進入了一個突飛猛進的發展時期，特別是美國語言學家喬姆斯基的轉換生成語法（簡稱 TG）理論產生了很大的影響，被語言學界稱為「喬姆斯基的革命」。喬姆斯基企圖回答這樣一個問題：「說話人怎麼會說出並理解新的句子？」這就必然涉及人的內在的語言能力問題。以兒童為例，他生活在什麼樣的語言環境就會學會什麼樣的語言；兒童生下來後聽到的話語是有限的，但卻能聽懂和說出無數的新話語。這就是語言的生成性，它是天生的，屬於人的內在機能。人的這一天生的內在機能決定了語言的「深層結構」。也就是說，在每個句子表達出來之前，這個句子的概念結構就已在大腦中存在了；此後便通過「轉換」，把深層結構轉換成「表層結構」，這就是說話人的音響所表達出來的句子了。深層結構決定了句子的意義，表層結構則是它的形式。據此，喬姆斯基將語言學的研究分為三大部分：一、句法部分。它形成一個句子的深層結構，並進一步轉換成它的表層結構。這是語言學的主要對象。二、語義部分。這部分對句子的深層結構進行語義規則的說明。三、語音部分。這部分對句子的表層結構進行語音規則的說明。

可見，喬姆斯基的理論是對索緒爾語言學的進一步發揮。他所說的語言的深層結構其實就是索緒爾所說「語言」；他所說的表層結構其實就是索緒爾所說的「言語」。喬姆斯基的特點在於進一步強調了深層結構（「語言」）中的句法規則，並提出由此可以轉換成新句子的規則，而這個規則內部又具有「自調性」，即不需借助外來因素進行調整的自給自足性和封閉性。

現代語言學提出的上述一系列重要命題，就語言學自身的發展來看，顯然具有開創性的意義。它不僅與傳統的語言學，而且與十九世紀的歷史比較語言學，都有很大的不同。由於它吸收了現代科學的一些成果，並且涉及到人類學、心理學中的一些領域，因而，現代語言學對於其他學科具有廣泛的普遍性和穿透力。從某種意義上說，它在方法論上已上升到哲學的層面，因而被稱為「語言哲學」。

這樣，二十世紀的本體批評將現代語言學的一些方法和理論移植過來就不足為奇了；換言之，既然語言事實是文學的本體，那麼，將語言學作為文學研究的參照也就成為必然。

例如，現代語言學將語言作為一個獨立自足的體系展開研究，這無疑為本體批評將文學作品看作獨立自足的體系展開研究提供了最富啟發性的理論基石。語言既然是獨立自足的，作為語言的文學作品當然也應當是獨立自足的；因而對於文學作品的研究也就無須考慮語言之外的文化、社會、歷史背景和作者的生平經歷等等，單從作品本身的語言特性便可理解作品的意義。因而，本體批評實際上便成了作品文本的語音、語義和結構的研究。

再如，現代語言學關於語言「共時性」的理論、關於「語言」（「深層結構」）和「言語」（「表層結構」）的區分、關於「能指」和「所指」的界定，等等，無不對二十世紀的本體批評，特別是對結構主義和符號學，產生了直接的影響，無論是從方法論的角度還是從具體的理論學說來看，結構主義和符號學都是直接導源於以索緒爾為代表的現代語言學。至於「俄國形式主義」和英美「新批評」等早期的本體批評，也無不直接或間接地受到索緒爾的影響。正如大衛・羅比所言：「索緒爾的理論與形式主義對於文學和文學研究的觀點有某些驚人的相似之處。儘管形式主義觀點大多是在與索緒爾理論毫無關聯的情況下產生的。後期形式主義理論可能在某種程度上受索緒爾的影響，但是該思潮的前期觀點在索緒爾的《教程》（*Cours*）發表前已經形成。這兩個理論都把文學的起源和原因轉向其功能和效果；兩者感興趣的都不是語言如何反映現實，而是語言如何形成人們對事物的認識；兩者都以系統和差異觀點為中心。」[15]

無論是直接影響、間接的影響，還是相互影響，語言學和文藝學的融會和互滲已經成為事實，文藝學借助語言學的方法和理論構築自己的「本體論」已成為二十世紀西方美學和文藝批評的潮流。這是美學和文藝學歷史上藝術觀念的大變革、文藝研究方法的大裂變。文藝學的本體模式正是在這樣一個條件下形成了自己的獨特風格。

文藝學本體方法的基本模式

通過「俄國形式主義」和現代語言學的回顧，我們便可以確定文藝學本體方法之「本體」的概念了。

很顯然，文藝學方法論意義上的「本體」或「本體論」不同於哲學意義上的本體或本體論。哲學意義上的本體即世界的本原或本性，本體論則是指與「方法論」和「認識論」相對而言的、哲學上研究世界的本原或本性的那部分理論。文藝學方法論意義上的「本體」是指文學的形式、技巧和語言，即文學的存在方式——語言「文本」（text，又譯「本文」），「本體論」則是關於文學的語言文本的理論。

「本體論」（ontology）一詞最早出現在十七世紀，見於德國哲學家郭克蘭紐、克勞堡和法國哲學家杜阿姆爾等人的著作，後被哲學界所採用。「本體論」一詞最早進入文藝學是二十世紀四〇年代初的事情，見之於美國著名批評家、「新批評」的代表人物之一約翰·克羅·蘭色姆的《新批評》（1941）一書。在《新批評》中，蘭色姆反對對文學進行社會的、心理的批評，呼籲一種「客觀的」、「科學

15 安納·傑弗森等著：《西方現代文學理論概述與比較》（長沙市：湖南文藝出版社，1986年），頁37。

的」、「本體批評」的出現。他所呼籲的這種「本體批評」便是關於作品文本、作品語言，即作品的「存在現實」的批評。從而確立了文藝學本體方法的基本概念（本書據此採用）。

文藝學本體方法的確立是在同傳統的社會學批評、心理學批評、思想文化批評等文藝學方法的決裂中產生的。在本體批評家看來，上述傳統的批評方法的根本錯誤主要是出發點的錯誤：它不是從作品存在的現實（文本）出發，而是從主觀出發，因而具有極大的隨意性和非科學性；即使這種批評能夠闡釋作品的意義，這些意義也往往是批評家硬塞給作品的，帶有批評家強烈的主觀印記。文學作品的意義不在作家的頭腦裡，也不在批評家的主觀傾向中，而是在作品的文本。因而，只有通過作品文本的闡釋才能悟出文學的真諦，否則便只能是文學的「外部」批評。與傳統批評方法的這一「決裂」，導致了本體批評在文藝研究領域中的地位的確立。這一任務，主要是由英美「新批評」來完成的。

本體批評既然是對作品語言文本的批評，那麼，它就必然借鑒和移植語言學的方法和理論。於是，以索緒爾為代表的現代語言學便成了本體批評的參照系。本體批評對於語言學的借鑒和移植不僅僅表現在具體理論學說的應用和發揮，更表現在觀念和方法上的依賴和繼承。在本體批評看來，文學的本質特徵不在於作品能夠表現哲學的真理或社會的、心理的法則。這些真理或法則絕不是文學之所以成為文學的決定因素，不是屬於文學所特有的「文學性」。只有形式、技巧和語言文本才是作品之「文學性」的決定因素，語言文本的特徵便是文學的特徵。正是從這一觀念出發，作品的語音、語義及其結構方式的研究便成了本體批評的全部內容。如果說英美「新批評」重在作品的語音、語義的研究，那麼，結構主義則重在作品的語言結構方式的研究。

結構主義與「俄國形式主義」有著密切的關係，他的許多成員（例如雅格布森），前期便是「俄國形式主義」的中堅。如果說「俄國形式主義」和英美「新批評」是在與現代語言學的相互影響中並行發展起來的，那麼，結構主義則是直接導源於現代語言學，現代語言學中的許多概念、範疇都被結構主義所運用。

「新批評」發展到五〇年代後期已成為強弩之末，這是因為他太偏重於個別作品文本的微觀研究而忽略了宏觀考察。於是，當時「人們需要這樣一種文學理論，它既保持新批評派的形式主義傾向，以及新批評派頑固地把文學視為美學實體而非社會實踐的作法，同時，又將創造出某種更為系統和『科學的』東西。」[16]一九五七年弗萊《批評的解剖》的發表是這一意向的最初表露，也是結構主義批評的先聲，儘管他並非嚴格意義上的結構主義。

「同英美的新批評派一樣，結構主義也力求『回到作品文本』上來；但不同的是：結構主義認為，如果沒有一個方法論上的模式——一種使人得以辨認結構的理論——就不可能發現什麼結構。因此，結構主義自己並不相信人們能夠就作品文本和不帶任何先入之見去閱讀解釋每篇作品，他們尋求的目標是理解文學語言的活動方式。結構主義者並不以對個別作品文本作出解釋為目的，而是通過與個別作品文本的接觸作為研究文學語言活動方式和閱讀過程本身的一種方法。」[17]這是結構主義對於英美「新批評」的超越。這一超越顯然應當歸功於現代語言學方法的直接借鑒和應用。

儘管這樣，結構主義仍未擺脫將文學語言作為一個獨立自足的系統進行考察的封閉性；恰恰相反，由於他將自己的方法與理論緊緊拴

16 伊格爾頓：《文學原理引論》，頁109。

17 庫勒：〈文學中的結構主義〉，載馬克思主義文藝理論研究編輯部：《美學文藝學方法論》（北京市：文化藝術出版社，1985年），下冊，頁505。

在了語言學的戰車上，所以，從某種意義上說，他比「俄國形式主義」和英美「新批評」具有更頑固、更保守的文本崇拜主義。而這一點，在符號學美學那裡卻是另一番景象。符號學美學儘管也是導源於索緒爾（正是從這一意義上，許多學者將符號學和結構主義同日而語），但從方法論的角度來看，符號學美學由於從整個人類的文化體系出發規定藝術的本質，因而有著廣闊的視野。他不再拘泥於文學與語言學的對等關係的研究，而重在方法論上的借鑒，著力於整個藝術規律（而不僅是藝術的語言學規律）的研究。因而，在符號學美學那裡蘊含著對於文藝本體的人類學的新發現。

總之，從「俄國形式主義」到英美「新批評」，再到結構主義和符號學美學，作為二十世紀本體批評的代表性流派，在方法論上的共同特點是：首先將「形式」作為文學藝術的本體存在，從形式出發，參照現代語言學的模式揭示作品的語音、語義和內在結構的一般規律，從而發現文藝作品文本的審美意義。

——這就是文藝學本體方法的基本模式。

第二章
本體的崇拜

「新批評」及其本體的呼喚

「新批評」是本世紀二〇年代發軔於英國、三〇至五〇年代形成並極盛於美國的重要文藝理論流派。英國意象派詩歌理論應該是它最早的源頭，艾略特和瑞查茲被認為是它的直接開拓者，而「新批評」這一名稱則得之於美國著名文藝理論家、新批評派的代表人物之一約翰・蘭色姆一九四一年出版的《新批評》(*The New Criticism*)一書。「新批評」名稱的確立，標誌著這一理論流派「已經具備了某種統一的批評方法」——本體論批評。[1]

早在二〇年代，瑞查茲就曾試圖將語文學應用於文藝研究。他將語言分為「科學」和「情感」兩種用法。語言的科學用法主要用來指涉事物；語言的情感用法則是用來表示這種指涉所帶來的情感效果，這是文學交流的特徵。例如，我們說笛福的小說《魯濱遜漂流記》是真實的，是指它講述的事情的可接受性，並非指這些事情與任何真實的歷險故事有某種聯繫。也就是說，藝術真實不等於客觀事實，或者說與客觀事實無關，只是一種「偽陳述」(pseudo-statement)，重在讀者心理上產生的效果如何。只要合情合理，符合自身的邏輯，這部作品就是一個獨立自主的世界，不必用「科學」和「歷史」要求它的真

1　約翰・克羅・蘭色姆：《新批評》(康乃狄格：New Directions出版社，1941年)，頁10。

實。因為「重要的不是詩所云，而是詩本身」[2]。

無獨有偶，艾略特在他那篇著名的論文〈傳統與個人才能〉中則大聲呼喊「詩不是放縱感情，而是逃避感情；不是表現個性，而是逃避個性」[3]。因為在艾略特看來，任何詩人都不可能脫離傳統而「單獨」地創造，自古以來的一切詩歌都是一個有機的整體；與詩人的感性和個性相比，傳統更重要、更有價值；詩人必須為了更有價值的東西而犧牲自己；詩人在詩歌創作的過程中僅僅起著一種媒介作用，就像鉑絲在含有氧氣和二氧化硫的容器裡所起的作用那樣，新的物質——亞酸硫因它而產生，但卻絲毫不含有鉑的成分，因為鉑是中性的，本身並不發生變化。詩人的任務只是將個人的感情和經驗轉化成藝術的；一個藝術家只有不斷地犧牲自己、不斷地消滅自己的個性，才能走向成熟。艾略特提出的這種「非個性」論所針對的是浪漫主義的表現論，其目的是為了拉開作家與作品的距離，以便將批評的興趣由詩人的歷史轉移到詩本身。「誠實的批評和敏感的鑒賞，並不注意詩人，而注意詩。」「這樣一來，批評真正的詩，不論好壞，可以得到一個較為公正的評價」。[4]

儘管瑞查茲和艾略特都在竭力論證「詩本身」的重要，但是後來仍然遭到蘭色姆等人的尖銳批評。蘭色姆在其《新批評》一書中認為，與傳統相比，儘管他們的理論是一種「新批評」，但仍然不夠「成熟」。因為他們試圖以有關感情、情感、態度的術語作出文學評判，只是以一個心理學家的身分來論詩，沒有實現真正的本體批評。蘭色姆認為，心理學家是這樣一種思想家，他打斷我們的討論，插進

---

2 瑞查茲：《科學與詩》（1926年英文版），頁36。

3 托．斯．艾略特：〈傳統與個人才能〉，轉引自大衛．洛奇編，葛林等譯：《二十世紀文學評論》（上海市：上海譯文出版社，1987年），上冊，頁138。

4 轉引自大衛．洛奇編，葛林等譯：《二十世紀文學評論》，上冊，頁133、頁139。

來告訴我們，我們所說的知識很少能夠得到客觀對象（作品本身）的證實，而更多地是得到我們主觀情感和欲望的證實。情感的特性無法單純以有關情感的術語來界定，因為情感屬於使我們產生那種情感的對象本身。比如，並不存在一般的恐懼或原則上的恐懼，只存在對某個特定對象或情境的恐懼。也就是說，「感情是客觀情境的嚴格對應物」，瑞查茲的錯誤就在於「他沒能為美感找出客觀對應物」。[5]至於艾略特對「傳統」的強調，蘭色姆認為根本就不是關於文學批評的判斷，而是一種歷史的判斷。文學批評根本就沒有必要去參照歷史或傳統。參照傳統進行批評只能證明某種創作的傳統性和正統性，而不能證明它的審美價值。因此，艾略特的理論只不過是「近似於瑞查茲心理學理論的某種翻版」。[6]因為儘管他的理論包含著許多有價值的觀點，但其術語仍是有關心理與感情的，我們必須將他的表述翻譯成客觀的、認識的術語。

這樣，蘭色姆便大聲呼喚一種真正的「本體」的批評家的出現。他認為，本體的批評家首先應該意識到詩與散文的差別。詩不是道德說教，也不是情感的表現，而是一種特殊的結構。這種結構「（a）與科技散文的結構不同，它通常不具嚴密的邏輯；（b）包含、攜帶大量離題的或相異的材料，這些材料顯然是與結構無關的，甚至是妨礙結構的」。因此，可以將詩看作是一種「具有離題的局部肌質的鬆散的邏輯結構」。詩作為一種論述，與邏輯論述的差異「是一個本體的差異。」「詩是在本體上與科學認識大不相同的一種認識」，它的意圖在於恢復我們通過自己的知覺和記憶模糊地認識的那個更為繁榮更難把握的原初世界，而這個世界是科學所無法處理的世界。[7]總之，蘭色

5 蘭色姆：《新批評》，頁50、頁51。

6 蘭色姆：《新批評》，頁152。

7 蘭色姆：《新批評》，頁280-281。

姆所呼喚、所期望出現的批評家便是這樣一種批評家：他能夠在本體上意識到文學與科學的區別，探索文學所獨有的那個本體的存在。

看來，排除心理學方法的干擾，成為蘭色姆所致力於確立本體批評的重要任務。這一任務，在新批評的另外兩位代表人物——W. K. 溫薩特和 M. C. 比爾茲利合寫的〈意圖說的謬誤〉（1946）與〈傳情說的謬誤〉（1949）兩文裡得到充分的闡明。

溫薩特和比爾茲利所批評的「意圖說」是指實證主義和浪漫主義的文學評論，即以作家的創作意圖為標準判斷作品價值的理論學說。在這兩位理論家看來，「把作者的構思或意圖當作判斷文學藝術作品成功與否的標準，既不可行亦不足取。」[8]這是因為：儘管構思是作品產生的原因，但這並不等於說構思或意圖就是批評家判斷詩人創作實踐的價值標準；意圖不等於詩本身，詩本身才是價值判斷的標準；何況批評家尋找作家意圖的方法是不確定的，或在詩中找證據，或在詩外找證據，究竟什麼是作家創作的意圖，很難做出準確的判斷。一首詩不是一張遺囑、一紙契約或一項法則，「既不是批評家自己的，也並非作者的（詩一誕生，它就和作者分離了，它走向世界，作者對它再也不能賦予意圖或施加控制了）。這首詩屬於公眾。它體現為語言，而語言是公眾特殊的所有物；它涉及到人類——這是公眾所瞭解的對象。」[9]意圖批評將自己的注意力放在研究作家的傳記材料上面，並由此猜測作家的意圖，這等於在研究作者心理學；而作者心理學不等於詩歌評論。

新批評反對以作家的意圖判斷作品價值的觀點不能說毫無道理。意圖說通過搜尋歷史（包括作品本身）的材料推斷作家的心理，再由

---

8 溫薩特、比爾茲利：〈意圖說的謬誤〉，載大衛・洛奇編，葛林等譯：《二十世紀文學評論》，上冊，頁568。

9 大衛・洛奇編，葛林等譯：《二十世紀文學評論》，上冊，頁571。

很不可靠的「作家心理」（意圖）判斷作品的價值，這種線型思維公式顯然不能窮盡複雜的藝術現象。早在十九世紀，義大利批評家桑克梯斯就首先注意到這一問題，他說：「作者意圖中的世界和作品實現出來的世界，或者說作者的願望和作者的實踐，是有區分的。一個人做事，不會順著自己的心願，只可以按照自己的能力。詩人的寫作總不能脫離他那時代的文藝理論、形式、思想以及大家注意的問題。愈是小作家，愈能確切地表現出他意圖中的世界，……在他們的作品裡，一切都簡單明瞭、有條理、不矛盾，現實變成了一個空虛的外象。一位真正的藝術家寫起詩來，矛盾就會爆發，所出現的不是他的意圖的世界而是藝術的世界。」[10]這也是恩格斯在分析巴爾扎克的作品時所說的「現實主義的最偉大的勝利」。現實主義，在恩格斯看來，「甚至可以違背作者的見解而表露出來」[11]。因此，按照馬克思的說法，「對於一個著作家來說，把某個作者實際上提供的東西，與只是他自認為提供的東西區分開來，是十分必要的。」[12]

對於意圖說的批評，在新批評派發展的歷史上早已開始了。最著名的要數二〇年代瑞查茲在劍橋大學執教時所做的那個教學實驗了。瑞查茲把一些詩略去署名分發給學生，請他們交上自己的理解和評價。其結果是，這些有志於文學研究的英國名牌大學的學生，受到良好的文學訓練，竟然會大捧二、三流詩人的詩作而否定大家的傑作。瑞查茲據此得出結論說，傳統的文學研究方法——先講作者，講作品產生的過程——實際上是讓學生或研究者在進入文本閱讀之前就帶上

10 德．桑克梯斯：〈論但丁〉，伍蠡甫等編：《西方文論選》（上海市：上海譯文出版社，1979年），下冊，頁464。

11 恩格斯：〈致瑪．哈克奈斯〉，1988年4月初，收入《馬克思恩格斯列寧史達林文藝論著選讀》（南昌市：江西人民出版社，1983年），頁267-343。

12 中共中央馬克思恩格斯列寧斯大林著作編譯局譯：《馬克思恩格斯全集》（北京市：人民出版社，1979年），卷34，頁343。

了先入之見，其結果是學生根本不會獨立判斷文學作品的價值。於是瑞查茲選取學生作業與隱名的原詩逐一評點，編成了著名的《批評實踐：文學判斷研究》一書。

富有戲劇性的是，早在二〇年代就對意圖說提出挑戰的瑞查茲居然成了四〇年代被新批評指責的對象。特別是他關於讀者閱讀心理反應的「感受式批評」，被人攻擊為是將讀者當作了巴甫洛夫的狗。溫薩特和比爾茲利的另一篇文章——〈傳情說的謬誤〉就是針對這一理論的批評。

溫薩特和比爾茲利認為，如果說意圖說的謬誤在於混淆詩和詩的來源，試圖從詩的心理原因推衍出批評標準著手，而以作家傳記和相對主義告終，那麼，傳情說的謬誤，則在於混淆詩和詩的結果（效果），試圖從讀者的心理效果推衍出批評標準人手，而以印象主義與相對主義告終。前者以作家心理學代替詩的本體學，後者則是以讀者心理學代替詩的本體學。「不論是意圖說還是傳情說，這種似是而非的理論，結果都會使詩本身，作為批評判斷的具體對象，趨於消失。」[13]於是，溫薩特和比爾茲利，從古希臘的淨化說到十八世紀朗吉納斯的欣喜若狂說以及十九世紀托爾斯泰的感染說、立普斯的移情說、桑塔耶納的快感說和費希納的心理實驗，再到二十世紀佛洛伊德的欲望昇華說和新批評前期代表人物的感受說，等等，一一駁難，批評他們沒有將讀者感受到的意義與作品文本的意義區別開來，實際上是借作品的事由表白自己。在溫薩特和比爾茲利看來，即使傳情說的批評家們通過測量某件藝術品在讀者身上的「心理電流反應」也無濟於事。例如有這樣一次實驗，學生們在聽到「母親」一詞時，都表示懷有某種感情，但電流計並沒有指出他們身體上的變化；當他們聽到

13 大衛・洛奇編，葛林等譯：《二十世紀文學評論》，上冊，頁591。

「妓女」一詞時雖無任何感情，可電流計卻發生了震動。再如，湯瑪斯・曼和一個朋友看完一場電影後涕淚滂沱，但這位作家敘述這件事正是為了證實他所謂「電影不是藝術」的觀點。因此，溫薩特和比爾茲利武斷地聲稱：「傳情說的一般理論，由於其綱領本身的複雜含義，幾乎沒有產生什麼實際的文學批評。」[14]因為傳情式的批評或是生理性的，或是過於含混，純粹是主觀感受，不是客觀的批評。況且，讀者從作品中所能感受到的東西只能是生動的概念，但「生動不是一部作品賴以辨識其存在的事物，而是一種認識結構的產物，而重要的是事物本身」[15]——詩的存在方式。

現在讓我們回顧一下，從新批評早期代表人物瑞查茲的「偽陳述」說、艾略特的「非個性」說、到新批評承前啟後的代表人物蘭色姆對於本體批評的呼喚，再到四〇年代後期溫薩特和別爾茲利關於「意圖」說和「傳情」說的總批判，新批評派對於本體批評的崇拜經歷了一個從心理學的角度反對主觀批評，到最終徹底摒棄心理學等主觀批評這樣一個歷史行程。但是，他們共同的缺憾是：並沒有建立一個完整而系統的文藝學本體方法論體系；對於文藝學的本體方法，僅僅是「呼喚」而已；他們所反對的「心理學方法」實際上包容了社會學方法和道德評價等方面的內容，含混不清，從而影響了對於文學藝術之「本體」概念的界定。而這些任務，在雷內・韋勒克和奧・沃倫合著的《文學理論》一書中終於完成。

14 溫薩特、比爾茲利：〈傳情說的謬誤〉，大衛・洛奇編，葛林等譯：《二十世紀文學評論》，上冊，頁591。

15 大衛・洛奇編，葛林等譯：《二十世紀文學評論》，上冊，頁606。

文藝學本體方法典型示例

美國學者雷內・韋勒克被西方公認為是本世紀最著名的文學理論家和最博學的文學史家之一。儘管他不承認自己屬於「新批評」派，但就他的整個文學觀念和文藝學方法而言，許多學者將他劃入新批評之列並非對他的誤解。特別是他與奧・沃倫合著的《文學理論》一書，可以看作是對新批評派的本體批評的方法論上的總結。《文學理論》的寫作一開始便受到俄國形式主義的代表人物之一雅格布森和新批評的代表人物之一蘭色姆的支持和稱道。本書自一九四八年在美國首次問世以來，一版再版，大量發行，先後有印度文和中文等多種譯本風行於世，廣為流傳，成為近四十年來西方文藝學具有權威性的著作，至今仍被世界許多大學採用作為教材。從這一意義上說來，《文學理論》又可以被看作二十世紀初葉以來整個本體崇拜的縮影。剖析這一典型，將有助於我們認識文藝學本體方法論。

《文學理論》分四部（十九章）。第一部（第一至五章）對文學和文學研究的定義進行界定，重在廓清文藝學方法論上現存的各種問題。第二部（第六章）簡略地考察了文學研究的初步工作，即作品文本的搜集、校訂、真偽辨證以及作者、創作日期的考據等問題。第三部（第七至十一章）從方法論的角度評述了作為「文學外部研究」的文學與傳記學、與心理學、與社會學、與哲學、與一般藝術學的關係，旨在證明這些「因果式」研究方法的非科學性。第四部（第十二至十九章）是其本體研究的具體實踐，分別對文學的存在方式、音韻節奏、意象、隱喻、象徵、神話、文體和類型等進行了逐一細緻的分析。單從上述篇章結構來看，整部《文學理論》就耗費了相當的筆墨用來討論文藝學方法論問題。難怪作者在給本書命名時就頗費躊躇，曾設想明確寫上「文學研究的方法學」之類的字樣，只因擔心題目過長才作罷。因此，正如學界所公論，與其將韋勒克和沃倫的這部書看作是一部關於文學理論的研究，不如將其看作一部文藝學方法論的著作更合它的本意。

《文學理論》開篇第一章就著手討論方法論問題。作者認為，我們首先應當認識到「自然科學與人文科學這兩門學科在方法和目的上都存在著差異」，無論是仿效科學的客觀性、無我性和確定性，還是「因襲自然科學的方法，探究文學作品的前身和起源」的「起因研究法」，「即將決定文學現象的原因簡單地歸結於經濟條件、社會背景和政治環境」，都「過於僵化」，「並不能達到預期的效果」。[16]因此，在作者看來，文學研究的當務之急是將文學理論作為「一種方法上的工具（an organon methods）」[17]，花氣力澄清文藝學方法上的是非，才能實現真正的文學研究。

這樣，韋勒克和沃倫在確定了自己的方向以後，便對被他們稱為非文學本體研究的「外部研究」方法進行了逐一的批評。

一　關於文學的傳記式研究

所謂文學的傳記式研究，就是從作者的個性和生平方面來解釋作品的方法。正如溫薩特和比爾茲利所批評的，有些傳記是以詩人的作品為依據來撰寫的，現在再反過來用以解釋作品，其中有多大程度的可靠性呢？即使那些可靠的傳記，用來解釋文學也不一定是合適的。韋勒克和沃倫質問道：「是不是一個作家必須處在一種悲傷的情境中才能寫悲劇，而當他對生活感到快意時就寫喜劇？……進一步說我們

16 韋勒克、沃倫：《文學理論》（北京市：三聯書店，1984年），頁2-3。

17 韋勒克、沃倫：《文學理論》，頁6。

根本就找不到有關莎士比亞的這種悲傷的證據。莎士比亞不能為他的劇中人物泰門或麥克佩斯的生活態度負責，他也不能具有他的劇中人物蒂爾斯特和埃古等的觀點。我們沒有理由相信普洛斯帕羅說的話就是莎士比亞所要說的：作家不能成為他筆下的英雄人物的思想、感情、觀點、美德和罪行的代理人。而這一點不僅對於戲劇人物或小說人物來說是正確的，就是對於抒情詩中的那個『我』來說也是正確的。作家的生活與作品的關係，不是一種簡單的關係。」[18]

看來，韋勒克與沃倫的駁難是有說服力的。作家不僅不一定悲時寫悲、喜時寫喜，有時還恰恰相反：寫作的目的恰恰是為了實現在現實中不可能實現的東西。這也是文學與一般的回憶錄、日記、通訊、報導的區別。文學與現實的關係是一種間接的、另一個層面上的關係。這一層面就是幻想。幻想從哲學認識論的意義上說來是現實的反映，但幻想並非現實。何況藝術並非純粹的「自我表現」，並非作家生活的摹本。作家對於「自我」的表現是在社會氛圍和文學傳統中進行的，他不可能超越制約他的現實條件。這也就決定了通過傳記研究作品的不可靠性。

二　關於文學的心理學研究

關於文學的心理學研究也就是「文學心理學」。它的含義「可以指從心理學的角度，把作家當作一種類型和個體來研究，也可以指創作過程的研究，或者指對文學作品中所表現的心理學類型和法則的研究」[19]。對於這一問題，韋勒克和沃倫首先批判地評述了佛洛伊德及

---

18 韋勒克、沃倫：《文學理論》，頁70。

19 韋勒克、沃倫：《文學理論》，頁75。

其精神分析學派的理論，稱這一派的理論為「藝術即神經病的理論」[20]。即使榮格、尼采等人的心理類型理論，也不能機械地運用到對於作家類型的劃分中去。因為「在一個詩人的心理結構和一首詩的構思之間，即在印象和表現之間，是有所差別的」[21]。至於作品中所表現的人物的行為帶有「心理學的真理」，那完全屬於心理學本身的問題。心理學不等於文藝學，心理學上的真理不一定具有藝術價值。「對一些自覺的藝術家來說，心理學可能加深他們對現實的感受，使他們的觀察能力更加敏銳，或讓他們得到一種未曾發現的寫作方式。但心理學本身只不過是藝術創作活動的一種準備；而從作品本身來說，只有當心理學上的真理增強了作品的連貫性和複雜性時，它才有一種藝術上的價值——簡而言之，如果它本身就是藝術的話它才有藝術的價值。」[22]

但是，韋勒克和沃倫忘記了，真正的藝術品恰恰是對於人的心理世界的深入發掘。我們讀托爾斯泰的作品，安娜．卡列尼娜複雜的內心世界深深地震動著每一個人的靈魂，每一個讀者在欣賞這部藝術傑作時，難道還有必要區分什麼是「心理學的真理」、什麼屬於「藝術價值」嗎？托爾斯泰筆下的藝術形象本身就是一個整體，這一整體既展現了人類心靈的搏鬥及其運行的歷程，同時又是一件完美的藝術品，批評家為什麼不能從心理學的角度分析這部藝術傑作呢？難道對於安娜．卡列尼娜的心理分析就不是對於這部藝術品的審美判斷嗎？也許，這就是韋勒克和沃倫所說的心理學價值與藝術價值的統一吧。

---

20 韋勒克、沃倫：《文學理論》，頁78。

21 韋勒克、沃倫：《文學理論》，頁81。

22 韋勒克、沃倫：《文學理論》，頁90-91。

三　關於文學的社會學研究

韋勒克和沃倫並不一般地反對文學的社會學研究，並承認「馬克思主義的文藝批評在其揭示一個作家的作品中所含蓄或潛在的社會意義時，顯出它最大的優越性」。[23]問題在於以往有關這方面的探討大多侷限在文學與一定社會狀況、與經濟和政治制度方面的關係上，顯得狹隘和表面。在他們看來，文學不是社會進程的一種簡單的反映，而是全部歷史的精華、節略和概要。作家的出身與他的立場、作家的言論與他的文學活動不是一回事，在作家的理論和實踐之間、信仰和創造之間有著很大的差異。作家不僅受社會影響，也影響社會；藝術不僅重現生活，也造就生活。因此，韋勒克與沃倫認為，簡單地把文學作為生活的鏡子、生活的翻版或某種社會文獻來研究是沒有什麼價值的。「只有當我們瞭解所研究的小說家的藝術手法，並且能夠具體地而不是空泛地說明作品中的生活畫面與其所反映的社會現實是什麼關係，這樣的研究才有意義。」[24]「只有在社會對文學形式的決定性影響能夠明確地顯示出來之後，才談得上社會態度是否能變為藝術作品的組成『要素』和藝術價值的一種有效部分的問題。」[25]與心理學不能代替文藝學一樣，社會學也不能代替文藝學，文藝學有它自已存在的理由和目的。

就一般情況而言，關於文學的社會學研究方面的弊端，韋勒克和沃倫的指責是符合實際的。但是，他們在批評丹納將文學的成因歸之於「環境」的同時又提出「文學作品最直接的背景就是它語言上和文

23 韋勒克、沃倫：《文學理論》，頁109。

24 韋勒克、沃倫：《文學理論》，頁104。

25 韋勒克、沃倫：《文學理論》，頁111。

學上的傳統」。[26]這一觀點，顯然等於否定對文學產生的社會環境的探討。語言和文學傳統就是文學本身，這無疑也就等於說：文學的動因就是文學！其次，儘管他們承認馬克思在〈《政治經濟學批判》導言〉中意識到的文學與社會之間的曲折關係，但是並沒有承認馬克思將「經濟」作為文學之最根本動因的偉大歷史意義。這顯然說明他們關於文學社會學的理解純屬皮相之見。馬克思主義的這一思想，是文學社會學研究的偉大發現，將永遠影響文學社會學研究的方向。

四　關於文學的哲學（思想史）研究

韋勒克和沃倫不同意把文學看作一種哲學的形式，一種包裹在形式中的「思想」。儘管他不否認文學和哲學、思想史的關係，但同時也不贊成運用「思想史」的研究方法分析文學作品，似乎文學研究的目的就是要獲得某種「中心思想」。在他們看來，「思想史」的研究方法僅僅把文學作為某種思想的記錄和圖解，實際上是「把藝術品貶低成一種教條的陳述，或者更進一步，把藝術品分割肢解，斷章取義」，這樣就對理解作品的內在統一性造成了障礙，即「分解了藝術品的結構，硬塞給它一些陌生的價值標準」。哲學（思想史）與藝術有著不同的功能。文學不是把哲學知識轉換一下形式塞進意象和詩行中，而是要表達對生活的一般態度。文學研究者所應當注意的僅僅是思想怎樣進入文學。「思想」如果僅僅作為文學的原始素材而存在就算不上文學作品中的思想。「只有當這些思想與文學作品的肌理真正交織在一起，成為其組織的『基本要素』，質言之，只有當這些思想不再是通常意義和概念上的思想而成為象徵甚至神話時，才會出現文

26 韋勒克、沃倫：《文學理論》，頁106。

學作品中的思想問題。」[27]「哲學真理」正如社會學和心理學的真理一樣，其本身並沒有任何藝術價值，只有在恰當的上下文裡才能提高作品的藝術價值，增強作品的複雜性和關聯性。只有在這種情形下，哲學（思想）與藝術才在某些方面取得了一致，即形象變成了概念，概念變成了形象。

韋勒克和沃倫提出的這一問題，實際上是作品的藝術性與傾向性統一的問題。任何一個作家都應該是一個思想家，都應該有自己對於生活的獨到見解和發現。但是，這些見解又不是在作品中赤裸裸地表現出來，「作者的見解愈隱蔽，對藝術品來說就愈好。」[28]作家的「傾向應當從場面和情節中自然而然地流露出來，而不應當特別把它指點出來。」[29]因此，作為文學批評的標準，也不能將作品的思想性作為唯一的標準；並且，即使對於文學之思想性的研究，也不能就思想而研究思想，換言之，也不能用一般思想史的方法研究文學中的思想，而應當研究被藝術化、美化了的作品中的思想。

五　關於文學和其他藝術的關係的研究

從新批評崇拜本體研究的角度出發，如果說對於韋勒克和沃倫將文學的傳記式研究、心理學研究、社會學研究和哲學（思想史）研究作為文學的「外部研究」這一觀點還是可以理解的話，那麼，他們將關於文學和其他藝術的關係的研究也作為文學的「外部研究」就難以

27 韋勒克、沃倫：《文學理論》，頁114、頁128。

28 恩格斯：〈致瑪·哈克奈斯〉，1988年4月初，收入《馬克思恩格斯列寧史達林文藝論著選讀》，頁267。

29 恩格斯：〈致敏娜·考茨基〉，1885年11月26日，收入《馬克思恩格斯列寧史達林文藝論著選讀》，頁258。

令人理解了。文學和藝術，都是審美文化，都有著相通的規律，將二者進行比較分析怎麼能說是「外部研究」呢？而在韋勒克和沃倫看來，儘管文學與其他藝術相互影響、相互借鑒，即所謂「詩中有畫，畫中有詩」，但「詩」與「畫」各有自己的「媒介」：詩的媒介是語言，畫的媒介卻是色彩和線條。而這些不同的媒介又各有自己的傳統，各有自己獨特的進化歷程和內在結構。這也就是說，只有對文學所獨有的媒介——語言的進化歷程和內在結構進行研究才能算是文學的」內部研究；「而不同媒介構成的文學和藝術之間的關係同樣屬於「外部」問題。因此，韋勒克和沃倫堅決反對將文學和其他藝術進行「平行對照」，認為一首詩的清冷和寧靜與人們接觸大理石時從雕塑中所感覺到的清冷和寧靜是兩碼事。我們聽一首莫札特的小步舞曲，看一幅華托的風景畫，讀一首阿克里翁體的詩歌，都會感到心情舒暢、精神愉快，但韋勒克和沃倫認為這是一種毫無價值的平行對照。因為這種對照僅滿足於描述我們對於這兩種藝術所產生的相似的感情，而這種感情在我們對於文學的認識中卻無法獲得確實的證明，只是在讀者和觀眾的反應中存在。而能夠獲得確證的當然只有文學的媒介本身。「各種藝術（造型藝術、文學和音樂）都有自己獨特的進化歷程，有自己不同的發展速度與包含各種因素的不同的內在結構。」它們相互之間的關係「應該被看成一種具有辯證關係的複雜結構，這種結構通過一種藝術進入另一種藝術，反過來，又通過另一種藝術進入這種藝術，在進入某種藝術後可以發生形變。不是『時代精神』決定並滲透每一種藝術這樣一個簡單的問題。我們必須把人類文化活動的總和看作包含許多自我進化系列的完整體系，其中每一個系列都有它自己的一套標準，這套標準不必一定與相鄰系列的標準相同。」[30]

---

30 韋勒克、沃倫：《文學理論》，頁142-143。

這樣，韋勒克和沃倫就將新批評的本體崇拜推向了極端：不是一般的藝術語言，而是某種藝術門類所特有的語言，才是文藝的本體所在。在他們看來，所謂文學作品的「存在方式」或者「本體論的地位」，既不是像一件雕刻或一幅畫一樣性質的「人工製品」，也不是講述者或詩歌讀者發出的聲音序列；既不是讀者的心理體驗，也不是作者創作時的經驗，而是由一些「標準」組成的動態結構。這些「標準」是由幾個層面構成的體系。這些層面是：（1）聲音層面，諧音、節奏和格律；（2）意義單元，它決定文學作品形式上的語言結構、風格與文體的規則；（3）意象和隱喻，即所有文體風格中可表現詩的最核心的部分；（4）存在於象徵和象徵系統中的詩的特殊「世界」（韋勒克和沃倫稱這些象徵和象徵系統為詩的「神話」）；（5）形式與技巧；（6）文學類型；（7）作品評價；（8）文學史。

韋勒克和沃倫為文學作品設計的這八大層面，就是新批評派所尋找的「本體存在」。在他們看來，這就是文學之所以為文學的本體；所謂文學的「內部研究」，也就是這八大層面的逐次研究；所謂文學研究的本體論方法，也就是這八大層面的逐次研究方法。《文學理論》的第四部，即「文學的內部研究」，便是作者所設計的這八大層面的實踐與展開：首先闡述文學作品的語言結構的聲音層面諸要素，諸如諧音、節奏和格律以及聲音的三個層次等；接著是語言修辭、文體、各種文體的分析方法與風格問題等；然後分述詩的意象、隱喻、象徵和神話的內涵、意義與轉化；再後是從形式和技巧方面討論敘事體小說的性質、結構和模式；最後三章則是關於文學類型、文學評價和文學史研究方面的理論。

——到現在為止，新批評派終於為本體批評構造了完整的方法論體系，《文學理論》的讀者們才終於明白，它的兩位作者在前半部著作中花費了那麼多的篇幅批評文學的「外部研究」的目的之所在：為其所崇拜的本體批評——「文學的內部研究」掃除方法論上的障礙。

實際上，從韋勒克和沃倫關於文學「外部研究」的批評來看，無論是對「傳記式研究」、「心理學研究」的批評，還是對「社會學研究」、「哲學（思想史）研究」的批評，他們所攻擊的集中到一點，就是對決定論式的起因研究法，即所謂「因果式」研究方法的詰難。在他們看來，「外部研究」之所以是「外部」的，就在於這類研究方法是從文學的「外部聯繫」中找起因。韋勒克和沃倫認為，「雖然『外在的』研究可以根據產生文學作品的社會背景和它的前身去解釋文學，可是在大多數的情況下，這樣的研究就成了『因果式』的研究，只是從作品產生的原因去評價和詮釋作品，終至於把它完全歸結於它的起因（此即『起因謬誤』）。文學作品產生於某些條件下，沒有人能否認適當認識這些條件有助於理解文學作品；這種研究法在作品釋義上的價值，似乎是無可置疑的。但是，研究起因顯然絕不可能解決對文學藝術作品這一對象的描述、分析和評價問題。起因與結果是不能同日而語的：那些外在原因所產生的具體結果——即文學藝術作品——往往是無法預料的。」[31]

韋勒克和沃倫的批評對於二十世紀之前文藝研究中的機械決定論確實不無道理。一部完整的藝術品的產生是複雜的、多維的，既不是「理念」的派生物，也不是丹納「種族」、「環境」、「時代」三要素所能窮究得了的。即使單從作者和讀者的心理結構出發去分析評價一部作品，也不能窮盡藝術的精靈。文學藝術品是一個活的生命有機體，單從任何一方面規範它都難免偏頗。但是，難道唯有像韋勒克和沃倫等新批評派們所倡導的，單從作品的本體——八大層面——去分析、評價作品就可以了嗎？顯然也是行不通的。所謂文學的「外部」起因

31 韋勒克、沃倫：《文學理論》，頁65。

之所以是「起因」，就在於這種或這些「因」對作品能夠產生或產生了某種影響，甚至直接進入了作品（文本）。文學研究的任務就應當研究它們是怎樣影響或進入作品（文本）的，怎樣由「外」入「內」、怎樣在這一運動過程中發生形變或質變的，最後又是怎樣成為作品（文本）的有機構成的，等等。只有這樣的研究，才是文學的全方位研究，才能既避免「起因研究法」的弊端，又不拘泥於所謂「文本」的精雕細琢，從而有真正的、令人信服的批評的產生。

本體方法與語義分析

正如韋勒克和沃倫所說，「語言是文學藝術的材料。我們可以說，每一件文學作品都只是一種特定語言中文字詞彙的選擇。正如一件雕塑是一塊削去了某些部分的大理石一樣。……語言理論在詩歌史上起著一個重要作用。……語言的研究對於詩歌的研究具有特別突出的重要性。」因為「文學是與語言的各個方面相關聯的」[32]。但是，從韋勒克和沃倫關於「文學的內部研究」及其他新批評派關於詩的本體研究來看，他們更注重的是作品的語義研究。「語義學」，作為語言學的一個分支，是新批評派本體方法的學理基礎。因為語義學（靜態語義學，不是歷史語義學）更適宜他們鑽進作品的「內部」展開批評，無須涉及作品與社會、心理等方面的「外部」關係。

語義學是符號學的一個部分，指關於語言符號及其所指的對象之間關係的研究，包括關於「外延」（所指）、「定義」等概念的研究（廣義語義學即符號學，指對語言符號的一般研究）。作為新批評方法論基礎的「語義學」直接來自瑞查茲。瑞查茲與人合著的語言學著

32 韋勒克、沃倫：《文學理論》，頁186-188。

作《意義之意義》（1923）一書被普通語義學哲學奉為「語義學史上一個非常重要的里程碑」，而在他的《修辭哲學》（1936）一書中，則開始系統地把語義學應用於文學批評。瑞查茲的文學語義學實際上就是文學修辭學。特別是他提出的「語境理論」，給新批評以很大的影響。

瑞查茲的語境理論認為，文詞的意義在作品中變動不居，意義的確定是文詞使用的具體語言環境複雜的相互作用的結果。一方面，一個詞從過去曾發生的一連串復現事件的組合中獲取意義；另一方面，詞義又是受具體使用時的環境（上下文、風格、情理、習俗等）的制約。也就是說，詞義是由上述一縱一橫兩個方向相互作用所建構的語境網路的產物。在詩歌中，這個選義過程就非常複雜而不穩定，選中的意義可以落在離其主要意義很遠的暗示意義或聯想意義上。因此，詩歌批評就需要對詩的意象、比喻、象徵等手法進行「細讀式」的分析。「意象」，瑞查茲稱之為「感覺的殘留」[33]，產生在不同的語境中，如《馬克白》中有十處關於「赤裸的嬰孩」這一意象，但在文字上並不完全一致。「比喻」，瑞查茲將其定義為「語境間的交易」，非常不同的語境聯在一起的比喻就顯得有力，「狗像野獸般嗥叫」這一比喻無力就在於兩個語境（狗、野獸）距離太近。「象徵」，瑞查茲認為就是語言的「指稱性」，韋勒克和沃倫認為，這一術語在文學理論上較為確切的含義應該是「甲事物暗示了乙事物，但甲事物本身作為一種表現手段，也要求給予充分的注意」[34]。新批評派就是這樣對作品文本進行津津有味的語義分析。

一九三〇年，年僅二十四歲的燕卜蓀在其老師瑞查茲批改的一份作業的啟發下寫了著名的《歧義七型》一書，成為新批評派語義分析的典型的範例。

---

33 瑞查茲：《文學批評原理》（倫敦：1924年），頁176。

34 韋勒克、沃倫：《文學理論》，頁204。

「歧義」，通常指某種機智而富於欺騙性的表達法。燕卜蓀試圖將這個詞用於一個較寬泛的意義上論述語義的細微差別可能引起的不同反應。在他看來，「歧義」可以沿著三個等級或層面展開：邏輯或語法混亂的程度；對歧義理解的自覺程度；所涉及心理的複雜程度。歧義可分為七種。例如「說一事物與另一事物相似，但它們卻有幾種不同屬性的相似」[35]。莎士比亞《十四行詩集》中的第十三首有這樣的句子：「荒廢的唱詩壇，再不聞百鳥歌唱。」鳥歌唱的樹林為什麼被比成教堂中的唱詩壇？至少有以下各點相似：(1) 教堂和樹林中都有歌聲；(2) 教堂的唱詩班與林中的鳴鳥都排著隊唱歌；(3) 教堂唱詩壇是木製的；(4) 唱詩壇被教堂掩蔽著，像樹林一樣，而彩色玻璃的窗子和壁畫又如花和葉；(5) 教堂荒廢了，灰牆像冬天的樹林可漏進天光；(6) 唱詩班少年冷漠自憐的美色與莎氏《十四行詩集》受贈者的感覺相合；(7) 其他各種現已難以追索其份量的社會和歷史原因。

這是第一種歧義類型，也就是說，一個詞或一個語法結構同時在這裡產生了幾個方面的效果。

第二種歧義類型是當兩個或兩個以上的意義被歸結為一個意義的時候，第二種類型的歧義就出現在詞句中，這是語法結構不嚴密所引起的複義。兩個意思，上下文都說得通，並存於一個詞之中所出現的歧義為第三種類型。一個陳述的兩種或兩種以上的意義相互不一致，但它們的結合能使作家較為複雜的思想狀態顯得清楚明白，這時便出現第四種歧義。作家在寫作時發現一個念頭，並沒有立刻抓住它，於是可能會出現一個比喻，這個比喻並不確切地應用於某個事物，而是懸在兩個事物之間，作家從一個事物滑向另一個事物，這時，第五種類型的歧義就出現了。一個陳述沒表達什麼意思，而是同義反覆、自

35 Willian Empsom, *Seven Types of Ambiguity* (New York: New Directions, 1966), p. 2.

相矛盾、言不及義，於是就有第六中歧義類型的出現。一個詞的兩種意義，或者說歧義的兩種價值是上下文所決定的相反的兩種意義，於是整體效果就顯示了作家思想的基本的不一致，這時便出現第七種類型的歧義。

顯然，燕卜蓀精心炮製的七大類「歧義」，純屬語義學、修辭學上的技巧；說到底，也就是一詞（句）多義、複義的問題，也可以說是文學語言的含混性、模糊性問題。我們一方面承認燕卜蓀的研究的確道出了文學語言的特性——不像科學語言那樣精確、明晰；但是使我們難以理解的是，僅僅這麼一個問題居然需要那樣細緻地分析，洋洋二十餘萬言！燕卜蓀在闡釋完七種歧義之後，一方面強調歧義分析對於詩的理解如何如何重要，一方面也不得不承認他的分析考察太瑣細了，以致有些荒唐可笑。這恐怕便是新批評派對文本進行語義分析的致命弱點：拒絕將藝術放在整個社會、歷史、文化、心理等這些大系統中去分析考察，一味鑽在牛角尖裡做些雕蟲小技；儘管不失精緻，但在文學大殿堂裡，只能供人把玩和消遣而已，難展博大宏深之批評家的氣概。因此，在人類關心世界、關心自身命運的今天，新批評走向衰亡也就會成為歷史必然。

一九五七年，溫薩特和布魯克斯合著的巨著《文論簡史》問世，這是新批評發展史上的大事件。《文論簡史》從蘇格拉底一直論述到當代各家各派，以新批評的標準褒貶、取捨，實際上是將全部文藝理論史「新批評」化了，從而受到學界猛烈的抨擊。到現在為止，新批評派的許多主將相繼作古，所剩餘部也只有招架之功而無還手之力。於是，《文論簡史》既是新批評歷史上規模最大、最值得驕傲的著作，也成了新批評最後、最長的一曲輓歌。

第三章
「結構」及其消解

結構主義

結構主義文學理論是繼英美「新批評」之後形成的另一文藝學本體思維模式。

美國學者羅伯特・斯各爾斯將結構主義界定為兩種含義：一、作為一種思想運動；二、作為一種思維方法。[1]

作為一種思想運動，結構主義發軔於六○年代的法國。社會學和文化人類學家列維—斯特勞斯的名著《野性的思維》（1962）的發表標誌著結構主義的開始。此後，哲學家和文化思想史家福柯、精神分析學家拉康、美學與符號學家巴爾特、馬克思學說研究家阿爾杜塞以及哲學和文學理論家德雷達等人，短短幾年內相繼在各自的研究領域發表了別具一格的新作，轟動了巴黎，影響到歐美，在二十世紀文壇上產生了強烈的影響。人們將這股突兀而出的新思潮通稱為「結構主義」。

「結構」一詞源於拉丁文structura，它是從動詞strüëre（構成）演變而來的，原指統一物各部分、各要素、各單元之間的關係或本質聯繫的總體。十七世紀之前，「結構」一詞的意義僅限於建築學，後來擴大到解剖學和語法學。到了十九世紀，這個術語又從生物學移植到

1 羅伯特・斯各爾斯：《文學中的結構主義》（康乃狄克：耶魯大學出版社，1974年），頁1-7。

社會學。二十世紀以來，隨著科學技術的發展，人類對客觀世界的認識逐步深入，經驗論和歸納法顯出越來越大的侷限性，因為世界上有很多事物的認識不能單憑經驗觀察和歸納證明，「關係」、「過程」、「規律」、「微觀結構」等，靠傳統的思維方式顯然不夠用了，於是，一種向唯理論發展的趨勢蔓延開來，「結構主義」便由此應運而生。今天，「結構」這一概念已被廣泛地運用到從自然科學到社會科學的各個領域，各個學科都產生了自己的結構主義理論。在數學中，它反對的是分解主義；在語言學中，它表現為由對孤立語言現象的歷時態研究轉為對統一語言現象的共時態研究；在心理學中，它與原子論相對立；在哲學中，它反對歷史主義……。

但是，在結構主義那裡，並沒有關於「結構」的統一的和普遍的定義。正如布洛克曼所說，目前我們尚不能從各學科的結構主義那裡歸納出一個具有普遍性的定義[2]。

列維一斯特勞斯認為，一種結構是由一種符合以下幾項特定要求的模式組成的：一、它由若干成分組成，其中任何一種成分的變化都會引起其他成分的變化；二、它有可能排列出在同一類型的一種模式中產生的一系列變化；三、它能夠預測當其中的一種或數種成分發生變化時整個模式將出現怎樣的反應；四、在組成這種模式時應做到使一切被觀察的事實都可以成為直接被理解的[3]。也就是說，所謂結構，實際上是各種關係的總和，它是一種系統或秩序，有著特定的生成和變化的規律。

瑞士心理學家皮亞傑在《結構主義》一書中認為結構具有「整體性」、「轉換型」和「自身調節性」三大特徵，這是關於結構概念的另

---

2 布洛克曼：《結構主義》（北京市：商務印書館，1980年），頁16。

3 列維一斯特勞斯：《結構人類學》，轉引自徐崇溫：《結構主義與後結構主義》（瀋陽市：遼寧人民出版社，1986年），頁25。

一權威性界定。所謂整體性，是指結構的排列組合本身是連貫的、有規則有秩序的，它是一個有機的整體，而不是各種獨立成分（因素）的混合；所謂轉換性，指結構不是靜止的，而是運動的，具有構成的功能，能夠不斷地整理或加工新材料，就像語言能夠把各種各樣的基本句子轉化為形形色色的新話語一樣；所謂自身調節性，是指結構的轉換不需借助外來因素，它是一個自給自足的閉合系統，具有依靠自身的規律進行調節的能力，就像語言不是參照現實、而是根據自己內部的規律來構詞一樣，「dog」（狗）這個詞在英語結構中的存在與作用，與任何四條腿、汪汪叫的牲畜的實際存在毫無關係。

從列維－斯特勞斯和皮亞傑的論述中可以見出，結構主義之「結構」觀並不是某一具體學科的學術觀，而是包括文藝學在內的各學科所共同使用和信奉的一種研究方法。「結構主義」，首先是一種方法論，一種思維原則，一種分析各種社會文化現象的方式。它的最終目標是要尋找出指導人的社會行為各個方面的慣例和規則。

那麼，結構主義作為一種思維方法，它有哪些特點呢？

一九七七年版《大英百科全書》認為：「結構主義是對於社會、經濟、政治與文化生活的模式的研究。研究的重點是現象之間的關係，而不是現象本身的性質」。也就是說，在結構主義看來，世界是由各種關係而不是由事物本身構成的；事物的本質不在於事物本身，而在於我們在各種事物之間的構造。這種新觀點是結構主義思維方式最基本、最重要的原則，正如特倫斯・霍克斯所說，「這條原則認為，在任何即定情境裡，一種因素的本質就其本身而言是沒有意義的，它的意義事實上由它和即定情境中的其他因素之間的關係所決定。總之，任何實體或經驗的完整意義除非它被結合到結構（它是其中組成部分）中去，否則便不能被人們感覺到。」[4]

4　特倫斯・霍克斯：《結構主義和符號學》（上海市：譯文出版社，1987年），頁8-9。

結構主義的這一基本觀念導致了它和存在主義的原則區別：存在主義強調表現人的主體性，以此作為思維的出發點，認為世界萬物都源於主體的設計、選擇和創造，只有主體才是能動的；但是，「人」在結構主義看來只是複雜關係網絡中的「關係項」，本身沒有獨立性和主動性，而是由結構決定的。列維－斯特勞斯宣稱人文科學的目的不是「創造人」，而是把人加以熔化；福柯認為人的形象遲早會像海邊沙灘上的圖畫一樣被完全抹掉，「人是一種臆想」，它「將要像海市蜃樓一樣消失」，在它之後留下的是世界秩序而不是人。可見，結構主義正是在與存在主義的對抗中產生的。這種對抗所導致的直接後果是對人本主義的否定。

結構主義的文藝理論曾提出「作家已經死亡」的口號，主張離開個人、作家而轉向過程和系統的批評。這種藝術觀確也反映了現代主義文學中的一個重要的趨勢；越來越不去關心那些積極創造自己的命運，按照自己的意願來安排世界的全面的和充實的人物，而是去注意那些受著多種社會體系和文化體系支配、自己無能為力而且毫不理解這些體系的沒有獨特面貌的反主角。卡夫卡等人的作品便是這一趨勢的典型例證。結構主義的文學理論和藝術批評對於人本主義、人的主體性的摒棄，正是以現代主義作為自己的文學背景的。

結構主義的這一基本思維原則顯然是在索緒爾語言學理論的影響下產生的。索緒爾雖然沒有使用過「結構」這個概念，但他所說的「體系」就是指結構，他的整個思想與方法都是結構主義的。索緒爾認為，我們看一個句子，不能將它看成是一串孤立的詞的總和，而必須從句子的整體出發去分析詞與整體的關係。語言體系是一系列語言的差別與另一系列意義差別的平列。這種差別就形成了語言結構的成分。據此，索緒爾提出了與語言「歷時態」研究相對立的「共時態」研究法。歷時態把語言當作一種處於歷史發展過程中的連貫體系進行研究，即研究事物從一個狀態過渡到另一個狀態的演化過程；共時態則強調研究語言在一定時間互相並列、互相依存、互相制約而自成一體的靜態結構，即主張從橫斷面研究同一時間內各種事物之間的關係，特別是它們同整個系統的關係。

其實，共時與歷時、結構與過程都是不可分的。索緒爾片面強調前者而否定後者必將導致歷史的消失。事實上，自索緒爾結構語言學所創這種共時模式並被奉為經典以來，歷史這一概念已被視為線性的、機械的、無意義的歷時延續，在許多社會科學理論中悄然失寵而不為人們所關心，代之而起的是共時模式——結構的信奉與推崇。列維—斯特勞斯曾援引地質學的例證說明，世界是沒有意義的：在無數歲月中逐漸生成的複雜地質形態總是作為一種空間形象同時呈現於人的眼前。在這裡，時間與過程從人的視野中消失，剩下的只是並存的由各種地質成分組成的一個「關聯式結構」。在結構主義看來，正是這種「關聯式結構」及其法則才是科學研究唯一可及的對象，一如語言的意義不是來自歷時性的詞義演變，而是取決於語言系統內部的區別性關係一樣。結構主義便是這樣將索緒爾的結構語言學方法推廣到人類文明、文化及社會生活研究的各個領域，其中文學則被視為由詞語構成的封閉自足的本文結構，它的意義不再取決於它與歷史的關聯，而是取決於本文結構內部諸成分之間的區別性關係。全部結構主義的文學理論與藝術批評就是關於文學藝術結構的分析。它所要著力尋找的便是文學系統的內部秩序和規則。因為在他們看來，「組織化的要求」對藝術與科學來說是共同的，「最卓越地進行著組織的分類學就具有顯著的美學價值」，審美本身就通向分類學[5]。正如安納・傑弗森所說，將結構（系統）看得高於它所代表的東西，是結構主義詩

5 列維—斯特勞斯：《野性的思維》（北京市：商務印書館，1987年），頁18。

學將索緒爾模式推及到文學基本原理後得出的一個結論[6]。

結構主義既然從「結構」的角度看世界，主張對事物進行「共時」研究，那麼，怎樣進行這一研究呢？這就是首先須將客體分解為碎片或組成成分，然後對這些碎片或組成成分重新組合和編配，進而便可以從中尋找意義。這就是結構主義的所謂「分割為成分」和「編配」的方法。正如巴爾特所說：「把客體一分解，就發現了它的鬆散碎片，在這些碎片間有著產生某種意義的細微區別。碎片自身無意義，但它們一旦被組合起來，其位置和形式上的最小變化，都會引起整體上的變化」，從而產生新的意義[7]。列維—斯特勞斯對俄狄浦斯神話的結構分析可謂是這一方法的傑作。現在就讓我們看看他是怎樣運用這一方法的。

他說，「如果我們無意把神話看成是直線發展的系列」，那麼，就可以把它看作是「一束關係」，「我們的任務是重新確立正確的排列。」比方說，如果我們遇到以下一系列數字：1，2，4，7，8，2，3，4，6，8，1，4，5，7，8，1，2，5，7，3，4，5，6，8，……，那麼，我們便可以把所有的 1 放在一起，把所有的 2，3 等等也照此排列，就會出現如下結構圖表：

1	2		4			7	8
	2	3	4		6		8
1			4	5		7	8
1	2			5		7	
		3	4	5	6		8

6　安納·傑弗森等著：《西方現代文學理論概述與比較》，頁114。

7　巴爾特：《批評文集》，轉引自布洛克曼：《結構主義》，頁43。

列維—斯特勞斯認為，我們對俄狄浦斯神話也應做同樣的工作，即對其中的「神話素」進行最佳的排列組合。於是，他便這樣開始了他的排列工作：

卡德摩斯尋找
他的妹妹
歐羅巴，她已被
宙斯劫去

卡德摩斯殺死
巨龍

地生人（武士）
互相
殘殺

拉布達科斯（拉伊俄斯
的父親）＝跛子（？）

俄狄浦斯殺死
父親
拉伊俄斯

拉伊俄斯（俄狄浦斯的
父親）＝左撇子（？）

俄狄浦斯殺死
斯芬克斯

俄狄浦斯＝腫腳（？）

俄狄浦斯
娶了他的
母親
尤卡斯忒

伊托克利斯殺死

他的弟弟

波呂尼塞斯

安提貢

埋葬了她的

哥哥

波呂尼塞斯

不顧

禁令

這樣，我們就會看到四個垂直的欄目，每一欄目都包括了屬於同一束的幾種關係。列維一斯特勞斯認為，如果我們敘述神話，那麼會不顧這些欄目，從左向右、從上到下地閱讀；但是，如果我們企圖理解（研究）這一神話，那麼就必須不顧歷時性範疇的那一半（從上到下），而是從左向右一個欄目一個欄目地閱讀，把每一欄目都看成是一個單位。這樣，屬於同一欄的全部關係便顯示出共同特徵：第一欄的全部事件都和血緣關係有關，它們被人們過分地強調了，即超過了他們本來的親密程度，是對血緣關係的過高估價。第二欄的共同特徵是對血緣關係的過低估價，與第一欄構成了一個「二元對立」。第三欄是怪物被人擊敗（人的力量），第四欄則是人的缺陷。三、四兩欄又構成了一個「二元對立」。列維一斯特勞斯認為，藉由這樣的排列組合，我們便可以使表面無秩序的神話具有明晰的秩序。這種秩序其實就是存在於人的思維和宇宙中的「二元對立」的秩序[8]。

列維一斯特勞斯便是這樣運用「分割為成分」和「編配」的方法研究了古希臘神話的「意義」！正如布洛克曼所說，對此我們也不必

8 列維一斯特勞斯：《結構人類學》，轉引自特倫斯．霍克斯：《結構主義和符號學》，頁40-44。

驚異，因為在結構主義看來，藝術的本質就是「秩序」，藝術活動就是創造「秩序」的活動，「毫無疑問，美學作用應該理解作一種秩序化的活動。……任何美學現實都是對混亂的制服」[9]。

從列維－斯特勞斯這一創造「秩序」的活動中我們同時可以發現，他所創造的這一「秩序」，即他所發現的俄狄浦斯神話的「結構」，並不是神話「故事」本身的結構，並不是通過「故事」本身發現的意義，而是故事後面的「故事」、意義後面的「意義」，即不為常人所理解的「故事」和「意義」。——這是結構主義作為方法論的另一顯著特點：強調研究對象時不停留在表面，要求深入其內部，發掘它的「深層結構」。而這種所謂「深層結構」是看不見的，也不是對象本身所具有的，而是由人的先天構造能力所建構的。也就是說，首先是人的先天構造能力建構了語言、神話、親屬關係和文學系統等等，然後再創造出可以觀察到的言語、神話故事、婚姻型式和文學情節等等。這顯然是康德先驗哲學的翻版，當然也是現代語言學的直接套用。

按照這一哲學，結構主義的文學理論認為，「作品只是作為抽象結構的表現形式，僅僅是結構表層中的一種顯現，而對抽象結構的認識才是結構分析的真正目的。因此，『結構』這個概念在這種情況下只具有邏輯意義而沒有空間感。」因此，他們的結構分析儘管也涉及到具體作品，但並不分析作品的實在的意義與個性，「也不喜歡依據心理學或社會學而實質上是哲學的方式來詮釋作品，換句話說，結構分析（在基本原則上）是與理論、詩學一致的。它的對象是文學話語而不是作品，是一種抽象的而不是實在的文學。……在這種意義上，

9　布洛克曼：《結構主義》，頁135。

現存的文學作品只是作為已經實現的個別例證。」[10]這就是結構主義所津津樂道的所謂文學的「內部研究」。無論是列維—斯特勞斯的神話分析，還是托多羅夫的《十日談》語法分析等等，所探尋的都是這種看不見的、抽象的「深層結構」分析。結構主義之「結構」觀，便是這一意義上的邏輯結構。

敘事結構分析

單就文學理論來看，結構主義最顯著的成就是對於敘事文學的結構分析，即所謂結構主義敘事學。

結構主義「敘事學」（narratology），又稱「敘事文分析」，旨在發掘敘事文體的不變的深層結構，即試圖通過分析敘事文體共有的各種要素及其關係，建立一套敘事體的普遍結構模式。

結構主義敘事學的興起直接受到俄國民俗學家普洛普的影響，他的《民間故事形態學》（1928）引起了法國結構主義文論家對於敘事結構研究的極大興趣，刺激了托多羅夫等人企圖建立「敘事學」的構想。

普洛普不滿意按照人物和主題對童話（民間故事）進行分類的方法，因為在他看來，童話的特徵是經常把同一的行動分配給各式各樣的人物；童話在表面上似乎細節縱橫交錯，其實「功能」的數目極小，而「人物」或「主題」的數目極大。例如：（一）一個國王把一隻老鷹送給一位英雄。這隻老鷹隨著英雄到另一個王國去。（二）一個老人送給蘇森科一匹馬。這匹馬帶著蘇森科到另一個王國去。（三）一個巫師送給伊凡一隻小船。這隻船載著伊凡到另一個王國

10 茲韋坦・托多羅夫：〈敘事體的結構分析〉，載《文學研究參考》1987年第3期（1987年3月），頁1。

去。(四)一個公主送給伊凡一只戒指。一群青年從戒指中出現，把伊凡帶到另一個王國去。這些例子說明，它們的人物雖然不同，但情節的因素卻一成不變:「人物的功能是作為穩定不變的因素出現在故事中的，並不取決於這些功能是如何完成和由誰完成的。」[11]於是普洛普得出結論說，應當按照「功能」，而不是按照人物和主題對童話進行分類，功能是童話的基本單位。所謂功能，就是從情節過程的意義出發所確定的某個人的行為。

於是，普洛普便從一百個童話中提取了三十一種功能作為童話故事的基本形態，諸如主人翁受到禁止，主人翁離家，壞人遭到懲罰等等。在研究童話時，他首先將作品分解成一個個功能，然後將這些功能的標號列成一個排列式，顯示出故事的基本構架，最後再根據結構特徵進行分類。例如關於《狼和山羊》的結構便可這樣分析：長者(老山羊)出走；告誡(小山羊);(小羊)違禁；被壞人(狼)拐走；得知消息；尋找；殺死壞人(狼);發現失散者；返回。這一故事便可按功能列成這樣一個序列：

$$\gamma' \ \beta' \ \delta' \ A' \ B^4 \ C \uparrow I^6 \ K' \downarrow$$

普洛普認為，通過這樣的結構顯示(排列)之後，便可以進行客觀的分類了。

普洛普《民間故事形態學》及其童話故事分析的最大貢獻就在於提出了敘事文學結構分析的依據——功能。功能概念的確立為結構主義敘事學在法國的興盛提供了最有價值的參照。格雷馬斯便是在借鑒普洛普成果的基礎上提出了敘事體中「行為者」(actant)的三組對立關係：主題與客體、發送者與接受者、敵對者與幫助者。格雷馬斯認

11 普洛普：〈民間故事形態學〉，轉引自《外國文學報導》1985年第5期(1985年5月)，頁55。

為，這三對關係適合於敘事中所有人物，任何人物都具有這幾對「行為者」中的一種或幾種功能。如在一個簡單的愛情故事中，男子既是主體又是接受者，女子則是客體與發送者等等。這一劃分實際上是在更抽象的層次上排列了敘事體的結構與功能。為了能在更抽象的層次上描述敘事結構，格雷馬斯還將普洛普提出的三十一種功能簡化為三種結構：一、契約性結構（契約的建立和中止、離異或者重新統一等）；二、表演性結構（艱難的考驗、鬥爭，任務的執行情況等）；三、分離性結構（遷移、離別和到達等）。[12]格雷馬斯認為，正是這些組合關係把「行為者」的活動組合成情節，使文學作品的故事像語句那樣成為一種可以分析的語義結構。他的名著《論意義》主要便是對敘事語義結構分析的典型範例，並由此建立了意義的基本結構——「符號學方陣」。[13]

法國另一位卓有建樹的敘事學理論家托多羅夫關於《十日談》的分析則是從句法的角度研究了薄伽丘的這一名著，「敘事學」一詞就是由他提出來的。

和普洛普一樣，托多羅夫也十分強調「功能」。他說：「結構是由功能組成的，功能產生結構」。[14]因此，我們應當像分析句法結構那樣，抓住敘事體自己的「主語」、「謂語」等去分析敘事體的結構。例如《十日談》裡的每一個故事，都可以將其作為一個長句來讀：

一、一個小修士把一個年輕的女孩帶進自己的房間，並與她發生了性行為。院長發現了他的劣跡，打算嚴厲地懲罰他。修士知道此事被院長看見，於是設下一個圈套。他自己假裝離開，等院長進入房

12 霍克斯：《結構主義和符號學》，頁95。

13 參見趙憲章編：《二十世紀外國美學文藝學名著精義》（南京市：江蘇文藝出版社，1987年），頁372-373。

14 托多羅夫：〈文學的概念〉，載《外國文學報導》1985年第5期（1985年5月），頁35。

間，也被女孩迷人的外表所吸引，修士卻躲在房間裡偷看。最後當院長準備懲罰他時，這位修士指出，院長也犯了同樣的罪孽。結果，修士未被懲罰（第一天第四個故事）。

二、有個年輕的修女叫伊莎貝達，她常與情人幽會。有幾個修女發現了此事，她們嫉妒她，跑去叫醒女院長，要求懲罰伊莎貝達。當時女院長正陪著一位修士睡覺，倉促中將修士的短褲當成了頭巾。伊莎貝達被帶進教堂，當女院長開始教訓她時，伊莎貝達注意到女院長頭上的短褲，當眾指出了這一事實，從而逃脫了懲罰（第九天第二個故事）。

三、帕洛蕾拉趁著她那當石匠的丈夫不在家時與情人相會。可是有一天，她的丈夫回來得很早，她只得將情人藏在一只桶裡。當她的丈夫進來時，她告訴他，有人要買這只桶，現正在檢查。她的丈夫相信了她的話，很樂意這樁買賣。於是，她的情人付了錢，帶著桶走了（第七天第二個故事）。

四、有位婦人經常單獨待在鄉下，每晚都與情人相會。但是有天晚上她丈夫從城裡回來了，而她的情人還未到。稍後情人來敲門，這婦人說這是一個每天晚上都來打擾她的鬼，得驅除他。於是，她的丈夫唸起了胡編的咒語，情人從中弄清楚了房內的情況就走開了，他很滿意這位女主人的機智（第七天第一個故事）。

對於這四個故事，托多羅夫分析說，它們顯然有些共通的東西：一、情節的最小圖解能由一個從句表示；二、從句中有兩個相當於「詞類」的實體：(1) 行使者（相當於專有名詞，代表從句的主語和賓語），(2) 謂語（它是一個動詞，如違抗、懲罰、逃脫等）。如果我們要找出這四個故事的共同結構，那麼便可以描畫出下面一個序列：

X犯了法—→Y要懲罰X—→X力圖逃脫懲罰—→Y犯了法，

Y相信X沒有犯法⟶Y沒有懲罰X[15]

托多羅夫認為，如果我們企圖分析《十日談》中的更多的故事，還可以發現更多的與語言學類似的「詞類」、「情態」或「句法類型」（序列）。在他看來，這就是「理解文學」[16]！

繼托多羅夫之後，法國結構主義文藝理論家熱拉爾・熱奈特於一九七二年出版了《敘事話語》一書，對敘事理論作了系統的論述，將結構主義敘事學推向高潮。這部敘事學專著由五個核心概念組成。這五個概念是：順序（order），進速（duration），頻率（frequency），語式（mood），語態（uoice）。

「順序」研究的是事件發生的時間與敘述時間的關係，包括敘述中的提前、閃回、交錯等技巧的運用。

「進速」指的是事件的處理，探討敘述過程中如何擴展、概述、刪節事件。

「頻率」指的是事件發生的次數與敘述次數的關係：二者相等為「同頻式」，二者不相等為「異頻式」。「異頻式」又包括兩種，一種是只發生一次的事件敘述幾次，另一種是經常或重複發生的事件只敘述一次。

「語式」分「距離」和「視點」（又稱「視角」）兩個方面。「距離」即敘述與敘述內容的遠近關係，如描述、再現、直接敘述、間接敘述等等；「視點」（視角）指敘述者與人物的關係，即所謂「取景角度」，熱奈特將其分為三大類型：一、敘述者比人物知道得多，即敘述者＞人物，可稱為無焦點或零點焦點；二、敘述者與人物知道得一

15 托多羅夫：〈敘事體的結構分析〉，載《文學研究參考》1987年第3期（1987年3月），頁3。

16 托多羅夫：〈敘事體的結構分析〉，載《文學研究參考》1987年第3期（1987年3月），頁4。

樣多，即敘述者＝人物，可稱為內焦點；三、敘述者比人物知道的少，即敘述者<人物，可稱為外焦點。熱奈特認為，「距離」和「視點」是「敘述信息調節的兩種主要方式，即敘事語式的兩個主要方面。這就如同欣賞一幅油畫，要想看得真切，取決於我們與畫面之間的距離，要想看得完整，又取決於我們同可能影響我們視線的障礙物的角度」[17]。

最後一個概念是「語態」。如果說語式研究「誰在看」的問題，那麼，「語態」所研究的則是「誰在說」的問題，即研究敘述者是局外人，還是當事人或主人翁；敘述時間是在事件發生之前，還是在事件發生之中或之後等等。

由於熱奈特比較廣泛地吸收了眾多敘事學理論家的成果，所以，他的理論對於法國敘事學具有一定的代表性，為敘事理論研究開闢了許多新的領域。但萬變不離其宗，熱奈特對於敘事結構的研究仍與普洛普一樣重視「功能」。因此，他的所謂敘事結構乃是「功能的結構」，或者說是通過功能研究結構。

國內有些學者將結構主義敘事學分為兩派，一派是以普洛普為代表的功能派，一派是以加拿大著名文藝理論家弗萊為代表的原型派[18]。這一劃分實際上是不確切的。

弗萊認為，自然界的許多現象都有生老病死或往復循環，文學作品中的意象也是往復循環運動、首尾相連的。為摒棄文學批評中的主觀隨意性，他認為必須參照自然規律發現文學的規律。於是，弗萊根據一年有四季（春、夏、秋、冬），一天有四時（早、午、晚、夜），

17 熱奈特：《敘事語式》，《當代西方文藝批評主潮》（長沙市：湖南人民出版社，1987年），頁193-194。

18 張法：〈從比較美學看茵加登的作品本體論〉，《文學研究參考》1987年第3期（1987年3月），頁9。

一水有四型（雨、泉、河、海或雪），一人有四齡（青年、壯年、老年、死亡）等類型，認為文學發展中也存在著這樣一個自然循環，即有著四種主要的文學作品：相對於春天，是喜劇作品；相對於夏天，是羅曼司；相對於秋天，是悲劇；相對於冬天，是反諷和諷刺性的作品。在喜劇中常出現森林這一背景，它是綠與生命的世界；羅曼司的情節大多是冒險，其中的英雄和神話故事中的太陽神很相像；悲劇中的死亡能夠將倖存者引向一種新的統一，英雄的精神並沒有殺死；反諷是羅曼司的一種嘲笑式的摹仿，諷刺則是好戰的反諷[19]。

顯然，弗萊所尋找的確是一種敘事結構，但是，他與「正宗」的結構主義又有所不同，正如伊格爾頓所說：「正宗的結構主義有一個在弗萊的著作中找不到的獨特信條，即認為任何一個體系的個別單元只是在它們的相互關係上才有意義。這並非簡單地認為：你應以『結構的眼光』看待事物。你可以把一首詩作為一個『結構』來檢查，而依然認為其中每一單元多少都具有自身的意義。也許這首詩中有一個關於太陽的意象，另一首中有一個關於月亮的意象，而你感興趣的是這兩個意象的意義完全是由相互間的關係而引起的，你才是一個貨真價實的結構主義者。意象沒有一個『實質性』的意義，只有一個『關係上』的意義。你不必走到詩的外面，去解釋你關於太陽和月亮的知識，因為它們會相互解釋、相互界定。」[20]

弗萊顯然沒有這樣去做，他所尋找的「原型」顯然具有自身獨立的意義，並且是與自然、社會相聯繫的文化原型。因此，他尚算不上一位「正宗」的結構主義者，儘管他的文學活動與結構主義並行並且導致了結構主義的興盛。這樣，結構主義有所謂兩派之分的說法也就難以立論了。

19 弗萊：〈原型批評〉，《批評的解剖》（紐澤西：普林斯頓大學出版社，1971年）。
20 伊格爾頓：《文學原理引論》，頁113。

這實際上涉及到作為一般的文學「結構」概念與結構主義之「結構」概念的重要分野。弄清這一問題將有助於我們從文學觀念等方面認識結構主義模式的特點。

文學的結構和作為結構的文學

按照我們傳統的概念，所謂「結構」，便是「總文理，統首尾，定與奪，合涯際，彌綸一篇，使雜而不越者也。若築室之基構，裁衣之待縫緝矣。」[21]在以群主編的《文學的基本原理》中，則將結構定為「形式的構成因素之一」。該書認為，「在具體的創造過程中，作家從現實生活中選取了一定的題材，在醞釀、形成作品主題的同時，必然考慮到如何安排這些材料，用以表現作品的思想內容，構成一部完整的文學作品。這就是作品的結構問題。」「作品的結構是表現作品內容、顯示作品主題的重要藝術手段」，「在敘事性作品中，結構主要表現在情節的安排和組織上。」[22]這種傳統的「結構」概念顯然是指具體的敘事作品在單一情節層面上的橫向佈局。

結構主義敘事學雖然也研究情節，但與傳統的情節結構研究有很大的差別。首先，敘事學所研究的情節結構不是某一具體作品的情節結構，而是整個（或某類）作品所共有的「情節結構」。這也就決定了結構主義所研究的「情節結構」僅具有抽象的意義，本身並不負載任何信息。例如茅盾在分析《水滸》結構的特點時指出，《水滸》中的故事一方面「各自獨立、自成整體」，一方面又「前後勾聯，一步緊一步」。[23]這一特點顯然是就《水滸》這部具體作品概括出來的，它

---

21 劉勰：〈附會〉，《文心雕龍》，《文心雕龍注釋》，頁650-651。

22 以群主編：《文學的基本原理》（上海市：上海文藝出版社，1979年），頁316-323。

23 茅盾：《鼓吹集》（北京市：作家出版社，1959年），頁23。

負載著《水滸》整部小說的資訊。這樣的概括對《水滸》適用，而對其他作品就不一定適用。但是結構主義者，例如托多羅夫關於《十日談》結構的分析及其所得出的情節「公式」顯然不是就某一個故事而言的，而是就某一類（不限於《十日談》）故事概括出來的，因而適用於相當一部分敘事作品的結構分析。這是因為，托多羅夫的這一「公式」已不負載任何具體信息，只是抽象的「功能符號」而已。

其次，由於敘事學之敘事結構具有極強的抽象性，因而它的所謂結構便不是單一層面上的橫向佈局，而是立體的、多層面的關係所構成的模式。熱奈特關於敘事作品五大結構特點的概括便是一個縱橫交錯的網路系統。在結構主義看來，這就是作品文本得以存在的方式。離開它，任何情節或情節單元（細節）都是無意義的碎片；整部作品的意義是意義單元所建構起來的結構模型。「關係」決定了結構主義之「結構」概念的立體性。特里・伊格爾頓曾舉了一個簡單的例子說明結構主義的這一特點：

有這樣一個故事：一個孩子與父親吵架出走，在烈日下穿過一座樹林，跌落在一個深坑裡。父親出來找他的兒子，向深坑裡張望，但因為光線很暗，看不到兒子。此時剛好太陽升到他們頭頂，照亮了坑的深處，使父親救出了孩子。在歡樂中他們言歸於好。

精神分析批評家或許能在其中發現俄狄浦斯情結的暗示，人道主義批評家可以串連社會矛盾分析人際關係，而結構主義則會利用圖解的形式分析這個故事：第一個意義單元「兒子與父親爭吵」可改寫為「低對高的反叛」。孩子穿過樹林是沿著一條平行的軸線運動，可用「中」表示；掉進坑裡是「低」，太陽是「高」；太陽照進坑裡是「高」俯就於「低」。父子和好表示「低」與「高」恢復平衡；一路回家表示「中」。如果用圖示表示這一敘事小品的結構即是這樣：低反叛高——高俯就於低——中（恢復平衡）。至於這一故事內容如何，那無關緊要，人們完全可以用不同的成分來取代父親和兒子、深坑和太陽等等，均可得到「相同的故事」，「只要各個單元之間的『關係』的結構不變，你挑選什麼項目都無足輕重」。[24]

這就是結構主義之「結構」觀念的基本點：重功能、重關係；所謂功能是關係中的功能，無須到文本之外尋找任何參照；所謂關係是功能的關係，無須關心文本之外的價值與意義。這樣，「結構」的概念在結構主義者那裡完全被賦予獨立自足的意義。他們所研究的結構不再是文學中的結構，而是作為結構的文學。結構的存在就是文學的存在，結構本身便是文學的意義和本體。

——這是結構主義文學觀念與傳統觀念的重大分野。

結構主義的這一文學觀說明它是如何將文藝學與語言學緊緊地捆在了一起。正像巴爾特所說：「敘事作品是一個大句子」[25]。敘事作品的結構當然也就是一個「大句子」的結構，有它自己特定的主語、謂語和賓語，名詞、動詞和形容詞。這個「大句子」的意義完全是由句子自身各成分間的關係決定的，無須參照句子以外的現實分析句子自身。這樣，就可以完全忽略語言的所指而主要研究它的能指，「大句子」於是也就成了一個徹底封閉的系統。因此，我們在結構主義的理論批評中幾乎看不到關於作品思想內容的分析，因為它所追求的唯一目標無非是揭示文學與語言的相似性，即用語言學的概念與法則分析文學，在文學中發現語言學的規則。正像熱奈特所表白的那樣：「文學被當作無編碼的信息由來已久，現在有必要暫且把它當作無信息的編碼。」[26]文學，在結構主義的觀念中便是無信息的編碼、無內容的形式、無價值的功能、無主題的結構。

24 伊格爾頓：《文學原理引論》，頁113-115。

25 巴爾特：《敘事作品分析導論》，馬克思主義文藝理論研究編輯部：《美學文藝學方法論》，下冊，頁535。

26 安納・傑弗森等著：《西方現代文學理論概述與比較》，頁96。

當然，我們並不一筆抹煞結構主義的功績。自普洛普對童話進行結構分析以來，結構主義敘事學一直苦苦探索故事下面的故事，對各類作品不斷加以簡化、系統化，從而將紛紜複雜的文學現象概括成易為人們所把握的基本原則和規範，確實使我們更加明確地意識到人類藝術創作的共性和普遍聯繫。從這一意義上說，結構主義對文學和人類文化的研究做出了重要貢獻。

但是，文學畢竟是社會的人的文學，它不可能脫離社會而存在，不可能不與人的價值觀相聯繫，將文學作為獨立自足的封閉體系因而畢竟不是科學的判斷，至少不是唯一的科學判斷。人對於文學的創造和接受不可能脫離社會現實的影響，文學史上也絕無一部作品僅僅是作為語言的遊戲而獨立自足的。結構主義在把語言視為無所不包的認識模式的同時萬沒料到自己已自動陷入了「語言的牢房」。衝破這牢房的束縛，看來已成為結構主義自身發展的關鍵。

從「結構」到「解構」

其實，結構主義並非鐵板一塊、千篇一律，早在六〇年代中期，羅朗．巴爾特的《敘事作品結構分析導論》（1966）就顯露出與其他敘事學不同，即其企圖衝出「語言的牢房」的傾向。巴爾特在這部力作中不滿足於以往的敘事學僅限於描述敘事作品的幾個十分個別的種類，而是企圖從宏觀上進行分析和概括。於是，他建議從三個層次來描述敘事作品的結構，即：一、功能層，研究基本的敘述單位及其相互關係；二、行動層，研究人物的分類；三、敘述層，研究敘述人、作者和讀者的關係。巴爾特這一分析的獨特之處就在於將「功能」降格為敘事結構分析的依據之一，而不是「唯一」；更重要的是，巴爾特意識到研究敘事作品中敘述人、作者和讀者的關係的重要性，從而使敘事學「打開了通向外界的大門」[27]。

進入七〇年代之後，巴爾特更加明確意識到結構主義的弊端。他在一九七〇年發表的重要著作《S/Z》中，開篇第一句就是對結構主義的批判：「據說某些佛教徒憑著苦修，終於能在一粒蠶豆裡見出一個國家。這正是早期的作品分析家想做的事：在單一的結構裡……見出全世界的作品來。他們以為，我們應從每一個故事裡抽出它的模型，然後從這些模型得出一個宏大的敘述結構，我們（為了驗證）再把這個結構應用於任何故事：這真是個令人殫精竭慮的任務……而且最終會叫人生厭，因為作品會因此顯不出任何差別。」[28]

這是對結構主義語言學崇拜的中肯批評。這一批評，標誌著巴爾特觀點的重大轉變。如果說在《敘事作品結構分析導論》中他還主張描述一種假設性的結構模型，那麼，在《S/Z》一書中，巴爾特已對這種假設（結構模型的獨立自足性）提出了挑戰。因為不同的作品本文都自成體系，然而它們並不是從同一個結構中派生出來的。這樣，也就必須注意不同作品本文之間的差異。

——這，正是「後結構主義」的特徵。

所謂「後結構主義」，就是結構主義內部的人對自己的結構主義方法提出質疑，企圖用一個新的結構主義概念去代替、改造原來的結構主義概念，德里達的解構主義（deconstruction）[29]是它的理論代表。

deconstruction是後結構主義的新造詞，源於海德格爾《存在與時間》一書中所用的destruction一詞，意為分解、翻掘和揭示，以便使

27 巴爾特：《敘事作品分析導論》，馬克思主義文藝理論研究編輯部：《美學文藝學方法論》，下冊，頁556。

28 巴爾特：《S/Z》，轉引自張隆溪：《二十世紀西方文論述評》（北京市：三聯書店，1986年），頁152-153。

29 deconstruction又譯作「分解主義」、「消解主義」、「拆散結構主義」等。

被消解的東西可以在被懷疑和超越中得到把握。正如阿布拉姆斯所說，解構主義「旨在破壞這樣的主張：認為文本在其語言系統中有相當的根基，並試圖建立自己的結構、統一性及確定的意義」[30]。解構主義便是對結構的拆解，以證明語言的多義性和意義的非確定性。

但解構主義仍是建立在現代語言學的基礎之上的，無非是給索緒爾以重新解釋罷了。如果說結構主義主要強調能指與所指相對應這一面，那麼，解構主義所強調的只不過是二者的區別與差異。

例如，「樹」與「植物」作為兩個不同的能指，可以指向同一所指；同樣，一個能指（「樹」或「植物」），可以指向多種所指。這是因為，語言的意思是由「不同」或「差異」產生的。「樹」不同於「菽」，也不同於「澍」等等，任何詞的意思都是在與其他詞的聯繫與差異中產生的。同理，同一個意思，也可以用不同的符號來表示，「樹」的意思就可以用「植物」來表示。這就是語言的歧義性：「今夜月光真好」如果出自正在湖畔漫步的情人之口，它象徵這對情人美妙的心境；如果出自魯迅《狂人日記》中狂人之口，未免使人毛骨悚然。從這一意義上說，「今夜月光真好」這句話的所指在此就變成了能指，而這能指只有在具體的語境中才有意義。

由此可知，語言的意義是很不穩定的，存在著多種因素的交叉，不僅與文本之內的因素交叉，而且也與文本之外的因素交叉。因此，沒有任何文本是真正的獨立自足的，作品的意義總要超出文本的範圍，並不斷游移，就像一頂「破氈帽」，戴在游擊隊員的頭上與戴在阿Q的頭上完全是兩樣意義。結構主義設想有一個超然的「結構」決定語言的意義，為了尋找這種意義而竭力描述文本的結構，顯然是不現實的。正如伊格爾頓所說：「語言遠不像經典的結構主義學派所認

30 阿布拉姆斯：《文學術語詞典》（紐約：霍爾特出版社，1981年）「分解條」。

為的那樣是穩定不變的。它不是一個包括一組組對稱的能指詞和所指詞的含義明確、界限分明的結構。現在看來，它酷似一張漫無頭緒的蜘蛛網，各種因素在那裡不斷地相互作用、變化，任何一種因素都不是一清二楚的，任何一種因素都受另一種因素的鉗制和影響。」[31]

這實際上是否認文本內在結構及其終極意義的存在，就像巴爾特所說的那樣，文學作品就像一顆蔥頭，「是許多層（或層次、系統）構成，裡邊到頭來並沒有心，沒有內核，沒有隱秘；沒有不能再簡約的本原，唯有無窮層的包膜，其中包著的只是它本身表層的統一。」[32]這並不是否認作品有意義，而是否認有唯一不變的、終極的意義；並不是否認作品作為結構的存在這一現實，而是否認結構概念的簡單化、模式化；並不是否認結構分析的科學性，而是否認結構分析的有限性、靜態性。正是從這一意義上說，解構主義是結構的解放、語言的解放、文本的解放。

伴隨著結構的解放，必然有讀者的介入。因為按照解構主義的觀點，文本像無數互相對立又相互關聯的符號網路，這些網路的會聚點便是意義，這一意義只有在讀者與其接觸時才能體驗到。這樣，不同的讀者便會有不同的理解，因而意義也就不會終極。而作品本文越能夠為讀者留出體會的餘地也就越令人滿意。這一觀點顯然是受現象學、闡釋學的影響，並直接啟發了接受理論的產生。

按照現象學美學家茵加登的說法，文學藝術品是一種多層次的複合結構，其存在要依賴作者與讀者的意向性活動。文學藝術品共有四個層次：(1) 語音層次；(2) 意義層次；(3) 再現的客體層次；(4) 圖式化觀相層次。這些層次之間相互作用，從而使作品成為一個有機

31 伊格爾頓：《文學原理引論》，頁154。

32 轉引自張隆溪：《二十世紀西方文論述評》，頁159-160。

的整體結構。文學藝術品的物質基礎（白紙黑字）保證讀者能夠重建作者的意圖。但作品本身還不是審美客體。作品中包含許多潛在因素和不定點。換言之，作品中的事物、人、動作、事件或時間並沒有獲得它們在現實世界中所具有的完全確定性。為了使作品成為審美客體，讀者一方必須完成作品的「具體化」。也就是說，讀者必須填寫再現的世界的「不定點」或「空白」，並使潛在的因素成為實在的東西。

繼結構主義之後的接受理論同樣突出了讀者的地位及其閱讀的作用。聯邦德國文藝理論家姚斯在其綱領性著作《文學史作為文學科學的挑戰》（1967）中首先批評了迄今為止的文學史僅僅是作家作品的歷史，即在封閉的圈子裡考察文學進程及其結果的作法，認為對這一進程的研究不能無視第三種因素——讀者。讀者之所以被忽略，是因為傳統理論將作品的價值及由此決定的作家的歷史地位看作是超時空的。但事實上，姚斯認為，「文學作品並非對於每個時代的每個觀察者都以同一種面貌出現的自在客體，而像一部樂譜，要由演奏者將它變成音樂。只有閱讀活動才能將作品從死的語言材料中拯救出來並賦予它現實的生命。」[33]因此，讀者與作品的關係並不是一種簡單的認識與被認識的因果關係，讀者是一種能動因素，作為文學唯一的對象，在歷史上和現實中對於作品的價值和地位產生直接的、決定性的影響。於是，姚斯認定所謂文學的歷史其實是作家、作品和讀者三者之間的關係史，是文學被不同時代的不同讀者所接受的歷史。

這就是解構主義在整個美學文藝學發展史上的地位，通過對恒定結構和終極意義的質疑導致了本文結構的開放，為將讀者、接受者納入文藝學的視野打開了方便之門。

但是，解構主義在宣告作品文本沒有終極意義的同時，也宣告了

33 趙憲章編：《二十世紀外國美學文藝學名著精義》，頁460。

作者意圖的消解，認為意義的游移連作者本人也無法控制，作者對於他自己寫下的文字也不是主人，只是一個「客人」。因此，後結構主義宣告「讀者的誕生必須以作者的死亡為代價」[34]這未免又走向另一個極端。更重要的是，解構主義對結構和意義的消解必然導致非理性、非邏輯的世界觀，文學的世界實際上成了子虛烏有。既然如此，哪裡還有解構主義存在的一席之地呢？結構的消解還有什麼存在的價值和必要呢？

否定一切必然導致否定自身，消解一切必然導致消解自我——這就是等待著解構主義必然陷進去的困境！

34 巴爾特：〈作者之死〉，轉引自張隆溪：《二十世紀西方文論述評》，頁169。

第四章
「符號」的超越

卡西爾—朗格符號學

一些學者往往將結構主義與符號學混為一談，究其原因無非有二：一是因為它們都直接導源於現代語言學，它們的一些鼓吹者有的既信奉結構主義，又是符號學理論家；二是因為它們的許多理論和方法都有相似之處，有時很難區別哪個是結構主義的理論、哪個是符號學的學說。但是，即使是這樣，僅就它們進入文學藝術研究領域之後的理論體系來看，二者的分野還是清楚的：結構主義側重於文學語言本體中諸要素之間的關係的分析，符號學則是側重於從整體上對藝術的原理進行宏觀描述。因此，從文藝學方法論的角度來看，完全可以將結構主義文學理論與符號學美學作為文藝學本體方法中的兩種類型分別研究。

「符號學」的歷史淵源可以一直追溯到奧古斯丁的神學和古希臘的哲學邏輯學中去。「符號學」這個名稱源於希臘文semeion，是英國經驗主義哲學家洛克在其著作《人類理解論》（1690）中正式提出的。[1]此後，十八世紀普魯士柏林科學院院士朗貝特寫過一本名為《符號或描繪思想與事物的學說》的著作。十九世紀初，人們開始對語言符號體系的普遍特性進行分析，這一分析反過來又促進人們去探

1　洛克著，關文運譯：《人類理解論》（北京市：商務印書館，1959年），下冊，頁1。「符號學」（semiotic）原譯「標記之學」，今改。

求諸語言的起源、發展和差異。十九世紀末、二十世紀初，在數學、邏輯學、語言學等領域中，符號理論問題的提出已經勢在必行了，語言學新時代的開創者、現代結構主義語言學的奠基人、瑞士語言學家索緒爾率先指出創造關於符號科學的術語[2]，從而宣告了這門科學的誕生。幾乎與索緒爾同時提出符號學理論的是美國哲學家皮爾士。此後，在這一領域做出重要貢獻的又有莫里斯、卡西爾、馬里坦、西比歐克等人。近年來，隨著普遍流行於人文科學中的結構主義思潮的擴展，符號學也在歐美、日本、蘇聯及東歐各國相繼發展起來，除了各國的專門學術組織之外，還成立了國際符號學研究協會，出版了大量的叢書、專著和專刊。正如湯瑪斯·門羅所說：「今天，沒有任何一種觀念能像符號論那樣在我們的思想中佔據如此重要的地位，它幾乎成了我們思想的核心。……符號論對當代的邏輯學、語義學、心理學、宗教和禮儀、視覺藝術、文學、音樂和倫理學都產生了重要的影響。」[3]特別是自本世紀中葉以來，符號學正以前所未有的氣勢向人文科學的各個學科擴展、滲透。卡西爾和朗格則被認為是符號學在美學和文藝學領域的代表。

德國哲學家恩斯特·卡西爾被西方學界譽為本世紀以來最重要的哲學家之一，有人甚至將他的名字與愛因斯坦、羅素、杜威等名家相提並論。從二〇年代起，卡西爾就開始了符號學的研究。《神話思維的概念形式》（1922）、《語言和神話》（1925），以及三卷本的《符號形式的哲學》（1923，1925，1929），奠定了他的符號哲學的基礎，並由此延伸出較系統的符號美學理論。這些理論在其後期著作《人論》（1944）、《國家的神話》（1946）以及一九三五至一九四五年間的論

2 參見《普通語言學教程》，頁38。

3 門羅著，石天曙、滕守堯譯：《走向科學的美學》（北京市：中國文聯出版社，1985年），頁200。

文講演集《符號・神話・文化》(1979年整理出版)等著作中得到進一步闡發。由於卡西爾側重運用符號學的方法研究哲學與文化的聯繫，把人類不同的文化活動形式都看作符號進行哲學探討，所以，他的符號哲學又被稱為「文化哲學體系」。

繼卡西爾之後，美國著名哲學家和美學家蘇珊・朗格借助數理邏輯哲學對卡西爾的文化哲學和符號美學進行了系統發揮，將符號學廣泛應用於美學和藝術研究領域。她的《哲學新解》(1942)、《情感與形式》(1953)等著作的問世，正式確立了符號美學在當代西方美學中的地位。從此，「符號概念開始成為人們注意的中心。對藝術是直覺表現或藝術是想像這種定義的討論，或對美是客觀化的快感這種定義的討論讓位於人們以獨特和奇異的力量來確立符號的藝術意義的討論」[4]，符號美學逐漸取代了克羅齊、柯林伍德和桑塔耶納的地位，一躍而成為本世紀中葉最引人注目的美學派別。

蘇珊・朗格在其美學代表作《情感與形式》的結尾極為虔誠地表示：「我在此處提出的理論本身，實際上並不是一個人的功勞。……正是卡西爾──雖然他本人從不認為自己是一位美學家──在其廣博的、沒有偏見的對符號形式的研究中，開鑿出這座建築的拱心石；至於我，則要把這塊拱心石放在適當的位置上，以連結並支撐我們迄今所曾建造的工程。」[5]在本書扉頁上的題詞中，朗格也這樣寫著：「謹以此書紀念恩斯特・卡西爾」。由此足見他們之間的直接繼承關係。正是卡西爾這位「開路先鋒」[6]和朗格這位「工程師」的通力合作，才使符號美學風靡一時。因此，人們常常把他們的名字連在一起，稱他們的理論為「卡西爾—朗格符號學」。

---

4 參見傑爾伯特、庫恩：《美學史》第19章。轉引自《美學與藝術評論》(上海市：復旦大學出版社，1985年)第1集，頁361。

5 蘇珊・朗格：《情感與形式》(北京市：中國社會科學出版社，1986年)，頁477。

6 傑爾伯特、庫恩：《美學史》第19章。轉引自《美學與藝術評論》第1集，頁361。

卡西爾一朗格符號學涉及到一系列重大理論問題,提出了許多新的美學命題和範疇。例如藝術抽象問題、虛幻問題、情感與形式問題、符號轉換問題、生命表現問題等等,都是標新立異、別出新裁之說。通觀這些學說我們可以發現他們有一個共同的出發點,這就是人類文化。即由人類文化出發去研究審美文化——文學藝術,在審美文化中發現人類文化的功能,進而揭示藝術的符號學本質。——這就是卡西爾一朗格符號美學的思維模式和文藝學方法的基本特點。

人類文化和審美文化

早在一八四四年,馬克思就在其經濟學哲學手稿中精闢地論述了人類文化和審美文化問題。在馬克思看來,人的勞動,作為人類生命活動的基本內容,是整個文明世界的發源地,從而在本質上決定了人與動物的根本區別。動物的生命活動不過是滿足它肉體生存需要的手段,「動物和它的生命活動是直接同一的。動物不把自己和自己的生命活動區別開來。它就是這種生命活動。人則使自己的生命活動本身變成自己的意志和意識的對象。他的生命活動是有意識的。……有意識的生命活動把人與動物的生命活動直接區別開來。正是由於這一點,人才是類存在物。或者說,正因為人是類存在物,他才是有意識的存在物。也就是說,他自己的生活對他是對象。僅僅由於這一點,他的活動才是自由的活動」。總之,「人的類特性恰恰就是自由自覺的活動。」[7]所謂「自覺」,就是人的「自我意識」。在人的生命活動中,它表現為「目的」和「反思」兩種基本形態。人的生命活動是有目的、有計畫的,事後又有自我思考與自我觀照。所謂「自由」,則

7 中共中央馬克思恩格斯列寧斯大林著作編譯局譯:《馬克思恩格斯全集》,卷42,頁37。

是指人的實踐力、創造力與想像力，他不像動物那樣直接受肉體本能需要的支配，而是能夠超脫這種支配展開自己的生命活動，並且能夠按照任何物種的尺度進行自由的創造。這也就決定了在大千世界中只有人能夠創造文化和文明，能夠「按照美的規律來建造」[8]。這一「建造」的過程也就是人的對象化的過程，即：將自己的本質力量賦予對象、改造對象，從而在自己所創造的新的對象世界中復現自身、確證自身、觀照自身的過程。

卡西爾的文化哲學體系便是由這一角度提出人類文化問題的。他說他的《符號形式的哲學》是從這樣的前提出發的：人的突出的特徵「是人的勞作（work）。正是這種勞作，正是這種人類活動的體系，規定和劃定了『人性』的圓周。語言、神話、宗教、藝術、科學、歷史，都是這個圓的組成部分和各個扇面」[9]。一句話，「勞作」創造了人類文化。在《人論》中，卡西爾則力圖證明這樣一種思想：人，只有在創造文化的活動中才成為真正意義上的人；文化作為一種精神現象，是思維的產物，只有人才具有；同理，也只有在文化活動中，人才能獲得真正的「自由」。而文化的創造就是符號的創造，文化現象也就是符號現象。「在語言、宗教、藝術、科學中，人所能做的不過是建造他自己的宇宙——一個使人類經驗能夠被他所理解和解釋、聯結和組織、綜合和普遍化的符號的宇宙。」[10]正是在這一意義上，卡西爾認為，「應當把人定義為符號的動物」。在他看來，只有這樣的定義，「才能指明人的獨特之處，也才能理解對人開放的新路——通向文化之路」，從而「也就達到了進一步研究的第一個出發點」[11]。

---

8 中共中央馬克思恩格斯列寧斯大林著作編譯局譯：《馬克思恩格斯全集》，卷42，頁97。

9 卡西爾：《人論》（上海市：譯文出版社，1982年），頁87、頁279-280。

10 卡西爾：《人論》，頁87、頁279-280。

11 卡西爾：《人論》，頁35。

那麼，人為什麼能夠創造文化、創造這個「符號宇宙」呢？可以這樣說，無論是卡西爾還是朗格，都做出了與馬克思極為相似的回答。卡西爾認為：「與其他動物相比，人不僅生活在更為寬廣的實在之中，而且可以說，他還生活在新的實在之維中」。這個所謂「新的實在之維」，就是非物理的符號宇宙——文化。在這個「新的實在之維」中，「人不再能直接面對實在，他不可能彷彿是面對面地直觀實在了。人的符號活動能力（symbolic activity）進展多少，物理實在似乎也就相應地退卻多少。在某種意義上說，人是在不斷地與自身打交道而不是在應付事物本身。他是如此地使自已被包圍在語言的形式、藝術的想像、神話的符號以及宗教的儀式之中，以致除非憑藉這些人為媒介物的中介，他就不可能看見或認識任何東西。人在理論領域中的這種狀況同樣也表現在實踐領域中。即使在實踐領域，人也並不生活在一個鐵板事實的世界之中，並不是根據他的直接需要和意願而生活，而是生活在想像的激情之中，生活在希望與恐怖、幻覺與醒悟、空想與夢境之中。」[12]總之，意識、精神、思維、想像、情感等諸能力，決定了人創造了一個完全不同於動物的、非物理的、間接面向實在的世界——符號（文化）的世界。蘇珊．朗格在其《情感與形式》中對這一問題做出了同樣的解釋。她說：「語言和想像能力使人類徹底脫離了動物界。在人類社會中，一個人不像獸群或蜂巢中的一個成員，他不僅和周圍成員保持著外在和感官上的接觸，而且還能有意識地與那些現時並不在場甚或遠在異地的人保持著精神上的聯繫。即使是故去的人們，可能仍然對他的生活有著影響。他對事件的認識能力，遠遠超過了身體感知的範圍。符號結構創造了這個包羅萬象、無限廣闊的世界，靈活的思維是人類用來探索這個世界的主要手段。」[13]

12 卡西爾：《人論》，頁33-34。

13 蘇珊．朗格：《情感與形式》，頁383。

總之，符號世界是一個思維的世界、想像的世界，是一個包裹著人、處於人與物理實在中間的一個間接的世界。人們之所以要建立符號學科學，就是因為物理世界太複雜、太深奧、太不可捉摸了，只有通過這個間接世界——符號的研究，才能認識客體實在與主體自我，並由此發現人的價值與創造力。這就是卡西爾—朗格符號學根本的出發點——為了實現人類文化的自我認識。

既然文學藝術是人類文化的有機構成，是「人性」這個圓的某個「扇面」，那麼，對於文學藝術的美學研究也就必然由「文化」出發，用「人性」規定藝術的特性，正如朗格所說：「藝術，一如語言，無處不是人的標誌」[14]。藝術作為符號形式，在本質上就是人的「生命」形式。關於「生命形式」的概念，就是貫穿朗格美學理論始終、並且是作為她的美學理論基石的一個重要概念。

在朗格看來，藝術的形式就是生命的形式，是藝術視覺為表現生命而發展起來的形式。例如裝飾性圖案，實則就是生命力的情感向可見圖形與可見色彩的直接投射。「圖案具有『生命』形式，更精確地說，它就是『生命』形式，雖然它不必代表任何有生命的東西。」[15] 譬如下圖中的一小段邊飾，雖然它是一些靜止的線條，卻體現了生命

形式的「生長性」，它實際上是「抽象連續、趨向和運動力的一種符號形式」[16]。除「生長性」以外，朗格還具體論證了生命形式的有機統一性、運動性和節奏性等。在朗格看來，生命形式的這四種基本特

14 蘇珊・朗格：《情感與形式》，頁75。
15 蘇珊・朗格：《情感與形式》，頁75。
16 蘇珊・朗格：《情感與形式》，頁77。

性都可以在藝術中找到，這是因為生命形式與藝術形式有著相似的邏輯形式；也就是說，藝術形式存在著與生命形式具有相同結構的可能性。作為審美能力的生命與直覺到的生命應該是一致的，只有主體與客體具有某種一致的時候，才有美與美感的生成。「如果要使某種創造出來的符號（一個藝術品）激發人們的美感……就必須使自己作為一個生命活動的投影或符號呈現出來，必須使自己成為一種與生命的基本形式相類似的邏輯形式。」[17]

卡西爾－朗格美學理論就是這樣從人類文化深入到了審美文化，展開了它關於作為文化的一般符號與作為審美文化的藝術符號的全部研究。

一般符號與藝術符號

既然卡西爾－朗格符號學從人的本性規定文化的本性，將文化等同於符號，那麼，它也就必然從人的本性出發去闡釋符號的本質。其中首先涉及的問題就是符號與信號的區別。

在卡西爾和朗格看來，符號與信號是完全不同的。「對於一個信號，如果它引起我們對其表示的東西和狀況的注意，那就算被理解了，而對於一種符號，只要當我們想像出表現的概念時，我們才算理解了它。」[18]例如，看到公路上的紅綠燈，我們知道該走還是該停；聽到學校裡的鈴聲，我們知道該上課還是該下課……如此等等，都是一種約定俗成的信號。而對於信號的感知並非人所特有的本能。巴普洛夫的實驗證明，動物也可以被馴化得具有對於刺激作出反應的能

17 蘇珊．朗格：《藝術問題》（北京市：中國社會科學出版社，1983年），頁43。

18 蘇珊．朗格：《情感與形式》，頁36。

力，例如小狗識字之類。這說明在動物的生命活動中也有相當複雜的信號和信號系統。但是符號就不同了，符號不僅具有傳達的功能，而且還具有表現與抽象的功能，例如作為文化符號的語言，「男人」這個詞所傳達的是關於男人的概念，在這一概念中標示出任何一個符合「男人」概念的具體存在物，它是從整個人群中抽象出來的，人們需要通過經驗和想像理解「男人」這個語言符號所表現的含義。而想像是人所特有的功能，動物只能產生對於物理世界的感應。因此，朗格力排眾家之說，將符號定義為「我們能夠用以進行抽象的某種方法」[19]。抽象，看來是符號最基本的特徵，是人類創造和運用符號的最基本的方法。

那麼，人，為什麼能夠通過抽象創造和運用符號呢？這是因為，任何抽象活動，都是對事物邏輯形式的發現與思考，邏輯形式實質上也是抽象活動的結果。所謂抽象，就是「捨棄任何的內容或『具體外在物』，對幾個相似事物具備一個共同形式的思考」。[20]所謂邏輯形式，就是事物的結構。「任何事物都有一個以一定方式構成的確定的形式」，「一個事物的邏輯形式是該事物構成的方式，是這個事物被組合在一起的方式」[21]。認識一個事物，就是對該事物特定結構關係的把握。一張地圖或某一建築物的圖紙，就是對某一地理結構關係和某一建築物結構關係的認識。在這裡，「圖」與實在便具有同構的關係，人們通過「圖」便可以認識實在；「圖」是實在的符號形式，是人們認識世界的「中介物」。這顯然是索緒爾關於「能指」和「所指」、格式塔心理學關於「異質同構」等理論學說的發揮與創造。

---

19 蘇珊・朗格：《情感與形式》，頁5。

20 蘇珊・朗格：《符號邏輯導論》（倫敦：G. Allen & Unwin Ltd，1937年），頁33-34。

21 蘇珊・朗格：《符號邏輯導論》，頁33-34。

這樣，抽象性與邏輯形式便成了卡西爾—朗格符號學對於符號的本質規定。由此出發去考察整個符號世界就會發現，語言是人類符號活動的最驚人的成果，是最具典型意義的符號體系，是一種在各方面都符合符號本質的「純粹符號」。人運用語言不僅能夠表達感覺世界中的一切現實存在，表達某些隱蔽起來的事實，甚至可以表達那些無可感覺的、無形的觀念。有了語言，人類才能進行思維、記憶、描繪事物、再現事物之間的關係、揭示事物的內在規律；也只有依靠語言，人與人才能交流、溝通並表達各種概念。總之，語言是人類所創造的最典型的符號，是人類把握世界的最有力的工具（中介），能夠最大限度地抽象出客體的邏輯形式。

但是，語言也不是萬能的，它不能表達出人類所需要表達並且非表達不可的全部。例如情感，語言在它面前就表現得十分無能為力。因為情感「這樣一些東西在我們的感受中就像森林中的燈火那樣變幻不定、互相交叉和重疊；當它們沒有互相抵銷和掩蓋時，便又聚集成一定的形式，但這種形式又在時時分解著，或是在激烈的衝突中暴發為激情，或是在這種衝突中變得面目全非。所有這樣一些交融為一體而不可分割的主觀現實就組成了我們稱之為『內在生活』的東西」[22]。屬於「內在生活」的東西是一些很難叫出確定的名字的東西，語言無法將它忠實地再現和表達出來，「只能大致地、粗糙地描繪想像的狀態」，「語言對於描繪這種感受，實在太貧乏了。」[23]因為語言在本質上說只是一種推理形式的符號體系。推理形式符號體系的內在結構決定了其表達含義的明確和固定。而作為「內在生活」的情感平常只能被我們模糊的意識到，它的組成成分大部分是不可名狀的，是非理性的、相互交叉的。這也就決定了「情感的存在形式與推理性語言所具

22 蘇珊・朗格：《藝術問題》，頁21。

23 蘇珊・朗格：《哲學新解》（1953年，第3版），頁101。

有的形式在邏輯上互不對應，這種不對應性就使得任何一種精確無誤的情感和情緒概念都不可能由文字語言的邏輯形式表現出來」。[24]作為一般符號的語言，儘管是人們日常生活中最可靠的交流工具，而對於傳達情感生活的準確性來說，它卻毫無用處；那些標示某種情感的字眼，如「歡樂」、「悲哀」、「恐懼」等，只能粗略地傳達情感的主要特徵，並不能傳達情感的全部。

既然語言不能完成人類情感的表達，那麼，人類所固有的符號能力就決定了他必然創造出另一種符號形式，這種符號形式就是藝術。正如朗格所說：「凡是用語言難以完成的那些任務——呈現感情和情緒活動的本質和結構的任務——都可以由藝術品來完成。藝術品本質上就是一種表現情感的形式，它們所表現的正是人類情感的本質」。[25]一種是語言符號，一種是藝術符號；前者是推論的形式，後者是非推論的形式；前者明確、固定，後者含蓄、模糊。這樣，人類的情感就找到了適宜於表達自身的符號形式，因為只有藝術才與情感具有相同的結構。需要指出的是，在朗格看來，這兩種符號體系在人類歷史上同時產生，各有各的功能和價值，沒有高低貴賤之別。「語言能使我們認識到周圍事物之間的關係以及周圍事物同我們自身的關係，而藝術則使我們認識到主觀現實，情感和情緒，……從而使我們能夠真實地把握到生命的運動和情感的產生、起伏和消失的全過程。」[26]

這樣，蘇珊．朗格也就把語言與推理性等同起來、把藝術與非推理性等同起來，語言和藝術似乎成了對立的東西。而在事實上，藝術也是一種語言，也有著與語言相同的許多功能；藝術不僅使用語言，而且包含著許多推理性的因素。那麼，怎樣解釋這種現象呢？

24 蘇珊．朗格：《藝術問題》，頁87。

25 蘇珊．朗格：《藝術問題》，頁7、頁66。

26 蘇珊．朗格：《藝術問題》，頁7、頁66。

一九五五年，朗格在奧斯丁．雷格斯精神病學研究中心的一次講演中專門談到這個問題。在她看來，澄清這一問題，必須區別「藝術符號」和「藝術中的符號」這兩個概念。所謂藝術中的符號，是指藝術作品中所包含的具有一般符號功能的符號。例如代表女性的玫瑰花或代表貞節的百合花、象徵離情別緒的楊柳或象徵崇高偉大的松柏等，由於它們的意義都可以用語言明確表達出來，所以就稱為「藝術中的符號」。藝術中的符號作為一般符號進入作品後，參與創造和糅合了作品的有機形式，是作品整體意義的構成成分，可以增加作品的豐富性、強烈性、重複性和相似性，但是，它們並不是整部藝術品所傳達的「意味」的構成成分，它們所產生的作用仍然是一般性符號所起的作用，只不過是藝術家的一些「技術」而已。而藝術作為「表現性形式」是一個整體，一幅畫、一首詩或一卷長篇小說都只具有一個表現性形式，即「有意味的形式」（克萊夫．貝爾語），因而都只是一個藝術符號。「一件藝術品就是一種表現性形式，凡是生命活動所具有的一切形式，從簡單的感性形式到複雜奧妙的知覺形式和情感形式，都可以在藝術品中表現出來。」[27]總之，「一種表現性形式，也就是一種知覺的或想像的整體，」[28]是不可分割的。而一件非藝術品的論說文體，可以機械地分為前後不必緊密相聯繫的部分；一件藝術品就不同了。「在一件藝品中，其成分總是和整體形象聯繫在一起組成一種全新的創造物。雖然我們可以把其中每一成分在整體中的貢獻和作用分析出來，但離開了整體就無法賦於每一個成分意味」。[29]每一個成分在藝術中不具有獨立的意義，它依附於整體而存在。正像魯迅筆下阿 Q 所戴的破氈帽，離開了《阿 Q 正傳》這一藝術符號整體，也

27 蘇珊．朗格：《藝術問題》，頁128。

28 蘇珊．朗格：《藝術問題》，頁19、頁129-130。

29 蘇珊．朗格：《藝術問題》，頁19、頁129-130。

就失去了它那「有意味的形式」。

這樣，朗格也就進一步澄清了一般符號與藝術符號的區別及其相互關係：作為一般符號的語言是推理的，作為藝術符號的藝術品是非推理的、非語言的；藝術品中的一些成分具有一般符號的某些性質，但這些成分在藝術符號整體中沒有獨立的意義，只能在這個整體中發揮作用並服從於這個整體。從朗格的這些論述中我們可以發現，與其說朗格對語言與藝術進行了嚴格的區分，不如說她「擴展」了語言的概念。因為任何藝術品都有自己的「語言」形式，只不過這種「語言」不同於一般意義上的語言罷了。由此，朗格將藝術定義為「非語言」，實則是語言概念的擴展。符號美學對於語言概念的這種新擴展正是它的獨特之處，正是它對藝術本體的新發現。正如一些西方學者所認為的那樣：「事實上，這種『擴展』恰好是符號學的偉大成就。」[30]

本體的再發現

卡西爾—朗格符號學將藝術作為符號，將藝術符號與一般符號區別開來，認為藝術是一種「非語言」、非推理性的符號，那麼，在這種符號學觀念支配下的理論學說究竟有什麼貢獻呢？它對於人們重新認識藝術本體有哪些啟示呢？

我們知道，將藝術作為形式進行研究，是二十世紀本體文論的一個共同點。這一觀點發展到符號美學則更進了一步。在卡西爾看來，藝術絕不是對實在的複寫與摹仿，而是創造與發現；這種發現也不是事物性質或規律的發現，而是對於「形式」的發現。也就是說，藝術不僅僅是作為形式而存在，更重要的是對形式的「發現」。他說，「藝

30 特倫斯·霍克斯：《結構主義和符號學》，頁128。

術家是自然的各種形式的發現者，正像科學家是各種事實或自然法則的發現者一樣。……對事物的純粹形式的認識絕不是一種本能的天賦、天然的才能。我們可能會一千次地遇見一個普通感覺經驗的對象而卻從未『看見』它的形式；如果要求我們描述的不是它的物理性質和效果而是它的純粹形象化的形態和結構，我們就仍然會不知所措。正是藝術彌補了這個缺陷。在藝術中我們是生活在純粹形式的王國中而不是生活在對感性對象的分析解剖或對它們的效果進行研究的王國中。」[31]這就是藝術與科學的最大區別。科學所關心的是為物理世界確定一些數字或公式、定律，藝術則將紛紜複雜、氣象萬千、瞬息即變的情感世界定形化，展示人類內部生活的各種形式，將內部生活外形化。這並不是說藝術「是對各種人生問題的一種逃避；恰恰相反，它表示生命本身的最高活力之一得到了實現。如果我們把藝術說成是『越出人之外的』或『超人的』，那就忽略了藝術的基本特徵之一，忽略了藝術在塑造我們人類世界中的構造力量」，因為「藝術的形式並不是空洞的形式」[32]，而是「生命的形式」、物理世界的「邏輯形式」、人類「情感的形式」。「形式」與「本質」是統一的，本質進入形式後與形式合一，成為「有意味的形式」，對形式的認識和發現也是對事物的認識和發現的重要方面。因此，藝術絕不是生活的一種附屬品、裝飾品或美化物，而是向我們展示了自然的新的地平線。藝術與科學是人的兩隻眼睛，就像心理學所證明的那樣，沒有雙目的視覺就不能意識到空間的第三維，「在形式中見出實在與從原因中認識實在是同樣重要和不可缺少的任務。……藝術教會我們將事物形象化，而不是僅僅將它概念化或功利化。……人性的特徵正是在於，他並不侷限於對實在只採取一種特定的唯一的態度，而是能夠選擇他的著眼

31 卡西爾：《人論》，頁183。

32 卡西爾：《人論》，頁212-213。

點，從而既看出事物的這一面樣子，又能看出事物的那一面樣子」。[33]

卡西爾便是這樣從「人性」的高度確立了藝術本體——形式的意義。他和朗格的美學理論之所以緊緊圍繞著「形式」展開討論，就在於他們對藝術形式的這一新發現：藝術作為形式，不單是人類生活的點綴或裝飾，而是自然與內在生活的展示與發現，是像科學一樣對於人生不可或缺的文化符號。這樣，卡西爾一朗格美學從人類文化出發去研究審美文化，現在又回到了人類文化。

看來，將藝術作為整個人類文化的一個有機組成部分，把對形式的認識作為整個人類認識客觀世界的一個重要方面，是卡西爾一朗格美學的重要特點及其藝術本體的重要發現。因此，無論是卡西爾還是朗格，都是從形式出發去研究美與藝術的，形式問題在他們那裡成了藝術與美的中心問題。

形式問題之所以成為藝術與美的中心問題，就在於藝術符號在本質上是「情感性形式」，是「人類情感的全域」，是「人類情感從最低的音調到最高的音調的全音階」[34]。正如朗格所說，「藝術就是對情感的處理，在我稱之為符號」[35]。

需要說明的是，卡西爾和朗格的「情感」一詞是廣義的情感，泛指以藝術情感為代表的人的整個情感感受。朗格認為，當情感還處於「內在生活」狀態時，它還不能成為人們（審美）知覺的對象，必須經過外化的「轉換」和「投射」，即將情感生活「外化」、「客觀化」。「只有通過這種客觀化（外化），人們才能對情感生活理解或把握，正是在這種意義上（而不是在別的意義上），我們才稱藝術品為符

---

33 卡西爾：《人論》，頁216。

34 卡西爾：《人論》，頁190-191。

35 蘇珊・朗格：《情感與形式》，頁441。

號。」[36]這就是藝術的表現功能。只是因為藝術的表現功能，人才能在審美世界中發現了內在情感生活的邏輯形式。正像人類在地圖、語言等一般符號中發現了地理關係、推理關係的邏輯形式一樣，人類只有在藝術中才能發現情感的邏輯形式。

情感的形式不是物理世界的形式，藝術形式的含義也不等同於「可見的或可觸知的」形式。「在散文小說中，形式同樣也不是指形狀或邏輯體系；……而是某種可見的、可聽的、或可想像的知覺統一體——某種經驗的完形或結構」。[37]也就是說，這種「完形」或「結構」是虛幻的、非物理的；物理的形式不是藝術的形式，儘管通過想像力可以直覺到它在物理世界的存在，但物理世界對於藝術形式只是間接的存在。——這是卡西爾—朗格美學對於藝術本體的另一重要發現：虛幻性。

如前所述，卡西爾—朗格美學對於藝術本體之虛幻性的規定首先是出於他們對「摹仿說」的批評。在他們看來，藝術的意象是現實提供的，但意象本身已不再是現實的任何東西，而是一種虛幻，一種類似「夢」的東西。這並不是否認藝術的真實性，觀念的、意象的東西不一定不是真實的。「若說『所有的美都是真』，所有的真卻並不一定就是美。為達到最高的美，就不僅要複寫自然，而且恰恰還必須偏離自然。規定這種偏離的程度和恰當的比例，成了藝術理論的主要任務之一。」其實，「即使最徹底的摹仿說也不想把藝術品限制在對實在的純粹機械的複寫上。所有的摹仿說都不得不在某種程度上為藝術家的創造性留出餘地。」[38]卡西爾和朗格對摹仿說的批評意在強調主體的創造性是顯而易見的。在他們看來，藝術符號之所以是「符號」，

36 蘇珊・朗格：《藝術問題》，頁57。

37 蘇珊・朗格：《藝術問題》，頁157。

38 卡西爾：《人論》，頁177。

就在於它是主體構造活動的產物，只不過這種創造和構造活動不是對物理世界的創造與構造，而是對幻象世界的創造與構造罷了。它（創造和構造）的結果（產品）不是物理事實，而是虛幻的藝術形式（本體）。繪畫中的畫布、顏料，音樂中的聲響、樂器，雕塑中的泥土、石塊，包括文學中的文字記號等，在審美世界中已完全失去了它們的物理意義，它們並不是藝術的本體，只是藝術本體的信號和載體；作為藝術的本體，只能是人類情感的邏輯形式——一種虛幻的、意象性的符號。

我們知道，在現代文藝理論史上，對於藝術創造性的論述不乏其人，對藝術虛幻性的論述也不乏其人，但是，將創造性與虛幻性聯繫起來，認為虛幻的本質是創造，創造的產品是虛幻，並且從本體論上系統地規定了它的符號學價值與意義，卻是前所未有的。卡西爾—朗格符號美學在這方面的貢獻就在於它從人類學和文化學的角度發現了人的文化潛能與價值：人不僅僅是製造物質產品的「機器」，而且是創造文化世界的主體，他以自己的智慧與想像力構築了一個屬於自身的、非物理的、藝術文化的符號世界。

那麼，這個虛幻的符號世界又是通過什麼手段創造出來的呢？這就是「抽象」。形式的抽象性是朗格符號美學對於藝術本體的另一重要發現。

如前所述，在朗格看來，任何符號都是抽象的，藝術符號當然也不例外。因為人類對形式要素的抽象「是一種自然的，甚至是一種壓抑不住的人類本能活動，它滲透在一切思維和想像活動中——即滲透在推理、自由聯想、觀點浮動、譫妄和夢幻活動之中」[39]，當然也滲透在藝術符號的創造之中。所謂「抽象」，就是「對某種結構關係或

39 蘇珊・朗格：《藝術問題》，頁161。

形式的認識」[40]。藝術作為形式，作為對形式世界的認識，當然也「就均為抽象的形式了。它的內容僅是一種表象，一種純粹的外觀，而這表象、這外觀也能使內容顯而易見……。正是在這種意義上，一切藝術都是抽象的」[41]。在這一點上，藝術與科學是相同的，這是卡西爾－朗格關於符號之抽象性理論的演繹和具體化。

但是，藝術抽象又不同於科學抽象，這種不同主要是指「藝術中的認識方法（對形式或結構關係的認識）和科學認識方法的不同」[42]。科學抽象從個別出發，最後達到對整體的認識，例如人們從千萬種具體的水果出發，最後概括出「水果」的一般特性；而藝術抽象則是從完形開始的，然後通過內部要素的認識實現對藝術整體意味的把握。也就是說，科學抽象過程捨棄任何實際的感性材料，而藝術抽象則必須借助感性材料才能實現符號的創造。這就是我們通常所說的，藝術思維是形象的思維，自始至終不脫離形象。「在藝術抽象中，通常要作的第一件事就是設法使得將要加以抽象處理的事物的外觀表象突出出來。」[43]突出事物的「外觀表象」，即「有意味的形式」，是藝術抽象的基本特徵。

一方面承認「一切藝術都是抽象的」，一方面又強調藝術抽象必須借助感性材料、突出「外觀表象」，這不是矛盾的嗎？「抽象」與「具象」，在我們的理論中往往被作為相互對立的概念，而在朗格的理論中則是一個統一的整體。因為在朗格看來，理性邏輯與情感想像是不可分割的。藝術抽象的目的是尋找情感的邏輯形式，這種邏輯形式就是抽象的形式，藝術抽象為了獲取這種邏輯形式，必須借助具象

---

40 蘇珊・朗格：《藝術問題》，頁156。

41 蘇珊・朗格：《藝術問題》，頁156。

42 蘇珊・朗格：《情感與形式》，頁61。

43 蘇珊・朗格：《藝術問題》，頁169。

的媒介。因此，藝術抽象實際上是一種具象的抽象，或稱為「意象的抽象」。物理世界中的光線、色彩、線條等，通過虛幻的意象被抽象出來，於是就產生了藝術符號。「一切符號表現都要涉及到給所要表現的東西賦於一種形式，都要包含著對形式的把握和初步的抽象活動，而這種抽象活動則又是直覺的一種主要功能。在推理性語言中，我們一般是通過概括得到抽象的（或達到對形式的知覺的），但在藝術中我們就不能進行概括，任何一件藝術品都是對它所要表達的意味的一種個別的和特殊的呈現，而要作到使這種意味能夠被人感知，就必須使得這種意味通過表現它的形式被直接抽象出來。這就是為什麼一切優秀的藝術品既是抽象的，又是具體的原因。」[44]

這樣，卡西爾—朗格美學就從文化性、虛幻性和抽象性三個方面發現了藝術本體的新質。正是這三個方面（當然是指主要方面）決定了卡西爾—朗格美學在文藝學本體理論中的獨特地位。如果說「文化性」主要是從宏觀上規定了文藝本體的人類學價值，那麼，「虛幻性」則是在人類文化學的旗幟下肯定了人的創造力，「抽象性」又從理性與感性、思維與直覺相統一的角度發現了藝術作為符號的本位價值。正是在這一意義上，我們說符號美學是對「新批評」、結構主義等文藝學本體方法的一種超越。它不僅不像「新批評」那樣侷限在個別文本的分析，也不像結構主義那樣侷限於文學「深層結構」的探究，而是上升到人類學和文化學的層面，給藝術規律以宏觀的描述。更重要的是，由於符號美學對於藝術之人類學的本質規定和人的創造力的強調，挽救了其他本體理論對於文藝主體性的忽略和漠視；而它那理性與感性、思維與直覺相統一的觀點，又是對其他本體批評缺乏辯證方法的一種補救。

---

44 蘇珊・朗格：《藝術問題》，頁64。

第五章
文藝學本體方法綜論

本體的崇尚與主體的失落

二十世紀的本體方法，從「俄國形式主義」、英美「新批評」到結構主義和符號學，經歷了一個從語言形式的崇拜、語音語義的文本分析到作品抽象的「深層結構」的研究，再到藝術符號的人類學發現這樣一個邏輯行程。這一行程好像一個「拋物線」，兩端連著大地，中間高高隆起；換言之，如果說「俄國形式主義」關於「陌生化」的理論和符號學美學關於藝術符號的人類學規定同語言文本之外的現實界有幾分聯繫的話，那麼，新批評和結構主義則割斷了文學與外部世界——讀者、作者、社會和歷史的聯繫而成為「空中樓閣」。

本體批評對於文學的這種「駕空」分析，說到底是對人的否定，對人的本體地位和價值的否定。韋勒克關於文學的思想性、社會性和文化心理屬性的貶損、列維—斯特勞斯對於存在主義的批評等，尤為明顯地表現出這一傾向。特別是在結構主義那裡，我們幾乎看不到他們對於人的價值的崇尚與肯定。他們對於神話和文學的研究不是為了證明人怎樣借助神話和文學來思維，而是為了證明神話和文學怎樣借助人來思維。主體與客體的關係，正是這樣被他們本末倒置。正是在這一意義上，本體批評不是將「人」，而是將「形式」、「語言」、「文本」作為文學藝術的「本體」。這是因為，在這些批評家看來，「人不過是一種近代發明，是一個還不到兩百年的形象，是我們認識上的一個簡單的摺皺，而一旦認識找到新的形式，他就會立即消失。」[1]福柯在這裡所說的「兩百年」歷史是從笛卡爾「我思故我在」的命題算起的。在他看來，由於結構主義對於「形式」的發現，人，作為思維的主體已消失在結構與系統之中了。

正如布洛克曼所說，結構主義的「這種思想方式向人的獨特性和真實性提出挑戰……。人在他一生中的某些時刻，或許能夠偶爾發出自己的光輝；至於在多數情況下，他就必須被看作不過是在一個更廣闊的系統中的一個成分而已。不應當談人的自由，而應當談他被捲入和束縛於這個結構的情況。他的意識很少能表現他的存在的自足性，而多半是他的存在的產物……。於是解釋的問題就失去了它的激發人心的和思辨的（當然是主觀性的）動力，而被分析所取代。功能分析佔據了傳統解釋學的地位。人們不再敢提出有關人的本質的問題，而是把注意力集中到他在某種文化體和亞文化體範圍內的特殊功能。歷史模式，很大程度上被一種科學模式，特別是理論系統模式所取代。人道主義被揭露為一種意識形態性過濃的哲學方法；因而很多巴黎哲學家，為了不致淪為種種故弄玄虛的犧牲品，而贊同一種積極的反人道主義」。[2]

──這就是以結構主義為代表的本體批評的悲劇：結構的分析導致被結構所束縛，功能的強化導致價值的淡化、本體的崇尚導致主體的失落。說得嚴重點：這是一種反歷史主義、反人道主義的文學思潮。

這一思潮和二十世紀哲學上的所謂「科學主義」顯然有著密切的聯繫。科學主義主張按照「精確的科學的型式」來建立哲學，把哲學歸結為一種科學的方法論，而否定哲學的世界觀意義，並把有關問題的研究排除在哲學之外。分析哲學（主要是邏輯實證主義）、科學哲

---

1 米歇爾．福柯：《言與物》，轉引自張隆溪：《二十世紀西方文論述評》，頁108。

2 布洛克曼：《結構主義》，頁12。

學以及結構主義哲學等便屬於這一思潮。科學主義哲學思潮與自然科學、十九世紀的實證主義等有著密切的聯繫，進入二十世紀後又受到現代語言學的影響。它以只講實用的功利主義科學觀作為自己的基礎，把科學同其他一切知識對立起來，主張從科學中清除價值觀和世界觀，在方法論上借用了現代邏輯學和語義學的成就，主張語言表述的精確性和邏輯性，這的確反映了現代科學思維發展的需要。在這些方面，二十世紀的本體批評理論顯然深受這一思潮的影響。

與「科學主義」相對而言，二十世紀哲學另一股人本主義思潮與其並行。「人本主義」把哲學歸結為對人（包括人的命運、價值、前途等）的研究，而反對哲學去研究自然界和自然科學問題，並否認理性的作用。生命哲學、存在主義、人格主義、法蘭克福學派（有些學者認為還應當包括佛洛伊德主義、新托馬斯主義）等便屬於這一類。其中影響最大的便是以德國哲學家海德格爾、雅斯貝爾斯和薩特為代表的存在主義。存在主義與科學主義直接對立，它從人的個人存在出發來解釋現實，實際上是對資本主義社會中的處境的一種特殊意識形態的反抗。它企圖通過恐懼、煩惱、孤獨、荒謬、無所依歸、走投無路、生活沒有意義等概念、範疇和原理，去揭露和抗議資本主義對科學技術的利用扼殺了人的內心的基本價值，資本主義社會機械化生產的龐雜體系和消費，把人變成機器的附庸和奴隸的狀況；去表述資本主義社會中人們被捆綁在資本主義制度的機器上，猶如生活在一個有敵意的社會裡，成為不能加以控制的、無名的社會力量的玩物，因而完全失去了安全感的心理狀態等情況。

與哲學上的人本主義相呼應，二十世紀的美學和文藝學事實上也存在著這樣一股思潮。精神分析批評和存在主義美學且不必說，柏格森和克羅齊的直覺主義，詹姆斯的意識流小說理論，布萊希特的表現主義，白壁德的新人文主義和布列東的超現實主義等等，無不是通過美學和文學藝術的形式對於人的思考。他們和哲學上的人本主義一樣，只是從不同的角度透視人的命運、價值和前途，給人以藝術的和美學的本質規定，從而形成了自己的、不同於本體批評的文藝學方法和思維模式。如果我們將文藝學上的這兩種方法作一比較，那麼，它們至少有以下幾個方面的區別：

一、主體批評從審美主體（人）出發，本體批評從審美客體（語言本文）出發；

二、主體批評強調理論批評的主體性，將人的命運、價值和前途作為自己的基本主題，本體批評強調理論批評的客體性，將文學本文的音、義、結構和符號學意義作為研究的主要對象；

三、主體批評側重主觀隨意性，本體批評側重客觀科學性；

四、主體批評重內容、重價值判斷，本體批評重形式、重功能分析；

五、主體批評將社會、歷史、文化作為文藝研究的參照，本體批評將現代語言學的法則與模式作為文本分析的參照。

儘管這些區別是相對而言的，但由此已足以見出主體批評與本體批評事實上是各有千秋、各有弊害。片面強調任何一方便會失去另外一方。本體批評正是由於對審美客體（語言本文）的過分偏愛，才導致了主體的失落、人的失落。而主體性與客體性、主觀性與客觀性、內容與形式、價值與功能、人道主義與科學主義的結合，才是文藝研究的理想境界。

「封閉系統」的封閉性

本體批評對於審美主體的冷漠並不能抹煞文學藝術的人的價值。因為事實上文學藝術畢竟是人的創造物，是人的理想、趣味、心理和生活的再現或表現。人之所以創造它、需要它，無非是因為它有值得人嘔心瀝血去創造、如癡如狂去追求的價值。「文學是人學」的命題並沒有過時。無論是列夫·托爾斯泰從人的情感交流的角度規定藝術的本質，還是詹姆斯將文學作為「意識流」；無論是薩特對於作家「介入」社會生活的強調，還是唯美主義關於文學和生活保持「距離」的倡導，事實上都沒有離開「人」這一思維的中心。即使本體批評所崇尚的「本體」本身——語言符號，不也是人的創造物嗎？首先是人創造了語言，其次才是語言創造了人。結構主義將其本末倒置，只看到語言對人的「共時」制約作用，無視人對語言進行創造的「歷時」關係，才導致人的文學主體性的失落。因此，我們可以這樣說，本體批評的主體失落，不在於其是否將語言符號作為文學的本體，不在於其對現代語言學模式的運用，不在於其對作品本文的潛心研究，而在於這種運用和研究完全將語言符號看成了一個獨立自足的封閉系統。封閉系統的封閉性，才是本體批評漠視藝術主體性的關鍵所在。

將文學文本作為一個封閉系統的思想從俄國形式主義就已經開始了。俄國形式主義認為，文學之「文學性」不在內容，而在形式；文學與科學的區別只是形式的區別，而不是內容的區別；並且，文學的形式不是「包裹皮」，不是裝液體的「容器」，而是具有獨立自足的意義。這也就是說，文學的形式可以脫離內容而獨立存在。這是本體批評在本體與主體、作品與外部世界之間劈開的第一刀。

繼俄國形式主義之後，英美新批評對心理批評、社會批評、思想批評等所謂的「外部研究」大加鞭韃之能事，從而為其本體崇拜掃清了理論和方法上的障礙，並以所謂「細讀式」、「向心式」和「語音語義分析」的實踐獲取了所謂文學「內部研究」的科學性、客觀性的證明。這是割斷文學與外部世界血肉聯繫的最關鍵的一刀。

至於到了結構主義那裡，文學本體則完全成了一個壁壘森嚴的實體。特別是結構主義敘事學的功能分析，徹底拋開了作者、讀者（含批評家）的主體性，拋開了社會、歷史、文化對於文學的影響和滲透。文學研究，在結構主義那裡成了文字遊戲的玩弄。這一登峰造極的本體崇拜主義實在是對於人類最聖潔、最優美的精神產品的褻瀆。

這裡需要申明的是，「封閉系統」並不是一個貶意詞。現代科學的實踐證明，為了對某一事物實行有效的研究，暫時不考慮該事物的外部聯繫，即將該事物「封閉」起來，有利於認識該事物的內部結構。但是，這一意義上的「封閉」是手段，不是目的；是權宜之計，不是認識的終結。因為世界上任何一個系統都必然地包容於一個比它自身更大、更廣的系統之中，因而不能不受外部世界的影響或制約。從這一意義上說，任何事物作為一個系統又都是開放性的、非永恆的。暫時的「封閉」是為了「開放」，只有將系統作為一個開放的系統進行研究才能最終認識事物本身。因此，我們並不一般地反對將文學本文作為一個封閉系統進行研究。為了認識作品的存在現實——語言、形式，將它暫且封閉起來，不考慮它的外部聯繫，對於文學本體規律的認識無疑是有利的。我們不能要求任何種類或方面的文藝研究都要套上社會歷史批評的模式。但是，從總體上、本質上、文藝觀念上說來，文學藝術又不可能脫離社會歷史而存在。因而，我們在對文藝進行「純文字」分析的同時也就不能否定關於文藝社會歷史的研究與批評。二十世紀的本體批評正是在這一問題上誤入歧途，從它開始萌生的那一天起，便把文學的內容、思想性、社會性、文化心理屬性等等統統斥之為「非文學」，斥之為文學的「外部關係」而予以批判和摒棄。可見，本體批判將文學作為「封閉系統」絕不是「手段」和「權宜之計」，而是作為「目的」和認識的終結。因此，這一意義上的「封閉性」就絕不單純是文藝研究的方法問題，而是涉及到如何從總體上、從本質上看文學的問題，涉及到文藝觀念的根本問題。一句話，以結構主義為代表的二十世紀本體批判將文學作為一個「封閉系統」進行研究的實質是其文藝觀的「封閉」和保守。

當然，我們這樣說並不是全盤否定本體批判的功績。無論是俄國形式主義還是新批評，無論是結構主義還是符號學，他們觀察文藝現象的獨特的視角、研究文藝作品細緻入微的方法，大大拓展了文藝學的領域，是繼文藝美學方法、文藝社會學方法、文藝心理學方法之後一次方法論的大突破。本體批評為文藝研究留下的這筆方法論的財富必將被歷史所接受；而他那封閉的本體觀念則必將被歷史所淘汰。

「耗散結構」與本文的開放

在自然科學發展的歷史上，曾存在著生物進化論與熱力學第二定律的對峙：生物進化論告訴人們，生命過程是一個從無序到有序、從低級到高級的發展過程；熱力學第二定律告訴人們，在孤立系統內部的發生過程中，整個系統的熵值總是在不斷增大，它意味著閉合系統將從不平衡趨向平衡、從有序到無序。如果將熱力學第二定律推廣到整個宇宙，將整個宇宙看作一個閉合系統，那麼，得出的結論便是：將來整個宇宙的能量總值雖然不變，但已不能被利用，最終必然趨向一切變化的停止，即宇宙的死滅（熱寂）。一九六九年，比利時物理學家普利高津在「理論物理與生物學」的一次國際會議上提出了耗散結構的假說，為解決科學史上的這一對峙做出了貢獻。

普利高津首先將物質分為封閉系統和開放系統，並由此進一步指出生物進化論與熱力學第二定律的分歧是由於雙方研究對象的不同：封閉系統很少與外界有物質和能量的交換，因此符合熱力學第二定律，會自發地從有序趨向無序而到達「熱寂」；而一個遠離平衡態的開放系統，在其外界條件變化達到某一特定閥值時，量變可能引起質變，該系統通過不斷地與外界進行物質和能量的交換，形成自組織、自調控的功能，從而驅使系統從無序狀態趨向一種在時間、空間或功能上的新的有序狀態。這種通過與外界進行物質和能量交換才能保持其有序的結構就叫「耗散結構」。生物進化論只有在這一意義上才是正確的。生物界，不僅是生物界，也包括人類社會，便是吐故納新、不斷突破舊的有序而走向新的有序的耗散結構。

那麼，作為社會的意識形態、作為人類的精神產品的文學，從本質上說是否也應當是一個開放系統呢？皮亞傑的發生認識論認為人的心理結構是一個「敞開系統中的穩定狀態」[3]，人的心理是在與外界的接觸中不斷變化發展的。作為精神現象的文學同樣也應當如此。人類的文學活動包括創作、鑒賞、傳播等各個方面，如果將它也看作一個系統，那麼，它同樣也應當是一個開放的耗散結構，是在與外界進行「物質」與「能量」的交換中獲得自身的存在和發展的。

首先，文學作品的形成是作家對外部世界信息的加工和處理。作家不僅應當是一個敏銳的思想家，具有高水平的生活感受力和社會洞察力，而且應當是一個知識淵博的學者，具有社會學、歷史學、心理學、民族學、人類學、民俗學、文化學等多方面的書本知識。沒有這些方面的積澱，創作便是無源之水、無本之木。

其次，作家創作出來的產品需要接受者的回饋，沒有這一回饋，作品便不能成為現實，回饋便是作品的實現。這樣，就需要研究作家、作品和讀者之間的「三角關係」，研究作家如何通過作品同讀者「對話」。而由於回饋是「一種用過去的演繹來調節未來行為的性能」的[4]，因而它又必然反射回來影響文學自身的性質及其變化。

3　皮亞傑：《兒童的心理發展》（濟南市：山東教育出版社，1982年），頁126。

4　維納：《人有人的用處——控制論與社會》（北京市：商務印書館，1978年），頁25。

這樣，在社會與作家、作家與讀者之間起聯結作用的便是作品文本：作家對外部世界的感受與審美判斷表現為文本，讀者的審美反應必然由文本的存在才能得以引發。因而，研究文本的存在方式及其內在規律就十分必要。例如，在我國詩歌史上，四言變五言，五言之後又出現七言，必然有其語言學的內在規律，僅從社會、歷史的發展對這一現象進行解釋顯然就顯得力不從心。但是，文學的語言學規律又必然涉及到民族、時代的審美要求，並進而涉及到社會文化的影響、作家的修養和讀者的情趣等等，因而，文學作品的文本說到底又是一個開放系統。

事實上，早在結構主義昌盛的時代，一些美學家就已經意識到將文學文本封閉起來進行研究的弊端，提出了將文本作為一個開放系統進行研究的設想。聯邦德國美學家伽達默爾的解釋學美學便是這方面的代表。

伽達默爾認為，「理解和對文本（text）的解釋不僅僅是科學所關注的現象，而且它顯然地組成了人類的整個世界經驗。」[5]藝術經驗和歷史傳統應當是理解文本的出發點。就藝術文本而言，它之所以能夠被理解，是因為它是一種語言，這是審美理解的前提；就主體而言，理解總是和理解者的歷史境遇和審美經驗密切相關。因此，伽達默爾認為，藝術文本是一個開放性的結構，對文本的理解和解釋也是一個開放性的過程。他說：「對一文本或一藝術品真義的發現是永無止境的；它事實上是一個無限的過程。不只是新的誤解源泉不斷被消除以致真義從那遮蔽它的所有事件中透露出來，而且新的理解源泉也在那裡源源湧現，揭示了意想不到的意義因素」。[6]這也就決定了藝術

5 伽達默爾：《真理與方法．導言》（瀋陽市：遼寧人民出版社，1987年），頁49。

6 轉引自張德興：〈伽達默爾的解釋學美學述評〉，《學術月刊》1987年第5期（1987年5月），頁50-51。

理解的多樣性和無限性，其中，理解者本人所處的歷史文化傳統產生了重要作用。人們在解釋文本的同時，「解釋者本人的思想也已參與了文本意義的再現。」[7]因此，伽達默爾主張運用「效果歷史」的原則，即從審美對象影響歷史的行為中理解審美對象——無限藝術的文本。

可見，伽達默爾關於文本的理論具有強烈的主體性和歷史感。因此，解釋學美學和後結構主義的消解理論一起，直接啟發了接受美學的誕生。接受美學對於讀者在整個文學系統中的地位的強化，以及隨之而來的系統論、控制論和信息理論等對於文藝學的滲透，宣告了二十世紀本體批評雄霸文壇的終結。自此之後，文學「文本」便再也不是一個壁壘森嚴的封閉系統了，而成為一個徹底開放的「耗散結構」。所謂文學「本體」的概念，也開始掙脫「文本」的侷限而被賦於新的內涵。

——這是文學藝術之語言學研究，即文藝學本體方法的希望所在，也是整個文藝學的希望所在！

7　轉引自張德興：〈伽達默爾的解釋學美學述評〉，《學術月刊》，頁50-51。

第七篇

文藝學方法綜論

文藝學方法綜論

五彩的旅程　多元的選擇

文藝學作為一門學科的基本原則和思維範式，就是這樣，從經驗型態發軔，經由文藝美學、文藝社會學、文藝心理學和文藝學本體論的嬗變，走過了「五彩」的旅程。這是文藝學方法的歷史，也是整個人類認識和把握文藝現象的歷史。以中國古代文論為代表的文藝學經驗型態是整個文藝學的歷史起點。在它那裡，一方面孕育著文藝學各型態的萌芽，但是另一方面，它尚未具有文藝學作為一門獨立學科的嚴整性和科學性。十八世紀末至二十世紀初是文藝學作為一門學科的形成時代，以德國古典美學為代表的文藝美學型態的出現是文藝學走向獨立和科學的標誌。文藝美學是哲學的分支，或者說它是和哲學的關係最緊密的文藝學。它主要是借助哲學思辨的力量對文藝現象展開「自上而下」的理性分析。繼文藝美學之後，以丹納為代表的十九世紀法國文論開文藝社會學之先河。文藝社會學是文藝學與社會學的匯流，主要是借助社會學的理論和方法對文藝展開「自外而內」的實證性的因果分析。而十九世紀末至二十世紀初出現的心理批評則是借助於心理學的理論和方法探索審美主體內宇宙的奧秘。心理批評的崛起，標誌著文藝心理學範式的生成。文藝心理學是文藝學與心理學激盪過程中生成的新質。至於二十世紀初以來的文藝學本體範式，主要是在現代語言學的啟發下，借用語言學和現代語言哲學的理論和方法，對文藝文本的再發現。文藝學本體範式是文藝學與現代語言學的合成。

可見，整個文藝學的歷史，實際上是文藝研究從經驗型態中脫穎而出後，積極主動地與哲學、社會學、心理學和語言學結姻、聯盟的歷史，是一步接著一步地走向科學的歷史。其中，一方面體現了文藝學走向科學過程中的自我否定，另一方面也是文藝學作為一門學科的自我生成。

首先，從縱向發展來看，文藝學走向科學的每一進程，都是後者對前者的否定。以德國古典美學為代表的文藝美學方法以哲學世界觀和方法論作為自己文藝觀和文藝學方法的基礎，以高屋建瓴的氣勢，將文藝現象作為整個宇宙生成系統中的一個環節展開分析，相對文藝學經驗方法主要憑藉主體經驗感悟文藝的本質和規律來說，顯然是科學精神的昇華，即從經驗向科學、從感性向理性、從具象向抽象、從體驗向思辨的昇華。也許正是由於文藝美學太抽象、太思辨了，於是遭到以丹納為代表的十九世紀法國文論的猛烈抨擊。十九世紀法國文論最顯著的特點是主張對文藝展開「自外而內」的實證研究。它反對從觀念出發、從主義出發，即反對先為文藝設定一個「觀念」，然後再尋找一些例子去證明這一觀念的正確性，而是主張從「事實」出發，從特定文藝現象所處的種族、環境、時代等方面的條件出發研究文藝。這就是文藝社會學。文藝社會學主要是研究文藝與社會的互動關係，主要是對文藝展開社會學的因果證明。相對文藝美學方法說來，文藝社會學將文學藝術從思辨的天國下落到現實的人間，將文學藝術的價值判斷從純抽象的理性回歸到自然、社會與人。但是，這一方法在文藝心理學看來又是很不科學的一種方法，因為文藝的創造和鑒賞都來自審美主體，來自審美主體的能動性和創造力，文藝社會學只注重文藝產生的外部條件的研究，所以並未發現藝術的真諦。正是在這方面，文藝心理學通過審美主體內宇宙的探索，揭示了藝術創造的奧秘。但是，文藝心理學並沒有達到審美研究的極致，它所發現的那些「心理規律」，居然被二十世紀的本體批評家們斥之為「謬誤」而痛遭摒棄。在文藝學本體方法看來，無論是以作家的創作意圖還是以讀者的閱讀反應作為藝術價值判斷的參照，都是偽科學。因為一部作品不是作家的一部遺囑、一紙契約，作家的創作意圖不等於詩本身；讀者的反應各不相同，更不能作為藝術價值判斷的標準，以讀者的反應為參照評論作品實際上是將讀者當成了「巴普洛夫的狗」，純粹是為了心理學的實驗。作品中蘊含著心理學的規律，但從作品中尋找心理學的規律不是文藝批評自身的任務。文藝批評之所以是文藝批評，最根本的是發現文學之所以是文學的「文學性」──形式、技巧、語言。藝術的形式、技巧、語言，才是文藝的本體存在。只有通過文藝的本體研究，才能發現真正屬於藝術自身的本質和規律。當然，文藝學本體方法是否就像它所自我標榜的那樣發現了藝術的真諦、實現了文藝研究的極致呢？這又另當別論。但是，從總體上說，文藝學的歷史，從經驗型發軔，經文藝美學、文藝社會學、文藝心理學，最後到達文藝學本體論，是一個後者依次越過前者的自我否定的歷史。這當是從方法論的角度對整個文藝學自身發展的科學描述。

其次，從橫向聯繫來看，文藝學走向科學進程中的每一型態，又是相互滲透、相互交錯的，表現出文藝學作為一門學科的自我生成。例如，以中國古代文論為代表的文藝學經驗方法注重文藝對於審美主體的功利關係，提出了「興、觀、群、怨」說和「文以載道」說等等，就很接近文藝社會學的某些命題；而它所提出的「言志」說、「緣情」說、「興趣」說以及對於藝術思維的描述，又類似文藝心理學的某些命題。此外，中國古代文論關於「言」和「意」、「文」和「質」、「神」和「形」的辯證法以及直接從哲學中移植概念和範疇的方法等，又類似文藝美學的某些特點；而它那豐富的關於格律、技法等方面的理論，關於遣詞造句和謀篇佈局的研究，又是一種本體批評。我們之所以能在中國古代文論中找到現代文藝學的許多源頭，就在於它尚是一個混沌未開的整體，一個未經現代科學思維開發和分解過的混沌地整體。以文藝美學、文藝社會學、文藝心理學和文藝學本體理論為代表的現代文藝學，一方面都可以在文藝學經驗理論那裡發現自己的源頭和影子，同時，那些經驗理論本身又不是嚴格意義上的現代文藝學的科學規定。現代文藝學是在某一科學學科直接影響下產生的某一文藝學範式，而以中國古代文論為代表的文藝學經驗範式則沒有接受過現代科學思維的嚴格訓練和規範。

至於十八世紀之後出現的現代文藝學諸範式，同樣明顯地表現出相互滲透、相互交錯，你中有我、我中有你這樣一種複雜的關係。例如，以費爾巴哈和車爾尼雪夫斯基為代表的直觀文藝美學的中心課題是藝術與生活的審美關係，而這一課題不僅成為文藝社會學的理論基礎（只有在確認藝術與生活的反映與被反映關係的前提下，才能討論文藝與社會的互動關係），也是文藝社會學本身所要研究的重要課題之一。當然，雖然是同一課題，文藝美學和文藝社會學又各有不同的角度：文藝美學主要是借助哲學認識論（唯心主義或唯物主義）研究它，文藝社會學主要是借助社會學的實證方法研究它；前者是關於藝術與生活相互關係的思辨分析，後者是關於藝術與生活相互關係的實證考察。

而在文藝社會學和文藝心理學之間，正如我們在本書第五篇的「綜論」部分所闡述的那樣，一方面表現出它們截然有別的特點，另一方面又表現出它們互相融會的傾向。普列漢諾夫關於文藝之社會心理的發現，廚川白村關於文藝是苦悶的象徵的理論等，一方面是社會學的，同時又是心理學的。社會學與心理學的融會，即「文藝社會心理學方法」的運用，當是文藝社會學和文藝心理學發展的共同理想。當然，這種融會又不是各自品格的喪失，而是在保持各自基本品格的前提下的相互借鑒，「和而不同」，相互借鑒以豐富自身。

另外，當在本書第五篇討論文藝心理學的時候我們已經發現，文藝心理學的某些派別，例如格式塔範式，事實上和文藝學本體理論又很近似了。格式塔美學將文學藝術作為「形」、「完形」，側重從主客體相互關係中探討「形」的構造規律，這事實上正是二十世紀初以來的本體理論所要研究的課題。本體理論之「本體」，如其崇尚者所界定，便是藝術的技巧、形式、語言。當然，格式塔所探討的「形」，主要是「形」對於審美主體的心理反應；而文藝學本體理論所探討的「形式」，主要是文藝的文本存在方式。前者主要借鑒和參照格式塔心理學，後者主要是借鑒和參照現代語言學，於是又不完全相同。

可見，無論是作為「前科學」的文藝學經驗範式，還是作為現代文藝學的文藝美學、文藝社會學、文藝心理學和文藝學本體理論，都有一個互相滲透、互相交錯、你中有我、我中有你的複雜關係。特別是二十世紀的美學和文藝學更是如此。無論是科學美學還是分析美學，無論是原型批評還是接受理論，無論是符號學還是現象學，作為美學文藝學的某一流派，很難一口斷定他們所使用的方法就一定屬於哪一種，往往是多種方法同時或交替使用，表現出多元、多層次的方法論取向。正因為如此，當我們具體考察整個文藝理論和批評的歷史的時候，才不能輕而易舉地論定某種學說就一定屬於哪一種方法範式。它們可能只屬某種範式，也可能是以某種或某幾種範式為主，或者是各種範式的有機融會。特別是二十世紀的理論批評更是這樣。換句話說，就具體的、個別的文藝理論研究或作家作品評論來說，這五種範式的運用往往是交錯的、重疊的，而不是單一的、絕緣的。文學藝術的世界本來就是一個多元的世界，是一個多稜鏡、萬花筒，選取不同的角度便可以獲得不同的效應。作為一個文藝研究者不可能、更沒有必要固守在一個陣地、向著一個目標前進，完全可以、而且有必要不斷轉換自己的視角，不斷選擇新的出發點和參照系。只有這樣，才能不斷發現藝術的新世界。也只有在這一意義上，文藝的理論批評才能擺脫掉被動的「總結」、「概括」，而成為一種主動的「創造」、「發現」。這就要求我們的文藝研究總要不斷地選擇，選擇這一種或那一種，選擇這幾種或那幾種。甚至對於同一現象、同一對象的研究，也完全可以、而且十分必要不斷地轉換視角。只有這樣，才能給氣象萬千的文藝世界以全方位的透視。

總之，文藝研究的五種範式是對整個文藝學方法的科學概括和抽象規定，對於它的研究應當啟發文藝學自覺意識的覺醒，而不應將它們看作僵死的教條或固定的框架。五種範式，一方面各成一體，另一方面又是一個開放的有機體，它們之間互相貫通、互相激盪，而每一種或每幾種的貫通或對撞總會產生新質的飛躍。就像青、赤、黃、白、黑被古代人認為是五種基本色一樣，文藝學的五種方法也是文藝有機調色板上的五種基本色，它們之間相互調配定會產生五彩繽紛的世界。

與文藝創作一樣，文藝研究也應當是個性得以充分展開的領域。作家應當寫出自己的個性，文藝理論批評家也應當著力塑造自己的獨特個性，在文藝世界中發現屬於「我」的洞天。只有這樣，理論批評才能繁榮和發展。要做到這一點，關鍵仍在於「選擇」，選擇「我」所需要的「顏色」進行「調配」，描繪出最新最美的圖畫。十八世紀末至十九世紀初德國古典美學的選擇迎合了當時人類理性認識的需要，十九世紀法國文論的選擇迎合了當時人類社會思考的需要，十九世紀末至二十世紀初心理批評的選擇迎合的是非理性主義思潮，二十世紀初以來的本體批評迎合的是科學主義思潮。那麼，我們今天的最佳選擇應當是什麼呢？我們今天的理論批評家們應當怎樣擺佈我們手中的「調色板」呢？

對於這一重大選擇的認識，儘管我們目前尚不十分清楚，但有一點可以肯定：當今的世界是一個多元的世界，多元的世界當有多元的選擇，任何一種範式獨霸文壇的時代已經過去。儘管本體批評成為二十世紀上半葉的主流，但到目前為止已是強弩之末，各種範式的歷史回歸已隱約可見。

正是在這一意義上，我們很有必要借鑒一下系統科學。從它那裡，我們或許能夠得到某種方法的啟迪。

「三論」科學與系統方法

「三論」即系統論、信息理論和控制論。根據錢學森的說法，「三論」實則是「一論」——系統論，或稱「系統科學」，因為它們的核心和共通的東西是系統思維方法，即摒棄了那種把本來運動著的、活的有機體看成是靜止的、孤立的、死的東西，企圖用簡單代替複雜、用片面概括整體的思維習慣，主張以系統為對象，考察和研究其整體與部分之間相互作用和相互制約的關係，並採用最優化方法求得系統的最佳化結果。「三論」科學是繼相對論和量子力學之後，又一次「徹底地改變了世界的科學圖景和當代科學家的思維方式」[1]，因而必然對整個科學，包括文藝學在內的人文科學產生深遠的影響。特別是系統論，自四〇年代末開始建立以來，很快被奧地利物理學家貝塔朗菲提升為一般思維方法意義上的普通系統論，並迅速向社會科學、人文科學滲透。而把它引進文藝學領域只是六〇年代主要是七〇年代以後的事。在這方面取得相當成就的有日本的川野洋、法國的西伯拉罕·A·莫爾斯、英國的G·H·R·帕京、捷克的伊爾日·列

1 中國社會科學院哲學研究所：《哲學譯叢》（北京市：哲學研究雜誌社，1977年）第1期。

維、美國的羅伯特·科恩與蘇聯的M·C·卡岡等。其中最令人矚目的是卡岡關於系統文化的研究。

卡岡運用系統方法研究美與藝術是基於這樣一個事實：審美現象和藝術活動是複雜地組織起來的系統，是多側面而完整的，用任何單一的方法去研究不可能做出符合實際的解釋，把不同的方法機械地結合起來也難以奏效，而系統方法則能揭示完整地理解審美客體的前景。這是因為，運用系統方法研究美與藝術，就是承認他們的多樣性和複雜性，把人的藝術活動看作為系統的客體，即完整的構成物，而不是各種屬性、方面和功能的簡單總和。於是，卡岡根據從整體出發研究局部，把局部看成整體的局部這一系統觀念，首先闡述了藝術和文化的關係。這種關係像局部和整體的關係一樣，藝術是整個人類文化這一大系統中的一個子系統。卡岡認為，用系統方法研究文藝，既要弄清文化系統是怎樣決定藝術子系統的性質，又要研究藝術系統在整體文化中的功用是怎樣實現的。於是，他首先考察了四種基本的人類活動：一、認識活動；二、評價活動；三、改造活動；四、交往活動。卡岡認為，由這些活動融合交會而成的一種特殊的人類活動就是藝術活動。因此，藝術能夠完整地代表文化，它與文化同構，屬於人類的「文化自我意識」。在文化大系統中又有物質文化、精神文化和藝術文化之分。藝術文化包括藝術創作、藝術感知、藝術作品、藝術批評、藝術活動的科學研究五個分系統。於是，對這些分系統，卡岡又做了精闢的分析。總之，在卡岡看來，當代藝術的發展已決定了不能像傳統的線性分析方法那樣去孤立地分析文藝了，必須對它進行完整的系統研究。只有這樣，才能揭示出藝術在世界文化發展過程中的狀況、地位、功用等辯證規律。

這確實是美與藝術研究的新的制高點，它既有哲理思辨方法的宏觀視野，又包含著社會學方法的價值判斷、心理學方法的精細描述和本體方法的審美觀念。

美國著名戲劇理論家科恩關於藝術思維的研究也是一個典型的例子。科恩將人的思維分為「決定論思維」與「控制論思維」兩種形態。「決定論思維」著眼於過去，解釋行為的起因，認為每一個行動（或結果）都是前一個行動（或原因）的結果；「控制論思維」則著眼於未來，解釋行為的目的，認為思維都是建基於回饋之上，而回饋都是來自未來的信息，不是來自過去的原因。為了說明兩種思維形態的不同，它畫了一幅圖：圖的左側是一隻熊，圖的中間是一個男人，圖的右側是一間房子；熊在追趕人，人在拚命地向房子方向奔跑。科恩解釋說，對於這幅畫，如用「決定論」思維去看，只能看到一個男人由於被狗熊追趕而逃跑。熊追是「因」，逃跑是「果」。但這是旁觀者的觀察和描述。如果我們就是那個正在逃跑的男人呢？我們在逃跑的那一剎那會怎麼想呢？肯定會想怎樣儘快跑進家門，把熊關在門外；如發現門鎖著，那就跑到房後，或設法爬到房頂上去；如爬不上房頂，那就……他的思想一直是著眼於未來，向前看，計畫著將要做的行動，並會根據眼前出現的新情況（信息）來調整自己的行動。那個正在逃跑的男人的思維就是「控制論思維」。科恩認為，演員在分析角色、研究角色的性格形成和行為動機時，用的是「決定論思維」；當演員在舞臺扮演角色時，用的是「控制論思維」。

可見，運用系統方法研究文藝確能翻出不少新意。從二十世紀文藝研究的整合趨向來看，可以這樣說，系統方法的確順應了時代發展的潮流。

但是，系統方法畢竟脫胎於自然科學，如果不進行社會學的改造，很可能會留下後遺症。正如在一九八四至一九八六年間我國方法論討論的熱潮中，一方面出現了令人耳目一新的論文，一方面也出現了令人倒胃口的生拉硬扯。其箇中真委在於對「三論」科學的借鑒，究竟是從「方法」上借鑒，還是滿足於「原理」的移植問題。

那麼，從「方法」的意義上來看，結合我國文藝研究的實際，「三論」給我們的最重要的啟示在哪裡呢？

首先，「三論」科學對於文藝學的方法論意義表現在對客體的整體性把握。

我們習慣了的思維方式對客體的認識往往是從局部開始的，遵循著由局部到全部、由部分到整體的路線。為了認識全域，首先認識局部；為了認識整體，首先認識部分。這種思維方式的缺陷在於，在認識部分的同時忘記整體，把部分之和等同於整體。「三論」科學認為，局部之和不等於全域，整體功能大於部分之和。因此，對客體的把握首先應當從整體出發，把整體作為認識對象的思維的前提。

傳統文藝學研究的思維方式對文藝現象的研究就是從部分開始的。為了認識某種文學現象，首先把它分解為若干部分。「內容和形式」、「傾向性和真實性」、「思想性和藝術性」、「政治標準和藝術標準」等一系列範疇就是對文藝現象分析解剖的產物，似乎只有這樣的割裂解剖，才能把握藝術規律。實踐已經證明，這種機械的劃分並不是一個十全十美的方法，它往往導致有機的藝術形象的裂變。用這種方法解析過的作品，不再是富有生命力的形象整體，變成了乾巴巴的幾根筋條，既不能滿足人們的審美需要，也不一定能實現對文藝現象的科學認識。

任何成功的作品都是一個由眾多元素膠結而成的完整的有機體。所謂「胸有成竹」，指的便是作家創作過程中的整體觀念。「春風又綠江南岸」的「綠」字之所以不能被「到」、「過」、「入」、「滿」所替代，就在於只有這個字最能描繪圓融的審美意境。孤立地評論茶花女和杜麗娘的生活方式，她們應該受到道德的譴責，但在完整的藝術作品中卻是摧人淚下的感人形象。纖弱的病態和醜陋的相貌是令人生厭的，但是，《紅樓夢》中的林黛玉和《巴黎聖母院》中的加西莫多卻成為千古之絕筆。這些都說明藝術形象的系統性、完整性，以及藝術要素的不可分割性。離開形象體系去分析作品的某個細節或藝術的某種屬性是不科學的，是違背藝術規律的。

由於傳統的文藝研究方法是由部分求整體、由元素求整體，對於部分即元素的研究又往往不顧及整體，所以，得出的結論也就經常背離整體。我們並不反對把「真」、「善」、「美」規定為文藝的三重基本屬性，關鍵在於其中的每重屬性絕不可能離開作品本身而存在。生活中的「真」絕不等於藝術作品中的「真」，作品中的「善」也絕不等於生活中的倫理教條，作品中的「美」也不是生活中的「漂亮好看」。生活中的「真」、「善」、「美」一旦進入作品必然發生形變，變為藝術之真、藝術之善、藝術之美。但是，教條主義的文藝批評往往用生活中的「真」「善」「美」去衡量、苛求和評價藝術中的「真」「善」「美」，經常發出「生活是這個樣子的嗎」之類的反問，似乎生活是什麼樣子藝術就應該是什麼樣子。如果是這樣，藝術對於人完全是可有可無的東西。人之所以需要藝術，就在於它既像生活又不像生活。

約言之，離開形象體系的整體性去考察分析藝術的要素，必然導致藝術的解體和泯滅。傳統文藝學的這一致命弱點就在於它的思維方式缺乏整體觀念，把部分作為思維的前提和立足點。「三論」科學啟發我們，對任何文藝現象的把握，必須從整體出發考察對象的內在聯繫，用整體觀念主導系統諸要素的個別研究。這種立足點的重大轉移，奔向了思維方式的一個新的制高點。

「三論」科學在方法上的另一突出特點是思維空間的拓展，它在注重微觀世界的縱向分析的同時，更加強調宏觀世界的橫向聯繫。

早在十九世紀初，歌德在和愛克曼的談話中就提出了「世界文學」的理想[2]，預言有朝一日各民族的文學將統一起來，成為一個偉大的綜合體。一個多世紀過去了，歌德的理想雖然沒能最終實現，但是，人類文學運動的實踐已經證明這是文學發展的必然趨向。在閉環式的封建社會，各民族之間的文學交流是微不足道的。隨著社會的工業化和資訊化，不同地域的文學逐步走向世界。相互聯繫、相互滲透的「世界文學」潮流導致各民族的文學觀念逐步趨向一致，人們的審美要求和審美習慣逐步靠攏，作家的藝術手法和表現技巧也相應地「世界化」。我國的「五四」文學革命就是中國文學世界化的第一步。文學現象的這種橫向交叉感染必然要求研究方法的橫向空間的擴大，「比較文學」便是應運而生的產兒。例如，研究魯迅就不能不研究俄蘇文學和日本文學，研究中國新時期的文學就不能不研究西方現代藝術。

傳統的文藝學方法更多地注重微觀縱向研究，評價一個作家或一部作品無非從兩方面比較，一是和先人相比看其是否有所發現，二是和後人相比看其是否有所影響。古代文學批評中的所謂的橫向比較也僅僅限定在同一區間的作家作品，範圍是有限的，視野是狹窄的，很少胸懷「世界文學」的觀念進行研究。如果說這一方法用於我國古代作家作品的研究仍然可行的話，那麼，用於在「世界文學」的薰陶下成長起來的中國現當代作家及其作品就顯得很不適應了。

微觀縱向研究的方法是一種單向線型思維方式。傳統的文學研究大多遵循著「時代──►作家──►作品」的思維路線展開評論。即首先表述某一時代和社會的一般特點，然後考察作家的生活經歷，最後論及作品的藝術反映。對時代（社會）和作家生活經歷的一般描述僅僅是為了解釋作品，為了解釋作品才去到時代（社會）和作家閱歷中去

2　參見愛克曼輯錄，朱光潛譯：《歌德談話錄》（北京市：人民文學出版社，1980年），頁113。

找論據。實踐證明，這種因果式的分析方法是很不科學的。時代、社會的一般特點和作家個人的生活境遇絕不是作品產生的唯一動因，否則，這部作品絕不可能是成功之作，只能是時代和社會一般特點的演繹或作家個人生活的傳記。時代、社會和作家的個人生活可能對作品產生某些方面的影響，或大或小，或強或弱，但絕不是直接的因果關係。閱歷相似的作家完全可能寫出風格迴異的作品，閱歷迴異的作家同樣可能寫出風格相近的作品。坎坷的生活經歷可能使作家寫出悲壯的史詩，也可能使作家表現美好的理想。任何一部優秀作品都是作家整個生命的頑強表現，凝聚著作家的全部感受和思想，悲喜交加、憂樂相濟，單一質的時代（社會）特點和個人生活閱歷絕不可能構築豐富的藝術有機體。

「三論」科學把研究對象看作是一個多自由度、多層次的複合運動系統，因而採取多向的、立體的和非線型思維方式。單向線型思維意味著惰性、慣性和習慣性。非線型思維就是要打破惰性、慣性和習慣性，要求對文學現象進行積極能動的、多向多層次的立體研究，最大限度地釋放思維的能量，盡可能地拓展思維的空間。魯迅筆下的阿Q就是一個多維度、多層次的複合體。從社會學的角度研究它，我們當然可以把它看作是某個時代某階級的典型；從心理學的角度研究它，我們又可以把它說成是超時代、超階級的「精神勝利法」的典型，反映了一個失敗者的變態心理；從哲學世界觀和方法論的角度，我們又可以在阿Q身上看到共性和個性的統一。此外，還可以從倫理學、政治學、歷史學和價值論等諸方面去考察它的屬性。但是，這些屬性又不是並行的，而是相互交叉，構成無數個力的平行四邊形，並在美學意義上取得統一。

貝塔朗菲的開放系統認為，活的有機體並非各個元素的集聚體，而是具有組織性和整體性的不斷變化的系統；因而，為了認識這些系統，必須改變思維方式，摒棄傳統生物學的分析相加方法，用動態的觀點，從運動過程而不是從靜止的狀態考察生命系統。這些觀點體現了現代系統論的動態思維方式。

文學現象本身雖然不是自然生命，但卻是最高級的自然生命——人的生命活動的產物。這一精神現象比一般的生物生命更高級、更有序，因而更應該把它看作是有機的生命系統——精神生命現象。這樣，動態思維方式對於文學研究就顯得更加重要。

作為人類生命活動的藝術活動，就是一個非平衡的耗散結構和開放體系，它正是在和外界不斷進行能量和物質的交換中運動發展的。作品的產生就是作家從外界不斷攝取信息和能量的結果；藝術欣賞和美的享受也是接受者不斷從作品中攝取文學信息和能量的結果。不同時代的不同作家從外界攝取不同的資訊和能量，因而產生了不同的作品和風格；不同時代的不同文學接受者從作品中攝取不同的文學資訊和能量，因而會有不同的評價和美感享受，正如「一千個讀者會有一千個哈姆雷特」。同理，作家藝術家如果用動態的思維方式攝取資訊，那麼，他筆下的人物必然是栩栩如生的。否則，用靜態思維方式攝取信息，必然導致概念化、臉譜化。韋勒克和沃倫在《文學理論》中十分精闢地分析了這一點。他們認為，「人物塑造有靜態型的，也有動態型或發展型的。……『扁平』的人物塑造方式，即某種靜態的塑造人物的方式，只表現一個單一的性格特徵，也就是只表現被視為人物身上佔統治地位的或在社交中表現出最明顯的特徵。這種方法可能導致人物的漫畫化和抽象的理想化。古典派戲劇（如拉辛的戲劇）採用這種方法塑造其主要人物。『圓整』的人物塑造方式，就像動態的塑造法一樣，要求空間感和強調色彩……」。[3]

3　韋勒克、沃倫：《文學理論》（北京市：三聯書店，1984年），頁246-247。

生活是動態的，人是豐富「圓整」的，因而要求作家的創作思維亦是動態的、圓整的；藝術作品中的形象是動態的、「圓整」的，當然也相應地要求文藝研究的思維方式亦是動態的、圓整的。機械的文藝學方法忽略了這一點，不是用動態的觀點分析作品，而是「先入為主」，用某種政治的、倫理的或社會的等既定的觀念或模式硬套文學、要求文學、肢解文學，從而把豐富的、「圓整」的藝術有機體割裂開來，截斷了形象體系的生命運動流程。《紅樓夢》本是一部「圓整」的藝術生命體系，無論把它單純規定為一部「政治歷史小說」還是把它單純規定為一部「愛情小說」，都是片面的。電影《武訓傳》從一個側面反映中國式的宗法制農民探求文化解放道路的辛酸和成敗，本應無可厚非，沒有必要硬把它同當時國家的政治運動掛起鉤來大興問罪之師。這就是一種靜態的文藝批評方式。因為「靜態」就意味著「機械」，這種方法把一種固定的臆斷——「靜態判斷」強加給作品，是思維方式的僵化、凝固化和機械主義。

如果說非線型思維表現為思維空間的擴展，那麼，動態思維則表現為思維時間的延續。靜態思維把生命的有機體等同於無生命的機器，把有機體的結構等同於機器的結構，把有機體的生命細胞等同於無生命的機件，認為系統只有在外力的作用下才能被動地活動起來。動態思維與此相反，它把系統看作一個不斷運動變化的生命體系，把系統的結構看作是血肉聯繫而不是機械的裝配，把系統的元素看作是隨著條件的變化而能動地變化的生命細胞。孤立地檢查一個電子元件的品質可能是劣等的，但是，在一定線路的信息流程中，由於各元件的相互作用，它的缺點可能被掩蓋，甚至可能發生質變，劣勢變為優勢，從而在整個動態系統中發揮優質元件的整體性功能。這就對人們的思維方式提出了更深層次的要求：不能停留在某一個時間點上考察對象、思考客體、把握世界，就好像不能讓人的生命停下來研究人體一樣，外科醫生對無生命的死屍的解剖畢竟有很大的侷限性。這是公認的事實。

文學研究也是這樣，不能用靜止的方法解剖藝術，對藝術生命體系的把握必須伴隨著時間的延續。孤立地分析作品的某個細節可能是不真實的。但是，它往往是整個情節流程的一個有機部分。梁山英雄受「天書」顯然是不真實的，但是，沒有這部「天書」，就沒有一百零八將排座次。《哈姆雷特》中的「鬼魂」顯然是虛構的，但是，沒有「鬼魂」的出現就沒有王子復仇的悲劇。如果用靜態的方法孤立地批評「天書」和「鬼魂」的不真實，那麼就有可能導致否定整部作品。實際上，這類不真實的細節在整個形象系統中已經構成有機的情節內容，必須在整個情節的運動過程中評價它的整體功能。

傳統的文學史研究方法十分強調忠於原著的原意，這當然是必要的。但是，一部作品的全部意義和價值並不是由作者本人及同時代人的觀點來確定的，而是歷代讀者和批評家不斷積累的過程。我們不僅要研究一部作品彼時彼地的價值，也要用今天的觀點研究其此時此地的價值，研究作品的整個評論史。否則，站在古人的立場上，用古人的觀點評論古人的作品，不會為今人所接受，只能充當古人的辯護士的角色。這就是韋勒克的所謂「透視主義」，看來是不無道理的。其道理就在於它把文學的價值看作是一個不斷發展的過程，用動態的觀點研究文學價值的沉澱和變遷。

我們已經從整體性把握、非線型空間和動態思維三個方面分析了「三論」科學在方法論上對於文藝研究的意義。我們當然還可以從更多的方面分析出它的意義，但這已經夠了，已足以證明系統科學之系統方法對於文藝學的潛能遠未充分展開。就我們為文藝學所勾勒出的五種範式來說，無論選擇哪一種或哪幾種範式展開自己的研究，都不能無視藝術這個整體，都不能是一種線型思維和靜態分析。

如果對整個文藝學作最一般性的考察，那麼，我們可以以十八世紀為界劃為先後兩大時代。十八世紀之前的文藝學以中國古代文論為代表，即所謂文藝學經驗範式；十八世紀之後的文藝學以西方文論為代表，即包括文藝美學、文藝社會學、文藝心理學和文藝學本體理論在內的現代文藝學的科學範式。它們分別領一代風騷，分別代表了各自時代的文藝學的最高水準。如果這一判斷無大失誤的話，那麼我們可以發現，經驗範式和科學範式各有自己的總體特點：經驗範式將文藝現象作為一個渾整的系統和未打開的「黑箱」，憑藉主體經驗，用表意性的直觀描述評論作家作品，於是便出現了諸如「氣」、「韻」、「神」、「風」、「骨」之類的渾整術語；科學範式的共同特點則是把文藝現象作為可以打開的「白箱」，用解剖切割的方法通過部分認識整體，於是出現了諸如「內容」和「形式」、「主題」和「題材」、「情節」和「結構」、「典型」和「類型」之類的科學概念和範疇。前者的優勢是沒有破壞文藝現象的有機整體性，缺憾是很難給文藝的本質和規律以確定性的界說；後者的優勢是能給文藝以確定性的判斷，但又破壞了文學藝術的有機整體性。既然是這樣，我們難道不能在更高的層面上實現二者的綜合嗎？我們的經驗性感悟難道不能建立在科學分析的基礎之上嗎？我們的科學分析難道就不能保留藝術的有機整體性嗎？實現這一綜合，是時代、文藝、人的審美習慣不斷發展的需要，是審美信息高度密集化、藝術形象高度複雜化以及藝術鑒賞高度個性化的需要。這些需要在文藝研究領域中的直接反映一定是文藝學方法的多元選擇。而系統科學之系統方法的最深刻的意義也正是在這裡，它將在人類的多元選擇中在更高的層面和更一般的意義上啟迪理論批評的系統思維，從而使文藝學的型態生髮出新的導向，奔向一個自由與自覺的新時代。

奔向自覺自由的新時代

如前所述，從文藝學五大範式的歷史發展來看，自十八世紀開始，經十九世紀再到二十世紀，是文藝學從經驗型態脫穎而出之後走向科學的歷史。文藝美學—→文藝社會學—→文藝心理學—→文藝學本體論，這樣一個嬗變過程同時也是文藝研究的視點由上而下、由外而內、由一般到特殊的歷史運演，標誌著文藝學越來越注重從事實出發、從內在規律出發、從特殊性出發，鄙視從觀念出發、從外在條件出發、從一般性出發的思維方法。這當是歷史的進步，標誌著文藝研究越來越向藝術本身逼近，越來越向藝術的內在規律深入開掘。

正是在這一意義上，有人認為二十世紀是文藝學獨立意識覺醒的時代，是文藝學尋找自我的時代。其實，實事求是地說，二十世紀文藝學的獨立意識並沒有實現真正的、徹底的覺醒，並沒有發現真正屬於自我的品格。且不說二十世紀之前的文藝美學、文藝社會學所借助的是哲學和社會學的理論與方法，十九世紀末、二十世紀初的文藝心理學所借助的是心理學的理論與方法，即使被譽為二十世紀文藝學主流的本體批評，它所借助的不也是現代語言學的理論與方法嗎？文藝學從經驗型態中脫胎之後就是這樣總是在積極主動地向科學靠攏，總是企圖在和其他科學學科的聯姻中發現自己的審視點，總是在這樣一種寄人籬下的環境中進行艱難的選擇。這說明它並沒有徹底擺脫對於其他科學學科的依附性；甚至在有些情況下，居然成了其他科學學科的附庸物和犧牲品：研究文藝，似乎就是為了發現其中的哲理思想或社會價值，或心理學規律，或語言學技巧，等等。既然如此，屬於文學藝術本身的東西在哪裡呢？文藝學不同於其他科學學科的價值和獨特性究竟是什麼呢？一切似乎都已有了答案，一切又是那樣茫然。

因此，在文藝學走向科學、與科學結盟、聯姻的「世紀風」中，不少理論批評家又同時在小心翼翼地探討文藝與科學的區別，生怕文藝被科學的浪潮所吞併、所淹沒。格式塔美學關於藝術被「外科醫生」所肢解的擔憂、俄國形式主義關於文學之「文學性」的尋找、英美新批評關於文學本體的崇拜、符號論關於藝術符號與科學符號的區分，等等，無不表現出這一共同的意向——藝術首先是藝術，文學應當是文學！

正是如此，文藝學也不應當是文藝學之外的科學。它應當有自身不同於其他任何科學學科的品格。無論是在研究對象、思維方法上，還是在表述方式、理論原則上，都不應該是其他意義上的科學，都不應該停留在對其他學科的借鑒上，而應當找到真正屬於自身的位置，應當發現真正屬於自身的價值，應當確立真正屬於自身的理論體系。——這，便有待於文藝學自覺意識的徹底覺醒。

如果說十八、十九世紀是文藝學從經驗型態中脫穎而出、走向理論型態的時代，十九、二十世紀是文藝學走向科學、與科學匯流的時代，那麼，我們可以這樣說，二十一世紀以後的文藝學，將是從一切科學學科的附庸中解放出來、獨立起來，並且最終找到自我、發現自我、建設自我、高揚自我品格的時代！

——這才是文藝學獨立意識、自覺意識真正的、徹底的覺醒，才是文藝研究的真正的、徹底的自由王國。

我們期待著——

通過文藝學方法的進一步的研究。

後記

按照我的理解，所謂「文學理論」，基本上有「本體論」、「價值論」和「方法論」三大板塊構成。「本體論」研究文學之所以是文學的「文學性」;「價值論」是「本體論」的外延，研究文學對於審美主體的價值關係；「方法論」研究文學理論自身的存在方式和審美規律。

我之所以從方法論切入，主要是基於如下思考：

多年來，我們的文學教育和文學研究，多側重現象的闡釋、規律的探討或具體文學觀點的羅列與評論。至於這些闡釋和探討的思維過程是什麼，理論批評史上為什麼會生出關於同一問題的不同結論，卻很少顧及、很少思考、很少說明。這種文學教育和文學研究所造成的直接後果是使它的接受者（學生、讀者）只能被動地瞭解文學研究的事實，而不能創造性地展示個人的審美才能；只能消極地學習前人文學研究的結論，而不能從根本上掌握文學研究的方法。

文學研究的方法就是理論批評家思維的工具和範式。它有一定的起點、終點和參照系。批評史上之所以產生不同的文學見解，究其原因，便是方法的不同。同一部《紅樓夢》，從政治學的角度可以看出階級和階級鬥爭，從歷史學的角度可以看出封建社會的興衰，從倫理學的角度可以看出宗法家族關係的裂變，從人性論的角度可以看出男女之間的情愛，等等，蓋出於文藝學的觀察點（出發點）和參照系（政治的或歷史的等等）不同，因而便有不同的結論和見解。文學教育和文學研究，如果只注意「結論」而不注意「過程」，便是知其然而不知其所以然，便成了僵死的教條而不是靈活的方法。因此，這種理論，實在是一種「掉書袋」，不是一種「智慧囊」；它所能給予人們的，也只能是前人或他人存留下來的知識，而不可能是啟迪審美發現的智慧。這便是造成我們的理論批評缺乏個性和獨創性的重要原因之一。

「工欲善其事，必先利其器」。本書正是基於這一思考，將古、今、中、外的美學史和文藝理論史看作一個整體，從嚴格的「方法論」層面剖析整個人類對於文藝現象的理解方式和認識、把握方式，探討文藝學作為一門科學學科的基本範式和思維模型，在邏輯與歷史的膠結點上考察各方法類型的基本性質及其內在聯繫與總體走向。

寫作本書的最初動因可以說由來已久。一九七七年，我大學畢業後參加由包忠文老師主持的《馬列文論百題》的編撰工作，當我將自己所草就的條目交給他審改時，沒料到他稱讚我「很注意從方法論的角度看問題」，並因此一再給我所承擔的任務加碼。現在，這些話他可能早已忘記，但在我的記憶裡卻一直未能泯滅。自此，我便開始有意識地從方法論的角度思考問題。後來，我有幸考上了他的研究生。三年的研究生生活使我有機會「躲進小樓成一統，管他春夏與秋冬」。在他的悉心指導下，我對自己的論題展開了系統的清理、深刻的檢討、痛苦的思索、緊張的寫作。這是全書臨產前陣痛的時刻，也是最難以忘情的時刻。

我真羨慕評論界的一位同輩，他居然聲稱自己從不讀書，只是一個勁地寫、寫、寫！不知這是自謙還是炫耀，反正是天才。而我絕對不行，在疊摞如山的文獻面前，總有「仰之彌高，鑽之彌堅，瞻之在前，忽焉在後」之恐慌。恐慌執其一隅、妄加雌黃，恐慌傍人籬壁、拾人涕唾。正是這種心態使本書的寫作耗費了我近十年的光陰。現在，我真後悔當初選擇了這條苦難的路，每走一步都要如此嘔心瀝血。我曾幾度試圖輟筆，但又不忍心破滅這個屬於青年時代的美好的夢，特別是不願看到敬愛的先生們和親愛的朋友們那失望的目光。為此，我奉獻出了一切能夠奉獻的時間與心力，將全部的愛與恨、苦與樂鑄進自己的寫作。在文稿即將付梓的今天，像疲憊的瘦馬涉出無垠的荒漠，像迷途的羔羊在暮色中匆匆尋找歸宿，我已懶得回憶遼遠、坎坷和饑渴。三年前，我曾為一部書寫下了三萬餘言的「後記」；而今天，只能以此敷衍。權為記。

趙憲章

一九九〇年六月六日

於南京大學中文系

修訂版後記

二十世紀八〇年代是當代學人的青春年代，是中國學術開啟自由曙光和熱血沸騰的年代。其中，文藝學方法論的大討論尤其不能使人忘懷。從某種意義上說，這是新中國文藝史上第一次源自內部而非外力的學術騷動，是新中國文藝學第一次發自本我欲望的學術探索和熱切籲求。但是，作為一個初出茅廬的青年學子，我當時並非涉足深海的弄潮兒，只能算是岸邊觀潮的 fans，一個用心觀潮的「粉絲」。學術討論的熱潮一浪高過一浪，奔騰向前；我在觀潮的同時卻把精力花費在故紙堆裡，試圖在歷史中發現當今的蛛絲馬跡。這就是初版於一九九〇年的《文藝學方法通論》。

轉眼十五年過去了。如果我在十五年後的今天才開始寫一部文藝學方法論著作，可能是另外一幅面貌。但是，我又不忍心將這部舊作大卸八塊，使其脫胎換骨或面目全非，因為她畢竟是那個激情時代的產兒，是新時期學術潮汐的見證；退潮後的今天再去看她，當初的水印依稀可見，濤聲依舊。所以，這次修訂，我只是細心改正隱蔽在字裡行間的瑕疵，小心翼翼地拂去她衣衫上的風塵，不願驚動她已經行走了十五年腳步。因為我相信她的體魄和生命力，再過十五年，還會有讀者讀她，也許更長時間。

使我不能不說的還有本書當初面世後許多學界前輩和同仁對我的鼓勵，《中國社會科學》、《文學評論》和《中國文學年鑒》等十幾家期刊先後發表了書評，溢美之詞至今令我心跳。今天舊事重提並非想借助他們再次宣傳自己，恰恰相反，在結束《修訂版後記》之前，我將向我的讀者推薦另一種聲音，那就是復旦大學陳鳴樹先生發表在《學術月刊》一九九二年第六期上的〈論文學研究方法的歷史、現狀及其發展趨勢〉一文。陳文歷數先人和他人文藝學方法論研究的不是，以證明他剛剛出版的《文藝學方法概論》的確實，本人的《文藝學方法通論》當然也難逃被橫掃之列。作為正常的學術批評本來無可厚非，但是，陳文所非議的為什麼恰恰是我所最得意的！天下豈有如此悖理？孰是孰非？此事一直使我百思不得其解，只能向讀者求助了——「奇文共欣賞，疑義相與析」。是耶？非耶？交給我們的讀者吧！

最後，我要特別感謝本書的責編張道勤先生，他的精心編輯和學術造詣糾正了原書的不少錯謬。儘管如此，限於時間倉促，不盡人意之處在所難免，只得留待下次重版時彌補了。

作者記於二〇〇六年三月

繁體版後記

二〇一一年三月，春暖花開的季節，我在臺灣東海大學講學。開課伊始便有學員手持剛從書店買來的《文體與形式》請我簽字，這是一本在臺北萬卷樓新出版的我的繁體版論文集。這學生還說自己手裡還有一本《文藝學方法通論》，只是由於簡體版不便閱讀。於此，我便萌生了也將此書作為繁體版面世的想法。感謝摯友張叔言先生和萬卷樓、大龍樹出版公司的厚愛，使該書能有機會在另一世界再遇知音。

一百年前，王國維在《國學叢刊》〈序〉中提出了「學無古今中西」的治學方法。以筆者之見，這不僅是他有感於時論所發表的看法，也不限於他個人的治學經驗和體會，而是關乎中國學術方法之現代轉型的至理名言。百年來的中國學術史已經證明，大凡能夠達到類似王氏的治學境界者，無不具有「學無古今中西」的品格，並且對整個現代中國學術史都產生了重要影響。當然，王氏所推崇的這種治學方法並非唯一，每個學者都有我行我素的自由，完全可以沿著傳統的路數繼續前行，並可以在某一具體論域，或「古」或「今」、或「中」或「西」，做到極致、做得最好。但是有一個事實卻無可否認，後者很難如王氏之輩那樣對整個現代中國學術史產生了重大影響，只能侷限在某一具體論域，或「古」或「今」、或「中」或「西」。可見，「學無古今中西」乃中國學術新時代的新特點，自然也就成為了本人終身為之追求的學術理想。現在看來，儘管距離前人、旁人還有十萬八千里，但是將此理想作為追求的目標並未選錯，直至當下仍然持之以恒。這就是我當年寫作《文藝學方法通論》所秉承的方法，可謂《方法》背後的「方法」。

多年來，本書一直作為研究生教材被許多高校廣泛使用，按理說應該認真修訂之後再以繁體版印行；特別是近年來盛行的「語圖批評方法」（或稱「文學圖像論方法」、「文學藝術比較方法」），現在看來應該納入其中，將其與本書所討論的「五種模式」並置。但是，由於時間和精力所限，只能遺憾闕如，等待時機彌補。好在這一新方法尚在過程中，繼續探索之後再論會更加穩妥。所謂「語圖批評方法」，就是基於「文學是語言的藝術」這一理念，參照相關圖像藝術進行文學研究的方法。這一方法的肇端當是一九八七年「國際詞語與圖像研究會」（IAWIS）在荷蘭成立，從其年會論文和《詞語與圖像》雜誌來看，文學與圖像的關係研究已經開始引領一代學術新潮。該學會之所以用「詞語與圖像」（Word and Image）為自己命名，就是試圖將這一研究納入符號學的論域，即從語言和圖像的符號關係切入文學研究。這一新方法的興起顯然是「文學遭遇圖像時代」的產物；廣而言之，也是對人類當下所面臨的符號危機的一種回應，意義重大、影響深遠而不可小覷。因此，關心文藝學方法，不能不關心這一學術最前沿。但願本書的讀者能和我同行。

是為記。

趙憲章

二〇一五年九月

於南京草場門寓所

文學研究叢書·文學理論叢刊 0801003

文藝學方法通論（修訂版）

作　　者　趙憲章
責任編輯　吳家嘉
特約校稿　林秋芬

發 行 人　陳滿銘
總 經 理　梁錦興
總 編 輯　陳滿銘
副總編輯　張晏瑞
編 輯 所　萬卷樓圖書股份有限公司
排　　版　林曉敏
印　　刷　百通科技股份有限公司
封面設計　斐類設計工作室

發　　行　萬卷樓圖書股份有限公司
　　臺北市羅斯福路二段 41 號 6 樓之 3
　　電話 (02)23216565
　　傳真 (02)23218698
　　電郵 SERVICE@WANJUAN.COM.TW
大陸經銷　廈門外圖臺灣書店有限公司
　　電郵 JKB188@188.COM
香港經銷　香港聯合書刊物流有限公司
　　電話 (852)21502100
　　傳真 (852)23560735

ISBN 978-957-739-971-7

2015 年 12 月初版

定價：新臺幣 820 元

如何購買本書：

1. 劃撥購書，請透過以下郵政劃撥帳號：
   帳號：15624015
   戶名：萬卷樓圖書股份有限公司
2. 轉帳購書，請透過以下帳戶
   合作金庫銀行 古亭分行
   戶名：萬卷樓圖書股份有限公司
   帳號：0877717092596
3. 網路購書，請透過萬卷樓網站
   網址 WWW.WANJUAN.COM.TW

大量購書，請直接聯繫我們，將有專人為您服務。客服：(02)23216565 分機 10

如有缺頁、破損或裝訂錯誤，請寄回更換

國家圖書館出版品預行編目資料

文藝學方法通論（修訂版） / 趙憲章著.
-- 初版. -- 臺北市 : 萬卷樓, 2015.12
面 ; 公分. -- (文學研究叢書)
ISBN 978-957-739-971-7(平裝)
1.文學與藝術 2.方法論

810.1　　104021946